LE
NOUVEAU CONDUCTEUR
DANS PARIS ET DANS LES ENVIRONS

INDIQUANT

TOUT CE QUI PEUT INTÈRESSER L'ÉTRANGER

AU SEIN

DE CETTE CAPITALE DU MONDE CIVILISÉ.

HISTOIRE ET DESCRIPTION

DE SON ORIGINE,

DE SES ACCROISSEMENTS SUCCESSIFS, DE SES CURIOSITÉS, DE SES MONUMENTS,

DE SES PALAIS, DE SES MUSÉES, DE SES THÉATRES,

de ses embellissements ou exécutés ou projetés,

DE SES PRINCIPAUX ÉTABLISSEMENTS EN TOUS GENRES,

DE SES PLACES, DE SES QUAIS, DE SES RUES, DE SES BOULEVARTS,

DE SES PROMENADES, DE SES BARRIÈRES,

de ses Faubourgs, de ses Fortifications, de sa Banlieue, etc.,

COMPLÉTÉE

PAR UNE REVUE PITTORESQUE ET DÉTAILLÉE DES VILLES, BOURGS,

VILLAGES, ANCIENNES RÉSIDENCES ROYALES,

CHATEAUX, MAISONS DE PLAISANCE, SITES ET ÉDIFICES REMARQUABLES

dans un rayon de 60 kilomètres,

AVEC DES NOTICES SUR CHAQUE LOCALITÉ,

SUR SES TRADITIONS,

SUR LE CARACTÈRE, LES MŒURS ET L'INDUSTRIE DE SES HABITANTS.

Ouvrage Illustré

D'UN

GRAND NOMBRE DE VIGNETTES, CARTES ET PLANS.

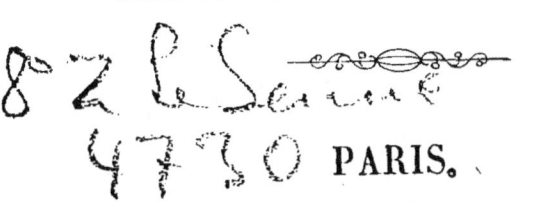

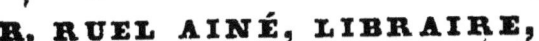

PARIS.

B. RUEL AINÉ, LIBRAIRE,

8, RUE DU FAON-SAINT-ANDRÉ.

1851

Paris. Imp. de Pommeret et Moreau, 17, quai des Grands-Augustins.

AVANT-PROPOS.

Paris, à son origine, ne fut qu'une réunion de quelques hauttes de pêcheurs, dans une petite île de la Seine, aujourd'hui la Cité. Sa position fit toute son importance ; les Romains la trouvèrent déjà grande ville et l'agrandirent encore. Plus tard, quand le christianisme eut affaibli leur domination, Paris devint l'une des résidences des rois de la France naissante. Sous chacune de ces races princières, Paris reçut de notables accroissements. Le Paris de Louis XIV ne ressemblait guère au Paris des premiers monarques capétiens : déjà il prenait cet aspect de grandeur qui convient si bien à cette tête de la civilisation moderne ; ses portes se changèrent en arcs de triomphe, les magnifiques places Vendôme et des Victoires, la superbe colonnade du Louvre, les Champs-Élysées, le jardin des Tuileries, le pont Royal, l'Hôtel des Invalides, l'Hospice des Enfants-Trouvés, l'Observatoire, la manufacture des Gobelins, celle des glaces, l'éclairage des rues, sont des créations ou des améliorations de ce règne, qui a donné son nom au siècle. Sous Louis XVI, Paris reçut d'autres embellissements et quelques établissements d'utilité publique ; de ce nombre furent les barrières, au nombre de cinquante-huit, et le nouveau mur d'enceinte.

D'immenses travaux, ordonnés par Napoléon, imprimèrent de plus en plus à Paris ce caractère grandiose qui manquait à ses splendeurs. C'est lui qui débarrassa complètement les bords de la Seine des maisons qui obstruaient encore les quais et les ponts ; il fit élever de longues lignes de quais et quatre nouveaux ponts : celui d'Austerlitz, le petit pont de l'île Saint-Louis à la Cité, le pont des Arts et le pont d'Iéna. Des rues nouvelles furent ouvertes de toutes parts, et particulièrement la rue de Rivoli, dont un côté fut formé par une belle grille du jardin des Tuileries et l'autre par une ligne majestueuse de maisons avec galeries, uniformément bâties ; la rue Castiglione fut établie sur la même architecture, venant aboutir à la place Vendôme, où on éleva cette immense et superbe colonne triomphale de bronze conquis sur les nations ennemies. L'eau de la rivière d'Ourcq fut amenée de quinze lieues, par un canal, jusqu'à la Villette ; un grand nombre de fontaines jaillirent dans tous les quartiers ; des halles et marchés furent construits pour la vente de toutes les denrées. L'établissement d'abattoirs aux extrémités des faubourgs délivra l'intérieur du danger et du spectacle révoltant des tueries d'animaux de boucherie. Le Louvre fut réparé, et ses galeries reçurent ces précieux musées qui font l'admiration du monde. La place du Carrousel fut débarrassée des masures qui l'encombraient ; une grille y fut posée, et une nouvelle galerie commença à s'élever du côté de la rue Saint-Honoré pour joindre le Louvre. Les fondements de la Bourse furent jetés, ainsi que ceux de l'arc de triomphe de l'Étoile, du palais du quai d'Orsay et de plusieurs autres monuments, et les églises furent réparées. La plus riche institution, la Banque de France, fut établie. Un arc de triomphe orna la place du Carrousel, un portique le palais du Corps-Législatif. Le Luxembourg fut entièrement restauré, son jardin agrandi. Sous Louis XVIII, Paris ne reçut aucun embellissement. Sous Charles X, on s'occupa particulièremet des églises ; aussi plusieurs d'entre elles furent rebâties, restaurées ou embellies. C'est alors que l'on vit s'élever ces nombreuses galeries ou passages, superbes bazars où le commerce s'établit aussitôt. De charmants villages s'élevèrent aux portes de la ville. Les quartiers de la Chaussée-d'Antin prirent un accroissement considérable ; les Batignolles allaient devenir une ville.

Sous le règne de Louis-Philippe, toutes les grandes conceptions napoléoniennes ont été reprises ou poursuivies. C'est ainsi qu'ont été achevés le majestueux arc de triomphe de l'Étoile et le palais du quai d'Orsay. Une galerie nouvelle a été ajoutée à la façade des Tuileries, l'intérieur du palais, ainsi que le jardin, ont subi diverses modifications. La place de la Concorde est devenue la plus belle de l'Europe ; ses fossés ont été plantés d'élégants jardins, ses pavillons ont été surmontés de colossales statues, emblêmes des principales villes du royaume ; des dallages ont couvert ses terrasses, des colonnes lampadaires, alimentées de gaz, ont éclairé ses chaussées ; deux bassins, élégantes fontaines, ont versé leurs eaux jaillissantes. La Madeleine s'est élevée et achevée, avec toute la majesté d'un temple antique et toute la splendeur d'un palais. Le Palais-Bourbon a offert aux députés de la nation une superbe tribune ; le Luxembourg s'est accru de nouveaux bâtiments pour recevoir plus grandement la Chambre des Pairs. L'édifice consacré aux Beaux-Arts est devenu digne d'eux. Notre-Dame-de-Lorette a ouvert son élégante basilique.

La plupart des églises ont été restaurées, même dans leurs anciennes structures, et particulièrement Saint-Germain-l'Auxerrois. Notre-Dame s'est trouvée assise au milieu d'une place, plantée d'arbres, formée sur l'emplacement de l'ancien archevêché. D'importants travaux d'assainissement, cette partie si utile, ont surtout été exécutés dans tous les quartiers. Ce qu'il y a de remarquable, surtout, c'est la reconstruction et l'élargissement des quais, qui forment une immense et magnifique ligne plantée d'arbres depuis les Tuileries jusqu'à l'île Louviers. L'Hôtel-de-Ville a été accru de deux pavillons latéraux, d'une structure calquée sur l'ancien édifice, de deux ailes et d'une façade parallèle. De nouveaux et nombreux ponts ont donné passage sur tous les points de la Seine, celui du Carrousel est particulièrement remarquable. Le Panthéon a été achevé et son fronton a été décoré de superbes sculptures. De magnifiques galeries ont été ouvertes au Jardin-des-Plantes, pour le Muséum d'histoire naturelle. Une colonne de bronze est élevée sur la place de la Bastille ; les boulevarts ont été dallés, nivelés, embellis. La Cité, qui était un hideux repaire, est maintenant bien aérée, et des rues propres et bien alignées ont pris la place des bouges. Les abords de l'Hôtel-de-Ville sont débarrassés de leurs rues pestilentielles. La rue Rambuteau est une des plus belles de Paris. Des magasins qui sont de véritables cités s'élèvent de toutes parts. D'immenses embarcadères forment la tête de chemins de fer destinés à devenir les grandes lignes de viabilité dont le réseau va sillonner la France. Des fossés et de formidables remparts marquent aujourd'hui une plus vaste enceinte, conçue dans la prévision d'un accroissement de population. Des forts nombreux menacent et défendent la capitale, dont la transformation s'opère avec une prodigieuse activité.

Paris est aujourd'hui tout un monde ; jamais on n'y vit autant d'hommes ni autant de mouvement. Après Londres, c'est la cité la plus populeuse de l'Europe. Comme centre commercial, elle est loin d'avoir la même importance que la capitale des Iles Britaniques ; mais elle est la vraie patrie des lumières, le foyer des arts, du goût et de la civilisation.

Paris, dont le dernier recensement porte la population à près d'un million d'habitants, sans compter la population flottante, possède dix-sept bibliothèques, qui présentent un total de plus de 1,267,000 volumes et de 95,000 manuscrits, des collections pour toutes les sciences et les arts, 33 sociétés académiques ou savantes, 260 de secours mutuels pour les ouvriers, 16 sociétés philanthropiques, 33.000 maisons, 1,280 rues, 59 places publiques, 32 passages, 58 impasses, 10 ports, 32 quais, 6 halles, 40 marchés, 40 églises, dont 3 sont consacrées au culte réformé, une synagogue, 12 hôpitaux civils, 13 hospices, 5 hôpitaux militaires, 27 théâtres, 13 prisons et 42 casernes. On entre dans cette ville par 58 barrières, toutes construites sur des modèles différents, mais presque toutes massives et sans élégance. Les boulevards, qui s'étendent depuis le pont d'Austerlitz jusqu'au temple de la Madelaine, sont remarquables par l'élégance et la variété des habitations qui les bordent, et font l'admiration des étrangers. La Seine, qui, traversant la ville d'orient en occident, la partage en deux portions inégales, est traversée par 22 ponts, dont l'un des plus remarquables par sa légèreté est celui du Carrousel, entre le pont des Arts et le pont National ; il est construit en fonte, et sa chaussée, ainsi que ses trottoirs, sont revêtus d'un béton bitumeux qui n'offre point les inconvénients du pavage.

On prend une idée plus ou moins favorable de Paris selon le côté par lequel on y entre. Si c'est par la route de Neuilly, le magnifique et gigantesque arc de triomphe, élevé à la gloire des armées françaises, la belle avenue qui traverse la superbe promenade des Champs-Élysées jusqu'à la place de la Concorde, les beaux édifices qui garnissent le côté septentrional de cette place, les colonnes en fonte dorée et les statues, représentant les principales villes de France, qui en décorent le pourtour, l'obélisque de Louqsor et les deux fontaines qui en ornent le centre, la vue du jardin des Tuileries, celle de la belle rue Nationale, d'un côté, et du pont de la Concorde, de l'autre, la première laissant voir le beau portail de l'église de la Madeleine, et l'autre le fronton du palais de l'Assemblée nationale ; la magnifique rue de Rivoli, que l'on suit ; celle de Castiglione, devant laquelle on passe ; la perspective qu'offre la place Vendôme, au milieu de laquelle s'élève la colonne de la grande armée, surmontée de l'effigie de Napoléon; tout, dans cette traversée, qui conduit jusqu'à la belle rue de Richelieu, donne la plus haute idée de la capitale de France. Si l'on arrive par la barrière Saint-Martin, la belle rotonde qui fait partie de cette barrière, le large bassin qui reçoit les eaux du canal de l'Ourcq, la largeur de la rue du Faubourg-Saint-Martin, que l'on suit dans toute sa longueur jusqu'au boulevart, où elle se termine par l'arc de triomphe de la porte Saint-Martin, tout y annonce encore une belle cité. Il en est de même lorsque l'on entre par la barrière de Vincennes : les deux grandes colonnes qui ornent cette barrière, la vaste place du Trône, celle de la Bastille, à laquelle aboutit la rue du Faubourg-St-Antoine, et sur laquelle s'élève la colonne monumentale érigée à la révolution de 1789 et à celle de 1830; les boulevarts qui se prolongent à droite et à gauche, sont des objets qui s'accordent avec l'idée qu'on doit se faire de cette noble cité; mais la plupart des entrées qui regardent le sud-est n'offrent que des rues étroites, sales et tortueuses.

Les places publiques qui méritent d'être citées sont : la place de la Concorde, que l'administration municipale a embellie de statues, de trottoirs, de candélabres et de fontaines; la place Vendôme, avec sa colonne triomphale en bronze; celle des Victoires, avec sa statue équestre en bronze de Louis XIV, vêtu en empereur romain, bien qu'il soit coiffé de la grande perruque; la place des Vosges, où s'élève une statue équestre de Louis XIII en marbre blanc; celle du Carrousel, formée par les Tuileries et le Louvre, et que décore un arc de triomphe construit sur le modèle de celui de Septime-Sévère à Rome, orné de bas-reliefs qui représentent quelques-unes des victoires de Napoléon; la place du Châtelet, avec une fontaine surmontée d'une colonne en forme de palmier, portant une Victoire en bronze doré; la place de la Bourse, où s'élève, consacré à l'agiotage et au commerce, l'un des plus beaux monuments de Paris; celle de Richelieu, que décore une fontaine dans le goût de la renaissance, à la place du monument expiatoire érigé au duc de Berry sur l'emplacement de la salle de l'Opéra, où il fut assassiné; celle de l'Hôtel-de-Ville, dont une partie forme l'ancienne place de Grève, et où l'on voit s'élever l'Hôtel-de-Ville, ou plutôt la préfecture de la Seine, vaste édifice que l'on peut regarder comme l'un des plus beaux de Paris, enfin celle du Panthéon, sur laquelle s'élèvent un magnifique temple et l'École de Droit.

Parmi les principaux monuments de Paris sont le palais du Louvre et celui des Tuileries; dans la rue de Rivoli, l'immense hôtel du ministère des Finances; près de la promenade des Champs-Élysées, l'Élysée-Bourbon ; sur la rive gauche de la Seine, le Palais-de-Justice, l'hôtel des Monnaies, le palais de l'Institut, celui des Beaux-Arts, dans le goût de la Renaissance, celui du Conseil d'État, celui de la Légion-d'Honneur, les palais du Luxembourg et de l'Assemblée nationale, l'hôtel des Invalides, où reposent les restes de Napoléon, l'École militaire, l'une des plus belles casernes de Paris.

Au nombre des églises les plus belles, il faut citer la Madeleine, Notre-Dame de Lorette, Saint-Roch, remarquable par son portail élevé, Saint-Germain-l'Auxerrois, monument dans le style ogival, et qui vient d'être complètement restauré ; Saint-Eustache, dont on admire la hardiesse et la légèreté, mais dont le style, du commencement de la Renaissance, contraste avec le style grec de son portail ; la cathédrale, bel édifice du douzième siècle ; Saint-Sulpice, avec son superbe portique, chef-d'œuvre de Servandoni ; le Val-de-Grâce, avec sa coupole peinte à fresque par Mignard ; enfin St-Germain-des-Prés, où l'on remarque quelques parties dans le style roman ou du onzième siècle.

Paris à donné le jour à un grand nombre de savants et de personnages célèbres. Nous citerons Molière, d'Alembert, Lavoisier, Quinault, Regnard, J.-B. Rousseau, Lemierre, Mercier, Picard, Richelieu, Condé.

Les rues de Paris, autrefois étroites, tortueuses et sales, changent chaque jour d'aspect. De nouvelles rues sont percées et les plus modernes sont pourvues de trottoirs. Quatre-vingt-trois fontaines publiques répandent dans tous les quartiers les eaux de la Seine, de l'Ourcq, d'Arcueil, des sources des prés St-Gervais, Belleville et Ménilmontant. Trois cent quarante bornes fontaines sont répandues dans la capitale pour le nettoiement et la salubrité.

Des voitures, sous le nom d'omnibus, facilitent les relations entre particuliers ; il existait, en 1815, 15,000 voitures, aujourd'hui on en compte plus de 61,000.

Des chemins de fer ont été construits, afin de rendre les communications plus faciles.

On remarque particulièrement, à Paris, les boulevards plantés de chaque côté de deux rangs d'arbres, le Champ-de-Mars, les Champs-Élysées, le Jardin-des-Plantes, ceux des Tuileries et du Luxembourg, la rue de Rivoli, l'une des plus belles de l'Europe, formée d'un côté par le jardin des Tuileries, et de l'autre par une suite de belles maisons à portiques et uniformément bâties ; la rue Nationale, celles de la Paix, de la Chaussée-d'Antin, Vivienne, Richelieu, etc. Paris ne le cède qu'à Rome pour le nombre et la beauté de ses édifices et de ses monuments publics.

Ses principales écoles sont celles de Médecine, de Droit, de Pharmacie, de Musique (Conservatoire), des Beaux-Arts, l'École polytechnique et l'École normale, l'École des Chartes, celle des langues orientales et celle des Ponts-et-Chaussées, celle des Mines, celle de l'État-Major, celle des Sourds-Muets et celle des Aveugles, le collége de France, les colléges Bonaparte, Henri IV, Charlemagne, Saint-Louis, etc. Les théâtres les plus fréquentés sont le Grand-Opéra, l'Opéra-Comique, le Théâtre-Français, l'Odéon, les Italiens, le Gymnase, etc.

Les cimetières, relégués hors des murs de Paris, sont ceux de Montmartre, du Mont-Parnasse et du Père-la-Chaise. Il existe aussi hors de Paris, dans sa partie méridionale, des Catacombes, immenses carrières où l'on a déposé, dans le dix-huitième siècle, les ossements provenant des cimetières de l'intérieur. L'Hôtel-Dieu, la Pitié, la Charité, les hôpitaux Saint-Antoine, Saint-Louis, du Midi, de la Maternité, des Enfants-Trouvés, des Orphelins, de la Salpêtrière, du Val-de-Grâce; les hospices des Quinze-Vingts, Necker, Cochin, Beaujon, des Enfants malades, etc., sont les principaux établissements de bienfaisance. Une université célèbre, qui comprend cinq facultés : une de théologie, une de droit, une de médecine, une des sciences physiques et mathématiques et une des lettres ; un Institut national divisé en quatre académies : une Académie nationale de médecine, un observatoire, un bureau des longitudes; des musées de peinture, de sculpture, d'architecture, d'antiquités et d'artillerie ; des sociétés d'encouragement pour l'industrie nationale, l'enseignement mutuel, les sociétés littéraires dites philotechnique, philharmonique et artistique ; celles de géographie, des antiquaires, etc. Un magnifique jardin botanique, un Musée d'histoire naturelle, un Conservatoire des arts et métiers. Paris est divisé en 12 mairies ou arrondissements, administrés chacun par un maire et deux adjoints, où l'on trouve un tribunal de paix et un bureau de bienfaisance. Ces douze arrondissements sont en outre subdivisés en quarante-huit quartiers, ayant chacun un commissaire de police, des écoles gratuites en tous genres.

Le nombre des manufactures et fabriques y est aujourd'hui considérable. La manufacture de tapisseries des Gobelins, celles des draps écarlates de Julienne, des tapis de la Savonnerie, des glaces de la rue Saint-Denis, et enfin celle des mosaïques, occupent entre elles le premier rang. Viennent ensuite les fabriques de gaze, de rubans, de fleurs artificielles, de bonneterie, de porcelaines, de couleurs, d'acides minéraux, d'acier poli, d'ouvrages d'ébénisterie et de meubles, de papiers de tenture et d'armes, d'instruments à cordes et à vent, d'optique, de mathématiques et d'astronomie, de bijouterie, d'orfèvrerie et d'horlogerie, de carrosserie, de chapellerie, de coutellerie et autres dont le produit sont l'objet d'un commerce considérable, des fonderies en caractères, des imprimeries typographiques et lithographiques qui alimentent ses nombreuses librairies.

Paris forme la presque totalité du département de la Seine, qui se compose d'une partie de la ci-devant province de l'Ile-de-France, et est entièrement enclavé dans celui de Seine-et-Oise. Cette ville s'étend sur les deux rives de la Seine qui la divise en deux parties inégales, outre les îles, et occupe le fond d'un large bassin circonscrit par une suite de collines peu élevées. En avant de ces collines est son mur d'octroi, percé de cinquante-huit portes ; en arrière est son mur d'enceinte fortifiée.

La superficie de Paris est de 34,379,016 mètres carrés. Sous Jules César elle était de 44 arpents ; de 113 sous Julien ; de 739 sous Philippe-Auguste ; de 1284 sous Charles VI ; de 1414 sous François Ier ; de 1660 sous Henri IV : de 3,228 sous Louis XIV ; de 3,919 sous Louis XV. de 9,858 sous Louis XVI ; et aujourd'hui, de 10,060. Il y a 7,808 mètres de la barrière de Charonne à celle de Passy, et 5,500 de la barrière des Martyrs à celle de la Santé.

Le niveau de la Seine est de 33 mètres au-dessus de la mer ; et l'élévation moyenne du sol au-dessus de ce niveau de la Seine est de 23 mètres. Elle est due, en grande partie, aux travaux humains.

Paris était divisé, sous saint Louis, en quatre quartiers ; sous Charles VI, en huit ; sous Henri III, en seize ; sous Louis XIV, en vingt ; en 1789, en soixante districts ; en 1791, en quarante-huit sections ; et depuis 1796, il est divisé en douze arrondissements, partagés chacun en quatre quartiers.

Des sites enchanteurs embellissent les bords de la Seine : ici, Meudon est dominé par la belle terrasse de son château, monument du cardinal de Lorraine ; là, Saint-Cloud, ancienne résidence royale, rappelle l'ermitage qui servit d'asile à Clodoald, fils de Clodomir, fuyant le poignard de son oncle Clotaire ; l'assassinat de Henri III, et la fameuse journée à la suite de laquelle Bonaparte s'empara des rênes du gouvernement.

TABLE DES ARTICLES.

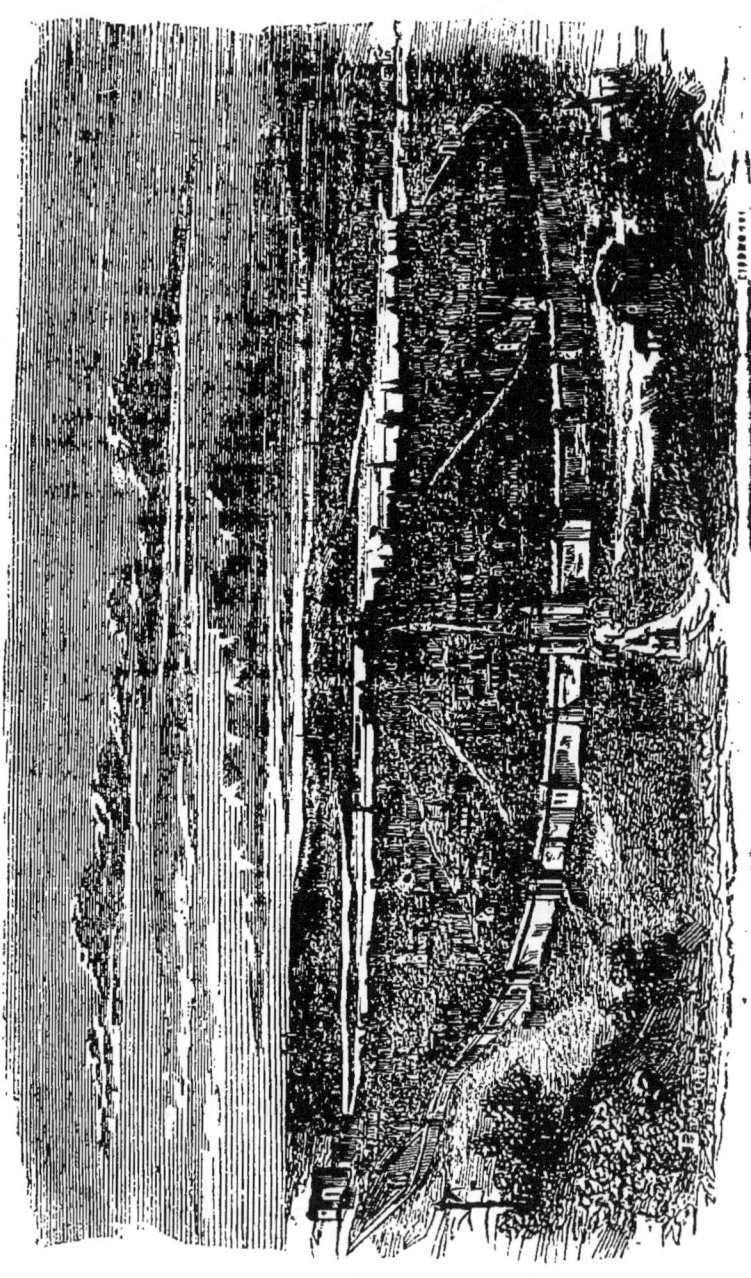

DIFFÉRENTES ENCEINTES

ET ACCROISSEMENTS SUCCESSIFS DE PARIS.

La première défense de Paris avait été les eaux qui baignaient ses bords; mais, vers la fin de la domination romaine et au commencement de celle des Francs, la Cité était défendue par une enceinte de murailles. Avec les rois de la troisième race commença l'extension de Paris sur les deux rives de la Seine, et, sous Louis-le-Gros, une muraille vint ceindre les faubourgs du nord. Cette enceinte, qui commençait entre Saint-Germain-l'Auxerrois et le Louvre actuel, allait aboutir à la rue des Lombards, où il y avait une porte; gagnait ensuite le cloître Saint-Merry, où se trouvait une deuxième sortie; puis elle descendait la rue des Deux-Portes, traversait le cloître Saint-Jean, près duquel s'ouvrait une troisième porte, et finissait à la rivière entre Saint-Jean et Saint-Gervais. La partie méridionale de Paris ne reçut des fortifications que plusieurs années plus tard. De ce côté, le mur d'enceinte partait de la Seine, en face de la rue du Harlay, suivait la rue des Grands-Augustins, et, coupant obliquement le massif de maisons qui la sépare de l'impasse du Paon, parvenait à la rue Hautefeuille, vis-à-vis la rue Pierre-Sarrazin, qu'elle longeait ainsi que celle des Mathurins jusqu'à une porte située rue Saint-Jacques. De là, le mur se dirigeait par la rue des Noyers vers la place Maubert, où était une autre porte; puis il se terminait à la Seine au point dit *les Grands-Degrés*.

En 1188, Paris s'étant beaucoup étendu sur l'une et l'autre rives, Philippe-Auguste, prêt à partir pour la Palestine, voulut, par prévoyance, que la capitale fût protégée par de nouveaux remparts. Commencés en 1190, ils ne furent achevés que vingt ans après; et cependant, que cette enceinte était étroite alors!

Elle commençait sur la rive droite de la Seine, au pied de la colonnade du Louvre, et gagnait, près de la rue du Coq, la rue Saint-Honoré. Là se trouvait une porte à l'endroit où l'on a bâti depuis l'Oratoire. Elle se prolongeait ensuite entre les rues de Grenelle et d'Orléans jusqu'à la rue du Jour, qu'on appela longtemps du Séjour, parce que les anciens rois y avaient une maison de plaisance. Traversant la rue Montmartre, la rue Saint-Denis, la rue Saint-Martin, à la hauteur de la rue aux Ours, aux *Oues* ou aux *Oies*, puis, décrivant un demi-cercle, les murs de clôture revenaient à la rivière par la rue de Paradis, la Vieille rue du Temple et la rue de Jouy jusqu'au monastère, qui est aujourd'hui *l'Ave Maria*. Sur la rive gauche, les remparts commençaient où se voit à présent le pont de la Tournelle, montaient la rue des Fossés-Saint-Victor, qui en a pris le nom, passaient au pied du collége de Henri IV, et se maintenant à la même hauteur, ils traversaient la rue des Grés, puisque l'asile établi dans cette rue renferme encore des pans de murailles très-bien conservés. De ce point la clôture venait, par une diagonale, finir à la rivière, au palais de l'Institut ou collége Mazarin.

Outre le grand nombre de tours qui fortifiaient cette en-

ceinte, il y en avait une sur chaque rive à l'entrée de la
Seine dans Paris et à sa sortie. A l'entrée, sur la rive droite,
la tour de Billy, sur la rive gauche, la Tournelle; à la sortie sur la rive droite, la tour du Bois, et sur la rive gauche,
la tour de Nesle, à l'aspect si pittoresque, aux souvenirs
si dramatiques. Enfin, d'une des tours à l'autre on tendait
une lourde chaîne qui traversait la Seine, supportée de distance en distance par des bateaux.

Telles étaient, en 1214, les fortifications de Paris. Elles
formaient un ovale dont la Cité occupait le centre. Mais
cette enceinte renfermait encore, à cette époque, une immense quantité de marais, de prés, de vignes, de terres
labourables et de terrains incultes qui ne se couvrirent peu
à peu de maisons que dans les règnes suivants. La perte de
la bataille de Poitiers, en 1354, fit songer aux dangers de
la capitale, qui était du côté du nord, imprudemment sortie
de son enceinte. Hors des murs de la rive gauche, on remarquait aussi d'assez vastes faubourgs : on les brûla, manière du
temps qui équivalait à toute indemnité. Beaucoup plus importants du côté du nord, les faubourgs furent enveloppés
dans la nouvelle enceinte, qui, dans son cercle agrandi,
traversant la place du Carrousel, les rues Saint-Nicaise, le
Palais-Royal, la place des Victoires, et, suivant la rue des
Fossés-Montmartre, allait embrasser la porte Saint-Denis,
le Temple et la Bastille. Cette enceinte nouvelle fut terminée sous Charles VI, en 1383. Il fallait qu'elle fût forte, car
ni les Bourguignons, ni les Anglais ne tentèrent de l'em-
porter.

Ce mur d'enceinte était percé de six portes, dont les
noms se sont conservés jusqu'à nous ; la porte Saint-Antoine,
la porte du Temple, la porte Saint-Martin, la porte Saint-
Denis, la porte Montmartre et la porte Saint-Honoré. La
porte Saint-Antoine, qui déjà se nommait la Bastille, était
la plus forte des six.

Sous Henri IV, on construisit une portion de muraille
qui de la porte Saint-Denis allait aboutir au bastion du jar-

din des Tuileries et enserrait une grande partie de l'espace compris entre ces deux points. Outre l'enceinte des murailles, qui avaient peu changé depuis Charles VI, il existait, au-delà, une première fortification qu'on appelait *les Barrières*, et qui protégeait la plupart des faubourgs.

Il y eut d'abord quinze et ensuite seize portes fortifiées, avec fossés et ponts-levis, qui, presque toutes, avaient pris le nom du faubourg auquel chacune servait d'entrée. — La porte Neuve, voisine de la tour du Bois, était située sur le quai du Louvre, au point où la rue Saint-Nicaise venait y aboutir.

Pendant le règne de Louis XIII, une enceinte nouvelle fut construite avec fossés, bastions et courtines plantés d'arbres. De la porte Saint-Denis, elle suivait à peu près la ligne actuelle de nos boulevarts, et enferma dans Paris les Tuileries et leur jardin; à son extrémité, près de la Seine, fut élevée une porte élégante, dite de la Conférence. Quant à la partie méridionale de Paris, on y laissa subsister l'enceinte de Philippe-Auguste, réparée par Charles VI.

Sous Charles V, Charles VI, François Ier, plus tard encore, tant qu'il avait été possible enfin que Paris vît la fumée des camps ennemis, toutes les constructions avaient été calculées et disposées dans un but de défense. Les murailles avaient donc été des fortifications, les portes des citadelles et la ville était devenue une place d'armes. Sous Louis XIV, lorsque la France, portant la guerre chez les autres, ne pensait pas qu'elle pût la recevoir chez elle, la capitale se débarrassa, pour ainsi dire, de son armure, et brisa sa cuirasse dont elle ne prévoyait pas avoir jamais besoin. Alors, au lieu de ces remparts qui l'étreignaient dans leur cercle de fer et de pierre, elle s'entoura de ces élégants boulevarts, verdoyante ceinture des flancs populeux de Paris; alors ses fossés se comblèrent, et ses portes détruites firent place à des arcs-de-triomphe.

ASPECT DU VIEUX PARIS.

Dans le moyen-âge, et jusqu'aux époques qui précèdent la nôtre, on choisissait très-souvent, pour jouir de la vue de Paris, le haut des tours de Notre-Dame, gigantesques plates-formes inondées de jour et d'air, comme on choisit le sommet d'une montagne pour contempler les richesses de la plaine.

Le regard pouvait plonger dans un dédale de rues étroites et sombres, et l'on voyait surgir les donjons, les tourelles et les clochers aigus des monastères. Les vieux remparts se déroulaient du sud au nord, de l'est à l'ouest, élargissant parfois leur enceinte crénelée pour donner plus d'air à la ville qui, de siècle en siècle, en dépit des fléaux réunis de la peste, de la guerre et de la famine, croissait et étendait ses mille bras; l'œil du curieux tournoyait sur un cercle noir, profond et large, sur des maisons entassées pêle-mêle par la crue de la ville.

Au quinzième siècle, Paris était divisé en trois villes tout à fait distinctes : la Cité, l'Université et la ville proprement dite.

Chacune d'elles avait ses mœurs, ses coutumes et ses privilèges.

LA CITÉ. — Mère des deux autres, et d'une étendue moins considérable, la Cité contenait une foule de constructions accumulées sans ordre ni méthode : églises, hôpitaux, siéges de juridictions profanes et religieuses. Les veines et les canaux de la triple ville venaient y puiser et s'y dégorger. On voyait tout à la fois jaillir aux yeux le pignon taillé, la toiture aiguë, la tourelle assise aux angles des murs, l'audacieuse pyramide de pierre, le sombre obélisque d'ardoise, la tour ronde et nue du donjon, la tour massive et brodée de l'église.

On trouvait dans cette noble architecture gothique des effets variés et multiples, des combinaisons fantasques et aériennes. Chaque structure avait son originalité, sa logique, sa raison, son génie, sa beauté, sa signification précise. On pouvait lire sur tous ces vieux murs les mystérieux hiéroglyphes de la féodalité.

Au-dessus des autres monuments, la Sainte-Chapelle étalait ses gracieux arabesques de pierre, ses fantaisies orientales et ses déchiquetures mauresques, qui se dessinaient sur l'azur du ciel. Si l'on jetait les yeux tout en bas de soi, on apercevait l'Hôtel-Dieu, qui se penchait vers la place du Parvis avec une mine boudeuse et rechignée. L'enceinte de la Cité renfermait vingt et une églises, de toute date, de toute forme, de toute grandeur. Derrière Notre-Dame, se déroulait le cloître avec ses galeries antiques et le palais de l'évêque. Puis on apercevait un carrefour encombré de peuple, et la ville, de ce côté-là, s'éteignait à l'horizon.

De l'autre côté, le palais de justice dressait orgueilleusement au bord du fleuve son groupe de tours, au-dessus desquelles s'élançaient les hautes futaies du jardin du roi. La Seine coulait et disparaissait sous les ponts, tandis que les ponts eux-mêmes disparaissaient sous une multitude de maisons de toute structure et de toute grandeur.

L'Université. — En ce temps-là, pour bien jouir de la vue de la seconde ville, l'Université, l'amateur allait s'asseoir tout à la cime du clocher de Sainte-Geneviève. En partant de Notre-Dame, il dirigeait ses regards vers l'endroit où *le pays latin* commence à mesurer son domaine. Le premier édifice d'architecture imposante était le Petit-Châtelet avec sa gerbe de tours et son porche béant qui dévorait l'extrémité du Petit-Pont. L'œil parcourait ensuite la rive du fleuve, et se fixait sur un long cordon de maisons à solives sculptées, à vitres de couleur que le lever du soleil faisait éclater d'un étincelant mirage.

Plus loin, on entendait le vacarme des écoliers, race bruyante et batailleuse, qui n'a rien perdu de ses vieilles traditions. On s'égarait dans un capricieux labyrinthe de rues, aujourd'hui divisées en tranches inégales; puis on contemplait le palais des Thermes, ses dépendances et ses jardins; la Sorbonne, moitié collége, moitié monastère, une foule d'abbayes soigneusement construites; l'hôtel de Cluny qui reste encore pour consoler l'artiste, le beau cloître quadrilatéral des Mathurins, les cordeliers avec leurs trois énormes pignons. Dans cette partie de Paris, les églises étaient nombreuses et splendides. Le Pré-aux-Clercs montrait ses arbres touffus, sous l'ombre desquels tourbillonnait une multitude de basochiens.

La Ville. — Plus grande que ses deux sœurs, la ville se divisait en plusieurs masses distinctes. Dans le Marais, était un entassement de palais dont les plus avancés miraient dans la Seine leurs combles d'ardoise, et présentaient leurs façades surchargées de statues et toutes couvertes de moulures gothiques. Derrière ces palais, courait dans toutes directions, voilée d'arbres comme une chartreuse, et semblable à une citadelle, l'enceinte du miraculeux hôtel de Saint-Pol. C'était une ville dans la ville. Le palais de justice, abandonné par nos rois, n'était qu'une cage mesquine auprès de cet édifice pyramidal.

a.

Non loin de l'hôtel Saint-Pol était le palais des Tournelles; il présentait un coup d'œil magique, aérien, prestigieux de clochetons, de flèches, de cheminées, de girouettes, de spirales, de vis, de lanternes, de pavillons, de tourelles en fuseaux, toutes diverses de formes, de hauteur et d'altitude. Puis apparaissait le donjon de la Bastille avec son amas de tours massives - confondues les unes dans les autres, et où l'on apercevait plus de meurtrières que de fenêtres. Le pont-levis du sombre et lugubre monument se trouvait toujours dressé, la herse toujours abattue. Un fossé circulaire en interdisait l'entrée. A deux pas était cette terrible officine de sortilége et d'astrologie judiciaire, dont il ne reste plus le moindre vestige, et qui s'élevait à l'endroit même où se développe aujourd'hui la place des Vosges.

Le centre de la ville était occupé par un monceau de maisons, pressées comme les alvéoles d'une ruche : c'était la demeure du peuple. Cent rues, dans cet amas d'habitations, serpentaient et formaient cent évolutions bizarres. Le vieux Louvre figurait, à s'y méprendre, une hydre monstrueuse avec sa coupe énorme et les vingt-quatre tours éternellement dressées comme des têtes menaçantes. Il terminait la perspective au couchant.

A l'extrémité de la triple ville, le curieux n'oubliait pas de remarquer les débris épars de l'ancienne clôture de Philippe-Auguste, tronçons perdus dans l'entassement des bâtisses, tours garnies de lierre, portes ruinées, pans de murs croulants. Dans l'Université les tours étaient rondes, et carrées dans la ville.

MONUMENTS DE L'ANCIEN PARIS.

LE GRAND ET LE PETIT-CHATELET.

Ces édifices, espèces de châteaux forts, que leur petite dimension fit appeler des *Châtelets*, furent érigés sur des fondations romaines, pour protéger les communications de la ville avec la plaine, par deux ponts en bois, dont l'un, nommé le *Grand-Pont*, a reçu depuis celui de Pont-au-Change, et dont l'autre, appelé le *Petit-Pont*, n'a pas changé de nom. Il y avait le grand et le petit Pont, il y eut aussi le grand et le petit Châtelet.

Le Grand-Châtelet avait la figure d'un parallélogramme

régulier. Du côté de la Seine, des murailles hautes de quarante pieds étaient couronnées par des donjons placés de distance en distance; des engins de guerre montraient leurs museaux de fer ou de bronze entre les créneaux de ce mur noir et lézardé que des guirlandes de lichen, de pariétaires et de liserons garnissaient de toutes parts. Une large porte, défendue par des herses et des meurtrières, servait à la communication de la Cité proprement dite avec la rue Saint-Denis. De ce côté, les murailles, plus hautes de dix pieds que celles qui s'élevaient du côté de la rivière, étaient percées à des distances inégales par d'étroites lucarnes, grillées de barreaux de fer. Ce mur était surmonté dans toute sa longueur par une espèce de terrasse fort étroite où étaient placées des guérites destinées aux factionnaires de jour et de nuit.

La justice s'y rendait au nom du prévôt de Paris, qui était vraiment alors la première autorité après le roi. Les salles destinées à la distribution de la justice se trouvaient dans la partie occidentale du monument; la partie orientale était consacrée aux corps-de-garde du guet, des sergents de robe courte, et aux bureaux des notaires et des huissiers, qui dépendaient de la juridiction et instrumentaient en vertu d'offices délivrés par elle. Les prisons occupaient la partie inférieure qui regardait la rue Saint-Denis, et les cachots se trouvaient au-dessous de ces mêmes prisons. Les souterrains qui touchaient à la rivière servaient, selon l'occurrence, de magasins d'armes ou d'approvisionnements. Pour rassembler en un seul bloc tout ce que l'humanité présente de plus affligeant et de plus déplorable, on avait réservé, au quatorzième siècle, sous la grande voûte de communication, un sale et hideux réduit, qui n'était éclairé que par une moitié de fenêtre, pour exposer les corps des noyés et des gens assassinés dans les rues de Paris.

Ce ne fut qu'en 1804 que l'on détruisit entièrement tout ce qui restait de cet antique monument. Sur son emplacement on fit la place que l'on voit aujourd'hui.

On croit que l'érection de la forteresse du Petit-Châtelet date de l'empereur Julien. Lorsque, en 1198, Philippe-Auguste entoura Paris d'une ceinture de pierre, il réédifia le Petit-Châtelet, qui avait considérablement souffert lors des invasions des Normands. Le Petit-Châtelet sortit donc de ses ruines, et ses constructions défensives, au bas de la rue Saint-Jacques se relièrent aux épaisses murailles du Pré-des-Garlandes (aujourd'hui rue Galande), et de la Vallée-de-Misère (quai des Augustins).

Les bâtiments du Petit-Châtelet consistaient en trois tours carrées de médiocre hauteur, unies entre elles par des espèces de galeries fortement enfoncées dans le sol. Trente-trois fenêtres bardées de fer, fournissaient le jour, du côté de la rivière, aux divers étages du fort, et, dans les fondations, se trouvaient creusées soixante casemates ou cachots. Sur la plate-forme de la tour occidentale, on remarquait encore, à la fin du dix-huitième siècle, la pierre ronde et creusée en forme de cône qui servait à planter l'aigle de la légion.

Depuis Philippe-Auguste jusqu'à saint Louis, cette forteresse tint lieu successivement, et selon la circonstance, de point de réunion pour les levées du ban, et de succursale au Grand-Châtelet. Lorsque la suppression de l'ordre des Templiers eut ajouté au domaine de l'Etat le palais du Temple, le Petit-Châtelet fut à peu près complétement abandonné. Mais sous Charles VI les prisons de cette forteresse servirent de nouveau comme supplémentaires à celles du Grand-Châtelet. On fit examiner par des maçons les bâtiments de cet édifice, et on trouva qu'ils étaient sûrs et suffisamment aérés, à l'exception de trois cachots ou *chartres-basses*, où les prisonniers, faute d'air, ne pouvaient vivre longtemps.

En 1402, le même roi destina cette forteresse au prévôt de Paris, « comme une demeure sûre et habitation honorable. » La présence de ce magistrat militaire n'empêcha pas les massacres qui, le 12 juin 1417, furent exécutés par la faction bourguignonne sur les prisonniers.

Le Petit-Châtelet servit de prison politique sous Henri III et pendant les guerres de la Fronde, et sous la régence et le règne de Louis XV, il continua à servir d'annexe aux prisons du Grand-Châtelet. Lors de la démolition de la Tournelle, on lui confia le dépôt des prisonniers de cette juridiction et sous Louis XVI, les détenus pour dettes; mais des plaintes étant parvenues au parlement sur la malpropreté et l'insalubrité de cette prison, dont les miasmes de l'Hôtel-Dieu, agrandi, corrompaient l'air, les détenus furent répartis dans d'autres prisons. Le Petit-Châtelet fut démoli en 1780.

ÉGLISE ET ABBAYE DE SAINT-GERMAIN-DES-PRÉS.

Fils et successeur de Clovis, premier roi chrétien, Childebert, assiégeant, en 542, la ville de Sarragosse, offrit aux Espagnols de se retirer avec son armée s'ils consentaient à lui donner l'étole de saint Vincent, leur compatriote, qu'ils étalaient en grande pompe sur les remparts de la ville pour fortifier leur résistance par le secours du ciel. Le marché fut promptement conclu, et Childebert revint à Paris où il fit bâtir l'église de Saint-Germain-des-Prés, dans laquelle il déposa les précieuses reliques conquises au prix de tant de fatigues et de sang. Cette église, s'il faut en croire les chroniqueurs, était d'une richesse fabuleuse. Cette merveille, dont il faut bien mettre quelque chose sur le compte de l'imagination, eut beaucoup à souffrir des invasions des Normands qui la pillèrent à plusieurs reprises. Charles Ier, quelques années avant sa mort, arrivée en 887, tenta de réparer cet édifice; mais ce ne fut qu'au commencement du onzième siècle que le roi Robert parvint à lui rendre une grande partie de sa splendeur primitive.

En 1163, le pape Alexandre III fit la dédicace de cette

église, placée dès lors sous l'invocation de saint Germain-des-Prés ; mais, usé par le temps, ce monument subit à plusieurs reprises des modifications si importantes, qu'il finit par ne plus offrir que des fragments de son caractère primitif ; on n'en voit plus aujourd'hui que la tour, sous laquelle s'ouvre le portail.

L'église de Saint-Germain-des-Prés, grâce à l'importance de l'abbaye dont elle dépendait, était la plus riche de Paris ; des rois et des reines y furent inhumés, entre autres Childebert et la trop fameuse Frédégonde. Sous ses voûtes, furent placés les tombeaux de Mabillon, Descartes, et de plusieurs autres grands hommes, dont les dépouilles mortelles ont été sacrilégement dispersées en 1793.

Ornée pendant tant de siècles par la piété des fidèles, l'église Saint-Germain-des-Prés possédait d'innombrables reliques et une foule d'objets sur lesquels se portait la vénération populaire. Au fond du sanctuaire s'ouvrait un puits dont les eaux étaient réputées efficaces contre toutes les maladies ; le peuple adorait encore une vieille statue païenne placée près de l'église. Mais le clergé combattit ces croyances aveugles, en faisant combler le puits et abattre la statue.

Eglise paroissiale du faubourg Saint-Germain, l'église Saint-Germain-des-Prés était, en même temps, la chapelle particulière de l'abbaye du même nom ; une des plus puissantes, des plus riches, des plus célèbres de toute la France. Ses édifices, ses cours et ses jardins couvraient tout le vaste espace compris entre les rues du Colombier, de Saint-Benoît, de Sainte-Marguerite, et de l'Echaudé. L'entrée principale du monastère était située à l'est, vers l'emplacement qu'occupe aujourd'hui la prison de l'Abbaye. Une autre porte, flanquée de deux tours rondes, s'ouvrait dans la rue appelée depuis Saint-Benoît.

La rue *Neuve-de-l'Abbaye* occupe la place d'une partie du grand cloître, du chapitre et de la sacristie, et, au nord de cette rue, des maisons couvrent les lieux où s'élevaient le réfectoire et la chapelle de la Vierge.

La bibliothèque, l'une des plus curieuses de Paris, fut en partie détruite, en 1794, par l'explosion de quinze milliers de salpêtre déposés dans le réfectoire.

Dans les quinzième et seizième siècles, les fossés de l'abbaye *de Saint-Germain-des-Prés* y furent enclavés par de nouveaux murs élevés sur leur bord extérieur; mais au commencement du dix-septième, ils furent comblés, et diverses portions de l'enclos aliénées pour l'établissement des rues Childebert et de Sainte-Marthe. Au sud de l'enclos était un terrain vague où l'on pratiqua d'abord un chemin, et par la suite des rues et la prison qui existe encore. A l'ouest, s'élevait entre de vastes murailles la *Courtille* ou *Clos-de-l'Abbaye*. En dehors, une petite chapelle dédiée à saint Pierre existait près d'un chemin aboutissant à la Seine, et qui est devenu la rue des Saints-Pères. Au nord, enfin, et au-delà du fossé, était le *Chemin-des-Clercs* longeant *le Petit-Pré-aux-Clercs* qui se couvrit de maisons à partir de 1640. Un colombier, élevé sur le mur d'enceinte de l'abbaye, fit donner à ce chemin le nom de rue du Colombier.

En 1792, par décret du 13 février, *l'abbaye de Saint-Germain-des-Prés*, comme toutes les autres, fut supprimée; et en 1802, son église devint, ce qu'elle est aujourd'hui, succursale de la paroisse de Saint-Sulpice.

ANCIEN HOTEL SAINT-POL.

L'hôtel *Saint-Pol* était un ensemble d'édifices, de cours, de jardins qui s'étendait depuis la rue Saint-Antoine jusqu'au cours de la Seine, et depuis la rue Saint-Paul jusqu'aux fossés de l'Arsenal et de la Bastille. Charles V, alors dauphin et régent du royaume, acheta de divers particuliers, durant la captivité de son père, de 1360 à 1365, plusieurs hôtels et maisons qui furent, tous en masse, qualifiés *d'hôtel Saint-Pol*, à cause du voisinage de l'église de ce nom. Le roi de France avait dans l'enceinte de ce miraculeux hôtel de quoi loger superbement vingt-deux princes avec leurs domestiques. Chaque prince avait pour appartement onze salles, des galeries, des étuves ; il avait aussi son jardin. Ajoutez les cuisines, les offices, les réfectoires, les basses-cours, les laboratoires, les salons de jeux, les volières, les poissonnières, les écuries, les étables, les bibliothèques, les arsenaux, les fonderies, les ménageries de lions et autres animaux féroces, et vous aurez une idée de l'immensité de cette royale demeure.

LA TOUR DE NESLE.

Adossé à l'enceinte de Paris, se trouvait l'hôtel de Nesle, qui était situé sur une grande partie de l'emplacement que couvrent maintenant les rues de Nevers, d'Anjou, Guénégaud, et le palais de l'Institut.

Cet hôtel présentait une façade de onze grandes arcades avec un enclos planté d'arbres, et dont l'extrémité, du côté des quais, était proche de l'église des Augustins, bâtie en 1368, sur le terrain occupé aujourd'hui par le marché de la Vallée.

Sa cour spacieuse et ses jardins s'étendaient à peu près sur la rue Mazarine et le quai Conti ou de la Monnaie, autrefois quai de Nesle, du nom de l'hôtel qui en occupait toute la longueur.

La porte et la tour de Nesle ne faisaient point partie de l'hôtel qui leur avait donné son nom, à cause de sa proximité; elles l'avaient précédé, et faisaient partie de l'enceinte de Philippe-Auguste. La tour, de forme ronde et fort grosse, haute d'environ 120 pieds, avançait dans la Seine, sur une petite pointe de terre; elle était accouplée à une tour moins épaisse, mais plus élevée, et qui contenait l'escalier à vis; ses fondements sur pilotis étaient au-dessous du niveau de la Seine. Un pan de mur avec des créneaux se réunissait à la porte, espèce de bastille, flanquée de deux tours rondes et garnie d'un pont-levis; un court espace de murs la séparait encore des bâtiments de l'hôtel.

Suivant Brantôme, Jeanne de Bourgogne, épouse de Philippe-le-Long, se livrant à ses honteux penchants, souillait à la fois et son titre de reine et son titre d'épouse. « Elle « se tenoit à l'hostel de Nesle, à Paris, laquelle faisoit le « guet aux passans, et ceux qui lui revenoient et agréoient « le plus, de quelque sorte de gens que ce fussent, les fai- « soit appeler et venir à soy, et, après en avoir obtenu ce « qu'elle en vouloit, les faisoit précipiter du haut de la tour « qui paroît encore, en bas en l'eau, et les faisoit noyer. « Je ne veux pas dire que cela soit vrai, ajoute-t-il, mais « le vulgaire, au moins la plupart de Paris, l'affirme, et « n'y a si commun, qu'en lui monstrant la tour seulement « et en l'interrogeant, que de lui-même ne le die. »

On voit que Brantôme n'ose répondre de l'authenticité de son récit, et, pour l'honneur de l'humanité, l'on voudrait arracher de l'histoire cette page sanglante, que l'imagination des dramaturges a célébrée aux dépens de la vérité. L'hôtel de Nesle devint, sous Henri II, l'hôtel de Nevers, puis l'hôtel Conti; après Mazarin, le collège des Quatre-Nations fut bâti sur son emplacement : aujourd'hui c'est l'Institut.

PORTE SAINT-ANTOINE.

La porte Saint-Antoine, qui déjà se nommait la Bastille,
se composait alors d'un corps principal de peu d'étendue
que flanquaient quatre tourelles crénelées et garnies de
meurtrières. Ce fut là la pierre fondamentale, le noyau,
pour ainsi dire, de la fameuse Bastille. Les travaux successifs par lesquels la porte se grandit et se métamorphosa en
forteresse commencèrent dès l'année 1369. La porte Saint-
Antoine n'eut donc qu'une existence bien courte, mais elle
continua à servir de voie publique longtemps encore après
qu'elle eut été changée en Bastille. La route traversait le
château; lorsque l'importance de la forteresse augmenta
et que l'intérieur devint plus strict, l'entrée en fut interdite; on détourna le chemin, et on construisit une
porte nouvelle. Cette seconde porte Saint-Antoine s'ap
puyait d'un côté sur la Bastille et de l'autre sur un petit
fortin. Vers le milieu du dix-septième siècle, au moment où le boulevart était planté d'arbres, l'architecte
Blondel l'agrandit, la restaura, lui ajouta deux portes latérales, et lui donna les décorations d'un arc-de-triomphe en
l'honneur de Louis XIV. Elle fut détruite en 1778.

LA BASTILLE.

C'est à la suite de la fameuse journée de Poitiers que, sous la direction du prévôt des marchands, Etienne Marcel, la ville de Paris, débordant l'étroite enceinte de Philippe-Auguste, s'entoure d'une nouvelle enceinte fortifiée, et que s'élèvent deux grandes tours destinées à défendre contre l'ennemi l'entrée de la porte Saint-Antoine : ce fut là le commencement de la Bastille. Charles V fit élever quatre nouvelles tours à côté des deux premières, et entoura ces constructions d'un mur et d'un fossé. En 1383 , Charles VI ajouta deux nouvelles tours , et la Bastille éleva fièrement ses huit tours au-dessus de Paris.

La rue Saint-Antoine était autrefois séparée du faubourg, non seulement par la Bastille, qui gardait la porte de la ville , mais par un arc ou porte de triomphe construit sous Henri II. Cette porte restaurée en 1670 , et consacrée à la gloire de Louis XIV, a été démolie en 1778 , et la rue n'est séparée du faubourg que par une grande place, sous laquelle coule le canal Saint-Martin. Le mur de revêtement de ce fossé est tout ce qui reste du fameux château.

PORTE SAINT-MARTIN.

Au douzième siècle, la porte Saint-Martin était placée à
a hauteur du Cloître-Saint-Merry, dont elle emprunta le nom.
Sous Philippe-Auguste, elle fut reculée jusqu'au carrefour
des rues aux Ours et du Grenier-St.-Lazare, et plus tard elle
s'éleva à l'embranchement des rues Meslay et Ste.-Apolline.

Cette porte, sous Henri IV, moins forte que les portes
Saint-Antoine, Saint-Denis et du Temple, n'avait pas comme
elles le titre de *Bastille*, mais elle formait néanmoins un
édifice assez imposant.

Sous Louis XIV, lorsque la France, portant la guerre chez
les autres, ne pensait pas qu'elle pût la recevoir chez elle,
la capitale, au lieu de ces remparts qui l'étreignaient dans
leur cercle de fer et de pierre, s'entoura de ces élégants
boulevarts, verdoyantes ceintures des flancs populeux de
Paris ; alors ses fossés se comblèrent, et ses portes détruites
firent place à des arcs-de-triomphe. La porte Saint-Martin,
devenue monument d'orgueil de monument de peur qu'elle
avait été, recula de quelques pas (1671), et vint dresser,
aux lieux mêmes où on les peut contempler encore aujour-
d'hui, ses formes nouvelles et ses bas-reliefs adulateurs.

PALAIS DES THERMES ET HOTEL DE CLUNY.

Vers la fin du troisième siècle, lorsque Paris, alors Lutèce, n'avait point encore franchi les bornes de la Cité, un vaste édifice, élevé sur la rive gauche de la Seine, couvrait de sa masse principale et de ses dépendances l'espace compris entre la rivière, la Sorbonne, la rue de la Harpe et la rue Saint-Jacques. C'était ce qu'on a nommé le *Palais des Thermes*. La disposition et le caractère des bâtiments indiquaient en effet qu'ils avaient été construits pour servir de salles de bains chauds, mais sans avoir été exclusivement destinés à cet usage, et réunissant dans leur enceinte tout ce qui pouvait contribuer à l'agrément et à la commodité d'une vie somptueuse; munis en outre de moyens de défense, ils servaient à la fois de maison de plaisance et de citadelle aux gouverneurs romains des Gaules.

Ce palais, qui tient à la plus haute antiquité, n'est plus maintenant que le vestige du vieil édifice romain; il n'en reste que quelques ruines et une salle unique, qui, en 1819, si l'autorité n'y eût pas fait faire des réparations, aurait succombé sous le poids de sa vétusté. La lumière y est introduite par une fenêtre en forme d'arcade, placée au-dessus d'une niche circulaire, qui elle-même est au-dessus de la porte. La voûte de cette salle supporte un jardin où des arbustes et même la vigne viennent en pleine terre; elle est composée d'un blocage de moellons et de briques liés par un mortier formé de chaux et de sable de Paris. Les curieux qui désirent visiter ces restes d'antiquités romaines peuvent s'adresser rue de la Harpe, 60.

De tous les édifices qu'ont enfantés les ruines du palais des Thermes, l'hôtel de Cluny est le seul qui, par le mérite de sa structure, se fasse pardonner, en quelque sorte, le défaut, le crime de son origine, en ce qu'il substitue du moins un monument au monument dont il a pris la place. Ses fondateurs furent des moines de l'abbaye de Cluny, instituée vers le dixième siècle, sous la règle de saint Benoît.

La structure et l'histoire de ce premier hôtel de Cluny sont demeurées vagues et incertaines; elles n'offriraient d'ailleurs que peu d'intérêt, puisque ce palais disparut quelques années après sa création, pour être remplacé par l'édifice actuel. Le second hôtel de Cluny eut pour fondateur un fils naturel du premier Bourbon, du nom de Jean, fait prisonnier à la funeste bataille d'Azincourt (1415). Le monument qu'il fit élever porte le caractère d'architecture commun à tous les édifices de l'époque intermédiaire entre Charles VII et François Ier. Il appartient à la fois à l'ère qui expirait et à celle qui s'ouvrait. Ces ébauches équivoques, ces productions mixtes d'une main qui tâtonne, d'un goût qui cherche, sont plus intéressantes et plus instructives peut-être que les résultats nets et fortement caractérisés d'un art complet et stationnaire.

L'hôtel de Cluny a subi de grandes dégradations; cependant de beaux fragments s'y sont encore conservés jusqu'à nous, et une restauration complète en a fait un admirable musée où se trouvent réunies les antiquités les plus rares et les plus précieuses.

PRIEURÉ DE SAINT-MARTIN-DES-CHAMPS

Le *Conservatoire des Arts et Métiers* occupe l'église et les bâtiments de l'ancien prieuré de Saint-Martin-des-Champs, dont la fondation se perd dans les premiers temps de la monarchie, et qui, détruit par les Normands, fut réédifié par Henri Ier. L'église a subi plusieurs reconstructions depuis le xie siècle, et le réfectoire existe encore bien conservé. Les autres bâtiments sont presque tous modernes. L couvent, détruit en 1790, resta sans destination jusqu'e 1795, où un décret de la Convention, sur le rapport d Grégoire, y établit un conservatoire d'arts et métiers. Ce établissement a pris une grande extension depuis la Restau ration, époque depuis laquelle ces cours publics y sont attachés. Il occupe l'église, le réfectoire et les bâtiments claustraux; la plus grande partie des jardins est occupée par un beau marché, qui fut, pendant les Cent-Jours, momentanément transformé en un vaste atelier d'armes, et le 13 juin 1849, ce fut le lieu de réunion des chefs du mouvement insurrectionnel

LE PILORI DES HALLES.

Il existait à Paris plusieurs constructions destinées à exposer des condamnés aux yeux du public. On voyait un pilori au carrefour formé par les rues du Four, de Sainte-Marguerite, de Bussi et des Boucheries. C'était celui de la justice de Saint-Germain-des-Prés. Le pilori le plus connu était celui du carreau des halles. Il présentait une construction octogone en maçonnerie surmontée d'une vaste lanterne en bois, dans laquelle on plaçait les condamnés. Cette lanterne tournait sur un pivot. En la faisant mouvoir de tous côtés, on exposait le patient à tous les regards du public. Dans les comptes de la prévôté de Paris de l'an 1515, on voit que Laurent Bazard, exécuteur de la haute justice, étant monté dans le pilori, sans doute pour y faire quelques apprêts, plusieurs hommes du peuple y mirent le feu, et que ce bourreau y fut brulé vif. Après la reconstruction du pilori, on cessa d'y faire les exécutions à mort qui s'y étaient pratiquées quelquefois, et il ne servit plus qu'à exposer les banqueroutiers frauduleux et les usuriers. Il y avait à côté du bâtiment une croix ; et par une contradiction assez bizarre, c'était au pied de cette croix, lieu d'asile pour les voleurs, que les usuriers et banqueroutiers faisaient la cession de leurs biens.

LA TOUR DU TEMPLE.

Les Templiers, qui possédaient d'immenses richesses, avaient acheté, cent trente ans avant leur abolition, toute cette partie de Paris qu'on appelle aujourd'hui le Marais; c'étaient de vastes terrains marécageux; ils les desséchè-

b.

rent, les changèrent en riantes cultures, et élevèrent au milieu de cette campagne un palais considérable qui devint le chef-lieu de l'ordre. A côté du Temple s'élevait un vaste enclos où de grands seigneurs avaient leurs hôtels; c'était en même temps, et jusqu'à la révolution, un lieu d'asile pour les criminels, les débiteurs et les ouvriers sans maîtrises. La population du Temple, qu'un chroniqueur a comparé à une ville, se compoait, en 1789, de 3 à 4,000 individus. L'enclos était entouré de hautes murailles crénelées et flanquées de tours qui furent presque entièrement démolies en 1802; on y construisit, à cette époque, la rotonde, et, quelques années plus tard, la halle au vieux linge. L'église était assez belle et construite sur le modèle de Saint-Jean de Jérusalem; mais, parmi les bâtiments du Temple, le plus curieux était une tour quadrangulaire haute de 150 pieds, et flanquée à ses angles de quatre tourelles. Construite en 1212, elle servit tour à tour de lieu de dépôt pour les archives des Templiers, et pour celles des chevaliers de Malte, leurs successeurs; plusieurs rois de France y ont eu même leurs trésors. L'historien Sauval disait, au seizième siècle : « La grosse tour, par sa solidité, est pour durer encore bien longtemps, *si autre chose n'arrive.* » Mais autre chose est arrivée. Dans la soirée du 30 août 1792, Louis XVI avec sa famille étaient conduits au Temple. Il y habita la grande tour, et n'en sortit que pour aller à l'échafaud. Elle servit ensuite de prison d'État, et fut démolie en 1811. Dès 1667 on avait construit, en avant du vieux manoir des Templiers, déjà dénaturé après leur abolition, un vaste hôtel où Philippe de Vendôme donnait, au 18e siècle, des soupers célèbres par l'esprit et le scepticisme des convives, et qui, après bien des vicissitudes, devint, en 1803, une simple caserne de gendarmerie. Restauré de 1811 à 1813 pour servir au ministère des cultes, cet édifice fut livré par la Restauration à une congrégation de bénédictines que la République a dispersées.

LE LOUVRE SOUS CHARLES V.

La grosse tour du Louvre et son enceinte étaient les uniques constructions de ce château, que Philippe-Auguste eût fait élever et où il fixa sa résidence habituelle.

Charles V en forma, par de nombreuses bâtisses et de grands changements, un palais sans ordre et sans goût, tel qu'on le voyait il y a deux siècles. Il s'étendait, sous la figure d'un rectangle, depuis la Seine jusqu'à la rue de Beauvais, laquelle est détruite depuis les projets de jonction du Louvre et des Tuileries; et depuis la rue Froidmanteau jusqu'à la rue du Coq. C'était une suite de bâtiments dont les façades continues ressemblaient à quatre pans de murailles percées à l'aventure de petites croisées les unes sur les autres, sans aucune symétrie. Ces bâtiments étaient d'ailleurs flanqués d'un grand nombre de tours, et environnés de fossés larges et profonds : au centre était la grande cour, dont les dimensions étaient de 66 mètres sur 60 mètres, et la grosse tour, nommée spécialement la Tour-du-Louvre, dont les murs avaient plus de 4 mètres d'épaisseur, la circonférence 50 mètres et la hauteur 32. A l'entrée du pont jeté sur le fossé qui la séparait de la cour, figurait une statue de Charles V, tenant en main son sceptre et portant en tête la couronne de France. La tour communiquait aussi aux bâtiments qui entouraient la cour par une galerie de pierre. On ignore à présent combien il y avait d'étages; mais on sait que chacun était éclairé par huit croisées, garnies d'épais barreaux et d'un treillage en fil de fer. Afin que rien ne manquât à ce lieu redoutable, qui était plutôt une bastille qu'un palais, il était fermé par une énorme porte en fer garnie de serrures et de verroux.

L'intérieur du Louvre répondait à l'extérieur : c'étaient des salles immenses décorées d'armes, de trophées ou de peintures grossières, représentant des animaux de toutes sortes ou des paysages. On y comptait plusieurs chapelles, et le plus grand des jardins n'avait que 12 mètres de long.

Tel était le Louvre sous Charles V. Il n'en reste aujourd'hui que le nom et l'emplacement. Plus d'un siècle et demi s'écoula sans qu'aucune réparation fût faite au palais de Charles V. Il tombait en ruine, lorsque François Ier voulut le restaurer pour y recevoir l'empereur Charles-Quint (1538). Le premier projet du roi était seulement de réparer; mais il résolut ensuite de réédifier à peu près complétement. La grosse tour de Philippe-Auguste s'écroula sous le marteau; les constructions gothiques de Charles V furent abattues, et dans l'espace de huit ans un nouveau palais s'éleva sur les dessins et sous la direction du célèbre architecte Pierre Lescot. Il en reste encore aujourd'hui diverses parties; la plus remarquable, que l'on désigne sous le nom de *vieux Louvre*, est le corps de bâtiment qui fait face d'un côté à la cour carrée du Louvre, et de l'autre aux Tuileries.

Le Louvre, ainsi commencé sous François Ier, fut achevé en partie sous Henri II. Louis XIII a fait bâtir le pavillon de l'Horloge, mais c'est Louis XIV qui lui a donné son plus bel ornement, la fameuse colonnade que l'on doit au génie de Claude Perrault.

Pour mentionner les événements dont le Louvre fut le théâtre, il faudrait résumer toute l'histoire de France, depuis le jour où le comte *Ferrand bien enferré* entra dans la grosse tour, jusqu'à l'heure où les Parisiens, tués dans les journées de Juillet, reçurent une sépulture aux lieux mêmes où Charles IX jouait à la paume la veille de la Saint-Barthélemi, et d'où pendant les scènes affreuses du lendemain il tirait plusieurs coups d'arquebuse sur quelques protestants en fuite. Il faudrait également parcourir toutes les annales des arts pour énumérer les illustrations, les trésors du Louvre, comme musée de sculpture, de peinture, d'antiques, comme palais d'exposition pour les produits des arts et de l'industrie de la France.

LES TUILERIES.

Les premières constructions du château furent commencées en 1564, pour Catherine de Médicis, par Philippe
Delorme et Jean Bullant, sur des terrains où existait déjà
une assez vaste maison avec dépendances appartenant à
Neuville de Villeroy. Ce lieu, nommé la Sablonière, fut peu
à peu appelé les Tuileries parce qu'une fabrique de ce
genre s'y était établie. Sous Henri IV et Louis XIV on ajouta
au palais, les deux corps-de-logis et les deux gros pavillons
qui le rendirent tel que nous le voyons maintenant. En
même temps le pavillon central fut exhaussé et rendu quadrangulaire de sphérique qu'il était. Un escalier, qui prenait son origine sous le vestibule et qui formait la principale entrée des appartements a été supprimé par ordre de
Louis-Philippe. Pendant longtemps le terrain de la place
dite du Carrousel, en commémoration d'une fête qu'y
donna Louis XIV, fut planté en jardins, encombré de maisons et couvert de fours à briques. Ce fut Napoléon qui fit
ouvrir la vaste rue par laquelle on communique des Tuileries au Louvre, ériger l'arc-de-triomphe, et commencer au
pavillon Marsan la galerie destinée à form r la parallèle de

celle du quai. En attendant que ce travail de jonction se termine, on débarrasse en ce moment le terrain compris entre les deux édifices, et tôt ou tard les Tuileries et le Louvre offriront dans leur réunion le plus immense et le plus magnifique monument de l'univers.

Les jardins étaient, dans l'origine, séparés du château par la rue des Tuileries qui longeait les bâtiments. Ils étaient entourés de fossés et de murailles; on y voyait un étang, une volière, une orangerie, une ménagerie et une garenne. Le Nôtre se mit à l'œuvre sur cet amas informe en 1665; et le jardin qu'il dessina s'est presque conservé intact jusqu'à nous quant à son plan général; mais aux deux extrémités occidentales Napoléon fit démolir l'orangerie et plusieurs bâtiments pour prolonger les terrasses voisines, et celle des Feuillants devint ce qu'elle est aujourd'hui. Auparavant elle était séparée du jardin par une grille, et de l'autre côté régnait un grand mur couvert de charmille, au-delà et le long duquel se trouvaient au lieu de la rue de Rivoli actuelle, une cour et un jardin appartenant au couvent des Feuillants existant sur l'emplacement de la rue Castiglione et ouvrant sur la rue Saint-Honoré. Cette cour avait son entrée dans la rue du Dauphin, communiquait avec le jardin des Tuileries près du château, et avait à son extrémité le grand bâtiment du manége, qui lui-même avait accès sur la terrasse des Feuillants. Au couchant des Feuillants étaient les Capucines, bordant le jardin des Tuileries. Toutes ces localités ayant joué un grand rôle dans la révolution.

POISSY. — Typographie ARBIEU.

LES BOULEVARTS.

Lorsque les conquêtes de Louis XIV, en nous donnant la Flandre, eurent reculé nos frontières, Vauban la couvrit d'un triple rang de places fortes. Paris, confiant dès lors dans ces remparts éloignés, s'étendit à l'aventure hors des siens. Le roi permit qu'on les plantât d'arbres, et ces murs épais, ces boulevarts longtemps redoutés, ne furent plus qu'un ornement au lieu d'être une défense.

C'est à cette si vivante portion de la grande cité, qui s'étend depuis la rive droite du fleuve jusqu'aux hauteurs de Montmartre, de Belleville et de Ménilmontant, qu'appartiennent les boulevarts les plus brillants, les seuls qui soient en grand renom dans le monde, et qui, certes, méritent bien leur réputation; car nulle part ailleurs on ne saurait rencontrer une exhibition plus complète de toutes les classes de la société parisienne, un spécimen plus fidèle et plus varié de toutes les industries et de toutes les élégances de la civilisation en pro-

2

grès. Ces boulevarts ne furent pas dans l'origine ce qu'ils sont aujourd'hui. Un arrêt du Conseil d'État, du 16 juin 1670, ordonna l'ouverture d'une première section, à partir de la Bastille jusqu'à la porte Saint-Denis. L'avenue devait être composée de trois rangées d'arbres; l'allée du milieu avait 32 mètres de largeur, et les contre-allées environ 6 mètres. L'année suivante, un second arrêt décida que les travaux seraient continués jusqu'à la nouvelle porte Saint-Honoré, située entre la rue et le faubourg de ce nom. La grande ligne des boulevarts fut ainsi déterminée; mais que d'obstacles il y eut à faire disparaître pour la rendre praticable, que de nivellements à opérer, que de ruines, que de décombres, que de masures à enlever! Ce fut une œuvre colossale pour le temps. Toutefois, les boulevarts, tels que Louis XIV les créa, ne furent d'abord qu'une vaste promenade plantée de jeunes arbres et offrant aux Parisiens entre la ville et la campagne, un cours où l'absence de tout ombrage n'était que faiblement compensée par un isolement qui ne laissait pas d'avoir ses dangers. Ce n'était encore là qu'un large chemin, tracé dans le vide. Au nord, des guérets, des prairies, des marais, des jardins, de loin en loin de sombres monastères, quelques fermes perdues dans l'espace, la vieille église de la Madelaine, l'ancien bourg de la Ville-l'Evêque, n'eussent pas permis de deviner les abords d'une grande ville. Au midi, l'aspect était moins désert. A leurs limites extrêmes, les boulevarts offraient en perspective, d'une part, les vieilles tours de la Bastille, de l'autre, à la hauteur de l'espace qu'occupe aujourd'hui la place de la Concorde, la porte de la Conférence, bâtie sous François Ier, et antérieurement appelée porte Neuve. Dans l'intervalle, on apercevait successivement sur la droite plusieurs des anciennes portes de la ville, la porte Saint-Honoré, la porte Gaillon, conduisant à la butte Saint-Roch, couronnée de deux moulins à vent, encore debout en 1667, la porte Richelieu, dans la rue de ce nom près de la rue Feydeau, la porte Montmartre, située dans l'angle compris entre les magasins de la Ville de Paris et la rue des Jeûneurs, la porte Saint-Louis, à l'entrée de la rue du Pont-aux-Choux, et, enfin, la porte Saint-Antoine. Sur la gauche s'élevaient en arcs-de-triomphe les nouvelles portes Saint-Denis et Saint-Martin, puis venait la nouvelle porte du Temple, construite à l'entrée du faubourg. Des hôtels de grands seigneurs plus ou moins épars, des couvents nombreux d'hommes et de femmes étaient de chaque côté les seuls édifices qui rompissent la monotonie du coup d'œil. Tous ces terrains, toutes ces plouses, toutes ces cultures appartenaient à la noblesse ou au clergé; moines et féodaux s'étaient partagé cette thébaïde. C'étaient ces parasites qui paralysaient le mouvement de Paris et empêchaient son accroissement. A cette époque, le quartier qu'on appelle aujourd'hui le Marais, était le plus brillamment habité; aussi, les boulevarts du Temple, des Filles du Calvaire, de Beaumarchais, qui sont aujourd'hui les plus abandonnés de tous, étaient les seuls fréquentés. Là, était le rendez-vous du monde élégant; ailleurs on ne rencontrait que des passants, et, aux jours de fête, des essaims du peuple qui, à vingt pas de la chaussée, trouvaient tous les bonheurs de la campagne, un gazon à fouler, des bluets à cueillir, des haies fleuries et presque des bois. A travers ces solitudes, l'aristocratie et l'église avaient aussi leurs haltes et leurs stations de plaisance, des lieux de pélerinage ou de débauche. Le château du Coq, situé dans un terrain sur lequel a été bâtie la rue Saint-Lazare et la chapelle des Porcherons, qui porte aujourd'hui le nom plus gracieux de Notre-Dame-de-Lorette, avaient acquis dans ce genre une célébrité historique. Le village des Porcherons, la Grange-Batelière, riche et vieille ferme du patrimoine épiscopal, étaient les théâtres de toute espèce d'ébats. La Grange-Batelière était située à peu près sur l'emplacement de la mairie du 2e arrondissement.

A partir de 1707, les grands faubourgs commencent à naître et à se peupler; des rues d'une importance future s'ouvrent sur la nouvelle promenade; les faubourgs Montmartre, Poissonnière, Saint-Denis, Saint-Martin, appelé d'abord faubourg Saint-Laurent, le faubourg du Temple, avec sa Courtille et ses cabarets voués au scandale des plus sales orgies par les roués de la Régence, le quartier Popincourt, toutes ces parties du Paris nouveau, se dessinent lentement. En ce temps, les courtisans et les religieux étaient seuls en possession de toute la richesse; rien ne se faisait que pour eux; si l'on construisait, c'étaient toujours des palais, des hôtels, des monas-

tères ou des chapelles; rien pour l'industrie, rien pour le travail. Mais la révolution de 1789 ouvre pour Paris et pour la
France une ère nouvelle; tout ce qui a une valeur, tout ce qui
produit grandit, se développe et prend enfin sa place au soleil.
Jusque-là, les officiers du roi et les serviteurs de Dieu avaient
occupé en maîtres euclusifs une immensité de terrains pri-
vilégiés; partout ils faisaient autour d'eux des vides qu'ils ne
permettaient pas de combler; il n'y avait d'espace à prendre
que d'un seul côté; franchissant la ligne méridionale du boulevart, on s'était lancé sur le sol vierge qui le bornait au nord.
Une nombreuse armée de fournisseurs, de traitants, d'actrices,
de danseuses, de viveurs et d'aventuriers était venue fonder
là une opulénte colonie : ainsi s'était créé le séjour des mata-
dors de la finance, des parvenus et des prostituées de haut
parage.

Le Marais des Porcherons se couvrit, comme par enchantement, de riantes guinguettes, de petites maisons ou de magnifiques palais. Bientôt s'ouvrirent et s'alignèrent toutes les
splendides rues de la Chaussée-d'Antin. L'impulsion était
donnée; mais il fallait que la révolution achevât de balayer
les obstacles. Le peuple, une fois appelé à la vie et à l'activité, les deux flancs de l'avenue ouverte par Louis XIV se
trouvèrent tout à coup dégagés, et partout deux lignes d'habitations, appropriées aux besoins de la civilisation, furent subs-
tituées au cordon de pierres de taille qui courait de la Madelaine à la Bastille le long des jardins et des rues basses.
Depuis ce temps, les Champs-Elysées, avec leurs villas, leurs
cafés chantants, leurs bals, leur Cirque, leur Château des
Fleurs et leur Hippodrome sont comme la couronne des boulevarts; en haut un monument sans pareil, l'Arc-de-Triomphe
de l'Etoile, est, pour la ville de Paris, une entrée majestueuse;
en bas, la féerique place de la Concorde où s'élance vers le
ciel l'antique aiguille des Pharaons, où jaillissent et coulent
sans cesse des gerbes et des napes d'eau ; plus loin, la grande
allée et la façade des Tuileries; à droite, le Temple des Lois;
à gauche, celui de la Gloire, l'église de la Madelaine, restituée
aujourd'hui à sa consécration primitive, tout près de là un
superbe marché aux fleurs. Le boulevart de la Madelaine est
à la veille de sa transfiguration; il ne peut rester longtemps
isolé comme il l'est des maisons et des boutiques. Le boule-

vart des Italiens s'émaille chaque soir de toutes les fashions dévergondées, et d'une foule de lorettes plus ou moins faméliques. Tortoni et la fameuse maison dorée sont dans ces parages, sur lesquels s'ouvre une rue toute de magnificences, celle qui conduit à la place Vendôme, où se dresse la colonne napoléonienne, des théâtres petits et grands, des bazars, des étalages de tous les genres, décorent les deux guirlandes si vivantes et si variées, dans lesquelles s'encadre le tableau le plus animé, jusqu'à l'endroit où le château d'eau verse dans son bassin ses inépuisables cascades. Ici recommence, après les cahutes des saltimbanques, après les spectacles forains, avec intercalations de tapis-francs, une quasi-solitude qui prouve que les heureux du siècle se sont déplacés. C'est la région des voyous et des gamins peu surveillés, qui s'arrête à la colonne de Juillet, où s'ouvre une autre région, celle des rudes travailleurs du faubourg Saint-Antoine.

En même temps que les boulevarts du nord se construisaient, on comblait les fossés et on démollissait les portes de l'ancienne enceinte du côté du midi. On commença alors à planter d'arbres ces emplacements, mais les boulevarts intérieurs du midi, qui suivent les contours de la ville, depuis le Jardin-des-Plantes jusqu'à l'esplanade des Invalides, ne furent entièrement achevés qu'en 1761. Ces boulevarts sont peu fréquentés, si ce n'est vers la grille méridionale du jardin du Luxembourg, ainsi qu'aux approches des embarcadères d'Orléans et de Chartres. La beauté des plantations, et quelques perspectives extrêmement pittoresques en font cependant une des promenades les plus agréables que Paris renferme dans son enceinte. Les avenues qui se trouvent entre le boulevart de l'E-cole-Militaire, l'hôtel des Invalides et Vaugirard, ainsi que celles qui entourent le Champ-de-Mars, furent plantees sous le règne de Louis XV.

LE PONT-NEUF.

Le Pont-Neuf, dont la première pierre fut posée par Henri III, en 1578, ne fut achevé qu'en 1602. Alors la Cité fut agrandie par la réunion des îles qui l'avoisinaient, et on construisit la place Dauphine et le terre-plein de Henri IV, sur lequel le nouveau pont dut s'appuyer, et où fut élevé, en 1614, à l'endroit même où deux cents ans auparavant on dressait le bûcher de Jacques Molay, grand-maître des Templiers. Le cheval de bronze et son cavalier furent, en 1792, transformés en canons, et, à leur place, on établit une batterie qui, depuis la déclaration du danger de la patrie, tirait d'heure en heure et incessamment le canon d'alarme. Devant cette batterie fut dressé un amphithéâtre où des

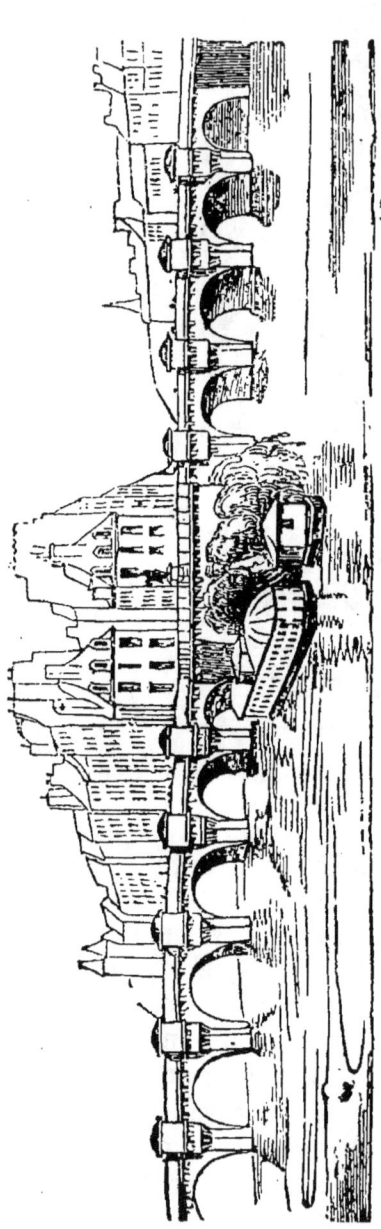

officiers municipaux recevaient sur une table portée par des tambours les enrôlements volontaires. C'est de là qu'on vit partir pour l'armée, couverts d'applaudissements, de fleurs et de larmes, les glorieux, les immortels bataillons de la garde nationale parisienne. La statue équestre a été rétablie en 1817. Quatre années auparavant avait été détruit, sur le Pont-Neuf, le bâtiment de la Samaritaine, fontaine ornée de bronze et d'une horloge à carillons qui était mue par une pompe aspirante, laquelle fournissait de l'eau au quartier du Louvre; elle avait été établie en 1608.

C'était un monument tout à fait populaire, et le dialogue de la Samaritaine avec le roi de Bronze ont été le sujet d'une infinité de pamphlets et d'écrits politiques, surtout au temps de la Fronde.

Le Pont-Neuf, composé de 12 arches, a 230 mètres de longueur et 24 de largeur. On l'a restauré en 1846, et, en ce moment, on travaille encore à en adoucir la pente.

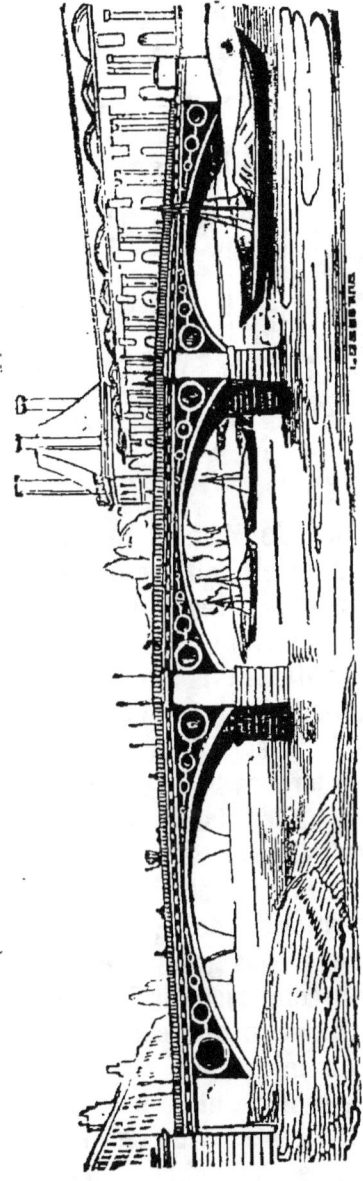

PONT DU CARROUSEL.

Dans le pont du Carrousel, la pierre, le bois et le fer ont été combinés d'une façon nouvelle par des procédés ingénieux. Au lieu de lames de fer, l'architecte a adopté des corps cylindriques à base ovale et à faces latérales aplaties. Ces cylindres sont creux et ont été remplis de neuf planches de pin du nord, posées à plat les unes contre les autres, et tenues sur toutes leurs faces dans un état d'adhésion parfait par du bitume, qui comble également les vides existant entre les planches et les parois du cylindre. Le tablier est formé d'un cailloutage compacte et solide; les trottoirs sont en asphalte; aux deux extrémités quatre statues reposent sur des piédestaux en fonte. Une légère grille de fer, qui forme la balustrade, plaît à l'œil, ainsi rapprochée de la masse imposante qu'elle couronne.

Après avoir subi l'épreuve d'une charge de 125,000 kilog., sur chaque arche, il a été livré au public le 1er novembre 1834.

2.

LES TUILERIES.

Personne n'ignore que Catherine de Médicis fonda le château des Tuileries sur un terrain appelé, au quatorzième siècle, la Sablonnière, et, au quinzième, les Tuileries, à cause des fours à tuiles qui s'y trouvaient. Henri IV et Louis XIV en changèrent les dispositions; la Convention même mit la main à ce palais que Louis-Philippe a aussi modifié. C'est un édifice bizarre dans ses détails et majestueux dans son ensemble. On ne trouve dans les jardins ni les accidents pittoresques du Jardin-des-Plantes, ni les riantes perspectives du Luxembourg, ni les vastes pelouses ombragées du parc de Monceaux, et cependant cette immense promenade sablée et plantée forme le plus beau lieu de la terre. A chaque pas on rencontre des statues et des groupes copiés des chefs-d'œuvre de l'antiquité, ou composés par les plus habiles artistes modernes; on en trouve jusque sous l'ombrage épais des massifs d'arbres, au milieu des clairières de gazon artistement ménagées. Le marbre et le bronze y respirent partout sous les traits des divinités mythologiques, ou ceux des personnages les plus illustres des temps anciens.

Les principales divisions sont celles qui résultent des trois grandes allées qui partent du pavillon central et des pavillons extrêmes du palais; des allées transversales et

obliques complètent la division du terrain et le rendent accessible sur tous ses points aux promeneurs. Les divers compartiments du parterre sont occupés par des gazons et entourés de fleurs et d'arbustes. Des grilles en fer en fixent la démarcation. Trois pièces d'eau, de forme circulaire, sont dans cette partie du jardin ; la plus considérable est celle du centre. Un jet d'eau s'élève à leur centre, et elles sont peuplées de poissons et de cygnes. Viennent ensuite les deux massifs d'arbres, qui sont égaux en étendue et placés symétriquement à droite et à gauche de l'allée du milieu. Le plant de ces massifs se compose principalement de marronniers et d'ormes. A leur extrémité est un immense bassin octogone, où se trouve aussi un jet d'eau, puis la grille des Champs-Elysées. C'est là que viennent se terminer les deux terrasses principales, celle du bord de l'eau et celle des Feuillants. L'angle que forment ces terrasses est rempli par une plate-forme d'une grande étendue, plantée de bosquets de forme variée, et conformément à l'inflexion du sol. Des avenues d'arbres couvrent ces terrasses. Outre la parure végétale et permanente du jardin, il faut rappeler la magnifique décoration d'orangers et autres arbres étrangers au climat de Paris, qu'on y distribue au printemps, et qui restent jusqu'aux premiers froids de l'automne.

LE LOUVRE.

Le palais est de forme carrée, et présente à l'intérieur de la cour, sur chaque dimension, quatre faces de bâtiments qui offrent à la vue plusieurs pavillons et corps-de-logis. Des bas-reliefs ajoutent au luxe des façades. Quatre vestibules spacieux conduisent à l'intérieur des appartements, et correspondent à des escaliers, parmi lesquels on distingue celui de la façade de Perrault pour ses formes grandioses et monumentales. Depuis plus d'un siècle, le Louvre allait se décomposant, s'ensevelissant sous ses propres débris, lorsque Napoléon le fit sortir de ses ruines. Cependant l'empire passa sans que le monument qui doit résulter de la fusion du Louvre et des Tuileries fût achevé. Le gouvernement provisoire de 1848 avait décidé que cette jonction aurait enfin lieu ; mais ses successeurs n'ont pas plus confirmé cette mesure que bien d'autres écloses dans les premiers jours de la nouvelle république. On s'est borné à entreprendre le déblai du terrain et la démolition des maisons qui le couvrent, et, du train que ces opérations marchent, il y en a encore pour longtemps.

LE LUXEMBOURG.

Le palais du Luxembourg, dont jusqu'au XVIᵉ siècle l'emplacement, autrefois celui d'un campement romain, n'était pas compris dans l'enceinte de Paris, fut construit par Marie de Médicis. Elle le légua à Gaston d'Orléans, frère unique de Louis XIII. Il fut tour à tour possédé par mademoiselle de Montpensier, la duchesse de Berri, fille du régent; le comte de Provence, depuis Louis XVIII, et converti en prison d'État en 1793. Érigé, en 1795, en palais du Directoire, qui y laissa mourir la République, il devint successivement palais du Sénat, où mourut l'Empire; palais de la Chambre des Pairs, où mourut la Restauration, la quasi-légitimité et la pairie elle-même, qui avait eu le malheur de prononcer, en 1815, une sentence de mort contre le maréchal Ney, au mépris de la convention de Paris. En 1820, l'assassin du duc de Berri, Louvel, y entendait aussi son arrêt de mort. Après la révolution de 1830, les ministres du roi Charles X, signataires des ordonnances de juillet, y étaient condamnés à une captivité perpétuelle. Depuis encore, de nombreux partisans des formes républicaines ont eu à y répondre à une accusation d'insurrection. A l'occasion de ce procès gigantesque, qui ne comptait pas moins de cent soixante accusés, une vaste salle de plâtre et de bois, destinée à servir de tribunal, a été appliquée à la façade du palais donnant sur le parterre; depuis, elle a été remplacée par une construction définitive et du même style que le reste de l'édifice.

C'est au palais du Luxembourg que M. Louis Blanc réunit, en 1848, dans la salle même de l'ex-chambre des pairs, les délégués des ouvriers, pour leur faire comprendre son prétendu système sur *l'organisation du travail*. La commission exécutive, héritière du gouvernement provisoire, y élut domicile avec son personnel grand et petit, et enfin le Luxembourg a été offert pour résidence au vice-président de la République, qui n'a point accepté cette munificence.

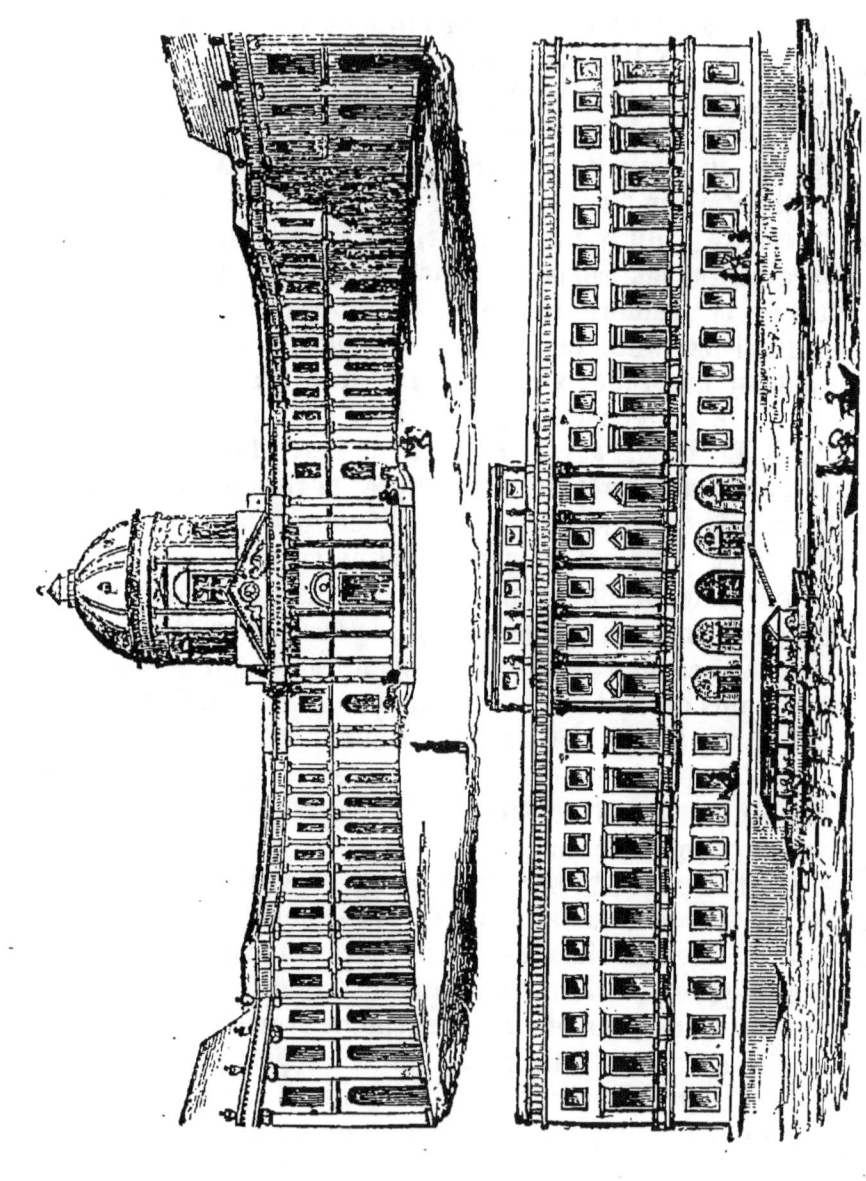

Le cardinal Mazarin, par une clause de son testament, voulut qu'un collége fût construit sur les ruines mêmes de la tour de Nesle, dans lequel seraient élevés soixante jeunes gens de familles nobles des États du pape, de Flandre, d'Alsace et de Roussillon, pays conquis ou réunis à la France, ce qui fit donner à ce monument le nom de Quatre-Nations jusqu'en 1806, époque à laquelle il fut affecté au corps savant créé par Bonaparte sous le titre d'Institut. Au-dessus de l'édifice est un dôme circulaire à l'extérieur et de figure ovale à l'intérieur; c'est au-dessous de ce dôme que se tiennent les assemblées solennelles de l'Institut. La salle est ornée des bustes de Bossuet, Descartes, Fénelon, Sully et autres savants et écrivains de la France.

Sur le même emplacement s'élève l'hôtel des Monnaies, construit en 1771, sous la direction de l'architecte Antoine. Six colonnes ioniques, surmontées d'un soubassement de cinq arcades, décorent la façade principale. Un grand entablement couronne le tout. L'avant-corps est surmonté d'une attique, devant lequel sont les figures isolées de la Prudence, la Force, le Commerce, l'Abondance et la Paix, par Pigale, Mouchi et Lecomte. Au-dessous de la porte d'entrée, à droite, est un escalier orné de colonnes, par lequel on arrive dans une salle plus magnifique encore, soutenue par vingt colonnes d'ordre corinthien en stuc; au-dessus de leur entablement règnent des galeries qui ont vue dans l'intérieur de la salle. Ce superbe local contient le musée monétaire, une des plus intéressantes collections de la capitale.

PALAIS DU QUAI D'ORSAY.

Commencé sous l'empire, et destiné au ministère des relations extérieures, il fut continué sous la Restauration et sous Louis-Philippe pour recevoir l'exposition de l'industrie française. Complétement terminé aujourd'hui, il est définitivement affecté au conseil d'Etat et à la Cour des comptes. L'édifice consiste en une vaste cour entourée par quatre magnifiques ailes de bâtiments. La façade sur la rivière offre un heureux mélange de colonnes toscanes et ioniques. Le rez-de-chaussée est flanqué à ses deux extrémités d'une balustrade en plate-forme conduisant à un jardin, et sur lequel règne une grille en fer. La cour est entourée d'une double rangée d'arcades, les escaliers sont vastes et d'une rare beeauté, et l'intérieur répond par le luxe de sa décoration à la magnificence extérieure.

La rue Bellechasse sépare ce palais de celui de la Légion-d'Honneur.

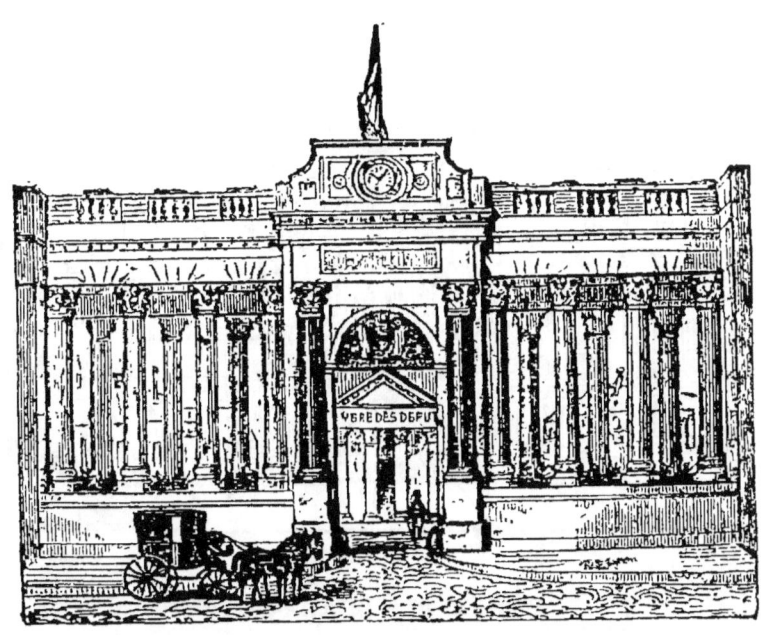

PALAIS DE L'ASSEMBLÉE NATIONALE.

A l'extrémité de *la rue de l'Université*, qui a pris son nom de l'université à qui appartenait le grand Pré-aux-Clercs, se trouve le palais de l'Assemblée nationale, autrefois palais des princes de Condé, construit en 1722, moins la façade du pont de la Concorde, qui date de 1807. Ce palais devint, sous la Convention, la maison de la révolution ou des travaux publics; il fut assigné ensuite au conseil des Cinq-Cents, puis au Corps législatif. La Restauration en fit la Chambre des Députés, qui le céda forcément à l'Assemblée nationale. Que de paroles sont sorties de ce palais, sur lequel le monde a constamment les yeux, comme si l'avenir en dépendait!

La façade, du côté de la Seine, se compose d'un portique de douze colonnes corinthiennes; le fronton représente *la France entourée de la Liberté, de l'Ordre public et des génies des différents arts.* Au bas du péristyle sont les statues de la Justice et de la Prudence; de Sully, de Colbert, de Lhospital et de d'Aguesseau. L'entrée principale donne sur la rue de l'Université, formant, en cet endroit, une vaste place.

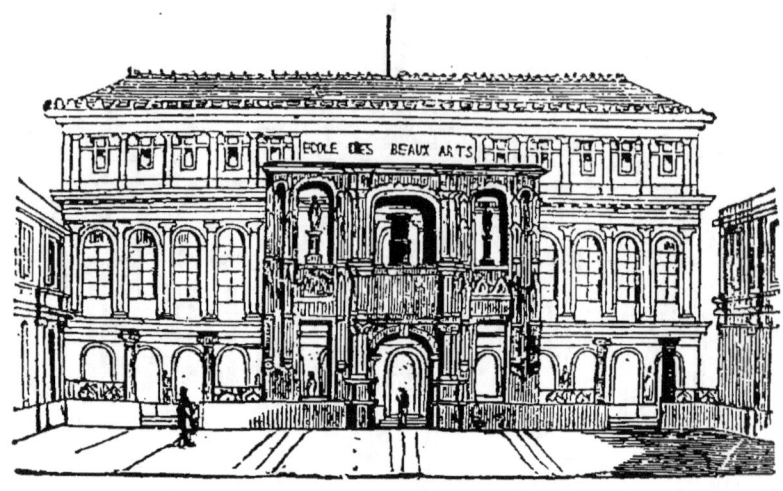

PALAIS DES BEAUX-ARTS

Élevé en 1820, à la place d'un ancien couvent de moines dont les bâtiments servaient depuis la révolution à former un Musée des monuments français, le palais des Beaux-Arts est dans le style de notre architecture du xvi⁰ siècle. Son entrée principale, en face de la rue des Beaux-Arts, présente, derrière une superbe grille, deux cours séparées par l'arc de Gaillon, précieux débris du château d'Amboise, en avant duquel s'élève une élégante colonne surmontée d'un ange en bronze provenant du tombeau démoli du cardinal de Mazarin. A droite et à gauche sont des fragments de vieux édifices, entre autres l'élégant portail du château d'Anet, bâti, en 1548, par Henri II, pour Diane de Poitiers, et, au fond, la grande façade de l'édifice dont les salles du palais servent aux expositions des envois des élèves français de l'école de Rome et les modèles des plus fameux monuments égyptiens, grecs, romains, indiens, etc.

LE PALAIS-NATIONAL.

Sur l'emplacement des anciens hôtels de Mercœur et de Rambouillet, le cardinal de Richelieu fit jeter en 1629 les fondements d'un palais, et sur la principale porte d'entrée on lut l'inscription de *Palais-Cardinal*; celle de *Palais-Royal* n'y fut substituée que lorsque Louis XIII vint, en 1642, habiter cette demeure que son ministre lui avait léguée.

Ce palais, dont l'architecture est médiocre, fut cédé par Louis XIV, en 1692, à son frère unique le duc d'Orléans. Du temps de la première République, il a porté les noms de *Palais-Egalité* et de *Palais du Tribunat*. A la restauration, Louis-Philippe recouvra et embellit cette propriété de ses aïeux. C'est là que lui fut offert la couronne qu'il perdit aux Tuileries le 24 février. Depuis cette époque, le palais, rentré dans le domaine public, est nommé Palais-National

En face de l'entrée principale se trouvait à l'origine un vaste hôtel que Richelieu acquis et fit démolir en 1649, pour établir une place avec une fontaine monumentale; en 1719, le duc d'Orléans, régent, fit agrandir cette place e élever le *Château-d'Eau*, qui vient de disparaître dans le prolongement de la rue de Rivoli.

LA BOURSE.

Paris, une des villes les plus commerçantes du monde, n'avait pas de Bourse, lorsque Napoléon, qui voulait que dans le grand empire chaque chose fût dignement représentée, confia le soin d'en tracer le plan à M. Brongniart, habile architecte, et, le 24 mars 1808, il posa la première pierre du beau palais que nous voyons aujourd'hui. Elevé sur l'emplacement de l'ancien couvent des Filles-Saint-Thomas, entre le Palais-Royal et le boulevart, il offre un parallélogramme d'une longueur de 70 mètres, et d'une largeur de 42 mètres. Il présente sur ses quatre faces une belle ordonnance de colonnes d'ordre corinthien, élevées sur un soubassement de huit pieds environ. Ce péristyle, qui règne autour de tout le bâtiment, forme une galerie couverte à laquelle on arrive par un perron qui occupe toute la largeur de la façade.

La salle de la Bourse occupe tout le rez-de-chaussée; elle a 39 mètres de long sur 25 de large, et peut contenir plus de trois mille personnes. Dans les bâtiments opposés à la façade, sont les salles destinées aux audiences du Tribunal de commerce; de sorte que, dans le lieu même où se contractent les affaires, siégent les juges qui doivent prononcer sur les différends qui peuvent s'élever, ou qui doivent obliger chacun à l'entière exécution de ses promesses.

PALAIS-DE-JUSTICE.

Le Palais-de-Justice, tel qu'on le voit aujourd'hui, ne date, sous le rapport de la construction, que du règne de Louis XVI, et il ne donne qu'une faible idée du dédale des bâtiments auxquels il ne sert que de frontispice. Plusieurs de ces bâtiments sont des premiers temps de la monarchie, et l'espace occupé par ce qu'on appelle le Palais s'étend depuis le Pont-au-Change jusqu'à la place Dauphine, et comprend en largeur la moitié de l'île de la Cité. Une salle immense, qui servait aux occasions solennelles, fut détruite en 1618, et deux années après reconstruite : on la désigne sous le nom de Salle-des-Pas-Perdus. De l'ancien palais, tel qu'il était au temps de Saint-Louis, il ne reste d'intact que trois tours, qui étaient autrefois baignées par la Seine. La tour carrée a contenu la première horloge connue en France, et, ce qui est plus triste, le tocsin qui donna le signal de la Saint-Barthélemy.

Dans la restauration du Palais-de-Justice qu'on exécute aujourd'hui, on comprendra dans son enceinte la préfecture de police, ce ministère universel qui ne compte pas moins de 252 employés dans ses bureaux, 582 commissaires, inspecteurs, contrôleurs de tout genre, de 543 agents de la police municipale, outre une armée de gardes républicains, de gendarmes mobiles, de sapeurs-pompiers, etc.

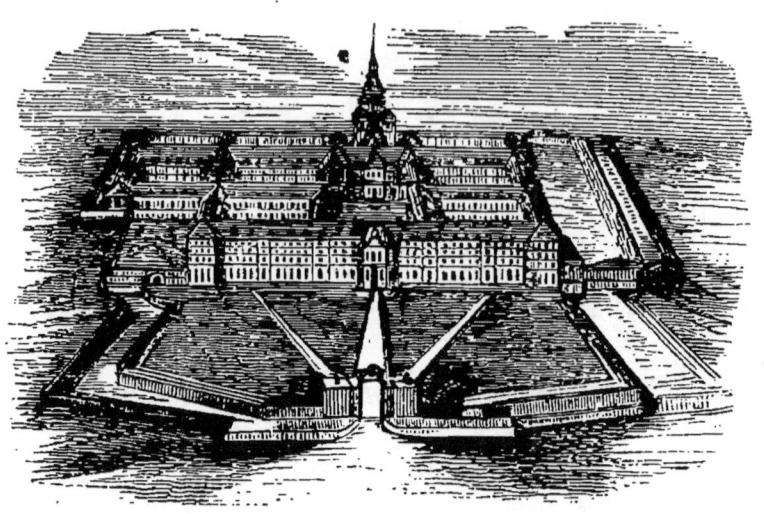

HOTEL NATIONAL DES INVALIDES.

Louis XIV, voulant que le monument, qu'il destinait aux militaires pauvres, âgés et blessés, fût digne de sa grandeur et de sa piété, donna des ordres pour l'acquisition convenable, et affecta les fonds nécessaires pour la dotation de l'institution et la construction des édifices. Il en posa la première pierre en 1670. Quatre ans après, les travaux furent assez avancés pour recevoir les officiers et les soldats.

Sa façade a 198 mètres d'étendue; on y compte quatre étages et cent trente-trois fenêtres. Au centre est une grande porte par laquelle on pénètre dans une cour qui a 126 mètres de long et 62 mètres de large; cette cour est entourée de bâtiments, dont les quatre faces ont deux étages d'arcades qui éclairent des galeries. De l'autre côté du bâtiment, se trouve le portail de l'église, remarquable par le dôme qui le couronne.

On arrive à l'édifice par une cour extérieure fermée par une belle grille et entourée de fossés revêtus de maçonnerie. Cette cour est munie de pièces de canon enlevées à l'ennemi; les plus belles proviennent de la prise d'Alger, en 1830, et de la prise d'Anvers.

Au centre de la façade méridionale, au-dessus du portail de l'église, on voit la statue en pied de Napoléon.

LESESTRE

HOTEL-DE-VILLE.

On en commença la construction sous le règne de François Ier, sur les ruines d'une maison que Charles V avait habitée. Pierre Viole, prévôt des marchands, et les quatre échevins en posèrent la première pierre, le 15 juillet 1533. Un architecte italien, Dominique Cortone, en composa les dessins. Le premier et le second étage étaient élevés en 1549. On changea alors le dessin de cet hôtel. Les circonstances malheureuses des règnes de Charles IX et de Henri III ne permirent pas alors de finir ce bâtiment, qui ne fut achevé qu'en 1686, sous la prévôté de François Miron.

L'ordonnance de l'Hôtel-de-Ville satisfait sous le rapport de la régularité et d'une sorte d'harmonie ; toutefois le mauvais goût de l'époque perce dans toutes les parties de détails. Un large perron conduit de la place de Grève à l'entrée prin-

3

cipale des bâtiments. Ce perron a pour prolongement un escalier dont les marches sont ovales, et qui communique à la cour, laquelle est petite et entourée d'arcades; au fond de la cour est une statue pédestre, en bronze, de Louis XIV, par Coysevox. Chacune des arcades porte à sa partie centrale une baie de marbre, et est ornée de deux colonnes ioniques, dont les chapitaux, les soubassements et les autres accompagnements sont de bronze doré. Dans le cintre au-dessus de la porte de l'hôtel est la statue équestre de Henri IV. Les appartements du premier sont appropriés au service de l'administration municipale et à celui de la préfecture.

En 1801, l'Hôtel-de-Ville fut intérieurement restauré et agrandi par la démolition de l'église de Saint-Jean-en-Grève et d'une partie des bâtiments de l'hôpital du Saint-Esprit. Aujourd'hui, il vient de recevoir une restauration générale; on l'a d'abord isolé des maisons qui l'entouraient, ensuite on a élevé un pavillon qui prolonge la façade et se développe majestueusement du côté de la rivière. Un autre pavillon pareil est construit de l'autre côté; deux autres sont élevés sur la façade Saint-Gervais. D'après cet embellissement, l'Hôtel-de-Ville de Paris devient un des plus beaux monuments de l'Europe; il a quatre façades, il occupe toute la longueur de la place, et se termine au quai. L'édifice est orné de statues; ce sont celles des hommes qui ont honoré la capitale par leurs talents ou par leurs vertus. Les noms de ces personnages sont inscrits au bas de chacune.

Que d'événements a vus l'Hôtel-de-Ville! Siege du gouvernement au temps de la Ligue, scène de massacres sous la Fronde, séjour de la Commune terroriste de 1792 qui régna sur la France et terrifia l'Europe, théâtre des scènes de l'empire bientôt suivies du triomphe des étrangers maîtres de Paris par l'adhésion d'une municipalité sans patriotisme, l'Hôtel-de-Ville vit ensuite les réjouissances et les catastrophes des Bourbons restaurés et intronisés, et enfin les péripéties du nouveau gouvernement républicain qui jouit aujourd'hui d'un calme qu'il serait heureux de voir se prolonger.

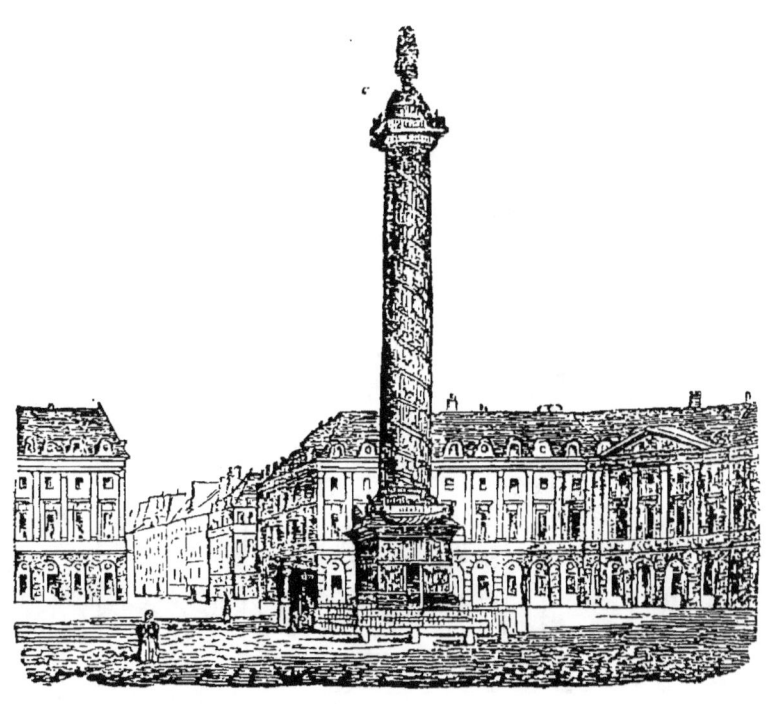

LA PLACE ET LA COLONNE VENDOME.

Cette place, dite autrefois des Conquêtes de Louis-le-Grand, était ornée de sa statue en bronze inaugurée en 1699 et détruite en 1792. En 1806, à la place où gisait un tas de décombres, on éleva, en mémoire de la campagne que termina *le coup de tonnerre* d'Austerlitz, une colonne de bronze que surmontait une statue de Napoléon costumée en empereur romain. La statue fut renversée en 1814, et l'on mit à sa place un drapeau qui a été remplacée en 1833 par une nouvelle statue de Napoléon avec son costume populaire.

Quoi qu'il en soit, la colonne de la grande armée est le plus beau de tous nos monuments modernes; c'est aussi celui qui flatte le plus la vanité nationale, et que nous pouvons montrer avec le plus d'orgueil à nos amis et à nos ennemis.

PLACE DES VICTOIRES.

La statue de Louis XIV, couronnée par la Victoire et entourée de colonnes monumentales portant quatre fanaux, exista sur la place des Victoires de 1686 à 1792. Quatre figures colossales des nations vaincues en décoraient le piédestal et ont été transportées aux Invalides. Une pyramide en bois rappelant le souvenir du 10 *août*, remplaça ce monument, et fut remplacée en 1800 par la statue de Dessaix complétement nue au grand déplaisir des bourgeois du quartier. En 1814 on y substitua une nouvelle et lourde statue du grand roi.

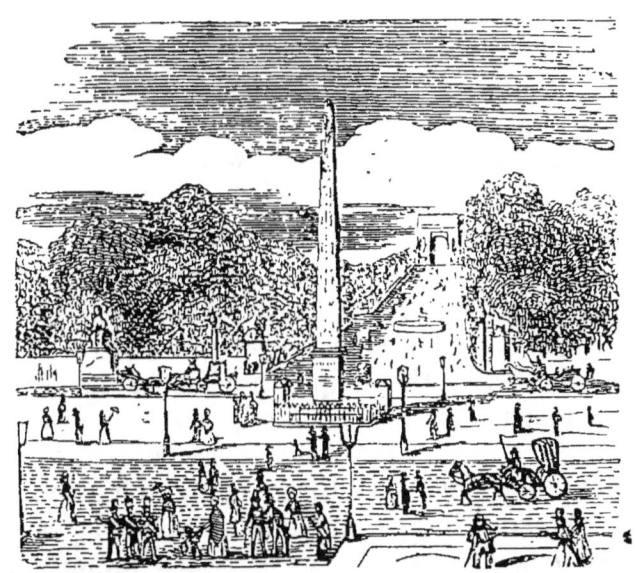

LA PLACE DE LA CONCORDE ET LES CHAMPS-ÉLYSÉES.

La place de la Concorde, entre les Champs-Elysées et les Tuileries, fut successivement nommée place Louis XV, à cause de sa statue érigée en 1763; place de la Révolution en 1792, avec la guillotine en permanence pendant deux ans et une statue de la Liberté qui disparut en 1800, époque où la place fut appelée *de la Concorde*, jusqu'à la reprise de son premier nom *de Louis XV* à l'entrée des Cosaques, et enfin elle devint place de Louis XVI en 1826, pour redevenir, en 1830, place de la Concorde, ornée de l'obélisque de Louqsor, que son âge et son caractère mettront, il faut l'espérer, à l'abri des révolutions.

Elle a 245 mètres de long sur 169 de large. L'obélisque de Louqsor, qui en fait le centre, est d'un poids de 230,000 kil. Il fut dressé le 25 octobre 1836 en trois heures de manœuvres, par l'architecte Lebas.

Les huit pavillons que l'on voit aux angles de la place sont surmontés de statues représentant les villes de Lyon, Marseille, Bordeaux, Rouen, Nantes, Lille, Strasbourg et Brest. Cette place n'a point de rivale en Europe.

Les Champs-Elysées, qui y sont contigus et dont la barrière de l'Étoile est comme le majestueux diadème, ont des séductions et des plaisirs pour le monde élégant de tous les degrés. Comme spectacle, entre le Cirque olympique et l'Hippodrome, dont les chevaux et les amazones ont des croupes si ravissantes, vous pouvez opter; rien n'empêche même, si vous ne craignez pas de vous donner une indigestion d'écuyers et d'écuyères, d'aller vous asseoir au Cirque après vous être rassasié des autruches de l'Hippodrome et de ses mythologiques ascensions. Préférez-vous vous égayer aux couplets égrillards ou burlesques de la chansonnette, ou vous attendrir aux mélodiques accents de la romance, ou briller à l'audition d'un grand morceau d'opéra, crânement sabré par quelque virtuose de carrefour, déguisé pour la circonstance ; arrêtez-vous devant le harem de deux ou trois cafés-concerts; passez sous la corde qui marque la limite entre le bon et le mauvais chaland, faites-vous consommateur, faites-vous galant : une pièce de 50 c. dans la bourse de velours de l'odalisque qui fait la manche vous vaudra une œillade presque voluptueuse; l'hommage d'un gros bouquet qu'elle revendra à la marchande de fleurs qui vous l'aura vendu, pour qu'il lui soit indéfiniment offert, vous fera presque adorer; toutefois, méfiez-vous du cœur de la bohémienne, et dites-vous qu'en ses atours, il y a plus d'une tricherie.

Un amusement bien innocent est celui qu'on peut se procurer en passant une demi-heure au Panorama national situé entre le Cours-la-Reine et le grand carré des fêtes; bataille ou ville, il n'y a rien là qui puisse blesser la pudeur la plus farouche.

La mère en prescrirait la visite à sa fille.

En dirons-nous autant du Chalet, dont l'aspect helvétique ne dépare pas l'avenue Gabrielle? Allez-y dans le jour, c'est une fort agréable promenade; le prix d'entrée (50 c.) donne une garantie que vous n'y trouverez ni cohue ni poussière.

La vacherie peut vous donner des œufs frais et du lait chaud, le café et le restaurant sont également à vos ordres, et, par-dessus le marché, vous avez à votre disposition un cabinet de lecture, un gymnase, et des jeux de toute espèce. Tout cela est fièrement irréprochable, même décent ; mais, quand la nuit a versé sur toute la nature son épaisse couche de ténèbres, le Chalet, son jardin et son théâtre sont visités par la civilisation la plus avancée de tous les quartiers de Paris ; gens de grandes et petites aventures s'y rendent durant les belles soirées d'été ; là se nouent et se dénouent plus d'une intrigue, les deux sexes y sont à la recherche des attractions mutuelles ; le petit nombre seulement aspire à la simple distraction, au bonheur de secouer son ennui pendant quelques heures, en face de tableaux mouvants et variés à l'infini, sous la vivifiante impulsion d'intentions de toute espèce. Là, bien des détresses voilées d'une apparence de luxe appellent, d'une œillade très-expressive, le réparateur futur, généreux inconnu dont les libéralités feront oublier les jours néfastes si souvent compliqués de détestables nuits. Des passions surannées, des feux qui brûlent encore dans la cendre s'étalent aussi parfois dans une audacieuse rivalité avec ce qu'il y a de plus jeune et de plus ardent. Le vieux débauché et la vieille coquette y méditent des surprises, y tendent des piéges, et pour l'observateur qui épie les manéges de ces pêcheurs et pécheresses endurcis, c'est encore une joie de les voir déçus dans leurs espérances.

Le Château-des-Fleurs, rue des Vignes, le *Jardin-d'Hiver*, avenue des Champs-Elysées, sont encore des foyers de plaisir où l'on accourt avec des pressentiments et des désirs bien divers. Vous y entrez sans dessein et comme par désœuvrement, vous effleurez tout d'un rapide coup d'œil, et vous êtes séduit, charmé, enflammé au moment où vous vous y attendiez le moins. Ainsi a commencé plus d'une intimité, plus d'une liaison qui a fini par devenir tout a fait conjugale. Le Château-des-Fleurs et le

Jardin-d'Hiver, où il s'est donné des fêtes si splendides, si neuves et si féeriques, sont des lieux dont on ne rougit ni dans le monde élégant, ni dans le monde bourgeois; les grandes dames peuvent, sans inconvénient, se vanter d'en avoir parcouru les allées, de s'y être égarées en bonne compagnie sous des flots de lumière; il leur est permis d'en connaître la topographie jusque dans ses moindres détails; mais qu'elles se gardent de dire que le *Jardin Mabille* est une de leurs connaissances; c'est toujours en baissant son voile que la pruderie, hypocrisie de mœurs, aborde *l'Allée-des-Veuves*, parages mal famés de longue date, et dans lesquels le jardin Mabille a pris sa place. Quatre jours par semaine : dimanche, lundi, mardi et jeudi, Mabille est ouvert à une promiscuité de lorettes, de grisettes, de femmes entretenues, de filles tolérées, d'ouvrières, modistes, lingères, fleuristes, couturières que le fanatisme des danses quelque peu échevelées précipite sur la pente assez glissante où se rencontrent les adorateurs d'un jour, où naissent les amours qui ne doivent pas durer plus d'une semaine. Filles perdues et jeunes gens qui se perdent ne manquent pas à Mabille. Point *d'enfant prodigue* de Paris, de la banlieue ou d'un département quelconque qui n'ait payé tribut à ce bal, où tant de pernicieux enivrements sont à craindre : en foi de quoi on lit sur tant de murs les affiches de Charles Albert, et cet autre placard plus récent: *Ni régime ni tisane.* Dieu le veuille, mes enfants; mais ne vous y fiez pas.

C'est aux Champs-Elysées qu'on serait tenté de croire que la vie humaine n'est qu'une série continue d'amusements: cinquante fois en votre chemin, vous aurez l'occasion de connaître exactement le poids de votre individu, avant comme après le dîner; les obésités détournent la tête à la vue de ces romaines dont le cadran les fait frémir. Ici, on peut assister à des scènes de prestidigitation; plus loin, le propriétaire d'un cabinet de physique en plein vent vous démontre les phénomènes de l'électricité; à côté est le théâtre où se travestit le vieux drame de polichinelle, du diable, du commissaire et du gendarme; ailleurs, une optique qui vous fait voyager dans toutes les capitales du monde; et, s'il vous prend fantaisie de naviguer, on va vous faire monter et descendre dans des nacelles qui cheminent à toutes voiles en simulant les mouvements imprimés par les flots de la mer; vous avez encore dans les jeux de bagues, chevaux, cygnes ou fauteuils faisant leur évolution, une imitation des anciens tournois; auprès de ces machines sont les bascules dont la moindre secousse est capable de décrocher l'estomac le mieux établi, les balançoires avec ou sans filets, des cibles de toutes les formes et de toutes les couleurs, des roues à tirer l'oublie ou le macaron, des roulettes où l'on gagne à tout coup, du coco comme s'il en pleuvait, et un cataclysme de pain d'épice à faire périr d'indigestion un million de marmousets. Là, aussi, se produisent la pomme de terre frite, la crêpe improvisée et la saucisse ambulante cuisant sans cesse sur l'éventaire-réchaud de la gargotière, qui s'est fait un établissement de son abdomen. C'est à travers ces délices qu'on arrive à la barrière de l'Étoile, en laissant sur la droite la villa Beaujon, transformation en squarre d'admirables et vastes jardins, qui eurent, il y a quelques années, le privilége d'attirer tout Paris. C'est à Beaujon que furent établies pour la première fois les *montagnes russes*.

COLONNE DE JUILLET.

Le 28 juillet 1840, dix ans après la révolution de Juillet, la colonne qui devait en consacrer le souvenir et réaliser en partie la loi décrétée en 1792 par l'Assemblée nationale, en mémoire de la prise de la Bastille, fut inaugurée sur cette célèbre place, remuée, fouillée par tant de révolutions, tant de pouvoirs successifs. Posée sur les voûtes du canal Saint-Martin, elle s'appuie sur trois soubassements en marbre, et a 47 mètres de hauteur. Elle est en bronze, ainsi que son escalier intérieur, qui compte 205 marches. Sur son fût sont inscrits les noms des 615 victimes des trois journées, et sur son sommet plane le génie de la Liberté. Une étoile lui brille au front; ses ailes sont déployées; d'une main elle tient une chaîne brisée et de l'autre un flambeau.

ARC-DE-TRIOMPHE DE L'ÉTOILE.

Après la campagne d'Austerlitz, Napoléon avait conçu le projet de faire ériger au rond-point de la barrière de l'Étoile une colonne triomphale en l'honneur de la grande armée. Le conseil des bâtiments vota de préférence pour la construction d'un arc-de-triomphe grandiose. Les plans furent dressés, et, dès le commencement de 1806, les travaux furent entrepris. Le monument ne tarda pas à sortir de terre ; mais avant qu'il eût atteint une hauteur raisonnable, Napoléon voulut en faire les honneurs à sa nouvelle épouse, Marie-Louise. Une vaste charpente couverte de toile peinte figura l'arc-de-triomphe, sous lequel la princesse autrichienne dut passer pour faire son entrée dans Paris.

Après la campagne de Russie, les travaux, menés jusqu'alors avec une lenteur insouciante, furent poussés activement.

La branche aînée des Bourbons, dans son antipathie pour les souvenirs d'une époque qui lui avait été si funeste, ne se montra pas, on le conçoit, très-empressée à les graver sur la pierre. On laissa dépérir ce qui existait déjà du monument, mais en 1823, après la guerre à la fois ridicule et fatale que dirigea le duc d'Angoulême, Louis XVIII, voulant consacrer cet édifice à son neveu, une ordonnance royale prescrivit de le terminer immédiatement. On se remit donc à l'œuvre, mais sans beaucoup d'ardeur; car, tout en détournant ce monument de sa destination première, on ne pouvait oublier son origine; l'arc ne fut terminé qu'en toile ou en papier, matières trop solides encore pour la gloire du héros.

L'arc-de-triomphe, consacré aux gloires militaires de la république et de l'empire, a été enfin achevé et inauguré pendant les fêtes de la révolution de Juillet en 1836.

Sur la surface en vue des Champs-Élysées, s'élèvent deux trophées : le Départ (1792) et le Triomphe (1810). Celle qui regarde Neuilly est aussi ornée de deux trophées, la Résistance (1814) et la Paix (1815). Quatre bas-reliefs, entre l'imposte de l'arc principal et l'entablement, représentent *les funérailles de Marceau* (1796), *la bataille d'Aboukir* (1798), au moment où Murat fait prisonnier le pacha de Romélie; *le pont d'Arcole*, traversé en 1796 par Bonaparte, au milieu de la mitraille; *la prise d'Alexandrie*, par Kléber, en 1798. Le bas-relief de la face latérale du Nord représente *la bataille de Jemmapes*, en 1792; celui de la face latérale du Midi offre le tableau de *la bataille d'Austerlitz*. Sur la frise se déroule, à l'Est, *le départ des armées françaises*, et à l'Ouest *leur retour*. L'attique, surmontée de palmettes et de têtes de Méduse, est ornée de trente boucliers, dont chacun porte le nom d'une de nos victoires. Sous les voûtes des arcades sont inscrits les noms des quatre-vingt-seize autres victoires, de trois cent quatre-vingt-quatre généraux et des corps d'armées. Des figures de victoires et de génies dominent ces inscriptions. L'intérieur de l'arc de triomphe renferme de vastes salles et de spacieux escaliers, conduisant à sa plate-forme.

ARC-DE TRIOMPHE DU CARROUSEL.

Ce monument, élevé en 1806, est en pierres de liais; huit colonnes de marbre rouge de Languedoc, avec des chapiteaux de l'ordre corinthien, en bronze, ornent les deux façades principales, en soutenant un entablement en ressaut, dont la frise est en marbre griotte d'Italie. Sur l'attique était un char de triomphe en plomb doré d'or mat, auquel étaient attachés les quatre chevaux de Corinthe que nos armées avaient pris à Venise, comme trophées de leurs conquêtes. En 1815, l'heure du désastre avait sonné pour la France et nous enleva ce beau monument des arts qui rappelait les actions mémorables de la campagne de 1805. Il a été remplacé par un char de triomphe, attelé de quatre chevaux guidés par la Victoire, œuvre de Bosio. Les bas reliefs représentent la capitulation d'Ulm, la bataille d'Austerlitz, l'entrée des Français à Vienne, le retour du roi de Bavière dans sa capitale et la paix de Presbourg. Au-dessus sont des statues représentant les différents corps qui se trouvaient à Austerlitz.

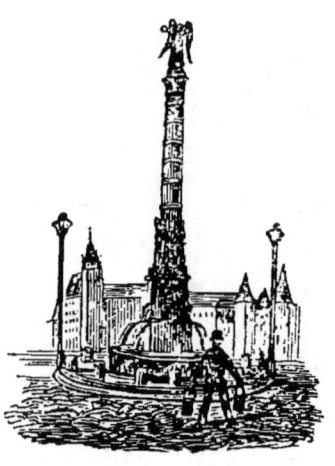

FONTAINE DU PALMIER.

Ce monument, situé au centre de la place du Châtelet, fut construit en 1808 sur les dessins de l'ingénieur Bralle, et porta, jusqu'en 1815, le nom de fontaine de la Victoire. Sa forme est un quadrilatère au milieu duquel s'élève, du centre d'un bassin de sept mètres de diamètre, un piédestal qui porte une colonne de cinquante-deux pieds de hauteur; son fût a la forme d'un palmier, et son chapiteau en offre les rameaux. Sur le piédestal sont quatre statues symboliques, par M. Boissot; elles représentent *la Loi, la Force, la Prudence et la Vigilance.* Elles forment un cercle autour de la base de la colonne, dont le fût est divisé par des anneaux de bronze doré, sur lesquels sont inscrits les noms de plusieurs victoires remportées par les Français. Au quatre angles du piédestal sont placées quatre cornes d'abondance dont les parties inférieures se terminent par des têtes de poissons marins qui lancent de l'eau. Au-dessus du chapiteau de la colonne on voit une demi-sphère en bronze doré, d'où s'élance une figure de même métal; c'est celle de la Victoire, aux ailes déployées, élevant et tenant de chaque main une couronne.

La fontaine est alimentée par la pompe Notre-Dame.

PORTE SAINT-DENIS.

Rome et la Grèce n'ont rien eu de plus parfait en ce genre. Cet arc a 25 mètres de hauteur sur autant de largeur. Deux pyramides engagées dans l'épaisseur de l'ouvrage, sont chargées de trophées d'armes et terminées par deux globes aux armes de France, que surmonte une couronne. Au bas une statue colossale représente la Hollande sous la figure d'une femme consternée, et assise sur un lion mourant, qui tient dans une de ses pattes sept flèches, qui désignent les sept Provinces-Unies. Celle qui fait symétrie avec celle-ci représente le Rhin tenant une corne d'abondance ; le fleuve repose aussi sur un lion. Un bas-relief du côté de la ville, représente le passage du Rhin à Tolhuis ; l'autre, du côté du faubourg, la prise de Maestricht. Dans les tympans de l'archivolte sont deux Renommées : l'une, tenant une trompette, publie les exploits de Louis-le-Grand, et l'autre s'apprête à poser sur son front la couronne de laurier qu'elle tient dans sa main.

PORTE SAINT-MARTIN.

Entre autres monuments que Louis XIV se plut à faire construire en mémoire des succès obtenus par la France, on distingue la porte Saint-Martin. Elle sépare le faubourg de la ville proprement dite, et se trouve placée à la tête de cette rue Saint-Martin si populeuse, si affairée, et qui traverse Paris comme un grand fleuve commercial. Construit en 1674, ce monument présente un carré parfait, car il a 18 mètres de large sur 18 mètres de haut. Il est percé par trois arcades, dont la plus grande a 15 mètres de largeur sur 10 mètres d'élévation, et les deux autres 5 mètres sur 5 mètres. On y remarque des bas-reliefs relatifs aux conquêtes de Louis XIV. Dans un de ces bas-reliefs, il est assis sur son trône, ayant à ses pieds une nation à genoux qui tend vers lui des mains suppliantes; dans l'autre, on le voit sous les traits d'Hercule foulant aux pieds des vaincus. La Victoire lui dépose sur la tête une couronne de lauriers. La façade du coté du faubourg offre aussi deux bas-reliefs qui représentent, sous des figures allégoriques, la prise de Limbourg et la défaite des Allemands.

NOTRE-DAME.

L'an 1160, l'évêque Maurice de Sully fit construire, à la place d'une vieille église qui datait des fils de Clovis, la grande Notre-Dame, qui ne fut achevée qu'au bout de deux siècles. Quoique citée plus souvent pour les grands souvenirs qu'elle rappelle que pour le style et la magnificence de son architecture, cette église est, à juste titre, regardée comme un des plus beaux monuments de cette époque qui précéda la renaisssnce.

Notre-Dame a eu sa part des déblaiements de la Cité. Autrefois elle avait, sur ses flancs, d'un côté le cloître, de l'autre l'archevêché, outre les églises de Saint-Jean-le-Rond, qui lui servait de baptistère ; de Saint-Denis-du-Pas, de Saint-Christophe, de Sainte-Geneviève-des-Ardents. Le cloître, ceint de murailles et fermé de portes, renfermait les écoles épiscopales et les maisons des chanoines. A la place du cloître est une rue ; à la place de l'archevêché, reconstruit en 1670 et démoli dans un jour de fureur populaire, est une promenade : les petites églises vassales ont disparu, et aujourd'hui la vieille cathédrale, débarrassée de ses entours, s'élève toute isolée à la pointe de la Cité.

La longueur de ce majestueux édifice est de 150 mètres, sa largeur de 48, et la hauteur de la voûte intérieure d'un peu plus de 34 mètres. Sa façade a 40 mètres de développement. Le rez-de-chaussée est composé de trois portiques de force et de hauteur inégales, décorés de sculptures dont la profusion n'est pas moins étonnante que la bizarrerie. La porte principale du milieu, originairement carrée et séparée en deux ventaux par un pilier, fut construite en 1771, sur les dessins de Soufflot.

Vingt-sept niches surmontant ce portail étaient autrefois garnies de vingt-sept statues, plus grandes que nature, représentant vingt-sept rois de France, depuis Childebert jusqu'à Philippe-Auguste ; elles ont été détruites en 1793. Au-dessus de ces niches est une fenêtre ronde d'environ quatorze mètres de diamètre ; une fenêtre semblable se trouve sur chaque face latérale de la basilique. Ces trois fenêtres, qu'on appelle *roses*, étant insuffisantes pour éclairer l'intérieur de cet immense vaisseau, cent treize autres baies ont été pratiquées, et garnies par des vitraux dont les peintures remontent à l'enfance de l'art.

Au-dessus de la *rose principale*, et sur toute la façade, règne un péristyle dominé par deux rangs de galeries d'une structure légère et hardie, que surmonte la plate-forme des tours, à laquelle on arrive par un escalier construit en spirale dans la tour du nord, et composé de 389 marches. La hauteur de ces tours est de 68 mètres au-dessus du sol. Dans la tour du sud est placée la fameuse cloche appelée *le bourdon*; le diamètre de cette cloche, à sa base, est de près de trois mètres; elle pèse 16,000 kilos; le battant en pèse 1,000, et il ne faut pas moins de seize hommes pour la mettre en branle. Elle a été fondue en 1682, et refondue en 1685, à la suite d'un accident. Louis XIV, qui en fut le parrain, lui donna le nom d'*Emmanuel-Louise-Thérèse*.

L'immense toiture qui couvre l'édifice se compose de 1,356 lames de plomb, et est supportée par une charpente en châtaignier qu'on nomme *la forêt*, à cause des innombrables pièces de bois dont elle se compose; elle a 118 mètres de long, et elle s'élève de 10 mètres au-dessus de l'extrados des voûtes. Cette charpente, qui supporte un poids de plus de deux cent mille kilos, est un véritable chef-d'œuvre.

La nef et le chœur sont accompagnés de doubles ailes voûtées, au-dessus desquelles s'élèvent des galeries qui règnent tout autour de l'édifice. Toutes ces constructions sont soutenues par cent piliers et deux cent quatre-vingt-dix-sept colonnes, toutes d'un seul bloc.

Dans le vaste contour de cette admirable basilique, on comptait autrefois quarante-cinq chapelles; il n'y en a plus aujourd'hui que trente-deux; tout l'édifice est pavé en marbre.

De 1792 à 1796, Notre-Dame a partagé le sort de presque toutes les autres églises; elle fut dépouillée de presque toutes les immenses richesses qui s'étaient amoncelées pendant plus de cinq siècles; mais, depuis, des réparations plus ou moins importantes ont été faites à Notre-Dame; mais elles étaient insuffisantes; l'immense vaisseau menaçait ruine sur plusieurs points. En 1845, les chambres ont voté deux millions pour réparer entièrement cet admirable édifice; les travaux ont été poussés avec autant d'activité que d'intelligence, et bientôt cet immortel monument aura recouvré toute la splendeur que le malheur des temps lui avait ravie.

SAINT-GERMAIN-L'AUXERROIS.

La fondation de cette église est due à Chilpéric Ier, qui, selon quelques historiens, en posa la première pierre vers l'an 570. L'intention de ce prince était d'y faire transporter le corps de saint Germain, évêque de Paris, que possédait l'église de Saint-Vincent; mais la mort l'empêcha d'exécuter ce projet. On l'appela d'abord *Saint-Germain-le-Rond*, à cause de sa forme. Pillée plusieurs fois lors des diverses invasions des Normands, sous les rois de la seconde race, et réparée par le roi Robert, vers la fin du xe siècle, elle prit à cette époque le nom de Saint-Germain-l'Auxerrois. En 1421, malgré les orages politiques qui signalèrent la fin du règne de Charles VI, elle fut entièrement reconstruite. Deux ans après, les Anglais étant maîtres de la capitale, changèrent le plan de cette église; ils l'agrandirent et en firent le monument que nous voyons aujourd'hui. L'ordonnance sarrasine domine dans cette construction; cependant on y remarque certaines innovations qui annoncent la renaissance et le génie inquiet des artistes de cette époque. C'est de la tour de Saint-Germain-l'Auxerrois que partit, au 24 août 1572, le signal du massacre de la Saint-Barthélemy.

L'intérieur a subi, à diverses époques, des changements qui ne furent pas toujours heureux. Ainsi, en 1745, on détruisit un jubé qu'embellissaient des sculptures de Pierre Lescot et de Jean Goujon, perte irréparable due à l'ignorance des marguilliers, qui voulaient que le chœur fût ouvert de tous côtés.

Les peintres et les sculpteurs les plus célèbres s'empressèrent longtemps d'orner cette église. Le maître-autel fut exécuté sur les dessins de Bacary ; la grille du chœur est due à Dumiez. Jouvenet, Lebrun, Bon, Boulogne, l'embellirent de leurs meilleurs tableaux, et des morceaux de sculpture qui furent donnés par Mouchy et Goix. Lors de la Restauration, cette église, redevenue *paroisse royale*, reçut de nombreuses marques de la munificence des princes. Lors de la révolution de 1830, elle fut convertie pendant quelques jours en hôpital, où l'on transportait les combattants qui tombaient sous les balles et la mitraille des Suisses retranchés dans le Louvre et les Tuileries. Néanmoins l'office divin n'y fut point suspendu, et le 31 juillet on y célébra un service pour le repos des citoyens morts les armes à la main et enterrés sur l'esplanade du Louvre, avec l'assistance du clergé de cette paroisse ; mais, au bout de quelques mois, une certaine tendance à l'opposition se manifesta dans cette paroisse *ci-devant royale*, et le 13 février 1831, on y célébra, avec une pompe toute royale, un service en commémoration de la mort du duc de Berri. Aussitôt le bruit de cette démonstration légitimiste se répand dans tous les quartiers de la capitale, des rassemblements nombreux se forment, l'émeute gronde ; l'église et la maison curiale sont envahies, pillées, dévastées. En 1837, cette église fut rouverte, et depuis, dégagée de la plupart des échoppes ignobles qui étaient adossées à ses murs, elle reçut des réparations et des embellissements de toutes sortes.

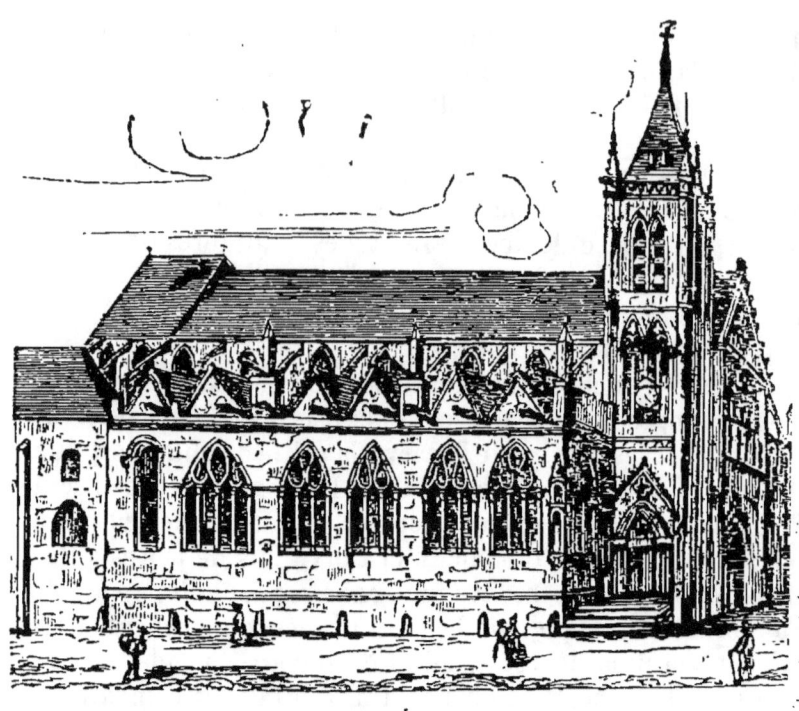

SAINT-SÉVERIN.

Chapelle au vi^e siècle, elle fut détruite au ixe par les Normands, et rebâtie, sous Philippe-Auguste, à la fin du xie, époque où elle fut érigée en paroisse. En 1347, il fallut l'agrandir de nouveau, mais ces additions furent abattues en 1489, et de cette époque date le monument actuel dont l'architecture est celle de l'époque qui précéda la renaissance, mi-partie gothique, mi-partie sarrasine, et une coupole ornée de bronzes dorés, et soutenue par huit colonnes de marbre s'y fait remarquer.

L'église Saint-Séverin renferme les tombeaux d'un grand nombre de personnages célèbres, et entre autres du procureur général au parlement de Metz, Eustache Lenoble, mort le 31 janvier 1711, dans un tel état de pauvreté, qu'on ne trouva pas chez lui la somme nécessaire à son inhumation, ce qui n'empêcha pas le clergé de Saint-Séverin de l'enterrer avec pompe dans cette église. Où sont les procureurs généraux et les curés de ce temps-là?

SAINT-ÉTIENNE-DU-MONT.

Modèle unique de l'architecture sarrasine, on ne peut trouver nulle autre part que dans l'église Saint-Étienne-du-Mont, tant de hardiesse réunie à tant de bizarres gracieusetés et de légèreté.

De même que la Madeleine, Saint-Étienne du Mont ne fut d'abord qu'une modeste chapelle qui servait de succursale à Sainte-Geneviève. Elle s'appelait alors Notre-Dame; puis elle fut placée sous l'invocation de saint Jean, et elle prit le nom de Saint-Jean-du-Mont. Le bourg de Sainte-

Geneviève, dont cette chapelle faisait partie, ne se trouvait pas alors compris dans l'enceinte de Paris, et il ne contenait que fort peu d'habitants, à cause des déprédations continuelles auxquelles étaient exposées les habitations situées *extra muros*, et que rien ne protégeait contre la rapacité et la férocité des hommes de guerre, et de ces bandes de voleurs et de truands qui ne manquaient pas de se former à la suite des guerres que se faisaient les seigneurs.

Peu à peu l'abbaye de Sainte-Geneviève devint assez puissante pour imposer aux malfaiteurs; alors le nombre des habitants du bourg s'accrut, et en 1223 il fallut agrandir la succursale. En 1491, on y fit encore d'importants travaux; en 1538, elle avait entièrement changé de face. Enfin, en 1610, on résolut de la reconstruire presque entièrement; cette même année, la première pierre des deux portails fut posée par la première épouse de Henri IV, Marguerite de Valois, celle-là même dont Charles IX, son frère, disait : « En épousant le Béarnais, ma grosse Margot de sœur a pris tous les rebelles à la pipée. »

Les travaux furent poussés avec activité et entièrement terminés en 1617. La voûte de cette église, très-élevée, est soutenue par des piliers qu'une étroite galerie partage à moitié de leur hauteur. Une châsse renfermant les reliques de sainte Geneviève est placée dans l'arcade du rond-point du sanctuaire, et le tombeau de la même sainte, déposé autrefois dans l'église souterraine de l'abbaye, est aujourd'hui placé dans une chapelle latérale du côté gauche. Dans cette chapelle, et en face les portes latérales du chœur, sont placés des tableaux votifs, parmi lesquels on en remarque un de Troy, peint en 1710; un autre de Largilière, qui date de 1670, et plusieurs autres de MM. Gosse, Abel de Pujol, etc.

Mais, ce qu'on ne saurait trop admirer, c'est le jubé qui sépare la nef de cette église. on y parvient par des escaliers en spirale dont les marches sont si gracieusement détachées, qu'elles semblent être suspendues et sans point d'appui. Un autre chef-d'œuvre est la chaire, dont les dessins furent faits par de La Hire, et dont la sculpture est due au ciseau de Lestocard.

Parmi les hommes célèbres qui ont leurs tombeaux à Saint-Étienne-du-Mont, on compte Pascal, le célèbre peintre Lesueur, Tournefort, Le Maistre de Sacy et Racine.

On attribue à la châsse de Sainte-Geneviève un grand nombre de guérisons miraculeuses ; aussi la foule est-elle grande à Saint-Étienne-du-Mont à certaines époques de l'année ; on y vient en pélerinage de vingt lieues à la ronde, et il en résulte pour la fabrique d'abondantes récoltes..... Tant il est vrai qu'il y a de l'argent au fond de toutes les questions !

SAINT-NICOLAS-DES-CHAMPS.

L'église paroissiale de Saint-Nicolas-des-Champs n'était d'abord qu'une chapelle hors Paris, fondée par le roi Robert en 957, et dépendante du prieuré de Saint-Martin. Telle qu'elle existe aujourd'hui, elle date du XIIe siècle, mais elle a subi des reconstructions presque complètes. C'est un monument sans style et sans grâce, étouffé dans les maisons voisines, et que les restaurateurs du dix-septième siècle ont encore défiguré. C'est le lieu de sépulture de Guillaume Bude, médecin de François Ier; des historiens Henri et Adrien de Valois, de Gassendy et de mademoiselle de Scudéry. On ne peut en citer que le portail et le maître-autel. Mais, de son ancienne splendeur, elle a conservé plusieurs tableaux d'un grand prix.

SAINT-MERRY.

L'église paroissiale de Saint-Merry occupe l'emplacement d'une chapelle fondée en 884 par Odon le Faulconnier, l'un des capitaines parisiens qui défendirent Paris contre les Normands. A cette chapelle succéda, dans le XIe siècle, une église, qui fut reconstruite en 1530 et achevée seulement en 1612. A l'époque de cette reconstruction, on retrouva le tombeau du premier fondateur, avec cette modeste inscription : — HIC JACET VIR BONÆ MEMORIÆ, ODO FALCONARIUS, FUNDATOR HUJUS ECCLESIÆ.

SAINT-PHILIPPE-DU-ROULE.

Au commencement du XIII° siècle, sous le règne de Philippe-Auguste, alors que la lèpre dévorait un tiers de la population de la France, une léproserie fut fondée hors de Paris, sur l'emplacement qu'occupe aujourd'hui l'église Saint-Philippe-du-Roule. On donna d'abord à cet établissement le nom d'*hôtel du Bas-Rollé*, dont on fit plus tard l'hôtel du Roule. A cette léproserie était jointe une chapelle qui, vers 1680, alors que les habitations du faubourg du Roule étaient devenues nombreuses, fut érigée en paroisse. Mais bientôt cette pauvre église devint insuffisante ; car, à mesure que les lépreux devenaient plus rares, le nombre des fidèles augmentait. Enfin, en 1769, la construction de l'église de Saint-Philippe-du-Roule fut commencée sur les dessins du célèbre Chalgrin. Elle ne fut terminée qu'en 1784. Quand la révolution éclata en 1789, Saint-Philippe-du-Roule, situé dans un quartier tout aristocratique, eut plus que tout autre temple chrétien à souffrir de la tourmente populaire. Cette église, qui n'a rien de bien remarquable, est une des succursales de la Madeleine.

SAINT-SULPICE.

Nous devons l'église Saint-Sulpice à Anne d'Autriche, qui en posa la première pierre en 1655. Servandoni en construisit le portail sur les dessins de Louis Levau, et les tours en furent élevées par Maclaurin et Chalgrin, sur les dessins du même artiste. La hauteur de ces tours est de 70 mètres au-dessus du sol. Celle du midi, que Maclaurin termina vers le milieu du xviiie siècle, se compose d'une ordonnance octogone, surmontée d'une ordonnance circulaire. L'ordonnance de la tour du nord est quadrangulaire à sa base et circulaire ensuite.

La longueur du vaisseau, depuis la première marche du portail jusqu'à l'extrémité opposée, est de 112 mètres, et sa hauteur, du pavé à la voûte, de 33 mètres; sa largeur est d'un peu plus de 37 mètres. Le portique, qui est admirable, se compose des ordonnances dorique et ionique; les colonnes de ces deux ordres ont près de 14 mètres d'élévation

4.

Rien n'est comparable à la beauté simple et imposante de ce portail, aux deux extrémités duquel s'élèvent deux corps de bâtiments carrés, et deux chapelles, dont l'une est un baptistère et l'autre un sanctuaire pour le viatique, le commencement et la fin de la vie chrétienne, ainsi que le font admirablement comprendre les figures allégoriques dont sont décorées ces deux chapelles, et que l'on doit aux ciseaux de Mouchy et de Boizot. Le buffet d'orgues, dû à Cliquot, est placé sur une élégante tribune soutenue par d'admirables colonnes composites. A l'entrée de la nef sont placées, en forme de bénitiers, deux valves d'un énorme coquillage, d'une conservation presque miraculeuse, lesquelles furent données à François 1er par la république de Venise. Ces bénitiers sont surmontés de rochers en marbre blanc dont les belles sculptures sont dues à Pigalle. Douze statues représentant les douze apôtres ornent le chœur; elles sont l'œuvre de Bouchardon. Tous les grands artistes du xviiie siècle, de même que ceux de nos jours, ont contribué à l'embellissement de Saint-Sulpice; on y remarque surtout les peintures à fresque d'Abel de Pujol et de Vinchon, et plusieurs statues sorties des ciseaux de Pradier et de Jaime. Mais rien n'est plus admirable que le jour mystérieux qui éclaire la chapelle de la Vierge, magnifiquement restaurée par Vailly, qu'enrichissent les tableaux de Vanloo, et dans l'admirable coupole de laquelle Lemoine a peint *l'Assomption*, restaurée depuis par Callet.

L'achèvement de la place Saint-Sulpice, plantée d'arbres et ornée d'une fontaine à vastes proportions, contribue à faire ressortir la majesté de l'édifice, mais aussi elle rend plus sensible et plus choquante la défectuosité de la tour à droite qui ne s'harmonise point avec sa voisine.

L'ORATOIRE,
TEMPLE DES CALVINISTES.

Elevée de 1621 à 1630, sur l'emplacement de l'hôtel de Gabrielle d'Estrées, jadis affectée au chef-lieu de l'ordre des Pères oratoriens, supprimé en 1789, cette vaste église servit à des réunions publiques jusqu'en 1802, où elle fut cédée aux protestants de la confession de Genève, ou réformés. L'entrée de ce temple est d'un style grec assez imposant. L'intérieur a un buffet d'orgue pour accompagner les fidèles dans le chant des psaumes et les prières. Le service a lieu tous les dimanches à midi pour les Français, et à quatre heures pour les Américains.

LA SORBONNE.

Le cardinal de Richelieu fit élever cette église, dont les diverses parties sont d'une proportion bien entendue. Le dôme est accompagné de quatre campanilles. A la croisée du second ordre est une horloge qui marque les phases de de la lune. A l'aiguille du cadran était suspendu un R qui restait toujours perpendiculairement posé.

L'intérieur de l'église est d'une médiocre grandeur. Les quatre Pères de l'Eglise, dans les pendentifs du dôme, ont été peints à fresque par Philippe de Champagne.

Le tombeau de Richelieu, placé, en 1694, au milieu du chœur, est aujourd'hui dans le côté droit de la croix. Sa statue, à demi couchée, est soutenue par la Religion tenant le livre qu'il composa pour sa défense. Près d'elle sont deux génies qui supportent les armoiries du cardinal. A l'extrémité opposée est une femme éplorée qui représente la science, dont l'attitude exprime ses regrets d'avoir perdu son plus ferme appui. Cet admirable monument est dû au ciseau de François Girardon. Le corps du cardinal était dans un caveau au-dessous du chœur.

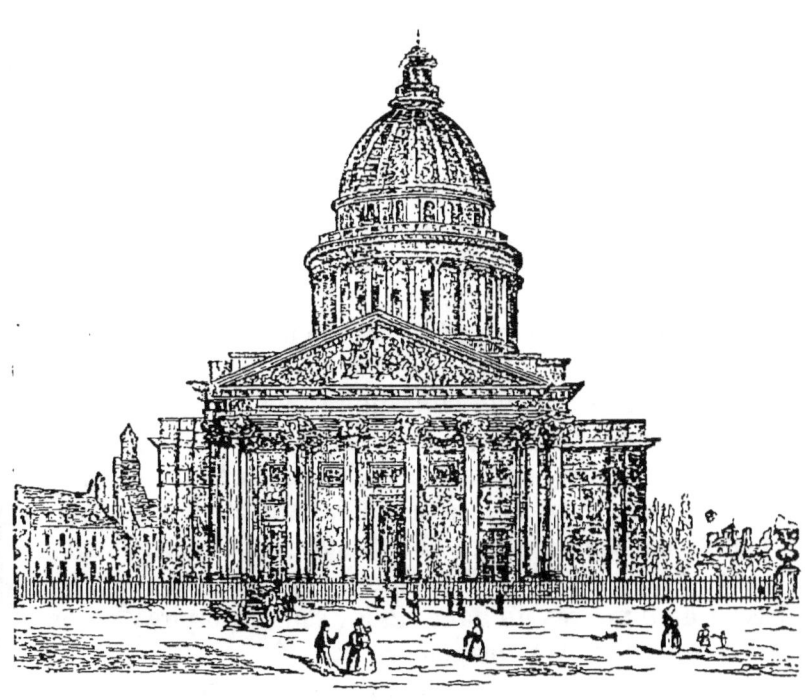

PANTHÉON.

Commencé en 1757, par ordre de Louis XV, sur les dessins de Soufflot, treize ans plus tard, alors que le dôme imposant de cette église était déjà terminé, on s'aperçut que l'édifice menaçait de s'écrouler. On parvint néanmoins à tout réparer et à lui donner de la solidité.

Le plan de cette église est une croix grecque, formant quatre nefs qui se réunissent à un centre commun recouvert par un dôme admirable. Un perron de onze marches et un portique en péristyle présentant un ensemble de vingt-deux colonnes, composent la façade principale. Les quatre nefs sont bordées de bas-côtés séparés par des colonnes de même ordre, au nombre de cent trente, ce qui forme un ensemble plein d'élégance et de majesté.

La longueur totale de l'intérieur du temple est de 94 mètres; la largeur, prise d'une extrémité d'une nef latérale à l'extrémité de l'autre, est de 79 mètres. Le dôme s'élève sur quatre piliers triangulaires, placés à l'angle de chaque nef, et décorés par des colonnes engagées correspondantes à celles des nefs. Le dôme se compose de trois coupoles. La première prend naissance au-dessus d'un entablement de seize colonnes, et se trouve élevée du sol de 59 mètres ; la seconde, sur laquelle l'architecte s'est attaché à rassembler un grand éclat de lumière, est éloignée du pavé de 70 centimètres. Elle est enrichie de la magnifique apothéose peinte par le célèbre Gros.

A l'extérieur, le dôme offre d'abord une décoration circulaire composée de trente-deux colonnes corinthiennes. Sur cette colonnade s'appuie la grande voûte qui forme la troisième coupole du dôme ; elle est couverte en lames de plomb. Son couronnement a déjà varié bien des fois. D'abord on avait, suivant le plan de l'architecte Soufflot, construit un balcon circulaire et une lanterne. Cet ornement fut changé pour un piédestal destiné à supporter une statue colossale de 9 mètres de haut. Puis, sous l'Empire, on en a fait ce que nous voyons aujourd'hui.

En 1791, l'Assemblée constituante ordonna que l'église Sainte-Geneviève prendrait le nom de *Panthéon français*, et qu'elle servirait de demeure aux dépouilles mortelles des grands hommes.

En 1822, Sainte-Geneviève fut rendue au culte et consacrée par l'archevêque de Paris; mais en 1830 elle fut de nouveau fermée. Depuis cette époque le fronton a été décoré d'un immense bas-relief représentant la Gloire distribuant des couronnes à tous les Français qui ont honoré leur pays par leurs belles actions, leurs ouvrages ou leurs vertus.

En 1833, sous le ministère de M. Thiers, il fut question de placer, sur le dôme de la lanterne, une statue colossale de la Liberté; mais ce projet ne fut point mis à exécution, et il paraît être aujourd'hui plus abandonné que jamais.

On peut dire aujourd'hui, avec raison, que le Panthéon est en même temps le monument le plus beau et le plus inutile de Paris.

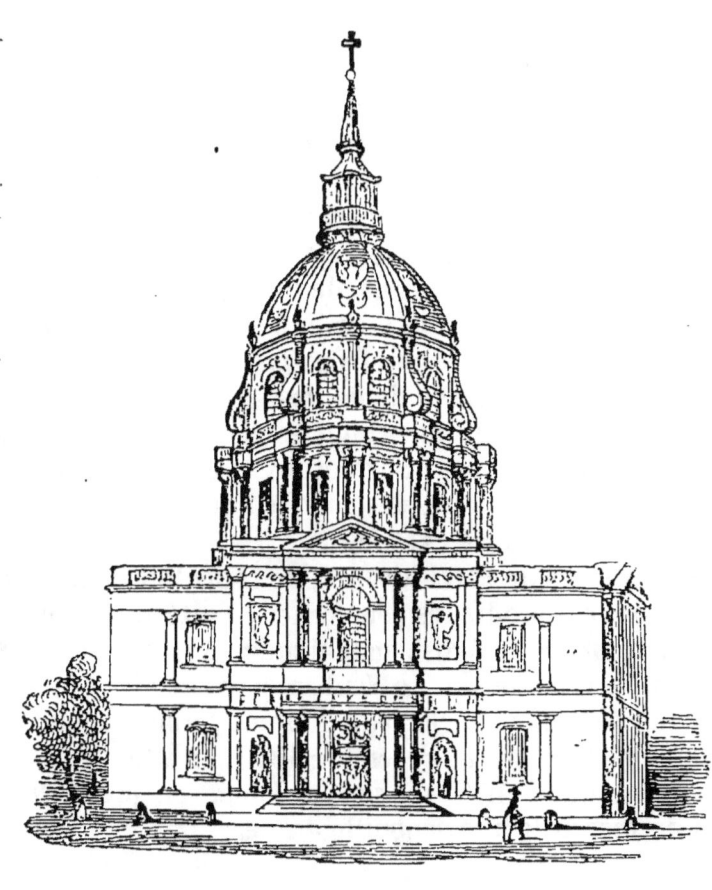

DOME DES INVALIDES

Ce dôme a 100 mètres de diamètre, et, par conséquent, à peu près 300 mètres de circonférence à sa base; sa forme élégante et pyramidale s'élève à 105 mètres de hauteur, et domine tout Paris. Il est orné à l'extérieur de quarante colonnes, couronnées par une balustrade : au-dessus est une rangée de fenêtres par où le jour pénètre dans l'église. La coupole, divisée en côtes, est chargée, dans leurs intervalles, de trophées militaires couronnés chacun par un casque dont l'ouverture sert de lucarne. Ces trophées et ces côtes, qui sont en plomb, ont été dorés en 1813, ainsi que la lanterne qui termine l'édifice. Mais l'action de l'air a déjà exercé ses ravages, et il sera bientôt nécessaire de recommencer le travail de 1813.

L'intérieur de l'église est digne de l'extérieur : le sol du dôme est pavé en marbre de diverses couleurs, et se trouve entouré de six chapelles ornées de sculptures remarquables. Autrefois, la nef était parée de neuf cent soixante drapeaux pris sur les ennemis de la France. Ces nobles trophées, glorieux témoignage de la valeur française, ont disparu en 1814, lors de la première invasion des alliés.

A travers une ouverture circulaire pratiquée au milieu de la première coupole, ornée de figures d'apôtres peintes par Jouvenet, on voit la seconde coupole éclairée par des jours que l'observateur ne peut apercevoir, et où le peintre Lafosse a représenté la gloire des bienheureux. La troisième coupole forme la toiture extérieure.

Tous les trésors de l'architecture, de la sculpture et de la peinture, ont été prodigués pour orner à l'intérieur, autant qu'à l'extérieur, cette église magnifique qui renferme les tombeaux de Turenne et de Vauban et les cendres de Napoléon déposées dans la chapelle de saint Jérome depuis la cérémonie funèbre du 15 décembre 1840, en attendant que le monument que l'on élève, sous le dôme, soit prêt à donner un dernier asile à la dépouille du héros.

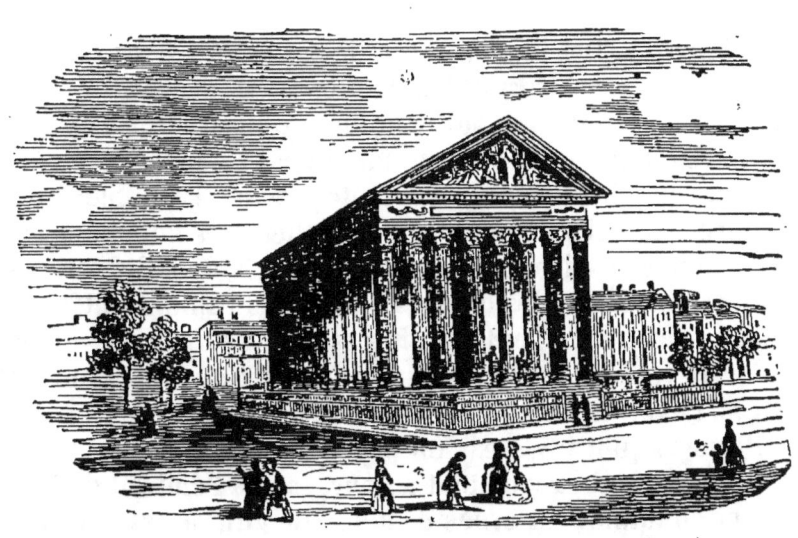

LA MADELEINE.

Une chapelle appelée de la Ville-l'Evêque existait depuis près de deux siècles sur son emplacement; en 1493, Charles VII la fit démolir et remplacer par une église sous l'invocation de sainte Madeleine. Cette église fut reconstruite en 1659; mais, devenue insuffisante, on posa en 1764 la première pierre de celle que nous voyons aujourd'hui. La révolution de 1789 arrêta tous les travaux; plus tard, une foule de projets furent présentés pour tirer parti des constructions, qui avaient déjà coûté deux millions, en y faisant, soit une salle pour le corps législatif, soit un théâtre, un marché, une bibliothèque ou un musée. Rien de tout cela ne s'exécuta; mais Napoléon, étant au camp de Posen, en décembre 1806, décréta qu'un *Temple de la Gloire* serait élevé sur les fondements de l'église de la Madeleine.

Ce nouveau monument à la gloire de nos armées fut commencé, et il avait déjà fait des progrès considérables lorsque vint la Restauration. Autre régime, autres idées. Le temple dut être transformé en église.

La longueur de l'église de la Madeleine est de 100 mètres sur une largeur de 42. La hauteur de son soubassement est

5

de 4 mètres. Cet immense parallélogramme est entouré de colonnes d'ordre corinthien, hautes de 19 mètres. Le proanos et l'opistodomos sont couronnés d'un fronton triangulaire. L'ensemble de ce monument peut donner l'idée d'un temple grec dans toute sa beauté; mais il est bien loin d'offrir l'aspect imposant de ces cathédrales gothiques qui s'harmonisent si bien avec les nécessités du culte catholique et la sévérité des dogmes du christianisme. L'intérieur étant éclairé d'en haut par cinq coupoles surbaissées qu'on ne peut voir du dehors, aucun jour n'est pratiqué dans les murs. Le toit est entièrement construit en fer et en cuivre, de telle sorte qu'il n'y a pas un pouce de bois dans tout l'édifice. La frise qui règne tout autour, sauf à l'endroit de l'inscription latine, est ornée d'anges, de guirlandes, de médaillons, de rosaces, etc. Enfin, une vaste composition architecturale remplit le fronton antérieur, et représente, par des figures allégoriques, le jugement dernier. Le Christ, qui a près de 6 mètres de haut, est debout, séparant les justes des méchants; à sa droite est un ange tenant une trompette; à sa gauche, sainte Madeleine prosternée semble essayer de fléchir sa justice. Cette admirable composition, la plus vaste de ce genre, est due au ciseau de M. Lemaire. Derrière le fronton du nord un espace se trouve ménagé pour les cloches. L'intérieur de cet édifice se compose d'un vestibule, à droite et à gauche duquel sont deux chapelles, l'une destinée aux baptêmes, l'autre aux mariages. De ce vestibule on entre dans la nef par une arcade de 26 mètres de haut sur 16 de large. Cette nef, qui contient trois chapelles de chaque côté, communique par une arcade semblable à celle du vestibule, au chœur, formant l'hémicycle. Tout autour du temple règne une galerie découverte qui conduit à la colonnade dont le chœur est entouré. Mais, bien que la richesse de l'intérieur égale celle de l'extérieur, il résulte de son ensemble une sorte de confusion qui répond mal à la grandeur de sa destination; tout parle de l'homme là où tout devrait parler de Dieu.

NOTRE-DAME-DE-LORETTE.

Toutes les beautés et tous les défauts des monuments modernes caractérisent cette église ; ses diverses parties sont
empruntées à tous les styles ; elle manque d'ensemble.
Ainsi, par exemple, son portique de quatre colonnes corinthiennes surmonté d'un fronton orné de statues , est suivi ,
à droite et à gauche , d'ailes plus basses dont les entable-
ments ne s'accordent point avec celui de la nef principale ;
là, l'antique et le moderne se heurtent, et trop souvent où
l'on cherche l'art, on ne trouve que des pierres superposées
sans ordre et sans goût. Cependant, hâtons-nous de le dire,
l'ornement en bronze qui décore l'entablement du portique
est d'un bel effet, et le clocher, construit sur le modèle des
campanilles italiennes, s'élance gracieusement au-dessus
des masses qui lui servent de soubassement. Quant au luxe,
à la somptuosité de l'intérieur, nous ne saurions y trouver
quelque chose de digne de louange ; c'est partout une affé-
terie ridicule, une décoration de salon et de boudoir qui
parle aux sens et ne dit rien à l'âme. Cela est si vrai, que
depuis l'érection de cette église, les courtisanes d'un certain
ordre qui pullulent dans ce quartier, ont reçu du peuple le
nom de Lorettes... *Vox populi, vox Dei !*

LA SALPÊTRIERE.

Cet hospice, le plus considérable de Paris, fut fondé par Louis XIV, sur une surface de 110,000 mètres.

La première vue de tous les immenses bâtiments de l'hospice indique assez qu'ils ont été bâtis à mesure que le besoin s'en est fait sentir. L'édit royal qui ordonne la fondation de l'hospice est de 1656, et, dès cette même année, les travaux commencèrent. On voulait alors que tout fût grand et magnifique, même ce qui était utile; l'ostentation était dans le goût du jour.

En 1720, il fut consacré principalement aux enfants et aux femmes; on y vit deux salles, contenant chacune huit cents petites filles occupées à différents travaux; on y voyait aussi, à cette époque, trois grands dortoirs, coupés par deux cent cinquante cellules destinées à des époux trop vieux pour subsister par leur travail. C'est ce qu'on nommait les *ménages*. Aujourd'hui on n'y voit plus que des femmes qui touchent à la fin de leur carrière, et les mots *Hospice de la vieillesse*, qui sont gravés sur la porte d'entrée, sont pleinement justifiés.

THÉATRE-FRANÇAIS.

La construction de cet édifice, commencée, en 1787, sur les dessins de l'architecte Louis, et achevée deux ans après, était, d'abord, destinée aux comédiens des *Variétés amusantes*, qui en prirent, en effet, possession en 1790. Neuf ans après, le théâtre de l'Odéon, occupé par la Comédie française, ayant été détruit par un incendie, les comédiens des *Variétés amusantes* cédèrent leur salle de la rue Richelieu aux comédiens français, et ce théâtre prit dès lors le nom de *Théâtre de la République*, puis celui de *Théâtre-Français*, et a repris, en 1848, son ancien nom.

Douze colonnes d'ordre dorique décorent la façade de cet édifice ; au-dessus sont douze pilastres corinthiens.

A l'intérieur, son vestibule, soutenu par trois rangs de colonnes, est trop peu élevé, et son plafond est trop chargé d'ornements, la plupart d'assez mauvais goût. La décoration de la salle est belle ; mais, en général, ce théâtre ne répond pas à l'importance de sa destination.

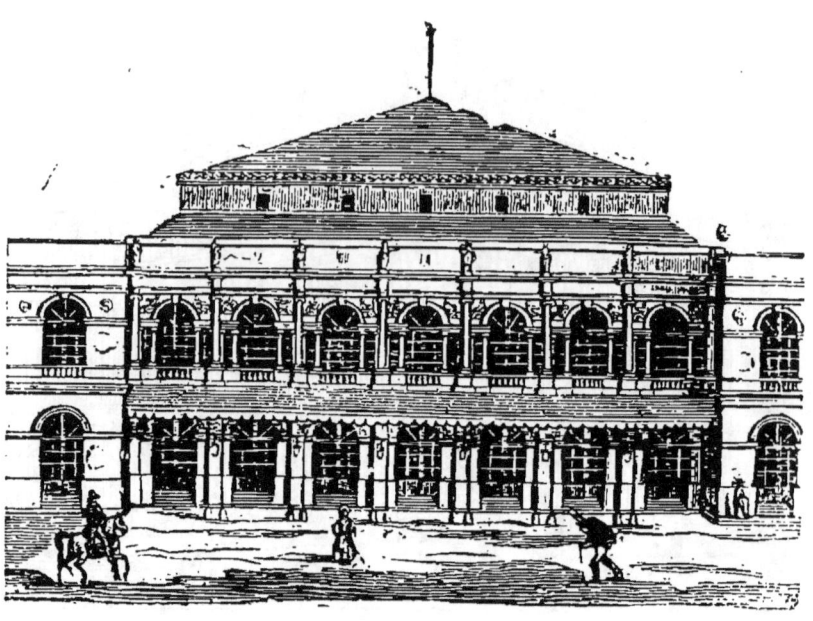

OPÉRA

L'Opéra, fondé sous Louis XIV par l'abbé Perrin, en 1671, et placé d'abord dans un jeu de paume de la rue Mazarine, fut transporté par Lulli, en 1673, au grand théâtre du Palais-Royal, et il y resta jusqu'en 1781, où la salle fut incendiée; alors il se logea dans une salle provisoire, dite aujourd'hui de la Porte-Saint-Martin; il y resta jusqu'en 1794, où il passa rue Richelieu, et, après l'assassinat du duc de Berry, le 13 février 1820, on éleva à la hâte, rue Lepelletier, sur l'emplacement de l'hôtel Choiseul, dont une partie a été conservée et sert aux dépendances du théâtre, la salle actuelle d'après les dessins de M. Debret. Elle fut ouverte au public le 18 août 1825. Son aspect extérieur n'a rien de monumental, mais l'intérieur ne laisse rien à désirer. Les abords du théâtre sont faciles, et bien que l'on parle maintenant de remplacer, enfin, cette salle provisoire dont la provision dure depuis vingt-trois ans, il est fort probable que plus d'une génération passera encore avant que ce projet s'accomplisse. La salle contient 1,950 places.

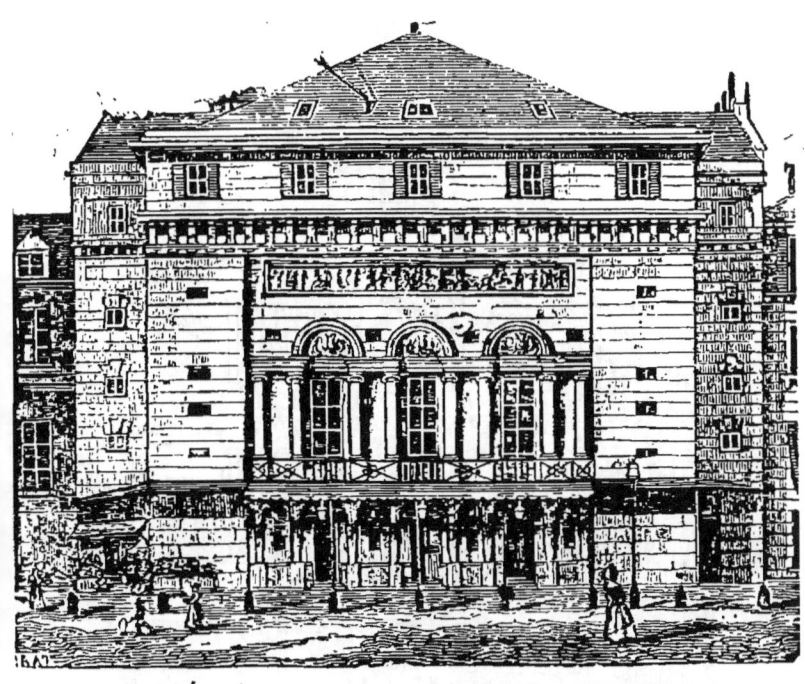

THÉÂTRE DE LA PORTE-SAINT-MARTIN.

Après l'incendie du théâtre de l'Opéra, au Palais-Royal, le 8 juin 1781, on choisit. pour bâtir une salle d'opéra provisoire, l'emplacement d'un établissement appelé le *Magasin de la ville*, près de la porte Saint-Martin. Cet édifice fut terminé en six semaines.

On comprend qu'un théâtre bâti avec une si grande rapidité ne peut pas avoir un grand aspect monumental ; cependant sa façade, ornée de cariatides supportant une ordonnance de huit colonnes doriques est d'un assez bel effet.

Après le départ de l'Opéra, en 1793, cette salle demeura à peu près inoccupée jusqu'en 1814, époque où elle devint un nouveau théâtre de mélodrame.

L'architecte Lenoir, en livrant cette salle aux acteurs de l'Opéra, déclara qu'elle pourrait durer trente ans. Il y en a bientôt soixante-cinq qu'elle est ouverte au public, et elle paraît être aussi solide que le premier jour. Les architectes de l'espèce de M. Lenoir sont devenus bien rares.

AMBIGU-COMIQUE.

En 1775, le nom d'Ambigu-Comique fut donné, par un nommé Audinot, au théâtre qu'il fonda sur le boulevart du Temple, et sur lequel la pantomime, le mimodrame et le mélodrame furent joués avec le plus grand succès jusqu'en 1827, époque où un incendie le détruisit complétement. Il fut reconstruit sur le boulevart Saint-Martin, et c'est maintenant un des édifices de ce genre les plus remarquables.

VARIÉTÉS.

Située sur le boulevart Montmartre, cette charmante petite salle devrait servir de modèle à tous les édifices de ce genre. Elle fut bâtie, en 1807, sur les dessins de M. Célérier. Sa façade se compose de deux étages tétrastyles du meilleur goût et dont l'aspect est des plus gracieux. Son vestibule, où l'on arrive par un perron, est vaste et bien ordonné ; le foyer n'a rien à envier aux plus beaux théâtres de Paris. L'intérieur de la salle est fort élégamment décoré, et l'ensemble de l'édifice est si bien disposé, qu'en cas d'accident, d'incendie, par exemple, de vastes issues pourraient être en un instant livrées à la foule.

5.

CIRQUE.

La façade de ce théâtre est d'un bel aspect. L'intérieur est admirablement approprié aux exercices équestres. Dans le principe, ils composaient tout le spectacle ; plus tard, on y joignit la pantomime et on y toléra le mélodrame à grand spectacle.

Le *Cyrque olympique*, où se donnèrent tant de représentations de nos beaux faits militaires pendant les guerres de la révolution, où se ranimèrent si souvent les plus beaux souvenirs de notre gloire, où furent mis en scène nos immortels héros, depuis Kléber jusqu'à Napoléon, a été obligé, et de renoncer à son répertoire et de transporter, en 1847, ses célèbres écuyers au *Cirque national* des Champs-Élysées.

Le théâtre fut affecté au genre lyrique et fermé au bout de peu de temps, mais, depuis la République, il a repris son ancien genre ; on y donne des pièces militaires et de féeries, et le manége a été transformé en parterre.

LE NOUVEAU TIVOLI ET LE PARC DE MONCEAUX.

Le *nouveau Tivoli* s'est attribué la survivance des parcs si regrettables de la rue de Clichy. De longues rangées de bosquets touffus et des allées bien sablées encadrent une magnifique terrasse où peuvent s'ébattre à la fois plusieurs centaines de danseurs : cela ne vaut pas le Tivoli dont la célébrité fut européenne ; mais faute de mieux, on peut s'en contenter. Le tir aux pigeons est un des accessoires de l'établissement ; c'est un colombier cellulaire d'où l'on fait à volonté échapper un volatile qu'attend, le fusil à la main, un apprenti chasseur, prêt à l'ajuster au moment où il aura pris son essor. Chaque épreuve de ce coûteux exercice apporte à l'un de ces pigeons la mort ou la liberté. Sous les ombrages épais du parc de Monceaux, cette maison de plaisance, avec l'immense espace qui lui appartient, fut connue autrefois sous le nom des *Folies-de-Chartres*, parce que le duc d'Orléans, alors qu'il n'était que duc de Chartres, avait dépensé des millions pour en faire une des plus belles résidences princières. Rien ne lui avait trop coûté pour enchanter ce lieu, où l'art avait en quelque sorte à faire violence à la nature. Le parc fut planté dans le genre anglais, sur les dessins de Carmontel. C'était alors une innovation, un jardin paysagiste devenait presque un poëme; pour le composer, il fallait une riche imagination; Carmontel fut bien inspiré: la variété et les contrastes furent ses grands moyens de prestige, et il sut admirablement les disposer: à chaque pas ce sont des débris gothiques, des fragments d'architecture grecque et romaine, des statues antiques, des pyramides et des obélisques égyptiens; à côté de chalets suisses, une forteresse moyen-âge, dont le lierre séculaire soutient de ses étreintes les murs en ruine; en face une chaumière des ruisseaux traversés par des ponts jetés avec hardiesse sur des rochers factices, déroulent leurs limpides sinuosités au milieu d'une pelouse coupée par des massifs d'arbres toujours verts dont ils reflètent l'éternel feuillage, et vont se perdre dans un large bassin entouré d'une longue guirlande de colonnes sveltes, qu'on dirait arrachées au pourtour d'un temple grec. Ceci fait rêver des siècles passés, des peuples et des religions qui ne sont plus. Jacques Delille a exprimé son admiration pour ce lieu féerique dans ces vers:

J'en atteste, ô Mouceaux, les jardins toujours verts;
Là, des arbres absents les tiges imitées,
Les magiques berceaux, les grottes enchantées,
Tout vous charme à la fois. Là, bravant les saisons,
La rose apprend à naître au milieu des glaçons;
Et les temps, les climats, vaincus par des prodiges,
Semblent de la féerie épuiser les prestiges.

Le duc d'Orléans, devenu Philippe Egalité, réunissait souvent ses amis et ses amies Mirabeau, Fabre d'Eglantine, Laclos, Saint-Huruges et madame de Genlis dans ce pavillon de Monceaux, où l'orgie s'associait au complot politique. Après l'exécution du prince, la Convention décréta que le domaine de Monceaux serait entretenu aux frais de l'Etat et consacré à des établissements d'utilité publique. Bonaparte, à son avénement au trône, donna Monceaux à son ex-collègue Cambacérès. C'était un cadeau ruineux, aussi l'archi-chancelier, qui ne se souciait pas de subvenir à son entretien, le restitua-t-il au donateur, qui, cette fois, le garda pour lui. Au retour des Bourbons, cette propriété fut rendue au duc d'Orléans et à la princesse Adélaïde, sa sœur.

Aujourd'hui encore le parc de Monceaux est une des plus délicieuses promenades dont on puisse jouir. Il est ouvert trois fois par semaine aux personnes munies de cartes, que l'on obtient facilement. Après février 1848, cette villa reçut l'état-major de cette misérable création des ateliers nationaux, placés sous la direction peu sérieuse de l'antagoniste de Louis Blanc, le jeune Emile Thomas, qui ne sut pas donner un caractère d'utilité à l'organisation dont il s'était chargé.

Le parc de Monceaux se trouve compris dans l'enceinte de l'octroi; mais, pour ne point lui masquer la vue de la campagne, cette enceinte s'est abaissée, elle se prolonge dans un profond et large fossé, du milieu duquel l'inévitable mur se dresse, laissant à peine apercevoir une rampe d'un demi-mètre d'élévation; une rotonde gracieuse, sans ouverture extérieure, sert à rompre la monotonie de cette frontière en ligne droite. Ce simulacre de barrière est ce qu'on nomme la rotonde de Chartres.

LE JARDIN DES PLANTES.

Fondé en 1255 par Louis XIV, à la sollicitation de ses médecins, Bouvard et Guy de la Brosse, ce jardin n'eut d'abord qu'une étendue de vingt-quatre arpents, et fut uniquement destiné à la culture et à l'étude des plantes médicales. Buffon vint, et pendant quarante ans qu'il resta sous l'administration du prince des naturalistes, cet établissement prit le plus grand essor. Cuvier marcha dans la même voie, et depuis la mort de cet illustre savant, administrateurs et professeurs n'ont cessé de rivaliser de zèle pour agrandir et enrichir ce domaine de la science.

L'étendue du jardin des Plantes est aujourd'hui de quatre-vingt-dix arpents ; il ne contient pas moins de quatorze mille espèces de plantes en végétation, des arbres fruitiers et forestiers de toutes sortes ; il s'y trouve une immense ménagerie qui est à la fois la plus nombreuse et la plus complète qui existe ; un cabinet d'anatomie comparée ; une galerie de botanique dont les herbiers contiennent plus de cinquante mille espèces, et la plus grande collection de végétaux fossiles qui soit en Europe ; des galeries de zoologie, de minéralogie et de géologie; une école de botanique; des serres admirables qui semblent autant de palais de cristal créés par une baguette magique; rien n'égale l'élégance, la hardiesse et l'heureuse distribution de celles nouvellement construites.

Le Jardin des Plantes possède une riche bibliothèque où treize professeurs des plus célèbres font des cours publics sur les diverses branches de l'histoire naturelle.

Au sud-ouest du jardin des Plantes se trouve une petite colline connue aujourd'hui sous le nom de labyrinthe; d'abord on y cultiva les arbres et les plantes des montagnes; plus tard, on la planta de vignes qui firent place ensuite à une collection d'arbres toujours verts. Buffon y fit construire un belvédère, et par les soins du grand naturaliste, l'escalier qui jusque-là conduisait au sommet de cette colline, fut remplacé par une pente douce, garnie des deux côtés d'un talus planté en ormille et d'une rampe en fer. On arrive au belvédère par des chemins rentrant les uns dans les autres, ce qui a valu à cette élévation le nom de labyrinthe. C'est là que s'élève le majestueux cèdre du Liban, le premier arbre de cette espèce qui ait paru en France. Il fut apporté d'Angleterre en 1754, par Bernard de Jussieu. Cet arbre immense, dont les branches s'étendent horizontalement était, il y a quelques années, d'une hauteur prodigieuse; un coup de vent a cassé sa flèche; mais il est encore le plus beau monument de végétation qui existe au Jardin des Plantes.

Le bâtiment spacieux où sont logés les animaux carnassiers n'est construit que depuis vingt-cinq ans. Ces terribles prisonniers avaient jusqu'alors été renfermés dans un petit corps de logis situé au bout de l'allée des marronniers et qui, après avoir longtemps servi de boucherie, a été enfin rasé. Cet édifice, d'une architecture simple et régulière, présente sur une même ligne, à l'exposition du midi, vingt et une loges derrière lesquelles est une galerie éclairée par le haut, assez large pour qu'on puisse s'y promener en hiver, et voir les animaux lorsque les volets extérieurs des loges sont fermés. C'est encore par cette galerie que se fait le service, soit pour donner aux animaux leur nourriture, soit pour laver et nettoyer leurs loges en faisant entrer chacun d'eux dans celle qui est la plus voisine. Deux pavillons placés l'un à chaque bout renferment aussi des cages en fer où vivent d'autres animaux féroces plus petits. Les loges, où toute communication directe avec l'air extérieur est supprimée pendant l'hiver au moyen d'une épaisse cloison qui les divise en deux compartiments, l'un s'ouvrant du côté du jardin, l'autre sur la galerie intérieure, sont assez vastes pour permettre aux animaux un peu d'exercice.

Jusqu'à ces derniers temps, la ménagerie, quelque nombreuse qu'elle fût, ne renfermait pourtant que des oiseaux et des mammifères. Maintenant, le Jardin des Plantes possède toutes sortes de serpents venimeux et non venimeux. Les plus remarquables parmi ces derniers sont les *boas* ou *pythons*, serpents de l'Amérique du sud, qui atteignent une longueur de vingt-cinq à trente pieds.

Les boas, de même que la plupart des reptiles, ont besoin de beaucoup de chaleur; aussi a-t-on établi dans cette ménagerie un système de chauffage très-ingénieux qui maintient à une température constante l'atmosphère au milieu de laquelle vivent ces reptiles.

A côté des pythons sont les crotales, vulgairement appelés serpents à sonnettes, les plus dangereux de tous les serpents; aussi l'exhibition hors du muséum en est absolument interdite dans toute la France.

Le côté réservé aux oiseaux est entièrement composé de cages fermées par des grillages de fer.

Le palais des singes est une immense rotonde en fer entourée d'une élégante balustrade, et garnie dans toute son étendue d'un grillage à larges mailles. Dans l'intérieur sont des cordes à nœuds, des mâts, des trapèses, et tout l'attirail gymnastique des pensionnats à la mode. C'est dans ce palais fort élégant, bien qu'étant à claires voies, que se jouent,

que se balancent, que grimpent, roulent et font mille tours
divers, les trois grandes familles de singes : les sapajous,
les magots, les orangs-outangs, les chimpansés, les gibbons,
les semnipothèques, les macaques, etc., qui font la joie des
nombreux promeneurs.

Tel est, en résumé, le Jardin des Plantes : le plus magnifique établissement de ce genre qui existe dans le monde.

Mais, quand on arrive pour visiter toutes les merveilles
de céans par les quartiers qui l'avoisinent, on ne peut s'empêcher de penser qu'il y a peut-être dans Paris cent mille
individus croupissant dans des taudis sans feu, sans air,
sans pain, qui seraient heureux de loger là où sont entretenus avec une sollicitude si minutieuse les pierres, les
fossiles, les girafes et les singes.

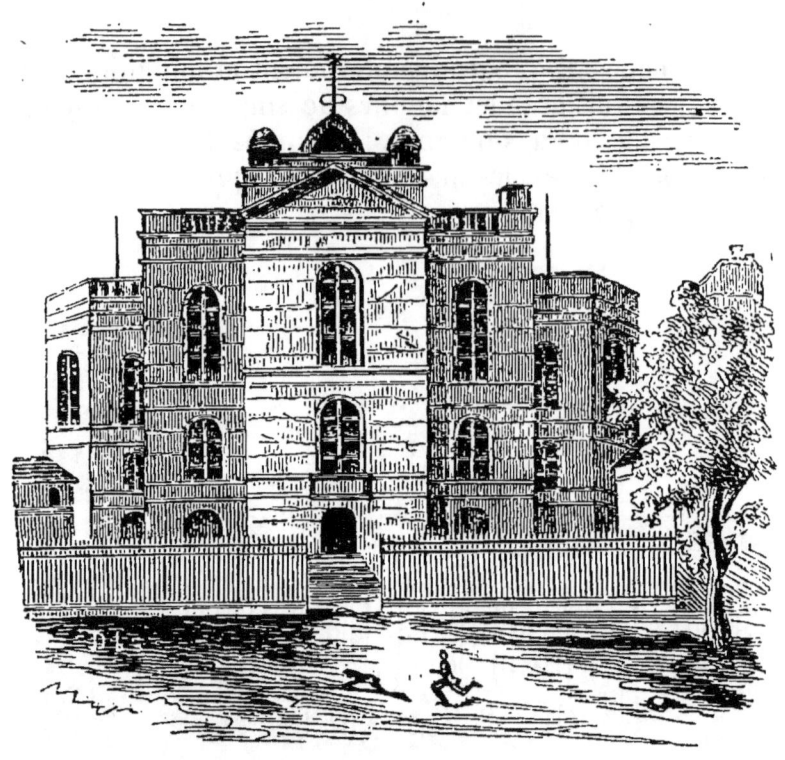

L'OBSERVATOIRE ET SON AVENUE.

A très-peu de distance de la barrière d'Enfer, s'élève l'Observatoire, qui est un des plus célèbres monuments astronomiques de l'Europe. Le premier savant qui y fit des observations fut l'illustre Cassini, mandé d'Italie en 1672 par le grand Colbert. Sa forme est rectangulaire, et il n'entre ni bois ni fer dans sa construction. Sa plate-forme, à 27 mètres du sol, sert aux expériences astronomiques. Trois cent-soixante marches conduisent aux caves, qui sont appropriées à diverses expériences de physique.

Le bâtiment de l'Observatoire et le palais du Luxembourg se correspondent aujourd'hui par une magnifique avenue qui donne à cette partie de la capitale un aspect grandiose. A l'extrémité de cette avenue, au débouché des rues de l'Est, de l'Ouest et de Notre-Dame-des-Champs, s'ouvre le carrefour de l'Observatoire. C'est là que, le 7 décembre 1815, par un temps froid et sombre, le maréchal

Ney, condamné de la veille à la peine de mort par la Cour des pairs, fut passé par les armes en présence d'un petit nombre de spectateurs que le hasard avait conduits sur le théâtre de ce drame sanglant. Échappons s'il se peut à ce tragique souvenir et tâchons d'oublier les fureurs et les crimes des mauvais jours. Le carrefour de l'Observatoire avec les arbres qui l'ombragent est aujourd'hui le rendez-vous ordinaire de tous les rentiers joueurs de boule, qui s'acharnent à d'innocents assauts pendant six jours de la semaine ; gare à vos jambes si vous passez par là, les plus adroits de ces infatigables pourraient bien les prendre pour des quilles. C'est bien à regret que le dimanche ils cèdent la place aux marchands de pain d'épice, aux chevaux de bois, aux virtuoses ambulants, au polichinelle de Guignol non moins chéri du moutard que de la bonne qu'amuse le pioupiou ; enfin à toutes les variétés de saltimbanques, y compris l'éternel M. Grasboyau, ce doyen des pîtres mangeur de filasse, dont la poudre à gratter ne cessera jamais de faire les délices du gamin, se joint un autre spectacle. Si, au moment où les derniers roulements du tambour signifient aux promeneurs d'évacuer le jardin du Luxembourg, vous sortez par la grille de l'Observatoire, vous apercevrez sur votre gauche une brillante illumination. Ce portique de feu vous indique l'entrée de la Chartreuse (aujourd'hui la Clôserie-des-Lilas) ; peut-être allez-vous croire que c'est là le triste séjour d'un de ces essaims d'ichthyophages qui pensent se faire un mérite aux yeux de Dieu de maigrir sous la règle de saint Bruno ; détrompez-vous : ici l'on pêche, mais on ne fait plus pénitence ; il n'y a point de cellule, mais des bosquets ; point d'église, mais une rotonde sous laquelle on danse. Ici point de vœux de chasteté, point d'abstinence ; on ne s'y prive que de la stricte décence dans la tenue, le geste et le propos ; des étudiants qui viennent pour voir des grisettes, des grisettes qui se dérangent par amour des étudiants ; tant de jeunes couples éphémères qui se conviennent si bien, qui se prennent, se quittent ou

se reprennent si vite, qui se brouillent et se raccommoden
avec une égale facilité. Tout ce monde de sans-soucis doi
nécessairement être dans ses allures un peu libre et décolleté ; il l'est parfois beaucoup trop. N'importe, faites-un
tour à la Chartreuse, il y a là des mœurs à observer. L'étudiant passé à l'état chronique, faute d'avoir pris ses inscriptions, est la notabilité de l'endroit ; il n'abordera la thèse
qu'après avoir fait recevoir sa Paméla dans le respectable
corps des sages-femmes ; deux fois il l'a rendue mère, fatal
résultat pratique, acheminement au diplôme. Mais où son
les fruits de leurs amours ? A cent pas d'ici, rue d'Enfer,
aux Enfants-Trouvés ; car si Paméla a connu la maternité,
elle est restée étrangère à tout sentiment maternel. Il y a
des vies de dissipation où l'âme se gangrène et le cœur se
vide.

Le restaurant de la Clôserie-des-Lilas et quelques cafés-
estaminets, sur le boulevart du Mont-Parnasse, sont encore
des lieux publics adorés des ménages d'étudiants pendant
leur lune de miel. Plus d'un disciple d'Esculape ou de Cu-
jas, écornifleur gascon vivant sur le commun, y vient en
parasite cultiver, aux dépens des camarades pourvus, la
pipe, la chope, le biffteach, le billard et jusqu'au lansquenet.
Tels gaillards sont d'un affreux communisme ; encore s'ils
ne trichaient pas. Mais où ne se fourre pas le grec ?

LA HALLE AU BLÉ.

Elle a été construite en 1765 sur l'emplacement de l'ancien hôtel de Soissons. La décoration de ce monument est simple et répond parfaitement à l'objet auquel il est destiné. C'est une vaste rotonde, entièrement isolée, laissant au centre une cour de forme circulaire entourée de vingt-huit fenêtres et d'autant d'arcades dont six servent de passage et répondent à autant de rues. La coupole de cet édifice, achevée en 1783, fut incendiée en 1802 et rétablie en 1811 en fer coulé et en cuivre, de manière à ce qu'elle fût pour jamais à l'abri de l'action du feu. Des paratonnerres sont placés aux quatre points cardinaux de cette construction et sur la colonne dite *de Médicis*, dernier reste de l'hôtel de Soissons qui s'y trouve adossée. Catherine de Médicis, infatuée de l'astrologie judiciaire, la fit construire, en 1572, afin de pouvoir de son sommet lire l'avenir dans les astres. La colonne était décorée des emblèmes de cette princesse et de Henri II son époux. Ces sculptures ont disparu en 1793.

On a tracé sur cette colonne un méridien qui marque l'heure précise du soleil à chaque moment de la journée dans toutes les saisons et au bas existe une fontaine d'une exécution très-médiocre.

ENTREPOT OU HALLE AUX VINS.

Il existait, depuis 1662, une halle aux vins à l'angle du quai Saint-Bernard et de la rue des Fossés du même nom sur un terrain que traversait un canal factice de la rivière de Bièvre. L'insuffisance de ce local était depuis longtemps sentie; ce n'est pourtant que sous l'Empire qu'un décret du 20 mars 1808 ordonna la construction d'un entrepôt général pour les produits indigènes. Bien qu'exécuté sur un plan beaucoup plus modeste que celui qui avait été originairement conçu, l'entrepôt des vins présente un coup d'œil imposant et forme un des plus grands monuments commerciaux de la capitale. Les rues Saint-Victor, de Seine, le quai Saint-Bernard et la rue des Fossés-Saint-Bernard, servent de limites à cet établissement dont la façade principale est séparée du quai et du port annexe par une longue grille en fer, scellée sur un mur d'appui et flanquée de pavillons en pierre de taille, entre lesquels s'ouvrent les grilles d'entrée. Derrière cette grille, s'étend une double allée d'arbres séparée par un gazon, et au milieu s'élève un corps de logis élégant, qui renferme l'administration, les bureaux de l'octroi, des contributions indirectes et le logement du conservateur. Au-delà de cette allée, le long de laquelle on voit des petits pavillons servant de bureaux aux entrepositaires, s'élèvent les bâtiments divisés en douze corps de constructions séparés entre eux par les rues de Bordeaux, de Bourgogne, de Champagne, de Languedoc, etc., ainsi appelées du nom des principaux vignobles de France. Huit magasins sont occupés par les vins et vinaigres, trois sont réservés aux alcools et le dernier reçoit les huiles. Les caves sont au nombre de 183, et les seuls bâtiments destinés aux vins embrassent une superficie de 80,000 mètres et peuvent contenir un million d'hectolitres. Derrière les magasins des eaux-de-vie s'élèvent deux bâtiments flanqués de pavillons avec bureaux pour la grille de sortie sur la rue Saint-Victor; un de ces bâtiments est destiné au mesurage des esprits par le moyen de cylindres exactement jaugés, et dont les quantités sont reconnues sur une échelle placée près d'un tube de verre, dans lequel le liquide se met au niveau de celui renfermé dans le cylindre. Cet appareil sert à mesurer, en une seule fois, les pièces contenant même jusqu'à 600 litres. Un deuxième bâtiment semblable est destiné à l'opération du mouillage ou de la réduction des eaux-de-vie, au degré convenu par les ventes. Les matériaux et les formes des constructions sont de la plus grande simplicité ; on a employé des pierres dures de roche pour les murs et les voûtes des celliers, les arcs et les parois des portes, ainsi que le dallage des terrasses, ce qui assure l'indestructibilité des celliers dont le sol est d'un mètre au-dessous du niveau des rues. Six rampes, dont quatre doubles, établissent la communication avec les magasins au-dessus des celliers. La construction des magasins des eaux-de-vie diffère entièrement des autres en ce qu'elle est toute en pierres de taille, briques et poteries pour les voûtes, ce qui rend ce bâtiment incombustible. Dans le malheur d'un incendie, le liquide serait jeté par huit chutes dans les conduits placés le long des murs, et ces conduits le verseraient dans l'aqueduc établi rue de la Côte-d'Or, qui se perd dans la rivière. Tout a donc été prévu et combiné dans cette immense construction digne d'une grande capitale : la disposition heureuse et commode des parties, la facilité des abords et des moyens de communication, l'étendue de l'emplacement, la largeur et la régularité des rues. Une ville du quatrième ordre et ses faubourgs seraient aisément placés dans l'enceinte de l'entrepôt, qui a coûté 20 millions à la ville de Paris.

PRISON DE SAINTE-PÉLAGIE.

Établie sur l'emplacement de l'ancien couvent du même nom, fondé par madame Beauharnais de Miramion pour les filles débauchées, et supprimé à la révolution, cette prison servait, il y a quelques années, de lieu de détention pour les dettiers et les condamnés politiques. Une partie de la maison a conservé cette dernière destination ; l'autre est consacrée aux condamnés dont l'emprisonnement n'excède pas un an. Le local est vaste et bien aéré ; il contient d'ordinaire 150 individus.

Cette maison a eu des hôtes célèbres : Béranger, Armand Carrel, Lamennais, etc.; pendant la révolution une parente de la fondatrice, Joséphine Beauharnais.

Les détenus politiques jouissent à Sainte-Pélagie d'une liberté relative.

8

PRISON DE LA ROQUETTE.

La rue de la Roquette renfermait autrefois un hôtel appelé *Bel-Esbat*, qui appartint aux rois de France depuis Henri II jusqu'à Henri IV, et où Henri III faillit être enlevé par les rigueurs; on le transforma plus tard en couvent des hospitalières de Notre-Dame, lequel renfermait un hospice pour les vieilles femmes. Ce couvent et cet hospice sont aujourd'hui détruits; mais la rue peut s'en consoler : à leur place on a construit deux vastes et magnifiques bâtiments qui, sans doute, ont été placés en face l'un de l'autre pour faire image et dans une pensée philosophique : l'un est le *Pénitencier des jeunes détenus;* l'autre, dessiné ici, est le *Dépôt des condamnés,* c'est-à-dire l'*alpha* et l'*oméga* de notre civilisation. Le régime de cette maison, où l'emprisonnement individuel est en vigueur, est salutaire, et l'intérieur disposé avec une remarquable entente des lois de l'hygiène. La chapelle contient quelques bons tableaux.

PRISON DE CLICHY.

L'entrée de la prison n'a rien qui puisse faire naître d'accablantes idées ; une cour, des bâtiments qui ressemblent aux dépendances ordinaires d'un hôtel, et, au fond, un corps de logis qui, sans les barreaux qui garnissent ses fenêtres, pourrait être pris pour une riche habitation, ou pour l'entrée d'un hospice bien doté et bien tenu, frappent les premiers regards. A gauche, un bâtiment porte cette inscription : *Section des femmes.*

En pénétrant plus avant, on ne se heurte pas contre des guichets à porte basse, contre des geôles à poternes écrasées ; on n'entend plus les geôliers répéter au débiteur cette humiliante formule : « *Baissez la tête!* » Des grilles vastes et élevées, comme celles d'un parloir de couvent, donnent entrée dans la salle du greffe, qui touche elle-même au cabinet du directeur et à un salon destiné aux conférences des détenus avec les personnes qui ne peuvent pas pénétrer dans l'intérieur de la maison. De cet endroit, où s'accomplissent les premières formalités de transcription et d'écrou, on aperçoit une vaste cour, bien sablée, avec quelques arbres hauts et verdoyants, des bancs de gazon, et au pied du mur d'enceinte opposé au bâtiment, dans la longueur de cette cour, un beau parterre, tout émaillé d'arbustes et de fleurs, avec deux pelouses fraîchement entretenues. Une large galerie qui règne dans tout le rez-de-chaussée de l'édifice, et que divise un rang de colonnes, contient la première série des chambres; c'est là place publique de la prison, c'est le passage et le centre de tout le mouvement qui y règne. Éclairée par trois grilles qui s'ouvrent sur la cour, et par une file de hautes fenêtres, cette galerie est chauffée par un conduit de chaleur souterraine s'échappant par les ouvertures de planches percées à jour qui recouvrent ce conduit. Cette même disposition se retrouve dans toute la maison. Un vaste caléfacteur, dont le tuyau s'élève dans la hauteur de l'escalier, à peu près comme les poêles des salles de spectacle, fournit et distribue le calorique destiné à chauffer toutes les chambres. Des bancs sont disposés de l'autre côté de la galerie, le long des cellules, et un *café restaurant* en occupe une des extrémités. Il est flanqué par une *cantine* succursale; à l'autre extrémité, le *cabinet de lecture* étale ses tables et dresse ses tentes.

Au premier, au second et au troisième étage, de longs corridors aérés et éclairés par deux fenêtres sur la cour et deux larges ouvertures aux extrémités, forment le local de détention; cent trente cellules s'ouvrent sur ces corridors. Chaque prisonnier est seul; moyennant finance, la maison lui fournit un mobilier convenable. A l'extrémité de chaque corridor, tout a été prévu pour que rien ne manquât aux détenus, sans nuire à la salubrité de leur habitation. La vue s'étend d'un côté sur les jardins de Tivoli, de l'autre sur le panorama de Paris.

Autour de la prison pour dettes on prend les mêmes précautions que celles qui sont en usage pour la surveillance des autres prisons. Le soir, on ferme aux verrous les cellules, aprèss'être assuré que le prisonnier y est enfermé. La moindre incommodité suffit pour obtenir du directeur une dispense momentanée de cette formalité, la seule qui ne permette guère à l'esprit de franchir l'espace de la prison, car le bruit du verrou a un retentissement qui rappellerait dans le cachot une imagination toute prête à s'envoler vers les cieux.

FORTIFICATIONS DE PARIS.

De l'opinion exprimée par Vauban et Napoléon, ces juges si compétents, on a conclu qu'il fallait faire autour de Paris une enceinte continue et terrassée, de dix mètres au moins d'élévation d'escarpement, bastionnée, avec fossé en avant, et glacis couvrant le mur d'escarpe des coups éloignés de l'artillerie ennemie ; et en outre, afin de préserver la capitale des dangers d'un bombardement, et des cruelles privations qu'imposerait un blocus, fortifier les principales positions stratégiques qui défendent les abords de la capitale. C'est cette pensée de Vauban qui a été mise à exécution par la construction de l'enceinte continue et des seize forts qui environnent Paris. Cette enceinte n'a pas moins de quatre-vingt-quatorze fronts. Sur la rive gauche, on compte vingt-six bastions. L'enceinte commence à l'extrémité occidentale du parc de Bercy, s'étend en ligne droite jusqu'à Gentilly ; là, elle se contourne en une espèce de fer à cheval, puis reprend une direction rectiligne jusqu'à Montrouge, fait un coude, et va tout droit ensuite aboutir à la Seine,

6.

en face le milieu du Point-du-Jour, après avoir ainsi enfermé Austerlitz, le Petit-Gentilly, le Petit-Montrouge, Vaugirard et Grenelle.

A mille mètres environ, plus en aval, reprend l'enceinte de la rive droite. Après avoir entouré le Point-du-Jour, elle longe le bois de Boulogne jusqu'à Sablonville, forme un rentrant à la porte Maillot; puis, donnant passage au chemin de la Révolte, s'infléchit jusqu'au milieu de l'angle formé par l'avenue de Clichy et l'avenue de Saint-Ouen. A ce point, elle se dirige en ligne droite jusqu'au canal de Saint-Denis; là, elle tourne au sud-est. Arrivée au canal de l'Ourcq, elle court du nord au sud; aux prés Saint-Gervais, deux des fronts reprennent la direction de l'ouest à l'est, mais elle la quitte à la hauteur de Romainville pour descendre en ligne droite jusqu'à Saint-Mandé; alors elle fait un coude et va finir à la Seine, juste en face du point où commence l'enceinte de la rive gauche.

Nous avons dit que les forts sont au nombre de seize. Au nord, quatre mettent Saint-Denis à couvert, ce sont : 1° le fort Labriche, appuyé sur la rivière à l'occident de Saint-Denis; il est traversé par le chemin de fer; le fort du Nord ou la double couronne; cet ouvrage n'est pas défendu par l'enceinte, mais sa gorge est couverte par une inondation que l'on peut facilement tendre, et qui met en sûreté le nord et l'est de Saint-Denis. Cette inondation protége encore un autre ouvrage qui, avec la couronne du nord, sont les deux seuls des forts de Paris qui soient ouverts à la gorge; c'est la lunette de Stains, qui se trouve au nord-est de Saint-Denis. Au sud, une route stratégique en ligne droite conduit de cette lunette au fort de l'Est, le dernier des forts de Saint-Denis.

Entre la Villette et le fort de l'Est, près de la route d'Amsterdam, non loin du village d'Aubervillers, s'élève le fort de ce nom. En continuant à descendre vers le sud, entre Pantin et les Prés-Saint-Gervais, on rencontre le fort de Romainville, puis ceux de Noisy, de Rosny et de Nogent. Près du confluent de la Marne et de la Seine, dans une

très-forte position, s'élève le fort de Charenton, comman
dant la route d'Italie.

Sur la rive gauche de la Seine on ne trouve que cinq
forts : d'abord Ivry et Arcueil, qui commandent la route de
Fontainebleau. Le premier est fort remarquable; construit
sur des carrières, il a fallu élever des piliers pour soutenir
la fortification; de plus, ces excavations forment d'immenses magasins voûtés. Puis le fort de Montrouge, sur la
route d'Orléans, et celui de Vanves, à la gauche du chemin de fer de Versailles. A la droite même du chemin de
fer, et défendant le passage de la rivière, est le fort d'Issy.

Enfin sur la rive, en arrière de l'autre chemin de fer de
Versailles, sur une hauteur célèbre, s'élève le plus considérable de tous les forts de Paris, la forteresse du Mont-
Valérien; placée en dehors de toutes les attaques probables,
elle est destinée à protéger les arrivages de l'ouest, et à servir de lieu de sûreté pour des approvisionnements d'armes
et de munitions.

On a prétendu que cette œuvre immense de fortifications
de Paris était une grande faute; ce serait certainement une
faute bien plus grande de les défaire.

On ne saurait nier que cette dépense de 700 millions, enlevés à la réalisation des questions de bien-être et livrés à
la satisfaction des défiances de la diplomatie et de la rou-
tine, aurait pu être mieux appliquée. Mais maintenant que
le sacrifice est consommé, il faut reconnaître qu'un bouclier
a été placé sur le cœur de la France, et que sa protection
n'est pas inutile en présence des éventualités futures. Au
demeurant, les ceintures de fortifications ne gênent pas la
croissance des villes. Paris a déjà débordé quatre enceintes :
le jour où cela sera nécessaire, Paris ne sera pas embar-
rassé de la cinquième.

Puissent ces détails sur des remparts, que chacun de
nous est peut-être appelé à défendre, détruire le funeste
préjugé qui subsiste contre la possibilité d'empêcher une
armée ennemie d'entrer dans Paris, et prévenir les hontes
de 1814 et 1815!

En 1790, l'Assemblée constituante interdit les inhumations dans les églises et ordonna que les cimetières qui y étaient contigus ou qui se trouvaient enclavés dans l'enceinte de la ville, seraient supprimés. On établit alors cinq cimetières *extrà muros;* aujourd'hui il n'y en a plus que trois. Ce sont :

1º Le cimetière du Sud (Montparnasse), le plus nouveau des trois, et qui n'a de remarquable que ses grandes dimensions en rapport avec la population des 10e, 11e et 12e arrondissements. Ce cimetière avait été d'abord spécialement destiné aux inhumations des personnes mortes dans les hospices et les suppliciés; mais aujourd'hui ces deux catégories n'y occupent qu'un terrain réservé;

2º Le cimetière du Nord (Montmartre), qui fut le premier ouvert hors de Paris, et auquel on donna le nom de *Champ du repos.* Il sert aux inhumations des 1er, 2e, 3e, 4e arrondissements. L'inégalité de son sol produit des points de vue très-pittoresques; on y voit en outre quelques tombeaux remarquables, tels que ceux de Saint-Lambert, de Legouvé, de Dazincourt, etc. ;

3º Le cimetière de l'Est, dont le nom officiel est *Mont-Louis*, mais auquel la volonté populaire a imposé celui de *Père-Lachaise.* Ce dernier est le plus remarquable de tous; celui que, à raison de sa funèbre beauté, de sa vaste étendue, de sa lugubre magnificence, on pourrait à juste titre appeler la *capitale des morts.* Il est consacré aux inhumations des 6e, 7e, 8e et 9e arrondissements. *François de la Chaise*, jésuite, confesseur de Louis XIV, obtint de ce roi la propriété de Mont-Louis, et y fit construire une maison de retraite qu'on voyait encore en 1820, et sur l'emplacement de laquelle une chapelle a été construite en 1834. Cette chapelle se trouve au centre du cimetière sur la partie la plus élevée; elle se compose d'un parallélogramme de 11 mètres de largeur sur 22 mètres de profondeur. Par une ouverture dans la voûte, la lumière pénètre dans l'intérieur qui renferme un autel de marbre blanc.

L'enclos de Mont-Louis reçut la destination de cimetière de Paris le 21 mai 1804. Son site est heureux; le sol accidenté est coupé de ravins et de plateaux d'où la vue découvre une grande partie de la ville et des campagnes voisines.

Une magnifique verdure, de splendides gazons, d'épais ombrages, l'air abondant, un jour immense, des monuments superbes, rien ne manque à cette vaste nécropole; on sent qu'une fois qu'on est mort, on ne saurait trouver une habitation meilleure, un domicile plus confortable. Aussi tous les morts illustres semblent-ils se donner rendez-vous dans cette dernière demeure; depuis quelques années surtout, ils s'y disputent les places comme on fait dans les magnifiques hôtels bien achalandés. Parmi les monuments les plus considérables, on visite avec intérêt le tombeau d'Héloïse et d'Abeilard, transporté du couvent du Paraclet dans l'aile du midi du cimetière. D'autres monuments sont ornés de colonnes de marbre et ont la forme de chapelles sépulcrales. On y a transporté les restes de Molière et de Lafontaine dans une enceinte commune; ce qui a fait dire à Béranger :

> Plus d'un tartufe y vient fouler Molière,
> Et Lafontaine y voit plus d'un renard.

Ailleurs sont groupés les tombeaux de Boufflers, de Parny, de Chénier, et celui de Delille. C'est encore là que reposent, entre autres personnages illustres et modernes, Cuvier, Monge, Talma, Laplace, Benjamin Constant; mesdames Cottin et Dufresnoy. — Les guerriers ont leur part dans les monuments du Père-Lachaise; celui de Masséna, érigé en 1817, offre, sur un piédestal de cinq pieds de haut, un obélisque de vingt pieds, montrant sur une de ses faces l'image du héros, tandis que, pour le maréchal Ney, la fosse mortuaire, dénuée de pierre funéraire et d'autres signes distinctifs, n'est entourée que d'une simple grille de fer, avec ces mots gravés par une main inconnue : *Sta, viator, heroem calcas.*

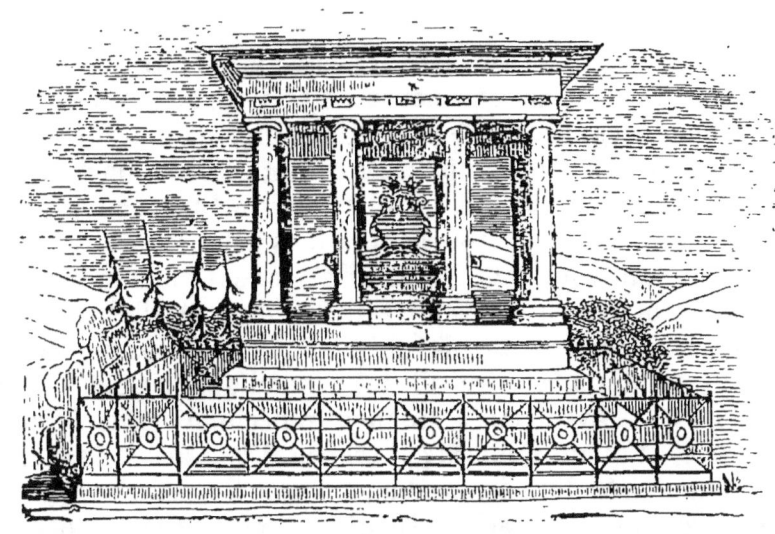

Au milieu des monuments de ceux qui n'ont été que riches et titrés, on remarque celui d'une princesse Demidoff, qui coûta plus de 300,000 fr.

On pourrait croire, aux inscriptions qui se pressent au Père-Lachaise, que la population de Paris est la plus vertueuse du globe. Vous n'éveillerez pas un écho sur cette terre qui recouvre tant de morts, sans qu'il vous renvoie un nom fameux; mais parmi tous ces noms combien en est-il qui aient retenti de leur vivant?

Si dans nos cimetières, à quelques exceptions près, les tombeaux étaient les mêmes pour tous, ils fourniraient aux visiteurs une haute et sévère leçon en leur rappelant l'inévitable égalité qui nous attend; et, si cet enseignement ne suffisait pas à leur vanité, ils pourraient méditer sur ce qui suit.

Depuis que des savants, des spéculateurs ont calculé la durée moyenne de la vie humaine, ils l'ont fixée à 33 ans. Les uns perdent la vie à peine reçue, sans avoir vu le jour; les autres s'éteignent seulement aux dernières limites de l'âge. Ainsi, bornant nos calculs à quarante siècles, dans la supposition permise que depuis quarante siècles seulement la population du globe a pu être évaluée, comme elle l'est actuellement, à un milliard d'habitants environ, si nous écrivons ceci depuis une heure, 3,600 enfants sont nés, 3,600 hommes sont morts; car il naît un enfant et il meurt un homme à chaque seconde. De ce qui précède, nous pouvons conclure ce qui suit : En l'espace de 4,000 ans, la population du globe, à trois générations par siècle, s'est renouvelée cent-vingt fois, c'est-à-dire que cent-vingt milliards d'âmes sont remontées vers le Créateur dont elles étaient émanées, et que cent-vingt milliards de *détritus* humains ont été rendus à la terre qui les revendiquait. Cent vingt milliards!.... Avez-vous seulement réfléchi quelquefois sur ce que c'est qu'un milliard? Si depuis 4,000 ans il existait un pendule régulier, invariable, frappant à chaque minute, à une faible fraction près, il n'eût encore frappé que deux milliards de minutes, c'est-à-dire la soixantième partie des êtres humains qui, pendant le même espace de temps ont apparu sur la terre. Soixante par minute! Notre calcul était donc exact : un enfant naît et un homme meurt à chaque seconde marquée par le balancier éternel. Ayez donc beaucoup d'orgueil, tirez vanité de votre fortune, de la fringance de vos chevaux, dansez durant l'hiver, buvez frais pendant la canicule, ayez bonne chance dans vos spéculations, achetez de votre vivant, au cimetière de Paris, un domaine de dix pieds sur toutes les faces; mais, croyez-moi, faites l'aumône, venez au secours de vos frères malheureux, car un saint prédicateur a dit ces belles paroles : « On n'emporte dans l'autre monde que ce que l'on a donné dans celui-ci. »

FIN.

POISSY. — Typographie ARBIEU.

GOUVERNEMENT, MINISTÈRES
ET ADMINISTRATIONS PUBLIQUES.

GOUVERNEMENT.

PRÉSIDENCE DE LA RÉPUBLIQUE, Élysée National, rue du Faubourg Saint-Honoré.

VICE-PRÉSIDENCE, au Luxembourg, rue de Vaugirard.

ASSEMBLÉE NATIONALE, palais de ce nom, rue de l'Université.

CONSEIL D'ÉTAT, rue de Lille, 62.

TRIBUNAL DES CONFLITS, au Petit-Luxembourg.

MINISTÈRES.

N. B.—Chaque ministre donne des audiences lorsqu'on en fait la demande par écrit, en désignant l'objet dont on désire l'entretenir.

Ministère de la Justice et des Cultes, place Vendôme et rue N^e du-Luxembourg, 22. Audiences les vendredis, de 2 à 4 heures. Le bureau des légalisations est ouvert tous les jours, de midi à 2 h.

—*des Affaires étrangères,* rue Neuve des Capucines, 13 (bientôt rue de l'Université et d'Austerlitz). Le bureau des passeports et des légalisations, tous les jours de la semaine, de 11 à 4 heures.

— *de la Guerre,* rue St-Dominique-St-Germain, 86. Les mercredis et vendredis, de 2 à 5 heures.

— *de la Marine et des Colonies,* rue de la Révolution, 2. Les jeudis, de 2 à 4 h. Direction forestière, rue de l'Arcade, 36.

— *des Finances,* rue de Rivoli, 46 et 48. Caisses et bureaux. Les jours de la semaine, de 10 à 4 heures.

— *de l'Intérieur,* rue de Grenelle-S.-Germain, 101. Audiences publiques les jeudis de 2 à 4 h., et des chefs de divisions les mardis, jeudis et samedis, de 2 à 4 h. — Bureau de comptabilité, les lundis et jeudis, de 12 à 3 h. La division des gardes nationales de la République, est même rue, 122.

— *de l'Agriculture et du Commerce,* rue de Varennes.

— *des Travaux publics,* rue St-Dominique, 58-60. Les mardis et vendredis, de 2 à 4 heures.

— *de l'Instruction publique,* r. de Grenelle-St-Germain, 116 Bureaux ouverts les jeudis, de 2 à 4 heures.

POUVOIRS JUDICIAIRES.

COUR DE CASSATION, au Palais-de-Justice.
COUR D'APPEL, au Palais-de-Justice.
TRIBUNAL DE 1ʳᵉ INSTANCE, au Palais-de-Justice.
COUR DES COMPTES, hôtel du quai d'Orsay.
Chambre des Avocats et des Avoués, au Palais-de-Justice.
Chambre des Huissiers, rue Montmartre, 30.
Chambre des Notaires, bâtiment de l'ancien Châtelet.
TRIBUNAL DE COMMERCE, place de la Bourse.
CONSEILS DE PRUD'HOMMES, rue de la Douane, 12.
Gardes du Commerce, (Bureau des), rue de Braque, 8.

ADMINISTRATIONS PUBLIQUES

et Entreprises au compte de l'État.

PRÉFECTURE DE LA SEINE, Hôtel-de-Ville.
PRÉFECTURE DE POLICE, r. de Jérusalem, q. des Orfèv.
TRIBUNAL DE POLICE MUNICIPALE, au Palais-de-Justice.
ADMINISTRATION MILITAIRE DE LA SEINE, bureau de la 1ʳᵉ div. militaire et de la place de Paris, place Vendôme, 7.
AFFAIRES D'AFRIQUE (Direction des), ministère de la guerre, rue Saint-Dominique, 86.
AGENTS DE CHANGE (Ch. des), place de la Bourse, 6.
ARCHEVÊCHÉ DE PARIS, rue Saint-Louis-en-l'Ile, 45.
ARCHIVES, rue du Chaume, 12.
— **DE L'HOTEL-DE-VILLE**, à l'Hôtel-de-Ville.
ARTILLERIE (Comité et dépôt central), place Saint-Thomas-d'Aquin, 3.
BANQUE DE FRANCE, rue de la Vrillière. Les caisses de paiement, ouvertes de 9 à 3 heures.
BEAUX-ARTS (Division des), au Ministère de l'intérieur.
BOURSE, place de la Bourse.
CAISSE D'AMORTISSEMENT, — **DES DÉPOTS ET CONSIGNATIONS**, rue de l'Oratoire-du-Louvre.
— **D'ÉPARGNE**, administration centrale, rue Coq-Héron, 5. Tous les dimanches et lundis, on peut y déposer **depuis 1 fr. jusqu'à 300 fr.**

Succursales : Place des Vosges , 14 ; rue Garancière, 10' ; rüe Vendôme, 11 ; rue d'Anjou-Saint-Honoré, 9 ; à l'Hôtel-de-Ville; rue de Grenelle-Saint-Germain, 7 ; rue de la Montagne-Sainte-Geneviève, 24 ; rue Pinon, 2 ; à Saint-Denis, Belleville, Neuilly et Choisy-le-Roi.

CHAMBRE DE COMMERCE . au palais de la Bourse.
COMMISSAIRES-PRISEURS (Ch. des), pl. de la Bourse, 2.
— *Salles des ventes,* id., et rue des Jeûneurs, 16.
CONSEILS DE GUERRE (Hôtel des), r. du Cherche-Midi.
CONTRIBUTIONS DIRECTES (Direction des), au Ministère des finances (département de la Seine), rue Poultier, 7.
— INDIRECTES (Direction des), Ministère des finances.
— Id. pour le département de la Seine, rue Duphot, 10.
COURTIERS DE COMMERCE (Chambre syndicale), à la Bourse ; Secrétariat, rue Bleue, 12.
DÉPOT DE LA GUERRE (Dir. du), rue de l'Université, 61.
— DES CARTES ET PLANS DE LA MARINE, rue de l'Université, 13.
DOUANES ET SALINES (Dir. gén. des), rue Monthabor, 29.
— Direction des Douanes et Entrepôts de Paris, rue de l'Entrepôt, 2.
ENREGISTREMENT ET DOMAINES (Direction générale de l'), rue Castiglione, 1.
ENREGISTREMENT ET TIMBRE pour le département de la Seine, r. de la Paix ; prochainement r. de la Banque.
FORÊTS (Dir. gén. des), rue Nve-du-Luxembourg, 2 *ter*.
GARDE NATIONALE (État-Maj.-Gén.), place du Carrousel.
GLACES (Manufacture des), rue Saint-Denis, 213.
GOBELINS (les), rue Mouffetard, 270.
HYPOTHÈQUES (Conserv. des), rue Paradis-Poissonn., 40.
IMPRIMERIE NATIONALE, rue Vieille-du-Temple, 89.
INVALIDES (les), 10ᵉ arrondissement.
LÉGION-D'HONNEUR (Gr Chancellerie de la), r. de Lille, 70.
MONNAIES ET MÉDAILLES (Com. des, quai Conti, 11.
MANUTENTION DES VIVRES, quai de Billy.
MONT-DE-PIÉTÉ, r. des Blancs-Manteaux.—Succursales :

rue de la Pépinière, 37 ; rue des Petits-Augustins, 28; Montagne-Sainte-Geneviève, 6, et rue des Carmes, 7.

NOURRICES (bureau des), rue Sainte-Appoline, 18.

OCTROI DE PARIS (Direction de l'), à l'Hôtel-de-Ville.

PASSE-PORTS (Bureau des), cour de la Préfecture de police, rue de Jérusalem, et pour le *visa* à l'étranger, bureau de la Chancellerie, au Ministère des affaires étrangères, rue Neuve-des-Capucines, 18.

POSTE AUX CHEVAUX, rue Pigale, 2.

PAPIER TIMBRÉ. — *Bureaux de distribution du papier timbré*, ouverts tous les jours de 8 à 4 heures.

1er Arrondissement, r. des Champs-Élysées, 5 ; r. Duras, 3 ; r. du Four-St-Honoré, 3 ; passage Cendrier, 6.

2e Arr., r. des Moineaux, 14; marché Saint-Honoré, 28; r. Papillon, 4 ; r. Chabannais, 15 ; faubourg Montmartre, 9.

3e Arr., r. Montmartre, 61 ; id., 130 ; r. Mandar, 9 ; r. d'Enghien ; 21.

4e Arr., r. des Fossés-Saint-Germain-l'Auxerrois, 8 ; r. du Chevalier-du-Guet, 6 ; r. Thibautodé, 9.

5e Arr., r. de Bondy, 72 ; r. de la Lune, 37 ; r. Notre-Dame-de-Recouvrance, 20 ; r. du Caire, 28 ; r. du Faub.-St-Martin, 91.

6e Arr. : cour Batave ; r. de Tracy, 5 ; quai Jemmapes, 104 ; r. Neuve-Saint-Martin, 31.

7e Arr. : r. Poterie-des-Arcis, 20 ; r. du Roi-de-Sicile, 32 ; r. Geoffroy-Langevin, 4.

8e Arr. : r. Jarente, 8 (Marais) ; boulevart Bourdon, 2 ; r. de Charenton, 31.

9e Arr. : r. des Prêtres-Saint-Paul, 22 ; r. Cloître-Notre-Dame, 20 ; quai d'Anjou, 21 ; rue de la Réforme, 9.

10e Arr. : r. de Bourgogne, 34 ; r. de l'Université, 5 ; r. de Sèvres, 105 ; r. de l'Université, 13.

11e Arr. : r. des Grands-Augustins, 25 ; r. des Grès, 20 ; r. du Pot-de-Fer, 14 ; Petite rue Sainte-Anne, 12.

12e Arr. : r. des Boulangers, 34 ; r. Saint-Jacques, 59.

TABACS (Dir. gén. des), rue Neuve-du-Luxembourg, 2.

— *Manufacture*, quai d'Orsay, no 57, rue de la Boucherie-des-Invalides.

TÉLÉGRAPHES (Administ. des), au Ministère de l'intér.

RÉSIDENCES DIPLOMATIQUES.

ANGLETERRE, faub. St-Honoré, 39. — AUTRICHE, r. St-Florentin, 2. — BADE, r. Ville-l'Évêque, 26. — BAVIÈRE, r. Richepanse, 13. — BELGIQUE, r. de la Pépinière, 97. — BRÉSIL, r. Neuve-des-Capucines, 15. — CHILI, r. de la Chaussée-d'Antin, 27. — CONFÉDÉRATION ARGENTINE, faub. St-Honoré, 136. — DANEMARCK, r. de Trévise, 29. — DEUX-SICILES, r. de Grenelle-St-Germain, 105. — ESPAGNE, r. de Courcelles, 28. — ÉTATS-ROMAINS, r. de Grenelle-St-Germain, 71. — ÉTATS-UNIS D'AMÉRIQUE, r. de Matignon, 19. — ÉTATS-UNIS MEXICAINS, r. Roquepine, 5. — GRÈCE, r. de Greffulhe, 7. — HAÏTI, r. Duphot, 8. — HANOVRE, r. de Miroménil, 16. — HESSE-ÉLECTORALE, r. Casimir, 19. — HESSE (Grand-Duché de), r. de la Fme-des-Mathurins, 36. — MECKLEMBOURG-SCHWERIN, faub. St-Honoré, 35. — MECKLEMBOURG-STRELITZ, r. Caumartin, 7. — NASSAU, r. de Suresne, 22. — NOUVELLE-GRENADE, r. Neuve-des-Mathurins, 76. — OLDEMBOURG, r. Caumartin, 7. — PARME, r. de Grenelle-St-Germain, 121. — PAYS-BAS, r. de Suresne, 22. — PORTUGAL, r. de Miromesnil, 19. — PRUSSE, r. de Lille, 86. — RUSSIE, pl. Vendôme, 12. — SARDAIGNE, r. de Clichy, 19. — SAXE, r. de la Pépinière, 21. — SAXE-WEIMAR, r. Caumartin, 7. — SUÈDE ET NORWÈGE, r. d'Anjou-St-Honoré, 74. — SUISSE, r. Chauchat, 9. — TOSCANE, r. Caumartin, 1. — TURQUIE, r. des Champs-Élysées, 1. — URUGUAY, r. N.-D.-de-Lorette, 17. — VILLES LIBRES ANSÉATIQUES, r. Trudon, 6. — WURTEMBERG, r. de l'Arcade, 13.

Mairies et Justices de Paix.

Arrond.		Maires.
1er.	r. d'Anjou-Saint-Honoré, 9.	MM. FROTTIN.
2e.	r. Drouot, 5.	PATURAL.
3e.	r. de la Banque. (J. de P., r. de l'Échiq. 55).	DEGAN.
4e.	place du Chevalier-du-Guet.	VARIN.
5e.	faubourg Saint-Martin.	LECOMTE.
6e.	r. de Vendême, 11.	MONNIN.
7e.	r. Sainte-Croix-de-la-Bretonnerie, 20.	ARNAUD-JEANT
8e.	place des Vosges, 14.	RICHARD.
9e.	r. Geoffroy-Lasnier, 25.	VAUTRAIN.
10e.	r. de Grenelle-Saint-Germain, 7.	ROGER.
11e.	place Saint-Sulpice.	DESGRANGES.
12e.	place du Panthéon.	RIANT.

(Justice de paix, r. des Fossés-St-Jacques, 51.)

TABLEAU
DES COMMISSAIRES DE POLICE.

Arr.	Sections.	Commissaires de Police.	Demeures.
1er	1 Tuileries.	BOULLEY.	r. St-Nicaise, 1.
	2 Madeleine.	LOYEUX.	pas. Sandrier, 7.
	3 Présidence.	BRUZELIN ✳.	r. Verte, 12.
	4 Ch.-Elysées.	COLLOMP.	r. de la Réforme, 12.
	5 Roule.	BENOIST.	r. de la Pépinière, 22.
2e	6 Pal.-Nation.	VASSAL ✳✳✳.	r. du 24 Février, 1.
	7 Italiens.	FRESNE.	r. Monsigny, 9.
	8 Opéra.	TROUESSART ✳.	faub. Montmartre, 33.
	9 St-Georges.	BLAVIER ✳.	faub. Montmartre, 67.
	10 Montholon.	TRENET.	r. Papillon, 10.
3e	11 St-Eustache.	METTETAL.	r. J.-J. Rousseau, 21.
	12 St-Joseph.	QUOINAT.	r. Montmartre, 144.
	13 Hauteville.	YVER ✳,	r. d'Enghien, 18.
4e	14 Banque.	PRIMORIN.	r. Nᵉ-des-Bons-Enfˢ,9
	15 Louvre.	DESGRANGES.	r. du Chantre, 26.
	16 Marchés.	LESVIGNE.	A la Halle aux Toiles.
5e	17 St-Sauveur.	MARQUIS.	r. St-Sauveur, 18.
	18 B.-Nouvelle.	GARET.	r. Beauregard, 18.
	19 St-Laurent.	GRONFIER.	r. Nᵉ-de-la-Fidélité, 28
	20 F. St-Martin	PETIT.	r. des Vinaigriers, 22.
	21 Douane.	DAGNÈSE-GIRO ✳.	r de l'Entrepôt, 11.
6e	22 Bourg-l'Abbé	BELLANGER.	r. Quincampoix, 11.
	23 Arts et Mét.	COURTEILLE.	r. Nᵉ-St-Denis, 5.
	24 Temple.	BARLET père ✳.	r. Percée-du-Temp.,4
	25 Théâtres.	LALMAND.	r. du Gᵈ-Prieuré, 21.
7e	26 St-Merry.	BARLET fils.	r. du Cl.-St-Merry, 6.
	27 Mt-de-Piété.	PEYRAUD.	r. Pavée, 1. Marais
	28 Archives.	GILLE.	r. du Gᵈ-Chantier, 7.
8e	29 Marais.	JOINNARD.	r. du Harlay, 4.
	30 Popincourt.	COLIN.	r. St-Sébastien, 22.
	31 Roquette.	BOISSONNEAU ✳.	faub. St-Antoine, 269.
	32 F. St-Antoine	DUSSARD.	faub. St-Antoine, 194.
	33 Quinze-Vingˢ	BAYVET.	r. de Charenton, 78.
9	34 Hôt.-de-Ville.	BERTOGLIO ✳.	place Baudoyer, 6.
	35 Arsenal.	BRÉARD.	r. Beautreillis, 16.
	36 Iles.	RETOURNÉ.	quai Napoléon, 7.

7

Arr.	Sections.	Commissaires de Police.	Demeures.
10ᵉ	37 *Monnaie.*	MARTINET.	r. Jacob, 42.
	38 *Ministères.*	DOURLENS.	r. de Lille, 43.
	39 *Babylone.*	LEM.-TACHERAT ✳✳	r. Plumet, 7.
	40 *Invalides.*	LERAS.	cit. Valadon, Mⁿ Poirier
11ᵉ	41 *Pal.-de-Just.*	NUSSE.	cour de Harlay, 22.
	42 *Ec. de Médec.*	ALLARD.	r. Suger, 13.
	43 *Sorbonne.*	FOUCAULT.	r. de Sorbonne, 4.
	44 *Luxembourg.*	MONVALLE.	r. de l'Ouest, 35.
12ᵉ	45 *Pl. Maubert.*	HUBAUT jeune.	quai Montebello, 5.
	46 *Observatoire*	BAZILLE-FREGEAC ✳.	r. des Postes, 5.
	47 *Jard. des Pl.*	HENCHARD fils.	r. Guy-Labrosse, 8.
	48 *St-Marcel.*	HENCHARD père.	r. March.-aux-Ch., 16

Assemblée nationale. M. BRUN.
Résidence du Président de la République. M. CRAMATTE ✳.
Préfecture de police.
MM. DESCAMPEAUX ✳, Chef de la Police municipale.
TRUY, Commissaire-Interrogateur.
BOUDROT, CLAUDE, chargés des Délégations judiciaires.
État-Major général de la Garde national. M. BRUN.
Bourse. M. BAUDESSON DE RICHEBOURG, à la Bourse.
Tribunal de Police municipale.
MM. FOUQUET ✳, remplissant les fonctions du Ministère public.
METTETAL, suppléant.
Service des Exhumations. M. THOURAUD.

Banlieue.

Batignolles. MM. WINTER, place de l'Hôtel-de-Ville.
Belleville. GABELOTEAU, rue de Tourtille, 17.
Bercy. LAMBQUIN, rue de l'Eglise, à la nouvelle Mairie.
Boulogne. GOURMELEN à la Mairie.
Chapelle (La). JUNGMANN, a la Mairie.
Charenton-le-P. FOURNIER, à la Mairie.
Charonne. SALMON, rue Deshayes, 7.
Epinay. HUCHOT, à Enghien-lès Bains.
Gentilly. CHEVALLIER ✳, pl. du Moulinet, 10, à la Maison-Blanche.
Grenelle. TASTE, rue du Marché, 4.
Ivry. BILLIAN, barrière d'Ivry.
Montmartre. CHARTIER à la Mairie.
Montrouge. QUATREMERE, rue d'Amboise, 8.
Neuilly. LIVONGE, rue de Sablonville, 25.
Passy. FONTAINE, Grande-Rue, 113.
Saint-Cloud. JACQUEMART, avenue du Château, 1.
Saint-Denis. DEVEAUX, rue des Ursulines, 5.
Saint-Mandé. MASSON avenue du Bel-Air. 60.
Vaugirard. HUBAUT aîné, Grande-Rue, 72.
Villette (La) BUSIGNY, rue de Bordeaux, 7.

DIRECTION GÉNÉRALE DES POSTES,

SERVICE DE PARIS.

	LEVÉE DES BOITES AUX LETTRES.				Distrib. des lettres		
	Heure de la levée des boîtes						
Numéros d'ordre des levées.	Boîtes de quartier.	Boîtes des bureaux d'arrondissement.	Boîtes à l'Hôtel des Postes.	SERVICES auxquels les levées des lettres correspondent.	Numéros d'ordre des levées.	Heures du départ des facteurs de l'Hôtel des Postes pour les distributions.	Durée de chaque distribution.
1	....	....	5 1|2 m	Banlieue.	1e (1)	7 h. m.	2 h 30
1re	7 1|2 m	8 h. m.	8 1|2 m	Paris.			
			9 h. m.	Banlieue.	2e	9 1|2 m	2 30
2e	10 h. m	10 1|2 m	11 h. m	Paris.			
			11 h. m	Banlieue.	3e	Midi	2 h »
3e	Midi	12 1|2	1 h. s. {	Banlieue. / Paris.	4e	2 h. s,	2 h »
4e	2 h. s,	2 1|2 s.	3 h. s. {	Banl., S.-Ger., Ver. / Départ., Etrang. (1) / Paris.	5e	4 h. s,	2 h »
5e	3 1|2 s.	4 h. s.	5 h. s, {	Départ., Etrang. (2) / Paris.	6e	6 h. s.	2 h »
6e	4 1|2 s.	5 h. s.	5 1|2 s.	Paris.	(4e)	....	....
7e	8 h. s.	8 1|2 (3)	9 h. (3) {	Banlieue. / Paris.			

(1) Les lettres de Paris de la première distribution de 7 heures du matin, et les lettres pour la banlieue partant à la même heure, sont celles qui ont été extraites la veille au soir, à 8 heures, des boîtes de quartier, et à 8 h. 1\|2 des boîtes d'arrondissement.

(2) Les lettres affranchies, recommandées ou chargées, déposées dans les bureaux d'arrondissement, ne peuvent être reçues que jusqu'à 3 heures et demie les jours ordinaires, et jusqu'à 2 heures les jours fériés. A l'Hôtel des Postes, elles sont reçues jusqu'à 4 heures 3\|4 les jours ordinaires et jusqu'à 3 heures les jours fériés.

(3) Les lettres affranchies au moyen d'un timbre-poste peuvent être déposées dans les boîtes de l'Hôtel des Postes jusqu'à 5 heures 1\|4 du soir pour le départ du jour.

(1) Les lettres pour Paris extraites des boîtes aux heures indiquées en regard de la 7e levé sont distribuées le lendemain de 7 1\|2 à 10 heures du matin, et les lettres pour la banlieue sont expédiées à 7 heures.

SERVICES SUPPLÉMENTAIRES.

Indépendamment de la levée ordinaire des lettres à destination des départements et de l'étranger, les correspondants pour les villes et pays desservis par les bureaux ambulants, placés sur les chemins de 1er, sont reçus à l'affranchissement, pour êtres expédiées le soir même, savoir :

Au bureau E, r. de Sèze, n 24, jusqu'à 10 h. du s. POUR :	Au bureau annexe, place Lafayette 22 jusqu'à 7 h. du soir. pour :	Au bureau annexe, du faub S.-Mart. 160, jusqu'à 7 heures du soir, POUR :	Au bureau annexe de la Salpétrière, boul. de l'Hôp. jusqu'à 7 h. du soir POUR :
Bolbec, Dieppe, Elbœuf, Fécamp, Gisors, le Havre, Louviers, Nantes, Pacy-sur-Eure, Pontoise, Rouen, Vernon, et toutes les villes de la ligne de Rouen et du Havre	Amiens, Arras, Lille, Valenciennes, et toutes les villes de la ligne du Nord. *Etranger.* Angleterre et colonies anglaises , Autriche, Belgique, Danemarck, Hanovre, Pologne, Suède et Norwège, Russie Saxe, Prusse.	Sedan, Forbach, Strasbourg, et toutes les villes desservies par ces trois lignes. *Etranger.* Bavière, Duché-de-Bade, Hesse-Darmstadt, Hesse électorale, Hesse-Hombourg, Duché de Nassau, Wurtemberg	Angers, Nantes, Orléans , Tours, Vannes, et les villes intermédiaires, *AVIS,* Les lettres p[r] les dép. et l'étr. jetées jusqu'à 5 h. aux b. de la Bourse , de l'Assemblée nation. et jusqu'à 4 h. 30 à l'Hôtel - de - Ville partent le soir mêm,

Lettres chargées ou recommandées.

Il peut être reçu dans tous les bureaux de Paris des lettres chargées et recommandées pour tous les lieux situés en France, en Algérie et ceux où la France entretient des bureaux de poste. L'affranchissement est obligatoire pour les lettres chargées, et facultatif pour les lettres recommandées. Ces lettres doivent toujours être présentées au bureau Les lettres chargées payent un double port ; les lettres recommandées, outre la taxe ordinaire determinée par le poids, payent une surtaxe invariable de 25 centimes. Les lettres chargées ou recommandées doivent être placées *sous une enveloppe scellée de deux cachets en cire avec empreinte, portant sur les quatre plis de l'enveloppe* Déposées au bureau contre un bulletin délivré à l'envoyeur, les lettres chargées ou recommandées sont remises au domicile du destinataire.

Nota : Le public est invité à faire recommander toutes les lettres renfermant des objets dont la perte pourrait compromettre ses intérêts. Cette formalité, sans impliquer aucune garantie de la part de l'administration, assure aux correspondances des conditions spéciales de sécurité.

*Service des affranchissemens des journaux et imprimés de toute nature
Heures de clôture des bureaux d'affranchissements.*

Départem.	Journaux édit., 2 h. ap. m. Imp. de t. nat. 1 h. ap. m	Jours fériés	1 heure après midi Midi

Service des articles d'argent.

Les articles d'argent sont reçus et payés tous les jours. — Dans les bureaux d'arrondissement, de 8 h. du matin à 8 h. du soir. — A l'Hôtel des Postes, de 9 h. du matin à 4 h. du soir (*Les Dim. et fêtes, jusqu'à 2 h. après midi*).

BUREAUX D'ARRONDISSEMENT *pour Paris, les départements et l'étranger. Affranchiss. et envois d'argent.*

A, rue Saint-Honoré, 12. — Annexe, à l'Hotel-de-Ville. — B, boulevart Beaumarchais, 29. — Annexe, rue du faubourg Saint-Antoine, 196. — C, rue du Grand-Chantier, 5. — Annexes, rue Grange-aux-Belles, 1, et rue Folie-Méricourt, 17. — D, rue de l'Echiquier, 23. — Annexes, rue Bourdaloue, 5, et place Lafayette, 5. — E, rue de Sèze, 24. Annexes, rue de Ponthieu, 59, et rue de Londres, 33. — F, rue de Beaune, 2. — Annexe, petite rue du Bac. G, rue Saint-André-des-Arts, 61. — Annexe, rue de la Sainte-Chapelle, 15. — H, rue des Fossés-Saint-Victor, 35. — J, place de la Bourse, 4. — K, rue de Rivoli, 10 bis. — L, rue de Vaugirard, 19. — M, palais Bourbon. — Bureau de la Salpétrière, boulevart de l'Hôpital.

MESSAGERIES,

Messageries nationales, rue Notre-Dame-des-Victoires.
Messageries générales Caillard et Comp., rue Saint-Honoré, 130, et rue de Grenelle-Saint-Honoré, 18.
Berlines-postes du Commerce, r. Cr.-des Petits-Champs, 52
Messageries Jumelles, r du Bouloi, 7-8 (le nord et l'ouest).

BATEAUX A VAPEUR, *quai de l'Hôtel-de-Ville.*

Parisiens et Parisiennes : 1er départ à 7 h. du matin et le 2e à 10 h. pour Auxerre, passant par Choisy-le-Roi, Villeneuve-St-Georges, Ablon, Châtillon, Ris, Soisy-sous-Etioles, Corbeil, le Coudray, Seine-Port, Melun, La Cave, Héricy, Fontainebleau, Thomery, Saint-Mamez, Montereau, Sens, Joigny, Auxerre. — Correspondance avec Nemours, Sens, Bray, Nogent, Provins et Montargis.

L'Aigle, pour Corbeil, correspond avec le chemin de fer.

Coches desservant, tout le littoral de la Haute-Seine et du canal de Bourgogne. Passagers et marchandises, quai Saint-Bernard, près du Jardin-des-Plantes. Départ tous les jours à 7 heures du matin, l'été, et à 8 heures, l'hiver.

PALAIS, MUSÉES, MONUMENTS, etc.

NOTA. *Les étrangers munis de passe-ports et les artistes sont admis à les visiter tous les jours non fériés.*

ÉLYSÉE-NATIONAL, rue du Faubourg-Saint-Honoré. (Présidence de la République.)

LES TUILERIES, place du Carrousel. (Exposition annuelle des tableaux de l'école contemporaine.)

LE LOUVRE, quai de ce nom. (Centre de divers musées ouverts les dimanches de 10 à 4 heures.)

LE LUXEMBOURG, rue de Vaugirard. (Galerie de tableaux ouverte les dimanches et lundis, de 10 à 4 h.)

PALAIS DE L'ASSEMBLÉE NATIONALE, Hôtel de la présidence et Ministère de l'extérieur (en construction), en face du pont de la Concorde.

LES INVALIDES, près l'École militaire, ouvert tous les jours. (Tombeau de Napoléon, etc. Reliefs de places fortes, ouvert seulement au mois de mai.)

PALAIS NATIONAL, ci-devant Royal, rue Saint-Honoré, 204.

HOTEL-DE-VILLE, place de Grève. (Préfecture de la Seine.)

PALAIS-DE-JUSTICE, rue de la Barrillerie. (La Sainte-Chapelle.)

HOTEL DES MONNAIES, quai Conti, 11. (Musée monétaire, ouvert les lundis, mardis, jeudis et vendredis, de midi à 3 h., et pour les ateliers de fabrication les mardis et vendredis.)

PALAIS DES BEAUX-ARTS, rue des Petits-Augustins. (Exposition des élèves de Rome — S'adresser au concierge.)

PALAIS DU QUAI D'ORSAY. (Conseil d'État, Cour des comptes.)

PALAIS DE LA LÉGION-D'HONNEUR, rue de Lille. (Chancellerie de la Légion-d'Honneur.)

PALAIS DE LA BOURSE, place de ce nom. (Bourse de 1 à 5 h.; interdite aux femmes); tribunal de commerce de 10 à 5 h.

HOTEL DE L'INSTITUT, quai Conti, 23.

GARDE-MEUBLE, dépôt rue Bergère; visible sur un permis.

PALAIS DES THERMES et Musée de Cluny, rue des Mathurins-St-Jacques. (Objets du moyen-âge; ouvert les Dimanches, de midi à 4 h., et les mercredis et vendredis, avec un permis.)

FONTAINE des Innocents, halle de ce nom. — De Saint-Sulpice, place de ce nom.—De l'Archevêché, place de ce nom.—De Grenelle, rue de Grenelle-Saint-Germain. — De la place Richelieu, en face la Bibliothèque Nationale.— Cuvier, rue de ce nom. —Du marché Saint-Germain. — De la place de la Concorde, en fonte de fer. — Des Champs-Elysées. . . . — Du Château-d'Eau, boulevart Saint-Martin.

ARSENAL, boul. Bourdon. (Administ. des poudres-salpêtres.)

ÉCOLE DE MÉDECINE, place de ce nom (non publique).

ÉCOLE POLYTECHNIQUE, rue de ce nom. (Visitée sur un permis du commandant.)

ÉCOLE DE PHARMACIE, rue de l'Arbalète, 17. Ouverte tous les jours de 10 à 4 heures.

OBSERVATOIRE, rue Cassini. Ouvert tous les jours de 9 à 4 heures excepté le dimanche.

GOBELINS, rue Mouffetard, 270. Visités le mercredi et le samedi, de 2 à 4 h., sur permis du directeur.

CONSERVATOIRE DES ARTS ET MÉTIERS, rue Saint-Martin. Ouvert les dimanches et jeudis de 10 à 4 heures.

MUSÉE D'ARTILLERIE, place Saint-Thomas-d'Aquin. Visité le jeudi et samedi, de 11 à 4 heures, sur permis du directeur.

MUSÉE D'HISTOIRE NATURELLE, au Jardin des Plantes. Ouvert les mardis et vendredis de midi à 4 h. — Pour l'Anatomie comparée et la Zoologie, les lundis et samedis, de 11 à 3 h. — Pour la Ménagerie, tous les jours, de 11 à 3 h. en hiver, et jusqu'à 6 h. en été.

CABINETS DE MINÉRALOGIE, rue d'Enfer, 34. Ouvert les lundis et jeudis, de 11 à 3 heures.

MUSÉE DUPUYTREN, pl. de l'École-de-Médecine. Le jeudi, de 10 à 3 h.—Musée Orfila, à l'École-de-Médecine, tous les jours, de 11 à 3 h.

LA SORBONNE. Cours scientifiques et littéraires, tous les jours, de 8 à 5 h.

ARC de l'Etoile, aven. de Neuilly.—Du Carrousel, pl. de ce nom.

PORTE SAINT-DENIS, boulevart et rue de ce nom.

PORTE SAINT-MARTIN, boulevart et rue de ce nom.

COLONNE d'Austerlitz, place Vendôme.—de Juillet, place de la Bastille. — du Palmier, place du Châtelet. — de Médicis, à la halle au Blé.

OBÉLISQUE de Luxor, place de la Concorde.

TOUR Saint-Jacques-la-Boucherie, rue de ce nom.

STATUE équestre, en bronze, de Henri IV, Pont-Neuf. — de Louis XIV, place des Victoires. — en marbre, de Louis XII, place des Vosges. — en bronze, de Napoléon (non achevée), esplan. des Invalides. — en bronze, de Molière, rue Richelieu

MONUMENT de Desaix, place Dauphine.

LE PANTHÉON, rue St-Jacques. Visible tous les jours.

ÉDIFICES ET ÉTABLISSEMENTS RELIGIEUX.

1ᵉʳ ARRONDISSEMENT :

Assomption. — Saint-Louis-d'Antin. — La Madeleine. — Saint-Philippe-du-Roule. — Saint-Pierre-de-Chaillot. — Chapelle Beaujon. — Chapelle Expiatoire.

Cultes divers: — Chapelle anglicane. — Chapelle des Frères-Moraves. — Chapelle Marbeuf. — Chapelle russe.

2ᵉ ARRONDISSEMENT :

Saint-Roch. — Notre-Dame-de-Lorette.

Cultes divers : — Église consistoriale de la Rédemption. — Chapelle française. — Chapelle évangélique réformée.

3ᵉ ARRONDISSEMENT :

Saint-Vincent-de-Paul. — Saint-Eustache. — Les Petits-Pères.

Cultes divers: — Église du culte évangélique. — Société évangélique de France.

4ᵉ ARRONDISSEMENT :

Saint-Germain-l'Auxerrois.

Cultes divers : — Oratoire.

5ᵉ ARRONDISSEMENT :

Notre-Dame-de-Bonne-Nouvelle. — Saint-Laurent. — Institut des Écoles chrétiennes.

6ᵉ ARRONDISSEMENT :

Saint-Leu et Saint-Gilles. — Sainte-Élisabeth. — Saint-Nicolas-des-Champs.

Cultes divers : — Chapelle française. — Chapelle évangélique réformée. — Synagogue. — Culte évangélique.

7ᵉ ARRONDISSEMENT :

Saint-François-d'Assises. — Saint-Méry. — Notre-Dame-des-Blancs-Manteaux.

Cultes divers : — Église consistoriale.

8ᵉ ARRONDISSEMENT :

Saint-Ambroise. — Saint-Denis-du-Saint-Sacrement. — Sainte-Marguerite. — Église des Quinze-Vingts. — Église des Filles-du-Saint-Sacrement. — Chapelle du Cimetière du Père-Lachaise ou de l'Est. — Chapelle du Cimetière de Picpus. — Congrégation de la Mère-de-Dieu. — Chanoinesses de Saint-Augustin. — Dames Franciscaines de Sainte-Élisabeth.

Cultes divers : — La Visitation. — Culte évangélique.

9ᵉ ARRONDISSEMENT :

Notre-Dame. — Saint-Louis-en-l'Ile. — Saint-Paul et Saint-Louis. — Saint-Gervais et Saint-Protais.

10e ARRONDISSEMENT :

Les Missions. — Saint-Germain-des-Prés. — Saint-Pierre-du-Gros-Caillou. — Saint-Thomas-d'Aquin. — Les Missions-Étrangères. — Dames de la Visitation. — Congrégation du Sacré-Cœur. — Congrégation de Notre-Dame. — Couvent des Sœurs de Saint-Vincent-de-Paul. — Société de la Morale chrétienne.

Cultes divers : — Chapelle américaine.

11e ARRONDISSEMENT :

Sainte-Chapelle. — La Sorbonne. — Saint-Sulpice. — Saint-Severin. — Cimetière du Montparnasse. — Séminaire Saint-Sulpice. — Couvent des Carmélites. — Couvent des Dames-du-Calvaire. — Couvent des Bernardines de l'ancien Port-Royal. — Couvent de Notre-Dame-de-Bon-Secours.

12e ARRONDISSEMENT.

Saint-Jacques-du-Haut-Pas. — Saint-Médard. — Saint-Nicolas-du-Chardonnet. — Saint-Étienne-du-Mont. — Panthéon. — Séminaire du Saint-Esprit. — Petit Séminaire. — Bénédictines du Saint-Sacrement. — Dames-Anglaises. — Carmélites. — La Visitation. — Dames de la Miséricorde. — Dames de Saint-Michel. — Dames de l'Immaculée-Conception. — Dames de Saint-Thomas-de-Villeneuve. — Les Catacombes.

CASERNES.

1er ARRONDISSEMENT : — Rue de la Pépinière ; Grande-Rue-Verte ; rue du Faubourg-du-Roule ; rue de Chaillot ; rue Neuve-du-Luxembourg ; rue Saint-Thomas-du-Louvre ; rue de Rivoli ; rue de la Paix (sapeurs-pompiers).

2e ARRONDISSEMENT : — Rue de Clichy.

3e ARRONDISSEMENT : — Rue Faubourg-Poissonnière.

5e ARRONDISSEMENT : — Rue Faubourg Saint-Martin.

6e ARRONDISSEMENT : — Rue Faubourg-du-Temple.

7e ARRONDISSEMENT : — Rue Culture-Sainte-Catherine (sapeurs-pompiers) ; rue de la Corderie.

8e ARRONDISSEMENT : — Rue Popincourt ; rue Picpus ; rue des Francs-Bourgeois ; rue de Reuilly.

9e ARRONDISSEMENT : — Rue du Petit-Musc ; rue des Barres ; rue de Sully.

10e ARRONDISSEMENT : — Quai d'Orsay ; rue Belle-Chasse ; rue de Babylone ; rue de Grenelle-Saint-Germain ; rue Rousselet ; École-Militaire, au Champ-de-Mars.

11e ARRONDISSEMENT : — Rue de Vaugirard; rue de Tournon; rue du Foin-Saint-Jacques; rue d'Enfer; rue du Vieux-Colombier (sapeurs-pompiers).

12e ARRONDISSEMENT : — Rue de l'Oursine; rue Neuve-Sainte-Geneviève; rue des Fossés-Saint-Jacques; rue de Pontoise; rue du Jardin-des-Plantes; rue Saint-Jean-de-Beauvais; barrière d'Enfer; rue Mouffetard.

HOPITAUX.

	Jours d'Entrée.
HOTEL-DIEU, parvis Notre-Dame, 4. (Consultations de 8 à 9 heures.)	J. et D. 1 à 3 h.
SAINTE-MARGUERITE, rue Charenton, 93.	Id. Id.
LA PITIÉ, rue Copeau.	Id. Id.
LA CHARITÉ, rue Jacob, 47.	Id. Id.
SAINT-ANTOINE, faubourg St-Antoine, 206.	Id. Id.
COCHIN, faubourg St-Jacques, 45.	Id. Id.
NECKER, rue de Sèvres 151.	Id. 11 à 1 h.
BEAUJON, faubourg St-Honoré, 208.	Id. 1 à 3 h.
BON-SECOURS, rue de Charonne, 97.	Id. Id.
ENFANTS-MALADES, rue de Sèvres, 149.	Id. Id.
SAINT-LOUIS, rue Bichat, 25. (Consultations tous les jours.)	Id. 12 à 2 h.
MIDI (vénériens), rue des Capucins, 59. (Consultations tous les jours.)	Mar. et S. 9 à 4 h.
LOURCINE (vénériens), rue de Lourcine, 111. (Consultations Mar., J. et S. de 8 à 9 h.)	
CLINIQUE, place de l'École-de-Médecine.	Dim. et Mercredi.
MAISON DE SANTÉ, faubourg St-Denis, 110.	
MATERNITÉ (accouchem.), r. Port-Royal, 3.	
BLESSÉS-INDIGENTS, rue du Petit-Musc, 9.	
SAINT-MÉRY, cloître St-Méry, 14.	

ÉTABLISSEMENTS RELATIFS AUX HOPITAUX.

Commission des Hospices, place du Parvis Notre-Dame. — Pharmacie centrale, quai de la Tournelle, 5. — Boulangerie générale, rue de Scipion, 2. — Boucherie centrale, à l'abbatoir Villejuif. — Cave générale, rue Neuve-Notre-Dame. — Direction des Nourrices, rue Sainte-Appoline, 18. — Amphithéâtre d'anatomie, rue Fer-à-Moulin. — La Morgue, quai St-Michel.

N. B. Les personnes qui ne sont pas assez malades pour être admises d'urgence, doivent se présenter au bureau d'admission, Parvis-Notre-Dame, 2, ouvert tous les jours de 9 à 4 heures.

HOSPICES.

Enfants trouvés et Orphelins, rue d'Enfer, 100. — *Orphelins*, rue Saint-Antoine, 124. — *Orphelines de la Légion-d'Honneur*, rue Barbette, 2. — *La Vieillesse*, à la Salpêtrière, boul. de l'Hôpital. — *Incurables* (femmes), rue de Sèvres, 54. — *Incurables* (hommes), faub. Saint-Martin, 150. — *La Rochefoucault*, au Petit-Montrouge. — *Ménages*, rue de la Chaise, 28. (Entrée tous les jours.) — *Devillas*, rue du Regard, 17. (1/5 aux Protestants.) — *Saint-Michel*, à Saint-Mandé. — *La Reconnaissance*, commune de Garches. — *Enghien*, rue de Picpus, 8. — *Leprince*, rue Saint-Dominique, 187. — *Marie-Thérèse*, rue d'Enfer, 86. — *Sainte-Perrine*, rue de Chaillot, 99. — *Enghien*, rue de Babylone, 12. — *Asile de la Providence*, à Montmartre. — *Bicêtre*, hors la barrière de Fontainebleau. — *Société-Anglaise*, rue du Faub.-Saint-Honoré, 57.

HOPITAUX MILITAIRES.

INVALIDES, Hôtel des Invalides.

VAL-DE-GRACE, rue St-Jacques, 277 et de Picpus, 18.

GROS-CAILLOU, rue Saint-Dominique, 212.

POPINCOURT, rue Popincourt.

ROULE, faubourg Saint-Honoré.

PHARMACIE CENTRALE, rue Saint-Dominique, 188.

ÉTABLISSEMENTS GÉNÉRAUX DE BIENFAISANCE.

Quinze-Vingts, rue Charenton, 38. — *Maison de santé pour les Aliénés*, près Charenton. — *Sourds-Muets*, rue Saint-Jacques, 256. — *Jeunes-Aveugles*, boulevart des Invalides, 32. *Jours d'entrée : Jeudi et Dimanche de 12 à 4 heures.*

CIMETIÈRES.

MONTPARNASSE, ou du Sud. — De PICPUS. — Du PÈRE-LACHAISE ou de l'Est. — De MONTMARTRE, ou du Nord.

PRISONS.

La Force, boulevart Mazas. — *Petite-Force*, rue Pavée, 22. — *Conciergerie*, au Palais-de-Justice. — *Sainte-Pélagie*, rue de la Clé, 14. — *La Roquette*, rue de La Roquette. — *Jeunes-Détenus*, rue de La Roquette, 43. — *Madelonettes*, rue des Fontaines, 14. — *Saint-Lazare*, rue du Faubourg-St-Denis, 117. — *Préfecture de Police*, rue de Jérusalem. — *Clichy* (pour dettes), rue de Clichy, 68. — *Garde-Nationale*, rue de La Gare. — *Abbaye* (prison militaire), place de l'Abbaye. — *Conseils de guerre*, rue du Cherche-Midi.

BIBLIOTHEQUES,

Ouvertes tous les jours au public, les dimanches, fêtes, et temps de vacances exceptés.

BIBLIOTHÈQUE Nationale, rue Richelieu, 58, de 10 à 3 h. Vacances, 1er au 15 septembre et quinzaine de Pâques. 1,400,000 vol. Cours public de langues orientales, de 8 à 9 h. — de la ville de Paris, Hôtel-de-Ville, de 10 à 3 h. Vacances, 15 août au 15 octobre. 80,000 vol. — de l'Arsenal, rue de Sully, de 10 à 3 h. Vacances, 15 septembre au 30 novembre. 180,000 vol. — Mazarine, quai Conti, 23, de 10 à 3 h. Vacances, 15 août au 1er octobre. 150,000 vol. — De Sainte-Geneviève, rue Clovis, de 10 à 3 h. et de 6 à 10 h. Vacances, 1er septembre au 1er octobre. 200,000 vol. — du Conservatoire de Musique, faub. Poissonnière, de 10 à 3 h. Ouvrages spéciaux. — de l'École-de-Médecine, le jeudi, de 11 à 3 h. Vacances, 15 août au 1er novembre. — du Conservatoire-des-Arts-et-Métiers, rue Saint-Martin ; tous les jours, excepté le lundi.

Archives nationales, rue de Paradis ; tous les jours, excepté le lundi.

Il y a en outre:

La Bibliothèque du Louvre, — de l'Institut, — de l'Assemblée Nationale, — du Luxembourg, — des Invalides, — de la Marine, — du Jardin des Plantes, — de la Sorbonne, etc., qui ne sont pas publiques, mais où l'on est admis sur demande adressée au Conservateur ou au Directeur de l'établissement ; de même aux BIBLIOTHÈQUES : de la Cour de cassation, du Tribunal et des Avocats, Palais-de-Justice ; — de l'École Polytechnique, — du Ministère des affaires étrangères, — de l'Instruction publique, — de la Justice, — de l'Intérieur, — des Finances, — de l'Observatoire, — de l'École de Droit, — du Musée d'artillerie, — du Séminaire Saint-Sulpice, — des Ponts-et-Chaussées, — de la Cour des Comptes, — du Conseil-d'État, — de la Préfecture de Police, — de l'École des Mines. — Enfin il existe au Ministère de la guerre 20,000 vol. et une superbe collection de cartes et plans.

Imprimerie nationale. — On est admis tous les jours à la visiter, en faisant la demande au directeur.

INSTITUTS, FACULTÉS, COLLÉGES.

INSTITUT NATIONAL, quai Conti. — ACADÉMIE DE MÉDECINE, rue de Poitiers. — BUREAU DES LONGITUDES et OBSERVATOIRE, derrière le Luxembourg. — Société d'Agriculture, à l'Hôtel-de-Ville. — Société des Antiquaires, rue Taranne, 12. — Société de Géographie, rue de l'Université, 23. — Société Géologique, rue Taranne, 12. — Académie de l'Industrie et Société Statistique, industrielle et commerciale, rue de Bondy, 23. — — Société de l'union des lettres, etc , passage Jouffroy, 23. Philotechnique, Palais-National. — Société d'Encouragement pour l'industrie, rue du Bac, 42. — Société Philomatique, rue d'Anjou-Dauphine. — Institut Historique, rue Saint-Guillaume, 9. — Société Asiatique, rue Taranne, 12. — Société d'Horticulture, rue Taranne, 12. — Société d'Enseignement, rue Taranne, 12. — École Polytechnique, rue Descartes. — École Normale, rue d'Ulm. — École des Beaux-Arts, rue des Petits-Augustins. — École de Dessin, rue de Touraine, 7. — École de Médecine, place de l'École-de-Médecine. — École de Droit, place du Panthéon — École d'Application, rue de Grenelle-Saint-Germain. — École des Arts-et-Métiers, au Conservatoire. — École des Ponts-et-Chaussées, rue des Saints-Pères. — École des Mines, rue d'Enfer, 34. — École des Chartes, rue du Chaume. — École de Pharmacie, rue de l'Arbalète.

Faculté des Sciences et Lettres, à la Sorbonne.

COLLÉGES : Louis-le-Grand, rue Saint-Jacques, 123 ; — Napoléon, rue Clovis, 23 ; — Saint-Louis, rue de La Harpe, 94 ; — Charlemagne, rue Saint-Antoine, 120; — Bonaparte, rue Caumartin, 65; — Collége de France, place Cambrai ; — Stanislas, rue Neuve-Notre-Dame-des-Champs, 22 ; Rollin, rue des Postes, 42.

COLLÉGES SPÉCIAUX : Des Irlandais, rue de ce nom ; — des Anglais, rue des Postes, 22.

Conservatoire de Musique et de Déclamation, rue Bergère.

Souvenirs et traditions.

Ancienne maison de Napoléon, rue de la Victoire, 52. — *Ancienne habitation de J.-J.-Rousseau*, au coin de la rue de ce nom et de celle Coquillière. — *Maison, n°3, rue Saint-Honoré, autrefois de la Ferronnerie*, devant laquelle Henri IV fut assassiné. — *Rue Pillers-des-Halles*, maison avec cette inscription : Ici naquit Molière, 1622. — *Maison* autrefois habitée par Voltaire, au coin de la rue de Beaune et du quai.

THÉATRES.

Prix des places au bureau et en location.

OPÉRA (th. de la Nation), *rue Lepelletier.*

(1950 places). Lundi, mercredis et vendredis, grands opéras, ballets. — Baign. d'av.-sc., pr. l. de f., av.-sc. des pr. l., 10 f., *en loc.*, 12 f.; st. de balc. 9 f., *en loc.* 10 f.; orch., amph. des pr.. pr. de balc., sec. l. de f., av. sc. des sec. l., 7 f. 50, *en loc.*, 10 f.; baign., pr. l. de c., 7 f., *en loc.*, 8 f.; sec. l. de c., 6 f., *en loc.*, 6 f. 50; tr. l. de f., 5 f., *en loc.*, 6 f.; tr. l. de c., quat. l. de f , 3 f. 50, *en loc.*, 4f. 50; part., 4 f , *en loc.*. 5 f.; quat. l. de c., cinq. l. de f., 2 f. 50, *en loc*, 3 f. 50; amph. de quat., 2 f. 50.

COMÉDIE FRANÇAISE (th. de la République), *rue Richelieu.*

(1650 places). Tous les jours, comédies, tragédies, drames.—Av.-sc. du rez-de-ch., *en loc.*, 9 f , l. du rez-ch., l. de la gal , st. de balc., 6 f. 60, *en loc.* 8 f., pr. l. de f., deux. r., 6 f., *en loc.*, 8 f.; st. d'orch., 6 f., *en loc.*, 7 f.; pr. gal.' 5 f , *en loc.*, 6 f.; pr. l. de c., deux. r. 4 f. 50, *en loc.* 6 f.; deux. l., 3 f. 50, *en loc.* 5 f.; part , 2 f. 50; amph. des deux. l., 2 f. 50, *en loc.*, 4 f.; tr. l., 2 f., *en loc.* 3 f.; deux. gal., 1 f. 50; amph. de la deux. gal., 1 f.

THÉATRE-ITALIEN, *place Ventadour.*

(1700 places). Grand opéra en italien et ballets. Les saisons théâtrales, qui ne durent que six mois, commencent en octobre ou novembre et finissent en mars ou avril.—St. d'orch., st. de bal., 10 f., *en loc.*, 12 f.; rez-ch. de f., 10 f., *en loc.*, 12 f. 50; l. de c.. 10 f., *en loc.*, 11 f.; prem., 10 f., *en loc.*, 13 f.; sec. de f , 10 f., *en loc.*, 13 f.; sec. l. de c., 7 f. 30, *en loc.*, 11 f.; tr. de f. 6 f., *en loc.*, 9 f.; tr. de c., 5 f., *en loc.*, 8 f.; quat. 4 f., *en loc.*, 5 f.; part. 4 f., *en loc.*, 5 f.

OPÉRA-COMIQUE, *place des Italiens.*

(1500 places.) Tous les jours, opéras-comiques. — L. de la pr. gal., av.-sc. de balc., av.-sc. de la pr. gal., av.-sc. des baig., 7 f., *en loc.*, 9 f.; l. de la pr. gal. de f., pr. l. de f., 6 f., *en loc.*, 8 f.; f. de bal . 6 f., *en loc.*, 7 f. 50; l. de la pr. gal. de c., pr. l. de f., f. de la pr. gal., 5 f., *en loc.*, 7 f ; f. d'orch., b. de f. st de c., av.-sc. des pr. l., 5 f., *en loc.*, 6 f. 50; pr. l. de f., 5 f., *en loc.*, 6 f.; pr. l. de c., 4 f., *en loc.*, 5 f.; av.-sc. des l de la deux. gal., 3 f., *en loc.*, 4 f.; l. de la deux. gal, de f., av.-sc. des tr. l., 2 f., *en loc.*, 3 f.; l. de la deux. gal. de c., 1 f. 50, *en loc.*, 2 f. 50; tr. l., 1 f. 50, *en loc.*, 2 f.; part. et deux. gal., 2 f.

ODÉON, *place de l'Odéon.*

(1650 places.) Tous les jours, tragédies, comédies, drames.—Av.-sc. du rez-ch., 5 f.; pr. l. ferm., 4 f.; pr. l. déc., balc. et pourt , 3 f.; st. de la pr. gal., st. d'or., baig, av.-sc. du sec r., 2 f. 50; sec. l. ferm., 2 f.; sec. gal. 1 f. 50 ; part., l. et st. des tr., 1 f.; amph. tr. r., 75 c.; amph. des quat., 50 c.—Le prix des places en location est d'un cinquième en sus.

VARIÉTÉS, *boulevart Montmartre, 7.*

(1240 places). Tous les jours, vaudevilles.—Av.-sc., 6 f., *en loc.*, 7 f.; st. d'or., st. de balc., 5 f., *en loc.*, 6 f.; l. du pr. r., 5 f., *en loc.*, 6 f. 25; orch., l. du deuf.. r. de f., st. de pr. gal., 4 f., *en loc.*, 5 f.; l. interm. du deux. r., 3 f., *en loc.*, 4 x. l. de c. du deux. r., st. de pourt., 2 f. 50, *en loc.*, 3 f ; deux. gal , 2 f., *en loc,*; 2 f. 50; part., 2 f.; l. du tr. r., 1 f. 50; pr. amph. 2 f.; deux. amph., 50 c.

VAUDEVILLE, *place de la Bourse.*

(1300 places.) Tous les jours, comédies mêlées de chants, vaudevilles. —Av. sc. du rez-ch., 7 f., *en loc.*, 7 f. 50; av.-sc. de bal. pr. r., 6 f., *en loc.*, 7 f.; l déc.

d'av.-se.pr. r., 5 f., *en loc.*, 6 f.; st. d'orch., 5 f , *en loc.*, 6 f.; st. de bal. d'av.-sc.. 5 f ,*en loc.*, 6 f.; l. de f. pr. r., 5 f., *en loc.* 6 f.; l. déc. pr. r., baig. grill. de f., av.-sc. des pr. pr: r., 5 f., *en loc.*, 6 f.; st. de bal. de f., baig. déc. de c., 4 f., *en loc.* 5 f.; l. d'av.-sc. déc. deux. r., 3 f., *en loc.*, 5 f.; pr. l. de f. deux. r., 3 f., *en loc.*, 4 f.; av.-sc. des tr. du deux. r., 2 f., *en loc.* 3 f.; bal. du deux. r., part., 2 f.; bal. du tr. r., 1 f. 50; gal. 1 f.

MONTANSIER, *Palais-National.*

(980 places.) Tous les jours, comédies, vaudevilles, chansonnettes.—Av.-sc., l. de gal., l de bal., 6 f., *en loc.*, 6 f. 25; st. de bal., 5 f, *en loc.*, 6 f.; orch., l. de f., baig. d'orch. de f, 4 f., *en loc.* 5 f.; st. de gal., av.-sc. des sec., 3 f., *en loc.*, 4 f.; l. déc. et baig., 2 f. 50, *en loc.*, 3 f.; deux. bal., 2 f. 50; sec., 1 f. 50; part., 1 f. 25.

GYMNASE, *boulevard Bonne-Nouvelle,* 38.

(1300 places.) Tous les jours, comédies, vaudevilles.—Av.-sc., 6 f., *en loc.*, 7 f.; l. d'entresol, st. d'orch,, st. de bal., 5 fr., *en loc.*, 6 f.; pr. l. ferm., baig., orc., 4 f., *en loc.*, 5 f.; st. de gal., 3 f. 50, *en loc.*, 4 f. 25; pr. l. déc., 3 f., *en loc.*, 4 f.; av.-sc. des deux., deux. l. ferm., 2 f. 50; *en loc* , 3 f.; deux. l. déc., av.-sc. des tr., 2 f., *en loc.*, 2 f. 50; part., 1 f. 75; tr. l., 1 f. 25; deux. gal. 1 f.

HISTORIQUE, *boulevard du Temple,* 88.

(1760 places.) Tous les jours, drames historiques et autres. — Av.-sc. du rez-ch., av.-sc. de la gal , 6 f., *en loc.*, 7 f.; av.-sc. des pr., l. de la gal., 5 f., *en loc* , 6 f.; faut. de la gal., faut. d'orch., 4 f., *en loc.*, 5 f.; pr. l. déc., st. de bal., st. de gal., st. d'orch , 3 f., *en loc.*, 4 f.; deux. l. déc., 2 f. 50, *en loc.*, 3 f.; deux. balc., deux. gal., 2 f.; pourt., 1 f. 50; pr. amph., part. 1 f. 25; deux. amph. 75 c.

PORTE-SAINT-MARTIN, *boulevard Saint-Martin,* 16 et 18.

(2069 places.) Tous les jours, grands drames, vaudevilles, féeries. — Av.-sc. du rez-ch., av.-sc. des pr , av.-sc. des deux. avec sal., l. de f. du pr. r., 5 f., *en loc.*, 7 f.; pr. l. déc , 5 f., *en loc.*, 6 f.; pr. l- deux. r. de f., st. de bal. d'av.-sc., 4 f., *en loc.*, 6 f.; bal. de f., st. d'orch , 3 f., *en loc.*, 5 f.; orch., baig., pr. gal., pr. l. déc. deux. r., av.-sc. des tr., 2 f. 50, *en loc.*, 4 f ; deux. l., l. du centre, 2 f., *en loc.*, 2 f. 50; part., pr. amph., 1 f. 50; deux. gal., 1 f.; deux. amph., 50 c.

AMBIGU COMIQUE, *boulevard Saint-Martin.*

(1900 places.) Tous les jours, drames, vaudevilles, féeries.—Av.-sc., 5 f., *en loc.*, 7 f., l. gril. des pr., 5 fr., *en loc.*, 6 fr., l. déc. des pr., faut. d'orch., faut. des pr., 3 f., *en loc.* 5 f ; st. d'orch., st. des pr., baig. gril., l. gril. des sec., av.-sc des sec , 2 f. 50, *en loc.*, 3 f. 50; st. des sec., faut. du pourt., 2 f., *en loc.* 2 f. 50; sec. gal., st. du pourt., 1 f. 50, *en loc.*, 2 f.; av.-sc. de: tr., 1 f. 50; part., 1 25.

THÉATRE-NATIONAL (ancien Cirque), *boulevard du Temple,* 78.

(2600 places.) Tous les jours, pièces militaires à grand spectacle, féeries. — Av.-sc. des pr. et du rez-ch., 4 f., *en loc.*, 5 f.; l. de f., faut. de pourt., 3 f., *en loc.*, 4 f.; bal., l. de c., st. d'orch., 2 f. 50, *en loc.*, 3 f. 50; av.-sc. des deux., 2 f., *en loc.*, 2 f. 50; baig., deux. gal., 2 f., *en loc* , 2 f. 50; av.-sc. des tr., 1 f. 50, *en loc.*, 2 f.; pr. amph., part., 1 f.; deux. amph., 60 c.; tr. amph., 40 c.

GAITÉ, *boulevard du Temple,* 68.

(1818 places.) Tous les jours, comédies, vaudevilles, pantomimes.— Av.-sc. du rez-ch. et des pr., pr. l. de f., 5 f., *en loc.*, 6 f.; baig. 4 f . *en loc.*, 5 f ; st. de la pr. gal., st. de bal., 3 f., *en loc.*, 4 f.; st. d'orch., 2 f. 50, *en loc.*, 3 f. 50; av.-sc. des sec., 2 f , *en loc.*, 3 f.; orch., pourt., 2 f., *en loc.*, 2 f. 50; deux. gal. de f. 1 f. 50, *en loc.*, 1 f. 75; deux. gal. de c., 1 f. 25, *en loc.*, 1 f. 50; part. 1 f., *en loc.*, 1 f. 25 tr. gal., 75 c.; quat. amph., 50 c.

FOLIES-DRAMATIQUES, *boulevard du Temple, 72.*

(1200 places.) Tous les jours, vaudevilles, comédies, féeries. — Av.-sc. du rez-ch., av.-sc. de l'entr., 2 f. 75, *en loc.*, 3 f. 50; av.-sc. des pr., 2 f. 50, *en loc.*, 3 f. 25; l. de f., 2 f. 25, *en loc.*, 3 f.; st. des pr., 1 f. 75, *en loc.*, 2 f. 25; bal., baig. gril., av.-sc. des sec., 1 f. 50, *en loc.*, 2 f.; st. d'amph., 1 f. 25, *en loc.* 1 f. 50; orch., av.-sc., 1 f., *en loc.*, 1 f. 25; part., pr. amph., 75 c., *en loc.*, 1 f.; deux. gal., 50 c.; tr. gal. 50 c.

DÉLASSEMENTS-COMIQUES, *boulevard du Temple, 62.*

(1200 places.) Tous les jours, vaudevilles, féeries. — Pr. av.-sc., 2 f. 50. *en loc.*, 3 f. 50; pr. l., pr. l. gril. de f., 2 f., *en loc* 2 f. 50; st. d'amph., st. d'orch., av.-sc. des deux, 1 f. 50, *en loc.*, 2 f.; bal. des deux., 1 f. 25, *en loc.*, 1 f. 59; st. de gal., 1 f., *en loc.*, 1 f. 25; orch., 1 f.; pr. gal., part., 75 c.; deux. gal., 30 c.

COMTE, *passage Choiseuil, 65.*

(840 places.) Tous les jours, drames, comédies, vaudevilles, magie, fantasmago-ie.— Prix des places : 4, 2 50, 2 et 1 f.

LUXEMBOURG, *rue Madame, 17.*

(950 places.) Tous les jours, comédies, vaudevilles, drames.— Les dimanches et fêtes deux représentations par jour.—Prix des pl. : 2, 1 50, 1 25, 1 f., 75, 60, 40 c.

FUNAMBULES, *boulevard du Temple, 64.*

(850 places) Tous les jours, comédies, vaudevilles, pantomimes.—Prix des places, 1 50, 1 25, 1 f., 75, 50, 40, 25 c.

LAZARI, *boulevard du Temple, 58.*

(600 places.) Tous les jours, comédies, vaudevilles, drames, pantomimes.—Deux représentations par jour, et trois les dimanches et fêtes.— Prix des places, 75, 60, 50, 40, 25, 30, 15 c.

BANLIEUE : *Batignolles, Montmartre, Belleville, etc., etc.*

Lieux de récréation et de réunion.

CAFES LYRIQUES : *des Aveugles*, Palais-National, — *Salle Sainte-Cécile*, rue de la Chaussée-d'Antin, — Passage Jouffroy.

BALS. — *Valentino*, r Saint Honoré, 359. Prix, 2 francs — *De la Cité d'Antin*, r de Provence, 63 — *Salle Montesquieu*, r Montesquieu, 6. — *Salon de Mars*, r du Bac, 75 — *Le Prado*, place du Palais de Justice, dimanche, lundi, et jeudi — *Closerie des Lilas*, carrefour de l'Observatoir, dimanche, lundi et jeudi, du 15 avril au 15 septembre — *La Grande Chaumière*, boulevart Montparnasse, 28, dimanche, lundi et jeudi. *Tivoli d'hiver*, rue de Grenelle Saint Honoré, 45.

JARDINS, FETES ET SPECTACLES : — *Château Rouge*, chaussée de Clignancourt, dimanche, lundi, jeudi et samedi, prix, 2 francs — *Ranelagh*, au bois de Boulogne. — *De Monceaux*, r de Chartres — Aux Champs Elysées, *Jardin d'hiver*, prix 1 francs. — *Mabile*, le vendredi, prix 2 et 3 francs — *Le Châlet*, prix 2 francs— *Panorama National*, de 10 à 5 heures, prix 2 francs. — *Le Cirque*, exercices équestres. — *L'Hippodrome*, spectacle équestre — *Diorama et spectacles et concerts*, boulevart Bonne Nouvelle, 20 et 22, tous les jours, prix 1, 2 et 3 francs.

TARIF DES VOITURES DE PLACE.

POUR L'INTÉRIEUR DE PARIS.

En vigueur depuis le 15 septembre 1850.

DÉSIGNATION des VOITURES.	DE 6 HEURES DU MATIN à minuit.		DE MINUIT à 6 h. du matin	
	La course.	La 1re h. (1)	La course.	l'heure
FIACRES (à 2 chevaux.)	1 50	2 »	2 »	3 »
PETITS FIACRES, à 4 pl., et COUPÉS (à 1 ou 2 chevaux.)	1 25	1 75	1 75	2 50
CABRIOLETS (à 2 ou à 4 roues.)(2)	1 10	1 50	1 75	2 50

POUR L'EXTÉRIEUR DE PARIS.

Prix de l'heure :	Fiac.	Coup.	Cabriol.
En dedans du mur d'enceinte des fortifications.....................	2 »	1 75	1 50
En dehors de ce mur...............	3 »	2 »	2 »

(1) Lorsqu'un cocher est appelé à domicile, le prix de l'heure compte du moment où le cocher aura été pris, soit sur une station, soit ailleurs. Pour le temps qui excède l'heure, il est d'usage de compter par fraction de 5 minutes.

Les cochers seront tenus de conduire à la course, et sans augmentation de prix, aux cimetières de l'Est, du Nord et du Sud ; aux embarcadères de Sceaux et de Versailles (rive gauche) ; à l'Hippodrome ; à la station établie à Passy, rue Delessert, et sur toute la ligne des boulevarts intérieurs.

(2) Outre les cabriolets de place, on trouve dans tous les quartiers des *cabriolets de remise*, ainsi nommés parce qu'ils sont généralement remisés sous des portes cochères. Ces cabriolets sont mieux montés sous tous les rapports, que ceux de place.

Leur prix est de :

La course.......... 1 f. 50 c. | L'heure,............ 2

ENVIRONS DE PARIS.	LIEUX A PROXIMITÉ.	VOITURES Y CONDUISANT.
Alfort.	Charenton.	Place de la Bastille.
Antony.	Bourg-la-Reine.	Chemin de fer de Sceaux.
Arcueil.	Bicêtre.	
Asnières.	Clichy (la-Gare.)	Id. de Saint-Germain.
Aubervilliers ou	Notre-Dame-des-Vertus.	A la Vilette.
Auteuil.	Passy.	R. Rivoli et Croix-des-P.-Ch.
Bagneux.	Châtillon.	Barrière d'Enfer.
Bagnollet.	Ménilmontant.	Rue Saint-Martin, 247.
Batignolles.	Barr. de Clichy.	Les Batignolaises.
Belleville.	Faub. du Temple	Citadines.
Bellevue.	Sèvres.	Rue de Rivoli et rive droite.
Bercy.	Charenton.	Diligentes et Orléanaises.
Bicêtre.	Gentilly.	Quai Napoléon.
Bougival.	Marly.	Rue de Rivoli.
Boulogne.	Auteuil.	Rue Croix-des-Petits-Champs.
Bourget (le).	La Villette.	A la Vilette et rue de Rivoli.
Bourg-la-Reine.	Sceaux.	Chemin de fer de Sceaux.
Chapelle (la).	Bar. La Chapelle	Les Favorites.
Charenton.	Marne et Seine.	Place de la Bastille.
Charonne.	Barr. Montreuil.	Id. et Omnibus.
Châtenay.	Sceaux.	Chemin de fer.
Châtillon.	Fontenay.	Barrière d'Enfer.
Clamart.	Châtillon.	Id. Id.
Clichy (la-Gare.)	Batignolles.	Aux Batignolles.
Choisy-le-Roi.	Vitry.	Place Dauphine.
Colombe.	Asnières.	Chemin de fer Saint-Germain.
Conflans.	Charenton.	Place de la Bastille.
Id. l'Archev.	Colombes.	Chemin de fer de Rouen.
Courbevoie.	Neuilly.	Id. Versailles.
Créteil.	Saint-Maur.	Rue Saint-Martin, 256.
Fleury.	Meudon.	Rue de Rivoli et rive gauche.
Fontenay-aux-Roses.	Châtillon.	Chemin de fer de Sceaux.
Id. sous-Bois.	Nogent.	Impasse de la Planchette.
Gare (la).	Ivry.	Place Dauphine.
Gentilly.	Bicêtre.	Quai Napoléon.
Grenelle.	École militaire.	Dames-Réunies.
Issy.	Vaugirard.	Parisiennes.
Ivry.	Gare d'Austerlitz	Place Dauphine.

ENVIRONS DE PARIS.	LIEUX A PROXIMITÉ.	VOITURES Y CONDUISANT.
Lonjumeau.	Bourg-la-Reine.	Barrière d'Enfer.
Maison-Blanche	Barr. Fontaine-bleau.	Quai Napoléon.
Marly.	Bougivale.	Rue de Rivoli.
Ménilmontant.	Belleville.	Citadines.
Meudon.	Sèvres.	Rue de Rivoli et rive gauche.
Monceau.	Batignolles.	Batignolaises.
Montmartre.	Clignancourt.	Favorites et Hirondelles.
Montmorency.	Enghien.	Chemin de fer du Nord.
Montreuil.	route Strasbourg	Rue Saint-Paul, 40.
Montrouge.	Barr. d'Enfer.	Favorites et Montrougiennes.
Nanterre.	Mont-Valérien.	Rue de Rivoli.
Neuilly.	Bois de Boulogne	Omnibus et rue de Rivoli.
Noisy-le-Sec.	Pantin.	Dames-Réunies.
Nogent-sur-Mar.	Vincennes.	Place de la Bastille.
Pantin.	La Villette.	Dames-Réunies.
Passy.	Auteuil.	Omnibus et rue de Rivoli.
Pierrefitte.	Saint-Denis.	Chemin de fer du Nord.
Prés St-Gervais.	Romainville.	Citadines.
Puteaux.	Neuilly.	Rue de Rivoli et rive droite.
Romainville.	Belleville.	Citadines.
Rueil.	Bougival.	Chemin de fer Saint-Germain.
Saint-Cloud.	Sèvres.	Rue de Rivoli et rive droite.
Saint-Denis.	Ch. de fer Nord.	Rue Saint-Martin, 232.
Saint-Mandé.	Vincennes.	Omnibus et Célérifères.
Saint-Maur.	Id.	Rue Saint-Martin, 256.
Saint-Ouen.	Saint-Denis.	Batignolaises.
Sceaux.	Bourg-la-Reine.	Barr. d'Enfer et chem. de fer.
Sèvres.	Saint-Cloud.	Rue de Rivoli et rive droite.
Suresnes.	Puteaux.	Rue de Rivoli.
Vaugirard et Vanves.	Barr. Vaugirard.	Favorites et Parisiennes.
Vilette (la).	Canal de l'Ourcq	Dames-Réunies.
Villiers.	Neuilly.	Omnibus et rue de Rivoli.
Vincennes.	Barr. du Trône.	Rue Saint-Martin, 256.
Villejuif.	Bicêtre.	Quai Napoléon.
Ville-d'Avray.	Sèvres.	Rue de Rivoli.

DICTIONNAIRE DES RUES,

PLACES, CARREFOURS, PASSAGES, IMPASSES, COURS,

BOULEVARTS, AVENUES, QUAIS, PONTS, PORTS,

ET BARRIÈRES DE PARIS.

☞ Dans cette liste alphabétique tous les noms autres que ceux des rues sont suivis d'une indication spéciale.

———

Dans les rues parallèles à la Seine, l'ordre des numéros augmente en descendant le fleuve. Dans les rues perpendiculaires à la Seine, la série des numéros commence du côté du fleuve.

Nota. Les numéros des quartiers de chaque rue sont indiqués par les chiffres de la colonne à droite. Quant aux noms des quartiers, ils se trouvent avec les numéros en regard à la page 6.

(Voir, pour les rues dont le nom a été changé, p. 48.)

ARR.	RUES, QUAIS, ETC.	TENANTS.	ABOUTISSANTS.	Qr
3	Abattoir (de l'),	Faub. St.-Denis	Fb. Poissonnière	9
1	Abattoir (avenue de l')	près la b. du Roule		5
10	Abbaye (de l'),	r de l'Echaudé	r St-Ger.-des-Près	37
10	Abbaye St-Germ. (car.)	r de Bussy	r du Four	37
10	Abbaye (passage de l'),	r Ste Marguer. 13	r du Four	37
10	Accacias (des),	r Neuve-Plumet	r de Sèvres	39
10	Accacias (des Petits),	Boul. des Invalid.	place Breteuil	40
1	Aguesseau (d'),	r du fb. S-Honoré	r de Surêne	1
1	Aguesseau (marché d'),	r d'Aguesseau	r des Saussaies	5
1	Aguesseau (marché)	cité Berryer		6
4	Aiguillerie (de l'),	r St-Denis	cloît. St-Opport.	15
8	Air (cour du Bel-)	fb St-Antoine, 58.		32
12	Albert (maître)	r des Grands-Deg.	place Maubert	45
5	Albouy,	r des M. du Temp.	r des Vinaigriers	18
12	Albret (cour d'),	r des Sept Voies		45
6	Alexandre (de St),	r Grenetat.	enclos de la Trinité	21
1	Alger (d'),	r de Rivoli.	r St-Honoré	4
5	Alibert (anc. imp. St L.)	quai de Jemmap.	r Bichat	18
8	Aligre (d'),	r de Charenton	Marché Beauveau	32
4	Aligre (passage d'),	r Bailleul	r St-Honoré	15
8	Amandiers Popin. (des)	r de Popincourt	bar. des Amandiers	30
12	Amandiers (Se-Genev.),	r M. Ste-Genev.	r des Sept-Voies	45
8	Amandiers (barr. des)	r des Amandiers		
8	— (chem. de ronde),	r des Amandiers	barr. Ménilmont.	03
2	Amboise (d'),	r de Richelieu	r Favart	73

ARR.	RUES, QUAIS, etc.	TENANTS	ABOUTISSANTE.	Q
12	Amboise (impasse d'),	place Maubert		4!
8	Ambroise (St),	r de Popincourt	r St-Maur	3c
8	Ambroise (impasse St·)	rue St Ambroise		3c
10	Amélie,	r St-Dominique	r de Grenelle	3c
8	Amelot,	place St-Antoine	r St-Sébastien	3i
1	Amsterdam (d'),	r St-Lazare	place de l'Europe	1
\8	Anastase (St),	r St-Louis	r St-Gervais	2c
9	Anastase (Neuve St),	r St-Paul	r des Prêtres-St-P.	3£
6	Ancre (passage de l'),	r St-Martin	rBourg-l'Abbé	22
8	André (St) Popincourt,	r Folie-Regnault	barr. d'Aunay	3c
11	André-des-Arcs (St),	pl. du p.-St-Mich.	r Dauphine	4²
11	André-des-Arcs (pl.St.),	r St-André-des-A.	r Hautefeuille	4²
12	Andrelas (impasse),		r Mouffetard	4?
4	Angevilliers (d'),	r des Poulies	r de l'Oratoire	13
2	Anglade (de l'),	r l'Evêque	r Traversine	6
7	Anglais (impasse des),	r Beaubourg		22
12	Anglais (des),	r Galande	r des Noyers	45
12	Anglaises (des),	r de l'Oursine	r du Pet. Champ	46
6	Angoulême (d') Marais,	boul. du Temple	r Folie-Méricourt	24
1	Angoulême (d') Roule,	av. de Neuilly	fb. du Roule	2
6	Angoulême (Neuve d'),	r de Ménilmontant	r d'Angoulême	24
6	Angoulême (place d'),	r du Temple	r Fossés-du-Temp.	24
10	Anjou Dauphine (d'),	r Dauphine	r de Nevers	37
1	Anjou (St-Honoré d'),	r du f. St-Honoré	r de la Pépinière	1
7	Anjou (d') (Marais),	r de Berry	r du Grand-Chant.	26
9	Anjou (quai d'),	r St-Louis-en-l'Ile	pont Marie	36
2	Anne (Ste),	r de l'Anglade	r N°-St-Augustin	6
11	Anne (Petite Ste),	C. de la Ste-Chap.	quai des Orfèvres	44
2	Antin (d'),	r N° desP.-Champ.	r N°-St-Augustin	7
1	Antin (allée d'),	Cours-la-Reine	étoile desCh.-Elys.	4
1—2	Antin (de la Chauss. d'),	boul. des Italiens	r St.-Lazare	5
2	Antin (pass. et cité d'),	r de Provence		7
1	Antin (impasse)	quai de la Confér.	R. P. des Ch. E.	4
7—8	Antoine (St),	place Baudoyer	boul. Bourdon	34
8	Antoine (Faub. (St.)	place St-Antoine	barr. du Trône	3i
8	Antoine (place St.)	r. du f. S.-Antoine		32
7	Antoine (pas. du P. St.)	r St-Antoine	r du Roi-de-Sicile	28
1	Anny (impasse),	r du Rocher		5
6	Apolline (Ste),	r St-Martin	r St-Denis	2t
2	Aqueduc (de l'),	r Font.-S-Georg.	r Blanche	9
12	Arbalète (de l'),	r Mouffetard	rdes Charbonniers	4S
4	Arbre-Sec (de l'),	place de l'Ecole	r St-Honoré	14
1	Arcade (de l'),	r de la Madeleine	r de la Pépinière	3
4	Arche-Marion,	quai de la Mégis.	r St-Ger. l'Auxer.	14
4	Arche Pépin,	quai de la Mégiss.	r S.-Ger. l'Auxer.	14
9	Archevéché (pl. de),	au chevet de l'égl.	Notre-Dame.	36
9	Archevéché (quai de l'),	quai Napoléon	pont de l'Archer.	36

ARR.	RUES, QUAIS, ETC.	TENANTS.	ABOUTISSANTS.	Q.
9	Archevêché (pont de l'),	q. de l'Archevêché	quai de la Tour.	36
12	Arcis (des),	r. de la Vannerie	r des Lombards	23
9	Arcole (d'),	quai Napoléon.	pl. du parv. N.-D.	35
9	Arcole (pont d'),	pl. de l'H.-de-Vil.	quai Napoléon	34
12	Arcueil (bar. d'),	r du f. St-Jacques		46
12	—(Chemin de ronde),	barr. d'Arcueil	barr. d'Enfer	46
7	Argenson (impasse d'),	r V.-du-Temple		28
2	Argenteuil (d'),	r des Frondeurs	r Neuve-St-Roch.	6
1	Argenteuil (imp. d')	r du Rocher		5
5	Ariane (place)	r de la Gr. et de la Pet. Truanderie		20
12	Arras (d'),	r St-Victor	r Clopin	47
9	Arsenal (de l'),	r de Sully	cour des Salpêt.	36
9	Arsenal (pl. de l'),	Arsenal	r de la Laiterie	35
9	Arsenal (pont de l'),	quai Morland.	quai d'Austerlitz	35
6	Arts (des),	r des Métiers		21
4-10	Arts (pont des),	Louvre	Institut	15 37
8	Asile (de l'),	passage Moufle	r Popincourt	30
11	Assas (d'),	r du Cherch.-Midi	r de Vaugirard	41
1	Astorg (d'),	r de la Vil.-l'Ev.	r de la Pépinière	1
4	Athènes (passage d')	r St Honoré	Cloître St-Honoré	0
5	Aubert (passage),	r St-Denis	r Ste-Foy	18
6	Aubry-le-Boucher,	r St Martin	r St-Denis	23
1	Aubusson	r St Nicolas d'Ant.	r N. des Mathur.	9
1-2	Augustin (Neuve-St.),	r de Richelieu	r Louis-le Grand	7
11	Augustins (des Grands)	q. des Augustins	r St-André-d-Arcs	42
10	Augustins (des Petits)	q. Malaquais	r Jacob	37
3	Augustins (des Vieux)	r Coquillière	r Montmartre	12
3	Augustins (pass. des V.)	r des V.-August.	r C.-des-Pet.-Ch.	12
11	Augustins (quai des),	pont St-Michel	Pont Neuf	42
6	Aumaire,	r Frépillon	r St-Martin	22
1	Aumale	r St Georges	r Larochefoucault	9
9	Aumont (impasse),	r de l'H.-de-Ville		34
8	Aunay (barr. d'),	r St-André		30
8	(chemin de ronde),	barr. d'Aunay	bar. des Amand.	30
12	Austerlitz (d'),	boul. de l'Hôpital	bar. d'Ivry	48
12	Austerlitz (petite rue)	r de l'Hôpital	boul. de l'Hôpital.	48
10	Austerlitz	esplan des Inval.		39
12	Austerlitz (quai d'),	barr. de la Gare	boul. de l'Hôpital	48
12	Austerlitz (pont d'),	quai Morland.	place Walhubert	48
5	Auvergnats (pass. des)	r du f St-Antoine		32
6	Avignon (d'),	r St-Denis	r de la Savonnerie	23
7	Avoye (Ste),	r St-C. de la Bret.	r Mich.-le-Comte	26
7	Avoye (passage Ste),	r du Chaume	r Ste-Avoye	27
4	Babille,	r des Deux-Ecus	r de Viarmes	16
10	Babylone (de),	r du Bac	boul. des Invalid.	38
10	Bac (du)	quai Voltaire	r de Sèvres	40
10	Bac (Petite-du),	r de Sèvres	r du Cher.-Midi	40

ARR.	RUES, QUAIS, ETC.	TENANTS.	ABOUTISSANTS.	Q.
10	Bagneux,	r du Cherc.-Midi	r de Vaugirard	38
4	Baillet,	r de la Monnaie	r de l'Arbre-Sec	14
4	Bailleul,	r de l'Arbre-Sec	r des Poulies	13
4	Baillif,	r des Bons-Enfans	r C.-d-P.-Ch am.	16
10	Baillon (cour)	r de l'Université		40
6	Bailly-St-Martin,	r St-Paxent	r Henry	22
3	Bains (galerie des),	pass. du Saumon	r du Cadran	12
3	Bains (passage des),	r Montmartre	r Tiquetonne	12
2	Bains (pass. des)	r N. des Pet.-Ch.	r Beaujolais	6
7	Ballets (des),	r St-Antoine	r du Roi-de-Sicile	27
4	Banque (de la),	r C.-des-P.-Ch.	pl. de la Bourse	16
12	Banquier (du)	du Marc.-aux-Ch.	r Mouffetard	46
12	Banquier (du Petit),	r du Banquier	boul. de l'Hôpital	48
5	Barbe (Sainte),	r Beauregard	boul. Bon.-Nouv.	19
10	Barbet-de-Jouy,	r de Varennes	r de Babylone	39
8	Barbette,	r des Trois-Pavil.	r Vieille-du-Temp	29
9-11	Barillerie (de la),	quai de l'Horloge	pont St-Michel	44
9	Barnabites (passage),	pl. du P-de-Just.	r de la Calandre	41
10	Barouillère,	r de Sèvres	r du Cherc.-Midi	38
7	Bar du-Bec.	r de la Verrerie	r S.-C.de la Bret.	27
9	Barres St Gervais	quai de la Grève	place Baudoyer	34
9	Barres-St-Paul (des),	r St-Paul	r de l'Etoile	36
6	Barrois (passage),	r Aumaire	r des Gravilliers	23
10	Barthélemy,	av. de Breteuil	ch. de r. b. Sèvres	39
6	Basfour (impasse),	r St-Denis, 300,	enc. de la Trinité	18
6	Basfour (passage)	pass. St Denis	r St Denis	18
8	Basfroi,	r de Charonne	r de la Roquette	30
1	Basse-du-Rempart,	r de la Ch.-d'Ant	pl. de la Madel.	3
1	Bassins (barrière des),	r des Bassins		4
1	— (chemin de ronde)	barr. des Bassins	b. de Longchamp	4
1	Bassins,	Newton	c. de r. b. des Bas	4
	Bassompierre	*Projetée.*		
4	Bastille(Imp. de la Pet)	r de l'Arbre-Sec		15
8—9	Bastille (place de la),	boul. Bourdon	boul. St-Antoine	29
1	Batailles (des),	r de Long-Champ	ruelle Ste-Marie	2
10	Batailles (carref. des)	quartier du Luxembourg		44
6	Batave (cour),	r de Venise (pas).	r St- Denis, 124	26
11	Battoir St André (du),	r Hautefeuille	r de l'Eperon	42
12	Battoir St-Victor (du)	r Copeau	r du P. l'Hermite	47
1	Baudin (impasse),	r St-Lazare, 110		5
7—9	Baudoyer (place),	r St-Antoine	r François -Miron	34
11	Baville (de),	cour du Harlay	cour Lamoignon	44
10	Bayard,	r Kleber	r Duguesclin	39
10	Bayard (Impasse),		r Bayard	40
1	Bayard (Champs-Elys.)	Cours-la-Reine	allée des Veuves	2
7	Beaubourg,	r Simon-le-Franc	r Michel le-Comte	25
7	Beauce (de)	r d'Anjou	r de la Corderie	26

ARR.	RUES, QUAIS, ETC.	TENANTS.	ABOUTISSANTS.	Q.
1	Beaucourt (impasse),		r du F. du Roule	5
7	Beaudroyerie (I. de la)	r de la Corroierie		27
6	Beaufort (impasse),	r Salle-au-Comte		26
6	Beaufort (passage),	r Quincampoix	r Salle-au-Comte	26
6	Beaujolais (de),	r de Bretagne	r Forez	24
1	Beaujolais St-Honoré,	r de Chartres	r de Valois	4
2	Beaujolais (passage),	r Montpensier	r Richelieu	6
2	Beaujolais-Pal.-Royal	r de Valois	r Montpensier	6
1	Beaujon (Cité)	av. des Ch.-Elys.	r du fb. du Roule	5
8	Beaumarchais (boul.),	pl. de la Bastille	b. des F.-du-Calv.	29
10	Beaune (de),	quai Voltaire	r de l'Université	40
5	Beauregard,	r Poissonnière	r de Cléry	19
5	Beauregard (pass.)	r de Cléry	r Beauregard	19
2	Beauregard (ruelle),	r des Martyrs	cb. r. b. des Mart.	6
5	Beaurepaire,	r des Deux-Portes	r Montorgueil	20
5	Beaurepaire (cité)	r Beaurepaire		20
9	Beautreillis,	r des Lions-S-Paul	r St-Antoine	36
8	Beauveau,	r de Charenton	march. St-Antoine	32
1	Beauveau (place),	r du f. St-Honoré		5
8	Beauveau (marché),	r d'Aligre	r Lenoir	33
10	Beaux-Arts,	r de Seine	r des P.-Augustins	37
8	Beccaria	r des Charb. S. A.	r Traversière	37
8	Bel-Air (avenue du),	pl de la b. du Tr.	aven. St-Mandé	32
10	Bellart,	avenue de Saxe	cb. r. bar. de Sèv.	40
10	Belle-Chasse (de),	quai d'Orsay	r de Grenelle	40
10	Belle-Chassé (place),	r St-Dominique	rue de Las-Cases	38
2	Bellefond,	r du f. Poissonn.	r Rochechouart	8
5—6	Belleville (barrière de),	r du f. du Temple		20 24
5	— chemin de ronde,	barr. Belleville	bar. de la Chopin.	20
10	Belliart,	r Pérignon	ch. de r. b. de Sèv.	39
12	Bellièvre,	quai de la Gare	r des Deux-Moul.	47
3	Belzunce	r du Nord	r des Jardins	35
10	Benoît (Saint),	r Jacob	r Taranne	37
11	Benoît (cloître Saint),	r des Mathurins	r S-Jacques, 94, 96	43
10	Benoît (carrefour St),	r St-Benoît	r de l'Egout	37
6	Benoît St-Martin (St),	r Royale	r St-Vannes	22
10	Benoît (pass. St),	place de l'Abbaye	r St-Benoît	37
11	Benoît (pass. St-Benoît)	r du cloit. St-Ben.	r de la Sorbonne	43
11	Benoît (pl. du Cl. St)	pass. St Benoît	Cloît. St Benoît	43
7	Benoit (impasse Saint-)	r de la Tacherie, 7		28
7	Bercy (St-Jean),	r V.-du-Temple	r Bourtibourg	27
8	Bercy St-Antoine,	r de la Contrescar.	barr. de Bercy	31
8	Bercy (barrière de),	r de Bercy		33
8	— chemin de ronde,	barr. de Bercy	r de Charenton	33
2	Bergère,	r du f. Poissonn.	r du fb. Montmart.	8
2	Bergère (Cité),	r du f. Montmartre	r Bergère, 15	8
2	Bergère (pass. de la cité)	r Bergère, 15	r du fb. Montmart.	8

ARR.	RUES, QUAIS, ETC.	TENANTS.	ABOUTISSANTS.	Q.
1	Berlin,	r d'Amsterdam	pl. d'Europe	1
8	Bernard (Saint),	r du f. St-Antoine	r de Charonne	31
12	Bernard (des Fossés St)	quai St-Bernard	r St-Victor	47
12	Bernard (quai St),	pont d'Austerlitz	quai de la Tourn.	47
8	Bernard (impasse St),	r St-Bernard, 10		47
12	Bernardins (des)	quai de la Tourn.	r St-Victor	47
12	Bernardins (Cloît. des),	r de Pontoise	r des Bernardins	47
7	Berry (de) au Marais,	r de Poitou	r de Bretagne	26
1	Berry	avenue de Neuilly		27
1	Berryer (cité)	r Royale		2
7	Berthaud (impasse),	r Beaubourg		24
4	Bertin-Poirée,	r St-Germ.-l'Aux.	r Thibautodé	14
4	Bertin-Poirée (place),	quai de la Mégiss.	r St-G-l'Auxerrois	15
8	Beslay (impasse)	r Neuv.-Popinc.		30
4	Béthizy,	r des Bourdonnais	r du Roule	14
4	Béthizy (carrefour),	r Béthizy, Boucher	r des Bourdonnais	14
9	Béthune (quai de),	r St-Louis-en-l'Ile	pont de la Tourn.	36
4	Beurre (pass. au)	r de la Cordonnerie		14
4	Beurre (halle au)	r du Marché-aux-	Poirées	14
11	Beurrière,	r du F.-St-Germ.	r du V.-Colombier	41
4	Bibliothèque (de la),	pl. de l'Oratoire	r St-Honoré	13
5	Bichat,	r du f. du Temple	Hôpital St-Louis	13
5	Bichat (cour),	r Bichat		20
6	Biches (imp. du P. aux)	r N. St Martin et	N. D. de Nazareth	20
1	Bienfaisance (de la),	r du Rocher	barr. Monceau	1
6	Biette (passage),	r Ménilmontant, 5	r de Crussol, 6	24
12	Bièvre (de),	r des Grands-Deg.	r St Victor	45
12	Bièvre (pont de la),	quai de l'Hôpital		48
7	Billettes (des)	r de la Verrerie	r Ste-C. de la Bret.	27
7	Billettes (impasse des),	r des Billettes, 13		28
1	Billy (quai de),	allée des Veuves	barr. de Passy.	4
8—9	Birague (place),	r St-Antoine		29 35
1	Bizet,	quai de Billy	r. de Chaillot	2
1	Bizet (impasse),	r St-Lazare, 106		5
2	Blanche,	r St-Lazare	barr. Blanche	2
2	Blanche (barrière),	r Blanche.		9
2	— chemin de ronde,	barr. Blanche	barr. de Clichy	5 9
1	Blanchisseuses (imp.des)	r Bizet		45
7	Blancs-Manteaux,	r Vieil. du Temple	r Ste Avoye	26
7	Blancs-Manteaux (mar.)	r V. du Temple		26
4	Blé (halle au),	r de Viarme		14
9	Blé (port au),	pont de la Réforme	pont d'Arcole	34
2	Bleue,	r du fb. Poissonn.	r Cadet	3
6	Bleus (Cour des),	r Grenetat, 38	enclos de la Trinit.	18
2	Bochart-Saron,	r de la Tour-d'Au	aven. de Trudaine	7
7	Bœuf (impasse du),	r Saint-Merry		26
12	Bœufs (impasse des),	r des Sept-Voies		45

RR.	RUES, QUAIS, ETC.	TENANTS.	ABOUTISSANTS.	Q.
5	Bois de Boulogne (pas.),	boul. St-Denis	fb. St Denis, 10	19
7	Bon (Saint),	r Jean-Pain-Mollet	r de la Verrerie	28
5	Bondy (de),	r du f. du Temple	porte St Martin	18
—5	Bonne-Nouvelle (boul.)	Porte St-Denis	r Poissonnière	18
5	Bonne Nouvelle,	r du Regard	boul. Bonne Nouv.	18
12	Bon Puits (du),	r St-Victor	r Traversine	47
—4	Bons-Enfants (des),	r St-Honoré	r Baillif	14
—4	Bons-Enfants (Nve des),	r Baillif	r Ne des Pet.-Ch.	6
1	Bony (Cour),	r St-Lazare, 126		6
6	Borda,	r de la Croix	r Mongolfier	23
3	Bossuet,	pl. Lafayette	r de Belzunce	32
4	Boucher,	r de la Monnaie	r Thibautodé	15
6	Boucherat	r des F.-du-Calv.	r Charlot	24
10	Boucherie (de la),	quai d'Orsay	r St Dominique	39
10	Boucherie (pas. de la Pe)	rue de l'Abbaye	pl. Ste Marguerite	37
0-11	Boucheries St-Ger. (des)	carref. de l'Odéon	r du Four	41
10	Boucherie(pl.S.-Jacq.la)	rue des Ecrivains		26
11	Bouclerie (de la Vieille)	pl. du pont S-Mich.	r St Severin	43
1	Boudreau,	r de Trudon	r Caumartin	3
10	Boufflers (avenue de),	aveu. de Tourville	pl. Fontenoy	40
6	Boufflers (imp.)	r Du Pet. Thouars		24
2	Boufflers (passage),	r Choiseul, 12	boul. des Italiens	7
12	Boulangers (des),	r St Victor	r des F.-S.-Victor	47
8	Boule-Blanche (p. de la)	r de Charenton	r du fb. S. Antoine	31
2	Boule-Rouge (de la),	r du fb. Montmart.	r Richer	8
8	Boule-Rouge (pas. de la)	faub. Montmartre		8
10	Boulets (des),	r de Montreuil	r de Charonne	31
2	Boullainvilliers (mare.)	r du Bac, 13		38
2	Boulogne	r Blanche	r de Clichy	4
4	Bouloi (du),	r C.-des-P.-Champ	r Coquillière	16
1	Bouquet de Longchamps	r de Longchamps	r de Longchamps	2
1	Bouquet des-Champs,	r de Longchamp	r aux Champs	4
12	Bourbe (de la)	V. Port Royal		46
9	Bourbon (quai),	r des Deux-Ponts	r St-Louis-en-l'Ile	36
10	Bourbon (pl. du Palais),	Invalides	r de l'Université	40
11	Bourbon (du Petit),	r de Tournon	pl. St-Sulpice	47
10	Bourbon-le-Château,	r de Bussy	r de l'Echaudé	39
5	Bourbon-Villeneuve,	r du P.-Carreau	r St-Denis	18
2	Bourdaloue,	r Olivier	r St-Lazare	5
1	Bourdin (impasse)	allée des Veuves		1
9	Bourdon (boulevart),	quai Morland	r St-Antoine	30
10	Bourdonnaye (av. de la)	r de l'Université	av. de L.-Piquet	43
4	Bourdonnais (des),	r de Bétbizy	r St-Honoré	1
4	Bourdonnais (imp. des),	r des Bourdonnais		11
6	Bourg-l'Abbé,	r aux Ours	r Grenetat	22
6	Bourg-l'Abbé (Neuve),	r St-Martin	r Bourg-l'Abbé	29
6	Bourg-l'Abbé (passage),	r Bourg-l'Abbé, 23	r St-Denis	33

ARR.	RUES, QUAIS, ETC.	TENANTS.	ABOUTISSANTS.	Q.
10	Bourgogne (de),	quai d'Orsay	r de Varennes	38
8	Bourgogne (cour de)	faub. St Antoine	r de Charenton	42
12	Bourguignons (des),	r de l'Oursine	r des Capucins	15
2	Boursault,	r Blanche	r Pigale	5
2	Bourse (de la),	r Vivienne	r Richelieu	6
2	Bourse (place de la),	r des F. St Thomas	r Feydeau	7
7	Bourtibourg,	r de la Verrerie	r Ste-C.-de-la-Br.	27
7	Boutarel	r St Louis	quai d'Orléans	36
11	Boutebrie,	r de la Parchem.	r du Foin	43
3	Bouteille (imp. de la),	r Montorgueil, 33		17
8	Bouton (ruelle Jean),	r des Charbonniers	r de Charenton	33
12	Bouvart (impasse),	r St-Hilaire, 8, 10		40
5	Boyauterie (barr. de la)	r de la butte Chaumont		20
5	— chemin de ronde,	b. de la Boyauter.	bar. de Pantin	20
5	Brady (passage),	r fb. St-Martin 43	fb. St-Denis, 48	20
7	Bracque (de),	r du Chaume	r Ste-Avoye	26
8	Bras-d'Or (cour du)	fb. St-Antoine	.	29
2	Brasserie (imp. de la),	r Tr.-St-Honoré	cour St-Guillaume	6
2	Bréda,	r des Martyrs	r de la T.-d'Auv.	5
2	Breda	r N. D. de Lorette	r Laval	5
2	Bréda (Neuve)	r Bréda	r des Martyrs	5
7—6	Bretagne (de) Marais,	r V.-du-Temple	r de la Rotonde	26
8	Bretagne (Neuve de),	b. des F.-du-Calv.	r St.-Louis	29
5	Bretagne (cour de)	fb. du Temple, 85.		20
6	Breteuil (de),	r Royale	marché St-Martin	22
10	Breteuil (avenue de),	place Vauban	r de Sèvres	40
10	Breteuil (place),	aven. de Breteuil	avenue de Saxe	40
9	Bretonvilliers,	quai Béthune	r St-Louis	33
2	Briare (impasse de),	r Rochechouart 71		10
2	Briare (passage),	r f. Montmartre		10
8	Brière,	r du f. St-Antoine	r de Montreuil	32
8	Brière (passage),	faub. St-Antoine	r de Montreuil	32
7	Brisemiche,	r du Cl.-St-Merry	r N.-St-Merry	25
9	Brissac	boulev. Morland	r Crillon	35
10	Brodeurs (des),	r Plumet	r de Sèvres	38
3	Brongniart	r Montmartre	r N. D. des Vict.	7
9	Brosse (Jacques de),	quai de la Grève	François-Miron	34
12	Bruant,	quai de la Gare	r Bellièvre	48
2	Brutus ou Coquen. (im.)	r Coquenard		9
1	Bruxelles (de),	r de Miromesnil	r de Clichy	5
12	Bûcherie (de la),	r St-Jacques	place Maubert	35
2	Buffault (de),	r fb. Montmartre	r Coquenard	8
12	Buffon (de),	boul. de l'Hôpital	r du Jardin du-Roi	47
5	Buisson St-Louis.	r St-Maur	b. de la Chopinet.	18
11	Bussy (carrefour de),	r de Bussy-Dauph.		37 42
10	Bussy (de),	r Mazarine	r Ste-Marguerite	37
5	Butte (de la) Chaumont,	r du fb. St-Martin	b. de la Boyauter.	17

ARR.	RUES, QUAIS, etc.	TENANTS.	ABOUTISSANTS.	Q.
8	Buttes (des),	r de Reuilly	r Picpus	32
1	Buvette (ruelle de la),	allée des Veuves	r Marbœuf	4
12	Byron,	fb. St-Jacques	r de la Santé	46
5	Byron (avenue)	quart. Beaujon		4
2	Cadet,	r du f. Montmart.	r Montholon	8
3	Cadran (du),	r du Petit-Carreau	r Montmartre	10
6	Cafarelli,	r de la Corderie	rot. du Temple	24
2	Café de Foi (pass. du)	Palais-National	r Richelieu	6
12	Caille (de la)	boulev. d'Enfer		46
5	Caire (du),	r St-Denis	pl. du Caire	19
5	Caire (passage du),	r St-Denis. 333	pl. du Caire	18
5	Caire (place du),	r du Caire	r Bourbon-Villen.	18
2	Calais (de)	r Blanche	r de Bruxelles	19
9	Calandre (de la),	r de la Cité	r de la Barillerie	38
9	Calandre (pass. de la)	r de la Calandre	r du Marc.-Neuf	38
6	Calvaire (carr. des Fil.)	r F.-du-Calvaire	r V.-du-Temple	24
12	Cambrai (place),	r St-J.-de Latran	r St-Jacques, 87	45
11	Campagne-Première,	b. Montparnasse	Boul. d'Enfer	41
5	Canal-St.-Martin (du),	quai Valmy	r du fb. St-Martin	18
11	Canettes (des),	r du Four	pl. St-Sulpice	41
9	Canettes (des Trois),	r St-Christophe	r de la Licorne	35
11	Canivet (du),	r Servandoni	r Férou	41
1	Capucines (Neuve des),	r de la Paix	b. de la Madeleine	3
1	Capucines (boulev. des)	r Louis-le-Grand	r N.-des-Capucines	3
12	Capucins (des),	r des Bourguign.	r St-Jacques	48
12	Capucins (du champ des)	r de la Santé et B.	r des Capucins	48
10	Cardinale,	r Furstemberg	r de l'Abbaye	37
12	Cardinal-Lemoine (du),	quai de la Tournel	r St-Victor	47
5	Carême-Prenant,	quai de Jemmapes	r Grang.-aux-Bell	18
9	Cargaisons (des),	Marché-Neuf	r de la Calandre	35
12	Carmélites (imp. des),	r St-Jacques, 284		46
12	Carmes (basse des)	Mont. Ste Genev.	r des Carmes	45
12	Carmes (des),	r des Noyers	r St-Hilaire	45
12	Carmes (marché des),	r des Noyers		45
12	Carmes (carrefour des),	r St-Victor	pl. Maubert	45
8	Caron,	Marc. Ste-Cather.	r de Jarente	29
11	Carpentier,	r du Gindre	r Cassette	41
12	Carré Ste-Gen. (pl. du),	r St-Jacques		47
3—5	Carreau (du Petit),	r du Cadran	r de Cléry	9
1	Carrousel (du).	r Froidmanteau	pl. du Carrousel	4
1	Carrousel (place du),	Louvre	Tuileries	1
1	Carrousel (pont du)	quai des Tuileries	quai Voltaire	5
10	Casimir-Périer,	r St-Dom.-St-Ger.	r de Grenelle	40
11	Cassette,	r du V.-Colombier	r de Vaugirard	41
12	Cassini,	r du fb. St-Jacq.	av. de l'Observat.	48
12	Cassini (impasse),	r de Cassini		46
9	Castellane,	r Tronchet	r de l'Arcade	3

1.

ARR.	RUES, QUAIS, ETC.	TENANTS.	ABOUTISSANTS.	Q.
1	Castex,	r de la Cerisaie	r St-Antoine	36
1	Castiglione,	r de Rivoli	r St-Honoré	4
7—5	Catherine (Culture Ste),	r St-Antoine	r du Parc	29
11	Catherine (Ste),	r St-Thomas	r St-Dominique	41
8	Catherine (marché Ste),	r d'Ormesson	r Caron	29
8	Catherine (Neuve Ste),	r St-Louis	r Payenne	29
8	Cath. (pl. du mar.)(Ste)	Marais	r Jarente	29
4	Catinat	r de la Vrillière	pl. des Victoires	14
1	Caumartin,	boul. de la Madel.	r Neuve-des-Math.	3
9	Célestins (quai des),	r du Petit-Musc	r St-Paul	35
12	Cendrier (du),	r du m. aux Chev.	r des F.-St-Marcel	46
1	Cendrier (passage),	r Basse-du-Remp.	r Neuve-des-Math.	9
1	Cendrier (impasse),	pass Cendrier		9
12	Censier,	r du Jardin-du-R.	r Mouffetard	46
6	Cerf (pass. du Grand),	r du Ponceau	r St Denis, 380	19
5	Cerf (pas. de l'anc. gd)	r des 2 p. St-Sauv.	r St-Denis	11
9	Cerisaie(de la),	r Lesdiguières	r du Petit-Musc	36
9	Cerisaie (Neuve de la),	boul. Bourdon	r Lesdiguières.	36
10	César (passage),	r St-Dominique	r de Grenelle	37
2	Chabanuais,	r Ne-desP.-Cham.	r St-Anne	7
3	Chabrol,	r du fb. St-Denis	r Lafayette	9
5	Chabrol (Neuve de),	r du fb. St-Martin	r du fb. St-Denis	17
1	Chaillot (de),	r de Longchamp	avenue de Neuilly	2
10	Chaise (de la)	r Grenelle S-Get.	r de Sèvres	38
7	Chaise (pas. de la Pet.)	r Planche Mibray	r St-Jacq-la-Bouc.	26
11	Chamon,	r N-D.-d-Cham.	boul. Mont-Parn.	41
12	Champ (du Petit),	r du Ch.-de-l'Alo.	r de la Glacière	46
12	Champ de l'Alouette (du	r de l'Oursine	r Croulebarbe	46
10	Champagny	r Casimir Périer	rue Martignac	38
10	Champ-de-Mars	Entre le p. d'Iéna et l'Ecole Milit.		
1	Champs (des)	r de Longchamps	rue de Labée	2
1	Champs-Elysées (aven)	pl. de la Concorde	ch. r. de b. du R.	4
1	Champs-Elysées (carré)	quai de la Conf.	chemin de Neuilly	4
1	Champs-Elys. (r.-point)	place de la Conc.	r du fb. S-Honoré	4
7	Champs-S-Mart.(Petits)	r Beaubourg	r St-Martin	25
2-3	Champs (Ne-des-Petits),	pas. des P. Pères	place Vendôme	7
50	Chanaleilles (de)	r Vanneau	r Barbet de Jouy	38
7	Change (pont au),	Marché aux fleurs	quai de Gèvres	1541
9	Chanoinesse,	r Bossuet	r de la Colombe	35
2	Chantereine(de la Vict.)	r du fb. Montm.	r de la Ch. d'Ant.	5
1	Chant. de l'Ecu (pas.du)	r Ne-des-Mathur.	r Basse-du-Remp.	2
6	Chantier (cour du)	r Guérin Boisseau		19
4	Chantre (du),	place du Musée	r St-Honoré	13
9	Chantres (des),	r Bas.-des-Ursins	r Chanoinesse	35
4—5	Chanverrerie (de la),	r St-Denis	r Mondétour	15
3	Chapelle (de la),	r Chât.-Landon	barr. des Vertus	17
11	Chapelle(cour de la Ste)	r de la Barillerie	r Nazareth	41

ARR.	RUES, QUAIS, ETC.	TENANTS.	ABOUTISSANTS.	Q.
6—7	Chapon,	r du Temple	r Transnonain	25
2	Chaptal.	r Pigale	r Blanche	5
8	Charbonniers,	r de Bercy	r Charenton	33
8	Charbonniers (im des)	r des Charbonniers		32
12	Charbonniers S-Marcel	r de l'Arbalète	r des Bourguign.	48
8	Charenton,	fb. St-Antoine	barr. Charenton	32
8	Charenton (barr. de),	r. de Charenton		33
8	— chemin de ronde,	barr. Charenton	barr. de Reuilly	33
6	Charriot d'Or (pas. du),	r Grenetat	r du Grand-Hur.	22
5	Charité (de la)	r St-Laurent	r de la Félicité	17
9	Charlemagne (passage),	r St-Antoine	r des Prêt.-S Paul	35
9	Charlemagne	r St Paul	r des Nonaindières	34
10	Charles (cité Saint),	r St-Dom-St-Ger.		38
7	Charles (pont Saint),	Cité	Hôtel-Dieu	36
6	Charlot,	r de Bretagne	boul du Temple	24
8	Charonne (de),	r du f. St Antoine	b. Fontarabie	31
8	Charonne (barr. de),	r de Charonne		32
8	— chemin de ronde,	bar. de Charonne	r des Rats	32
12	Charretière,	r St-Hilaire	r de Reims	45
3	Charost (pas.du.p.hôt.)	r des V.-August.	r Montmartre	12
1	Charte (de la)	av. des Ch.-Élys.	fb. St-Honoré	1
1	Chartres (du Roule),	r du Monceau	barr. Courcelles	1
1	Chartres (barrière de)	parc de Monceau		5
1	— chemin de ronde,	barr. de Chartres	barr. Courcelles	5
2	Chartres (passage de)	Palais-National		6
1	Chartreuse,	r de l'O. du Roule	r du fb. du Roule	5
4	Chartreux (pass. des),	r de la Tonnellerie	r Trainée 9	11
11	Chaumière (de la Gr.)	r N.D. des Cham.	bd Montparnasse	41
6	Chat Blanc (imp. du),	r S-Jac. la Bou. 52		27
11	Chat qui pêche (du),	quai St. Michel	r de la Huchette	43
1	Châteaubriand (av. de),	av. de Lord Byron	av. de Gabrielle	4
5	Château-Landon,	faub. St. Martin	bar. des Vertus	17
4—7	Châtelet (place du),	quai de la Mégiss.	r St. Denis 15	16
5	Châtillon,	r S. Maur Popinc.	ch. de r. b. Chop.	18
2	Chauchat,	r de Provence	r de la Victoire	5
5	Chaudron (du),	faub. St. Martin	r Château-Landon	17
7	Chaume	r des Blancs-Mant	r des Vieil.-Audr.	26
3	Chaume (passage du)	Mont-de-Piété	r du Chaume	27
6	Chaumont (pass. St.)	r St. Denis, 374	r du Ponceau	18
5	Chausson (passage),	r Nve St. Nicolas	r des Marais	20
1	Chauveau La Garde,	r de la Madeleine	r de l'Arcade	1
8	Chemin de Laguy (du)	av. des Ormes	r du f. s. Antoine	31
5	Chemin de Pantin (du)	r du fb. St-Martin	bar. de Pantin	18
1	Chemin de Versailles	av. de Neuilly	Chaillot	2
8	Chemins (ruelle des 4)	b arr. de Charent.	r de Reuilly	32
8	Chemin vert,	r Amelot	r Popincourt	30
8	Chemin Vert (passage)	r du Chemin Vert	quai Jemmapes	30

ARR.	RUES, QUAIS, ETC.	TENANTS.	ABOUTISSANTS.	Q.
8	Chemin vicinal (ruelle)	r Picpus	place du Trône	33
2	Cheminées (car. des 4)	r de l'Anglade	r sainte Anne	6
8	Chêne-Vert (cour du)	r de Charenton	⊙	33
10-11	Cherche-Midi,	pl. de la Cr. Roug	r de Vaugirard.	40
2	Chérubini	r Chabannais	r Ste Anne	7
6	Cheval Blanc (pass. du)	r du Ponceau	r saint Martin	23
8	Cheval Blanc (pass. du)	fb. St-Antoine	r de la Roquette	32
4	Chevalier du Guet (du)	r de la Vieil. Har.	r des Lavandières	14
4	Cheval.du Guet (p. du)	r Perrin-Gasselin	r du Chev. du Guet	15
6	Cheval Rouge (pas. du)	r du Ponceau	r saint Martin	23
10	Chevert,	av. de Lamot.-P.	av. de Tourville	30
10	Chevert (Petite rue),	av. de Lam. Piq.	av. Lam. Piquet	40
9	Chevet St-Landry,	r Bas des Ursins	r des Marmousets	36
11	Chevreuse (de),	r N-D des Champs	boul. Mont-Parn.	41
10	Childebert,	r d'Erfurth	r sainte Marthe	37
4	Chilpéric,	r de l'Arb. Sec	p. s. Germ. l'Aux	14
2	Choiseul (de),	r Nve St. Augustin	boul. des Italiens	7
2	Choiseul (passage),	r Nve des Pet.-Ch.	r Nve saint Augus	7
12	Chollets (des)	r de Reims	r St Etien-des-Gr.	45
5	Chopinette (de la)	r Saint Maur-Pop.	r de la Chopinette	18
5	Chopinette (bar. de la)	r du Buisson St-L.		20
5	— chemin de ronde,	barr. de la Chop.	bar. du Combat	20
11	Christine,	r. des Gr. August.	r Dauphine	42
9	Christophe (St),	r de la Cité	pl. du Par. N.-D.	35
6—7	Cimetière (St-Nicolas),	r Transnonain	r Saint Martin	25
12	Cimetière (St-Benoît),	r Fromentel	r Saint-Jacques	45
6	Cinq Diamants (des),	r des Lombards	r Aubry-le Bouch.	23
6	Cirque (pass.)	boul. du du Temple		24
10	Ciseaux (des),	r Ste Marguerite	r du Four	37
9	Cité,	quai Napoléon	pet. pt de l'Hôt.-D.	35
9	Cité (passerelle de la)	q. de l'Archevéché	quai Bourbon	36
7	Clairvaux (imp.),	r S. Mart. 106 108		23
12	Clamart (c. de la Croix	r du jardin du Ro	r des Foss. s -Mar	48
5	Claude (Bonne-Nouv.)	r Ste Foy	r de Cléry	19
8	Claude (Marais),	boul. Beaumarch.	r Saint Louis	29
3	Claude (impasse St),	r Montmartre		12
7	Claude (impasse St),	r St Claude, 8, 10		29
5	Claude-Villefosse,	r Châtillon	barr. du Combat	18
12	Clef (de la),	r d'Orléans	r Copeau	47
11	Clément,	r de Seine St Ger.	r Mabillon	41
3—5	Cléry (de),	r Montmartre	boul. Bonne Nouv.	10
1—2	Clichy (de),	r St Lazare	barr. de Clichy	1
1—2	Clichy (barrière de),	r de Clichy		5-9
1	— chemin de ronde,	barr. de Clichy	barr. de Monceau	9
2	Clichy (Neuve de)	r de Clichy	r Chaus. d'Antin	1
7	Cloche-Perche,	r St Antoine	r du Roi de Sicile	26
12	Clopin (r. et imp.)	r des F. St Victor	r Descartes	47

ARR.	RUES, QUAIS, ETC.	TENANTS	ABOUTISSANTS.	Q.
12	Clos Brunot,	r Mont Ste Genev.	r des Carmes	45
2	Clos Georgeot (du),	r Fontaine Molièr	r Ste Anne	6
12	Clos-Payen (du)	boul. des Gobelins		47
12	Clotaire	pl. du Panthéon	r Foss. St Jacques	46
12	Clotilde,	r Clovis	r de la Vieil. Estr.	45
12	Clovis,	r des F. St Victor	pl. St Etienne du M	45
11	Cluny,	pl. Sorbonne	r des Grès	43
11	Cluny (passage),	Sorbonne	r des Grès	43
9	Cocatrix,	r d'Arcole	r des Trois Canett.	35
1	Coches (cour des)	faub. St Honoré	r de Suresnes.	3
12	Cochin	r Pascal	r de Lourcine	48
11	Cœur-Volant (du),	r des Boucheries	r des Quatre Vents	41
2	Colbert,	r Vivienne	r de Richelieu	7
3	Colbert (galerie),	r Nve des Pet Ch.	r Vivienne	7
9	Coligny	quai Henri IV	boul. Morland	35
1	Colisée,	av. de Neuilly	r du fb. St Honore	2
11	Collège Louis-le-Grand,	r Nve des Poirées	r St-Jacques	43
12	Collégiale (place de la)	r St Marcel	r Pierre Lombard	46
9	Colombe (de la),	quai Napoléon	r des Marmousets	35
8	Colombier (Neuve du),	r St Antoine	r d'Ormesson	29
11	Colombier (du Vieux),	pl. St-Sulpice	car. de la C. Rouge	41
2	Colonnes (des),	r des Filles S. Tho.	r Feydeau	7
5	Combat (barrière du),	r de l'Hôpital S.L.		20
5	— chemin de ronde,	barr. du Combat	bar. de Boyauderie	20
10-11	Comédie (de l'Ancienne)	r de Bussy	r des Bouch.St Ger	37
10	Comète (de la),	r St Dominique	r de Grenelle	39
6	Commerce (c. et march.)	r des Ecrivains		28
1	Commerce (cour du),	r faub. du Roule	r d'Angoulême	4
11	Commerce (passage du),	r S. Andre des A. 73	r de l'Ecole de Mé	42
6	Commerce (passage du),	r Phélipeaux, 17	r Frépillon, 14	22
6	Commerce (du),	r des Métiers	r de la Laiterie	22
1	Concorde (place de la),	jard. des Tuileries	Champs Elysées	23
1	Concorde (pont de la),	pl. de la Concorde	faub. St Germain	4
11	Condé (de),	carref. de l'Odéon	r de Vaugirard	41
1	Conférence (pl. de la),	Champs Elysées	Pompe à feu	4
1	Conférence (quai de la),	Allée des Veuves	quai de Billy	
6	Conservatoire (pas. du)	c et r St-Martin		23
9	Constantine (de),	r d'Arcole	pl. palais de Justice	35
9	Constantine (passerelle)	ile St Louis.	quai St-Bernard.	36
2	Constantinople,	pl. de l'Europe	barr. Monceau	1
1	Constitution (de la),	r de Rivoli	r St Honoré	1
6	Conté,	r Montgolfier	r Vaucanson.	21
10	Conti (quai),	r Dauphine	pont des Arts	37
10	Conti (imp.),	près la Monnaie		37
3	Contrat Social (du),	r de la Tonnellerie	r des Prouvaires	11
11	Contrescarpe St André,	r Dauphine	r St And. des Arcs	42
12	Contrescarpe St Marcel,	r des F. St Victor	r Nve Ste Geneviev	47

ARR.	RUES, QUAIS, ETC.	TENANTS.	ABOUTISSANTS.	Q.
9—8	Contrescarpe (de la),	pl. Mazas	pl. de la Bastille	31
12	Copeau,	r St Victor	r Mouffetard	47
3	Coq Héron,	r Coquillière	r Pagevin.	12
4	Coq St-Honoré (du),	pl. de l'Oratoire	r St Honoré	13
7	Coq St-Jean (du),	r de la Tixérander.	r de la Verrerie	28
2	Coquenard (r et imp.)	r Rochechouart	r du fb Montmart.	8
2	Coquenard (Neuve),	r Coquenard	av. de Trudaine	8
7	Coquerel (impasse),	r des Juifs, 24		
7	Coquilles (des),	r de la Tixérander	r de la Verrerie	28
3—4	Coquillière,	pl. St Eustache	r C. des Pétits-Ch.	11
5	Corbeau,	r Bichat	r Sr-Maur-Popinc.	18
2	Corby (passage	r Montpensier	r Richelieu	6
12	Cordeliers (des),	r Pascal	r du Ch. de l'Allou	48
2	Corderie (de la) St Hon.	r Nve St Roch	Marché St Honoré	5
5—7	Corderie (de la) du Te.	r de Beauce	r du Temple	26
6	Corderie (de la Petite),	rotonde du Temple	r Dupuis.	24
2	Corderie (impasse de la),	r de la Corder. S.-Honoré		29
6	Corderie (place de la),	Temple	Enclos du Temple	24
11	Cordiers (des),	r St Jacques	r de Cluny	43
4	Cordonnerie (de la),	r Marché aux Poiré	r de la Tonnellerie	15
11	Corneille,	pl. de l'Odéon	r de Vaugirard	42
12	Cornes (des),	r du Banquier	r des Foss St Mar.	46
7	Corroierie (de la),	r Beaubourg	r St Martin	25
4	Cossonnerie (de la),	r St Denis	Marché aux Poirée	15
4	Courbaton (impasse),	r de l'Arbre-Sec, 25		15
1	Courcelles,	r de la Pépinière	r de Monceau	1
1	Courcelles (barr. de),	r de Chartres du R.		5
1	— chemin de ronde.	barr. de Courcelles	barr. du Roule	5
7	Cour de Bronze (c. de la)	r V.-du-Temple	r de Turenne	28
1	Cour des Coches (pass.),	Roule	r de Surène	5
6	Cr des Compt. (p. de la),	r du Pet.-Thouars	r Dupuis du Temp	24
11	Cr des Miracles (p. de la)	Palais de Justice		41
6	Cr du Roi Franc. (pass.)	Porte St Denis		19
4	Couronne d'Or (p. de la)	r Tirechappe	r des Bourdonnais	16
6	Couronnes (barr. des 3),	r des Trois Couron.		24
6	— chemin de ronde),	bar. des Trois Co.	barr. Ramponeau	24
4	Courtalon,	r St Denis	pl. Ste Opportune	15
10	Courty,	r de Lille	r de l'Université	40
7	Coutellerie (de la),	r Jean de l'Epine	r de la Vanerie	28
8	Coutures-St-Gervais	r Thorigny	r Vieille du Templ	29
11	Crébillon,	r de Condé	place de l'Odéon	42
2	Crétel,	r Blanche	r Larochefoucault	19
9	Crillon	boulev. Morland	place de l'Orme	35
3	Croissant (du),	r du Gros-Chenet	r Montmartre	13
6	Croix (de la),	r Phélippeaux	r Nve St Laurent	22
7	Croix Blanche (impass.)	r des Billettes		28
7	Croix Blanche	r V. du Temple	r Bourtibourg	27

ARR.	RUES, QUAIS, ETC.	TENANTS.	ABOUTISSANTS.	Q.
1	Croix Boissière (de la),	r de Longchamps	r de Lubeck	2
1	Croix Boissière (impasse	r de Chaillot		4
1	Croix (Neuve-Ste),	r St Lazare	r St Nicolas	5
7	Croix la Bretonn. (Ste),	r Vieil. du Temple	r Ste Avoye	26
7	Croix la Bretonn (pass.)	r Ste Croix de la B		27
3—4	Croix des Pet.-Champs,	r St Honoré	pl. des Victoires	16
1	Croix du Roule (de la),	r faub. du Roule	r de Chartres	1
10	Croix Rouge (car. de la)	r du Four St-Germ	r Cherche Midi	38
1	Croix du Trahoir (pl.),	r St Honoré	r de l'Arbre Sec	16
9	Croix (Ste) Cité,	r Gervais-Laurent	r de Constantine	30
7	Croix (impasse Ste),	r des Billettes. 13		28
2	Croix (place Ste),	r Chaussée-d'Ant.	r Nve Ste-Croix	9
12	Croulebarbe,	r Mouffetard	boul. des Gobelins	46
12	Croulebarbe (pont),	r St-Marcel	boul. des Gobelins	48
12	Croulebarbe (barr. de),	r de Croulebarbe		48
12	— chemin de ronde,	barr. de Crouleb.	barr. de l'Oursine	48
6	Crucifix (du Petit),	r St-Jacq. la Bouc.	pl. St-Jacq la B.	26
6	Crussol,	r des Fossés du T.	r Folie Méricourt	24
6	Crussol (pas.)	r Ménilmontant	r de Crussol	24
10	Cunette (barr. de la),	quai d'Orsay		40
12	Cuvier,	quai St-Bernard	r du Jard. des Pl.	47
5	Cygne (du),	r St-Denis	r Mondétour	20
10	Cygnes (de l'île des)	r de l'Université	quai d'Orsay	40
2	Dalayrac,	r Méhul	r Monsigny	7
4	Damiette (pont de),	Ile St Louis	quai des Célestins	36
5	Damiette.	cour des Miracles	r Bourbon-Villen.	17
8	Damois (passage),	fb. St-Antoine	r d'Aval	32
2	Dandrelas (impasse),	r Mouffetard, 219		47
1	Dany (pass.)	r du Rocher		4
1	Dauphin	r Rivoli	r St Honoré	4
11—10	Dauphine,	quai Conti	carr. Bussy	42
10	Dauphine (passage),	r Dauphine	r Mazarine	37
11	Dauphine (place),	r du Harlay	pl. du Pont-Neuf	41
8	Daval,	r de la Roquette	r Amelot	31
1	Debilly (quai),	allée des Veuves	barr. de Passy	4
4	Déchargeurs (des),	r des Mauv. Parol.	r de la Ferronner	13
5	Degrés (des),	r Cléry	r Beauregard	19
12	Degrés (quai des Gr.),	pont aux Doubles	pont de l'Archev.	45
11	Delambre	boul. d'Enfer	bar. Montparnasse	44
8	Delaunay (imp.),	r de Charonne, 117		32
5	Delessert (pass.),	r des Ecluses	r du Can. St-Mart.	24
1	Delorme (galerie),	r de Rivoli	r St-Honoré	1
2	Delta,	fb. Poissonnière	r Rochechouart	8
12	Delta-Lafayette,	pl. de Lafayette		8
8	Demi-Lune f. S. A. (ch.)	barr. du Trône	ch. de r. b. Montr.	33
1	Demi-Saint (du),	r Chilpéric	r des Fos. S-G.-l'A.	10
3	Denain	r Lafayette	r de l'Abattoir	24

ARR.	RUES, QUAIS, ETC.	TENANTS.	ABOUTISSANS.	Q.
4-5-6	Denis (St),	pl. du Châtelet	boul. St-Denis	21
4—5	Denis (Neuve-St),	r St-Martin	r St-Denis	21
6	Denis (passage St),	r Grenetat	r St-Denis	17
5—6	Denis (boul. St),	Porte-St-Martin	Porte St-Denis	19
3—5	Denis (faub. St),	r St-Denis	barr. St-Denis	18-19
3—5	Denis (barrière St),	r Fb. St-Denis		
3	— chemin de ronde,	barr. St-Denis	barr. Poissonnièr.	19
8	Denis (St Ant. St)	faub. St Antoine	r de Montreuil	31
12	Dervilliers,	r. du Ch de l'Al.	r. des Anglaises	46
10	Desaix,	av. de Suffren	ch. de r. b. de la C.	29
9	Desaix (quai)	pont Notre-Dame	pont au Change	35
12	Descartes,	Mont. Ste-Genev.	de Fourcy	47
2	Désert,	r Larochefoucauld	pet. r du Désert	5
2	Désert (petite rue du),	r St-Lazare	r du Désert	5
10	Desèze,	b de la Madeleine	pl. de la Madelein.	3
1	Désir (passage du),	r Fb. St Martin	r du fb. St-Denis	19
2	Désirabode (pass.)	r de Valois	r N. des B.-Enfans	6
5	Deux-Boules (des)	r des Lavandières	r Bertin-Poirée	13
3	Deux-Ecus (des),	r des Prouvaires	r Gren.St-Honoré	11
12	Deux-Eglises (des),	r St-Jacques	r d'Enfer	48
9	Deux-Ermites (des),	r des Marmousets	r Constantine	35
12	Deux-Moulins (des)	boul. de l'Hôpital	bar. de la Gare	48
12	D.-Moulins (bar. des)	r des D.-Moulins		48
12	— chemin de ronde,	barr. des Deux-M.	barrière d'Ivry	48
2	Deux-Pavill.(pass. des)	r Beaujolais	r Nve des Pet. Ch.	6
9	Deux-Ponts (des),	quai Béthune	quai d'Anjou	33
11	Deux Portes(S. An. des)	r de la Harpe	r Hautefeuille	42
7	Deux-Port. S Jean (des)	r Tixéranderie	r de la Verrerie	27
5	Deux-Port. S.Sauv.(des)	r du Petit-Lion	r Thévenot	20
4	Domaines (pass. des),	r du Bouloy	r Coquillière	14
11-12	Domin. d'Enf. (St),	r St-Jacques	r d'Enfer	48
12	Domin. (impass. St),	r St-Dom. d'Enfer		46
10	Domin. S.-Germ. (St)	r des SS-Pères	av. Labourdonn.	40
10	Domin. (impasse St),	r St-Dom.-Gros-C.		40
2	Douai	r Fontaine	r Blanche	4
5	Douane,	r de Bondy	r des Marais	21
9	Doubles (pont aux),	r de la Bûcherie	pl. Notre-Dame	45
8	Douze-Portes (des),	r Nve St-Pierre	r St-Louis	29
1	Doyen (carré),	pl. Louis XV	av. de Neuilly	4
10	Dragon (du),	r Taranne	r de Grenelle	37
11	Dragon (cour du),	r du Dragon	r de l'Egout, 2	37
2	Drouot,	r Grange-Batel.	boul. des Italiens.	5
10	Duguay-Trouin.	r de Fleurus	r de l'Ouest	14
10	Duguesclin,	r Bayard	r Dupleix	53
1	Duphot,	r St-Honoré	boul. de la Madel.	4
10	Dupleix,	r Kléber	barr. de Grenelle	30
10	Dupleix (place),	r Dupleix		9

ARB.	RUES, QUAIS, ETC.	TENANTS.	ABOUTISSANTS	Q.
10	Dupleix (ruelle),	pl. Dupleix	av. de Lamot.–P.	40
1	Dupont,	r Basse-St-Pierre	Gr. r. de Chaillot	2
6	Dupuis, .	r du Pet.-Thouars	r de Vendôme	24
1	Duras,	r Fb. St-Honoré	r du Marc. d'Ag.	1
8	Echarpe de (l'),	pl. des Vosges	r St-Louis	29
8	Echarpe (carr. de l'),	pl. des Vosges	r St-Louis	29
7	Echaudé (Marais),	r de Poitou	r V. du Temple	26
10	Echaudé (St-Germain),	r de Seine-S-Germ.	r Ste-Marguerite	37
1	Echelle (de l'),	r de Rivoli	r St-Honoré	4
3	Echiquier de l'),	r Fb. St-Denis	r du Fb. Poissonn.	9
7	Echiquier (imp. de l'),	r du Temple		27
5	Ecluses St-Martin(des),	r Grang.-aux-Bell.	r du Fb. St-Mart.	18
2	Ecole (impasse de l').	r Nve Coquenard		10
4	Ecole (place de l'),	quai de l'Ecole	r St-G. l'Auxerr.	15
4	Ecole (port de l'),	Louvre	quai de l'Ecole	15
4	Ecole (quai de l'),	pl. des 3 Maries	pl. du Louvre	15
11	Ecole de Médec. (de l')	r de la Harpe	pl. de l'Abbaye	42
11	Ecole de Méd. (pl. de l')	r de l'Ecole	r de l'Observance	42
10	Ecole (barrière de l'),	av. Lowendal		40
10	— chemin de ronde,	barr. de l'Ecole	barr. de Lam. Piq	40
12	Ecole Polytechnique	Mon. Ste Geneviè.	r St Hilaire	45
12	Ecosse (d'),	r St Hilaire	r du Four	45
7	Ecouffes (des),	r du Roi de Sicile	r des Rosiers	27
6	Ecrivains (des),	r des Arcis	r de la Vieil.-Mon.	23
1	Ecuries (d'Artois)	r d'Ang. St-Hon.	r de l'Oratoire	10
3	Ecuries (des Petites),	r du Fb. St-Denis	r du Fb. Poisson.	9
3	Ecuries (pass. des Pet.),	r des Pet.-Ecuries	r du Fb St-Denis	10
10	Eglise (de l'),	r St-Dominique	av. de Lam.-Piq.	39
10	Egout St-Germ. (de l')	r Ste-Marguerite	r du Four	37
5	Egout (impasse de l')	r Fb. St-Martin·		20
6	Elisabeth (Ste),	r des Fontaines	r Nve St-Laurent	22
9	Eloi (St),	r Constantine	r de la Calandre	35
1	Elysée-Bourb. (av. de l')	r des Ch.-Elysées	av. de Marigny	4
4	Empereur (pas. de l'),	r s. Denis	r de la Vieille Ha-	22
10	Enfant-Jés. (imp. de l')	r de Vaugirard	[rengerie	40
7	Enfans Rouges (des),	rue Pastourelle	r Molay	26
7	Enfans Rouges (mar.)	r de Berry, 19	r de Bretagne	27
11–12	Enfer (d')	place St Michel	bar. d'Enfer	46
11–12	Enfer (bar. et boul. d')	boul. Mt. Parnas.	r d'Enfer	46
11–12	Enfer (bar. d'),	r d'Enfer		46
11	— chemin de ronde.	bar. d'Enfer	b. Mt.-Parnasse	46
3	Enghien (d')	r Faub. S. Denis	r. Faub. Poissonn.	9
5	Entrepôt gén. des vins,	quai s. Bernard		10
5	Entrepôt (de l')	r de la Douane	r Grange-aux-Bel.	18
12	Epée de bois (de l'),	rue Gracieuse	r Mouffetard	46
11	Eperon (de l'),	r S. And. des Arts	r du Jardinet	42
10	Erfurth (d')	rue Childebert	r Ste-Marguerite	37

ARR.	RUES, QUAIS, ETC.	TENANTS.	ABOUTISSANTS.	Q.
12	Essai (de l'),	marc. aux Chev.	r Poliveau	49
11 12	Est (de l'),	r d'Enfer	av. de l'Observat.	48
12	Estrapade (de la Vieil.)	r de Fourcy	p. de l'Estrap.	45
12	Estrap. (pl. de l'),	r des Foss. s.Jacq.	r des Postes	46
10	Estrée (d'),	av. de Villars	pl. Fontenoy	36
5	Etats-Unis (cour des)	fb. du Temple		18
4	Etienne,	r Boucher	r Béthisy	14
12	Etie. du Mont (imp. St.)	r Mt. s. Genev.		45
5	Etienne (Neuve-St),	r Beauregard	boul. Bon. Nouv.	19
12	Etienne (Neuve-St),	r Copeau	r Contrescarpe	47
12	Etienne des Grés (St)	pl. du Panthéon	rue Saint-Jacques	45
1	Etoile (bar. de l'),	Voyez Neuilly.		4
9	Etoile de (l'),	quai des Ormes	rue des Barres	36
5	Etoile B.-Nouv. (pas.),	r Thévenot, 26	cour des Miracles	11
5	Etoile (cour de l'),	imp. de l'Etoile	r du Petit Carreau	10
1	Etoile (pl. de l'),	Champs-Elysées	barr. de l'Etoile	4
12	Etroites Ruélles (des),	barr. des 2 Moul.	boul. de l'Hôpital	47
4	Etuves s. Hon. (des V.)	r s. Honoré	r des 2 Ecus	15
7	Etuves s. Mar. (des V.)	r Beaubourg	r s. Martin	28
6	Etuves (impasse des),	r de Marivaux		7
1	Europe (pl. de l'),	Chaus. d'Antin	r de Londres	9
3	Eustache (passage saint)	r Montmartre		11
3—5	Eustache (pl. saint)	en face de l'église	r Coquillère	11
3	Eustache (Nve saint),	r Montmartre	r du Pet. Carreau	10
9	Evêché de (l'),	r Pont aux Doub.	parv. N.-Dame	36
2	Evêque (de l'),	r d'Anglade	rue des Orties	6
7	Faron (impasse St),	r Tixérand., 47,48		26
9	Fauconnier (du),	r des Barrés	r. Prêtres S. Paul	36
2	Favart,	rue de Grétry	boul. des Italiens	7
11	Félibien,	rue Clément	r Lobineau	41
9	Femme sans tête (de la)	r. de l'Ile St.Louis	quai Bourbon	33
9	Fénélon (place),	Cité	chevet de la cathé.	36
12	Fer à Moulin,	r. du Jard. des Pl.	r Mouffetard	46
8	Férand (imp.)	r de Charenton		32
6	Ferdinand,	r. des 3 Couronnes	r de Lorillon	24
6	Ferdin Berthoud,	rue Montgolfier	r Vaucanson	22
10	Ferme de Grenelle,	av. Motte-Piquet	av. Suffren	40
1	Ferme des Math.	boulev. Madeleine	r St-Nicolas	3
1	Ferm. des Math. (imp.)	r Neuve des Math.		9
11	Férou,	pl. s. Sulpice	r de Vaugirard	41
11	Férou (imp.),	r Férou 22, 24		44
4	Ferrónnerie (de la),	r s. Denis	r de la Lingerie	15
4	Fers (aux)	r St-Denis	Marché aux Poirée	15
3—4	Feuillade (de la),	pl. des Victoires	r de la B. de Fra.	16
12	Feuillantines (imp. des)	r s. Jacques, 261		46
5	Feuillet (cour et pas.)	r du Canal St-M.	quai Valmy	18
9	Fèves (aux)	r Constantine	r de la Calendre	35

RR.	RUES, QUAIS, ETC.	TENANTS.	ABOUTISSANTS.	Q.
2	Feydeau,	r Montmartre	r de Richelieu	7
3	Fiacre (st.),	r des Jeûneurs	boul. Poisonnière	10
6	Fiacre (impas. st.),	r s. Martin 23, 25		26
5	Fidélité (de la),	r du f. s. Martin	r du fb s. Denis	17
5	Fidélité (pl. de la),	r du f. s. Denis	près s. Laurent	19
5	Fidélité (Nve. de la),	r Nve s. Jean	r de la Fidélité	17
9	Figuier (du).	r du Fauconnier	r des Prêtres s. P.	36
—8	Filles du Cal. (des),	r St-Louis	boul. des Fil. d C.	24
8	Filles du Cal. (boulv.),	r Pont aux Choux	r des Fil. du Cal.	29
5	Filles-Dieu (des),	r s. Denis	r Bourb. Villen.	19
5	Filles-Dieu (pas. des)	boul. B.-Nouvelle		19
—3	Filles s. Thomas (des),	r N. D. des Vict.	r Richelieu	7
2	Fléchier	r Olivier	r du f. Montmar.	5
9	Fleurs (marché aux)	r de Constantine	quai aux Fleurs	35
9	Fleurs (quai et m. aux),	pont Not. Dame	r de la Barillerie	41
11	Fleurus (de)	r de Madame	r N. D. Champs	44
11	Fleurus (impasse de),	r de Fleurus		44
2	Flore (pas. de)	r Lepelletier		7
1	Florence (de),	r de Hambourg	r de Bruxelles	5
1	Florentin (St.),	r de Rivoli	r s. Honoré.	1
11	Foin s. Jacques (du)	r s. Jacques	r de la Harpe	43
8	Foin au Marais (du),	r Chaus. des Min.	r St-Louis	29
6	Folie Méricourt,	r Ménilmontant	r du fb. du Temp.	24
8	Folie Regnault,	r de la Muette	b des Amandiers	30
2	Fontaine,	r N. D. de Loret.	bar. Blanche	9
12	Fontaine (de la),	r d'Orl. St. Mar-	r Puits-l'Ermite	46
6	Fontaine au Roi,	r Folie Méricourt	r St-Maur Popin.	24
2	Fontaine-Molière,	r saint-Honoré	r Richelieu	6
2	Fontaine-St-Georges	r Pigale	bar. Blanche	5
6	Fontaines (des),	r du Temple	r de la Croix	22
2	Fontaine (pass. des)	r de Valois	r des Bons Enfans	6
11	Fontaines (pas. des),	Luxembourg	r Vaugirard	44
2	Fontaines (cour des),	r des Bons-Enfans	r du 24 Février	6
	Fontainebleau (bar. de)	Voyez Italie		48
	— chemin de ronde),	Voyez Italie		48
8	Fontarabie (b. de),	Voyez Charonne		30 32
	—chemin de ronde,	Voyez Charonne		30 32
10	Fontenoy (place),	av. Lowendal	Ecole Militaire	40
7	Force (Neuve de la)	sur le terrain de ce nom.		
6	Forez,	r Charlot	March. du Temp.	24
8	Forge roy. (im. de la),	r du f. s. Ant. 179		4
5	Forges (des),	r d'Amiette	pl. du Caire	19
1	Fortin	r de Ponthieu	r des Ecur. d'Art.	1
1	Fortunée (avenue),	av. de Neuilly	av. de Châteaubr.	4
12	Fouarre (du),	r de la Bûcherie	r Galande	45
11-10	Four s. Germain (du),	rs. Marguerite	car. de la Cr. Reu.	41
3—4	Four s. Honoré (du)	rs. Honoré		16

ABR.	RUES, QUAIS, ETC.	TENANTS.	ABOUTISSANTS	Q
12	Four St-Jacques (du),	r des Sept Voies	r d'Ecosse	4
9	Fourcy (imp. de),	r de Jouy, 13, 15,		3
9	Fourcy s. Antoine (de),	r de Jouy	r s. Antoine	3.
12	Fourcy s. Marcel (de),	r Mouffetard	r Nve s. Genev.	4
11	Fourneaux (des),	r de Vaugirard	bar. des Fourn.	4
11	Fourn. (barr. des),	r des Fourneaux.		4.
11	Fourneaux ch. de rond.	bar. des Fourneau	r de Vaugirar	4
11	Fourrages (march. aux)	boul. d'Enfer	Observatoire	4(
8	Fourrages (march. aux)	Fb. St-Antoine		3.
5	Fourrages (march. aux)	Fb. St-Martin		2(
4	Fourreurs (des),	pl. Ste-Opportune	r des Déchargeurs	1.
5	Foy (Ste),	r des Filles-Dieu	r St-Denis	1(
5	Foy (passage Ste),	r des Filles-Dieu	pl. du Caire	1(
3	Française,	r Mauconseil	r Pavée	2(
8	François (Neuve St),	r St Louis	r V. du Temple	2(
9	François-Miron	r Lobau	r Jacq. de Brosse	4
1	François Ier, (place),	r Jean-Goujon	r Bayard	2
1	François Ier,	Cours-la-Reine	pl. François Ier	34
1	Francklin (barrière),	à Passy		4
1	— chemin de ronde,	à Passy	barr. de Passy	4
7—8	Francs-Bourgeois (Mar.)	r Païenne	r V. du Temple	29
11	Fr.-Bourgeois (St-Mic.)	r de Vaugirard	pl St-Michel	42
12	Fr.-Bourgeois (St-Marc.)	r Fossés-St-Mar:	Cloître St-Marcel	46
1	Fraternité (de la),	av. de Neuilly	r du fb. du Roule	5
6	Frépillon,	r Aumaire	r Phélippeaux	23
6	Frépillon (passage),	r Phélippaux	pont du Commerce	23
9	Frileuse,	quai de la Grève	r de l'Hôtel-de-V.	34
4	Friperie (de la Grande),	r du Mar. aux-P.	r de la Tonnellerie	15
4	Friperie (de la Petite),	r de la Lingerie	r de la Tonnellerie	16
2	Frochot,	r de la Bruyère	barr. Montmartre	9
4	Fromagerie (de la),	r du Mar. aux P.	r de la Tonnellerie	15
12	Fromentel,	r Chartière	r du Cim. S.Benoît	45
2	Frondeurs (des),	r St-Honoré	r l'Evêque	6
9	Fruits (marché aux)	quai de la Grève		34
12	Fulton	quai d'Austerlitz	r Gare	47
10	Furstemberg,	r Jacob	r de l'Abbaye	37
1	Fusots (des),	quai de la Mégiss.	r St-Germ. l'Aux.	15
1	Gabrielle (avenue de),	av. de Neuilly	av. de Châteaubr.	4
1	Gaillard (passage),	allée des Veuves	r Marbeuf	4
2	Gaillon,	r Nve des P. Ch.	r Nve St-Augustin	7
2	Gaillon (carrefour),	r Nve.St-Augustin	r Gaillon	7
6	Gaîté (passage de la),	quart. du Temple		24
2	Galande,	r St-Jacques	pl. Maubert	45
11	Garancière,	r de Vaugirard	r du Pet.-Bourbon	41
12	Gare (Neuve de la),	r Bellièvre	r Poliveau	48
12	Gare (barr. de la),	quai d'Austerlitz		48
12	— chemin de ronde,	barr. de la Gare	barr. des Deux-M.	48

ARR.	RUES, QUAIS, ETC.	TENANTS	ABOUTISSANTS.	Q.
11	Gasté,	r Basse St-Pierre	r des Batailles	2
1	Gauthier (imp.)	r de Marbœuf		4
3	Gaz,	place Lafayette	r des Télégraphes	13
3	Gazomètre,	place Lafayette	r de l'Abattoir	8
1	Gênes (de),	rue Hambourg	r de Bruxelles	1
1	Geneviève (Ste),	r de Chaillot	r du Ch. de Vers.	2
12	Geneviève (Neuve Ste),	r de la Vieille-Est.	r des Postes	46
12	Geneviève (Mont. Ste),	r St-Victor.	r Clovis	45
12	Geneviève (place Ste),	qnart du Panthéon	r Souflot	45
12	Gentilly (de),	r Mouffetard	boul. des Gobelins	46
8	Genty (passage),	quai de la Rapée	r de Bercy	32
7	Geoffroy-Langevin,	r Ste-Avoye	r Beaubourg	25
9	Geoffroy-Lasnier.	quai de la Grève	r St-Antoine.	34
2	Geoffroy-Marie,	Fb. Montmartre	r Richer	8
2	Georges (St)	r de Provence	r St-Lazare	5
2	Georges (Neuve St)	r St-Lazrre	pl. St-Georges	5
2	Georges (place St),	r Nve-St-Georges	r N.-D.-de-Lorret.	5
4	Germain l'Aux. (St)	r St-Denis	pl. des Tr.-Maries	14
4	Germ. l'Aux. (pl. St)	r des Prêtres	r Chilpéric	15
4	Germ. l'Aux. (Foss St),	r de la Monnaie	pl. du Louvre	15
10	Germ. des Prés (St)	r Jacob	pl. St-Sulpice	37
10	Germ. des Prés (pl. St.)	v.-à-v. S.-G. d.P.	r. St.-Ger.-des-Pr.	15
11	Germ. (marché St),	r du F. St.-Germ.		44
9	Germ.-le-Vieux (pas.S.)	r Marché-Neuf	r de la Calandre	41
8	Gervais (St),	r des Coutures	r Nve St-François	29
9	Gervais (passage St),	Hôtel-de-Ville	r de la Tixérand.	34
9	Gervais-Laurent (St),	r de la Cité	r du Marc. aux Fl.	35
7—9	Gèvres (quai de)	pont Notre-Dame	pl. du Châtelet	84
8	Gilles (Neuve St),	boul. Beaumarch.	r St-Louis	29
8	Gilles (Pet r N. St),	r Nve St-Gilles	boul. Beaumarch.	29
11	Gindre (du)	r du Vieux-Colom.	r Mézières	41
11	Git-le-Cœur,	quai des Augustins	r St-And. des Arcs	42
12	Glacière (de la),	r de l'Oursine	boul. St-Jacques	46
	Glacière (barr. de la),	Voyez l'Oursine		48
	— chemin de ronde,	Voyez l'Oursine		48
9	Glatigny (de),	r Basse des Ursins	r des Marmousets	35
12	Gobelins (des),	r Mouffetard	riv. de Bièvre	46
12	Gobelins (boul. des),	r Mouffetard	r de la Glacière	48
12	Gobelins (de la bar. des)	boul. de l'Hôpital	bar. d'Ivry	48
12	Gobelins (ruelle des)	r des Gobelins	r du Ch. de l'Al.	48
11	Godefroy.	r Villejuif	barr. d'Italie	48
1	Godot de Mauroy,	boul. de la Madel.	r Nve des Mathur.	3
12	Gracieuse,	r d'Orléans-S-Mar.	r Copeau	47
8	Graine (pass.de la Bon.)	faub. St Antoine	r Copeau	32
2	Grammont (de),	r Nve-St-Augustin	boul. des Italiens	7
1	Grammont (passage),	r de Clichy	r de Berlin	5

ARR.	RUES QUAIS, ETC.	TENANTS.	ABOUTISSANTS.	
7	Grand-Chantier (du),	r des Vieilles Aud.	r Pastourelle	2
12	Grands-Degrés (des),	r de Bièvre	pl. Maubert	4
6	Grand-Prieuré (du),	r de Ménilmontant	r de la Tour	2
5	Grange-aux-Belles,	r des Marais	barr. du Combat	1
2	Grange-Batelière,	r Drouot	r du Fb. Montm.	
6	Gravilliers (r. et pas.),	r du Temple	r Transnonain	2
2	Greffulhe,	r Castellane	r Nve des Mathur.	
11	Grégoire de Tours,	r Boucher.-St-G.	r de Bussy	4
10	Grenelle (impasse de),	r de Gren. (Gr.-C.)	156	4
10	Grenelle St-Germain,	r du Dragon	av. Labourdonn.	3
4	Grenelle St-Honoré,	r St-Honoré	r Coquillière	1
10	Gren. de la Ferm. (ruel)	av. de Lam.-Piq.	av. de Jaffrine	3
10	Grenelle (barr. de),	r Dupleix		
10	— chemin de ronde,	barr. de Grenelle	barr. de la Cunette	4
6	Grenétat,	r St-Martin	r St. Denis	2
6	Grenétat (impasse),	encl. de la Trinité		1
7	Grenier St-Lazare,	r Beaubourg	r St-Martin	2
8	Gren. au Sel (mar. du),	r Amelot		3
9	Grenier sur l'Eau (du),	r Geoffroy-Lasnier	r J. de Brosse.	3
11	Grès (des),	r St-Jacques	r de la Harpe	4
2	Grétry,	r Favart	r Grammont	
9	Grève (quai de la),	r Geoffroy-Lasnier	pl. de l'Hôt.-de-V.	3
12	Gril (du),	r d'Orl. s. Marcel	r Censier	4
1	Grillé (passage),	r Basse du Remp.	r Nve des Math.	
	Grillée,	r de l'Hôt. de Vil.	quai de la Grève	3
4	Grognerie (imp. de la),	r de la Cordon.		1
10	Gros-Caillou (du)	espl. des Invalid.	champ de Mars	3
3	Gros Chenet (du),	r de Cléry	r des Jeûneurs.	1
5	Grosse-Tête (imp. de la)	r St-Spire, 2, 4,		1
8	Guéménée (impasse),	r s. Antoine, 185		2
10	Guénégaud,	quai Conti	r Mazarine	3
6	Guérin Boisseau,	r st. Martin	r St Denis	2
9	Guespine (impasse),	r Geoffr. Lasn.		3
9	Guillaume,	quai d'Orléans	r St. Louis	3
10	Guillaume (St.),	r des SS. Pères	r de Grenelle	3
2	Guil. (c. et pass. St.),	r de Richelieu, 19	r Font. Molière	
11	Guillemain (Nve),	r du Four	r du V. Colom.	4
7	Guillemites (des),	r des Blancs Mant.	r Paradis au Mar.	2
7	Guillery (carrefour),	r de la Couteller.	r de la Tixerand.	2
11	Guisarde,	r Mabillon	r des Canettes	4
12	Guy la-Brosse),	r Jussieu	r s. Victor	4
1	Hambourg (de),	r de Clichy	r du Rocher	
2	Hanôvre (de),	r de Choiseul	r de Port Mahon	
11	Harcourt (pas. d'),	r de la Harpe	r des Maç.-Sorb.	4
4	Harenger (de la Vieille)	r du Ch. du Guet	r de la Tabletter.	1
11	Harlay-du-Palais (de),	quai de l'Horloge	q des Orfèvres	4
8	Harlay-au-Marais (de),	boul. s. Antoine	r St. Claude	2

ARR.	RUES, QUAIS, etc.	TENANTS.	ABOUTISSANTS.	Q.
11	Harlay (cour de),	Pal. de Justice		41
11	Harpe (de la),	r St. Severin	place s. Michel	42
2	Hasard (du),	r Fontaine Mol.	r Ste Anne	6
7	Haudriettes (des)	quai de la Grève	r de l'Hôtel de V.	34
7	Haudriettes (des Vieil.)	r du Gr. Chantier	r du Temple	26
11	Hautefeuille,	pl. s. An. des-Arc	r de l'Ec. de Méd.	42
12	Hautfort (impasse),	r des Bourguign.		46
3	Hauteville,	boul. Bonne-Nouv	pl. de Lafayette	2
6	Haut-Moulin (du)	r de la Tour	r de fb. du Temp	29
9	H. Moulin Cité (du),	r de Glatigny	r de la Cité	34
12	Haut Pavé (du),	quai des G. Degr.	r de la Bûcherie	45
1	Havre (r et pass. du)	r St Nicolas d'Ant	r St Lazare	5
6	Heaumerie (de la),	rue de la V. Mon.	r S. Denis	24
6	Heaume. (imp. de la),	r de la Heaumer.		23
8	Hébérards (ruelle des),	ch. de r. b. Bercy		33
2	Helder (du),	boul. des Italiens	r Taitbout	3
6	Henri,	r Bailly	r Royale s. Mart.	25
9	Henri IV (quai d')	boul. Morland	quai des Célestins	35
2	Henri IV (pas.)	r des Bons-Enf.	c des Fontaines	6
12	Hilaire (St.),	r des Sept-Voies	r St. J.-de-Beauv.	45
10	Hillerin-Bertin,	r de Grenelle	r de Varennes	38
12	Hippolyte (St.),	r des T. Couron.	r de l'Oursine	46
12	Hippolyte (car. St.),	r Ste Hippolyte	r des Tr. Cour.	48
11	Hirondelle (de l'),	pl. du pont s. Mic	r Gît le Cœur	42
7	Homme-Armé (de l')	r s. C. de la Bret.	r des Bl. Mant.	26
1-2-3-4	Honoré (St.),	r des Déchargeur	r Royale	13
4	Honoré (cloître St)	r St Honoré	r Montesquieu	6
1	Honoré (marché St.),	r s. Honoré	r Nve-des-Pet.-C.	6
2	Honoré (Faub. St.),	r Royale	r de la Pépinière	3
1	Honoré (pass. St.),	r de la Sourdière	r St. Honoré	6
11	Honoré-Chevalier,	r du Pot de fer	r Cassette	41
12	Hôpital (boulev. de l'),	place Walhubert	r Mouffetard	48
12	Hôpital-Général (de),	boul. de l'Hôpit.	barr d'Ivry	47
1	Hôpital (place de l'),	r St. Marcel	r Poliveau	48
12	Hôpital (boul. de l'),	pl. des 2 Moulins		47
12	Hôpital (quai de l'),	barr. de la Gare	boul. de l Hôpital	47
5	Hôpital (av. de l')	quai Jemmapes	r Bichat	18
11	Horloge (quai de l'),	r de la Barillerie	Pont-Neuf	41
7	Hospitalières s. Gerv.	r des Rosiers	r des Fr. Bourg.	24
8	Hospit (imp. des),	r de la Ch. d. Min.		29
9	Hôtel de Ville (p. de)	quai de la Grève		34
9	Hôtel de Ville (de),	r de l'Étoile	pl. de l'H de Vil.	34
12	Hôtel-Colbert (de l'),	r de la Bûcherie	r Galande	45
4	H. des Ferm. (pas. de l'	r du Bouloy	r Gren. St Hon.	14
3	Hôtels (des Petits),	r des magasins	place Lafayette	9
9	H. Tachou (pas. de l'),	Marché Neuf	r de la Calandre	41
2	Houssaye (du),	r de Provence	r de la Victoire	5

ARB.	RUES QUAIS, etc.	TENANTS.	ABOUTISSANTS.	Q.
11	Hubert (Jean),	r des Cholets	r des Sept Voies	45
11	Huchette (de la),	r du Petit-Pont	r de la V. Boucler	43
2	Hulot (passage),	r Montpensier	r de Richelieu	6
6	Hugues St.	r Bailly	r Royale St. Mart	22
6	Hurleur (du Grand),	r St. Martin	r Bourg l'Abbé	21
6	Hurleur (du Petit),	r Bourg-l'Abbé	r St. Denis	21
2	Hyacint. (s. Honoré)	r de la Sourdière	r du Marché St H.	6
9	Hyacint. (st. Mich. st),	pl. St Michel	r St. Jacques	43
2	Hyac. (Hôt. de Ville)	quai de la Grève	r de l'H. de Ville	34
10	Hyacinthe (pas. s),	r S. Hyacinthe	r St. Thom. d'Enf	46
10	Iéna (quai d'),	quai d'Orsay	rue de Gr.St.Ger.	39
1-10	Iéna (pont d'),	Champ-de-Mars	quai de Billy	440
8	Industrie (cour de l')	r de Charonne		29
8	Industrie (cité de l')	r Ménilmontant		30
4	Industrie (pas. de l'),	r du fb. St-Mart.	faub. St. Denis	19
4	Innocents (pl. des),	r St. Denis	r de la Lingerie	16
4	Innocents (marché des)	r St. Denis	r de la Lingerie	16
4	Innocents (pas. du Ch.)	r St-Denis	r de la Lingerie	16
10	Institut de France,	quai Conti	r Mazarine	37
10	Invalides (boul. des)	r de Gr.-St-Germ	r de Sèvres	40
10	Invalides (esplan. des),	quai d'Orsay	r de Grenelle	40
10	Invalides (pl. des),	Invalides		40
10	Invalides (pont des),	Ch. de Mars		40
10	Invalides (port des),	Invalides	quai de Billy	40
12	Irlandais (des),	r de la V. Estrap.	r des Postes	48
1	Isly (d')	r du Havre	r de l'Arcade	4
12	Italie (barr. d'),	r Mouffetard	rue des Postes	48
12	— chemin de ronde,	barr. d'Italie	barr. de Crouleb.	48
2	Italiens (place des),	r Grétry	r Marivaux	7
2	Italiens (boul. des),	r de Richelieu	r de la Ch. d'Ant	7
2	Italiens (cité des),	boul. des Italiens		7
12	Ivry (d'),	r du Banquier	boul. de l'Hôpit.	47
12	Ivry (barr. d'),	r d'Austerlitz	boul. de l'Hôpit.	47
12	— chemin de ronde,	barr. d'Ivry	barr. d'Italie	48
7	Jabach (passage),	r St. Merry	r St. Martin	26
12	Jacinthe,	r des Trois Portes	r Galande	45
10	Jacob,	r de S. St. Germ.	r des Sts-Pères	37
8	Jacquard	r Ternaux	marc. Popincourt	30
9	Jacques-de Brosse,	quai de la Grève	r François Miron	34
11-12	Jacques (St.),	r St. Severin	r de la Bourbe	45
	Jacques (barr. St.),	Voyez Arcueil		46
	— chemin de ronde,	Voyez Arcueil		46
12	Jacques (fb. st.),	r de la Bourbe	boul. St. Jacques	48
12	Jacques (boulevart St.)	r de la Glacière	barr. d'Enfer	46
12	Jacques (des Fossés St.)	r St. Jacques	place de l'Estrap.	48
5	Jacques-l'Hôp. (cloit.S.)	r de la Gr.-Truan.	rue Mauconseil	20
6	Jacq.-la-Boucherie (St.),	r des Arcis	r Saint Denis	28

ARR.	RUES . QUAIS, etc.	TENANTS.	ABOUTISSANTS	Q.
6	Jacq.-la-Bouch. (pas. St	St.-Jacq.-la-Bouc.	marché St. J. la B.	26
12	Jardin-des-Plantes (du),	r Poliveau	rue Copeau	47
12	Jardin-des-Pl. (pl. du),	Jardin-des-Plantes		47
11	Jardinet (du),	r Mignon	r de l'Eperon	42
8	Jardiniers (impasse des),	r Amelot, 50, 22		32
9	Jardiniers (ruelle des),	r Charenton		33
8	Jardins (des),	r des Barrés	r des Prêt. St Paul	36
3	Jardins Poissonnière	r du Gazomètre	r de l'Abattoir	13
8	Jarente,	r de l'Egout-Ste-C.	r Culture St. Cat.	29
11	Jean-Bart,	r de Vaugirard	r de Fleurus	41
4	Jean-Bart (passage),	quai de la Mégisse.	r St. Germ. l'Aux.	15
8	Jean-Beau-Sire,	boul. Beaumarch.	r St. Antoine	29
8	Jean-Beau-Sire (imp.),	r Jean-Beau-Sire	boul. St. Antoine	29
4	Jean-de-Beauce,	r de la Gr.-Friper.	r de la Cordonner.	15
4	Jean-Lantier,	r des Lav.-Ste-Op.	r Bertin Poirée	14
7	Jean (place St.),	r Renaud-Lefèvre	r de la Verrerie	28
10	Jean (St.) Gros-Caillou,	r de l'Université	r St. Dominique	39
5	Jean (Neuve-St.).	r du fb. St-Martin	r faub. St. Denis	17
1	Jean-Baptiste (St.),	r Pépinière	r St. Michel	1
12	Jean-de-Beauvais (St),	r des Noyers	r St. Hilaire	45
7	Jean-de-l'Epine,	r de la Vannerie	r de la Coutellerie	28
1	Jean-Goujon,	allée des Veuves	allée d'Antin	2
12	Jean de-Latran (St.),	r St.-J.-de-Beauv.	place Cambrai	46
12	Jean-de-Latran (cour S.)	r St.-J.-de-Bauv.	place Cambrai	45
7	Jean Pain-Mollet,	r de la Coutellerie	rue des Arcis	28
6	Jean-Robert,	r Transnonnain	r St. Martin	22
4	Jean-Tison,	Foss St. G. l'Aux.	r Bailleul	13
3	Jean-Jacq.-Rousseau,	r Coquillière	r Montmartre	11
2	Jeannisson,	r St. Honoré	rue de Richelieu	6
8-6-5	Jemmapes (quai),	pl. de la Bastille	r de la But. Chaum	29
7	Jérôme (St.),	quai de Gèvres	r Vieille Tannerie	28
11	Jérusalem (de),	quai des Orfèvres	r de Nazareth.	44
9	Jérusalem (impasse de)	St. Christophe 3,5		41
6	Jeu-de-Boule (pass. du),	r des Foss. du T.	r de Malte	24
8	Jeu-de-Paume (avenue)	aven. St. Mandé	place du Trône	33
2	Jeûneurs (des),	r du Sentier	r Montmartre	10
4—7	Joaillerie (de la),	place du Châtelet	r St. J. la Boucher	28
5	Joinville (passage de)	faub. du Temple	r Corbeau	20
3	Joquelet,	rue Montmartre	r Notre D. des V.	12
3	Joseph (St.),	r du Gros-Chenet	r Montmartre	10
3	Joseph (marché St.),	r Montmartre		10
8	Joseph (cour St.),	faub. St. Antoine	r de Lappe	32
8	Josset (passage)	pass. St Antoine	r de Charonne	32
1	Joubert,	r Chaussée d'Ant.	r Ste. Croix	3
2	Jouffroy (passage)	boul. Montmartre	r Grange Batel. 7	8
12	Jouffroy	quai d'Austerlitz et de la Gare		47

2

ARR.	RUES, QUAIS, ETC.	TENANTS.	ABOUTISSANTS.	Q.
3	Jour (du),	place St. Eustache	r Montmartre	11
9	Jouy (de),	rue de Fourcy	r St. Antoine	34
7—9	Jouy (carrefour de).	rue de Jouy	r St. Antoine	34
12	Judas, ou Clos-Bruneau	r Mont. St. Genev.	r des Carmes	45
7	Juifs (des),	r du Roi de Sicile	r des Rosiers	27
8	Juiverie (cour de la),	r Contres. St. Ant.		34
7	Juges Consuls	de la Verrerie	cloît. St Merry	26
8	Jules (St.),	du fb. St. Antoine	r de Montreuil	31
12	Julien-le-Pauvre (St.),	r de la Bûcherie	r Galande	45
12	Julienne,	r Pascal	r de l'Oursine	48
3	Jussienne (de la),	r Verdelet	r Montmartre	12
3	Jussienne (pass. de la),	r Montmartre	r de la Jussienne	12
12	Jussieu,	r des Fos.-St-Ber.	r Saint-Victor	47
11	Justice (palais de),	r de la Barrillerie		41
11	Justice (pl. du pal. de),		r de la Barrillerie	41
10	Kléber,	quai d'Orsay	av. Lam.-Piquet	39
1	Laborde (r et pl.),	rue du Rocher	rue Miromesnil	1
10	Labourdonnaye,	aven. de Tourville	aven. Lowendal	40
10	Labourdonnaye (aven.)	quai d'Orsay	av. Lam.-Piquet	40
2	Labruyère (de)	r N.-D.-de-Loret.	r Larochefoucaud	8
8	Lacuée,	place Mazas	rue de Bercy	32
3—5	Lafayette,	r du fb. Poissonn.	r du fb. St.-Mart.	17
3	Lafayette (place)	rue Hauteville	rue Lafayette	13
2	Laferrière,	r de Provence	boul. des Italiens	6
2	Laffitte,	boul. des Italiens	rue Olivier	9
4	Laffitte (passage),	rue Laffitte	rue Lepelletier	8
2	Laf.-et-Caill. (passage),	r St-Honoré	r de Gr.-St.-Hon.	14
9	Lagny (du chemin de),	av. des Ormeaux	r du fb. St-Antoine	31
10	Laiterie (de la),	r des Arts	rue du Commerce	21
11	Lamoignon (cour),	quai de l'Horloge	rue de Harlay	41
10	Lamothe-Piquet (aven.)	esplan. des Invalid	ch. de r. bar. Gr.	40
10	Lamothe-Piq. (barr. de)	av. de Lam.-Piq.		40
10	— chemin de ronde,	barr. de Lam.-Piq.	bar. de Grenelle	40
5	Lancry,	rue de Bondy	rue des Marais	18
9	Landry (St.),	quai Napoléon	rue des Marmou.	36
9	Landry (impasse St.),	r. du Cnev.-St.-L.		36
7	Lanterne (de la),	rue Saint-Bon	rue des Arcis	28
7	Lanterne (de la Vieille),	rue St.-Jerôme	r de V.-pl.-aux-V.	25
2	Laperche,	rue Blanche	rue de Clichy	5
6	Lappe (Neuve de),	rue de Charonne	r de la Roquette	31
6	Lappe	rue de Charonne	r de la Roquette	31
4	La Reynie (de),	r des Cinq-Diam.	rue St.-Denis	23
4	Lard (au),	r de la Lingerie	rue Lenoir	15
4	Lard (impasse au),	r Lenoir, 1, 3		16
2	Larochefoucauld,	r Saint-Lazare	rue Pigale	5
10	Las Cazes,	r Belle-Chasse	place Bellechasse	38
10	Latour-Maubourg (b.de)	av. Lam.-Piquet	av. de Tourville	39

ARR.	RUES, QUAIS, ETC.	TENANTS.	ABOUTISSANTS	Q.
5	Laurent (St.),	r du fb. St.-Martin	r du fb. St-Denis	17
3	Laurent (impasse St.),	boul. Bonne-Nouv.		18
5	Laurent (marché St.),	r Nve-de-Chabrol.		19
6	Laurent (Neuve-St),	rue du Temple	rue de la Croix	22
11	Laurette (passage de),	rue de l'Ouest	r N.-D..des-Cham.	44
2	Laval,	rue Pigale	rue des Martyrs	5
2	Laval Montmorency,	rue des Martyrs	rue Pigale	5
4	Lavandières-Ste.-Oppe,	r St.-Germ.-l'Aux.	pl. Ste.-Opportune	13
12	Lavandières (des),	rue des Noyers	place Maubert	45
1	Lavoisier,	r d'Anjou-St-Hon.	rue d'Astorg	1
1—2	Lazare (St.),	r du fb. Montmar.	r du Rocher	3
5	Lazare (clos St.),	faub. St.-Denis	faub. Poissonnière	19
5	Lazare (impasse St.),	faub. St.-Denis		19
12	Leclerc,	r du fb. St.-Jacq.	boul. St-Jacques.	48
9	Leclerc (pas.	r de Malte	r du G.-Prieuré	22
8	Lagraverend	boul. Massas et b. Beccaria.		33
6	Lemoine (passage	rue St.-Denis	pass. Long.All.	22
8	Lenoir (St Antoine	marc. St.-Antoine	r fb. St.-Antoine	32
4	Lenoir (St Honoré),	r St Honoré	r de la Poterie	15
8	Lenoir (marché),	r de Cotte	marché Beauveau	32
2	Léonie	r Boursault	r Chaptal	5
2	Lepelletier,	boul. des Italiens	r de Provence	5
7	Lepelletier (quai)	pl. de l'Hôt.-de-V.	pont Notre Dame	26
9	Lesdiguières (de),	r de la Cerisaie	r St Antoine	36
1	Liberté,	aven. de Neuilly	fb. du Roule	5
9	Licorne (de la),	r des Marmousets	r St Christophe	35
8	Lilas (ruelle des),	Pet. rue St Pierre	quai Valmy	21
10	Lille (de),	r des Sts Pères	r de Bourgogne	40
4	Limace (de la),	r des Déchargeurs	r des Bourdonnais	16
4	Limace (carref. de la).	r de la Limace	imp. des Bourdon.	16
7	Limoges (de),	r de Poitou	r de Bretagne	26
4	Lingerie (de la),	r St Honoré	March. des Innoc.	15
9	Lions (des),	r du Petit Musc	r St Paul	36
5	Lion St Sauv. (du Pet.),	r St Denis	r des Deux Portes	20
11	Lion St Sulp. (du Pet.),	r de Condé	r de Tournon	41
1	Lisbonne (de),	boul. Malesherbes	r de Val du Roule	5
9	Lobau,	quai de la Grève	r de la Tixérand.	34
11	Lobineau (de),	r de Seine	r Mabillon	41
11	Lodi (du Pont de),	r des Gr. August.	r Dauphine	42
6	Lombards (des),	r St Martin	r St Denis	23
1	Londres (de),	r de Clichy	pl. de l'Europe	1
1	Londres (pas. de)	r St-Lazare	r de Londres	1
1	Longchamps (de),	r des Batailles	barr. de Longch.	2
1	Longchamps (barr. de),	r de Longchamps		4
1	— chemin de ronde,	barr. de Longch.	barrière Ste Marie	4
2	Long Pont (du),	r Jacq. de Brosse		34
6	Longue Allée (passage)	r du Ponceau	r Nve St Denis	18

ARR.	RUES, QUAIS, ETC.	TENANTS.	ABOUTISSATNS.	Q.
12	Longue Avoine (imp.),	fb. St Jacques		46
1	Lord-Byron (aven. de),	r de l'Oratoire	aven. de Gabrielle	4
6	Lorillon (r. et imp. de)	r St-Maur	bar. Rampnnneau	19
5	Louis de l'Hôpital (St),	r des Récollets	r des F. Bourgeois	18
9	Louis en île (St),	quai de Béthune	quai d'Orléans	33
1	Louis St Honoré (St),	r de l'Echelle	r St Honoré	4
8	Louis (St) au Marais,	r de l'Echape	r des F. du Calv.	29
5	Louis (impasse St),	r Carême Prenant		20
9	Louis (marché St),	r St Louis en l'Ile		36
9	Louis (passage St),	fb. St Antoine	r du P. de la Réf.	32
1	Louis (passage St),	r de la Pépinière	pl. Laborde	5
1—2	Louis le Grand,	r Ne des P. Champ.	boul. des Capucin.	7
9	Louis Philip. (ou Lap.),	r de Charonne	r de la Roquette	31
1	Louis XVI (pont),	pl. de la Concorde	fb. St Germain	2
12	Loursine,	r Mouffetard	r de la Santé	46
12	Loursine (barrière de),	r de la Glacière		48
	— chemin de ronde,	barr. de l'Oursine	barr. de la Santé	48
9	Louviers (quai)	île St-Louis	pont d'Austerlitz	35
2	Louvois,	r Richelieu	r Ste Anne	7
4	Louvre (palais du),	pl. du Louvre	quai du Louvre	15
4	Louvre place du),	quai du Louvre	r des Poulies	15
4	Louvre (quai du),	quai de l'Ecole	quai des Tuileries	15
10	Lowendal (avenue de),	aven. de Tourville	barr. de l'Ec. Mil.	40
1	Lubeck (de),	r de Longchamp	barr. Ste Marie	2
2	Lulli,	r Louvois		5
5	Lune (de la),	boul. Bonn. Nouv.	r Poissonnière	19
1	Luxembourg (Nve du),	r de Rivoli	boul. de la Madel.	4
2	Lycée (passage du),	r Nve des B. Enf.	r de Valois	6
8	Lyon (de)	*Projetée.*		
12	Lyonnais (des),	r de l'Oursine	r des Charbonniers	48
11	Mabillon,	r du Four	r du Petit-Bourb.	41
11	Mâcon,	r St Andr. des Ar.	r de la Harpe	42
11	Maçons Sorbonne (des),	r des Mathurins	place Sorbonne	43
11	Madame,	r de Mézières	r de l'Ouest	41
11	Madame (Neuve),	r de Vaugirard	r Honoré Cheval.	44
1	Madeleine (de la),	r faub. St Honoré	r Nve des Mathur.	3
1	Madeleine (boul. de la),	boul. des Capucin.	r Royale	2
1	Madeleine (pas.)	pl. de la Madelein	r de l'Arcade	2
9	Madeleine (pass. de la),	r de la Licorne, 2	r de la Cité	36
1	Madeleine (place de la),	boul. de la Madel.		2
10	Mademoiselle (Pet. r.),	r de Babyloue	r Plumet	38
1	Madrid (de),	place de l'Europe	r du Rocher	2
3	Magasins (des),	r de Laborde	r Lafayette	17
1	Magdebourg (de),	quai de Billy	r des Batailles	2
6	Magloire (St),	r Salle au Comte	r St Denis	32
6	Magloire (imp. St),	r St Magloire, 1	r Salle au Comte	22
6	Magloire (pas. S. D. S.),	r St Denis	imp. St Magloire	22

ARR.	RUES, QUAIS, etc.	TENANTS.	ABOUTISSANTS.	Q.
3	Mail (du),	r Vide Gousset	r Montmartre	16
8	Main-d'Or (cour de la)	fb. St-Antoine	r de Charonne	31
11	Maine (chaussée du),	boul. Montparn.	barr. du Maine	44
11	Maine (imp de la ch. du)	chauss. du Maine		44
11	Maine (barrière du),	chauss. du Maine		44
1	— chemin de ronde,	barrière du Maine	barr. des Fourn.	44
6	Mairé (passage au),	r au Maire, 32	r Bailly	23
11	Maison Neuve,	r des Grésillons	r de la Pépinière	1
10	Malaquais (quai),	r de Seine	r des Sts Pères	37
10	Malar,	r de l'Université	r St Dominique	40
2	Malebranche (impasse),	passage Cendrier		3
1	Malesherbes (boulev.),	pl. de la Madelein.	barrière Monceau	2
6	Malte (de),	r Ménilmontant	r de la Tour	24
3	Mandar,	r Montorgueil	r Montmartre	11
8	Mandé (aven. de St),	ruelle de St Mandé	barr. de St Mandé	33
8	Mandé (barr. de St),	aven. de St Mandé,		33
8	— chemin de ronde,	barrière St Mandé,	barr. du Trône	33
10	Manége (passage du),	r de Vaugirard, 96	r du Ch. Midi, 59	44
9	Mansard,	r Rabelais	r S Paul	36
10	Marais (St Germ. des),	r de Seine	r des P. Augustins	37
5	Marais Rouge (imp du),	r des Récollets, 24		20
6	Marais du Temple (des),	r fb. du Temple	r faub. St Martin	18
1	Marbeuf,	r Bizet	avenue de Neuilly	2
1	Marbeuf (allée),	avenue de Neuilly	rue Marbeuf	4
2	Marc (carrefour de St),	r St Marc	r Feydeau	7
2	Marc (St) Feydeau,	r Montmartre	r Richelieu	7
2	Marc (Neuve St),	r Richelieu	r Favart	7
12	Marcel (St),	r Mouffetard	place St Marcel	46
12	Marcel (des Foss. St),	r de Poliveau	r Mouffetard	46
12	Marcel (place St),	r des F. Bourgeois	r St Marcel	48
12	Marcel (cloître St),	r Mouffetard	pl. St Marcel	48
4	Marchand (passage),	r St Honoré, 178	cloit. St Hon., 16	6
7	Marche (de la),	r de Poitou	r de Bretagne	26
12	Marché aux Chev. (du),	r de Poliveau	boul. de l'Hôpital	46
12	Marché aux Ch. (imp.),	r du M. aux Chev.		48
9	Marché Neuf,	r de la Cité	r de la Barillerie	35
9	Marché Palu (du),	r de la Calandre	r du Petit Pont	41
6	Marché St. Martin,	r Frépillon	enclos St Martin	22
4	Marc. aux Poirées (du),	r de la P. Friper.	r de la Cordon.	15
6	Marcoul (St),	r Bailly	r Royale	22
	Marfoy,	r du Gr. S. Michel	r des Ecluses	18
8	Marguerite S. Ant. (Ste)	faub. St. Atcinne	r de Charonne	31
8	Marguer. (pl. Ste),	r S. Bernard		37
10	Marguer. St. Ger. (Ste)	r de Bussy	r de l'Egout	37
9	Marie (pont),	quai d'Anjou	quai des Ormes	36
10	Marie (Ste),	r de Lille	r Verneuil	38
1	Marie (Ste), Chaillot	r de Lubeck	r des Batailles	2

2.

ARR.	RUES, QUAIS, etc.	TENANTS.	ABOUTISSANTS.	Q.
1	Marie (avenue Ste),	r du fb. du Roule	barr. de l'Etoile	4
10	Marie (passage Ste),	r du Bac	r de Grenelle	38
9	Marie (passage Ste),	r de Charon. 21,23	pass. Thierré	32
1	Marie (bar. de Ste),	r de Lubeck		4
	— chemin de ronde,	barr. Ste Marie	barr. de Francklin	4
5	Marie Stuart,	r des Deux-Portes	r Montorgueil	20
4	Maries (pl. des Trois),	quai de l'Ecole	r St-Ger. l'Auxer.	15
1	Marie (avenue de Ste),	r du f. du Rou. 73	barr. de Neuilly	4
9	Marie (impasse Ste),	r d'Arcole		36
9	Marine (passage Ste),	impas. St. Martin	r du Cl. N. Dame	23
1	Marigny (avenue de),	avenue de Neuilly	place Beauveau	4
1	Marigny (carré),	avenue de Neuilly	allée des Veuves	4
12	Marionnettes (des),	r du fb. St. Jacq.	r de l'Arbalète	48
2	Marivaux des Italiens,	r de Grétry	boul. des Italiens	7
6	Marivaux des Lombard,	r des Ecrivains	r des Lombards	23
6	Marivaux des L. (p. r.)	r de la V. Monn.	r Marivaux	23
6	Marmite (passage de la,	r des Gravill., 28	impasse de Rome	23
9	Marmousets (des) Cité,	r de la Colombe	rue de la Cité	35
12	Marmousets (S. Marcel)	r des Gobelins	r Ste-Hyppolyte	46
5	Marseille	Entrepôt	r des Vinaigriers	20
2	Marsollier,	r de Mehul	r Monsigny	7
2	Martel,	r des P. Ecuries	r de Paradis	9
10	Marthe (Ste),	passage St. Benoî	r Childebert	37
9	Martial (imp. St),	r Ste Eloy, 9, 11		41
10	Martignac,	r St. Dominique	r de Gr. S. Honoré	40
6—7	Martin (St),	r des Lombards	boul. St. Martin	23
5	Martin du canal St.	Canal St. Martin	fb. St. Martin	18
5	Martin (fb. St),	r de Bondy	barr. de la Villette	18
6	Martin (Nve St.),	r N. D. de Nazar	r Saint Martin	22
5—6	Martin (boul. St),	r du Temple	Porte St. Martin	20
6	Martin (impasse St),	r royale St. Mart.		23
5	Martin (des Fossés St),	r Chât. Landon	r du fb. St Denis	17
6	Martin (march. Neuf S.)	r Frépillon	r Montgolfier	22
6	Martin (Vieux mar. St.)	r Montgolfier		23
2	Martyrs (des),	r St. Lazare	barr. des Martyrs	5
2	Martyrs (barr. des),	r des Martyrs		9
2	— Chemin de ronde,	barr. des Martyrs	barr. Montmartre	9
10	Masseran,	r Nve Plumet	r de Sèvres	39
9	Massillon,	r Chanoinesse	r de Bossuet	35
9	Masure (de la),	quai des Ormes	r de l'H.-de-Ville	34
8	Masures (des)	r de la Roquette		30
11	Mathur. St. Jacques,	r St Jacques	r de la Harpe.	43
1	Mathurins (Nve des),	r de la Ch. d'Antin	r de l'Arcade	5
1	Matignon,	r Rousselet	r du fb. St. Honor	2
1	Matignon (avenue de),	Rond-point	suite de la r Matig	4
12	Maubert (place),	r de la Bûcherie	r St. Victor	45

ABR.	RUES, QUAIS, etc.	TENANTS.	ABOUTISSANTS.	Q.
12	Maubert (pas.)	r du Plâtre	r Galande	45
7	Maubuée (r et pas.),	r du Poirier	r St. Martin	25
5	Mauconseil,	r St. Denis	r Montorgueil	11
5	Mauconseil (impasse),	r St Den, 269, 271		10
8	Maur (Saint)	r Folie Regnault	r des Amandiers	30
8	Maur marché (St),	r St. Maur, 132		30
6	Maur St. Martin (S),	r Royale	r St. Vannes	22
10	Maur St. Germain (St),	r de Sèvres	r du Cherch. Midi	38
8	Maur Popincourt (St),	r des Amandiers	r Gr. aux Belles	30
7	Maure (du),	r Beaubourg	r St. Martin	25
6	Maures (des Trois),	r des Lombards	r de la Reynie	23
7	Mauvais Garç. St. J.,	r de la Tixerand.,	r de la Verrerie	27
4	Mauvaises Paroles (des)	r des Lavandières	r des Bourdonnais	15
10	Mayet,	r du Cherch.-Midi	r de Sèvres	38
3	Mazagran,	boul. Bon. Nouv.	r de l'Echiquier	9
10	Mazarine,	r de Seine	r du Bussy	37
8	Mazas (place),	quai de la Râpée		38
6	Mécaniques (des),	rue des Arts	r du Commerce	21
12	Méchain	r de la Santé	r du fb. St. Jacq.	48
12	Médard (Nve St),	r Gracieuse	r Mouffetard	47
12	Médard (carrefour St),	r de l'Oursine	r Mouffetard	46 8½
4	Mégisserie (quai de la),	place du Châtelet	Pont Neuf	15
2	Méhul (de),	r Ne des P. Cham.	r Dalayrac	7
2	Ménars (de),	r de Richelieu	r de Grammont	7
7	Ménestriers (des),	r Beaubourg	r St. Martin	22
6—8	Ménilmontant (de),	r des F. du Temp	barr. de Méuilm.	24
8	Ménilmont. (imp. de),	r Ménilmont., 100		30
8	Ménilmontant (Nve de	boul. des F. du C.	r St. Louis	29
6—8	Ménilmontant (bar. de)	r Ménilmont. 100,		24 30
8	— chemin de ronde,	bar. Ménilmont.	bar. des Tr. Cou-	30
4	Mercier,	r. de Viarmes	r de Grenelle	16
12	Mère de Dieu (pass. de)	r des Postes		46
7	Merry (Nve St),	r Barre du Bec	r St Martin	25
6	Merry (cloitre St),	r de la Verrerie	r St Martin	26
6	Meslay,	r du Temple	r St. Martin	22
3	Messageries (des)	r de Paradis	r du fb. Poisson.	9
3	Messager. (pass. des),	r Montmartre	r N. D. des Vict.	7
1	Messine (de),	r de Plaisance	r de Valois du R.	1
6	Métiers (des),	r Grénetat	enclos de la Trin.	21
	Metz (rue de)	Projetée.		
11	Mézières (de),	r du Pot de Fer.	rue Cassette	41
11	Michel (place St),	r de la Harpe	r d'Enfer	46
5	Michel (impasse St),	r du fb. St M. 178		20
11	Michel (pl. du pont St)	quai St. Michel	r de la Huchette	43
7	Michel le Comte,	r Ste Avoye	r Transnonain	25
1	Michel (St),	r d'Astorg	r St. Jean Baptiste	1
9 11	Michel (pont St),	Marché Palu	quai des Gr. Aug.	43

ARR.	RUES, QUAIS, ETC.	TENANTS.	ABOUTISSANTS.	Q
5	Michel (du Grand St),	quai Valmy	r du fb. St. Mar.	1
11	Michel (quai St),	Petit Pont	pont St. Michel	4³
2	Michodière (de la),	r Nve St. August.	boul des Italiens	7
11	Mignon,	r du Battoir	r du Jardinet	4²
1	Milan,	r de Clichy	r d'Amsterdam	1
8	Minimes (des),	r des Tournelles	r St-Louis	29
8	Minimes (chaussée des)	place Royale	r Nve. St.-Gilles	29
5	Miracles (cour des),	r Damiette	r des Forges	19
1	Miromesnil,	r du fb. St Honoré	r de Valois-du-R.	1
1	Mogador	r Neuve St Nicolas	r N. des Mathur.	3
12	Moine (du Petit),	r de Scipion	r Mouffetard	46
2	Moineaux (des),	r des Orties	r Nve-St-Roch	6
2	Moineaux (passage des)	r des Moineaux, 11	r d'Argenteuil, 40.	6
7	Molay,	r Porte-Foin	r de la Corderie	26
11	Molière,	place de l'Odéon	r de Vaugirard	42
6	Molière (passage),	r St.-Martin, 107	r Quincampoix, 6c	22
1	Monceau (de),	r du fb. du Roule	r de Courcelles	1
9	Monceau-St-Gerv. (du).	r du Long=Pont	r du Tourniquet	34
1	Monceau (barrière de),	r du Rocher		5
1	— chemin de ronde,	barrière Monceau	barr. de Chartres	5
2	Moncey	r Blanche	r de Clichy	9
4—5	Mondétour.	r des Prêcheurs	r du Cygne	11
1	Mondovi (de),	r de Rivoli	r Mont-Thabor	4
4	Monnaie (de la),	r St-G.-l'Auxer.	r Fos-St-G.-l'Aux.	14
6	Monnaie (de la Vieille),	r des Ecrivains	r des Lombards	23
10	Monsieur,	r de Babylone	r Plumet	38
11	Monsieur-le-Prince,	carref. de l'Odéon	pl. Saint-Michel	43
2	Monsigny,	rue Dalayrac	r Nve St. Augustin	7
1	Montaigne,	avenue de Neuilly	du fb. St. Honoré	2
12	Montebello (quai)	pont de l'Archev.	Petit Pont	45
7	Mont-de-Piété (pass. du)	des Bl.-Maut, 18	r de Paradis, 7	27
4	Montesquieu,	Cr.-des-P.-Cham.	r des Bons-Enfans	16
4	Montesquieu (pass. de)	cloître St. Benoît	r Montesquieu	6
11	Montfaucon,	rue du Four	r Clément	41
8	Montgallet,	r de Charenton	r de Reuilly	32
6	Montgolfier,	du March. St-Ma.	r du Vertbois	22
2	Montholon,	r du fb. Poissonn.	r Rochechouart	8
2	Montholon (place),	r Montholon		10
2—3	Montmartre,	Pointe St.-Eustac.	boul. Montmartre	12
2	Montmartre (faubourg),	boul. Montmartre	r St-Lazare	5
2	Montmartre (boulevart),	rue Montmartre	r de Richelieu	7 8
3	Montmartre (des Foss.)	place des Victoires	r Montmartre	12
2	Montmartre (barr. de),	rue Pigale		9
2	— chemin de ronde,	barr. Montmartre	barrière Blanche	9
7	Montmorency,	rue du Temple	r St.-Martin	25
2	Montmorency (Neuve),	r Feydeau	r St.-Marc	7
3—5	Montorgueil,	r de la Tonnellerie	r du Cadran	20

ARR.	RUES, QUAIS, etc.	TENANTS.	ABOUTISSANTS.	Q.
8	Montour,	chemin de Lagny		32
11	Mont-Parnasse (du),	r N.-D.-des-Cham.	barr. Mont-Parn.	41
10-11	Mont.-Parn. (boul. int.)	r de Sèvres	av. de l'Observ.	38 44
11	Mont-Parnasse (imp.),	boul. Mont-Parn.		44
11	Mont-Parnasse (barr.),	b. Mont-Parnasse	barr. du Maine	44
11	— chemin de ronde,	barr. M.-Parnasse	r Beaujolais	44
2	Montpensier-St.-Hon.,	rue de Richelieu	r de Rohan	6
1	Montpensier,	rue de Valois	r de Richelieu	6
2	Montpensier (passage),	rue Montpensier	barr. de Montreuil	
8	Montreuil (de),	r du fb. St-Antoin.	r de Montreuil	31
8	Montreuil (passage),	fb. St-Antoine 241		32
8	Montreuil (barr. de),	r de Montreuil	bar. de Charonne	32
1	Mont-Thabor,	rue d'Alger	r de Mondovi	4
8	Moreau,	r de Bercy	r de Charenton	32
9	Morland (quai),	pont d'Austerlitz		35
9	Morland (place),	quai Morland		35
9	Mornay	r de Sully	r de Crillon	35
8	Mortagne (impasse),	r de Charonne 41		30
5	Morts (des),	r Grange-aux-B.	r du fb. StMartin	18
1	Moscou,	r de Berlin	bar. Clichy	1
12	Mouffetard,	r de Fourcy	barrière d'Italie	47
8	Moufle (passage),	rue Chemin-Vert	quai Jemmapes	35
6	Moulin-Joli (ruelle du),	r des Tr..Couron.	dans les Vignes	36
8	Moulins (des),	barr. de Reuilly	rue Piepus	32
2	Moulins (des),	rue des Orties	r Nve des Petits C.	6
7	Moussi (de),	r de la Verrerie	r Ste Cr. de la Br.	27
7-9	Mouton (du),	pl. de l'Hô de Vill.	r de la Tixerand.	34
8	Muette (de la),	r de Charenton	r de la Roquette	30
4	Mulets (ruelle des),	r d'Argenteuil	r des Moineaux	16
3	Mulhouse,	r de Cléry	Petite rue St Roch	10
1	Munich (de),	r de Courcelles	abattoir du Roule	1
12	Mûrier (du),	r St. Victor	rue Traversine	47
8	Musc (du Petit),	quai des Célestins	rue St. Antoine	36
1-4	Musée (place du),	pl. du Carrousel		15
	Nancy (de)	Projetée.		
1	Naples (de),	place de l'Europe	r de Hambourg	2
9	Napoléon (quai),	pont de la Cité	pont Notre-Dame	36
2	Navarin (de),	rue des Martyrs	rue de Breda	8
11	Nazareth (de),	cour de la Ste Ch	r de Jérusalem	44
8	Necker,	rue d'Ormesson	rue Jarente	29
	Négrier (Neuve-)	Projetée		
6	Nemours (de),	r des Tr. Bornes	r Ménilmontant	24
1-4	Nemours (galerie de),	Palais Royal	r St. Honoré	6
1	Neuilly (avenue de),	place Concorde	barr. de Neuilly	4
1	Neuilly (barrière de),	aven. de Neuilly		4
1	— chemin de ronde,	barr. de Neuilly	barrière des Batts	

ARR.	RUES, QUAIS, ETC.	TENANTS.	ABOUTISSANTS	Q.
10	Nevers (de),	quai Conti	rue d'Anjou	37
10	Nevers (impasse de)	r d'Anjou Dauphi.	rue de Nevers	37
1	Newton (de),	r du chemin de V.	ch. de r. de Neuil	2
1	Nicaisse (St.),	r de Rivoli	rue St. Honoré	4
1	Nicolas (port St.),	quai du Louvre		15
1	Nicolas d'Antin (St),	r de la Ch. d'Antin	rue de l'Arcade	2
8	Nicolas-St.-Antoine (St)	r de Charenton	r du f. St. Antoine	32
5	Nicolas (Neuve-St.),	r Sanson	r du f. St. Martin	18
12	Nic. du Chard. (pl. St.)	St Vict. en f. l'ég.		47
12	Nicolas du Chard. (St)	rue Traversine	r St. Victor	47
6	Nic. des Champs (cl. St)	rue Aumaire		23
6	Nic. des Champs (pl. St)	Aumaire en f. l'ég		23
6	Nicolas (impasse (St.),	Royale St Martin		23
10	Nicolet,	quai d'Orsay	r de l'Université	39
2	Noir (passage),	Ne-des-B.-Enf., 9	r de Valois, 24	6
9	Nonandières (des)	r des Ormes	r de Jouy	34
3	Nord (du),	r Lafayette	r des Magasins	19
6	Normandie (de),	r Boucherat	r Charlot	24
6	NotreDame (du cloître.),	r Chanoinesse	r d'Arcole	35
7—9	Notre Dame (pont),	quai Pelletier	quai Napoléon 34	36
7	Notre D. (pl. du Parvis),	r du Cl. N. Dame	r Nve Notre Dame	36
7	Notre Dame (Neuve),	place du Parvis	r de la Cité	35
5	Notre Dame B Nouv.,	r Beauregard	boul. Bonne Nouv.	19
1	Notre Dame de Grâce,	r de l'Arcade	r d'Anjou st Honn.	1
2	Notre Dame de Lorette,	r St Lazare	r Pigale	5
6	N. Dame de Nazareth,	r du Temple	r du Pont aux Bich.	22
5	N. Dame de Recouvr.	r Beauregard	boul. Bonne Nouv.	19
2—3	N. Dame des Victoires,	pl. des Pet. Pères	r Montmartre	7
12	Notre Dame (Vieille),	r Censier	r d'Orléans st Mar.	46
11	Notr. Dame des Champs	r de Vaugirard	aven. de l'Observ.	41
12	Noyers (des),	place Maubert	r St Jacques	45
4	Oblin,	r de Viarmes	r Coquillère	16
11	Observance (de l'),	pl. de l'Ec. de M.	r Monsieur le Pr.	42
12	Observatoire (av. de l'),	r de l'Est	l'Observatoire	46
11	Observatoire (car. de l'),	boul. Mont Parn.	r d'Enfer	46
11 12	Odéon (de l'),	carr. de l'Odéon	place de l'Odéon	42
11	Odéon (carref. de l'),	Ecole de Médecine	r de l'Odéon	42
11	Odéon (place de l'),	r de l'Odéon	r Molière et Corn.	42
2	Offices (passage des),	r St Honoré	1re cour du P. Nat.	6
6	Ogniard,	r St Martin	r des Cinq. Diam.	23
7	Oiseaux (des),	March. des Enf. R.	r de Beauce	26
10	Olivet (d'),	r des Brodeurs	r Traverse	38
2	Olivier St Georges,	faub. Montmartre	r St Georges	5
2	Opéra (passage de l'),	boul. des Italiens	r Lepelletier	8
2	Opera-Comiq. (pl. de l')	en face du théâtre		7
4	Opportune (place Ste),	r des Fourreurs	r de Aiguillerie	16
5	Opportune (imp. Ste),	r Grange aux Bell.		20

ARB.	RUES, QUAIS, ETC.	TENANTS.	ABOUTISSANTS	Q.
4	Opportune (Ste),	pl. Ste Opportune	r de la Ferronner.	16
12	Orangerie (de l'),	r d'Orl. St Marcel	r Censier	48
4	Oratoire (place de l'),	place du Louvre	r de la Bibliothèq.	15
4	Orat. du Louvre (de l'),	pl. de l'Oratoire	r St Honoré	13
1	Orat. du Roule (de l').	avenue de Neuilly	r du f. du Roule	2
4	Orfèvres (des),	r St G. l'Auxerrois	r Jean Lantier	14
11	Orfèvres (quai des),	pont St Michel	pont Neuf	41
7	Orléans St Honoré	r St Honoré	r des Deux Ecus	16
7	Orléans au Marais,	r des Quatre Fils	r de Poitou	26
2	Orléans (pass. ou g. d'),	Palais National	Palais National	6
12	Orléans St Marcel,	r du J. des Plantes	r Mouffetard	46
5	Orleans (cité d'),	boul. St Denis, 18		18
9	Orléans (quai d'),	pont de la Tourn.	r St Louis en l'île	36
9	Orme (de l'),	r de Sully	pl. de l'Arsenal	35
9	Orme (carrefour de l'),	r de Monceau	r de Long Pont	34
9	Orme (Neuve de l'),	pl. de l'Arsenal	place St Antoine	35
9	Orme St Gerv. (pass.),	r de la Tixérand.	r Lobeau	34
8	Ormeaux (avenue des),	pl. du Trône	r de Montreuil	33
8	Ormeaux (des),	r du ch. de Lagny	r de Montreuil	31
9	Ormes (quai des),	quai St Paul	quai de la Grève	34
8	Ormesson (d'),	r du Val-Ste-Cath	r Cult. Ste Cath.	29
10	Orsay (port d'),	quai d'Orsay		40
10	Orsay (quai d'),	r du Bac	barr. de la Cunett.	40
2	Orties (des),	r d'Argenteuil	r Ste Anne	5
8	Oseille (de l'),	r St Louis	r V. du Temple	29
11	Ouest (de l'),	r de Vaugirard	avenue de l'Obser.	41
6	Ours (aux),	r St Martin	r St Denis	24
12	Oursine (de l'),	V. Loursine		46
3	Pagevin,	r J.-J. Rousseau	pl. des Victoires	12
10	Paillassons (des),	avenue de Saxe	ch. de r. bar. d. P.	40
10	Paillassons (barr. des),	avenue de Ségur		40
10	— chemin de ronde,	barr. des Paillass.	barr. de l'Ecole	40
1	Paix (de la)	r Nve. des Capuc.	boul. des Capucin.	3
4	Palais National,	pl. du Palais	r Beaujolais	6
4—1	Palais National (pl. du),	r St Honoré		6
11	Palatine	r Garancière	place St Sulpice	41
4	Panier Fleuri (pass. du),	r des Bourdonnais	r Tirechappe, 14	16
11	Panier Fleuri (r du),	r de Seine		37
2	Panoramas (pass. des),	r St Marc	boul. Monmartre	7
12	Panthéon (place du),	r Soufflot		45
5	Pantin (barrière de),	r du ch. de Pantin		20
5	— chemin de ronde,	barr. de Pantin	bar. de la Villette.	20
11	Paon (impasse du),	r du Paon St An. 1		42
11	Paon St André (du),	r du Jardinet	r de l'Ecol. de M.	42
12	Paon St Victor,	r st Victor	r Traversine	47
9	Paon Blanc (du),	quai des Ormes	r de l'Hôtel de V.	34

ARR.	RUES, QUAIS, etc.	TENANTS.	ABOUTISSANTS.	Q.
2	Papillon,	r Bleue	place Montholon	8
12	Papin	quai d'Austerlitz	r Neuve de la Gar.	47
7	Paradis (de) Marais,	r Vieille du Temp.	r du Chaume	26
3	Paradis (de) Poissonn.,	r du fb. St Denis	r du f. Poissonn.	9
8	Parc National (du),	r St Louis	r de Thorigny	29
11	Parcheminerie (de la),	r St Jacques	r de la Harpe	43
1	Paris (de),	place de l'Europe	barr. Monceau	1
6	Parmentier (aven. de),	Popincourt		30
8	Parmentier (aven. de),	r des Amandiers	r St Ambroise	30
8	Pas de la Mule (du),	boul. Beaumarch.	place des Vosges	29
12	Pascal,	r Mouffetard	r du Ch de l'Al.	46
1	Passy (barrière de),	V Francklin		4
7	Pastourelle,	r du Gr. Chantier	r du Temple	26
12	Patriarches	r d'Orléans		48
12	Patriarches march. des),	r Mouffetard	r de l'Epée de bois	48
9	Paul (St),	quai des Ormes	r St Antoine	36
9	Paul (passage St),	r St Paul, 45	V. St Louis st P.	35
9	Paul (Neuve St),	r Beautreillis	r St Paul	36
9	Paul (port St),	r des Ormes		35
9	Paul (quai St),	r St Paul	quai des Ormes	
	Paul-le-Long,	r de la Banque	r N.-D. des Victoir.	35
1	Pauquet,	r de Chaillot	r Newton	2
11	Pavée St André,	quai des Augustins	r St André des Art.	42
7	Pavée (au Marais),	r St Antoine	r Nve ste Cather.	27
6	Pavée St Sauveur,	r du Petit Lion.	r Montorgueil	20
2	Pavillons (passage des),	r Ne des P. Ch., 5	r Beaujolais	6
8	Paxent (St),	r Bailly	r Royale	22
8	Payenne,	r Nve. Ste Cather.	r du Parc Royal	29
7	Pecquay (impasse),	r des Bl. Manteaux		27
6	Peintres (impasse des),	r St. Denis		18
8	Pelée (ruelle),	Petite r St Pierre	quai Valmy	16
5	Pélerins S. Jacq. (des),	cloître St Jacques	r Mondétour	20
4	Pélican (du),	r de Gr. S. Honoré	r Cr. des Pet. Ch.	16
9	Pelletier (quai),	pl. de l'Hôt.-de-V	pont Notre-Dame	26
1	Pépinière (de la),	r de l'Arcade	r du fb. St Honoré	1
11	Pépinière (aven. de la,	Luxembourg		44
11	Percée (St. André),	r de la Harpe	r Hautefeuille	42
9	Percée (St. Antoine).	r des Pr. S. Paul	r St Antoine	36
6	Percée du Temple,	place de la Roton.	r du Temple	24
7	Perche (du),	r Vieille du Tem	r d'Orléans	26
10	Pères (des Saints),	quai Voltaire	r de Grenelle	37
3	Pères (Nve des Petits),	r de la Feuillade	r Vide Gousset	12
3	Pères (pas. des Petits),	r Nve des P. Pèr.	r Nve des Pet. Ch	12
3	Pères (place des Petits)	r N. D. des Vict.	en face l'Eglise	12
3	Pères (car. des Petits),	r Vide Gouss. 13,	r du Mail	12
6	Pérignon,	avenue de Saxe	bar. de l'Ec. mi'.	30
3	Périgueux (de),	r de la Bretagne	r Boucherat	24

ARR.	RUES, QUAIS, etc.	TENANTS.	ABOUTISSANTS.	Q.
8	Perle (de la),	r de Thorigny	r Vieille du Temp.	29
9	Pernelle,	quai de la Grève	r de l'Hôt. de Ville	34
9	Perpignan (de),	r des Marmousets	r des Trois Cann.	35
6	Perrée,	rotonde du Templ	r du Temple	24
4	Perrin Gasselin,	r St. Denis	r Vieille Hareng.	15
2	Perron	r Beaujolais	r N. des Pet. Ch.	6
1	Pétersbourg (St),	r de Berlin	barr. de Clichy	1
11	Petit Pont,	pl. du Pet. Pont	r Galande	43
6	Petit Thouars (du),	pl. de la Rolonde	r du Temple	24
2	Pétrelle,	r du fb. Poisson.	r Rochechouart	9
6	Phélipeaux,	r du Temple	r Frépillon	23
6	Philibert (cour et pas.)	fb. du Temple	r de Lorillon	32
5	Philippe (St),	r Bourbon Villen.	r de Cléry	19
6	Philippe (St) s. Martin,	r Bailly	r Royale-St-Mart.	22
8	Picpus (de)	r du fb. St Ant.	barrière de Picpus	32
8	Picpus (barrière de),	r de Picpus		33
8	— chemin de ronde,	barr. Picpus	r St. Mandé	33
7	Pied du Bœuf (du),	pl. du Châtelet	r de la Tuerie	28
1	Pierre (Basse St.) Chail.	quai Debilly	r de Chaillot	2
3	Pierre (St) Montmartre	r Montmartre	r N. D. des Vict.	12
9	Pierre (impasse St),	r Nve S. Pier. 4,6		29
7	Pierre (passage St).	r de la Tacher., 7	r des Arcis	26
3	Pierre (imp. St.) Mont.	r Montmartre	entrée des Messa.	12
8	Pierre (St) Popincourt,	r St. Sébastien	r de Ménilmontant	30
8	Pierre (Petite rue St),	r du Chem. Vert	r Amelot	29
8	Pierre (Nve St) Marais,	r Nve St Gilles	r des Deux Portes	29
8	Pierre (pass. S) st. Ant.	r St Antoine	r St Paul	35
9	Pierre Assi,	r Gervais Laurent	r de la Vieille Dr.	41
4	Pierre Lescot	r Froidmanteau	r St Honoré	13
4	Pierre à Poisson	place du Châtelet	r de la Saulnerie	14
12	Pierre des Arcis	r Mouffetard	car. Ste Hyppolyte	46
6	Pierre Levée	r des Trois Bornes	r Fontaine au Roy	24
7	Pierre au Lard	r Nve St Merry	r du Poirier	25
12	Pierre Lombard	place St Marcel	r Mouffetard	46
1	Pierre S. Leu (port)	quai de la Confér		4
11	Pierre Sarrazin,	r de la Harpe	r Hautefeuille	42
2	Pigale	r Blanche	bar. Montmartre	5
	Pigale (bar.),	Voyez Montmart.		5
	— chemin de ronde,	Voyez Montmart.		5
4	Piliers (des)	r de la Cossonner	r Rambuteau	16
2	Pinon,	r Grange Batelièr.	r Laffitte	5
4—5	Pirouette,	r des Potiers d'Et	r Mondétour	20
12	Pitié (carrefour de la),	r Copeau	Jardin des Plante	47
10	Placide (Ste),	r de Sèvres	r du Cherch. Midi	38
1	Plaisance (r et aven. de),	r de la Bienfaisanc	r de Valois du R.	5
10	Planche (de la)	r de la Chaise	r du Bac	38

5

ARR.	RUES, QUAIS, ETC.	TENANTS.	ABOUTISSANTS.	Q.
7	Planche-Mibray,	quai Pelletier	r St Jacq. la B.	28
8	Planchette (de la),	r des Terres Fort.	r de Charenton	32
6	Planchette (imp. de la)	r S. Mart. 254,256		23
1	Plat d'Etain (du),	r des Lavandières	r des Déchargeurs	13
7	Plâtre (du) Ste Avoye,	r de l'Hom. Arm.	r Ste Avoye	26
12	Plâtre (du) St Jacques,	r des Anglais	r St Jacques.	45
10	Plumet,	r des Brodeurs	boul. des Invalid.	38
10	Plumet (impasse),	r des Brodeurs		38
10	Plumet (Neuve),	boul. des Invalides	avenue de Breteuil	39
9	Plumets (des),	r de l'Hôt-de-Vill.	quai de la Grève	34
11	Poirées (des),	r St Jacques	place Sorbonne	43
11	Poirées (Nve des),	r des Cordiers	r des Poirées	43
7	Poirier (du),	r Nve St Merry	r Simon le Franc	25
8	Poissonnerie (im. de la)	r Jarente, 4, 6,		29
3—5	Poissonnière,	r de Cléry	boul. Poissonnière	10
2—5	Poissonnière (boul.),	boul. B. Nouvelle	boul. Montmartre	18
3	Poissonière (fb.),	boul. Poissonnière	bar. Poissonnière	8
—3	Poissonnière (barrière),	r du fb. Poisson.		10
3	— chemin de ronde,	bar. Poissonnière	bar. Rochechouart	10
12	Poissy,	quai de la Tourn.	r St Victor	47
11	Poitevins (des),	r Hautefeuille	r du Battoir	42
10	Poitiers (de),	quai d'Orsay	r de l'Université	48
1	Poitiers (Nve de),	r Nve de Bercy	r de l'Oratoire	1
7	Poitou (de),	r V. du Temple	r d'Orléans	26
7	Pollissart,	r des H. St Gerv.	r Vieille du Tem.	25
12	Poliveau (de),	quai d'Austerlitz	r des Fossés St M.	46
1	Pologne (car. de la),	r de l'Arcade	r du Rocher	5
5	Pompe (imp. de la),	r de Bondy, 62,		20
12	Pompe (de la),	quai d'Orsay	r de l'Université	39
1	Pompe à Feu (p. de la)	r de Chaillot, 28	place de la Conf.	4
6	Ponceau (du),	r St Martin,	r St Denis	21
6	Ponceau (passage du),	r du Ponceau	r St Denis	18
6	Pont aux Biches	rue N. S. Laurent	r N D. Nazareth	22
12	Pont aux Biches St. M.	r Censier	r F. à Moulin	46
8	Pont aux choux,	boul. Beaumarch.	r St. Louis	29
4—10	Pont Neuf,	pl. des T.-Maries	r Dauphine	15
10	Pont Neuf (pass. du),	r Mazarine	r de Seine	37
11	Pont Neuf (place du),	quai des Orfèv.,76		41
1	Ponthieu (de),	allée des Veuves	r Neuve de Berry	2
12	Pontoise (de),	quai de la Tour.	r St Victor	47
8	Popincourt,	r de la Roquette	r Ménilmontant	30
8	Popincourt (du marché)	r Neuve-Popinc	r Ménilmontant	30
8	Popincourt (imp. de),	r Popinc.,30, 32		30
8	Popincourt (Neuve de),	r Ménilmontant	r Popincourt	30
2	Porcherons (carr. des),	fb. Montmartre	r Coquenard	9
2	Port Mahon (de),	carrefour Gaillon	r Louis le Grand	7

ĀR	RUES, QUAIS, ETC.	TENANTS.	ABOUTISSANTS.	Q.
12	Port Royal,	r. du fb. St Jacq.	r d'Enfer	48
7	Porte Foin,	r des Enf. Rouges	r du Temple	26
12	Postes (des),	pl. de l'Estrapade	r de l'Arbalète	48
12	Pot de Fer St Marc. (du)	r Mouffetard,	r des Postes	48
11	Pot de Fer StSulp. (du)	r du V.-Colomb.	r de Vaugirard	41
7	Poterie des Arcis,	r de la Tixérand.	r de la Verrerie	28
4	Poterie des Halles,	r de la Lingerie	r de la Tonnellerie	15
4	Potiers d'Etain (des),	r de la Cossonner.	r Pirouette	15
12	Poules (des),	r de la V. Estrap.	r du Puits qui parl.	48
4	Poulies (des),	pl. du Louvre	r St Honoré	14
9	Pouletier,	quai de Béthune	quai d'Anjou	36
11	Poupée,	r de la Harpe	r Hautefeuille	42
9	Pourtour St Gerv. (du),	r Jacques. de Bros.	pl. Baudoyer	34
9	Prado (passage du),	r de Constantine	r de la Barillerie,	341
4	Prêcheurs (des),	r St Denis	r des Potiers d'Et.	15
4	Prêtres St Germ. l'Aux.	pl des 3 Maries	pl. St Germ. l'Au	14
9	Prêtres St Paul,	r St Paul	r des Nonaindières	35
11	Prêtres St Séverin	r St Séverin	r de la Parchem.	43
12	Prêtres St Et. du Mont,	r Descartes	r de la M. Ste G.	45
11	Princesse,	r du Four	r Guisarde	41
2	Prix Fixe (passage du),	r de Richelieu, 10	r Montpensier	6
1	Projeté (impasse),	r Nve des Mathur.		9
3	Prouvaires (r et mdes),	r St Honoré	r Traînée	11
4	Provençaux (imp. des),	r de l'Arbre Sec		15
2	Provence (de),	r du f. Montmartr.	r de la Chaus. d'A.	75
12	Puits (r et imp du Bon),	r Traversine, 34,36		47
12	Puits l'Ermite (du),	r du B. St Victor	r Gracieuse	47
7	Puits au Marais (du),	r Ste Cr. de la Br.	r des Blancs Mant.	26
12	Puits de l'Erm. (pl. du)	r du Puits l'Erm.,3		47
12	Puits qui Parle (du),	r Ste Geneviève	r des Postes	48
1	Puteaux (passage),	r de la Madeleine	r de l'Arcade	2
9	Putigneux (impasse),	r Geoff. l'Asn. 13		34
1	Pyramides (r.et pl des),	r de Rivoli	r st Honoré	4
7	Quatre Fils (des),	r V. du Temple	r du Chaume	22
11	Quatre Vents(r.et imp.)	r Condé	r de Seine	44
4	Quenouilles,	quai de la Mégiss.	r St G. l'Auxerrois	13
6	Quincampoix,	r Aub. le Boucher	r aux Ours	15
1	Quinze Vingts (des),	r de Valois	r de Rohan	1
1	Quinze Vingts (pas. des)	r St Honoré, 26	r St Louis st Hon.	1
8	Rabelais,	r Mansard	r St Antoine	36
11	Racine,	r de l'Odéon	r M. le Prince	42
11	Racine (Neuve),	r de la Harpe	pl. de l'Odéon	42
2	Radziwill (passage),	r Nve des B. Enf.	r de Valois	6
8	Rambouillet (de),	r de Bercy	r de Charenton	32
5-6-7	Rambuteau,	r du Chaume	marc. aux Poissons	26
2	Rameau,	r de Richelieu	r Ste Anne	7
6	Ramponneau (barr. de),	r de Lorillon		24

ARR.	RUES, QUAIS, ETC.	TENANTS.	ABOUTISSANTS.	Q.
6	Ramponneau, ch. de r.	barrière Rampon.	barr. de Belleville	20
8	Râpée (port de la).	quai de la Râpée		33
8	Râpée (quai de la),	pont d'Austerlitz	barr. de la Râpée	33
8	Râpée (barrière de la),	quai de la Râpée		33
8	— chemin de ronde,	barr. de la Râpée	barrière de Bercy	33
8	Rats (des),	r Folie Regnault	barr. des Rats	30
8	Rats (barrière des),	r des Rats		30
8	— chemin de ronde.	barrière des Rats	barr. d'Aunay	30
5	Réale (de la),	r de la Tonneller.	r de la Gr. Truan.	20
5	Récollets (des)	r Gr. aux Belles	r du f. St Martin	18
5	Récollets (impasse des),	r des Récollets		20
12	Récueillettes (ruel des),	chem. de Gentilly	r Croulebarde	48
10	Recueillage (port du),	quai Voltaire		37
9	Réforme (pont de la),	Hôtel de Ville	Cité	34 36
10 11	Regard,	r Cherche Midi	r de Vaugirard	38
11	Régnard,	place de l'Odéon	r de Condé	42
8	Regnault (de la Folie),	r de la Muette	r des Amandiers	30
9	Regrattier,	quai d'Orléans	r st Louis en l'Ile	33
12	Reims (de),	r des Sept Voies	r des Cholets	45
12	Reine Blanche (de la),	r des F. St Marcel	r Mouffetard	46
3	Reine de Hongrie (de la)	r Montorgueil, 19	r Montmartre,	16
1	Reine (Cours la),	pl. de la Concorde	allée des Veuves	4
1	Reine (Gd-car. du C.-la)	allée d'Antin	av. de Neuilly	4
6	Reinie (de la)	r des 5 Diamants	r St-Denis	23
1	Rempart (du),	r St Honoré	r Richelieu	6
7	Renard St Merry (du),	r de la Verrerie	r Nve St Merry	25
5	Renard St Sauveur (du),	r St Denis	r des Deux Portes	17
5	Renard (passage du),	r St Denis	r du Renard	17
7	Renaud Lefèvre,	place Baudoyer	march St Jean	27
5	Reposoir (du Petit),	r des V. August.	place des Victoires	12
1	Réservoirs (imp. des),	r de Chaillot		4
8	Reuilly (de),	r du f. St Antoine	barr. de Reuilly	33
8	Reuilly (im. de la p. r.)	r de Reuilly, 11		
8	Reuilly (Petite rue de),	r de Charenton	r de Reuilly	33
8	Reuilly carrefour de),	r du f. St Antoine	r de Reuilly	33
8	Reuilly (barrière de),	r de Reuilly		33
8	— chemin de ronde,	barrièr. de Reuilly	barr. Picpus	33
7	Réunion (passage de la),	r St Martin	r du Maure	26
2	Ribouté,	r Bleue.	place Montholon	8
2	Richelieu,	r St Honoré	boul. Montmartre	6
1	Richelieu (Neuve),	place Sorbonne	r de la Harpe	43
12	Richelieu (place),	r Rameau	r de Louvois	7
1	Richepanse,	r St Honoré	r Duphot	
2	Richer (r. et gal.),	r du f. Poissonn.	r f Montmartre	8
5	Riverin (passage Cité),		r Bondi, 70	41
1	Rivoli (de),	r de Rohan	r St Florentin	4
1	Rivoli (place de),	r de Rivoli, 16, 18		4

ARR.	RUES, QUAIS, etc.	TENANTS.	ABOUTISSANTS.	Q.
3	Roch Poissonnière (St),	r Poissonnière	r du Gros Chenet	10
2	Roch (Neuve St),	r St Honoré	r Ne des Pet. Ch.	6
2	Roch (passage St),	r St Honoré	r d'Argenteuil	6
2	Rochechouart,	r Montholon	bar. Rochechouart	8
2	Rochechouart (barr. de)	r Rochechouart		10
2	— chemin de ronde,	bar. Rochechouart	bar. des Martyrs	10
1	Rocher (du),	r de la Pépinière	bar. de Monceau	5
2	Rodier (cité)	r de la Tour d'Auv	avenue Trudaine.	10
11	Rohan (cour de),	r du Jardinet	cour du Commerc.	42
11	Rohan (imp. de la c.de	r du Jardinet		42
6	Roi de Sardaigne (pas.)	r Frépillon	pass. de la Marm.	23
7	Roi de Sicile (du)	r des Ballets	r V. du Temple	27
8	Roi Doré (du),	r St Louis	r St Gervais	20
4	Rollin Prend Gage (im)	r des L. Ste Opp.		15
10	Romain (St),	r de Sèvres	r du Cherche Midi	38
6	Rome (Passage de)	r des Gravilliers	r Frépillon	23
1	Rome (de),	r de Stockholm	place de l'Europe	1
1	Roquepine,	r d'Astorg	r de la Ville l'Ev.	1
8	Roquette (de la),	place de la Bastil.	r de la Muette	31
8	Roquette (de la),	r Folie Regnault	bar. d'Aunay	30
8	Roquette (imp. de la),	p. de la Roquette		
7	Rosiers [des],	r des Juifs	r V. du Temple	27
6	Rotonde [de la],	march. du Templ.	r de Vendôme	24
6	Rot. du Temp. [p. de la	r Percée	r du Petit Thouars	24
3	Roubaix (pl. de),	embarc. du ch. de fer du Nord		12
2	Rougemont	boul Poissonnière	r Bergère	8
4	Roule [du],	r Béthizy	r St Honoré	12
1	Roule [fb du] (St-Hon)	r d'Augoûléme	bar. du Roule	5
1	Roule [bar. du],	r du fb. du Roule		5
1	— chemin de ronde,	barr. du Roule	bar. de Neuilly	5
1	Rousselet,	r Matignon	rue Montaigne	2
10	Rousselet St Germain,	r Plumet	rue de Sèvres	38
1	Royal [pont],	quai des Tuileries	quai Voltaire	1
1	Royale St Honoré	place Concorde	pl. de la Madeleine	2
6	Royale St Martin	Marché St Martin	r St Martin	22
1	Ruffin (imp.)	allée des Veuves		4
1	Rumford,	r Lavoisier	r de la Pépinière	1
8	Sabin [ruelle St],	r St Sabin	dans le Marais	30
8	Sabin [impasse St],	r St Sabin 12,		30
8	Sabin [quai St],	r St Sabin	r du Chemin Vert	30
8	Sabin [St],	r d'Aval	r du Chemin Vert	37
10	Sabot [du],	Petite r. Taranne	r du Four	34
6	Saintonge [de],	r de Bretagne	boul. du Temple	23
11	Salembière [impasse],	r St Séverin		43
6	Salle au Comte	r St Magloire	r aux Ours !	27
12	Salpêtre [place du],	pr. l'h. de la Sal.		45
9	Salpêtres [cour des],	r de la Cerisaie	~3.	34

ARR	RUES, QUAIS, etc.	TENANTS.	ABOUTISSANTS.	Q.
12	Salpêtrière (pl. de la),	boul. de l'Hôpital		47
4	Sans Nom [passage],	r de Grenelle, 32	r Mercier, 8	14
4	Sans Nom [passage],	r Cr. des P Ch., 13	Galerie Montesq.	14
4	Sans Nom [pass.]	r Cr. des P. Ch., 9	Galer. Montesq.	15
12	Sans Nom [passage],	r des Noyers	place Maubert	48
5	Sanson,	r de Bondy	r des Marais	18
5	Sanson (Neuve),	r des Marais	quai Valmy	16
12	Santé [de la],	r des Bourguignons	boul. St. Jacques	46
12	Santé [barrière de la],	r de la Santé		46
12	— chemin de ronde,	bar. de la Santé	bar. d'Arcueil	46
4	Sartine [de],	r de Viarmes	r Coquillière	16
4—3	Sartine [carrefour],	r Gren. St Honoré	r J. J. Rousseau	16
6	Saucède [passage]	r Bourg l'Abbé	r St Denis	22
3	Saumon [passage du],	r Montorgueil	r Montmartre	12
8	Saumon (pass.),	r St-Nicol. St-Ant.		32
4	Saunerie [de la],	quai de la Mégiss	r St G. l'Auxer.	14
2	Saunier [passage],	r Richer.	r Bleue	10
1	Saussaies [des],	r du fb. St Honor.	r de Surêne	1
5	Sauveur [St],	r St Denis	r Montorgueil	20
5	Sauveur (Neuve St),	r Damiette	r du Petit Carreau	19
11	Savoie (de),	r Pavée St Andre	r des Grands Aug.	42
6	Savonnerie (de la),	r St J. la Bouche.	r de la Heaumerie	21
10	Saxe [avenue de],	place Fontenoy	r de Sèvres	40
9	Schomberg	boul. Morland	r de Sully	35
12	Scipion [de],	r du Fer à Moul.	r des F. Bourgeois	36
12	Scipion [place],	r du Fer à Moulin		48
8	Sébastien [St],	r St Pierre	r de Popincourt	30
8	Sébastien [place],	r St Sébastien		30
10	Ségur [avenue de],	place Vauban	bar. des Paillas	40
10-	Seine St Germ. [de],	quai Malaquais	r du Petit Bourb.	37
3	Sentier [du],	r de Cléry	boul. Poissonnière	10
12	Sept Voies [des],	r St Hilaire	pl. du Panthéon	45
11	Serpente,	r de la Harpe	r Hautefeuille	42
11	Servandoni,	r Palatine	r de Vaugirard	41
11	Severin (St),	r St Jacques	r de la Harpe	43
10	Sèvres (de).	car. de la C. Roug	barrière de Sèvres	38
10	Sèvres (m. de la rue de	r de Sèvres		38
10	Sèvres (barrière de),	r de Sèvres		40
10	— chemin de ronde,	barr. de Sèvres	bar. des Paillass.	40
2	Sifflet [V. Briare],	r Rochechouart	r Nve Coq. 20 22,	10
7	Simon Finet [ruelle],	à la rivière	r de la Tannerie	34
7	Simon le Franc,	r Ste Avoye	r du Poirier	27
7	Singes [des],	r St. C. de la Br.	r des Bl. Manteaux	26
7	Singes [passage des],	r V. du Temple	r des Singes	27
12	Sœurs (impasse des),	r des Fr. B. S. Marcel		46
2	Sœurs (pass. des 2),	fb. Montmartre		4
8	Sœurs (cour des 2),	fb. St-Antoine		31

ARB.	RUES, QUAIS, etc.	TENANTS.	ABOUTISSANTS	Q.
1	Soleil d'Or (pass. du),	r du Rocher, 9.	r de la Pépin. 10	5
3	Soly,	r de la Jussienne	r des V. August.	12
11	Sorbonne (de),	r des Mathurins	place Sorbonne	43
11	Sorbonne (place de),	r de Sorbonne	r des Maç. Sorb.	43
12	Soufflot,	place du Panthéon	r St d'Enfer	45
8	Soupirs (avenue des),	Quinze-Vingts		35
2	Sourdière (de la),	r St Honoré	r de la Corderie	6
2	Sourdière (passage),	r de la Sourd., 28	r Nve St Roch. 35	6
4	Sourdis (impasse),	r des F St G. l'Au.		6
5	Spire (St),	r des Filles Dieu	r Sté Foy	19
	Stanislas (V. Terray),			41
1	Stockholm,	r du Rocher	r d'Amsterdam	1
3	Strasbourg (de),	fb. St-Denis	r Lafayette	9
10	Suffren (avenue de),	Invalides		40
11	Suger,	p. S. And. des Arts	r. de l'Eperon	42
9	Sully (de),	r Castex	pl. Morland	36
11	Sulpice (place St),	r du V. Colombier	r Férou	44
1	Surène (de),	pl. de la Madeleine	r des Saussaies	1
4	Tabletterie de la),	r St Denis	r des Lavandières	15
7	Tacherie (de la),	r de la Coutellerie	r J. Pain Mollet	28
7	Taille Pain,	cloître St Merry	r Brisemiche	25
7	Taille Pain (impasse),	r Brise Miche		25
2	Taitbout,	boul. des Italiens	r de Provence,	5
7	Tannerie (de la),	pl. de l'H. de Vil.	r de la Pl. Mibray	28
7	Tanner. (de la Vieille),	r de la Tannerie	r de la Vannerie	28
10	Taranne,	car. St-Benoît	r des Sts Pères	37
10	Taranne (Petite rue),	r de l'Egout	r du Dragon	37
7	Teinturiers (des),	r de la Vannerie	r de la Tannerie	28
6	Temple (du),	r des Vieilles Har.	boul. du Temple	26
5—6	Temple (faub. du),	boul. du Temple	bar. de Belleville	18
6	Temple (boul. du),	r des Filles du C.	r du du f. Temple	24
6	Temple (fossés du),	r Ménilmontant	r du f du Temple	24
6	Temple (enclos du),	r de la Rotonde	r du Petit-Thouars	24
6	Temple (marché du),	encl. du Temple		27
6	Temple (de la Rot. du),	r de la Corderie	r du Petit Thouars	24
7—8	Temple (Vieille du),	r St.-Antoine	rue St. Louis	27
8	Ternaux,	r Popincourt	r Jacquard	30
11	Terray,	r N.-D.-des Cham.	boul. Mont-Parn	44
8	Terres-Fortes (des),	r de la Contresc.	rue Moreau	52
2	Thérèse,	r Sainte Anne	rue Ventadour	6
5	Thévenot,	r Saint Denis	r du Petit-Carreau	20
4	Thibautodé,	r St-G.-l'Auxer.	rue Boucher	14
8	Thierré (passage),	imp. Ste. Marie	de la Roquette, 41	32
	Thionville,	V. rue Dauphine		
1	Thiroux,	r Nve des Mathur.	r St. Nicolas	3
10	Thomas-d'Aquin (St.),	pl. St Th. d'Aquin	r St. Dominique	40
10	Thomas d'Aq. (pl. St.),	égl. St. Th. d'Aq.		38

ARR.	RUES, QUAIS, ETC.	TENANTS.	ABOUTISSANTS.	Q.
11	Thomas-d'Enfer (St.),	r St. Hyacinthe	rue d'Enfer	43
8	Thorigny,	r du Parc Royal	rue St. Antoine	29
3	Tiquetonne,	r Montorgueil	r Montmartre	11
4	Tirechappe,	r Béthizy	r St. Honoré	13
7	Tiron,	r St. Antoine	r du Roi de Sicile	27
1	Tivoli,	r de Clichy	r d'Amsterdam	1
1	Tivoli (impasse),	r de Tivoli		9
1	Tivoli (passage),	r Saint Lazare	r de Londres	9
7—9	Tixeranderie (de la),	r Jean-Pain-Mollet	place Baudoyer	28
3-4-5	Tonnellerie (de la),	r Saint Honoré	rue Pirouette	15
6	Tour (de la),	r des Fos.-du-T.	r des Folies-Mér.	23
11	Touraine (St. Germain)	r de l'Ecole de M.	r M.-le-Prince	42
7	Touraine (Marais),	rue du Perche	rue de Poitou	26
2	Tour d'Auvergne (de la)	r Rochechouart	r des Martyrs	8
2	Tour-des-Dames (de la)	r de la Rochefouc.	r Blanche	5
6	Tour-du-Temple (de la)	r des Fossés du T.	quai Valmy	24
9-12	Tournelle (pont de la),	quai de la Tourn.	r des Deux Portes	47
12	Tournelle (de la),	r de Pontoise	r de Bièvre	47
12	Tournelles (quai des),	r des Fossés St. B.	rue de Pontoise	47
8	Tournelles (des),	r St. Antoine	boul. St. Antoine	29
11	Tournon (de),	r du Petit-Lion	rue de Vaugirard	41
10	Tourville (avenue de),	Invalides		40
11	Toutain,	r de Seine	rue Félibien	41
6	Tracy (de),	rue du Ponceau	r St. Denis	21
6—7	Transnonain,	r Gren. St. Lazare	rue Aumaire	25
10	Traverse,	rue Plumet	rue de Sèvres	38
8	Traversière St-Antoine,	r Fb. St. Antoine	quai de la Rapée	35
12	Traversine,	r d'Arras	r Mont. Ste. Gen.	47
8	Treillard	boul. Massas.	r Traversière	33
4	Treille (imp. de la),	pl. St. Ger. l'Aux.		15
4	Treille (pass. de la),	d. Foss. St G. l'A.	r Chilpéric, 12	15
11	Treille (pass. de la),	Marché St. Germ.	r de l'Ec. de Méd.	42
2	Trévise (r et cité),	rue Richer	rue Bleue	8
2	Trévise (Neuve)	r Bergère	r Richer	8
6	Trinité (encl. ou pass.),	rue Grenétat	r St. Denis	18
6	Triomphes (aven. des),	place du Trône	ch. de r. de Vinc.	32
12	Triperet,	r de la Clef	r Gracieuse	47
10	Triperie,	r de la Pompe	r de l'Université	39
12	Tripes (pont aux),	r Mouffetard	r Censier	48
6	Trognon,	r de la Haumerie	r d'Avignon	23
6	Trois Bornes (des),	r Folie-Méricourt	r St. Maur	24
9	Trois Canettes (des),	Parvis N. Dame	r de la Licorne	35
8	Trois Chan. (ruelle des)	r Montgallet	ruel. des 4 Chem.	33
11	Trois Chandeliers (des)	quai St. Michel	r de la Huchette	43
12	Trois Couron. St. Marc.	r Mouffetard	r St. Hippolyte	46
6	Trois Cour. du Temple,	r St. Maur	barr. des Tr. C.	24
6	Trois Cuillers (pass.)	r Salle-au-Comte	rue aux Ours	22

ARR.	RUES, QUAIS, etc.	TENANTS.	ABOUTISSANTS.	Q.
2	Trois Frères (des),	r de la Victoire	r St. Lazare	5
8	Trois Frères (imp. des),	Tr. St. Ant. 16, 18		33
4	Trois Maries (pl. des),	quai de l'Ecole	r St. G. l'Auxerr.	15
9	Trois Maures (des),	r de la Grève	r de l'Hôt. de Vil	34
6	Trois Maures (ruel des)	r des Lombards	r de la Reynie	23
8	Trois Pavillons (des)	r des Francs Bour.	r du Parc Royal	29
9	Trois Pistolets (des),	r du Petit Musc	r Beautreillis	36
12	Trois Portes (des),	pl. Maubert	r de l'Hôt-Colbert	45
8	Trois Sabres (des),	barr. de Reuilly	ruel des 4 Chemins	32
4	Trois-Visages (pas. des)	r Thibautodé		14
1	Tronchet,	pl. de la Madeleine	r Nve des Mathur.	3
8	Trône (de la barr. du),	Fb. St. Antoine		32 33
8	Trône (barr. du),	Fb. St. Antoine		32 33
8	— chemin de ronde,	barr. du Trône	barr. de Montreuil	33
8	Trône (place du),	barr. du Trône		32
8	Trou-à-sable (du),	r des 4 Chemins	r de Reuilly	31
8	Trouvée,	r de Charenton	marché Lenoir	32
5	Truanderie (de la Gr.)	rue St. Denis	rue Montorgueil	20
5	Truanderie (de la Pet.),	rue Mondétour	r de la G. Truand.	20
2	Trudaine (aven.),	rue des Martyrs	r de Rochechouart	
1	Trudon,	rue Boudreau	r Nve des Mathur.	32
1	Tuileries (quai des),	guich. quai Louv.	pl. et pt. Concorde	
10	Tuileries (cour et imp.),	r du Cherc.-Midi		40
12	Tuiles (port aux),	quai de la Tourn.		47
2	Turgot,	r Rochechouart	avenue Trudaine	8
7	Tuerie (de la Vieille),	r St. Jérôme	pl. du Châtelet	28
1	Turin (de),	r de Bruxelles	ch. de r. b. Clichy	
12	Ulm (d'),	pl. du Panthéon	r des Ursulines	48
10	Université (de l'),	r des St. Pères	av. de la Bourdon.	40
10	Université (Neuve de l')	r St Guillaume	r de l'Université	38
9	Ursins (Haute des),	r St. Landry	r de Glatigny	35
9	Ursins (Basse des),	r des Chantres	rue d'Arcole	35
9	Ursins (Milieu des),	quai Napoléon	r Haute des Ursins	36
12	Ursulines (des),	rue d'Ulm	Fb. St. Jacques	48
12	Val de Grâce (du),	r St. Jacques	rue de l'Est	48
12	Valence	r Mouffetard	r Pascal	48
8	Val Ste-Catherine (du)	r St. Antoine	r Nve Ste Catherin	29
12	Valhubert (pl.)	quais d'Austerlitz et St-Bernard		47
11	Vallée (marché de la),	quai des Gr. Aug.		42
8-6-5	Valmy (quai),	pl. de la Bastille	r de la Butte Chau	29
8	Valmy (cité).	quai Valmy		29
2	Valois (Palais),	r St. Honoré	rue Beaujolais	
1	Valois (du Roule),	r Courcelles	barr. de Monceau	5
2	Valois (passage),	r de Valois	rue de Chartres	1
8	Vampire (cour du),	Fb. St. Antoine		32
10	Vanneau,	r de Varennes	r de Babylone	38
7	Vannerie (de la),	pl. de l'Hôt. de Vil	r Planche-Mibray	28

ARR.	RUES, QUAIS, ETC.	TENANTS.	ABOUTISSANTS.	Q
4	Vannes,	r des Deux-Ecus	rue de Viarmes	1
6	Vannes (St),	rue St. Maur	pl. St. Vannes	2
6	Vannes (pl. de),	r de Vannes		2
10	Varennes (de),	r de la Chaise	boul. des Invalides	3
4	Varennes (halle au blé),	r des Deux Ecus	1 de Viarmes	1
2	Variétés (passage des),	r St Honoré	Palais-National	
10	Vauban (place),	Hôtel des Invalides	aven. de Suffren	4
6	Vaucanson,	r St-Vannes	r du Verthois	2
10-11	Vaugirard (de),	r des Francs-Bour	barr. de Vaugirard	4
11	Vaugirard (impasse de),	r de Vaugirard		4
10-11	Vaugirard (barr. de),	r de Vaugirard		
10	— chemin de ronde),	barr. de Vaugirard	r de Sèvres	10 4
11	Vavin,	r de l'Ouest	r N.D. des Champs	4
12	Veaux (halle aux),	r de Poissy	r de Pontoise	4
7	Veaux (Vieille pl. aux),	r Planche-Mibray	r St Jacq. la Bouch.	3
6	Vendôme (de),	r Charlot	r du Temple	2
1—2	Vendôme (place),	r de la Paix	r St Honoré	1
6	Vendôme (passage),	r de Vendôme	boul. du Temple	
6	Venise (rue et passage),	r St Martin	r Quincampoix	
6	Venise (impasse),	r Quincampoix		
2	Ventadour (r et pass.),	r Thérèse	r Nve des Pet.-Ch.	
2	Verdeau (passage)	boul. Montmartre	r Grange Batelièr.	
3	Verdelet,	r J. J. Rousseau	r Coq Héron	
5	Verderet,	r de la Gr Truande	r Mauconseil	
10	Verneuil,	r des Sts-Pères	r de Poitiers	4
4	Véro-Dodat (passage),	r de Gren. St-Hon.	r du Bouloi	
7	Verrerie (de la),	marché St-Jean	r St Martin	3
12	Versailles (et imp. de),	r St-Victor	r Traversine	4
12	Versailles (du chem. de),	ch. der.b.d. Bassins	r des Vignes	4
6	Verbois (du),	r Pont aux Biches	r St Martin	
1	Verte (Grande rue),	r Ville-l'Evêque	fb St Honoré	
1	Verte (Petite rue),	faub. St Honoré	r Verte	
6	Vertus (des),	r des Gravilliers	r Phélipeaux	2
5	Vertus (barr. des),	r Château Landon		
5	— chemin de ronde,	barr. des Vertus	barr. St Denis	
1	Veuves (allée des),	Cours la Reine	r Rousselet	
1	Veuves (ruell. de l'all. d)	allée des Veuves	r Marbœuf	
4	Viarmes (de),	r Varennes	r Oblin	
2	Victoire (de la),	faub. Montmartre	r de la Chauss. d'A	
4—3	Victoire (pl. des),	r des Foss. Montm	r de la Feuillade	
12	Victor (et place St),	r Copeau	r Montagne Ste-G	4
12	Victor (carr. St),	r St Victor	r Foss. St Bernard	4
12	Victor (des Foss. St),	r St Victor	r Descartes	4
2	Victor-Lemaire,	r Font. St George	ch. de r. b. Pigale	
3	Vide-Gousset,	pl. des Victoires	r du Mail	
1	Vienne (de),	r du Rocher	r de l'Europe	
10	Vierge (de la),	r de l'Université	r St Dom. Gr. Cail	3

RUES, QUAIS, etc.	TENANTS	ABOUTISSANTS	Q.
Vieux (Marché St Mart.	marché St Martin	r Royale	23
Vigan (pass.),	r Foss.Montm., 14	r Vieux Augustins	11
Vignes (impass. des),	r des Postes, 28		46
Vignes (Chaillot),	Gr. r de Chaillot	avenue de Neuilly	2
Vignes (des),	r du Banquier	boul. de l'Hôpital	45
Villars (avenue de),	Invalides		40
Villedot,	r Richelieu	r Ste Anne	5
Ville-l'Evêque (de la),	r de la Madeleine	r de la Pépinière	1
Ville-l'Evêque (car. de)	r Ville-Lévêque	r des Saussayes	5
Ville-l'Evêque (pass.),	r de l'Arcade, 14	r de Surêne, 4	5
Villefaux,	r de la Chopinette	rGrange auxBelles	18
Villejuif (de),	av. de la b. d'Ivry	aven. de l'Hôpital	47
Villette (bar. de la),	faub. St Martin		19 20
— chemin de ronde,	barr. de la Villette	barr. des Vertus	19 20
Villiot,	quai de la Rapée	r de Bercy	32
Vinaigriers (des),	quai Valmy	fb St Martin	18
Vincennes (barr. de),	Voyez Trône		33
— chemin de ronde,	Voyez Trône		32 33
Vincent de Paul (St),	pl. St Th d'Aquin	r du Bac	32 38
Vingt-Neuf-Juillet (du),	r de Rivoli	r St Honoré	4
Vins (port aux),	quai St Bernard		47
Vintimille (r et pl. de)	r Clichy	r de Calais	5
Violet (passage),	r Hauteville	fb Poissonnière	13
Virginie (pass.),	Palais-National	r St Honoré	6
Visit d. Dam. Ste-Marie	r de Grenelle	pass. Ste Marie	40
Vivienne,	r Beaujolais	boul. Montmartre	7
Vivienne (passage),	r Nve des Pet.-Ch.	r Vivienne	6
Voirie (de la),	r des Grésillons	r Petite-Voirie	1
Voirie (de la Petite),	r des Grésillons	r de la Bienfaisance	1
Voirie (de la),	r Château-Landon	r de la Chapelle	17
Vosges (place des)	r St Antoine	r de l'Echarpe	29
Vosges	r St Antoine	pl. des Vosges.	29
Voltaire,	r M la Prince	pl. de l'Odéon	41
Voltaire (quai),	r des Sts-Pères	pont Royal	37
Vrillière (Pet. r. de la),	r C. des Pet.-Ch.	r N. des B.-Enf.	16
Washington (passage),	r de la Bibliothèqu	r du Chantre, 18	15
Watt	quai d'Austerlitz	r Neuv. de la Gar.	47
Wauxhall (cité et pas.),	r Nve St Nicolas	r Marais St Martin	20
Zacharie (de),	rue de la Huchette	r St Séverin	43
Zacharie (passage),	r Zacharie, 1	r St Séverin, 16	43

NOTA BENE. Partout où se trouve la dénomination ROYAL, lisez NATIONAL.

Paris. — Imprimerie de Cosson, rue du Four-Saint-Germain, 43

Liste des rues qui ont reçu un nouveau nom depuis 1848.

Noms anciens.	Noms nouveaux.	Noms anciens.	Noms nouveaux.
Abattoir (de l')	Dunkerque (de)	Ecuries d'Artois	Réforme (de la)
Abattoir du Roule	Percier (avenue)	Entrepôt (de l')	Las Cazes
Accacias (petite des)	Duroc	Gazomètre (du)	Abbeville (d')
Accacias (des)	Bertrand	Jardins-Poissonnière	Rocroy (de)
Allée des Veuves	Montaigne (av. de)	Lorette (pass.)	Carnot (pass.)
Angoulême-St-Hon.	Union (de l')	Magasins (des)	Saint-Quentin
Antoine (St-) au P.	Boileau	Montpensier	Masséna
Aquéduc (de l')	Douai (de)	Neuve-d'Angoulême	Gambey
Banque (de la)	Catinat (de)	Neuve-Luxembourg	Luxembourg
Beaujolais (de)	Hoche	Neuve-St-Gilles	Saint-Gilles.
Berry (Neuve de)	Fraternité (de la)	N.-D.-des-Victoires	Brongniart
Boule-Rouge (de la)	Monthyon	Observance	Antoine Dubois.
Bourbe (de la)	Port Royal	Perdue	Maître-Albert
Bourbon-Villeneuve	Aboukir (d')	Philibert (pass.)	Isly (d')
Chabrol	Strasbourg (de)	Pierre-l'Escot	Égalité (de l')
Charbonniers-St-A.	Bethmont	Pinon	Rossini
Charte (de la)	Union (de l')	Poirées (des)	Fontanes (de)
Clichy (Neuve-)	Parme (de)	Prêtres-St-Paul (des)	Charlemagne
Coll. Louis-le-Gr-	Lycée Descartes (pl.)	Royale-St-Honoré	Tuileries (des)
Coquenard	Lamartine	St-Sabin (imp.)	de Sédaine
Dauphin (du)	Convention (de la)	Valois-du-Roule	Cisalpine
Dauphine (place)	Desaix	Valois-Pal.-Royal	2 i Février (du)
Delta Lafayette	Valenciennes	Versailles (chem. de)	Banquet (du)
Denis (de la bar.St-)	Denain (de)	Verte (Grande-r.)	Penthièvre (de)
Deux-Eglises (des)	Abbé de l'Epée (de)	Victor-Lemaire	Duperré
Dominique d'E. (St-)	Royer-Collard	Vincent-de-Paul (St-)	Gribeauval

Liste des rues qui ont perdu leur nom pour prendre celui des rues dont elles forment actuellement le prolongement.

Noms anciens.	Noms nouveaux.	Noms anciens.	Noms nouveaux.
Avoye (Ste-)	Temple (du)	Jean-Robert	Gravilliers (des)
Barre-du-Bec	Temple (du)	Joubert	Victoire (de la)
Battoir-St-André	Serpente	Mademoiselle (de)	Vanneau (de)
Boucherat	Saint-Louis	Magloire (St-) (imp)	Salle-au-Comte.
Bouclerie (Vieille-)	Harpe (de la)	Martin (Neuve-St-)	N.-D.-de Nazareth
Brodeurs (des)	Vanneau (de)	Mauvais-Garçons	Grégoire de Tours
Chandeliers (des 3)	Zacharie	Paon-St-André	Larrey
Chem. de Pantin	Lafayette	Pérignon (de)	Paillassons (des)
Cloître Not.-Dame	Bossuet	Petit-Lion-St-Sulp.	Petit-Bourbon (du)
Cœur-Volant	Grégoire de Tours	Planche (de la)	Varennes (de)
Coquilles	Temple (du)	Rats (ch. de r. bar.)	Fontarabie (ch. de r.
Foin-St-Jacques	Noyers (des)	Reposoir (du)	Pagevin
Francs-Bourgeois	Monsieur-le-Prince	Roch (Saint-)	Jeûneurs (des)
Gros-Chenet (du)	Sentier (du)	Roule (faub. du)	St-Honoré (faub.)
Heaumerie (de la)	Ecrivains (des)	Thiroux	Caumartin
Hillerin-Bertin	Bellechasse (de)	Touraine	Dupuytren
Jean-Pain-Mollet	Ecrivains (des)	Trouvée	Cotte (de le)

CHEMINS DE FER DE PARIS.

HEURES DES DÉPARTS de		LIGNE DE ST-GERMAIN (Embarc. r. d'Amsterdam).	PRIX DES PLACES.			
			la semaine.		dim. et fêtes	
Paris.	St-Germ		wag.	dilig.	wag.	dilig.
h. m.	h.	De PARIS à				
7 35	7	Asnières	» 40	» 60	» 50	» 75
8 35	8	Colombe	» 50	» 60	» 60	» 90
9 35	9	Nanterre	» 65	» 85	» 90	1 10
10 35	10	Rueil	» 75	1 »	1 »	1 25
11 35	11	Chatou	» 85	1 »	1 »	1 25
12 35	12	St-Germain et *vice versa*	1 25	1 50	1 25	1 50
1 35	1	d° d° par abonnement	1 »	1 25	1 »	1 25
2 35	2	De ST-GERMAIN à				
3 35	3	Le Pecq au Vesinet . . .	» 45	» 70	» 45	» 70
4 35	4	Chatou, Rueil, Nanterre.	» 55	» 80	» 55	» 80
5 5	5	Colombe	1 »	1 10	1 »	1 25
5 35	6	Asnières	1 »	1 25	1 »	1 25
6 35	7					
7 35	8	Par abonnement : Le prix des places au-dessus de 50 c. est diminué de 10 p. 100.				
8 35	9					
10 5	10					

du matin. / du soir.

PRIX DE LA
CORRESPONDANCE
Établie à Asnières, entre les trains de Saint-Germain et Versailles, et Stations intermédiaires, le dernier départ excepté :

	wag.	dilig.	wag.	dilig.
De St-Germain à Versailles, ou à l'une des stations intermédiaires et *vice versa*.	1 »	1 25	1 »	1 25
Entre les diverses stations des deux chemins.	» 75	1 »	» 75	1 »

CORRESPONDANCE par voitures : De Rueil à Bougiva et à Marly-le-Roi ; — de Colombes à Argenteuil ; — de St-Germain Medan et Poissy, à Épones, Marly-le-Roi, à Mantes.

Un service spécial pour Argenteuil est établi à Colombes ;
il part et revient d'heure en heure.
OMNIBUS spéciaux à Paris : place du Carrousel ; —Cour Batave, rue St-Denis, 124 ; — Cour des Messageries Nationales, rue Notre Dame-des-Victoires ; — boulev. St-Denis, Cité de l'Union.

5

HEURES DES DÉPARTS de		LIGNE DE VERSAILLES (rive droite). (Embarc. r. d'Amsterdam.)	PRIX DES PLACES.			
			la semaine.		dim. et fêtes	
Paris.	Versail.	De PARIS à	wag.	dilig.	wag.	dilig.
h.	h.	Courbevoie	o 45	» 6o	» 55	» 75
7 1/2	7	Puteaux	» 45	» 6o	» 55	» 75
8 1/2	8	Suresne.	» 45	» 6o	» 65	» 85
9 1/2	9	Saint-Cloud	» 45	» 6o	» 75	1 »
10 1/2	10	Sèvres (Ville-d'Avray) .	» 75	1 »	1 »	1 25
11 1/2	11	Viroflay.	1 »	1 25	1 25	1 5o
12 1/2	12	Versailles et *vice versa*.	1 25	1 5o	1 25	1 5o
1 1/2	1	Id. id. par abonnement.	1 »	1 25	1 »	1 25
2 1/2	2	De VERSAILLES à				
3 1/2	3	Viroflay	» 40	» 6o	» 45	» 65
4 1/2	4	Saint-Cloud	» 5o	» 7o	» 6o	» 8o
5	5	Puteaux et Suresne . .	» 7o	1 »	» 8o	1 10
5 1/2	6	Courbevoie	» 9o	1 25	1 »	1 25
6 1/2	7	Asnières	1 »	1 25	1 »	1 25
7 1/2	8					
8 1/2	9					
10	10					

du matin. / du soir.

Départs de Versailles : Pour Asnières, par tous les convois, et pour Puteaux et Viroflay à 8 h. du matin et 9 h. du soir. — Départs de Paris : Pour Puteaux et Viroflay, à 8 h. 1/2 du matin et 9 h. 5 m. du soir. — Départs de Versailles et de Paris pour les autres stations par chaque convoi.

PRIX DE LA CORRESPONDANCE

Établie à Asnières, entre les trains de Versailles et Saint-Germain, et stations intermédiaires, le dernier départ excepté :

	la semaine.		dim. et fêtes	
De Versailles à Saint-Germain, ou à l'une des stations intermédiaires et *vice versa*.	1 »	1 25	1 »	1 25
Entre les diverses stations des deux chemins.	» 75	1 »	» 75	1 »

OMNIBUS spéciaux à Paris : place du Carrousel; — place du Palais-de-Justice; — aux Messageries Nationales, rue Notre-Dame-des-Victoires.

LIGNE DE PARIS A CHARTRES.

Embarcadère, barrière du Maine.

DÉPARTS DE PARIS : mat. 6 h., 8-30; soir, 12-30, 4-30, 7-30.

PRIX DES PLACES			STATIONS.	CORRESPONDANCES.
1ᵉ cl.	2ᵉ c	3ᵉ c.		St-Cyr.**TRAPPES**. Neauphle-le-
				Chât. Houdan par Laqueue, La-
f. c.	f. c.	f. c.	PARIS.	queue, Gambais, Pontchartrain
» »	» »	»	Bellevue.	**LAVERRIÈRE**. Montfort-La-
1 50	1 25	»	VERSAILLES.	maury pᵣ Maurepas et le Trem-
2 »	1 50	1 25	Saint-Cyr.	blay, Chevreuse, Dampierre.
2 80	2 10	1 50	Trappes.	**RAMBOUILLET** Auneau pᵣ Albis
3 40	2 50	1 85	Laverrière.	**EPERNON**. Gallardon.
4 10	3 »	2 25	Lartoire.	**MAINTENON**. Dreux par No-
4 50	3 50	2 70	**RAMBOUILLET**	gent-le-Roi, Laigle, Châteaun.,
6 »	4 60	3 50	Epernon.	Mailleb., Verneuil, Vern.,
7 »	5 »	4 »	Maintenon.	Dreux, Nonancourt, Thillièr.
8 »	6 »	4 50	Jouy.	**CHARTRES**. Vendôme, Bonne-
9 »	6 75	5 »	**CHARTRES**.	val, Châteaud..Nogent-le-Rot
				Laloupe, Courv., Brou, Illiers.
De Paris à Bellevue, dim. et fêtes.				Courtalin, (av corr p.la Ferté-
1 f. en 1ᵉ classe, et 75 c. en 2e cl				Bern.) Senonc. Chât. Longny.

Ligne de Paris à Versailles (rive gauche.)

h.	DÉPARTS DE PARIS.	h.	DÉPARTS DE VERSAILLES.	
8 »	CHARTRES, dess. Belle., Versail.	7 30		
9 »		8 30	Rive g.,dess. toutes les stations	
10 »	Rive g., dess. toutes les sations.	9 50		
11 »		9 45	CHARTRES,dess.Bellev.,Versaill	
12 »	CHARTRES, dess. Bellev., Versail.	10 30		
1 »		11 30		
2 »	Rive g., dess. toutes les stations.	12 30	Rive g , dess.toutes les stations	
3 »		1 30		
4 »	CHARTRES, dess. Bellev.Versail.	2 30		
5 »	Rive g.; dess. toutes les stations.	3 45	CHARTRES,dess. Bellev.Versail.	
6 »		4 30		
7 »	CHARTRES, dess. Bellev.,Versail.	5 30	Rive g., dess. toutes les stations	
8 »		6 30		
9 »	Rive g,, dess. toutes les stations.	7 30		
10 »		8 30	CHARTRES,des. Bellev.,Versail.	
		10 »	Rive g .dess. toutes les stations	

SERVICE DES DIMANCHES ET DES JOURS DE FÊTE. — *De Versailles :*
Trains dess. toutes les stations à 8 h. 30, 9-30 et 10-30 du soir.

LIGNE DE PARIS A SCEAUX.

Embarcadère : barrière d'Enfer.

HEURES DE DÉPART :

DANS LA SEMAINE :

De Paris : 6 h. 30, 8 h., 9 h., 10 h., 11 h., 12 h. du mat.
1 h., 2 h., 3 h., 4 h., 5 h., 6 h., 8 h., 9 h. 30 du s.

De Sceaux : 7 h., 8 h. 30, 9 h. 30, 10 h. 30, 11 h. 30,
12 h. 30 du matin.
1 h. 30, 2 h. 30, 3 h. 30, 4 h. 30, 5 h. 30,
6 h. 30, 8 h. 30, 10 h. du soir.

LES DIMANCHES, LUNDIS ET FÊTES.

De Paris : 6 h. 30, 8 h., 9 h., 10 h., 11 h. 12 h. du mat.
1 h., 2 h., 3 h., 4 h., 5 h., 6 h., 7 h., 8 h., 9 h.
30 du soir.

De Sceaux : 7 h. 30, 8 h. 30, 9 h. 30, 10 h. 30, 11 h. 30,
12 h. 30 du matin.
1 h. 30, 2 h. 30, 3 h. 30, 4 h. 30, 5 h. 30,
6 h. 30, 7 h. 30, 8 h. 30, 10 h. du soir.

PRIX DES PLACES :	LA SEMAINE.				DIMANCHES ET FÊTES.			
	sa-lons	1re clas.	2e clas.	3e clas.	sa-lons.	1re clas.	2e clas	3e clas.
	f. c	f. c	f. c.	f. c.	f. c	f. c.	f. c.	f. c
De PARIS à								
Arcueil et Cachan. .	» »	» 50	» 35	» 25	» »	» 60	» 45	» 30
Bourg-la-Reine . . .	» »	» 70	» 50	» 40	» »	» 70	» 60	» 45
Fontenay-aux Roses	» »	» 80	» 55	» 40	» »	» 80	» 70	» 50
Sceaux.	1 »	» 90	» 60	» 45	1 25	1 »	» 75	» 50
D'ARCUEIL et CACHAN à								
Bourg-la-Reine . . .	» »	» 45	» 35	» 25	» »	» 50	» 40	» 30
Fontenay-aux-Roses	» »	» 50	» 40	» 30	» »	» 50	» 40	» 30
Sceaux.	» »	» 50	» 40	» 30	» »	» 60	» 45	» 40
De Bourg-la-Reine à Fontenay.	» »	» 40	» 30	» 20	» »	» 50	» 40	» 30
De Bourg-la-Reine à Sceaux.	» »	» 40	» 30	» 25	» »	» 50	» 40	» 30
De Fontenay-aux-Roses à Sceaux. . .	» »	» 40	» 30	» 20	» »	» 40	» 30	» 20

LOCALITÉS desservies par correspondance : Antony, Lonjumeau, Massy, Palaiseau, Orsay, Limours, Saint-Arnoult, Verrières, Chatenay.

LIGNE DE PARIS A ORLÉANS,

Et d'Orléans à Châteauroux, à Tours, à Angers, et lieux intermédiaires.

Embarcadère : boulevart de l'Hôpital.

DÉPARTS DE PARIS,
Service d'Été.
mat. 7-45, 9-5; soir, 1-15, 3-45, 5-45, 7-15, 7-40.

PRIX des PLACES				PRIX des PLACES			
1re cl.	2e cl.	3e cl.		1re cl.	2e cl.	3e cl.	
f. c.	f. c.	f. c.		2 50	1 85	1 40	La Ferté.
1 »	» »	» »	Choisy.	4 35	3 5	2 25	Lamotte.
1 95	1 50	1 10	Juvisy.	4 75	3 60	2 65	Louan.
2 25	1 70	1 20	Savigny.	6 »	4 50	3 35	Salbris.
2 50	1 85	1 25	Epinay.	7 35	5 50	4 10	Theillay.
3 »	2 25	1 50	Saint-Michel	8 35	6 30	4 70	VIERZON.
3 20	2 40	1 80	Bretigny.	9 40	7 10	5 25	Foecy.
3 80	2 90	1 95	Marolles.	9 90	7 45	5 55	Mehun.
4 10	3 10	2 30	Bouray.	10 65	8 »	5 95	Marmagne.
4 45	3 35	2 50	Lardy.	11 55	8 70	6 45	BOURGES.
5 »	3 80	2 85	Etréchy.	12 70	9 55	7 10	Moulins.
5 80	4 35	3 25	ETAMPES.	13 35	10 »	7 45	Savigny.
7 25	5 45	4 05	Monnerville.	13 85	10 45	7 75	Avor.
7 75	5 85	4 35	Angerville.	14 65	11 5	8 20	Bengy.
9 »	6 90	5 15	Toury.	15 40	11 60	8 60	Nerondes.
10 55	7 95	5 90	Artenay.	18 70	14 65	10 45	NEVERS.
11 15	8 40	6 25	Chevilly.	10 35	7 85	6 80	*Vierzon* à Reuilly
11 55	8 70	6 35	Cercottes.	11 35	8 55	6 35	Ste Lizaigne.
12 60	9 50	7 05	ORLEANS.	12 10	9 10	6 75	Issoudun.
				13 35	10 5	8 45	Neuvy-Pailloux.
				14 90	11 20	7 30	CHATEAUROUX

CORRESPONDANCES.

SAINT-MICHEL. Montlhéry, Marcoussis.
MAROLLES. Arpajon, Dourdan, St-Chéron, Boissy.
BOURAY, La Ferté-Aleps, Malesherbes.
ETAMPES, Anneau, Dourdan, Pithiviers.
MONNERVILLE. Méréville.
ANGERVILLE. CHARTRES, Auvilliers, Arnouville, Romerville
TOURY. Janville, CHATEAUDUN, Alains, Ozgère, Commainville.
ORLÉANS. Châteauneuf, MONTARGIS, Gien, BRIARE, PITHIVIERS, Cosne, Saint-Loup, Saint-Jean-de-Bray, Bionne, Chécy-les-Aides, Saint-Denis-les-Ormes, Olivet, et toutes les localités environnantes.

5.

Ligne de Rouen, du Hâvre et de Dieppe.

Embarcadère : rue d'Amsterdam.

DÉPARTS DE PARIS : le m., 8 h. 10, le jeudi à 6 h. jusqu'à Poissy ;
le soir, 1 h, 2 h., 4 h., 5.25, 7.25, 9-10, 11 h.

PRIX DES PLACES			LIGNES DE ROUEN ET DU HAVRE.	CORRESPONDANCES.
1ʳᵉ cl.	2ᵉ cl.	3ᵉ cl.		
1 50	1 25	1 »	Maisons.	
1 75	1 50	1 10	Conflans.	**LIGNE DE ROUEN.**
2 »	1 60	1 30	Poissy.	
3 »	2 25	1 75	Triel.	Poissy. Andresy.
4 »	2 80	2 10	Meulan.	Meulan. Maule, Issou, Avernes.
5 »	3 50	2 75	Epône.	Mantes. Magny, Septeuil, Houdan,
6 »	4 50	3 25	Mantes.	Anet, Dreux, Ivry-la-B., Marcilly-s.-
7 50	6 »	4 75	Rosny.	Eure, la Roche-Guyon.
8 »	6 50	5 25	Bonnières.	Bonnières. Pacy-sur-Eure, Evreux,
9 50	8 »	6 »	Vernon.	Conches, Neuve-Lyre, Rugles, Lai-
11 »	9 50	7 25	Gaillon (Andelys).	gle, Argentan, Mortagne, Alençon.
12 50	11 »	8 25	St-Pierre (Louviers)	Vernon. Pacy-s.-Eure, Evreux, Con-
14 »	11 50	9 20	Pont-de-l'Arche.	ches, Neuve-Lyre, Rugles, Laigle,
15 »	12 50	9 50	Tourville (Elbeuf).	Breteuil, Verneuil, les Thiliers, Gi-
15 70	12 70	9 70	Oissel.	sors.
»	»	»	Sotte- { Tr. du Hav.	Gaillon. Les Andelys.
			ville. { Tr. spécial.	Saint-Pierre. Louviers, le Neubourg,
16 »	13 »	10 »	Rouen (r.g.) St-Sev.	Beaumont, Bernay, Orbec, Brionne,
16 »	13 »	10 »	Rouen (r.d.)r.Verte	Pont-Audemer, la Rivière.
16 90	13 50	10 80	Maromme.	Pont-de-l'Arche. Fleury, Charleval,
17 25	13 70	11 »	Malaunay.	Lyons, Pont Saint-Pierre.
18 15	14 35	11 50	Barentin.	Tourville. Elbeuf.
18 40	14 50	11 65	Pavilly.	Rouen. Brest, Avranche, Lizieux,
19 65	15 40	12 35	Motteville.	Nantes, Vire, Alençon, Falaise, An-
20 50	16 »	12 90	Yvetot.	gers, Argentan, Courmy, Le Mans,
21 85	16 90	13 60	Alvimare.	Pont-l'Evêque.
22 75	17 50	14 10	Nointot (Bolbec).	
23 50	18 »	14 50	Beuzeville (Fécamp)	**LIGNE DU HAVRE.**
24 35	18 70	15 »	Saint-Romain.	
25 65	19 50	15 40	Harfleur.	Barentin. Duclair.
26 50	20 50	15 50	Le Hâvre.	Motteville. Yerville, Saint-Valery,
			LIGNE DE DIEPPE	Doudeville, Luneray.
16 »	13 »	10 »	Rouen (rive droite).	Yvetot. Cany, Caudebec, Valmont.
16 90	13 50	10 80	Maromme.	Nointot. Bolbec, Lillebonne.
17 25	13 70	11 »	Malaunay,	Beuzeville. Fécamp.
			Id. embranchem.	
17 85	14 15	11 35	Monville.	**LIGNE DE DIEPPE.**
19 50	15 40	12 25	Saint-Victor.	
19 95	15 70	12 50	Auffray.	Saint-Victor. Tôtes, Belle-ncombre,
20 95	16 50	13 10	Longueville.	Saint-Saëns, Neufchâtel.
22 60	17 75	14 »	Dieppe.	Auffay. Bacqueville.
				Dieppe. Eu et Tréport-Abbeville.

LIGNE DE STRASBOURG.
Section de Paris à Châlons.
Embarcadère : rue Neuve-de-Chabrol.

—

DÉPARTS } mat. 7-40, 8-15, 9-15, 11-30. } EN
DE PARIS : } soir : 1-5, 4-5, 5-30, 7-30, 9-35. } ÉTÉ.

PRIX DES PLACES			STATIONS.	CORRESPONDANCES
1e cl.	2e cl.	3e cl.		
f. c.	f. c.	f. c.	Paris.	Villemomble. Villem.
» 95	» 70	» 50	Noisy-le-Sec.	Chelles. Torcy, Mont-
1 45	1 10	» 80	VillemombleGagny	fermeil.
1 95	1 50	1 10	Chelles.	Lagny. Annet, Ferrièr.
2 90	2 20	1 60	Lagny.	Esbly. Crécy, Coulomm
3 75	2 90	2 »	Esbly.	Meaux. Villers-Cotter.
3 75	3 »	2 »	Meaux.	Laferté-Milen, Crouy
5 25	3 95	2 95	Trilport.	Lizy, Coulommiers,
6 »	4 50	3 35	Changis.	Dammartin.
6 80	5 45	3 80	La Ferté-s.-Jouarre	La Ferté-s.-Jouarre.
7 65	5 75	4 25	Nanteuil.	Montmirail, La Ferté-
8 70	6 55	4 85	Nogent-l'Artaud.	Gaucher , Sézanne,
9 80	7 40	5 50	Château-Thiery	Marigny, Jouarre.
10 75	8 10	6 »	Mezy.	Nogent-l'Art. Charly
10 95	8 25	6 40	Varennes.	Chât.-Thierry. Sois-
12 10	9 10	6 75	Dormans.	sons, Neuilly S-Front
13 »	9 80	7 30	Port-à-Binson.	Fère-en-Tardenois.
13 95	10 50	7 80	Damery.	Mézy. Montmort.
14 65	11 5	8 20	Epernay.	Epernay. Reims, Ay.
15 30	11 50	8 55	Oiry.	Chalons. Bar-le-Duc,
16 40	12 35	9 20	Jalons-les-Vignes.	desservant Vassy et
17 75	13 35	9 95	Chalons.	Joinville.
19 40	14 60	10 85	Vitry-la-Ville.	Nancy. Frouard, Mar-
20 55	15 45	11 6	Loisy.	bache, Dieulouard,
21 20	15 95	11 85	Vitry-le-Français.	*Pont-à-Mousson*, Pa-
				gny, Noviant , Ars,
				Metz.

LIGNE DU NORD,

Embarcadère : place Roubaix, à Paris.

De Paris à Londres, directement par Calais et Douvres.—De Calais et de Dunkerque par la Tamise.—De Paris à Bruxelles, à Cologne, à Hambourg, Berlin, Leipzig, Vienne, Saint-Pétersbourg, etc.

DÉPARTS (mat., 6 h, 8 h., 8 30, 10-30, 11-45,
DE PARIS. (soir, 12-30, 1 h., 4, 4-30, 8, 8-35, 9, 11 h.

Service spécial de Paris à Pontoise et les intermédiaires.

DÉPARTS (mat., 6-30, 7, 8-25, 8-30, 9-30, 10-30, 11-30,
DE PARIS : (s., 12-30, 1-30, 2-30, 4, 4 30, 6-30, 7 30, 9. 11

PRIX DES PLACES			STATIONS.	CORRESPONDANCES.
1re cl.	2e cl.	3e cl.		
» 70	» 55	» 40	Saint-Denis.	
1 25	» 95	» 70	Enghien.	**Saint-Denis.** Epinay,
1 55	1 15	» 85	Ermont.	Pierrefitte , Sarcel-
1 85	1 40	1 05	Franconville.	les, Villiers-le-Bel ,
2 15	1 65	1 20	Herblay.	Ecouen , Gonesse,
3 »	2 25	1 65	*Pontoise.*	Garges, Arnouville.
3 50	2 65	1 95	Auvers.	**Enghien.** Montmoren-
4 »	3 »	2 30	Isle-Adam.	cy, Groslay par Deuil
4 »	3 »	2 50	Braumont.	et Monmagny.
5 »	3 50	2 50	Boran.	**Ermont.** Margency,
5 50	3 75	2 50	Précy.	Andilly, Montlignon
5 50	3 75	2 75	Saint-Leu.	Eaubonne, St-Prix.
6 »	4 50	3 25	*Creil.*	**Franconville.** St-Leu-
			Ligne de Creil à Noyon.	Taverny.
7 25	5 50	4 »	P.-Ste-Maxence.	**Pontoise.** Gisors et
7 »	6 »	4 50	Verberie.	Chaumont, Marnes
9 »	7 »	5 »	*Compiègne.*	et Chars, Magny par
11 35	8 55	6 35	Thourotte.	Puiseux.
12 »	9 »	6 50	Ourscamps.	**Beaumont.** Noailles,
12 »	9 »	6 50	*Noyon.*	MéruViarmesCham-
7 »	5 »	3 75	Liancourt.	bly, Presles, Lacave.
8 »	5 50	4 »	*Clermont.*	**St-Leu.** Senlis, Chan-
9 50	7 »	5 »	Saint-Just.	tilly.
11 »	8 50	6 »	Breteuil.	**Creil.** Senlis.
13 35	10 05	7 45	Ailly.	**Pont-Ste-Maxence.**
14 35	10 80	8 05	Boves.	Gournay-s.-Aronde,
15 30	11 50	8 55	*Amiens.*	Senlis.
			Ligne d'Amiens à Douai.	**Compiègne.** Soissons
16 85	12 65	9 40	Corbie.	**Noyon.** Roye, Ham ,
18 50	13 90	10 35	Albert.	Nesles.
20 45	15 40	11 45	Achiel.	
21 40	16 10	11 95	Boileux.	
22 20	16 70	12 40	*Arras.*	
23 25	7 50	13 »	Rœux.	
32 85	17 95	13 35	Vitry.	
18 95	24 75	13 90	*Douai.*	

LIGNE DU NORD,

Embarcadère : place Roubaix, à Paris.

PRIX DES PLACES			Ligne de Douai à Bruxelles.	CORRESPONDANCES.
1re cl.	2e cl.	3e cl		
25 85	19 45	14 45	Montigny.	**Clermont.** Beauvais p.
26 45	19 90	14 80	Somain.	Bresles, Mouy, Gran-
26 50	20 70	15 35	Wallers.	villiers.
28 10	21 15	15 70	Raismes.	
28 60	21 55	16 »	*Valenciennes.*	**St-Just.** Roye, Ansau-
29 65	22 25	16 50	Blanc-Misseron.	villers , Ressons par
29 75	22 25	16 50	Quiévrain.	Maignelay, Montdid.
31 25	23 50	»	*Mons.*	p. Ferrières, Rosières
33 75	25 25	»	Braine-le-Comte.	p. Montdidier.
35 75	27 »	»	*Bruxelles.*	
			Ligne de Douai à Lille.	**Breteuil** (Tartigny).
			Douai.	Roye, Montd., Beau-
25 60	19 30	14 30	Leforest.	vais, Grandvillers,
26 35	19 85	14 75	Carvin.	Crévecœur.
27 15	20 45	15 20	Séclin.	**Ailly** Haugest, Moreuil
28 20	21 25	15 75	*Lille.*	**Amiens.** Doullens.
29 25	22 »	16 35	Roubaix.	**Abbeville** Eu, Tréport
29 45	22 15	16 45	Tourcoing.	**Corbie** Harbon. Rosièr.
30 »	22 50	16 75	*Mouscron.*	**Albert.** Péronne.
			Ligne d'Hazebrouck.	**Achiet.** Bapaume.
28 40	21 40	15 8	Pérenchies.	**Arras.** Cambrai, Bé-
28 60	21 55	15 95	Armantières.	thune, Saint-Pôl.
28 80	21 70	16 05	Steenwerck.	**Douai.** Cambrai.
29 »	21 85	16 15	Bailleul.	**Valencien.** Maubeuge
29 20	22 »	16 25	Strazeele.	Avesnes p. Berlaim.
29 40	22 15	16 35	*Hazebrouck.*	St-Amand-les-Eaux,
			Ligne de Dunkerque.	Landrecies p. Quesn.
29 60	22 30	16 45	Cassel.	Condé, Bonsecours,
29 80	22 45	16 55	Arneeke.	Solesmes, le Cateau.
30 »	22 60	16 65	Esquelbecq.	**Armentièr.** Merville,
30 20	22 75	16 75	Bergues.	Estair.
30 40	22 90	16 85	*Dunkerque.*	**Hazebrouck.** Aire ,
			Ligne de Calais.	Lillers.
			Hazebrouck.	**Dunkerq.** Gravelines.
29 60	22 30	16 45	Ehlinghem.	**Ardres.** Guines.
29 80	22 45	16 55	Saint-Omer.	**Audruicq.** Bourbourg
30 »	22 60	16 65	Watten.	
30 20	22 75	16 75	Audruicq.	
30 40	22 90	16 85	Ardres.	
30 50	23 »	17 »	Saint-Pierre-Calais.	
30 50	23	17 »	*Calais.*	

SERVICE SPÉCIAL DE LA BANLIEUE DE PARIS.

Omnibus gratuits à Saint-Denis, à l'arrivée des trains.
Départs d'heure en heure de Paris pour Saint-Denis, et retour.

PARIS A SAINT-DENIS, ENGHIEN ET PONTOISE.

N° des trains.	31 m.	3 mat	33 m.	7 mat	7 mat	35 m	37 m
Paris, dép.	6 »	6 30	7 30	8 30	8 30	9 30	10 30
Saint-Denis.		6 41	7 41		8 41	9 41	10 41
Enghien.		6 50	7 51		8 50	8 50	10 51
Ermont.			7 57				10 57
Franconville.			8 3				11 3
Herblay.			8 10				11 10
Pontoise. ar.		7 36	8 25	9 1			11 25

N° des trains.	39 m	11 s	13 s.	41 s.	43 s.	45 s.	15 s.
Paris, dép	11 30	12 30	1 »	1 30	2 30	3 30	4 »
Saint-Denis.	11 41	12 40		1 41	2 41	3 41	
Enghien.	11 50	12 49		1 50	2 50	3 50	
Ermont.		12 55					
Franconville.		1 1					
Herblay.		1 7					
Pontoise. ar			1 36				4 36

N° des trains.	47 s	49 s.	51 s	53 s.	55 s.	19 s.	1 soir
Paris, dép	4 30	5 30	6 30	7 30	8 30	9 »	11 »
Saint-Denis.	4 41	5 41	6 41	7 41	8 41		11 21
Enghien.	4 51	5 51	6 50	7 50	8 51		11 21
Ermont.	4 57	5 57			8 57		
Franconville.	5 3	6 3			9 3		
Herblay.	5 10	6 10			9 10		
Pontoise, ar	5 25	6 25			9 25	9 36	11 55

LIGNE DE PARIS A CORBEIL.

STATIONS	MAT. u° 21	MAT. n° 23	Dim. et Fêtes	SOIR. n° 25	SOIR. n° 27
PARIS...	7 30	12 00	5 5	5 5	8 5
Choisy,...	7 29	12 44	3 14	5 19	8 47
Villeneuve..	7 37	12 52	3 22	5 27	8 56
Athis....	7 43	12 58	3 28	5 33	9 4
Juvisy....	7 49	1 4	3 34	5 36	9 12
Ris.....,	7 56	1 11	3 41	5 46	9 20
Evry....	8 6	1 21	3 51	5 56	9 31
CORBEIL	8 13	1 28	3 58	6 3	9 38

Prix des Pl. Aller ou ret.	1re c. 24 p.	2e c. 30 p	3e c. 36 p
Choisy,...	1 »	» 60	» 50
Villeneuve..	1 45	1 10	» 75
Athis.....	1 75	1 30	1 »
Juvisy....	1 95	1 50	1 10
Ris -.....,	2 50	1 85	1 40
Evry.....	2 90	2 »	1 50
CORBEIL..	3 »	2 10	1 60

Corresp. à Corbeil avec Melun, Milly, Maleshebes et Puiseau.

LIGNE DE LYON.
Section de Paris à Châlon.
Embarcadère : boulevart Mazas.

DÉPARTS DE PARIS.
mat. 7-35, 9-5, 11-5, 12-35
soir. 3-35, 6-5, 8-5.

PRIX des PLACES			STATIONS.
1re cl	2e cl.	3e cl	
f. c	f. c	f. c	
1 55	1 15	» 85	Villen.-S.-G.
1 85	1 40	1 05	Montgeron.
2 25	1 70	1 25	BRUNOY,
2 70	2 »	1 50	Combs-la-Vill
3 20	2 40	1 80	Lieusaint.
3 90	2 95	2 20	Cesson.
4 65	3 50	2 60	MELUN.
5 25	3 95	2 95	Bois-le-Roi.
6 10	4 60	3 40	FONTAINE
6 60	4 95	3 70	Thomery.
7 10	5 35	4 »	Moret-St-Mam
8 15	6 15	4 55	MONTEREAU
9 30	7 »	5 20	Villen.-la-Guy
10 55	7 95	5 90	Pont-s.-Yonne
11 65	8 80	6 50	SENS.
13 10	9 85	7 35	Villen.-s.-Yon
13 95	10 50	7 80	St-Jul.-du-Sau
15 10	11 35	8 45	JOIGNY.
16 »	12 05	8 95	LAROCHE.
16 95	12 75	9 45	Brienon.
17 85	13 45	10 »	St-FLORENT
19 »	14 30	10 60	Flogny
20 35	15 30	11 35	TONNERRE.
			Dijon.
»	»	»	DIJON.
» 75	» 55	» 40	Perrigny.
1 10	» 85	» 65	Gevrey.
1 85	1 40	1 05	Vougeot.
2 25	1 70	1 25	Nuits.
3 »	2 25	1 65	Corgoloin.
3 90	2 95	2 20	BEAUNE.
4 65	3 50	2 6	Meursault.
5 4	4 10	3 0	Chagny.
6 10	4 6	3 40	Fontaines.
7 10	5 35	4 »	CHALON.

LIGNE de PARIS à TROYES par Montereau.

PRIX des PLACES			STATIONS.
1re cl.	2e cl.	3e cl.	
f. c	f. c.	f. c	
8 15	6 15	4 55	MONTER
9 50	7 15	5 30	Chatenay.
10 30	7 75	5 75	Vimpelles
10 60	8 »	5 95	Les Ormes
11 65	8 80	6 50	Hermé.
12 15	9 15	6 80	Melz.
12 80	9 65	7 15	Nogent.
13 70	10 35	7 65	Pont-s.-S.
14 65	11 05	8 15	Romilly.
15 85	11 95	8 85	Mesgrigny
16 50	12 40	9 20	St-Mesmin
17 30	13 05	9 65	Payns.
17 95	13 50	10 »	Barberey.
18 45	13 90	10 30	TROYES.

Dans les stations ci-dessus, sont établies des correspondances avec les environs.

1re LIGNE : Villeneuve-St-George, Montgeron, Brunoy, Melun, Fontainebleau, Montereau, Joigny, Laroche, St-Florentin, Tonnerre.

2e LIGNE : Mesgrigny, Pont-sur-Seine, Les Ormes, Vimpelles.

VOITURES A 30 CENTIMES dites OMNIBUS

Avec leurs points de départs et leurs stations.

OMNIBUS. De Bercy à la Madeleine, de la barrière du Trône au Carrousel, de la Bastille à la rue St-Lazare, 110. De la barrière du Roule aux Filles-du-Calvaire, de la barrière Blanche à l'Odéon, de la barrière de Passy au Carrousel, de Neuilly à la Madeleine, de Bercy au Louvre.

ORLÉANAISES. Du pont de Neuilly au Louvre, correspondance avec les Constantines pour le chemin de Versailles (rive droite).

DAMES-RÉUNIES. De la Villette à la place Saint-Sulpice, de Grenelle à l'église Saint-Laurent, faubourg Saint-Martin.

TRYCICLES. Barrière du Maine, chemin de fer de Versailles (rive gauche), à la porte Saint-Denis,

FAVORITES. De la Chapelle Saint-Denis à la barrière d'Enfer, de Vaugirard à Tivoli, de la barrière des Martyrs aux Gobelins, du chemin de fer du Nord à la place Saint-Sulpice.

DILIGENTES. De la barrière de Charenton à la rue Saint-Lazare, des Batignolles-Monceaux à la rue du 29 Juillet.

BEARNAISES. Du Gros-Caillou à la Bastille par la place Saint-Sulpice.

CITADINES. De Belleville à la place Dauphine, par la place de Grève, de la place des Petits-Pères à Belleville.

BATIGNOLLAISES. Des Batignolles au Cloître-St Honoré, correspondance avec les Trycicles, Gazelles, Hirondelles.

GAZELLES. De la rue des Pyramides à la Gare du chemin de fer d'Orléans.

HIRONDELLES. Barrière de Rochechouart à celle Saint-Jacques, et de la place Cadet à la rue Pascal, quartier Mouffetard.

PARISIENNES. Barrière du Montparnase au boulevart du Temple, du Panthéon à l'Opéra, de Vaugirard à Saint-Sulpice.

CONSTANTINES. De la plaine de Passy au faubourg Saint-Martin, par l'embarcadère rive droite de Versailles, Saint-Germain et Rouen.

EXCELLENTES. Les boulevarts extérieurs du Nord, depuis Bercy jusqu'à Passy.

GAULOISES. Du Jardin-des-Plantes jusqu'au Palais de la Chambre des Députés par les boulevarts du Midi.

MONTROUGIENNES. De Montrouge à la rue de Grenelle-Saint-Honoré, 44

LES BARRIÈRES DE PARIS.

COUP D'ŒIL GÉNÉRAL.

Les tours de l'église de Notre-Dame, un des plus anciens
monuments de Paris, en occupent encore à peu près le
centre. C'est à partir de ce point que, sur toutes les routes
qui mettent la capitale en communication avec toute la
France, se comptent en kilomètres et myriamètres les distances indiquées par des pierres milliaires, dont le chiffre,
très-nettement tracé sur une plaque de bronze ou de fonte,
est un utile renseignement souvent consulté par le piéton
fatigué d'une trop longue course.

1

Si vous voulez planer de très-haut sur Paris, postez-vous à la cime des buttes Montmartre, ou dans la lanterne, audacieux belvédère dont est surmontée la coupole du Panthéon; de là votre œil pourra embrasser une immense étendue remplie de toutes les créations et de tous les accidents d'une civilisation avancée; vous plongerez à la fois dans la ville et dans la campagne, et, avec l'aide d'un télescope, rien ne vous sera plus facile que de faire sur place de lointaines excursions.

De tous côtés se déroule un immense panorama riche d'aspect et de variété, et rien ne s'oppose à ce que vous découvriez dans toute son étendue la configuration de cet arc un peu irrégulier que trace la Seine dans son cours et qui fait deux portions inégales de cette surface tantôt plane, tantôt montueuse de 34,379,016 mètres carrés, sur laquelle s'élèvent les 29,526 maisons parisiennes et les nombreux édifices affectés, soit à des services publics, soit à des exploitations industrielles.

C'est dans cet espace que se sentent déjà bien à l'étroit, sans cesse coudoyés qu'ils sont par une population flottante de plusieurs centaines de mille étrangers venus de toutes les contrées du globe et de toutes les provinces de la France, 1,053,869 résidents, propriétaires, rentiers, fonctionnaires de l'Etat, employés de toutes classes, gens de lettres, artistes, industriels, ouvriers et personnages d'aventure ou d'intrigue sans moyens connus d'existence.

Du Panthéon vous jouirez d'une magnifique perspective; mais sans doute vous serez curieux aussi de voir comment cette toute petite *Lutèce*, à peine comparable, il y a quelques siècles, à l'un de nos bourgs de première classe, a grandi au point de renfermer dans ses murs une multitude assez considérable pour former à elle seule l'équivalent de ce qu'en Allemagne ou en Italie on ne fait nulle difficulté d'appeler une nation ou un peuple. Ceci est l'histoire du gland qui, dans son origine, donne naissance à une tige à peine perceptible, puis c'est une plante dont les proportions n'ont rien de remarquable; elle croît et n'est presque encore qu'un arbrisseau qui attire peu les regards; enfin, dans le baliveau s'annonce un arbre, et cet arbre est un chêne, le colosse et le quasi impérissable vieillard de l'antique forêt.

Si vous désirez assister rétrospectivement au développement successif d'un germe de cette espèce, montez sur l'une des tours de l'église métropolitaine, orientez-vous : si vous avez derrière vous le chevet de la cathédrale, et devant vous son parvis, vous faites face au couchant. Tout ce pâté de maisons qui s'étend entre les deux bras du fleuve est l'ancien Paris; vous êtes dans une île que les chefs gaulois, au temps de l'invasion romaine, sous Jules César, choisirent pour place de guerre. A cet emplacement se bornait *Lutèce*, chef-lieu du territoire des *Parisis*. Plus tard cette bicoque prit le nom de *la Cité*. La superficie de l'île était alors moins grande d'un cinquième environ qu'elle ne l'est aujourd'hui; sa longueur allait du chevet de l'église jusqu'à l'endroit où a été bâtie la rue du Harlay; elle s'est accrue par sa jonction avec une île de moindre importance; en comblant l'intervalle, on a fait disparaître la séparation. Aujourd'hui elle appuie son extrémité aux arches du Pont-Neuf. Notre-Dame commande et domine tous les autres édifices de la Cité : l'Hôtel-Dieu, la Morgue, la Sainte-Chapelle, le Palais-de-Justice, la Conciergerie, la préfecture de police et la place Dauphine.

La Cité ou *Lutèce* n'avait primitivement d'autre défense que sa ceinture d'eau qui l'environnait de toutes parts; elle ne communiquait avec les deux rives qu'au moyen de barques, qui furent remplacées par des ponts en bois sous Julien-l'Apostat. Alors la ville prit quelque extension du côté de l'ouest. Le palais et les Thermes de Julien, dont les vestiges se voient rue de La Harpe, un peu avant d'arriver à la rue des Mathurins, ne furent sans doute pas construits dans un désert : plusieurs habitations durent s'élever dans le voisinage de la demeure impériale, et il est très-probable qu'à cette époque une rue descendait de la colline dans la direction du lieu où l'on passait le fleuve pour se rendre au temple d'Isis, à la place duquel s'élèverait un jour l'église consacrée à la mère du Christ.

Jusqu'en l'an 885, Lutèce, encore de toutes parts environnée de forêts et de marais presque infranchissables, fut resserrée dans des limites assez étroites. Insensiblement sa population s'étant augmentée, elle déborda sur la rive droite et sur la rive gauche : c'est autour de l'Hôtel-de-Ville jusqu'au-delà de l'église Saint-Germain-l'Auxerrois, et dans l'espace compris entre le bas des rues de La Harpe et Saint-Jacques que se trouvent les anciens quartiers.

Lutèce est devenue Paris et la capitale d'un royaume exposé à de fréquentes agressions. En 1134, Louis VI, dit *le Gros*, l'entoura d'une épaisse muraille et fit creuser des fossés, afin de se mettre à même de résister aux attaques incessantes des grands vassaux. Il n'y a que peu d'années ce cœur de Paris avait encore une physionomie particulière : tout y était compacte et sombre, partout l'aspect de la vétusté ; aujourd'hui le marteau a fait de nombreuses éclaircies dans ces tristes et froides demeures de nos ancêtres, et, grâce aux alignements et à la régularité des constructions nouvelles, l'air et la lumière peuvent enfin pénétrer dans des rues élargies et débarrassées de leurs immondices.

Le mur construit sous Louis-le-Gros partait de la rive droite de la Seine, dans le voisinage de l'église Saint-Germain-l'Auxerrois, qu'il enserrait avec toutes ses dépendances ; sur la rive gauche, il reprenait à peu près à l'endroit où commence la rue Mazarine, tout près de l'emplacement sur lequel il est à présumer, d'après les indices fournis par des fouilles récentes, qu'existait autrefois la fameuse tour de Nesle. Paris était alors un peu plus développé sur la rive droite que sur la rive gauche ; il était compris tout entier entre deux arcs inégaux de circonférence.

En 1205, sous Philippe-Auguste, le Paris extérieur à l'enceinte était déjà beaucoup plus considérable que le Paris intérieur : ses faubourgs avaient pris une telle importance, qu'on ne dut plus différer de les assimiler à la ville. Cette assimilation s'effectua au moyen d'une troisième enceinte, dite *enceinte de Philippe-Auguste*, dans laquelle fut enfermée une partie de la campagne destinée aux accroissements futurs. Ils furent rapides, notamment sur la rive droite, où ils dépassèrent toutes les prévisions et nécessitèrent bientôt de ce côté une nouvelle clôture ; elle fut bâtie sous Charles V et Charles VI.

Cette quatrième enceinte avait à peu près la configuration de la moitié d'un octogone irrégulier coupé en deux par le cours de la Seine, en amont, un peu au-dessus de l'île Louviers, où l'on voit aujourd'hui la bibliothèque de l'Arsenal ; en aval, à la hauteur du pont des Tuileries. A son point le plus distant de la rivière, elle touchait à ce qu'on nomme aujourd'hui la rue Basse-du-Rempart. La rue du Rempart qui, de la rue de Richelieu, en face du Théâtre-Français, va aboutir à la rue Saint-Honoré, donne un autre point de sa direction.

L'équilibre entre les deux rives tend de plus en plus à se rompre : Paris, stationnaire sur la gauche, s'avance constamment sur la droite ; sans cesse il gagne du terrain et toujours en aval du fleuve. En 1630, Louis XIII fait couvrir cette partie, qui a le privilége de rester la plus vivante, par un mur bastionné, avec des tourelles de distance en distance. La Bastille et ses fossés se reliaient à cet ensemble de fortifications. En 1668, par une ordonnance de Louis XIV, le mur, les bastions, les tourelles, furent transformés en boulevarts, et la ville agrandie resta sans clôture régulière jusqu'en 1784. On peut encore voir, par une inscription placée sur une maison de la rue Dauphine, que, jusqu'au règne de ce monarque, le Paris de la rive gauche s'arrêtait avant d'arriver au carrefour Bussi. Les boulevarts intérieurs retracent le périmètre de la chemise qui formait avant Louis XIV la démarcation entre Paris et ses faubourgs, qui ne cessèrent de s'étendre dans la campagne environnante.

Sous **L**ouis XVI, le savant Lavoisier, qui était en même temps un des 40 fermiers généraux, eut la pensée fort peu philantropique de quintupler les revenus du fisc, en portant les limites de la capitale à une très-grande distance de son centre. C'est lui qui lui assigna une nouvelle frontière dans laquelle furent enclavés tous ses faubourgs soumis dès lors à payer des droits d'entrée sur les principaux objets de consommation.

Cette nouvelle enceinte, assez élevée pour rendre la fraude difficile, fut percée d'un assez grand nombre d'ouvertures pour qu'elles correspondissent à toutes les routes et n'en travassent en aucune façon les relations avec le dehors. Elle suit les contours d'un vaste poligone de 24,100 mètres, c'est-à-dire de 6 lieues, n'ayant pas moins de 40 côtés inégaux, comme les angles qu'ils forment. — Les ouvertures, toutes fermées par une grille et gardées par les employés de l'octroi, sont au nombre de *cinquante-cinq*.

L'immense ligne de fortifications qui, sous le règne de Louis-Philippe, a coûté à la France plus de 750 millions, constitue une autre frontière plus infranchissable dans laquelle on a fait entrer un grand nombre de villages : *sur la rive droite :* Bercy, la Grande-Pinte, Ménilmontant, Belleville, La Villette, La Chapelle, Montmartre, Clignancourt, les Batignolles, Monceaux, les Ternes, Passy, Chaillot, Auteuil, le Point-du-Jour. — *Sur la rive gauche :* le hameau d'Austerlitz, Gentilly, le Petit-Montrouge, Plaisance, Vaugirard, Grenelle. Plusieurs de ces localités ont une population plus considérable que celle de beaucoup de chefslieu de département, les Batignolles et Belleville ont l'un et l'autre été mis au rang des cités.

L'enceinte continue, dont les sinuosités géométriques correspondent dans leur ensemble à une étendue de 20 lieues, permet la communication avec la campagne par 56 percées dont les principales sont à ciel ouvert et les autres en forme de tunel.

Les barrières de la rive droite, au nombre de 58, sont

comprises entre la barrière de la Râpée et celle de Passy; celles de la rive gauche, au nombre seulement de 17, sont comprises entre la barrière de la Gare et celle de la Cunette.

Si l'on fait abstraction des saillies anguleuses formées par les lignes auxquelles appartiennent les 38 barrières de la rive droite, on peut dire que ces lignes qui, dans leur parcours, effleurent le pied des buttes Saint-Chaumont, les abords un peu rudes de Ménilmontant, de Belleville, de Montmartre, etc., dessinent en quelque sorte un arc de cercle commençant et finissant à la Seine, d'une part, par la barrière de la Râpée, de l'autre, par celle de Passy.

Les trois grands rayons, ou si l'on veut, les trois flèches de cet arc, sont les rues Saint-Martin, Saint-Denis et Poissonnière, ayant chacune dans le faubourg de son nom un prolongement qui aboutit à la barrière. — Le segment, sur la rive gauche, égale à peu près en superficie le tiers du segment sur la rive opposée, bien que l'arc qui se termine soit exactement de la même ouverture et s'appuie sur la même base; l'une de ses extrémités est la barrière de la Gare, à la même hauteur relativement au cours de la Seine, que celle de la Râpée, l'autre extrémité est la barrière de la Cunette, à la hauteur de celle de Passy. C'est par ces quatre barrières que les deux murailles s'abouchent aux deux rives du fleuve dont la passe, en amont comme en aval, est gardée par des bateaux en vedette, qui s'opposeraient à tout introduction par eau.

Les Parisiens ne virent qu'avec douleur s'élever cette triste clôture qui ne pouvait jamais les protéger et qui établissait dans leur ville la cherté de tout ce qui est de première nécessité. Le travail n'était pas achevé, qu'il avait déjà coûté 25 millions, et il excitait les plus vifs mécontentements, quand, au 14 juillet 1789, le peuple brisa les barrières. L'Assemblée nationale, le 1er mai 1791, décréta l'abolition des droits d'entrée dans les villes; le Conseil des Cinq-Cents, le 27 fructidor an 7, les rétablit sous le titre d'octroi municipal de bienfaisance, et il en affecta le produit aux hôpitaux. Le régime impérial fit rétablir les barrières et achever le mur d'enceinte. La Restauration maintint l'impôt et étendit même la perception à plusieurs objets qui jusque-là en avaient été exempts, en prononçant des peines plus sévères contre ceux qui tenteraient de s'en affranchir. Pendant l'insurrection de juillet 1830, plusieurs barrières furent brisées ou incendiées; le même fait fut répété en février 1848. Le gouvernement provisoire eut quelque velléité de supprimer un impôt qui, depuis longtemps, soulève une telle antipathie; mais, en attendant que la science économique puisse fournir un moyen de supprimer entièrement les taxes sans compromettre les ressources nécessaires à la cité, on s'est borné, pour répondre au reproche qu'elles n'effleuraient que les jouissances des riches, à frapper d'un droit quelques-uns des nombreux articles qui sont principalement à leur usage.

Les frais de perception de l'octroi ne s'élèvent pas à moins de *deux millions cent soixante-cinq mille six cent un francs.*

La recette totale, pendant l'année 1849, a été de *trente-trois millions dix-sept mille sept cent quarante-huit francs* prélevés sur les boissons, sur les alcools dénaturés pour leur emploi à l'éclairage ou dans les arts, sur les liquides, huiles, vinaigres, raisins, sur les viandes ou autres comestibles, sur les combustibles, sur les fourrages, les matériaux et bois de construction.

Les vins en bouteille, huile d'olive, pâtés, écrevisses, truites, saumons, turbots, esturgeons, huîtres, volailles fines, gibiers, dindes, oies, lapins, agneaux, chevreaux, cire blanche, bougie, etc., ont à peine produit *dix-huit cent mille francs;* tel a été résultat des droits nouvellement établis. Le budget municipal de Paris contient un chapitre pour les dépenses destinées à solder la délation en matière de fraude des droits du fisc. Cet espionnage, pour le compte de l'octroi est la dernière ressource du fraudeur dont toutes les ruses et stratagèmes ont été percés à jour. Trahi, ou pris trop fréquemment en flagrant délit, il devient à son tour un faux frère, et mérite ainsi l'indulgence.

Pas un ballot, pas une caisse, pas un paquet, expédiés de l'extérieur ne pénètrent à l'intérieur de Paris sans avoir été ouverts, examinés, scrutés, sondés, et, parfois, les objets qu'ils contiennent en souffrent quelque peu. Pas une malle, pas une valise, pas un sac de nuit, pas un nécessaire apporté par un voyageur, pas un colis, pas une calebasse, expédiés par le commerce, ne peuvent se soustraire à l'investigation des commis. Le fisc municipal, s'il se le mettait en tête, pourrait s'assurer, lorsque vous vous présentez à la barrière, qu'entre votre peau et votre gilet de flanelle vous ne portez point d'objets soumis aux droits. Si le fisc ne vous visite pas toujours ainsi, c'est pure bienveillance de sa part. Son droit va jusque-là, ou plutôt son droit n'a pas de limite, et les promeneurs parisiens, à qui il a pris la fantaisie bien naturelle d'aller respirer l'air de la campagne, ont toujours, en repassant à la barrière, la jouissance de se voir, eux, leurs femmes et leurs filles, examinés, maniés et fouillés comme des voleurs ou des contrebandiers. Que l'on rentre avec des reliefs de son dîner qu'on aura emporté de Paris pour n'avoir point à faire de dépense, pâtés, veau ou jambon, quelque peu qu'il y en ait, on le saisira, peut-être même fera-t-on un procès-verbal, si l'on n'a pas cru que la déclaration en fût obligatoire.

Au point de vue architectural, les barrières de Paris construites sur les plans de l'architecte Ledoux méritent peu de fixer l'attention : presque toutes sont des édifices sans goût, un lourd assemblage de pierres de taille bizarrement disposées, des bâtiments sans appropriation à la destination qu'on voulait leur donner. Rien de plus pitoyable que la fécondité prétentieuse qui ne sut produire qu'une si pauvre, si mesquine, si triviale variété. Nous ne nous arrêterons pas devant ces monumentales guérites de l'octroi; au-delà commence un autre monde qui se teint plus ou moins des nuances si diverses de la grande cité, bien que sous une foule de rapports il en diffère essentiellement.

Le dimanche, le lundi, quelquefois même le jeudi, une grande partie de la population parisienne, celle du moins qui travaille ou tient le comptoir pendant les journées pénibles de la semaine, se répand dans la zone comprise entre le long mur de l'octroi et l'enceinte des fortifications. C'est là que toute cette masse de boutiquiers et de prolétaires laborieux va voir une campagne qui n'existe plus, car le moellon a tout envahi, et où, il y a peu d'années encore, l'œil pouvait se reposer sur la verdure, où les pelouses et les ombrages invitaient à s'asseoir, il n'y a plus que les murs rougis des marchands de vin bleu, les tables disloquées des guinguettes, une atmosphère de fanges et de fritures, des rues sales, où une stupide tendance à la *villa* alterne avec la dégoûtante réalité du bouge, du repaire ou du lupanar. C'est dans ce rayon que l'épicier, le bonnetier, le charcutier retirés du commerce, se donnent leur maison de plaisance et leur quasi-jardin, au milieu des eaux de savon en putréfaction, des nauséabondes senteurs de la gadoue ou de la poudrette et des vapeurs méphitiques de tous les établissements insalubres consignés aux portes de Paris par les résultats de l'enquête hygiénique *de commodo et incommodo*.

Depuis vingt ans l'écorce de cet énorme tronc qui fut jadis Lutèce s'est singulièrement grossie. Que de lichens, que de mousses, que d'agarics vénéneux, que de parasites de toutes espèces, que d'insectes dangereux, que d'existences infectes, ou tout au moins suspectes, se sont implantés là pour obtenir leur subsistance, pour la pomper, qui d'une façon, qui d'une autre, du grand corps dont ils semblent être une des émanations! Cette écorce où se mêlent le bien et le mal, cette plus voisine banlieue de la capitale, est aussi le pays des grandes usines, des fabriques, des manufactures importantes, et de quelques industries qui emploient beaucoup de bras et exigent de vastes emplacements.

Non loin de ces bâtiments qui s'isolent d'ordinaire, dont les murs froidement réguliers sont percés de nombreuses fenêtres, remarquez-vous quelque hangar pareillement isolé? Une hutte de vieilles planches mal jointes, encapuchonnée d'une toile à voile salement goudronnée pour préserver de la pluie un intérieur des plus nus. Une épaisse fumée s'échappe de ce taudis : à la voir fuir par mille interstices, vous imagineriez que là se couvent les flammes dévorantes d'un incendie au moment d'éclater ; il n'en est rien, ce sont des fraudeurs et leurs maîtresses qui se chauffent, en s'abreuvant du trois-six, ou d'un cru douteux d'Orléans ; ils s'apprêtent à se *farguer de la camelote* (se charger de l'alcool ou de l'huile), qu'ils se proposent d'introduire dans Paris, sans mettre dans leur confidence la vigilante milice de l'octroi.

La hutte où ils se rassemblent, combinent leurs ruses, préparent leurs stratagèmes, est ce qu'ils appellent le *château des Ventouses ;* c'est un réceptacle de femmes de mauvaise vie, d'hommes sans aveu qui ont eu maints démêlés avec la justice ; c'est en même temps une école d'immoralité, de fainéantise et de crime pour l'ouvrier qu'un trop long chômage condamne à accepter comme une ressource de transition pour sa famille et pour lui le trop chanceux métier de fraudeur.

L'ouvrier qui a goûté une fois de cette vie aventureuse se familiarise avec le gain et la débauche faciles ; bientôt il oublie sa femme et ses enfants, qu'il voulait secourir, pour des dévergondées devenues ses intimes ; son ménage est détruit et lui-même est perdu sans retour : infailliblement il est sur le chemin de la correctionnelle ou de la Cour d'assises ; il y a pour lui du bagne ou de la réclusion en perspective. Sa peine expirée, il reviendra parmi ses camarades de l'*extra muros ;* il les retrouvera, et il recommencera avec eux cette vie de bohème, parsemée d'aubaines et de déshonorantes catastrophes.

Entre les deux enceintes, il y a bien des peuplades, chaque barrière, pour ainsi dire, a la sienne, qui reflète un peu les mœurs du faubourg auquel elle correspond, et emprunte en même temps quelques traits des ci-devant villageois de la banlieue, métamorphosés par leur prospérité en citadins d'une rusticité de voyous.

Dans toute cette collection de peuplades diverses, le failli, le banqueroutier, l'escroc de bas étage, le libéré, le maraudeur, le rôdeur, l'individu de l'un ou l'autre sexe réduit à se dérober aux inconvénients d'une fâcheuse réputation, peuvent toujours se flatter de trouver un milieu où l'on s'inquiétera peu de la pureté de leurs antécédents, de ce qu'ils sont et d'où ils viennent ; si la police ne s'en mêle, personne ne s'en enquerra.

Cette locution proverbiale *marié au treizième*, prise dans l'acception qu'elle avait avant que le treizième arrondissement eût une existence légale dans le département de la Seine, peut s'appliquer à la plupart des couples qui viennent cohabiter à proximité des barrières.

Les petits commerces sans mise de fonds, sans marchandise, sans achalandage y foisonnent ; les débits de *consolation* s'y fondent avec une simple bouteille de rogome, et dix flacons transparents d'une eau diversement colorée. L'épicier s'installe avec des barriques et des caisses vides, des chandelles de bois et des cônes de glaise recouverts d'un papier bleu pour figurer les pains de sucre. Plus d'un marchand de vin n'a dans sa cave que l'unique feuillette de bleu dit d'Argenteuil, qu'il livre à la consommation sous tous les cachets et à tous les prix possibles, et plus d'un gargottier, qui a fait écrire sur sa porte : *un tel donne à boire et à manger*, ne sait en se levant si, faute de provisions et d'argent, s'il ne se couchera pas sans souper : il faut qu'un passant se fourvoie pour le nourrir.

Peu de marchands des barrières sont assurés d'un lendemain. Les boutiques, magasins, cabarets, guinguettes, estaminets ou cafés, ne font là que se fermer derrière un locataire qui s'est éclipsé en mettant la clef sous la porte, que s'ouvrir pour un autre qui l'imitera. Rien de stable, rien de prospère que les vastes établissements où l'attrait d'un orchestre assourdissant, d'une batterie de cuisine resplendissante, d'un jardin de lilas, d'un salon de 600 couverts pour noces et festins, et d'une foule de cabinets particuliers pour les noces à huis-clos, amène l'affluence aux beaux jours de l'année. Les propriétaires de ces échantillons du pays de Cocagne sont les heureuses notabilités de céans ; à eux toute l'importance locale et les honneurs municipaux ; à eux les grades dans la garde nationale, tant pédestre qu'équestre ; dans cette milice plus ou moins fricoteuse de la petite banlieue, qui paie à boire peut avoir de l'avancement. Dans un temps l'ambition était aussi permise aux *pratiques* qui avaient servi sous *l'autre*, on les régalait même pendant qu'ils régalaient à leur tour du récit plus ou moins véridique de leurs campagnes. Marengo, Austerlitz, Friedland, Moscou et surtout Waterloo payaient l'écot pour eux ; mais aujourd'hui, c'est fini pour la gloire, les *culottes de peau* ne sont plus écoutées, c'est du vieux, du trop vieux ; les bédouins et Abd-el-Kader ne font même plus les frais de la conversation : personne ne se vante de ses exploits dans la guerre civile ; on ne parle plus que de la Californie, de San-Francisco, du Sacramento, des mines d'or et des malheureux qui vont y puiser à pleines mains : ce sont les *écoute-s'il-pleut* du moment.

La Californie apparaît déjà sur les enseignes ; elle se substitue au *Grand-Vainqueur* et au *Petit-Caporal*, qui ne sont guère plus de mode que dans les parages des Invalides. Méfiez-vous de la Californie, tant d'enseignes sont trompeuses ! Si vous lisez quelque part (et vous en aurez fréquemment l'occasion) *bon petit vin de propriétaire*, *je vends mon vin*, *vin du vigneron*, ne donnez pas dans le panneau ; il y a un puits dans la maison, et l'on vous abreuvera d'une décoction des plus malfaisantes ; le soi-disant propriétaire et vigneron cumule deux professions sous une

patente unique : teinturier et empoisonneur. Gens de tous
états qui n'ont pu faire leurs affaires dans Paris, achè-
vent de se couler dans la petite banlieue; quelquefois pourtant ils prennent racine dans son sol et y végètent jusqu'à
la fin : le cordonnier y devient inhabile à la fine chaussure,
le tailleur s'y rouille et devient incapable de donner la
moindre tournure à la coupe de ses habits; la modiste s'y
perd la main et se fausse le goût dans les rhabillages; la
lingère ne confectionne plus que des layettes, des blouses
ou des bourgerons; pas de talent, pas d'aptitude qui ne se
perde; la fine fleur des cuisinières s'étiole dans la fastidieuse
et incessante répétition de l'éternelle gibelotte de lapin ou
de chat, l'un vaut l'autre, ou bien elle s'épuise à métamor-
phoser en bifteck la chair du cheval abattu, à raffermir le
veau mort-né. Au reste, les supériorités en quoi que ce
soit se trouvent si bien dans Paris, que rarement elles émi-
grent dans la petite ou dans la grande banlieue, qui n'est
après tout que le refuge des masettes et des camps-volants.
Ces derniers sont en perpétuelle circulation de la rive droite
à la rive gauche, de la Râpée à la Cunette, de la Garre à
Passy, se dépaysant à coup de déménagements furtifs, de
barrières en barrières, et arrivant inévitablement, par une
série de châteaux en Espagne et de trous faits à la lune, au
terme fatal de l'hôpital ou de la prison.

C'est dans la petite banlieue que le tourlourou rencontre
son île de Calypso. Les nymphes qui l'attirent en manière
de syrènes fortement avinées, sont tout ce qu'il y a de plus
révoltant dans la prostitution. Les antres enfumés qui les re-
cèlent sont souvent le théâtre de rixes sanglantes. Si, en
votre chemin, vous apercevez, entassée dans une tapissière,
une troupe femelle hurlant des couplets plus ou moins dé-
cents et agitant des bouquets dont l'éclat et la fraîcheur
contrastent avec la tenue désordonnée, la flétrissure mal
dissimulée et le caractère anti-virginal de ce groupe, dites-
vous que ce convoi à l'air dévergondé se compose des
prêtresses de Vénus Cloacine, soumises à la visite du dis-

pensaire au bureau des mœurs; c'est le contingent des Laïs de barrière qu'on ramène au gîte, en attendant qu'elles soient envoyées à Saint-Lazarre. Tous les ci-devant villages enclavés dans la dernière enceinte de Paris sont infestés de cette lèpre, qui, se trouve-t-elle inoccupée au logis commun, va comme errante s'embusquer dans les chemins de traverse, à l'affût du promeneur isolé; malheur à lui s'il succombe à une inconcevable tentation ! Il n'y a plus de sûreté ni pour sa vie ni pour sa bourse. C'est dans l'immonde fréquentation de ces viragos, au milieu des brocs et des pintes, que les beaux fils villageois, dont les parents se sont enrichis par la culture maraîchère ou par le blanchissage sur une grande échelle, se façonnent à tous les genres de dépravation ; c'est ce qu'ils appellent *s'affranchir*. Montmartre possède un moulin à vent où s'opèrent des affranchissements de ce genre.

Pauvre génération que celle qui proviendra de ces indigènes de la petite ou de la grande banlieue! Pas un pan de mur qui n'annonce qu'elle est sérieusement menacée; partout s'étalent sur le plâtre les affiches de Boiveau-Laffecteur, du docteur Olivier, de Charles-Albert et de leurs nombreux concurrents; mais, comme les filles ne vont pas moins à la dérive que les garçons, et que les uns et les autres sont en pleine décadence de mœurs, les placards donnant l'adresse et le prix des maisons d'accouchement frappent à chaque instant les regards. Ils prouvent l'utilité pour tout le monde de savoir lire, ne fût-ce que le gros caractère.

L'indigène de la banlieue a tous les vices du Parisien sans avoir aucune de ses qualités : tout bourgeois est à ses yeux une proie qu'il doit exploiter et mépriser en même temps. Il ne manquera jamais de le rançonner à outrance.

Si vous dirigez vos pas par un étroit sentier à travers les rares parcelles de vigne qui se remarquent çà et là dans cette zone autrefois en grande partie consacrée à la culture, gardez-vous de vous baisser ou de vous accroupir, si c'est aux approches de la maturité du raisin, on sera trop heureux de vous avoir aperçu et de vous conduire chez le maire, où, sur des témoignages menteurs, vous serez infailliblement condamné à l'amende, comme un larron assez peu délicat pour mordre indûment à la grappe. Payez et soyez content de n'avoir pas été battu !...

Ennemi du bourgeois, le cultivateur aisé de la banlieue vise cependant à lui ressembler, sinon par ses manières, du moins par son costume : les jours de grandes fêtes et tous les beaux dimanches, il se munit de ses breloques, de sa chaîne d'or, se chausse de ses bottes à semelles cabochées pour plus d'usage, endosse la rédingote de longueur, ou l'habit de fin drap en queue de morue, s'il n'est exagérément écourté, se coiffe du chapeau soyeux et s'enfile dans un pantalon qui laisse voir jusqu'à mi-jambe la couleur des bas, lorsqu'il en a, pour fignoler son gros pied dans un escarpin. Ceci est d'une coquetterie grossière et passablement arriérée. Filles et femmes se sont montrées beaucoup mieux entendues dans leur toilette; elles se sont résignées à vouloir toujours paraître de leur village, et celles qui essaieraient de jouer la demoiselle ou la dame seraient des exceptions. Honnies, goaillées par leurs voisines, elles passeraient par les langues envenimées des moins vipères ; les tailles se sont allongées, les vieilles mamans seules sont restées indélébilement fidèles aux tailles courtes, au jupon extérieur, au tablier traditionnel de taffetas noir, vert, bleu, aurore ou violet. Les grosses blanchisseuses et les respectables moitiés des gros nourrisseurs, les laitières de première classe attendent Pâques ou Noël pour se carrer, les poings sur la hanche, dans leur robe de lévantine fleur de pêcher. Conservatrices à l'excès, ce n'est qu'au jour de ces grandes solennités qu'elles font prendre l'air à leurs hardes les plus précieuses et mettent au vent les nombreuses rangées de leur jaseron. Leur progéniture féminine ne se requinque jamais sans corset, sans l'artifice menteur de toutes les étreintes qui condensent ses appas, leur impriment un montant attractif et les préservent de vagabonder. Elle vise à la taille de guêpe et n'est plus étrangère aux progrès de la cosmétique ; plus d'une *fille de vierge* (on désigne ainsi celles qui, avec ou sans dévotion, sont enrôlées dans la confrérie, dont la place à l'église est dans la chapelle de la mère de Jésus); plus d'une fille de vierge, disons-nous, demande sa fraîcheur aux illusions du rouge végétal, et la blancheur de ses mains aux confections de l'illustre madame Mât; celle qui cherche un épouseur; vous embaume en passant de son eau de Cologne et vous émerveille de sa tournure perfectionnée par toutes les crinolines de l'univers.

Il y a quelque vingt ans, pour ne trouver aucune différence entre une demoiselle de Paris et une fille de la petite banlieue faubourienne, il aurait fallu les voir toutes deux dans le simple appareil de notre mère Eve ; aujourd'hui il n'est plus besoin de les voir déshabillées : la première sera tout à fait, pour le décor, semblable à la seconde, si vous lui ôtez le joli bonnet et les riches dentelles qui laissent à découvert les bandeaux d'une chevelure bien lissée et ses provoquants accroche-cœurs. Cette tenue dominicale, pour laquelle a été abandonnée la marmotte des heures de travail, s'unit parfois à un minois des plus agaçants, à un décolleté de gestes et de paroles, à une effronterie un peu cynique, un peu poissarde, très-propres à enhardir un citadin peu déluré ; mais qui s'y frotte s'y pique : ces demoiselles n'ont nul souci du *monsieur*; leur galant, si elles le rencontrent à la danse, c'est celui qui, en quittant les cartes ou le billard, au sortir du cabaret, les accostera d'un vigoureux coup de poing dans le dos, tendre caresse qu'elles lui rendront au centuple. Au reste, si vous ne voulez qu'il vous en mésarrive ne faites jamais la cour à l'une de ces beautés, quelque séduisante qu'elle soit : elles sont perfides ni plus ni moins que des transteverines ; et si elles ne vous tendaient un guet-apens, tous les garçons qui les regardent comme leurs Sabines ne manqueraient pas de vous traiter comme un Romain. Gare à qui se risque à chasser sur leur terre, cette fois le Romain aurait du dessous ; que voudriez-vous qu'il fît contre tous ? qu'il mourut ? Non, qu'il fût circonspect ou plutôt réservé.

D'une barrière à l'autre, d'un village à l'autre de la petite banlieue, il y a les plus étonnants contrastes ; ici le sang est beau, la constitution vigoureuse ; à quelques centaines de mètres de là hommes, femmes, enfants, tout est misérable, languissant, étiolé ; ici on parle à peu près le français vulgaire, tout à côté on n'entend que les idiotismes des faubourgs, un jargon singulier et ignoble, auquel vient se mêler l'argot des prisons et des bagnes ; pas de cabaret, pas de guinguette où l'on *n'entrave* ; on se croirait dans des cavernes de voleurs.

Sous tous les rapports, mœurs, habitudes, costumes, langage, opinions, chaque barrière participe du faubourg qui l'avoisine ou qui la hante. Aussi, autant de barrières, autant de physionomies, d'allures, de manières d'être diverses sur toute la zone. Dans tous les villages qui la peuplent sont répartis les bouchers, les boulangers, les charcutiers, qui viennent dans les halles vendre au prolétaire les viandes de qualité inférieure, le pain de farine avariée, et le cochon atteint de ladrerie. Les horticulteurs qui exploitent dans les marchés et chez eux la plus innocente des passions, celle dont on s'est épris pour les dons de Flore, n'ont point adopté de région spéciale pour leurs établissements ; les maraîchers affluent de toutes parts, et sans doute qu'il y a des laitiers-nourrisseurs dans tous les endroits où l'eau leur permet de faire l'abondance au nez et à la barbe du galactomètre, impuissant croquemitaine qui n'a jamais découragé la fraude.

Nous avons esquissé les caractères généraux de la banlieue faubourienne, les traits communs à l'ensemble, nous venons de les grouper, nous allons maintenant procéder à une exploration de détail, en prenant pour point de départ la barrière de la Râpée, et ne nous reposant un instant dans notre ronde circulaire que sur les hauteurs de Passy.

Dans cette pérégrination, nous tâcherons de ne rien omettre de ce qui peut intéresser la curiosité ; nous dirons tout ce qu'il y a de remarquable ; nous indiquerons tous les lieux où l'on peut encore s'arrêter avec plaisir, où l'on peut entrer sans se compromettre ; nous ferons connaître tous les établissements, restaurants, cafés, bals, guinguettes, qui se recommandent au public soit par l'irréprochable qualité et le bon marché des objets de consommation, soit par l'honnête composition des sociétés qui s'y rendent les dimanches et les jours de fête. Tout n'est pas à dédaigner à la barrière ; mais il y a un choix à faire, et les honorables exceptions, celles qu'en conscience nous devrons signaler sont encore nombreuses. Nous visiterons ensemble le monde des morts, les cimetières du Père-Lachaise, de Montmartre, du Montparnasse ; puis, après avoir jeté quelques fleurs sur une tombe délaissée, nous chercherons de moins lugubres impressions dans l'un des théâtres du directeur Seveste, et s'il vous plaît de faire de plus lointaines excursions, nous vous indiquerons les divers embarcadères et les heures de départ.

BARRIÈRES SUR LA RIVE DROITE

EN FAISANT LE TOUR DE PARIS PAR LES BOULEVARTS EXTÉRIEURS,

depuis la Râpée jusqu'à Passy .

1. La Râpée.
2. Bercy.
3. Charenton.
4. Reuilly.
5. Picpus.
6. Saint-Mandé.
7. Vincennes (ci-devant du Trône.
8. Montreuil.
9. Fontarabie.
10. Des Rats.
11. D'Aunay.
12. Des Amandiers.
13. Ménilmontant.
14. Des Trois-Couronnes.
15. Ramponneau (autrement de *Riom* ou de l'*Oreillon*).
16. Belleville.
17. De la Chopinette.
18. Du Combat.
19. De la Boyauderie.
20. De Pantin.
21. De La Viliette ou S.-Martin.
22. Des Vertus.
23. De Saint-Denis.
24. Poissonnière.
25. Rochechouart.
26. Des Martyrs.
27. Montmartre.
28. Blanche.
29. De Clichy.
30. De Monceaux.
31. De Courcelles.
32. Du Roule.
33. De Neuilly et de l'Étoile.
34. Des Réservoirs.
35. De Longchamps.
36. De Sainte-Marie.
37. De Franklin.
38. De Passy.

BARRIÈRES SUR LA RIVE GAUCHE

DEPUIS CELLE DE LA GARE JUSQU'A CELLE DE LA CUNETTE EN SUIVANT LES BOULEVARDS EXTÉRIEURS.

1. De la Gare.
2. D'Ivry.
3. D'Italie ou de Fontaine-bleau.
4. De Croulle-Barbe.
5. De Loursine.
6. De la Santé.
7. D'Arcueil.
8. D'Enfer.
9. Du Montparnasse.
10. Du Maine.
11. Des Fourneaux.
12. De Vaugirard.
13. De Sèvres.
14. Des Paillassons.
15. De l'Ecole-Militaire.
16. De Grenelle.
17. De la Cunette.

BARRIÈRE DE LA RAPÉE.

BERCY (GRAND ET PETIT). — CONFLANS.

Prenons pour point de départ la place de la Bastille, et dirigeons-nous vers la barrière de la Râpée.

Nous franchissons d'abord le faubourg Saint-Antoine, cet immense quartier si vivant, si industriel, si laborieux, si matinal dans toutes les saisons. Là, sont les hommes forts, énergiques, courageux de la grande cité, l'élite intelligente des ouvriers infatigables venus de tous les départements de la France pour satisfaire aux exigences du luxe et de la civilisation.

L'Alsacien, le Comtois aux instincts si sérieusement patriotiques, dominent par le nombre dans cette population active de producteurs d'une richesse dont la source ne se tarira pas aussi longtemps que Paris sera la métropole des sciences et des arts, d'une richesse qui créerait pour eux une prospérité certaine, durable et incessamment croissante, si jamais Paris pouvait devenir en réalité le foyer de la liberté, sous toutes ses formes. Aussi est-ce au faubourg Saint-Antoine que vit dans sa plus fière intensité ce sentiment démocratique qui tend à s'étendre dans toute la France, et qui bientôt ne laissera plus de place aux vieilles idées. Causez un instant avec ces prolétaires, qui ne demandent au travail que ce que le travail doit valoir, une assurance contre la misère, et vous ne tarderez pas à vous apercevoir combien depuis peu d'années le monde a marché ; ils vous étonneront par leur bon sens, par la solidité et la simplicité de leur raisonnement, comme ils vous édifieront par la douce austérité de leurs mœurs, leur esprit de famille et de confraternité, la pureté de leurs intentions, la justice de leurs vœux et de leurs espérances.

Si l'on se reporte au temps passé, on peut se souvenir que Bonaparte l'ancien fut l'idole du faubourg Saint-Antoine, où son plus zélé partisan était le filateur Richard Lenoir ; mais auparavant ce faubourg avait avec son général, le brasseur Santerre, déployé le drapeau révolutionnaire. Sous Louis-Philippe, il eut le malheur de croire que tout changement doit conduire à un meilleur ordre de choses ; depuis il s'est complétement désabusé, et de déceptions en déceptions, il en est venu à cette inébranlable et sage conviction, que les travailleurs ne doivent rien attendre que de la stabilité et d'eux-mêmes. Tout mouvement politique les trouverait sachant positivement ce qu'ils veulent ; car à cette heure, grâce au progrès, où il y a des bras, il y a de la pensée et de la réflexion..... Ce qu'ils veulent aujourd'hui, ce qu'ils voudront demain, c'est la paix à l'intérieur, la paix qui active et féconde tout, la paix qui rassérène le riche, et fait grandir sa bienveillance à l'égal de sa sécurité. Le temps des barricades est passé : après les agitations les labeurs, après les troubles et la guerre civile, dont Dieu nous préserve à jamais, le bon accord et l'union, source de toutes les joies et de toutes les prospérités.

Mais revenons à ce qui est simplement objectif, et poursuivons notre chemin à travers les mille bruits divers qui attestent que les habitants de ce faubourg ne sont pas gens à faire la grasse matinée lorsqu'un mauvais vouloir ou des terreurs exagérées n'ont pas fait brutalement fermer les coffres-forts de la commandite. Dieu veuille que les marteaux du forgeron continuent à nous assourdir, que notre tympan soit sans cesse déchiré par les bruits stridents de la scie, par les sifflements du rabot, par le va et vient du soufflet qui vivifie la flamme ardente du Mons et du Saint-Etienne! Puisse ne jamais s'éteindre la fournaise, l'enfer des fonderies, et s'élever jour et nuit des cheminées *obeliscales* ces fumées rouges qui sont comme le symbole et le drapeau d'une florissante industrie!

Nous sommes ici dans le pays des inventions éminemment utiles, des créations gigantesques, des appareils monstres, des machines les plus colossales, les plus ingénieuses, et, tout à côté de ces travaux de Cyclopes, il nous faut admirer des chefs-d'œuvre d'une délicatesse et d'un goût exquis; la plus belle, la plus élégante, la première ébénisterie du monde; des meubles que l'exportation fera accueillir avec joie aux derniers confins de l'univers. Ici on battrait les Cosaques avec enthousiasme, on braverait le czar s'il nous attaquait. En attendant, on travaille pour lui, on l'humilie en palpant ses roubles, car il se dira : Ceci vient de France, ceci vient de Paris, ceci a été fait par des citoyens policés; et il regrettera de n'avoir sous sa main que des esclaves et des sauvages impuissants.

Passons devant l'hospice du Petit-Saint-Antoine, ce grand bâtiment que vous voyez à votre droite, et entrons dans la rue de Reuilly, où nous pourrons visiter la célèbre manufacture de glaces : nulle part, en Europe, il ne s'en est coulé d'un plus grand volume.

Suivons toujours la rue de Reuilly jusqu'à celle de Rambouillet, qui nous conduira directement au quai de la Râpée par la rue Villot.

Nous voici arrivés sur le premier théâtre de nos explorations : nous sommes en pleine Bourgogne. *Bonum vinum lætificat cor hominis*, traduction fidèle : *Le bon vin réjouit le cœur de l'homme;* mais ce lait des vieillards met aussi en gaîté les adultes, et il paraît qu'il n'est pas moins efficace pour les entretenir dans un état de florissante santé.

La Râpée et son port, quel coup d'œil ravissant pour un membre altéré de la société libre des véritables œnophiles! De tous côtés des tonneaux pleins de vin, des figures de la plus expansive jubilation, des hommes faisant leur commerce le verre à la main; de grandes ou de petites affaires se traitant avec une indicible et parfois bruyante satisfaction *inter pocula*, entre pots et brocs; des restaurants bien servis : l'estomac du commerçant en vin demande du substantiel, et la délicatesse de son palais s'userait infailliblement sur des mets d'une saveur équivoque; des guinguettes qui ne chôment jamais, des cafés qui ne désemplissent pas; car point de marché n'arrive à sa conclusion qu'on ne l'arrose du noir moka toujours un peu *chicoracé* et du cognac artificiellement vieilli : *res ratafiat.* — C'est entendu, on ne s'en dédira pas; c'est l'étymologie du ratafiat, vous apprendront les érudits philologues de la ci-devant royale Académie des inscriptions et belles-lettres.

Ce n'est pas à la Râpée que l'on croira facilement que le monde doit finir un jour; tant de caves pleines, tant de bateaux chargés de vin, tant de tonneliers à la face rubiconde, frappant à coups redoublés sur les cerceaux de tant de tonneaux, qui ne resteront pas là béants et sans fond comme celui des Danaïdes, vous disent assez que si à la Rapée les *coups de soleil* sont à craindre, en dépit des observations prophétiques de l'illustre François Arago et de ses confrères en astronomie, on n'y craint pas les coups de lune.

Le port de la Râpée, très-fréquenté en toute saison, fut jadis en grande renommée pour ses matelottes, mais aujourd'hui les pêcheurs ont transporté ailleurs leurs filets, et à la Rapée la matelotte ne se fait plus guère que de commande.

Ce port doit son nom à une maison qu'y avait fait bâtir un sieur la Râpée, commissaire général des guerres sous Louis XV. Depuis lors ce lieu est devenu l'entrepôt des vins, eaux-de-vie, huiles, vinaigres, etc., qui arrivent par la Seine, dont les chargements sont alimentés par le canal de Briare et par celui de Montargis, ses tributaires.

Depuis 1787, les mariniers de cette partie de la rivière donnaient chaque dimanche, pendant la belle saison, le spectacle d'une joûte sur l'eau qui se terminait toujours par un feu d'artifice. Les Parisiens s'y rendaient en foule, et la recette était des plus rondes; mais autres temps autres mœurs, de nos jours bien autrement maritimes une simple joûte sur l'eau ne piquerait que bien faiblement la curiosité publique, et ce n'est plus qu'à la Gare, le jour de la fête d'Ivry, que les anciens acteurs de la vieille naumachie peuvent faire montre de leur adresse ou de leur force.

La joûte s'est transformée, elle s'est prétentieusement baptisée du nom de *régates*. La Râpée est presque devenue un port de mer, qui a ses constructeurs, dont le plus illustres, sans contredit, a le soin de donner son adresse, quai de l'endroit, 69.

Les bateaux d'agréments sortis de ses chantiers sont réputés excellents marcheurs; ils filent à l'heure on ne sait combien de nœuds; ce sont des prodiges pour la vitesse que ces fins voiliers. La flottille des canotiers parisiens, grosse de plus de trente voiles, sans compter les nacelles qui n'en ont pas, est en grande partie son ouvrage.

Les plus fringants commis de la nouveauté, d'intrépides clercs de notaire et d'avoué, quelques artistes avides de naviguer, une infinité de pêcheurs à la ligne composent les équipages ordinaires de cette marine d'eau douce, dont les passagers sont habituellement de téméraires modistes, des fleuristes sans peur, nous ne dirons pas sans reproche, des lorettes qui ne redoutent rien et des lingères qui n'ont pas froid aux yeux. Combien s'en noiera-t-il? C'est ce qu'on ignore, mais assurément il s'en noiera; car, avant de s'em-

barquer, plus d'un capitaine et son équipage ont contracté à
terre le mal de mer, le principe alcoolique d'un vertige qui
leur fera perdre la tramontane. Enfin, vive le corps respectable des canotiers de Paris, que Bacchus leur soit en aide
ainsi qu'à leurs vaillantes compagnes! Qui a bu boira, dit
le proverbe; c'est vrai, mais ce qui ne l'est pas moins, c'est
que plus ils auront bu, moins ils boiront.

Aux premiers beaux jours a lieu l'ouverture des régates;
si aucun grain noir, précurseur de la tempête, ne se montre
à l'horizon, si le fleuve est calme, le pavillon de partance
est arboré; on voit les voiles se tendre et les avirons se lever; les commandements, les signaux, l'extra-ventriloquie
au fond des porte-voix! les sifflets impératifs indiquent la
manœuvre; tous les Duguay-Trouin, tous les Jean-Bart sont
l'œil ouvert à leur banc de quart. Tout le répertoire tech-
nique des faiseurs de romans maritimes est lancé aux échos
de la rive: on appareille, on cingle vers une côte quelconque; on prend des ris, on met la barre sur le cap, enfin
par le 48e degré 30 minutes 14 secondes de longitude et le
20e 30 de latitude est du méridien de l'île de Fer, l'homme
de quart s'écrie: *brisans!* c'est la très-consternante préface
d'un nouveau chapitre à ajouter à l'histoire des naufrages;
le Terrible, le Tonnant, la Pandore ou *l'Antilope*, a
sombré en vue de l'île Séguin. Heureusement toutes ces
dames avaient des caleçons, c'est un fait consigné dans le
journal du bord. — Ces enfantillages ont cela de bon, qu'ils
feront sans doute des nageurs, voire même des nageuses qui
pourront se vanter de leurs campagnes.

Les guinguettes de la Râpée sont nombreuses, et les cabarets foisonnent dans cette bachique localité. Le vin qu'on
y débite y est tel, dit-on, que Dieu l'envoie aux coteaux
les plus généreux; y trouvera-t-on partout, sans mélange,
les bouquets si parfumés de la Bourgogne, du Mâconnais,
du Beaujolais? On aurait tort de s'en flatter. La chimie moderne en sait malheureusement plus que la nature. Nos
anciens chansonniers ont souvent célébré dans leurs cou-

plets ces aimables lieux de rendez-vous, qui étaient comme autant de succursales du Caveau ; mais de l'époque où s'enivraient ces Anacréons à l'époque actuelle, il y a loin, et d'eux à nous que d'eau a passé sous le pont !

De nos jours on ne chante plus ; les goguettes si multipliées quand Béranger donnait le ton, quand Émile Debraux les électrisait de ses chauviniques accents, ne font plus entendre le son des désopilants refrains ; le *flon flon* s'est tu, il est muet ; Momus n'a plus ni temple, ni chapelle ; au surplus ce n'était pas auprès des sans-soucis, gais ministres de son culte, qu'il fallait aller chercher dans son naturel le nectar du bon cru. Ces Roger-Bontemps n'étaient pas difficiles.

Pour boire du bon vin, dans les cabarets de la Râpée, remarquez où entrent les tonneliers ; les cabarets favorisés de leur clientèle sont de ceux qui n'ont pas besoin d'enseigne ; ils vous abreuveront en conscience, et fussiez-vous en possession d'une faim des plus canines, ils l'assouviront sans vous écorcher.

Tenez-vous à donner la préférence au pseudo-restaurant que hante le notable marchand de vin en gros, vous pouvez en essayer ; mais notez bien qu'à cet habitué l'on servira son propre vin, et qu'il s'abstient de celui de l'établissement dont la qualité et la provenance lui sont suspectes. Le gaillard est au fait des dangers et des mystères de la falsification ; il s'en prive, aussi absorbe-t-il en pleine sécurité, et il se porte comme un charme.

La *maison des Marronniers* est une des plus anciennes de la Râpée. Du temps des vieux us, lorsque les cartes par trop catégoriques et parfois ambitieusement menteuses des restaurateurs étaient encore ignorées aux barrières, la maison des Trois-Marronniers était en parfaite odeur ; jamais il n'y avait assez de siéges et de tables sous l'ombrage des arbres séculaires, et le chef sollicité de toutes parts ne savait à qui répondre ; aujourd'hui il n'éprouve plus pareil embarras. A qui la faute ? Est-ce à la carte ? Non, mais à la concurrence. Toutefois la trois fois estimable maison des Trois-Marronniers ne laisse pas d'être une des plus suivies.

Il en est une autre dont il est rare que tout Bourguignon en bonne fortune ne veuille pas faire les honneurs à sa récente conquête, c'est le *Rocher-de-Cancale*, où tout vise à un confortable dans le haut style parisien.

Le Bourguignon est particulièrement recherché par les beautés de *Breda-Square*, qui, s'il est bon enfant et suffisamment pourvu de *bank-notes*, ne peuvent souffrir qu'il languisse. La Râpée est alors une campagne largement hospitalière, dont le séjour leur agrée quelquefois pendant toute une semaine ; plusieurs se sont fixées dans ce vignoble, ou plutôt dans cette Thébaïde en futailles; et si j'étais quelque peu indiscret, je pourrais vous nommer plus d'un mari mâconnais assez amoureux de la famille pour en avoir deux, la famille légale sur les bords de la Saône et l'autre à la Râpée ou à Bercy, par duplicata. Le Mâconnais, autant dire le Beaujolais, le Dijonnais, le Châlonnais, le Beaunois est comme le matelot provençal, sauf exception, il a deux ménages pour n'en pas manquer.

La Râpée est au nombre des enclaves de la commune de Bercy, qui comprend on outre le Petit-Bercy, le port de Bercy, la Grande-Pinte et la vallée de Fécamp.

Le Petit-Bercy est situé à l'ouest de la rue dite de la *Grange-aux-Merciers*, qui le sépare du Grand-Bercy. Les deux Bercy possédaient chacun une magnifique résidence seigneuriale, et de brillantes habitations de campagne occupaient le terrain qui s'étend depuis les barrières de Paris jusqu'au territoire de Conflans. — Le château et le parc du Grand-Bercy, placés sur le bord de la Seine dans une heureuse situation, appartenaient, il y a peu d'années, à M. de Nicolaï, que quelques indigènes de la localité appelaient encore naïvement en 1858 le *seigneur* de Bercy. — Sous le règne de Louis XIV, le château, qui appartenait alors au marquis de Nourtel, avait été réédifié d'après les plans de

l'architecte Lavaux, et le jardin avait été planté sur les dessins de Le Nôtre.

Le château du Petit-Bercy subsiste encore ; mais. de
même que les maisons et les jardins situés entre la rue
Grange-aux-Merciers et la barrière, il a subi des métamor-
phoses qui ne rappellent guère sa primitive destination.
Ces changements furent un des effets des droits auxquels
étaient soumises les boissons qu'on entrait dans Paris. L'i-
dée de boire et d'offrir à boire aux Parisiens sans engrais-
ser le fisc fit élever hors de ses murs, à proximité des barrières, des groupes d'habitations particulières et une foule
de guinguettes où venaient s'abreuver petits bourgeois,
marchands et ouvriers qui avaient réservé pour le dimanche
leur soif de toute la semaine : durant six jours, on ne buvait que de l'eau, et le septième on s'enivrait ni plus ni
moins que tous les citoyens membres de toutes les sociétés
de tempérance de Londres ou de Philadelphie. C'est toujours aux vicieuses institutions, du moins en grande partie,
que doit être attribuée la démoralisation des peuples.

Tout ce qui arrive par la Seine, tout ce qu'elle reçoit de
la Loire ou de l'Yonne par ses canaux, tout ce que lui
apportent ses affluents passant nécessairement devant Bercy
et la Râpée, s'arrêtait tout naturellement à cette limite de
l'impôt. Il fallait abriter les marchandises pour lesquelles,
dans l'incertitude d'une vente prochaine, on ne se souciait
pas de débourser les droits d'entrée. Le commerce songea
donc à avoir un entrepôt pour ses vins et eaux-de-vie ; plus
tard les marchands firent cette remarque, bien intéressante
pour eux, que Bercy était plus favorable à leurs manipula-
tions clandestines que le grand entrepôt de Paris constamment trop en vue du public. Le laboratoire doit être le
saint des saints : *Odi profanum vulgus !* au loin, profanes !
Ne faut-il pas toujours frelater un peu ; saturer l'acide,
musquer le moisi, dissimuler ou *l'évent* ou la verdeur,
et accomplir en paix le tour de la cuvée! Ces petits manéges
n'empêchent nullement la Râpée et Bercy d'être le pays

des bons vivants : le Bourguignon est le Français par excellence !

Bientôt toute la partie de Bercy qui s'étend depuis la barrière de la Râpée jusqu'à la rue de la Grange-aux-Merciers, fut achetée, louée et couverte de magasins et de hangars. Les parcs, les jardins, les avenues plantées d'arbres disparurent presque entièrement, et furent remplacés par des caves, des celliers et des maisons appropriées aux besoins des commerçants. — Voilà ce que devinrent les dépendances du grand château. Le château du Petit-Bercy avec son parc passa dans les mains d'une compagnie qui y loue des emplacements aux marchands. — Le corps du château et son jardin anglais ont été conservés. Tous ces établissements formèrent au bord de la Seine un quai nouveau d'une longueur de 1,200 mètres ; mais, le 31 juillet 1820, dans l'après-midi, ces nombreuses constructions, la plupart en planches et couvertes en chaume, devinrent la proie des flammes. Le vin s'échappait des tonneaux brûlés et coulait par torrents ; la perte fut immense ; plusieurs marchands furent entièrement ruinés. Cependant en peu de temps il n'y parut plus ; Bercy sortit de ses cendres plus vaste, plus commode, plus solide, moins combustible et surtout plus prospère que jamais.

Bercy, comme la Râpée, c'est Mâcon, c'est Dijon, c'est Beaune, c'est Auxerre, c'est Joigny, c'est aussi la Champagne et Bordeaux, oui, Bordeaux ; si vous en doutiez, il suffirait de vous rappeler qu'il y a deux ou trois ans la police livra aux barbillons de la Seine huit cents pièces de poiré artificieusement converti en vin blanc du chef-lieu de la Gironde. Il eût été plus honnête de le distribuer aux indigents qui n'ont que de l'eau pour se désaltérer : du poiré, cela se boit, demandez plutôt aux Normands.

Enfin cette monstrueuse quantité de poiré fut déclarée profondément criminelle par le poste des *dégustateurs-gourmets* établi sur le port de Bercy avec mission d'éprouver tous les liquides qui arrivent sur la place. Ces messieurs sont-ils bien sûrs d'arrêter au passage tous ceux qui ne sont pas orthodoxes? Leur palais inquisiteur est-il un infaillible instrument pour leur appliquer la question? Les chimistes modernes sont si habiles dans la confection des insaisissables hérésies! Quoi qu'il en soit, si vous voulez boire du bon vin qui vous soit un velours sur l'estomac, ne vous échauffe point la gorge, ne vous la dessèche jamais et vous mette en belle humeur, à la Râpée comme à Bercy, à Bercy comme à la Râpée, on ne saurait trop vous le répéter, allez où va le tonnelier.

Nourri dans le sérail, il en sait les détours.

De Bercy pourquoi n'irions-nous pas à Conflans? Les deux villages sont si près l'un de l'autre, et puis Conflans, situé au confluent de la Seine et de la Marne, ce qui lui a valu son nom, est un endroit des plus agréables, aussi les archevêques de Paris y ont-ils leur maison de campagne. Le premier qui l'habita est François de Harlay; il l'avait achetée en 1672 du duc de Richelieu, qui lui vendit aussi une île sur la rivière. Ce prélat renommé pour ses déportements, y fit construire pour lui et ses successeurs un château dans lequel il mourut le 6 août 1695. Cette résidence pèche du côté de la symétrie, en revanche elle est splendidement ornée, et l'on y jouit du coup d'œil le plus varié et le plus pittoresque.

A différentes époques la villa épiscopale reçut le contre-coup des querelles politico-religieuses, mais jamais elle ne fut plus violemment menacée qu'après la révolution de 1830, et notamment par suite de la démonstration royaliste qui amena la dévastation de l'église Saint-Germain-l'Auxerrois et le sac de l'Archevêché.

L'église de Saint-Pierre de Conflans mérite d'être vue, elle existait au onzième siècle. — Conflans est une halte excellente pour les amateurs de la bonne friture.

BARRIÈRE DE CHARENTON.

CHARENTON. — ALFORT. — REUILLY. — PICPUS. — SAINT-MANDÉ.

La première barrière qu'on rencontre est celle de Charenton à l'extrémité d'une longue rue assez peu commerciale qui commence à la place de la Bastille. Cette rue si longue, si triste, est la patrie des fabricants de papiers peints, industrie qui a pris de nos jours d'assez grands développements. Les papiers peints sont les tentures de la petite propriété. Le décor d'architecture, l'ornement, le paysage, les fleurs, les scènes historiques ou mythologiques, l'imitation des étoffes les plus riches, des bois les plus précieux, des marbres les plus rares, tout rentre dans le domaine du papier peint. Il y a dans ce genre de véritables artistes.

A gauche de la rue de Charenton, si l'on regarde Paris, s'élèvent les constructions monumentales de l'embarcadère du chemin de fer de Lyon, à proximité du boulevard Mazas, non loin de la prison de ce nom, sombre et malheureux édifice, dont l'emplacement aurait pu être mieux choisi : une prison est plus triste à voir qu'un cimetière, celui-ci du moins est un champ de repos. Au retour de sa première campagne d'Italie, Bonaparte rentra par la barrière de Charenton, qui reçut alors le nom de *Marengo ;* depuis 1815, elle a repris sa dénomination primitive. La route que bordent en dehors les guinguettes et cabarets qui forment une sorte de continuation de la rue de Charenton, conduit au bourg de ce nom, situé à six kilomètres de Paris, sur la rive droite de la Marne.

Sous une même désignation, et dans la même commune, sont compris des lieux autrefois distincts et maintenant physiquement réunis ; ce sont : Charenton-le-Pont, Charenton-les-Carrières, Charenton-Saint-Maurice.

Charenton - les - Carrières avoisine Conflans. Son sol, creusé souterrainement pour l'extraction de la pierre, est couvert de jolies maisons de campagne, bâties sur le penchant du coteau. Plusieurs fabriques importantes y sont établies ; on y voit des fonderies de fer, des manufactures de produits chimiques, d'acier poli, des féculeries, des ateliers de gravure pour les cylindres destinés à l'impression des toiles, etc., etc.

Dès le septième siècle, il existait à Charenton un pont de bois sur la Marne pour faciliter par terre les arrivages à Paris. Considéré comme une des clefs de la capitale, ce pont a été souvent fortifié, attaqué, défendu. En 865, les Normands s'en emparèrent et le rompirent. Il a depuis joué un grand rôle dans l'histoire des guerres faites à la France et dans celle des guerres de religion. Les calvinistes le prirent en 1567. Henri IV l'enleva aux soldats de la ligue ; il était alors protégé par une grosse tour à la tête du pont : dix enfants de Paris y résistèrent pendant trois jours à toutes les forces de l'armée royale. Henri IV victorieux fit raser la tour et pendre les dix Parisiens. — Pendant les troubles de la fronde, le pont de Charenton fut plusieurs fois pris et repris ; antérieurement, et dans diverses circonstances, il avait été détruit et réédifié. Il le fut encore en 1714, tel qu'il est aujourd'hui : six de ses arches sont en pierre; quatre autres, qui forment le milieu du pont, sont en bois.

Au moment de la première invasion, en février 1814, l'ennemi inondait les plaines de la Champagne et menaçait d'arriver aux portes de Paris, on fortifia les approches du pont, et il fut établi aux deux extrémités des redoutes palissadées. Mais quand nos soldats se multipliaient en vain pour arrêter le torrent de l'invasion qui débordait de toutes parts, à qui confier cette première défense de Paris? Les élèves de l'école vétérinaire d'Alfort sollicitèrent l'honneur de combattre à ce poste avancé; ils essayèrent en vain de disputer le passage du pont. Le 30 mars, accablés par le nombre, ils furent contraints de céder à la force. Charenton fut pris, et l'ennemi se répandit aussitôt sur la rive droite de la Seine.

C'est à Charenton-Saint-Maurice qu'existait le fameux temple des protestants construit en vertu de lettres-patentes accordées par Henri IV en 1606, brûlé en 1621 par les catholiques, et réédifié deux ans après sur les dessins de Jacques de Brosse, célèbre architecte. Ce temple était d'une grandeur et d'un style imposant dans sa simplicité. Les protestants y tinrent leurs synodes nationaux de 1623, 1631, 1644. Ils avaient auprès une bibliothèque, une imprimerie et des boutiques de libraires. Plusieurs ministres de Charenton se rendirent illustres par leurs talents. En 1658, une bande de fanatiques ameutés par les jésuites, ces incorrigibles boute-feu de la chrétienté, tentèrent pendant la nuit d'incendier le temple; les protestants se plaignirent au parlement; mais Louis XIV ayant révoqué l'édit de Nantes, le soir même du jour où cette révocation eut reçu la sanction parlementaire, 22 octobre 1665, les dévots séides de Loyola commencèrent à consommer sur le temple leur œuvre de destruction. Au bout de cinq jours, il ne restait pas vestige de ce vaste et superbe édifice. Sur son emplacement, on éleva un couvent de bénédictines et une petite église qui fut achevée en 1703 et qui subsiste encore.

L'hôpital de Charenton, fondé en 1741, par Sébastien Leblanc, est particulièrement affecté au traitement des maladies mentales. On peut y recevoir plus de quatre cents personnes des deux sexes, admises soit gratuitement, soit comme pensionnaires. Les prix de la pension sont de 1,300 fr. et au-dessus, 1,000 fr. et 720 fr. Le public ne pénètre pas dans les quartiers affectés aux malades ; on ne lui montre que les cours et les jardins. Les aliénés reçus à titre gratuit sont renvoyés à Bicêtre, aussitôt que l'on a reconnu l'impossibilité de les guérir.

L'hôpital de Charenton, ci-devant *maison royale*, est situé sur le penchant d'une colline au bas de laquelle coule la Marne ; elle offre de toute part une vue ravissante. On y respire un air pur, ses bosquets sont frais, et ses promenades délicieuses, au milieu d'un enclos assez vaste pour que la privation de la liberté ne soit pas trop sensible. — L'exécrable marquis de Sade, ce monstre de luxure et de cruauté qui avait érigé en doctrine la perpétration des crimes inouïs dont il s'était souillé, a terminé dans la maison de Charenton son abominable existence. Nul homme n'a jamais eu une physionomie plus calme et plus douce : c'était la tête vénérable de Bernardin de Saint-Pierre, et pourtant quelle âme ! quelle criminelle imagination ! quelles épouvantables mœurs ! Bonaparte, ne voyant dans les actes de sa vie et dans ses livres que des effets de la démence, l'avait fait renfermer comme fou ; il eût mieux fait de le livrer aux tribunaux ; rétablir les lettres de cachet, même pour un bon motif, c'était introduire un dangereux précédent, c'était ouvrir la porte à cet arbitraire, qu'il est toujours déplorable de voir substituer à la justice. — Le public honnête eût applaudi à la séquestration du marquis de Sade si elle n'eût pas été un moyen de soustraire à la vindicte des lois et à l'infamie d'une condamnation bien méritée, un membre de la vieille noblesse.

Sous l'ancienne royauté, quiconque avait des ennemis à

la cour pouvait être enlevé comme fou et claquemuré à Saint-Lazare; sous Bonaparte, l'odieux Fouché de Nantes, passionné pour tous les procédés de la tyrannie, Fouché, bien résolu à cuirasser de toutes les mauvaises traditions monarchiques l'autorité impériale dont il s'était fait le ministre et le courtisan, voulut pareillement que les cabanons des aliénés devinssent des succursales des prisons d'Etat qu'il avait remplies. Une des victimes de ce genre fut le poète Théodore Desorgues, qu'il fit soumettre au régime des douches pour le punir d'avoir fait des vers contre l'empereur après avoir chanté Bonaparte général et consul; Desorgues, qui était républicain, ne le ménagea pas dans ses sarcasmes :

> Oui, le grand Napoléon
> Est un grand caméléon.

Tel était le refrain d'une de ses chansons. Cette boutade coûta cher au malin bossu, car Desorgues, qui respirait, comme Esope, entre deux gibosités, ne recouvra jamais sa liberté.

Charenton est en grand renom de salubrité; aussi, dans la belle saison, y a-t-il affluence de citadins. Ce bourg est assez bourgeoisement peuplé; hiver comme été, il réunit des commerçants retirés du tracas des affaires, de petits rentiers, charmés de ne pas trop s'éloigner du Trésor, des graveurs qui viennent y chercher là la vie à bon marché, des artistes qui ont eu assez de chance ou assez d'économie pour se créer les loisirs de la vieillesse. Le maire de Charenton a été longtemps et peut-être est-il encore l'ancien directeur du théâtre de la Gaîté, l'honnête comédien Marty, qui, pendant trente ans, a eu le privilége de faire pleurer le public des boulevarts.

Charenton-Saint-Maurice est une localité de prédilection pour les Parisiens qui, sans trop s'éloigner de la capitale, désirent passer les beaux jours à la campagne. De nombreux enclos bien ombreux et rafraîchis par des sources vives,

en font un délicieux séjour. Parmi les jolies habitations
qui le décorent, il faut remarquer celle qu'on appelle encore aujourd'hui *le Séjour-du-Roi*. Le pavillon de Gabrielle,
que fit bâtir Henri IV, existe encore; c'est un bâtiment en
briques, que l'on voit à la droite de la route en entrant
dans le village, lorsqu'on vient de Paris. Il avait autrefois,
dans sa dépendance, un superbe parc et de magnifiques
jardins qui, en 1825, furent distribués et vendus en détail
par l'acquéreur de cette immense étendue de terrain. Le
pavillon était alors meublé comme au temps de Gabrielle;
on y montrait le lit dans lequel elle avait reçu son royal
amant. Ce théâtre des monarchiques concupiscences fut
plus tard acheté par le célèbre romancier Honoré de Balzac,
grand amateur de ces sortes de reliques.

Au-delà du pont de Charenton est le château d'Alfort,
consacré à l'établissement de l'école vétérinaire, fondée en
1766, sous le titre d'*École royale d'économie rurale*. Partie
des élèves est aux frais du gouvernement; d'autres paient
pension. La durée des études est de huit ans. Un troupeau
de mérinos, pour le croisement des races et l'amélioration
des laines, y est entretenu avec le plus grand soin. L'école
possède un vaste amphithéâtre, un musée d'anatomie comparée des plus curieux, une clinique, et des infirmeries où
l'on traite les animaux malades. De savants professeurs y
donnent gratis leurs consultations. Depuis 1848, on a cessé
de recevoir l'espèce canine dans cet établissement, sérieusement menacé d'être envahi par tous les roquets et bichons
des vieilles dévotes de la capitale.

Alfort a une bonne auberge, la poste aux chevaux, et
plusieurs cafés assez fréquentés. Entre Alfort et Maisons,
près du confluent de la Marne et de la Seine, dans une très-
forte position, s'élève le fort de Charenton, commandant la
route d'Italie, et à quelque distance, sur la rive gauche de
la Seine, le fort d'Ivry, pouvant défendre avec lui, par des
feux croisés, le passage du fleuve.

Charenton est une des relâches favorites de la remuante

corporation des canotiers de Paris. Si vous voulez être bien traité et ménager votre bourse, donnez sans hésiter la préférence aux marchands de vin, restaurateurs, limonadi ersque paraissent particulièrement affectionner ces hardis navigateurs. Quelque démocrate ou socialiste que vous soyez, évitez les endroits où s'adonnent les carriers; la *coterie* n'est pas toujours disposée à entendre raison, surtout après une libation trop prolongée de *picton* servi dans les *petits pères noirs*.

Nageurs et baigneurs qui pourriez vous laisser séduire par le calme apparent des eaux limpides de la Marne, par la solitude de ses bords, qui permet de se passer du caleçon exigé par la décence et par la consigne du gendarme, n'entrez qu'avec défiance dans cette rivière où les herbes et les sables mouvants sont si perfides.

La fête champêtre de Charenton a lieu le deuxième dimanche de juillet; c'est à ce jour qu'on y voit accourir toute la nombreuse population du quartier Saint-Antoine, heureuse de fraterniser avec les 5,198 habitants des trois Charenton.

La barrière de Reuilly doit son nom à une ancienne résidence royale habitée par plusieurs souverains de la première race. Le château qui leur appartint était situé dans un village qui a entièrement disparu. La barrière de Reuilly est précédée à l'intérieur d'une assez grande étendue de terrains vagues où l'on commence cependant à bâtir avec l'espoir, peut-être mal fondé, qu'une partie de la population déplacée par les embarcadères des chemins de fer se jettera de ce côté. Cette barrière est décorée d'une rotonde assez élégante et dont la forme contraste avec les deux bâtiments de la barrière de Charenton, qui ont chacun deux péristyles de six colonnes.

La barrière de Reuilly est peu fréquentée, même le dimanche; elle est constamment une des moins vivantes. Il faudrait être abandonné de Dieu et des hommes pour aller chercher des distractions dans ce triste recoin de la pe-

tite banlieue. Il n'y a là que de l'ennui à recueillir. La
Chaumière de Bacchus, et deux ou trois autres cabarets,
ne voient que rarement des chalands, encore faut-il qu'ils
se soient égarés ou qu'ils aient de puissants motifs de ne
boire, comme on dit, qu'avec leur Suisse.

La barrière de Picpus est pareillement déserte ; à peine
y trouve-t-on quelques baraques barbouillées de rouge et
meublées tant intérieurement qu'extérieurement de quelques tables, ais mal joints, constamment salis par le vin à
4 sous dont s'abreuvent les quelques menuisiers ou impri-
meurs sur étoffe qui, par amour pour le jeu de Siam, se
laissent attirer dans cet obscur recoin par l'espoir sournois
de dépister leur femme. Le véritable ouvrier, celui qui a les
mœurs modernes, évite de s'introduire dans ces taudis,
haltes habituelles de ces rôdeurs de barrières qui sont sans
cesse à la recherche des attardés et des isolés pris ou non
pris de vin. — Une police de sûreté bien faite parviendra
nécessairement à supprimer ce danger.

A quelques centaines de pas du mur d'octroi, on aperçoit
la maison de Picpus, qui fut un ancien couvent des *pénitents réformés de saint François*. Cette variété de moines,
que nous reverrons peut-être si la galvanisation de tout
ce qui est mort se continue en dépit du progrès des lumières, était d'une saleté et d'une ignorance devenues prover-
biales. Les picpus, longtemps avant notre première révolution, étaient tombés dans le plus souverain mépris : on
les fuyait, on se garait d'eux comme d'une vermine, et on
ne les nommait qu'avec dégoût ! Un picpus ! quelle horreur !
Le peuple de Paris, et notamment les dames, ne savaient
rien de plus immonde. On ne parlait jamais d'un picpus sans
faire précéder ou suivre le mot de cette vulgaire précaution
oratoire, *sauf votre respect*. Aujourd'hui une communauté
religieuse de femmes s'est établie à la place de ces picpus ;
on y fait l'éducation de jeunes personnes que leur famille
veut faire élever au couvent, sous le prétexte des bons principes et de la modicité du prix. Un petit cimetière, sépul-

ture privilégiée, ancienne dépendance d'un couvent de chanoinesses, a été concédé sous l'empire à plusieurs familles nobles; c'est là que repose Lafayette entre les Noailles et M. de Quélen, avant dernier archevêque de Paris.

A la barrière de Picpus, ni industrie, ni plaisirs; un silence de mort! point de marteau qui batte, point d'orchestre qui vous invite à la danse. Aussi le quartier de Picpus est-il le siége de plusieurs maisons de santé. Nous citerons celles de Marcel-Sainte-Colombe, nᵒˢ 6 et 6 bis, particulièrement destinée aux aliénés; on y reçoit aussi des malades libres, au prix de 5 fr. par jour. Sans sortir de l'établissement, ils ont la jouissance de vastes jardins, d'une bibliothèque et d'une chapelle où un aumônier vient dire la messe. Le nᵒ 16 et le nᵒ 78 sont encore des lieux de séquestration pour les malheureux dont la raison s'est égarée. Ainsi, à la barrière de Picpus, il ne saurait y avoir que de ces joies désolantes qui navrent le cœur. Pauvre humanité!

En suivant le chemin de ronde de Picpus, on arrive directement à la barrière de Saint-Mandé, construite à l'extrémité d'une avenue de ce nom. Quoiqu'elle soit d'un aspect moins triste que les barrières de Reuilly et de Picpus, ses voisines, la barrière de Saint-Mandé est une des moins fréquentées. Les grandes guinguettes n'y prospéreraient pas; à peine y voit-on quelques établissements de marchands de vin, assez désolés de ne recevoir les dimanches et jours de fêtes, que le petit nombre de couples amoureux qui, à l'issue d'une promenade dans le bois, ne se soucient pas d'affronter les regards indiscrets d'un public trop nombreux ou trop bruyant.

Bien que tout chemin mène à Rome, par la barrière de Saint-Mandé on ne va nulle part si l'on ne va pas à Saint-Mandé même, joli village dont le cœur est à six kilomètres des tours de Notre-Dame.

Saint-Mandé ne fut d'abord qu'un simple hameau, quelques maisonnettes disséminées au milieu du bois de Vincennes, dans la partie que Philippe-le-Hardi acheta pour l'agrandissement de son parc, et qui fut dès lors entourée de murs.

Exilés de cette enceinte, les habitants se bâtirent de nouvelles demeures dans le voisinage; ainsi s'éleva et s'étendit dans une direction parallèle au mur de clôture le village actuel, qui ne consista longtemps qu'en une seule rue.

Depuis 1789 la population de Saint-Mandé s'est considérablement accrue : on n'y compte pas moins de 2,474 habitants. Avant la révolution, cette localité n'était qu'une annexe de la paroisse de Charenton-Saint-Maurice; mais, en 1790, l'Assemblée nationale, dans la nouvelle division qu'elle fit de la France, la mit au nombre des communes.

Quoique situé sur la rive droite de la Seine, Saint-Mandé ressort de l'arrondissement de Sceaux. Son territoire, naguère encore, tout parsemé de bouquets de bois, de vertes charmilles, de prairies émaillées de fleurs, d'eaux vives et murmurantes, d'agréables sentiers, était richement pourvu de tout ce qui fait les délices de la campagne. De jolies maisons de plaisance se dessinaient çà et là au milieu des massifs de trembles et de peupliers. Le surintendant Fouquet avait dans ce site ravissant une des plus commodes et des plus coquettes résidences d'été. Malheureusement la belle nature tend de plus en plus à s'éloigner du grand foyer de la civilisation; les murs emprisonnent et isolent tout; on ne veut plus voir ni être vu, on se séquestre hors de l'horizon, on entasse, on aligne des pierres et de la brique, on n'a plus le sentiment des harmonies agrestes, si suaves en tout temps, mais surtout aux beaux jours de l'année. Pourtant il est juste de dire qu'à Saint-Mandé il y a encore quelques frais ombrages et de l'air à respirer. Des poumons échappés à l'étouffante atmosphère de la ville peuvent s'y trouver à l'aise, la vue peut s'y délasser des funestes réverbérations d'un pavé brûlant, l'odorat s'y délecter aux salubres senteurs des fleurs de l'acacia, et des nombreuses cultures de la fleuristerie. La proximité du parc est d'ailleurs d'un puissant attrait pour tout citadin qui sait apprécier le plaisir de la promenade. Aussi Saint-Mandé s'est-il enrichi depuis quelques années d'un assez grand nombre de maisons bourgeoises, dont les plus élégantes bordent l'avenue dite du *Bel-Air*.

On n'y voit aucune maison de santé, mais plusieurs institutrices de jeunes demoiselles y ont établi leurs pensionnats.

Sur la route de Saint-Mandé on remarque, dans le creux d'un vallon, un bel hôpital, *hospice Boulard*, du nom de son fondateur, ancien tapissier de la cour. Une pensée philantrophique a présidé à la création de cet établissement, destiné à servir d'asile aux pauvres tapissiers que des infirmités ou la vieillesse laisseraient sans ressource.

Le plus ancien édifice de Saint-Mandé est la chapelle qui lui sert d'église, et qui fit autrefois partie d'un prieuré dont on voit encore quelques vestiges dans la grande rue du côté du parc. Cette chapelle, décorée avec assez de goût, est ornée de quatre grands tableaux, représentant les quatre évangélistes. C'est dans le bois, à peu de distance du village, qu'eut lieu entre Émile de Girardin et Armand Carrel le duel si malheureux dans lequel ce dernier succomba. Ses restes mortels ont été inhumés dans le cimetière de la commune.

Saint-Mandé est plutôt une commune bourgeoise qu'une commune agricole ou industrielle. On y compte peu de cultivateurs, la plupart logés dans les maisons les plus rapprochées de la lisière du parc. Leurs jardins, pendant les chasses royales, étaient pour les faisans autant de perfides refuges ; malheur à ce gibier de prince, si, pour fuir le plomb meurtrier, il dirigeait son vol vers un de ces enclos où l'on épiait son arrivée dans cet affût de braconniers ! Les paysans de Saint-Mandé ont tué ou pris plus de faisans que Charles X et le duc d'Angoulême n'en abattirent dans tout le cours de leur longue carrière de chasseurs.

La scierie mécanique de pierres de toute espèce est un des remarquables établissements de l'endroit. Il faut voir aussi la grande fabrique d'émaux de toutes couleurs. Si vous êtes épris de la frugalité champêtre, vous trouverez à Saint-Mandé plusieurs nourrisseurs qui se feront un plaisir de vous offrir à discrétion des œufs frais du jour et du lait chaud. Mais il se peut que votre estomac ait de plus mâles exigences, alors, si vous n'êtes pas trop esclave des élégances dispendieuses, entrez chez l'un des aubergistes transitaires, et ne soyez ni plus difficile ni moins sans façon que ces braves rouliers qui, en matière de bon vin et d'alimentation, savent tout ce qui ragoûte et profite au corps.

Si, à peu de distance de la barrière, vous vous dirigez vers la route de Vincennes, que vous la quittiez pour suivre à gauche de la chaussée une voie charretière, vous trouverez sur votre droite une assez vaste habitation bâtie entre cour et jardin. C'est la demeure très-confortable, dit-on, d'un personnage qui fut marquant à plus d'un titre. Êtes-vous curieux de lui rendre visite, sonnez ou frappez; les aboiements féroces de deux boule-dogues pur sang diront que vous êtes là, déjà l'on vous a aperçu du dedans, et l'on sait s'il n'y a pas d'inconvénient à vous permettre l'entrée du sanctuaire. Ce colosse qui vient au-devant de vous coiffé d'une brillante fourrure et se drapant dans les plis d'une ample et moelleuse robe de chambre, est le maître de céans : c'est le fameux Vidocq.

Quand il se posa là, avec le projet d'y établir une fabrique de carton pâle, tout Saint-Mandé frémit à l'idée d'un pareil voisinage. On craignit qu'il n'employât comme ouvriers que des libérés, et c'était à qui garnirait ses portes des serrures les plus incrochetables, des verroux de sûreté les plus solides, leurs murs des plus coupantes cassures de verres en compagnie de maint stupide avertissement sur les piéges à loup. Bientôt, en effet, on vit affluer vers la cartonnerie quelques porteurs de mines fort peu rassurantes. Mais on n'eut jamais rien à leur reprocher, et les bourgeois de Saint-Mandé, revenus de leur terreur, finirent par se persuader qu'ils pouvaient dormir d'autant plus tranquillement que Vidocq était là.

Barrière, Bourg, Fort et Parc de Vincennes, Nogent, Montreuil.

Non loin de la barrière de Saint-Mandé est la barrière de Vincennes, autrefois barrière du Trône. On l'appelait ainsi, parce que, le 26 août 1660, la ville de Paris avait fait élever à cette place une estrade magnifique sur laquelle Louis XIV et Marie-Thérèse montèrent pour recevoir, disent les historiens du temps, l'hommage et le serment de fidélité de leurs sujets. Les deux hautes et maigres colonnes qui décorent cette barrière sont les seuls débris d'un arc-de-triomphe immense dont la construction fut abandonnée par ordre du monarque, tant il la jugeait de mauvais goût.

La barrière est précédée d'une place circulaire, sur laquelle on arrive par plusieurs avenues, celles *des Ormes* et *des Ormeaux* aboutissant à la rue de Montreuil, celle *des Triomphes* allant au chemin de ronde, et celle *du Bel-Air* se terminant à l'avenue de Saint-Mandé.

Où s'était autrefois dressé un trône, la Révolution avait érigé une colossale statue de la République, regardant vers Paris. Ce simulacre gigantesque, que supportait un piédestal proportionné à sa hauteur, n'était qu'une de ces représentations provisoires qui, exposécsà l'injure du temps, ne tardent guère à éprouver de graves avaries. Il se fit une ouverture dans le faisceau sur lequel s'appuyait cette figure, et des colombes vinrent s'y loger ; elles y restèrent jusqu'en 1794, époque à laquelle le régime de la terreur vint ensanglanter cette place. La première fois que l'écha-faud politique se dressa devant la statue, elles disparurent sans qu'on pût savoir ce qu'elles étaient devenues. Les sans-culottes du faubourg disaient qu'elles avaient émigré. C'est là que bien des têtes tombèrent sous le fatal couteau. En un seul jour le tribunal révolutionnaire en fit abattre cin-quante-quatre. Un jeune paysan de Montreuil était compris dans cette fournée. Il n'avait pas été condamné, mais il se trouvait en prison, et devait être traduit en police correc-tionnelle sous la prévention d'escroquerie ; depuis son en-fance il avait fait le désespoir de ses parents, et ses malheu-reuses dispositions qu'il était impuissant à réprimer sem-blaient le vouer à une existence fatalement criminelle. Au moment où l'on fit l'appel des prisonniers pour les entasser sur la lugubre charrette, il répondit à un nom qui n'était pas le sien, et vint, à la faveur du désordre inévitable dans un pareil moment, se placer parmi les victimes. Il n'en fallait que cinquante-quatre, on les compta, le nombre y était, on était en règle, et le convoi se mit en route sans qu'on se doutât de la substitution, qui allait peut-être sauver quel-qu'un, du moins était-ce le vœu du Montreuillais.

Chemin faisant, le funèbre cortége fut rencontré dans le faubourg Saint-Antoine par des paysannes qui se rendaient à Paris, le jeune homme les reconnut, c'étaient des amies de sa famille : « Dites donc, les autres, leur cria-t-il, vous direz à papa et à maman que je vas me faire raccourcir, il y a assez longtemps que je leur donne du chagrin ; j'ai trouvé l'occasion de mourir en compagnie d'honnêtes gens, j'en profite, on pouvait plus mal finir. Adieu, bon jour à papa et à maman, surtout ne l'oubliez pas. Adieu, adieu ! » Arrivé, il monta gaîment sur l'instrument du supplice, battit un entrechat, en criant : *vive la République, je m'en f..*, et se coucha de lui-même sur la planche. Ce fut la fin d'un sceptique et d'un fou.

La place du Trône est aujourd'hui un point de réunion et de réjouissances publiques pour les habitants du faubourg Saint-Antoine, qui en font leur Champs-Élysées ; c'est là que, dans les fêtes nationales, ceux d'entre eux qui ne veulent pas faire une trop longue course peuvent conduire leur famille à la danse et au spectacle du feu d'artifice.

Les guinguettes nombreuses et les cabarets plus nombreux encore qui animent cette partie du territoire de Saint-Mandé, que traverse la route majestueuse par laquelle on arrive au fort de Vincennes, reçoivent le dimanche une foule de militaires et d'ouvriers du faubourg. Le bal *des Corybantes* est un des plus fréquentés par les enfants de Mars. Son orchestre bruyant rappelle les éclats de la musique guerrière ; là tout est jeune et fringant, et les rafraîchissements, comme les produits culinaires, sont à la portée de toutes les bourses. Le décompte du troupier, fût-il un artilleur ou un sapeur du génie, ne se constitue pas de sommes bien rondes, et son prêt n'est à l'épreuve que d'une faible quantité de libations, quand c'est lui qui paie. Aussi ne paie-t-il pas toujours. Petites bonnes qui s'échappent pour aller voir leur *pays* et pincer avec lui le fin rigodon, ne peuvent guère fournir aux appointements, leurs gages sont si modiques ; mais il y a les cordons bleus sur le retour, celles-là sont de respectables capitalistes capables de faire les plus grands sacrifices pour n'être pas du tout respectées. C'est jusqu'à la Tourelle, à moitié chemin de Vincennes, que ces dames viennent à la rencontre de leur belliqueux cavalier, qui, soit dit en passant, est très-souvent un fantassin. Elles n'apportent pas le premier bouillon ; où serait le droit du pompier, qui consomme sur place ? mais le cabas s'ouvre. Dieu ! que de bonnes choses ! deux longues bouteilles ! Est-ce du champagne ou du bordeaux ? N'importe, les maîtres ont cru que ce précieux liquide s'est absorbé dans les sauces. Qu'enveloppe ce papier? Une fine poularde, obtenue à titre de pot-de-vin de la marchande de volaille. — Il n'y a que cela? — Et ce pâté, un vrai Félix; c'est du chenu, j'espère. On va danser ou se mettre à table, suivant que l'appétit est plus ou moins ouvert; on cause un peu des intérêts. S'il se fait de la dépense, on en fait toujours, il n'est pas décent que la femme paie, et pour qu'elle ne paie pas, le cordon bleu fait généreusement et avec mystère l'avance d'une pièce de cent sous. Bienheureux sont les petits fourriers, aux petites moustaches joliment retroussées, aux manières affables, à la danse légère; ceux-là sont la coqueluche des plus fraîches et des plus pimpantes donzelles qui demandent à être conquises ou à conquérir. L'inconstance est leur fait; le reproche qu'on leur adresse de toutes parts est d'être volages; enragés papillons, il n'est fleur si séduisante qui ait le privilége de les fixer. Le fourrier est libéral, il ne tient pas à l'argent, presque toujours il reçoit une haute paie de sa famille, supplément quelquefois bien funeste, car, en s'évaporant, il entraîne les espèces placées sous la sauvegarde du comptable. Amusez-vous, galants fourriers, mais ne touchez pas à la grenouille; que jeunesse se passe, mais que l'honneur soit sauf: l'honneur dans la noble profession des armes est le premier capital, le seul qu'il ne faille pas dissiper.

Voyez ce sergent de canonniers, et cette belle grande et délurée personne qui bâille en s'entretenant avec lui, c'est qu'il l'aime sérieusement et pour le bon motif, et que si son colonel et le ministre de la guerre n'y mettaient empêchement, il ne balancerait pas à la conduire à l'autel. En cas de refus, il est prêt à prendre son congé. — Votre congé, mon cher, lui dit la péronnelle, mais vous ne seriez plus alors qu'un pékin, et je déteste le pékin, je l'ai en horreur! Ainsi le brave garçon, le voilà condamné à l'uniforme aussi longtemps que l'âme lui battra dans le corps.

Ce n'est pas en général pour aller à la recherche d'un

mari que tant d'intrépides danseuses prennent le chemin des Corybantes. Les rapports qui peuvent s'établir là entre un sexe et l'autre, rentrent tout simplement dans la catégorie des amours de garnison. Aussi, n'est-ce pas aux Corybantes que des parents sages conduiront leurs filles, bien que la pudeur y soit plus ménagée que dans certains bals de barrière où l'étudiant et le calicot se donnent amplement carrière dans le sens du plus scandaleux dévergondage. Le troupier, sans être bégueule, n'entendrait pas raison sur de telles excentricités. *La Réunion du fort de Vincennes* est encore un peu plus martiale que les Corybantes; le vin à 6 et à 8 sous la bouteille y coule également à plein bord. De la barrière jusqu'à la Tourelle. où *la Maison de terre* peut offrir une bonne hospitalité, les *amis* avant de se séparer des *camarades* trouveront à faire plus d'une halte. Les enseignes qui invitent à se désaltérer et les bouchons qui symbolisent silencieusement un temple consacré à Bacchus ou plutôt une invitation à Silène jalonnent suffisamment le trajet. Mais parfois de tels jalons égarent la vue, et si l'on ne suit pas la ligne droite, on rentre trop tard ou l'on ne rentre pas, alors la discipline s'en mêle, et c'est pain béni.

Au temps déjà bien loin de nous, où le chauvinisme était de mode, les ouvriers du faubourg étaient heureux de se rendre le dimanche dans les cabarets et guinguettes de la barrière de Vincennes, où ils fraternisaient avec les militaires; rarement il s'élevait des querelles entre eux, depuis quelques années ces contacts si sympathiques deviennent de plus en plus rares. Espérons toutefois que bientôt renaîtront ces jours de franche cordialité, que toutes les défiances se dissiperont et feront place partout à des sentiments de réciproque bienveillance.

Le Franc-Picard est toujours le rendez-vous de prédilection des charbonniers, qui, malgré l'enseigne de l'établissement, y font entendre un *charabia* beaucoup plus connu dans le Cantal que dans l'Aisne ou la Somme, où il ne serait que de l'hébreu. C'est au milieu de ces braves gens que les vieux soldats sont bien venus à raconter leurs exploits; là vivront éternellement les souvenirs de la grande armée, la mémoire de Napoléon : la poésie de ces monta-gnards, c'est la gloire de la France partout où elle a porté son drapeau.

BOURG ET FORT DE VINCENNES.

A 7 kilomètres de la barrière sont situés le joli bourg et le château fort de Vincennes. Vincennes est chef-lieu de canton, et ressort, comme Saint-Mandé, de l'arrondissement de Sceaux; sa population est de 3,924 habitants, non compris la garnison.

Les naturels du pays sont des cultivateurs, toujours plus ou moins en antipathie avec les naturels de Montreuil-aux-Pêches. Ils se sont souvent querellés, et même il leur est arrivé d'en venir aux mains, parce que ces derniers inter-ceptaient le cours des eaux dont ils avaient d'abondantes sources à leur disposition. La guerre entre les Montreuil et les Vincennes, c'est ainsi qu'ils se nomment, ne fut jamais aussi sanglante que celle entre les Guelfes et les Gibelins, mais le levain de la vieille haine dans le cœur des jeunes gens des deux partis subsiste encore, et quand les têtes des uns ou des autres sont échauffées, il n'est pas rare qu'il s'engage une rixe des plus violentes.

A Vincennes il y a peu de bourgeois dans l'aisance, en revanche on y compte bon nombre de militaires retraités, qui, pour entendre encore le canon et la trompette, sont venus se fixer là avec leurs familles. Ceux-là ne craignent pas pour leur vénérable moitié ou pour leur progéniture féminine la rencontre d'un uniforme ou d'une moustache quelque peu entreprenante. C'est la présence de la garnison qui, aux yeux de la bourgeoisie opulente et par trop pudi-bonde, a dépoétisé les délicieux ombrages du bois de Vin-cennes. Elle a fui le tambour, les bruyants exercices et l'odeur de la poudre. Les grandes industries se sont aussi prudemment tenues à l'écart ; de telle sorte qu'à Vincennes, il n'y a que les cultivateurs, primitives dynasties de l'endroit, se perpétuant de père en fils dans la même fonction sociale (la production des asperges, des petits pois, de la framboise, des fraises ananas, du cassis, de la groseille et de la violette), puis quelques minces bourgeois intrépidement casaniers, des rentiers tout aussi sédentaires, d'anciens officiers et sous-officiers pensionnés, et pas mal de boutiquiers, épiciers, marchands de vins, cabaretiers, traiteurs, limonadiers, etc., vivant de leur clientèle militaire et de celle des nombreux visiteurs qu'elle procure à leur localité. A Vincennes les mœurs générales sont celles d'une place de guerre, pas de pruderie et propos lestes, c'est la manière et le ton de l'endroit; toutefois les filles des cultivateurs se sentent peu d'inclination pour le soldat, fût-il le premier bombardier de France. Une faute, deux fautes, avec un garçon, ou même deux garçons du pays, cela se pardonne ; un œillade à un troupier, portât-il l'épaulette d'or, il faut moins que cela pour être à jamais perdu de réputation. Tous les garçons jetteraient la pierre et le mépris à la malheureuse qui oublierait à ce point qu'elle se doit toute à sa caste et qu'il lui est interdit d'en sortir. A Fontenay-sous-Bois, à Montreuil et dans tous les environs, les villageoises doivent se prescrire la même retenue. Rebecca et farouche *au vis-à-vis* du militaire, c'est la consigne, et elles n'oseraient y manquer.

L'ancienneté du bois de Vincennes et son nom sont établis dans une suite de titres authentiques, dont le premier remonte à l'an 847. Il s'appelait en latin *Vilcenna*, d'où l'on a fait Vilcenne, puis Vicenne et enfin Vincennes. Dès 1164, sous Louis VII, il y eut à Vincennes un château habité par des religieuses. C'est Philippe-Auguste qui, en 1183, fit entourer le bois de hautes murailles, afin d'y renfermer un grand nombre de daims, de cerfs et de chevreuils, dont lui fit présent Henri, roi d'Angleterre, qui les avait pris dans ses duchés de Normandie et d'Aquitaine. En 1274, Philippe-le-Hardi agrandit l'enclos, et acheta plusieurs sources dont les eaux furent amenées dans les viviers du château.

Saint Louis séjourna souvent à Vincennes. Sauval dit que, de son temps, on montrait encore dans le bois le vieux chêne sous lequel, suivant ce que nous apprend Joinville, ce roi rendait la justice. C'est de Vincennes, où il avait déposé la couronne d'épine, qu'il partit, les pieds nus et accompagné de ses frères, pour porter cette relique à Notre-Dame de Paris. En 1263, la veille de son départ pour la croisade, il vint coucher à Vincennes, où il prit congé de Marguerite de Provence, sa femme. Jeanne de France, épouse de Philippe-le-Bel, et Charles-le-Bel moururent à Vincennes, l'une le 2 avril 1304, l'autre le 2 février 1327.

Six ans après, le château menaçant ruine, Philippe de Valois le fit raser et jeter les fondements du donjon actuel. Les premières assises étaient à peine hors de terre quand il mourut. Jean, son fils, éleva jusqu'au troisième étage l'édifice, qui ne fut fini que par Charles V, dit le Sage. C'est sous ce prince que les habitants de Vincennes, de Montreuil et de Fontenay, qui n'étaient tenus qu'à entretenir les eaux du château, furent condamnés, par le Châtelet, à monter la garde aux portes du donjon et du parc, en manteaux de gros drap où le chaperon tenait, semblables à ceux que Duguesclin faisait porter à ses gendarmes. Du temps de Charles VII, le roi d'Angleterre Henri, maître d'une grande partie de la France, mourut à Vincennes, en 1422. Jusque-là, le donjon royal n'avait été qu'une sorte de lieu de plaisance, où les rois et les princes venaient se réjouir et prendre leurs ébats. Louis XI, à partir de 1472, en fit un séjour d'angoisses et de malheur. Il le changea en une affreuse prison, remplie d'instruments de tortures, et près desquels il avait son appartement, afin d'entendre gémir ses victimes... Cependant, les rois venaient encore de temps à autre dans ce château, qui continua d'avoir une double destination. Charles IX y était allé cacher ses remords, lorsqu'il fut frappé par une mort prématurée. Sous Louis XIII, des bâtiments considérables furent ajoutés à cette résidence: tels furent la galerie qui existe encore, et deux magnifiques corps de logis, l'un pour le roi et l'autre pour la reine. A cette époque, Richelieu peupla le donjon d'un grand nombre de prisonniers. Le prince de Condé y fut enfermé en 1617, et quarante ans après, son fils, le grand Condé, y fut amené, pendant les troubles de la Fronde, avec le duc de Beaufort, qui réussit à s'évader. Diderot y fit, sous les verroux, un séjour de six mois, pendant lesquels il reçut fréquemment la visite de J.-J. Rousseau. Mirabeau n'y resta pas moins de sept ans. C'est là qu'il écrivit son ouvrage contre les lettres de cachet et ses *Lettres à Sophie.*

Aux approches de la Révolution, on ouvrit cette prison, et tout le monde put aller lire sur les murs des cachots les plaintes et les récriminations amères des malheureux enterrés vivants sous le despotisme royal.

En 1791, les prisons de Paris regorgeant de détenus, on voulut rendre Vincennes à la destination que lui avait assignée Louis XI. Déjà on avait commencé des travaux dans ce but, lorsque, le 2 février, les patriotes du faubourg Saint-Antoine, Santerre à leur tête, s'opposèrent violemment à la restauration de cette bastille; déjà ils étaient en train de démolir le couronnement du donjon, lorsque Lafayette, accouru de Paris avec plusieurs détachements de la garde nationale, les obligea à se retirer. Soixante-quatre des plus mutins furent arrêtés. Ce mouvement des exaltés du faubourg, obéissant sans s'en douter à une impulsion de la cour, avait été combiné pour éloigner de Paris le chef de la milice citoyenne, pendant qu'aux Tuileries les chevaliers du poignard accompliraient une contre-révolution. Ils annoncèrent que le général avait été assassiné, et, en effet, tout avait été disposé par eux pour qu'il n'échappât pas. Dans le bois de Vincennes, des brigands apostés, croyant faire feu sur lui, tirèrent sur son aide-de-camp Romeuf, qui, heureusement, ne fut pas atteint. A son retour, Lafayette trouva la barrière gardée par un poste de royalistes;

il lui fallut entrer de vive force, et sous l'arcade près de l'Hôtel-de-Ville, il ne dut qu'à la vitesse et à la solidité de son cheval d'échapper à une nouvelle tentative de meurtre.

Le projet de faire encore une fois de Vincennes une prison d'État fut abandonné; on se borna à y renfermer les femmes de mauvaise vie, que l'on transféra plus tard dans l'ancien hôpital de Saint-Lazare, au faubourg Saint-Denis.

Sous le Consulat, le château de Vincennes redevint une prison politique; c'est là qu'une police ombrageuse et prodigue d'incarcérations embastillait les citoyens soupçonnés d'être peu satisfaits de l'ordre de choses qu'elle avait mission de protéger. Plus tard, la prison de Vincennes, confiée à la vigilance de la garde impériale, devint un objet d'effroi. Le bruit se répandit que souvent, pendant la nuit, on y entendait des fusillades, et il se disait qu'à l'intérieur les mamelucks étaient les agents de sanglantes exécutions. Le sort funeste du duc d'Enghien, jugé militairement, condamné à mort, fusillé nuitamment et enterré dans les fossés, a peut-être été le principe de ces tragiques histoires.

C'est à Vincennes que furent enfermés les Polignac, après l'attentat du 3 nivôse; plusieurs des complices ou présumés complices de Moreau et de Pichegru y firent un assez long séjour. Vincennes reçut aussi les cardinaux noirs, c'est ainsi qu'on désignait ceux qui, à l'époque du concordat, s'étaient montrés hostiles aux intentions de Pie VII et de Bonaparte. Les hôtes infortunés du terrible donjon avaient, à certaines heures, la liberté d'aller respirer sur la plate-forme qui le termine; de cette hauteur, on plane en quelque sorte sur tout un monde; ce spectacle eût été une consolation pour de pauvres reclus; mais, par un raffinement de cruauté, les geôliers impériaux établirent sur le parapet une cloison qui dérobait à leur poitrine un air pur et à leurs regards un si vaste horizon. C'est à Vincennes que furent enfermés, après la chute de Charles X, les ministres du coup d'État, le prince de Polignac, le comte de Peyronnet, MM. de Chantelauze et de Guernon de Ranville. Il s'était répandu dans Paris qu'ils ne seraient pas jugés ; un immense rassemblement se rendit alors à Vincennes pour demander qu'on les lui livrât ; mais toute cette colère de la multitude vint se briser contre l'énergique fermeté du gouverneur de la forteresse, le général Daumesnil, si connu du peuple sous le nom de la *Jambe-de-bois*.

Sous le règne de Louis-Philippe, les cachots de Vincennes restèrent vides. Après la révolution de Février, il n'y eut aucune arrestation politique, aucun coupable à juger ; mais au 15 mai, un attentat contre l'inviolabilité de l'Assemblée nationale ayant eu lieu, le château de Vincennes fut de nouveau converti en prison, pour mettre à l'abri d'un coup de main les chefs présumés de cette entreprise, que leurs partisans pouvaient vouloir délivrer.

Prison ou forteresse, le château de Vincennes est d'un aspect formidable ; il retrace deux des principaux caractères du gouvernement féodal : l'impénétrabilité du repaire et l'impunité, la sûreté de ses vengeances à l'ombre du mystère ; pas de soupirs, pas de sanglots, pas de cris qui ne puissent être étouffés entre ces épaisses murailles. Différent en ce point de la plupart des autres forteresses du moyen-âge, le château de Vincennes a été construit en plaine, et il serait accessible de toutes parts si, pour le rendre inexpugnable, tout l'art des vieux temps ne s'était surpassé dans l'emploi de ses ressources. Ni en France, ni ailleurs, il n'a jamais rien produit d'aussi complet, d'aussi vaste, d'aussi régulier, d'aussi solide, d'aussi ingénieux dans ses procédés. Les dégradations qu'on remarque dans quelques parties de cet ensemble immense sont l'œuvre de la main des hommes, mais à peine peut-on y découvrir quelque trace de vétusté. Les pierres sont toutes d'une qualité admirable, à l'épreuve de toutes les intempéries, et il est probable que le boulet entamerait difficilement ce que les hivers ont respecté.

La figure du château de Vincennes est un long quadrilatère à angle droit, d'une grande dimension. Les
grandes lignes sont dans la direction du nord au midi. Des
fossés larges et profonds, des murailles et des tours composent une enceinte infranchissable, si l'on ne recourt aux
moyens de la moderne polyorcétique. C'est au milieu, du
côté nord, armé à ses deux extrémités d'une tour carrée, que se trouve l'entrée principale pratiquée dans un
corps de bâtiment muni de tous les accessoires défensifs en
usage autrefois : des ponts-levis, une herse, des meurtrières, des mâchicoulis, dont on reconnaît encore la place :
rien n'y manque. Au centre, du côté opposé, une porte s'ouvre sur le bois, avec lequel on communique par un pont de
pierre, élevé sur un large et profond fossé. Anciennement,
cette communication avait lieu par un pont-levis. Le côté
exposé à l'orient se développe entre deux tours carrées, également distantes d'une tour intermédiaire, près de laquelle
s'élèvent la chapelle et une construction moderne répétée
en face symétriquement. Le côté qui regarde au couchant
ne diffère du précédent qu'en ce que le fameux donjon rem-
place la tour du milieu.

Des neuf tours qui portaient aux nues leurs créneaux superbes, une seule est restée intacte; c'est la tour du Diable, située du côté du village. Elle est surchargée d'ornements et de détails d'une sculpture bizarre. Les autres tours furent rasées à la hauteur du mur d'enceinte, lorsque Bonaparte, averti par ses revers, songea à faire de Vincennes une place de guerre.

C'est dans le fossé, du côté de l'esplanade, à droite du pont-levis et dans l'angle rentrant formé par la *tour de la Reine*, que fut assassiné le duc d'Enghien : une lanterne fixée sur sa poitrine indiquait où les balles devaient frapper. Sa fosse fut creusée à l'instant même, et sur le tertre qui avait aidé à la retrouver, la Restauration fit placer un cippe de granit rouge, sur une base de marbre noir, avec cette inscription :

Hic cecidit.

Un saule pleureur ombrageait ce simple monument, qui a disparu depuis la révolution de Juillet.

Les restes du prince, après avoir reposé pendant quinze ans en cet endroit, furent enfin transférés dans la chapelle du château et déposés dans un monument élevé à sa mémoire.

Mais pénétrons dans le château, où la curiosité peut trouver amplement à se satisfaire; on arrive par deux ponts-levis, un petit pour les gens de pied, un grand pour les voitures, puis on passe par trois portes; celle qui donne définitivement accès à l'intérieur ne peut s'ouvrir ni en dedans sans le secours du dehors, ni en dehors sans le secours du dedans. A droite et à l'entrée du grand pont-levis, est gravée sur une table de marbre la curieuse inscription en vers où sont consignées toutes les particularités relatives à la construction du donjon. Les trois portes franchies, on est dans la cour royale, où se trouvent deux grands bâtiments modernes, symétriquement liés à leurs extrémités par deux galeries en portiques, couronnées de balustrades ; à gauche était l'appartement de Louis XIV et celui de Marie-Thérèse. Une porte ornée ouvre une seconde cour ; à gauche est le donjon, à droite la sainte chapelle, bâtie par Charles V ; le gothique en est exquis, les vitraux peints par Jean Cousin, sur les dessins de Raphaël, faisaient l'admiration des connaisseurs. C'est dans cette chapelle que se pratiquait le cérémonial pour les réceptions dans l'ordre de Saint-Michel. Le mausolée du duc d'Enghien, œuvre des mauvais jours du sculpteur Deseine, est une regrettable pauvreté.

Le donjon est comme une forteresse dans une autre : il a ses fossés particuliers, d'une profondeur de 40 pieds et revêtus de pierres de taille, montant verticalement jusqu'à hauteur d'une courbure qui regarde en dedans, de manière à former un insurmontable obstacle pour quiconque essaierait de gravir le fossé sans une assistance extérieure. Une galerie ouverte, percée de meurtrières, ajoute à la défense dont le système se complète par les tours qui, aux quatre angles, débordent par leur base sur le fossé. C'est encore par trois portes qu'on peut arriver dans le donjon, qui est au milieu d'une cour ; sa forme est carrée ; ce géant semble porter les quatre tours qui cachent les arêtes de ses angles. Un hardi escalier conduit aux cinq étages dont il se compose ; à chaque étage est une salle carrée dont la voûte, au centre, s'appuie sur un énorme pilier ; une vaste cheminée permet d'y faire du feu ; aux quatre coins de cette immense pièce sont quatre cabinets ayant également leur cheminée, et ayant souvent servi de prison ; au troisième étage, une galerie extérieure en saillie règne autour du bâtiment. Le sommet du donjon forme une terrasse cintrée, d'une coupe de pierres des plus curieuses ; ce belvéder est surmonté à l'un de ses angles d'une guérite en pierre, d'une exquise délicatesse et d'une hauteur extraordinaire. Au rez-de-chaussée était la chambre *de la question*, où, en 1790, on voyait encore tout l'affreux arsenal de la torture. Au cinquième étage était la salle du conseil, où le roi, quand il habitait le donjon, se consultait avec ses ministres sur les affaires de l'Etat.

Dès qu'un des étages recélait des prisonniers, toutes les portes étaient rigoureusement fermées ; la porte commune par une porte épaisse et doublée de fer extérieurement et intérieurement. Chaque cachot était clos par trois autres portes également doublées, et chacune d'elles garnie de deux serrures et de trois verroux. Ces portes étaient placées en sens inverse, s'ouvrant en travers l'une de l'autre, la première barrant la seconde et la seconde la troisième, ou bien l'une s'ouvrait à droite, un autre à gauche, tandis qu'une dernière se haussait et s'abaissait comme un pont-levis. L'épaisseur des murs est de 16 pieds et l'élévation des voûtes de 32. Toutes ces prisons sont privées d'air et de lumière ; d'étroites ouvertures sont censées donner accès à l'un et à l'autre, à travers trois grilles de fer croisées entre elles, de manière que les barreaux de la première masquent les vides de la seconde, et ceux de la seconde les vides de la troisième. Les cachots les plus étroits et les plus obscurs sont ceux du rez-de-chaussée. Les huit tours carrées sont également des prisons ; les plus affreuses de toutes sont, sans contredit, dans la tour de la *surintendance ;* quatre cachots, compartiments froids et ténébreux, où la taille humaine ne peut se déployer, où le prisonnier n'a pour s'étendre qu'un lit de pierre, y sont de véritables sépulcres ; plus bas, est un caveau plus abominable encore, où l'on ne peut descendre que par un trou pratiqué dans la voûte. Oh ! maudits soient à jamais les monstres dont l'orgueil et la méchanceté ne purent se satisfaire qu'en créant de si cruels moyens de faire sentir ou de venger leur puissance !

Avant que Paris eût son enceinte de fortifications et ses forts détachés, sentinelles avancées de sa défense, dans la croyance des Parisiens, le château de Vincennes, disposé en 1813 pour résister à une première attaque, était une citadelle imprenable. Cette opinion semblait être justifiée par la belle conduite du général Daumesnil, si connu du peuple sous le nom de la *Jambe-de-Bois*. Tout le monde sait avec quelle fermeté il résista dans ce poste lors de l'invasion de 1814. Depuis plusieurs jours la capitale était occupée par les armées alliées, que Daumesnil ne se rendit pas; il n'était alors bruit, dans tout Paris, que de son obstination et de la gaîté de sa réponse aux sommations de l'ennemi : « Quand vous me rendrez ma jambe, je vous rendrai ma place. » A la menace de commencer contre lui un siége en règle, son *ultimatum* fut : qu'il tenait la place du gouvernement français, et qu'il ne la remettrait qu'à ce gouvernement; » en même temps, il fit arborer le drapeau blanc. Lors de la seconde invasion en 1815, Daumesnil déploya la même énergie, c'est-à-dire qu'il tint pour le roi et qu'on n'entreprit pas de le forcer.

Le château de Vincennes est aujourd'hui une caserne, un dépôt considérable d'armes et de munitions de guerre, une école d'artillerie et du génie, et quelquefois une prison. On y avait meublé de somptueux appartements pour les jeunes princes de la maison d'Orléans. C'est à Vincennes que se font, sous les yeux du comité d'artillerie, toutes les expériences et tous les essais d'innovation qui peuvent se rattacher aux progrès de cette arme. Il faut voir à l'une des extrémités du parc, en se dirigeant vers la presqu'île de la Marne, le polygone, sa butte et toutes ses dépendances. Là existe, mais encore à l'état rudimentaire, la fameuse *Canonville*, un des projets du vieux maréchal Soult, et dont on a tant parlé dans les dernières années du règne de Louis-Philippe. Canonville, qui ne devait pas coûter moins de 20 millions, et devenir tout à la fois un arsenal fortifié, une fonderie, une manufacture d'armes, une manutention de vivres pour cent mille hommes, une colossalle réunion de magasins et de casernes, ne consiste, jusqu'à présent, qu'en de vastes hangars et en deux fortins destinés à s'opposer au passage de la Marne à Pont-Joinville. Lorsqu'il y a manœuvre à feu au polygone, les promeneurs doivent éviter de se placer dans la ligne de tir; plus d'un curieux a payé de sa vie l'oubli de cette précaution.

Le bourg de Vincennes est riche en auberges, cafés-estaminets, marchands de vins-traiteurs, restaurants, hôtels, dont le plus considérable, nous voudrions dire le moins cher, est à l'enseigne du *Grand-Cerf*. Mais à Vincennes il y a des réfections pour toutes les bourses. Ne dédaignez pas les modestes établissements où se rendent les sous-officiers; si vous n'êtes pas en bonne fortune, et que vous ne cherchiez pas à vous dissimuler à l'ombre du huis-clos du cabinet particulier, le comptoir ne vous mettra pas le couteau sur la gorge.

La fête de Vincennes a lieu le dimanche après le 15 août.

L'étendue du bois de Vincennes et de 752 hectares, entourés de murs; au centre est une étoile, où neuf routes viennent aboutir; un obélisque, surmonté d'un globe et d'une aiguille dorée, porte deux écussons dont les inscriptions indiquent qu'en 1751 une plantation nouvelle remplaça l'antique forêt. Le parc de Vincennes était autrefois riche en fauves; sous Charles X, on l'avait peuplé de lapins qui, malgré la vigilance des gardes, n'échappaient pas tous aux collets des rustiques voisins. Souvent aussi il leur arrivait d'être salués au passage par l'étourdissant coup de chapeau d'un carrier rentrant de sa besogne, ou par la sournoise contondance d'un bâton de paysan. La faisanderie était très-riche et très-bien entretenue. Le duc d'Angoulême prenait un grand plaisir à tirer au vol ces brillants volatiles; chaque fois il en faisait un rude massacre, et les courtisans de célébrer son adresse, qui, en effet, n'était pas ordinaire, puisque, pour ajuster, il n'avait jamais pu parvenir à fermer un œil.

Pendant la belle saison, les dimanches et autres jours fériés, il y a souvent des danses dans le bois de Vincennes, quelquefois même des bals improvisés: un amateur a apporté son violon, ou son octavin, ou son cornet à piston, instrument favori du garçon épicier ou de toute autre oreille anti-musicale; il s'offre d'être le ménétrier, et toute l'aimable société, ravie de cet orchestre individuel, polke avec d'inouïs transports d'allégresse. Autrefois, dans le bois, on n'eût pas fait cinquante pas sans rencontrer, ou mollement assis sur le gazon, ou debout, se promenant amoureusement penchés l'un vers l'autre, de bien tendres couples ; plus loin, partout enfin où il y avait de l'espace, c'étaient des guirlandes animées de jeunes filles, bien innocentes, qui sautaient et gambadaient en rond en chantant :

> Nous n'irons plus au bois,
> Les lauriers sont coupés ;

ou bien encore qui jouaient en répétant en façon de psalmodie,

> Promenons-nous dans les bois
> Pendant que le loup n'y est pas.

En effet, le loup n'y est pas, mais les mamans ont imaginé que, par le fait d'une nombreuse garnison, souvent assez désœuvrée et peut-être aussi, en certaines occasions, légèrement avinée, il pourrait y avoir là, pour des jouvencelles, un danger beaucoup plus grave que celui du loup. D'une part, les discrètes amours ne se sont plus senties attirées vers ces ombrages déshérités de leurs mystères ; d'autre part, les mamans prudentes et les fillettes ont fui comme si le loup y était. Si bien qu'aujourd'hui, dans ce bois de Vincennes, où il y avait jadis des joies pour tout le monde, il ne s'aventure guère que dryades ou hamadryades par trop aguerries, et puis là, tout s'est désenchanté à la fois, tout ce qui était champêtre s'est évanoui : y a-t-il rien de moins pastoral qu'un uniforme, de moins idylle que la fanfare, de moins églogue que des retentissements perpétuels de coups de canon? Aussi, comme les chantres ailés de céans ont disparu : pas un rossignol, pas une fauvette, pas un gazouillement d'oiseau dans ces feuillées dont la douce verdure a perdu tous ses habitants !

Il y a quelque vingt ans, le bois de Vincennes fut le théâtre d'un crime bien affreux : de petites croix, souvent renouvelées depuis cette époque, indiquent encore l'endroit où, par un monstre appelé Papavoine, furent assassinés, au bord d'une allée, sous les yeux de leur mère, qui ne put les défendre, deux pauvres petits enfants. Cet attentat resta longtemps inexplicable ; Papavoine fut frappé par la justice, mais son instigateur, que protégeait le pouvoir du jour, fut couvert par une scandaleuse impunité.

Chassons bien vite ce lugubre souvenir et courons à *Fontenay-sous-Bois*, charmant village qui doit son double nom au bois de Vincennes, auquel il est presque contigu, et à ses sources, dont les eaux abondantes alimentaient les abreuvoirs, que Charles V fit construire en son château de Beauté. Les conduits passaient à travers les masures des habitants, qui étaient tenus de les nettoyer, et qui, pour ce travail, furent exempts de la chasse au loup. Le manoir seigneurial de Fontenay est encore debout; il y avait aussi, dans ce bois, un couvent de Minimes, qui a été démoli, à l'exception des bâtiments où les rois avaient un appartement lorsqu'ils y venaient en dévotion. Fontenay, situé à 10 kilomètres de Paris, a une jolie église gothique et d'agréables maisons bourgeoises; on y montre encore celle du célèbre tragédien Lekain et le tombeau de Dalayrac. Comme Nanterre et Salency, Fontenay a sa fête annuelle de la Rosière, le 21 août; elle attire un grand concours de Parisiens. Ce solennel couronnement de la fille la plus sage a eu la plus heureuse influence sur les mœurs des *fontenaisiennes* et même sur celles des jeunes garçons du village, dont la population, de 3,173 habitants, se compose en grande partie de cultivateurs. Les paysans de Fontenay sont en général assez affables et beaucoup plus sympathiques aux bourgeois que dans bon nombre d'autres localités de la banlieue. On trouve à Fontenay tout ce qui est nécessaire pour pourvoir aux besoins de la vie. C'est là qu'existe le réservoir des eaux de la Marne et que passe la route stratégique du fort de Nogent, placé sur la hauteur, à égale distance de Nogent et de Fontenay.

Visitons le fort et poussons jusqu'au village dont il a emprunté le nom. Là, nous ne serons encore qu'à 8 kilomètres de Paris. Nogent, situé sur la rive droite de la Marne, a l'apparence d'un gros village ; sa population n'est, toutefois, que de 1,828 habitants. Les maisons de campagne, occupées seulement dans la belle saison, y sont les plus nombreuses ; aussi, comme les bourgeois aisés tirent ordinairement de Paris tout ce qui est à l'usage de leur consommation, il en résulte que Nogent est une localité des plus dépourvues de toute espèce de ressources ; pourtant elle fut jadis une des plus splendides. *Novigentum* ou *Novientum*, ainsi le nommait-on, était en 581 une résidence royale. Childéric y reçut, dans son palais, les présents que lui envoyait Tibère, empereur d'Orient ; plusieurs rois de la première race affectionnèrent ce séjour. Sous la seconde race, Nogent et ses habitants, opprimés par des rois, par des moines, par des seigneurs de différents fiefs, puis enfin par les religieux de Saint-Maur-des-Fossés, qui avaient fini par s'emparer de tout, maisons, terres et personnes, eurent à souffrir toutes les misères de la plus affreuse servitude. Ils ne commencèrent à respirer de nouveau qu'en 1404, que Charles VI les affranchit des déprédations et ravages que ses officiers avaient exercés jusque-là.

L'église de Nogent, sous l'invocation de saint Saturnin, renfermait plusieurs tombeaux, qui ont été détruits ; elle n'a rien de remarquable ; il existait autrefois dans cette paroisse un usage bien singulier : après la communion pascale, les habitants buvaient du vin dans l'église et se rendaient ensuite en procession à Saint-Maur.

Presque toutes les maisons de la grande rue ont de beaux jardins ; les plus agréables sont ceux qui descendent de terrasse en terrasse jusqu'à la rivière. C'est à Nogent que mourut, en 1733, à l'âge de 86 ans, la marquise de Lambert, l'amie de Fontenelle, le plus spirituel des octogénaires. Wateau, peintre admirable, quoiqu'il n'eût pas assez de genre pour ne pas subir l'influence du mauvais goût de son siècle, habitait Nogent, dont il espérait que l'air pur rétablirait ses poumons ; mais rien ne put enrayer la phthisie, il y succomba à l'âge de 37 ans, le 18 juillet 1721 ; à ses derniers moments, le curé qui l'assistait lui présenta un crucifix à baiser. « Otez de devant moi cette face hideuse, s'écria le peintre, comment un artiste a-t-il pu rendre si mal les traits d'un Dieu ? »

C'est sous les traits de ce curé, dont il était l'ami, que Wateau, lui trouvant la mine belle et joviale, peignit ses pantalons, ses gilles, ses pierrots, son médecin, harnaché d'un collier de limonier ; au moment de mourir, il lui demanda pardon de l'avoir si grotesquement affublé. *Habitants de Nogent*, *bonnes gens*, dit le proverbe, et vraiment le proverbe a raison ; les paysans de ce village sont laborieux, polis et moins corrompus que dans beaucoup d'autres communes. Si vous aimez les fêtes villageoises, celle de Nogent vous plaira ; elle a lieu à la Pentcôte, et ne dure pas moins de trois jours.

BARRIÈRE DE MONTREUIL.

MONTREUIL. — ROSNY. — NOISY. — ROMAINVILLE.

En suivant le boulevart extérieur, passablement garni de cabarets d'assez mince apparence, on arrive à la barrière de Montreuil, à l'extrémité de la rue du même nom, qui, à quelques cents mètres de là, se bifurque avec la rue du Faubourg-Saint-Antoine.

La barrière de Montreuil est moins militaire que civile ; on y voit peu d'uniformes, excepté le dimanche, lorsqu'il est de mode parmi les ouvriers de se parer de leur habit de garde national. Les jours de fête, les *gens du bâtiment,* charpentiers, serruriers, menuisiers et maçons y affluent ; ces derniers, que leurs coopérateurs de la bâtisse qualifient impitoyablement de *mufles,* sans doute à cause de leurs airs peu dégagés, y sont en majorité. C'est là qu'ils vien-

nent faire leurs noces et festins, et qu'ils se retrempent
dans toutes les puretés des patois consanguins de la Creuse,
de la Corrèze, de la Haute-Vienne, du Lot, de Lot-et-Ga-
ronne, de la Dordogne, voire même de l'Aveyron.

Rome n'est plus dans Rome, elle est toute où je suis,

peut se dire avec orgueil le brave Limousin en se re-
trouvant à la barrière de Montreuil, au milieu de ses frères
de la Limoge. Il est bien entendu que pour lui Rome, c'est
l'antique *Lemovices Augustoritum*, cité quasi de bois, où
se délivrent les passeports de tous ces milliers de limousi-
neurs qui, la truelle à la main, viennent se gagner une
chaumière ou un champ en bâtissant les palais de Paris.

Dans un temps où la *Redingote-Grise*, le *Petit-Cha-*
peau, le *Petit-Caporal* étaient autant d'enseignes sédi-
tieuses, rappelant à l'esprit la gloire de Napoléon, la même
idée s'abrita derrière cette rubrique le *Grand-Vainqueur*,
que la police n'osait incriminer, car le Grand-Vainqueur
pouvait-être Louis XIV ou tout autre héros de la monarchie. Mais, sous la Restauration, les impérialistes ne s'y
méprirent pas, et la guinguette du Grand-Vainqueur, à la
barrière de Montreuil, était alors un rendez-vous qu'ils af-
fectionnaient, ce qui ne veut pas dire, toutefois, qu'ils fis-
sent aucunement fi de la *Renommée-du-pétit-salé*, où plus
d'une santé silencieuse s'adressait au captif de Sainte-Hélène. Le vin blanc y était particulièrement fêté, et le vin
rouge y était réputé naturel. Il l'est encore, et Dieu veuille,
disent les habitués de ces lieux, qu'ils ne cesse jamais de
l'être !

Entrez aux *Vieillards-Antiques*, sans vous étonner de
ce singulier baptême de l'établissement : le vin est le lait
des vieillards, c'est une vérité parfaitement consacrée de
tous temps. Ce fut apparemment pour avoir du vin que le
patriarche Noé planta la vigne, il n'était pas jeune alors;
Loth, que ses filles enivrèrent avec tant de facilité, était un
respectable barbon que le jus de la treille rendait encore

vert ; Anacréon et tant d'autres, que bien des siècles sépa-
rent de la génération actuelle, furent des doyens de leur
époque, et ne vécurent si longtemps en joie et santé que
par la vertu des dons de Bacchus. Hippocrate, qui n'était
pas non plus un blanc bec, bien qu'il eût la barbe grise,
recommande très-expressément à qui souhaite se bien porter
de s'enivrer au moins une fois par mois.

Voilà donc les vieillards antiques, dont l'enseigne nous
convie à suivre le salutaire exemple ; et que de modernes
sont enclins à les imiter ! L'agréable liqueur qui fait épa-
nouir la rate a été tant célébrée ; il n'est pas jusqu'à madame Deshoulières qui n'ait dit :

> C'est un secours contre plus d'un tourment ;
> Il n'en est point qui ne cède aisément
> Au doux glouglou que fait une bouteille.

Et il n'est personne qui ne se rappelle ce couplet que
chante Sganarelle dans le *Médecin malgré lui :*

> Qu'ils sont doux,
> Bouteille jolie,
> Qu'ils sont doux
> Vos petits glougloux.
> Mais mon sort ferait bien des jaloux,
> Si vous étiez toujours remplie !
> Ah ! bouteille, ma mie,
> Pourquoi vous videz-vous ?

Ainsi, cette inscription aux Vieillards-Antiques a un sens
bien profond, et l'on ne devrait pas hésiter, malgré son
vernis tout classique, à la déclarer bien choisie, si, par cas
fortuit, dans quelque recoin bien obscur de la cave de l'é-
tablissement, depuis le millésime d'une comète quelconque, il avait été oublié quelque bouteille avec le bon cachet.

Le *Franc-Bourguignon* est encore un endroit qu'on ne
doit pas dédaigner ; le bon marché du solide s'unit au bon
marché du liquide en ce modeste cabaret. Aussi plus d'un

chaland ne voudrait jamais en sortir ; plus d'une femme
en courroux vient y chercher son mari, qui, le mardi venu,
ne songe pas encore qu'il a quitté son logis le dimanche.
« Tu vas marcher devant moi ! » Telle est l'injonction de
l'autorité conjugale tombée en quenouille ; la poule chante
alors plus haut que le coq, et, quoique le Code lui commande l'obéissance, on ne peut que l'applaudir de s'en
être affranchie. Le mari a tort, il faut qu'il cède et re-
tourne à son travail. Malheur à l'épouse qui manque de
fermeté en pareille occurrence ; se laisse-t-elle attendrir par
l'offre d'un coup de picton, vient-elle à s'asseoir, accorde-t-
elle le moindre répit, sourit-elle au lieu de se fâcher tout
rouge, elle, son ménage, ses enfants, tout sera compromis,
tout sera perdu par cette faiblesse, tout s'en ira à la déban-
dade par l'effet de cette transaction. La femme forte est la
providence de l'ouvrier.

Le gros bourg de Montreuil-sous-Bois ou sur-le-Bois, plus
connu aujourd'hui sous la dénomination de *Montreuil-aux-
Pêches*, a donné son nom à la barrière que nous venons
de franchir. Sa population, naguère encore entièrement
composée d'horticulteurs, s'est considérablement accrue
depuis quelques années ; elle est de 3,600 habitants, de
tous états et professions. D'importantes industries se sont
établies à Montreuil ; nous citerons notamment une fabrique de porcelaine, dont les produits, en imitations chi-
noises et japonaises, sont devenus des objets d'exportation
très-recherchés à cause de leur bas prix et de leur perfection.

Les amateurs de la florilogie ne peuvent se dispenser
de visiter les jardins et les serres si renommées de MM. Le-
père (Alexis), Savart père et Savart fils. Il y a là de magnifiques collections de camélias, de magnolias, d'azalées et
de bruyères. Au reste, Montreuil est le pays des cultures
les plus variées, mais c'est à ses espaliers qu'il doit sa principale et vieille réputation. Ses pêchers et ses pêches ont
été depuis longtemps cités comme des miracles de la science

horticulturale : on en a même écrit des choses fabuleuses ; ainsi Mercier, dans son *Tableau de Paris*, a poussé l'exagération jusqu'à affirmer très-sérieusement qu'à Montreuil trois arpents de terre produisent habituellement à leur propriétaire 20,000 livres de rentes, à quoi il ajoute, en parlant des Montreuillais, ils cultivent les pêches les plus belles qui soient sur le globe ; or les pêches, en certains temps, valent 6 livres pièce. Quand un prince donne une fête un peu brillante, on en mange pour 300 louis d'or.

L'arpent, continue Mercier, y est loué 600 livres, et l'on en paie au roi 60 pour la taille. Montreuil est le plus beau jardin dont puisse se glorifier Pomone, nulle part l'industrie n'a poussé plus loin la culture des arbres à fruit et surtout celle du pêcher. C'est un coup d'œil intéressant que ces murailles tapissées des plus beaux fruits, tandis qu'entre les espaliers sont semés des fraises, des pois, des légumes de toute espèce. La capitale doit quelque reconnaissance à l'admirable industrie de ces jardiniers qui peuplent les marchés de ces excellentes productions qui plaisent au goût et entretiennent la santé.

Ce pauvre Mercier n'avait jamais aperçu, même de loin, un jardin à la Montreuil. Il raconte à ses lecteurs que la possession de trois arpents équivaut à 20,000 livres de rentes, et, quelques lignes plus bas, il leur dit que l'arpent se loue 600 livres. En visant à l'extraordinaire il se fourvoie de même que s'est fourvoyé ce bon abbé Rozier, qui, dans son cours d'agriculture, rapporte très-sérieusement que, de son temps, on a pu voir des pêchers presque séculaires couvrir, de leur monstrueux éventail, une étendue de 70 pieds de mur. Il n'y eut jamais à Montreuil de pêcher de cet âge et de cette dimension ; mais, ce qui est incontestable, c'est que les cultivateurs de Montreuil ont les premiers mis en pratique la bonne taille du pêcher, les meilleurs procédés pour en obtenir des fruits d'une qualité exquise, les soins qu'exigent la prospérité et la conservation des espaliers.

Un jardin neuf, en plein rapport, vaut à Montreuil de 10 à 12,000 fr. l'arpent et se loue jusqu'à 50 fr. la perche. Un jardin épuisé n'a plus que la valeur d'une terre ordinaire, augmentée de celle des matériaux dont se composent ses murs qui n'ont plus de destination.

Tout jardin à la Montreuil se constitue d'un enclos coupé par des traverses parallèles entre elles et formant un nombre de compartiments disposés de manière à ce que l'air et le soleil puissent y arriver. On multiplie ainsi les bonnes expositions. Chacune de ces traverses est un mur qui, de même que celui de la clôture générale, a 2 mètres 50 d'élévation avec fondation en moellons de 50 centimètres; le surplus est construit en platras provenant des démolitions parisiennes. Un large chaperon sert à abriter les espaliers et souvent un cordon de chasselas taillé à la manière de Thomery et de Fontainebleau.

Les murs sont constamment tenus en bon état, afin d'éviter que les mulots ou des insectes destructeurs ne s'y logent. Là, point de crevasse, point de dégradation qu'on ne fasse à l'instant disparaître.

Les murs en platras, toujours parfaitement unis, présentent cet avantage qu'ils permettent de donner à chaque bras d'espalier la direction la plus convenable, sans que l'on puisse être gêné par la difficulté de planter des clous.

A Montreuil, pas un pouce de terrain de perdu; dans l'espace compris entre deux traverses, de la vigne et des cerisiers quenouilles ou gobelets, des framboisiers, des groseilliers, des fraisiers; sur les parois des murs, selon l'exposition, les diverses espèces de pêchers, d'abricotiers, de pruniers, la cerise royale; aux angles les plus chauds le figuier; dans les nords les poires de bon-chrétien, du beurré, la crassane, etc. ; dans les côtières, toujours richement fumées, des fèves de marais, de la chicorée, du cerfeuil.

Ici, les bonnes méthodes ont tout perfectionné; toutefois, la pêche hâtive y est moins précoce qu'en Angleterre, où, dans les cultures de luxe, on a introduit des espaliers artificiellement chauffés, procédé qui exige trop de précautions et devient trop dispendieux pour être à l'usage des agriculteurs purement industriels. Les Montreuillais s'en sont tenus au choix des bonnes espèces. Du reste, rien de moins routinier que le cultivateur de cette localité; il s'enquiert avec la plus grande sollicitude de toutes les innovations, ne recule pas devant les essais et a l'œil constamment ouvert sur le travail de ses voisins, afin de profiter de leur expérience. Il est curieux et intelligent. Une erreur du provincial amateur de jardins est de s'imaginer qu'à Montreuil on élève des pêchers; les pêchers de Montreuil viennent des pépinières de Vitry-aux-Arbres, d'où l'on tire, dans leur troisième année, des sujets dont la greffe a été prise à Montreuil sur les arbres qui ont donné les plus beaux fruits. C'est ainsi que l'espèce se perpétue.

Le territoire de Montreuil, pourvu de sources abondantes, peut défier les plus persistantes sécheresses. Quant aux gelées du printemps et aux accidents de la grêle, la constante vigilance des horticulteurs emploie les moyens les plus efficaces pour en préserver les espaliers.

Tout le temps que dure la saison des pêches, il se tient, tout le soir à Montreuil, un marché où les particuliers qui ne veulent pas faire le voyage de la Halle peuvent vendre leur cueillette de la journée aux cultivateurs plus aisés qui ont à leur disposition le moyen de transport.

A Montreuil il y a peu de maisons de campagne; le bourgeois n'y foisonne pas. Il se sentirait mal à l'aise au milieu de cette population trop occupée et trop orgueilleuse pour faire la moindre attention à ce qu'on appelle des gens de loisir. Le Montreuillais n'est pas villageois le moins du monde, le *monsieur* lui inspire peu de respect; de son côté la Montreuillaise n'a positivement aucune déférence pour la *dame*. Le sentiment dominant parmi les indigènes est la cupidité portée à l'excès; il s'unit à une licence de mœurs que les voyages de nuit, pour approvisionner de fruits la capitale, n'ont pas peu contribué à développer. Aussi Montreuil a-t-il sa chronique scandaleuse, et, si l'on en croit les mauvaises langues, plus d'un complément ou supplément de dot a été le résultat d'une intrigue dont la divulgation fournirait à un nouveau tableau des *Mystères de Paris* la nature d'un chapitre des plus piquants. Filles et garçons de Montreuil étaient, il y a peu d'années, assez mal famés : à une époque où le *cancan* était en vogue, ils en dansèrent un des plus effrénés sur la place publique, ce qui leur valut, devant une chambre de la correctionnelle, une condamnation sévère accompagnée d'un formidable galop. — Plus tard un crime affreux (un beau-père avait été assassiné par son gendre) vint démontrer à la justice la nécessité de moraliser cette commune par un terrible exemple. Elle voulut que Lezier, le coupable, fût exécuté sur cette place même où, à la suite d'une orgie des deux sexes, s'était dansée la ronde obscène. Depuis ce temps, les habitants de Montreuil n'ont plus fait parler d'eux, et tout porte à croire que la génération nouvelle s'est heureusement amendée.

Montreuil n'est qu'à 6 kilomètres de la barrière et à 2 kilomètres de Vincennes. — Sa fête a lieu le dimanche après Saint-Pierre; elle est peu brillante et attire peu de monde.

ROSNY.

En gravissant les hauteurs, on rencontre, après le fortin de Fontenay-sous-Bois, les forts de Rosny, de Noisy, avec deux fortins intermédiaires, et le fort de Romainville. Chacun de ces forts emprunte son nom du village dont il est le plus voisin. Rosny, de l'arrondissement de Sceaux, est un joli endroit, dans un site assez agreste ; sa proximité du bois de Reuilly ajoute à l'agrément de sa position. Sa population est de 1,160 habitants, presque tous cultivateurs et ayant peu de relations avec Paris, dont ils sont séparés par une distance de 10 kilomètres. A Rosny commence, de ce côté du moins, le sol des grandes fermes, dont les propriétaires ont çà et là de charmantes habitations. Le château de Rosny est un délicieux manoir. Dans ces parages rustiques, on est heureux de retrouver l'affabilité dont se privent d'ordinaire les paysans de la banlieue ; à Rosny l'étranger peut demander son chemin sans redouter un renseignement trompeur, l'absence d'une réponse ou une grossièreté, et, quoique bien mis, il ne sera pas regardé de travers, et, suivant l'us de la vieille politesse, en passant près de lui, on ne lui refusera pas un salut cordial.

Les pommes de terre de Rosny sont d'une excellente qualité.

NOISY-LE-SEC.

On compte dans les environs de Paris cinq villages qui portent le nom de Noisy, tous sont très-anciens. Celui que nous allons visiter est à 12 kilomètres de Paris, et se trouve compris dans l'arrondissement de Saint-Denis. Sa population est de 2,515 habitants.

Dès l'an 842, le village de Noisy (*Nucidum*) se trouve mentionné dans une charte de l'empereur Lothaire. Parmi les seigneurs dont il eut à subir la loi ou le caprice, on cite trois personnages historiques : Enguerrand de Marigny, Louis d'Orléans, en 1430, et le fameux Nicolas Balue, maître des comptes sous Louis XI.

L'église de Noisy, spacieuse et bien éclairée, est son seul édifice un peu remarquable. Un fait du siècle dernier (1707) est le seul souvenir que les vieillards de Noisy aient pu recueillir de la bouche de leurs mères-grand : en creusant une fosse sous un arbre, on trouva, dans un état de parfaite conservation, le corps d'une femme inhumé depuis plus de trente ans. Sa mère, encore vivante, la reconnut : les traits de son visage étaient restés dans leur forme, seulement la peau s'était desséchée. Aussitôt les bonnes âmes de crier à la sainte et d'implorer des miracles. Ces extravagances superstitieuses vinrent aux oreilles de l'archevêque, qui ordonna de réinhumer le corps dans l'église, afin d'empêcher le concours. Mais le peuple fit un trou à la fosse et plaça dessus une grille à travers de laquelle on voyait les pieds de la défunte. On y faisait toucher des chapelets, on y disait des évangiles et l'on y faisait des offrandes. Les adorateurs de cette relique ne cessèrent leur idolâtrie qu'après une défense formelle qui fut lue au prône, et qui leur apprenait, de la part de l'archevêque, que la conservation des cadavres résultait de certaines conditions purement physiques, et n'était nullement un indice de sainteté. Assurément les dévotes ne furent pas convaincues, mais plus tard, une révolution

5

a balayé ce qui persistait de leur stupide croyance, et à Noisy on n'y pense plus.

Noisy-le-Sec est renommé pour ses asperges; on y cueille aussi une grande quantité de fraises.

ROMAINVILLE.

De Noisy à Romainville il y a à peine une portée de canon. Si nous avions la fureur des étymologies, nous dirions que ce charmant village, situé à 13 kilomètres de Paris, fut jadis la *villa* de quelque César, *Villa Romana*, la maison de campagne de l'empereur Julien. Les 5,406 habitants de cette commune, de l'arrondissement de Saint-Denis, dussent-ils se sentir fiers de pareille origine, en conscience nous n'aurons pas assez d'imagination pour établir, avec quelque vraisemblance, qu'ils descendent en ligne directe de quelque colonie du peuple-roi. La population de Romainville est tout bonnement du sang gaulois, qui, certes, en vaut bien un autre; elle se compose de cultivateurs, d'horticulteurs et d'ouvriers employés soit dans les carrières à plâtre, soit à la confection de la chaux hydraulique et des briques façon anglaise.

Le plus ancien document dans lequel il soit fait mention de Romainville date du treizième siècle. Depuis cette époque, pas un souvenir historique ne se rattachait à cette localité, lorsque, le 29 mars 1814, les troupes russes occupèrent les hauteurs environnantes qu'on avait négligé de garder. Il s'agissait de reprendre ces positions et de protéger Romainville. L'ennemi fut débusqué et poursuivi; mais bientôt, revenu à la charge avec des renforts considérables, il renouvela le combat; la lutte fut terrible, Romainville fut pris et repris plusieurs fois; enfin il resta au pouvoir des Français. Malheureusement, Paris n'avait pas été défendu aussi vigoureusement sur d'autres points, et la coalition se présentait avec des masses si imposantes, qu'il fallut se replier devant elle. Dans la soirée, les Russes éta-

blirent leur quartier-général à Romainville, et le lendemain
eut lieu leur entrée dans Paris.

Mais, oublions cette journée néfaste pendant laquelle la
trahison du dedans mit le comble à la trahison du dehors,
et parcourons ce riant village où tout semble respirer le
bonheur, l'aisance, la propreté. Combien d'agréables habitations, de jardins bien tracés et bien fleuris, de charmantes
demeures dont l'aspect rappelle à la pensée la *mediocritas
aurea*, la médiocrité dorée d'Horace ! Il faut surtout remarquer la maison dite le *Moulin de Romainville*. Le château,
d'une élégance moderne, est bâti sur une éminence, on y
jouit d'une des plus belles vues des environs de Paris ; son
parc, d'une vaste étendue, n'est qu'une suite d'admirables
paysages, rafraîchis par des pièces d'eau, des cascades et
les doux murmures d'une rivière toujours limpide. Ses ombrages si pittoresques sont un heureux mélange de tous les
arbres et arbustes exotiques que l'art et la patience des naturalistes sont parvenus à acclimater.

Il y eut un temps où des essaims d'amoureux s'abattaient
sur le bois de Romainville ; on y allait cueillir la violette,
manger des fraises, boire du lait, couper des lilas ; on s'y
roulait sur l'herbe, on s'enfonçait dans les bosquets, et
mille mystères, quasi-publics, s'y accomplissaient en secret
en vertu de cette convention tacite : *Ne dérangeons pas le
monde, laissons chacun comme il est.*

Alors on chantait :

> Qu'on est heureux,
> Qu'on est joyeux,
>   Tranquille
> A Romainville !
> Ce bois charmant, pour les amants,
>   Offre mille agréments.

Romainville est la patrie des lilas, des seringats, des
chèvrefeuilles, de la boule-de-neige. Les bandes joyeuses
qui allaient autrefois s'y divertir ne rentraient jamais sans
en rapporter des brassées. C'était à Romainville que l'on se

couronnait de fleurs en se régalant du savoureux gâteau fait à la mode de la campagne ; partout c'était une appétissante odeur de pâtisserie rustique, et les habitants, pour accueillir les visiteurs, semblaient en tout temps avoir pris leur visage de fête ; leur hospitalité n'était pas désintéressée, mais elle était engageante et vraiment cordiale. Enfin Romainville, village et bois, était un ravissant théâtre de plaisirs : c'était jeune, c'était pastoral, c'était bruyant, c'était Florian et Gessner en même temps que c'était corybante et bachique. Aujourd'hui Romainville est un peu abandonné ; son bois s'est éclairci, ses bosquets sont en ruine, et ses félicités, ses jovialités ont vieilli, elles sont passées à l'état rococo. L'humeur parisienne n'est plus autant aux folâtres gaîtés, elle s'est tempérée, attristée, assombrie ; la faute en est, dit-on, aux préoccupations politiques, qui, bientôt depuis plus d'un demi-siècle, ne nous laissent plus sans soucis. — Noirs nuages, ôtez-vous donc de notre soleil et ne revenez plus !

N'importe ! Romainville est beau le dimanche, plus beau le premier dimanche d'août, jour de sa fête !

Barrières de Fontarabie ou de Charonne, — des Rats, — d'Aunay, — des Amandiers.

LES DEUX CHARONNE. — BAGNOLET. — LE CIMETIÈRE DU PÈRE-LACHAISE.

La barrière de Charonne est située dans le quartier Saint-Antoine. Des ouvriers, des militaires, des Auvergnats avec leurs femmes et leurs enfants, tel est le personnel qui se rassemble en cet endroit le dimanche et le lundi. S'il ne vous déplaît pas trop d'entendre le plus rocailleux des *charabias*, entrez au *Rendez-vous du Cantal*, vous y trouverez l'élite des charbonniers, des porteurs d'eau, des marchands de peaux de lapin et des ferailleurs coiffés pour le moment de leur large chapeau le plus neuf, requinqués de leur cravate de couleur aux grands coins flottants et de leur habit-veste aux poches béantes. Soyez certain que là chacun est à son écot; personne ne paie que pour soi, personne ne régale; on cause du pays; on se dispute, c'est encore à propos de souvenirs et de rancunes du pays; des querelles d'intérêt, commencées au sein des montagnes, se ravivent au milieu des verres, et souvent sans se terminer; elles aboutissent à une de ces rixes violentes qui, autour d'elles, mettent tout le monde en rumeur et en garde, tant on craint les éclaboussures. Les horions se détachent au hasard; les coups de pied, les coups de poing granitiques pleuvent sur des faces, des têtes et des corps qui ne le sont pas moins; les femmes se lamentent et s'entre-mêlent au différend pour l'apaiser, les enfants pleurent avec des bouches à faire frémir : c'est pis que la lutte si drolatique engagée entre les convives du *Souper ridicule* du vieux poète Régnier : *Tous en sont venus de parler à tic-tac, à torche-lorgne.*

> Qui casse le museau, qui son rival éborgne,
> Qui jette un pain, un plat, une assiette, un couteau,
> Qui pour une rondache, empoigne un escabeau.

Mais respect aux bouteilles pleines, les briser est un sacrilége.

Chaque barrière a sa guinguette à l'usage des plus huppés; ici les sociétés qui se targuent de leur distinction, costume et manières, se rendent d'ordinaire *aux Armes-de-France*. Par contre, on va s'asseoir, dans toutes les tenues, au cœur de l'établissement des *Petits-Cochons-sans-pareils*, où l'on boit du vin à 4 sous, et mange la soupe à neuf heures. Aux *Noces-de-Cana*, si l'on a de la monnaie, on est pareillement reçu sans cérémonie; mais pourquoi cette enseigne aux Noces-de-Cana? n'y boirait-on que de l'eau magnétisée?

La barrière franchie, vous êtes dans Charonne, qui n'est qu'à 6 kilomètres des tours de Notre-Dame. Ce village (petit et grand) dépend de l'arrondissement de Saint-Denis, et pourtant il commence au faubourg Saint-Antoine; sa population est de 6,017 habitants. Sa fête patronale, fort peu champêtre, est le premier dimanche d'août. Il y a encore à Charonne quelques espaliers et des jardins à la Montreuil; plusieurs établissements d'horticulture (plantes rares et fleurs) sont dignes de fixer l'attention; mais ce qui domine dans cette localité, ce sont les établissements industriels, et l'on y compte aujourd'hui beaucoup plus d'ouvriers que de cultivateurs.

L'église de Charonne est une des plus anciennes; la base de son clocher remonte au onzième siècle. C'est, dit-on, à Charonne que saint Germain-l'Auxerrois, réputé son fondateur, reçut les vœux de sainte Geneviève: le tableau du maître-autel représente ce fait mémorable. Charonne a sa vieille histoire; son nom est mentionné dans des titres du temps de Hugues-Capet et du roi Robert. Dans le treizième siècle, ce village possédait une sorcière ou *devine*, dont les oracles étaient en grand renom, même dans Paris.

Lors des troubles de la Fronde, Louis XIV était à Charonne, pendant que les deux armées, celle de Turenne et celle du prince de Condé, en venaient aux mains dans le faubourg Saint-Antoine. Dans la journée du 30 mars 1814, les Français, attaqués dans Charonne, s'y défendirent vigoureusement, mais deux divisions russes s'étant emparées du cimetière du Père-Lachaise, ils furent contraints de se replier. Le château et le parc de Charonne n'ont rien de remarquable; au reste Charonne offre, en général, peu d'attrait aux promeneurs.

Bagnolet touche à Charonne, auquel il est en quelque sorte *juxta-posé*; nous n'avons pas son acte de naissance, mais il est constaté qu'il existait en 1356. Depuis lors, ce village a bien grandi, et aujourd'hui on n'y compte pas moins de 1,321 habitants, tous cultivateurs ou plâtriers. Le duc d'Orléans, régent de France, ayant acheté la seigneurie de Bagnolet, en fit une résidence vraiment féerique. C'est dans cet opulent manoir, où le duc son fils avait un laboratoire, que furent faits en 1765, par Guettard, les premiers essais de porcelaine dure; on employa le kaolin d'Alençon, qui venait d'être récemment découvert. Dulaure, dans son *Histoire des environs de Paris*, suppose qu'une veine de cette terre avait été trouvée à Bagnolet et qu'on en a perdu la trace ; c'est une de ses nombreuses erreurs ; elle prouve son ignorance, car s'il existait du kaolin à Bagnolet, il serait impossible de ne pas le retrouver. Les habitants de Bagnolet sont les heureux rivaux des horticulteurs de Montreuil ; ils ont, sur ces derniers, l'immense avantage des jardins neufs, et d'un sol plus favorable encore à la production des beaux fruits. Le premier grand jardin à la Montreuil, sur le territoire de Bagnolet, fut planté par un chevalier de Saint-Louis, du nom de Girardot. A force d'intelligence et de soins, il y refit sa fortune qu'il avait dissipée au service. Le chevalier Girardot eut des imitateurs dans le village, qui dut à cette émulation la prospérité dont ses habitants jouissent aujourd'hui. Ici, il nous faut encore relever une erreur de Dulaure, qui, on ne sait sur quel fondement, contrairement à la notoriété publique et à la vérité, rapporte que les jardins de Bagnolet servirent de modèles à ceux de Montreuil, tandis que, mieux informé, il aurait dit précisément le contraire.

Le fameux cardinal du Perron possédait à Bagnolet une maison où, jeune et vieux, il passa plusieurs années de sa vie. L'*Aveugle de Bagnolet*, type jovial et patriotique, dont Béranger a fait le sujet d'une jolie ronde, n'est point un personnage d'invention.

Le premier dimanche de septembre est la fête de Bagnolet, on y vient de tous les villages voisins.

La barrière des Rats n'est l'aboutissant d'aucun des quartiers populeux de Paris ; elle est peu fréquentée. Sa voisine la barrière d'Aunay, à l'extrémité de la rue de la Roquette, qui prend naissance derrière la place de la Bastille, à proximité du boulevart intérieur, est un des chemins qui mènent le plus directement au cimetière du Père-Lachaise. Quel plus triste trajet, après avoir franchi la rue de la Roquette, encore vivante par ses commerces de verreries, de poterie,

de porcelaine et par quelques autres industries ! tout est silencieux, tout est morne ; à droite et à gauche, deux vastes
bâtiments d'un aspect sinistre, deux prisons ; d'un côté,
celle des jeunes détenus, dont on voudrait obtenir l'amen-
dement, de l'autre, le nouveau Bicêtre, où sont renfermés
les malfaiteurs que la justice humaine, en vue de la sûreté
commune, a cru devoir retrancher du sein de la société. Ce
lieu est une halte avant d'aller au bagne, un dernier séjour
avant de tomber sous le glaive de la loi. Enfin ici tout
conspire à donner de douloureuses impressions ; aussi la
barrière d'Aunay n'est-elle pas un théâtre pour les plaisirs ;
là point de guinguettes à orchestre, point de salons pour
noces et festins ; on craindrait que les violons n'évoquas-
sent une danse des morts ; mais on peut boire près d'une
tombe : plus d'un deuil, surtout dans la classe ouvrière, se
complète le verre en main ; en s'enivrant, on se console, et
le panégyrique du défunt n'en est que plus touchant. Le
vin ajoute des larmes à celles dont la source est au cœur.
Il y a donc des marchands de vin en cet endroit quasi-fu-
néraire. Mongreville est un des plus renommés ; c'est dans
son établissement que viennent se désaltérer les tailleurs
de pierre et les sculpteurs praticiens, dont le calcaire pul-
vérulent dessèche trop souvent la poitrine ou la gorge. Ces
messieurs les artistes du mausolée et de l'épitaphe sont
pourvus d'une soif inextinguible.

La barrière des Amandiers est tout au bout de la rue des
Amandiers, qui, en réalité, n'est que le prolongement de
celle du Chemin-Vert, dont les premières maisons ne sont
séparées du boulevart Beaumarchais que par la largeur de
la rue Amelot.

La rue des Amandiers est irrévocablement vouée au plus
lugubre silence, interrompu toutefois avant le point du
jour par le bruit de ces voitures d'une vitesse impitoyable
qui font le service de la boucherie parisienne près de l'abbatoir de Ménilmontant, établissement fort mal placé à
proximité d'un cimetière. Les approches de cette ville des

morts s'annoncent bien avant d'arriver au mur de l'octroi ; à chaque pas on voit s'étaler mille petits métiers funéraires : les fleuristes, les treillageurs, les marbriers, les graveurs d'épitaphes et toutes les autres industries qui ne vivent que des morts.

Au-delà du boulevart extérieur commence la frontière du plus vaste champ de repos qui ait été ouvert pour les habitants de Paris : sa surface est d'environ 25 hectares ; il s'étend sur les flancs et sur le sommet de la plus orientale des collines qui dominent Paris dans la direction de Charonne. C'est sur cette éminence, nommée autrefois le *Mont-Louis*, qu'était l'habitation du père Lachaise ; le cimetière de *l'Est* a pris son nom de ce jésuite confesseur de Louis XIV. Des cyprès, des ifs, des saules pleureurs', des arbres et des arbustes indiquent et décorent de leurs mélancoliques ombrages les contrées de ce lugubre asile qui rassemble tant de dépouilles illustres, où se dressent tant de précieux monuments. Désolée comme une voie antique, l'avenue qui conduit à cette dernière demeure est, à chaque instant, traversée par des files de corbillards. Plus de cinquante mille mausolées, sépultures de familles, tombeaux, pierres tumulaires, sont accumulés sur cet espace où l'orgueil de l'opulence vient encore, en y marquant sa place, chercher une vaine distinction.

Nous explorerons une autre fois cet élysée ; mais, avant d'aller plus loin, jetons un coup d'œil sur les accessoires obligés de toute barrière. Ici l'on n'est jamais en fête, mais il faut bien que les nombreux visiteurs du Père-Lachaise puissent, non loin de là, se procurer une confortable réfection : *Au Fer-à-Cheval* et au *Belvéder*, ils seront servis à souhait ; et, s'il leur convient d'entrer au *Restaurant-des-Amandiers*, ils y trouveront une cave des mieux fournies. Nous leur recommanderons aussi les cuisiniers associés, les seuls peut-être, qui, à la faveur de cette enseigne ordinairement trompeuse, n'aient pas porté à l'excès l'abus des produits par trop spartiates de la gargote.

BARRIÈRES DE MÉNILMONTANT, — DES TROIS-COURONNES, — DE RAMPONNEAU, — DE BELLEVILLE.

MÉNILMONTANT. — BELLEVILLE. — LES PRÉS-SAINT-GERVAIS.

C'est quand le promeneur est sorti de Paris par l'une ou par l'autre de ces quatre barrières que, l'âme remplie de tristesse, il se demande qu'est devenue la campagne. Ménilmontant se confond dans Belleville, aujourd'hui placé au rang des cités, attendu ses 25,000 habitants ; et, sans le mur d'octroi, Belleville et Ménilmontant, dont les maisons commencent aux boulevarts extérieurs de la capitale, ne seraient, véritablement, qu'un de ses plus vastes faubourgs. Belleville est situé sur une hauteur qui domine Paris et une partie des environs. Le coteau, dont la rue de Paris suit la pente adoucie, est couvert de maisons presque contiguës, et le gros de la ville tend à se développer de plus en plus sur le joli plateau où l'on remarquait, il y a peu d'années encore, tant d'agréables habitations de campagne. La salubrité de l'air et d'autres avantages de la position y ont fait

multiplier les maisons d'éducation de l'un et l'autre sexe.
Belleville et Ménilmontant ressortent aujourd'hui de l'arrondissement de Saint-Denis. Ces deux endroits, auparavant distincts, ne forment plus qu'une seule commune, agglomération d'individus de toutes les conditions, de toutes les professions, de tous les états, petits rentiers qui cherchent à diminuer leurs dépenses, cultivateurs qui, ci-devant villageois, sont encore attachés aux guérets du plateau ; ceux-là sont les indigènes de céans, industriels de toutes les branches à qui il faut de l'espace à bon marché, ouvriers en masse, ayant là leur atelier ou leur usine, puis un assez grand nombre d'existences précaires ou même suspectes, éprouvant le besoin, pour dissimuler leurs ressources ou leurs expédients, d'avoir en quelque coin à l'écart un refuge peu surveillé.

Belleville, y compris Ménilmontant, est en outre la terre classique des guinguettes : elle le fut de temps immémorial. Village, elle porta anciennement le nom *Savogium*, *Savia*, *Savie*, et, sur des pièces de monnaies frappées dans ce lieu, où les rois de la première race avaient une maison, on lit l'inscription *Savi*. A la ferme de *Savie*, au haut de la montagne, il y a, dit-on, des vestiges de la royale demeure. Sous Charles VI, Savie était devenue *Pointreville* et même déjà Belleville, dont les plus anciennes constructions sont dans la partie qui avoisine l'église, édifice dont l'architecture n'offre absolument rien de remarquable ; cependant le décor de son intérieur, ses peintures toutes modernes et ses vitraux méritent d'être vus.

On peut arriver par quatre barrières sur le territoire de Belleville. On se rend à celle de Ménilmontant par la rue de ce nom, qui commence au boulevart des Filles-du-Calvaire ; la ligne presque droite, qui, à partir du boulevart du Temple, se compose des rues d'Angoulême, des Trois-Bornes et des Trois-Couronnes, va aboutir à la barrière de ce nom. La rue de l'Oreillon, qui s'appuie sur la longue rue Saint-Maur, mène à la célèbre barrière de Ramponneau,

et, enfin, la rue du Faubourg-du-Temple se prolonge jusqu'à
la barrière de Belleville. Celle de Ménilmontant a encore
le privilége d'attirer les promeneurs ; les jardins et les bosquets y sont devenus d'une rareté extrême, mais les guinguettes y persistent toujours plus ou moins fréquentées.
Celle du *Galant-Jardinier*, avec son salon de 600 couverts,
son jardin champêtre et ses nombreux cabinets de société,
fut longtemps une des plus animées ; on y voyait force
sous-officiers de la garnison de Paris, quelques ouvriers
du quartier et pas mal de grisettes sans ambition, culot-
tières, giletières, passementières, brûnisseuses, policeuses,
repasseuses, doreuses, bordeuses de souliers, piqueuses de
bottines, etc., ne venant chercher au bal qu'un amant qui
les fît valser avec élégance et les reconduisît chez elles ou
chez lui, après les avoir mises à même de se refaire à peu
près confortablement le torse délabré par les macérations
forcées de la semaine. En de telles occurrences, il s'impro-
vise des intimités d'un appétit dévorant, heureusement
qu'il peut être satisfait à peu de frais, et qu'il n'est si
mince sacrifice qui ne puisse valoir les plus doux témoignages de reconnaissance. Les figurantes de toutes les scènes
des boulevarts, les comparses du théâtre Franconi étaient
les déités les plus courtisées dans toutes ces guirlandes de
danseuses qui donnaient une impulsion sans pareille à
l'entrain des galops aussi prestement que tapageusement
enlevés par l'orchestre du Galant-Jardinier.

La *Barque-à-Caron* est une enseigne du temps grandement classique, où nos chansonniers, se targuant d'une
philosophie quelque peu moqueuse à l'endroit de la mort,
faisaient litière de tout le personnel de l'enfer mythologi-
que. Le nautonnier des ombres, le *passeu* du fleuve qu'on ne
repasse plus ne devait être plus ennemi de la bouteille que
ses confrères les *passeux* de la Râpée ; donc, en sa nef, il y
avait du bon vin, du nectar, peut-être, sinon l'onde du
Léthé, qui efface de la mémoire tous mauvais souvenirs de
la vie. La *Barque-à-Caron*, rien que d'y penser, les Pa-

nard, les Collet, les Radet, les Laujon se pâmaient d'aise, ils se sentaient rire en dedans : aujourd'hui, la susdite ne serait plus qu'une enseigne de croque-mort, un appel allégorique aux cochers de corbillards; pourtant, il n'est là le moindre échantillon des pompiers de la pompe funèbre: on s'y divertit, on y boit, on y mange, on y fête comme ailleurs le veau rôti, la salade et le petit vin d'Argenteuil; vous pouvez même vous y donner, sous votre responsabilité personnelle, la nappe blanche, la serviette virginale et le couvert d'argent.

Avez-vous vu l'Acacia? Êtes-vous un enfant d'Ivan? vous serez sans doute tenté d'entrer au *Grand-Orient* : ici le mot de passe, le mot sacré même, c'est la monnaie, c'est celui qu'on demande partout, point de porte qu'il ne fasse ouvrir : il fera venir à vous tous les cachets, cachet bleu, cachet noir, cachet rouge, cachet vert. Payez, et je vous réponds qu'apprenti compagnon, maître ou rose-croix, vous serez fraternellement accueilli; au reste, il n'y a de profane au Grand-Orient que le citoyen d'Argent-Court. Rien *à l'œil* est la consigne de l'établissement.

Au *Rendez-vous-des-Pompiers*, évidemment on est convié aux manœuvres d'une pompe qui a plus allumé d'incendies qu'elle n'en a éteint; il s'agit ici de la pompe qui chauffe le four; le liquide de la cave, où elle va puiser, y est d'un bon choix et d'un naturel parfait; à ce rendez-vous, tout est bien, huile et coton, et, si entre l'un et l'autre, on a le soin d'égaliser la dépense, on se retirera en vraie pointe de gaîté et sans trébucher.

Un autre *rendez-vous* est celui *des Lilas*; gentils couples qui cherchent la nature, les fleurs odoriférantes, les feuilles, le grand air et le petit vin, pourront faire ici une fort agréable station. Si toutes les tables sont occupées, allez aux *Armes-de-France*, lys, aigle ou coq, selon la mode du jour, ou bien encore au *Paon d'or*, ne pas confondre avec la Pandore, dont la boîte à double compartiment s'ouvre pour le bien comme pour le mal. Au *Paon-d'Or*, il n'y a que source de jubilations; mais trop de bonheur est comme trop de chaleur, cela vous tourne sur le cœur et vous donne le vertige, oh! qu'alors une culotte est lourde à porter! Le *Grand-Saint-Eloi* est la guinguette populaire par excellence; les ouvriers qui n'éprouvent pas le besoin de se ranger et les militaires qui se dérangent sont les cavaliers ordinaires de son bal, dont maintes vestales des boulevarts et quelques autres péronnelles de même acabit sont le plus bel ornement. L'*Elysée-Ménilmontant*, rue des Couronnes, est un véritable restaurant bourgeois; se propose-t-on sérieusement de dîner, ce qui n'est pas la même chose que dîner sérieusement, on ne saurait mieux faire que de s'arrêter à l'Elysée, qui a emprunté son nom à l'enseigne d'un célèbre cabaret.

La barrière des Trois-Couronnes est trop voisine de celle de Ménilmontant pour ne pas souffrir de la concurrence. L'*Ancienne-Héroïne-française* et le *Jardin-des-Alcides* sont des guinguettes trop modestes pour les grandes tenues du dimanche, mais on s'y achève volontiers le lundi, quand le repos de la veille a perdu tout son charme et la bourse ses hôtes les plus précieux.

Un litre de plus ou de moins n'est pas la mort d'un homme, surtout quand, avant qu'il soit entamé, la fille ou le garçon n'ont à vous réclamer que la bagatelle de 30 c.

Comme tout change et se métamorphose ici-bas! Qu'est devenu, hélas! ce magnifique jardin des *Montagnes-Françaises*, où de brillantes fêtes hebdomadaires attiraient de nombreux et folâtres essaims de grisettes et de commis-marchands? Les montagnes, leurs rails et leurs chars rapides ont été détrônés par les merveilleuses vitesses des chemins de fer; les arbres se sont écartés pour faire place aux maisons, le sol est aplani, et de tout ce qui séduisait autrefois, rien n'a été respecté, si ce n'est le carré de la danse, où les polkeurs peuvent encore prendre au *bal du Delta* leur revanche du long repos de la semaine; c'est un vestige qui vous dit tristement : *ici fut Carthage.*

Ménilmontant fut, en 1852, la Rome de l'église Saint-

Simonienne : c'est là que les adeptes de la nouvelle religion eurent leur temple et leur Vatican jusqu'au moment où leurs chefs étant poursuivis comme association illégale, ils descendirent processionnellement et les accompagnèrent à la cour d'assises. Après la condamnation, ils se dispersèrent, et leur retraite, qu'ils avaient embellie, devint la propriété d'un homme immortalisé par ses réclames, le marchand de moutarde blanche du Palais-Royal.

La barrière de Ramponneau, qui s'est nommée aussi *barrière de Riom*, puis *barrière de l'Oreillon*, doit le nom qu'elle porte encore à un fameux cabaret dont le fondateur, célèbre *queue-rouge*, jouait des scènes comiques qui avaient le privilége d'attirer la cour et la ville ; la réputation de ce grotesque farceur était si colossale, que toutes les modes de l'époque prenaient son nom ; la barrière, théâtre de ses lazzis, n'aurait pu sans ingratitude être baptisée autrement. Le chemin le plus direct pour arriver au cœur de Belleville, est la large rue de la *Courtille*, bordée de guinguettes et de cabarets toujours peuplés d'un grand nombre d'ouvriers venus du faubourg du Temple et de militaires qui, n'étant pas trop accablés de besogne, désirent faire la rencontre de quelque avenante payse qui veuille bien, comme dit la chanson du sous-lieutenant, se promener en emportant un pioupiou sous son bras. De chaque côté, vous n'apercevez que la plus étonnante variété d'enseignes, prodigieusement démonstratives de ce fait bien intéressant qu'à la Courtille ce n'est pas de la pépie que l'on est exposé à mourir ; il ne faudrait pas avoir 10 c. dans sa poche pour se refuser l'agrément d'un canon ; avec 15, on irait jusqu'à la chopine. Entrez, messieurs, entrez, mesdames, au *Grand-Vainqueur*, à la *Fontaine-de-Ricey*, aux *Barreaux-Verts*, au *Petit-Bacchus*, à *Fanchon-la-Vielleuse*, au *Jardin-de-Flore*, chez *Dormois*, chez *Maréchaux*, chez *Grand-Jean*, ou entrez chez *Desnoyez*, entrez au *Petit-Ramponneau*, entrez encore ailleurs et puis partout ; trombonnes, octavins, grosses-caisses vous invitent, vous n'avez que l'embarras du choix ;

ici point d'étiquette, tout danse, tout saute, tout gambade, avec un *ad libitum* qui ne souffre pas d'exception ; les propos sont lestes, les attouchements peu discrets, toutes les convenances sont à fond de cale; quant à la toilette, n'en parlons pas; les femmes sont en marmotte et sur l'oreille de la plupart des hommes se panche crânement la casquette éreintée.

Mais où donc est l'*Ile-d'Amour*, ce lieu de plaisance parsemé de bosquets, de labyrinthes, de ruisseaux artificiels et d'ombrages? Où sont passés ces massifs de chèvrefeuille, ces statues mythologiques dont les noms seuls éveillaient une passion voluptueuse, dont les formes si délicates donnaient, par comparaison, un avant-goût du plaisir? La pierre et le plâtre se sont substitués à toutes ces émouvantes perspectives, les rues ont envahi la place des pelouses et des boulingrins, et sur les ruines du sanctuaire de Paphos s'est élevé, sous le titre un peu ambitieux d'hôtel-de-ville, la municipalité de la commune; où l'on faisait l'amour, on fait aujourd'hui des mariages, c'est moins divertissant, mais c'est plus moral. Et puis, à toutes ces transformations, les bourgeois de Belleville ont gagné un théâtre qui n'a d'autre tort que celui d'attendre le spectateur au pied de leur haute et longue colline. Si jamais, aux frais des œnophiles, on érige un panthéon bachique, la dynastie Desnoyez aura droit à plus d'une glorieuse inscription dans ce temple. *Aux grands échansons populaires, les buveurs de Paris reconnaissants*, voilà ce qui se lirait au fronton de l'édifice, et tout aussitôt on songerait aux Desnoyez, pyramidales notabilités de presque toutes les barrières. Mais c'est surtout à la Courtille qu'a grandi, qu'a régné, que règne encore la grosse branche de cet arbre qui étend ses pampres en tous lieux où l'on se promet du plaisir. Quel enfant de Paris, quel provincial même n'a pas entendu parler de Desnoyez? qui n'a pas voulu voir son vaste restaurant les jours où la foule s'y transporte? Quel coup-d'œil instructif pour l'observateur! quels tableaux! quels contrastes! quelles mœurs!

Le corps dont l'ivresse a fait un cadavre ne respire plus,
se ranimera-t-il? On ne sait, mais près de lui ses amis chan-
tent à tue-tête : *Grégoire est mort.* Près de là un cordon-
bleu en goguette avec son troupier, porte un toast ironique
à sa bourgeoise; à côté un ébéniste fait sa déclaration à une
blanchisseuse; le chapelier proteste à la chaussonnière qu'il
la courtise pour le bon motif; à chaque table, à chaque coin
de la salle est un spectacle différent. Mais le signal est donné,
l'archet a crié en place, les danseurs courent à leurs dames;
on se parle, on se heurte, on se donne des rendez-vous, on
se fait des mines, tout se meut, tout s'agite, tout se croise
dans un véritable pêle-mêle, c'est la cohue d'un kaléidoscope;
l'ouvrier est jaloux, le sapeur est fier de sa prestance, le vol-
tigeur de sa danse légère, le lancier de son bel uniforme,
et la coquette est heureuse de captiver l'universalité des
regards. La danse est terminée, on se serre la main, on
boit, on danse encore, on s'enivre, la locomotion devient
chancelante, la tête lourde, la langue épaisse, une table est
là, on s'affaisse sur elle, on dort, ce qui prouve que les Romains avaient bien raison de se mettre au lit pour vider
leurs amphores.

Qui n'a pas vu la Courtille le *mercredi des cendres*, n'a
rien vu : au jour naissant, les joyeux qui ont passé la nuit
du *mardi-gras* à la barrière n'attendent plus pour rentrer
dans la capitale que l'arrivée des masques des différents
bals de Paris. Bientôt ils se précipitent en foule, ils s'en-
goufrent chez Dénoyez, et après s'être réchauffés d'un bouillon, plus ou moins succulent, ils se disposent tous à prendre leur essor; c'est à ce moment que la saturnale générale est bien près d'atteindre au *maximum* de son éche-
velé : pierrots, pierrettes, débardeurs des deux sexes, poli-
chinelles et poissardes, s'échappent et s'extravasent de tous
les côtés, parcourant la rue, les vêtements en désordre,
crottés et souillés jusqu'à l'échine, la figure couverte d'une
pâleur mortelle, à peine dissimulée par une couche de
poussière fétide, les traits tirés, décomposés par une der-

nière nuit d'excès et de débauches. Là, se signalent par leurs cris, par leurs hurlements effrénés, de vraies bacchantes, excitant leurs amants ou leurs maris à s'enivrer et leur en donnant l'exemple. Tout cet ambulant *pandœmonium* est d'une égalité de licence à faire frémir : ouvriers, boutiquiers, commis et étudiants, gens de toutes conditions grouillent dans cette fange, se ruent et se confondent dans cette dépravation ; des groupes de prostituées, à pied ou en voiture découverte, lancent sur leur passage des paroles et des chants que les oreilles les moins chastes ne peuvent entendre sans en être révoltées ; des garnements de leur trempe leur donnant les plus dégoûtantes répliques ; des ivrognes trébuchant à chaque pas, se querellant, se battant, perdant et réclamant leurs femmes, jurant, tempêtant, épuisant tout le vocabulaire des mauvais lieux, pour les traiter d'infidèles ; des chiffonniers se roulant par terre sans pouvoir se relever, des buveurs vociférant aux fenêtres et inondant les passants. Oh ! quand on a sous les yeux de pareilles horreurs, comment ne pas contracter le mépris de l'humanité ! Toutefois, nous devons dire que depuis quelques années la descente de la Courtille s'est singulièrement amoindrie ; elle ne sera bientôt plus qu'une esclandre de voyoux, mâles ou femelles, de l'espèce la plus immonde.

Durant la période de la Restauration, Belleville fut riche en sociétés chantantes ; celles de la Courtille furent surtout renommées ; la *Goguette* avait, en vertu de son titre, la spécialité des couplets bachiques ; les *Ecureuils*, se piquaient de gentillesse et ils n'étaient que grivois ; les *Joyeux* ne se faisaient pas scrupule de l'être jusqu'à la licence ; les *Amis des Dames* aimaient à les faire rougir ; les *Troubadours* aspiraient à les charmer ; les *Fils d'Anacréon* étaient de tous les plus prétentieux, ils visaient à l'ode, et s'adjugeaient la palme du bon goût. Les *Bergers de Syracuse* furent de tous les plus célèbres ; tous les journaux du temps firent grand bruit de leurs bergeries, de leur cos-

tume, de leur houlette, de leurs rubans, de leurs bouquets
et de leurs bergères, les seuls petits agneaux, mais petits
agneaux à croquer, dont ils fussent à la fois les loups et les
pasteurs. On citait encore à la Courtille les *Soutiens de
Momus*; à Ménilmontant, la *Société du Belvéder*, puis aux
Trois-Couronnes les *Nourrissons de Bacchus*, les *Enfants
de Momus*, les *Soutiens de Silène*, les *Soutiens de Momus*, la *Capitainerie*, etc., etc. Aujourd'hui toutes ces sociétés sont mortes, la politique et le malheur des temps les
ont tuées.

La Courtille est le quartier de Belleville le plus mal
habité; il y a là une population flottante, assez régulièrement composée de ces soi-disant ouvriers qui, suivant le
dicton, cherchent de l'ouvrage et prient Dieu de ne pas en
trouver. Ce sont à proprement parler des *pratiques*, que les
travailleurs traitent de *faignants* et de propres à rien ; il
s'en rencontre toujours quelques-uns dans les razzias que
fait la police, et il est fort rare que dame justice ne se trouve
pas suffisamment autorisée à les déclarer de bonne prise.

Le 30 mars 1814, les troupes qui défendaient Paris soutinrent sur les hauteurs de Belleville et de Ménilmontant
un combat acharné contre des forces dix fois plus nombreuses ; c'est à Belleville dont les rues étaient jonchées
des cadavres de nos héroïques tirailleurs, qu'Alexandre et
le roi de Prusse, après la conclusion de l'armistice, reçurent les députés du conseil municipal, lorsqu'ils vinrent
demander à capituler. C'est aussi là que fut signé, le même
jour, la convention qui livrait la capitale à l'invasion étrangère.

Au-delà de Belleville, à 6 kilomètres de la capitale, sor-
tent d'entre les fleurs et le gazon les Près-Saint-Gervais,
terre des lilas et des rondes sur l'herbe. Si Belleville attire
dans ses guinguettes, dans ses restaurants, dans ses nombreux cafés qui bordent la rue de Paris les bons vivants et
les amoureux, peu soucieux du mystère et du silence, les
Près-Saint-Gervais, placés dans un site des plus délicieuse-

ment champêtres, prêtent merveilleusement à la passion
tendre et à l'idylle. Ce sol si fleuri, si frais, si gracieux, si
varié d'accidents, si riche d'arbres et de cultures, offre à
chaque pas les aspects les plus riants et les plus inspira-
teurs. Le village, qui ne compte pas moins de 1643 habitants,
est d'un rustique des plus confortables ; ses demeures sont
élégantes et proprettes ; dans le pays, on a l'amour-propre
d'être commodément logé ; au reste, dès longtemps, ces
lieux ont exhalé certain parfum de galanterie ; Gabrielle
d'Estrées, qui avait la passion des points de vue enchanteurs,
avait là une maison sur la porte de laquelle on voit encore le buste de Henri IV. Les Prés-Saint-Gervais offrent
une collection de charmantes guinguettes, et dont quelques-unes sont abondamment pourvues de tous les jeux
qui sont les délices de la jeunesse parisienne : le tonneau,
les quilles, le siam et l'indispensable escarpolette. Que de
plaisirs réunis en cet Eden, où le tentateur a remporté
plus d'un triomphe, où plus d'une victime de la séduction
fut d'abord heureuse d'une défaite qu'il lui fallut ensuite
déplorer ! Le lilas qu'on va cueillir dans ce paradis des
âmes qui se cherchent, le lait pur qu'on y boit dans l'éta-
ble, le fruit qu'on y détache de l'arbre, tout cela est d'une
senteur pastorale qu'on se flatterait en vain de rencontrer
si près de Paris, et même si près de Belleville, dont les
Prés-Saint-Gervais sont la campagne ; malheureusement,
on est ici parfois sous l'influence des miasmes pestilentiels
apportés de Bondy sur l'aile des vents.

Les aqueducs les plus anciens de tous ceux qui fournissent de l'eau à la partie nord-est de Paris serpentent sous
les Prés-Saint-Gervais. Ils amènent les eaux de plusieurs
sources rassemblées entre Pantin et Romainville.

La fête de cette admirable localité est le 19 juin.

Le village des Prés-Saint-Gervais eut beaucoup à souffrir
en 1814. Une poignée de Français s'y battit en désespérés
contre des masses formidables ; presque tous tombèrent
sous le fer ennemi. Le village fut plusieurs fois pris et repris.

Barrières de la Chopinette, — du Combat, — de la Boyauderie, —
de Pantin, — de la Villette, — des Vertus.

PANTIN. — LA VILLETTE. — LES VERTUS.
— AUBERVILLERS.

La barrière de la Chopinette est une sortie qui ne mène
à aucune localité importante. Les plaisirs sont à Belleville,
aux Prés-Saint-Gervais, et la barrière de la Chopinette n'en
a pas même le reflet; elle est morne et silencieuse; son
unique cabaret recevait jadis, tous les premiers lundis de
chaque mois, les *admirateurs de la valeur française*,
qui se réunissaient pour chanter la *gloire* et la *victoire*;
mais ces Tyrtées furent dispersés par un jugement de la
correctionnelle, qui les punit pour s'être rassemblés au
nombre de plus de *dix-neuf*. A partir de ce jour, ils ne re-
parurent plus. On arrive à la barrière de la Chopinette par la
rue de ce nom, qui va aboutir à la rue Saint-Maur au point
où elle touche à celle de l'Hôpital-Saint-Louis. Cet établissement, fondé par Henri IV, est spécialement affecté au
traitement des maladies cutanées. Nulle part les bains mé-

dicinaux ne sont organisés sur une plus vaste échelle et donnés avec plus d'intelligence. A Saint-Louis, on ne connaît presque plus de lèpre ou d'ulcère incurables. Les salles de cet hôpital ne contiennent pas moins de mille lits.

Les barrières du Combat et de la Boyauderie sont presque des barrières jumelles, tant elles sont rapprochées l'une de l'autre; elles forment le nœud d'une fourche dont les deux branches, la rue de l'Hôpital-Saint-Louis et celle des buttes Saint-Chaumont, s'écartent en avançant dans Paris. Il n'y a pas de motif qui puisse engager un promeneur à chercher la solitude de ces parages accablés de toutes les malédictions. Les malédictions, les voici: au passé on voyait, non loin de là, l'ancien gibet de Montfaucon, où se dressaient sur une éminence les fourches patibulaires. L'histoire a conservé les noms des plus notables personnages qui furent accrochés en cet endroit; les uns y périrent en expiation de leur grande fortune, d'autres y reçurent le châtiment bien mérité de leurs dilapidations. Dans la longue énumération des suppliciés, les financiers, trésoriers, surintendants, chefs d'administration se trouvent en majorité. Henri Lapperet, prévôt de Paris, fut pendu à Montfaucon, en 1320, pour avoir livré au bourreau un pauvre innocent à la place d'un riche coupable qui avait été condamné à la mort pour ses crimes; ce mode de remplacement était cependant une innovation dont se fussent accommodés tous les Crésus corrompus du temps. Girard Guette fut un des hommes de finances dont le cadavre fit aussi un trophée à la justice; mort dans les tourments de la question que Charles-le-Bel lui fit appliquer pour savoir combien il avait volé sous le règne de Philippe-le-Long, avant d'être traîné dans les rues de Paris, avant d'être exposé. En 1322, Pierre Remi, trésorier du même roi Charles, fit réparer le gibet de Montfaucon, où, peu de mois après, il fut exécuté en réparation de ses malversations et infidélités. Des crimes semblables valurent un sort pareil à Macé de Maches en 1331 et à René de Sivan en 1333; l'un et l'autre étaient des princes de la finance. Pierre des Essarts, prévôt de Paris, grand bouteiller et grand trésorier, et Jean Montaigu, surintendant des finances, furent décapités aux halles, le premier en 1313, le second en 1409. Leur tête fut élevée au bout d'une lance sur le lieu de l'exécution et leur corps porté à Montfaucon. Sous François Ier, Jacques de Bonne, surintendant des finances, et Jean Pourcher, trésorier des guerres, furent pendus à Montfaucon. Un notable bourgeois, du nom de Laurent Garnier, avait, par arrêt du parlement, été envoyé à ce gibet pour avoir tué un collecteur des tailles; un an et demi s'était écoulé depuis son supplice, lorsque son frère obtint sa réhabilitation; en conséquence, son corps fut détaché, mis dans un cercueil et promené, avec tout l'appareil d'une pompe funèbre, par les rues de Paris. De chaque côté, douze hommes vêtus de deuil suivaient en procession, torches et cierges en main; quatre crieurs, portant sur leur dos les armoiries du défunt, précédaient le cortége et agitaient une cloche pour appeler le public à entendre ces paroles : « Bonnes gens, dites vos patenostres pour l'âme de feu Laurent Garnier, en son vivant demeurant à Provins, qu'on a nouvellement trouvé mort sous un chêne. Dites vos patenostres; que Dieu bonne merci lui fasse ! » On a remarqué que tous ceux qui se sont mêlés de la construction ou de l'entretien des fourches de Montfaucon ont eu maille à partir avec elles. Avant Pierre Remi, dont il a été parlé plus haut, Enguerrand de Marigny, qui les avait fait élever, les étrenna, et Jean Monnier, lieutenant civil de Paris, qui les avait fait rétablir, y fit amende honorable. C'est surtout en fait de châtiments que se vérifie le proverbe : A qui mal veut, mal arrive.

Le gibet de Montfaucon n'a cessé d'exister qu'au commencement de la Révolution. Il fut exclusivement le lieu des exécutions avant qu'il fût permis de les faire dans la ville. Le patient allait à pied, et se reposait une demi-heure dans la cour des Filles-Dieu, où on lui servait sur une table du pain et du vin. Le 13 février 1336, on accorda pour la première fois des confesseurs aux condamnés ; les cordeliers furent payés pour les accompagner jusqu'au pied de la potence, près de laquelle était une croix érigée par les soins de Pierre de Craon ; c'était là qu'ils recevaient la confession de leurs pénitents.

Montfaucon est un foyer pestilentiel d'où les exhalaisons les plus infectes s'échappent et se répandent suivant la direction des vents jusque dans les rues Saint-Martin et Saint-Denis, dont les habitants, incommodés par les odeurs révoltantes des vidanges et des détritus de l'équarrissage, demandent depuis plusieurs années à être enfin délivrés de ces causes d'insalubrité. C'est aussi le vœu de ceux de la Villette et des deux faubourgs.

La barrière du Combat doit son nom aux combats d'animaux dont elle était déjà le théâtre à l'époque de la construction du mur d'enceinte ; on y voyait des ours, des loups et même des tigres et des lions, mais plus ordinairement des taureaux et des ânes, lutter tour à tour contre une collection de féroces boule-dogues. L'âne, autrement dit le *peccata*, n'était pas le moins rude de ces athlètes ; on admirait son habileté à esquiver les atteintes et son sang-froid qui lui permettait de saisir le moment opportun de détacher, avec une dextérité sans pareille, une de ces ruades décisives qui devaient lui doner la victoire. Les dames de la cour venaient en équipage à ce cirque sanglant et y prenaient un vif plaisir. Le spectacle se terminait toujours par un feu d'artifice au milieu duquel on enlevait un boule-dogue ; en 1786, une ordonnance fit fermer ce charnier, mais il ne tarda pas à se rouvrir sous la direction d'un nommé Monroy, qui, pour être toléré par la police, s'engagea à ne plus admettre dans sa troupe que des acteurs d'une férocité presque pacifique, autant dire nominale et tout à fait conventionnelle ; son taureau n'avait que des moments d'humeur, ses loups étaient dressés à ne pas se fâcher trop sérieusement, ses renards menaçaient de loin, et son ours, le fameux *Carpolin*, dont le nom figurait toujours sur l'af-

fiche en lettres majuscules, n'était plus qu'une vieille fourrure édentée, une sorte de bonnet râpé de grenadier, bonnet encore vivant, mais n'ayant pour défensives que ses
griffes émoussées ; tel était l'invalide encore muselé pour rendre moins dangereux ses retours de jeunesse contre qui étaient
lancés des adversaires armés de toutes pièces. Carpolin était
ainsi le plus malheureux des souffre-douleurs. La corporation des garçons bouchers ne se lassait pas de le voir en
cet état ; Monroy et Carpolin avaient la certitude de les voir
tous les dimanches ; c'était là que messieurs de l'étal ame-
naient leurs chiens pour les lancer dans ce champ-clos et
les aguerrir ; les paris s'engageaient tantôt pour un mâtin,
tantôt pour un autre ; un ramas des plus ignobles voyoux
des faubourgs, qui souhaitaient également s'aguerrir au
meurtre et à la cruauté, applaudissaient au vainqueur du
carnage et achevaient de perdre, dans l'habitude de ces hor-
ribles scènes, le peu qui restait encore de sentiments humains dans leur cœur. C'était un fatal complément d'école
pour tous ces misérables qui aiment tant à entourer l'écha-
faud aux jours des sanglantes exécutions, parce qu'à force
d'en être témoins, ils apprennent tout à la fois à ne pas plus
craindre de recevoir la mort que de la donner. M. Delessert,
dernier préfet de police sous Louis-Philippe, avait senti la
nécessité de supprimer cette arène où venaient se fortifier les
plus mauvais instincts ; il la fit fermer définitivement. Don
Miguel, durant son séjour à Paris, était un des plus fidèles
habitués de la basse-cour du papa Monroy. Un jour il
conduisit à ce dernier deux boule-dogues pur sang, afin
qu'il les fît battre contre des chiens amenés par ses pratiques de coutume ; les boule-dogues étranglaient les chiens à la
grande satisfaction du prince, quand, tout à coup, une troupe
de garçons bouchers se précipita dans la mêlée et fit une
décharge de rotins sur les pur-sang. Le prince se fâcha, les
bouchers lui ripostèrent, et comme il avait à faire à trop
forte partie, il jugea prudent de s'esquiver ; il ne put rega-
gner sa voiture qu'à travers une grêle de tous les projec-

tiles dont un tas d'immondices peut être l'arsenal. Le len
demain, il se présenta aux Tuileries. «Comment trouvez-vous
les Français? lui demanda Louis XVIII qui savait déjà l'a-
venture. — Très-impolis, répondit don Miguel. — Morbleu,
je le crois bien, reprit le roi, vous n'avez vu jusqu'ici que
nos garçons bouchers. »

Les nombreux mamelons nus et pelés qui s'élèvent presqu'à pic entre les barrières de la Chopinette et du Combat,
à une distance de 150 mètres, sont les buttes Saint-Chaumont, devenues si célèbres par l'héroïque résistance que les
élèves de l'école polytechnique opposèrent, le 30 mars 1814,
aux troupes de l'empereur Alexandre. Tout l'espace compris
entre la Courtille et la barrière de Pantin est triste, désert,
inanimé. L'établissement du *Grand-Balcon*, encore un peu
fréquenté lorsque le papa Monroy n'avait pas été exproprié
de sa meurtrière industrie pour cause de moralisation publique, ne reçoit que de rares visiteurs; quelques sales cabarets, qui aspirent vainement au fâcheux privilége d'être
mal famés, s'offrent de loin en loin, dans un isolement peu
propre à inspirer la confiance; point d'horizon, partout de
la boue et des marais d'une fange intarissable, d'ignobles
masures mal assises sur un terrain en pente, de vrais che-
nils menaçant ruine ou déjà écroulés à demi, des taudis
délaissés, voilà l'affreux tableau que présente cette zone
morte. En ce sinistre quartier, condamné à l'immobilité du
jour, la nuit seule a ses bruits et semble y prendre sa
revanche: depuis onze heures du soir jusqu'à huit heures du
matin, c'est un roulement continuel par le départ ou l'arrivée des voitures de place qui viennent remiser au siége
de la compagnie générale. Malheur aux amis du repos, aux
pauvres malades qui logent dans les rues qui aboutissent à
ces exutoires de la grande cité! N'oublions pas que d'autres
véhicules beaucoup plus lourds, dont le passage n'est pas
moins affligeant pour l'odorat que pour l'ouïe, complètent
par le retentissement saccadé de leurs soubresauts, un tapage nocturne auquel il ne manque ni le hennissement des

chevaux, ni les chants, ni les jurons des charretiers et ouvriers de la vidange, rudes gaillards qui demandent volontiers à de fréquentes répétitions de cognac et à la pipe en
permanence le contre-poison de ce *plomb* (gaz chydro-sul-
fureux), qui est leur mortel ennemi.

A la barrière de Pantin, à laquelle vient aboutir la rue
Lafayette, et sous laquelle passe le canal Saint-Martin, nous
retrouvons enfin la vie et le mouvement. A droite s'étend
le bassin de la Villette, encombré de bateaux qui apportent
à Paris les productions des plus riches départements. Ce
bassin était autrefois le rendez-vous des plus intrépides patineurs; à peine la glace portait-elle que les lionnes de
l'époque s'aventuraient sur de légers traîneaux que des amateurs complaisants guidaient dans leur marche rapide. Les
accidents étaient nombreux, chaque jour ils se renouve-
laient, sans que l'ardeur d'une jeunesse imprudente s'en
ralentît. La police finit par s'en émouvoir; elle mit officiel-
lement le canal en interdit, et les plus téméraires patineurs,
s'ils voulaient continuer leurs exercices, durent se résigner
à tourner comme un écureuil dans son *troad-mill* sur les
bassins des Tuileries ou du Luxembourg. En 1816, une
compagnie de soldats anglais voulut, pour abréger son chemin, franchir le canal sur la glace, mais parvenue à égale
distance des deux bords, la glace s'étant rompue, elle s'a-
bîma tout entière sans qu'on pût lui porter secours.

Les guinguettes et cabarets de la barrière de Pantin ont
en général peu d'attraits pour les Parisiens; ils sont en tous
temps plus à l'usage des ouvriers ou des bateliers et des
charretiers, assez nombreux dans ces parages. Ils sont loin
de nous les temps où les chiffonniers s'y rendaient en masse,
et ne sortaient ivres du sale enclos de la mère Radis que
pour en joncher les abords de leurs corps endormis et de
leurs mannequins. Aujourd'hui, ne vient plus à la barrière
de Pantins que celui qui y est amené par ses affaires, et si
l'on s'y arrête pour boire et pour manger, ce n'est plus que
par occasion. Le bourg qui donne son nom à la barrière

n'en est distant que de 3 kilomètres. Sa population est de 2,323 habitants ; elle est, à la fois, agricole, commerçante et industrielle. Pantin est traversé par la grande route d'Allemagne qui, en cet endroit, du moins d'un côté, est bordée d'un groupe d'auberges et de fermes qui alternent entre elles ; de l'autre côté sont de nombreuses maisons de campagne.

Pantin fut en 1814 un des lieux où se signala la bravoure des troupes françaises. Le 21 mars, l'empereur Alexandre y reçut les maires de Paris, et c'est de là qu'il partit avec le roi de Prusse pour faire son entrée triomphale. Le voisinage du canal de l'Ourcq a été plusieurs fois pour Pantin une cause de mortalité ; en 1808, sa population fut en quelque sorte décimée par une affreuse épidémie ; en 1815, elle eut à subir un autre fléau, l'occupation ruineuse des troupes anglo-écossaises. — Filles et garçons de Pantin ont eu longtemps la réputation d'exceller à la danse ; aussi, disait-on dans une vieille chanson :

> Ceux de Pantin, de Saint-Ouen, de Saint-Cloud
> Dansent bien mieux que ceux de la Villette ;
> Ceux de Pantin, de Saint-Ouen, de Saint-Cloud
> Dansent bien mieux que tous ceux de cheu nous.

Et, à propos de danse, nous ajouterons que le deuxième dimanche d'août est la fête de Pantin.

La *Rotonde-Saint-Martin*, vaste monument avec quatre péristyles uniformes, ornés chacun de huit colonnes carrées, est reliée par une double grille aux barrières de Pantin et de la Villette, distantes l'une de l'autre d'environ 100 mètres. Cet édifice leur est commun pour le service de l'octroi. La rue du Faubourg-Saint-Martin et ses aboutissants de droite et de gauche ont, en s'avançant vers cette grande entrée de Paris, absorbé le faubourg Saint-Laurent, dont on oubliera bientôt jusqu'au nom. Point de voie plus large, plus splendidement éclairée, plus régulièrement pavée que celle-ci, qui offre en même temps aux piétons de magnifiques trottoirs sur lesquels dix personnes peuvent marcher de front; une double rangée d'arbres, à partir de la barrière jusqu'aux rues de la Fidélité et des Récollets, protège déjà contre les ardeurs du soleil et des flots de poussière que soulèvent le passage des voitures les élégantes constructions, qui laisseront bientôt sans lacune la double rangée de maisons qui bordent cette magnifique entrée de Paris.

Il n'y a que peu d'années la Villette était un but de promenade et un lieu de réunion pour les ouvriers du faubourg Saint-Martin; le dimanche et le lundi ils venaient danser au *Sauvage*, et parmi eux, ceux qui se piquaient d'un certain degré d'élégance, entraient au *Grand-Saint-Martin*, où les vins et la cuisine étaient plus recherchés, et le bal mieux composé, si toutefois on admet que la mise constitue une véritable distinction démonstrative du mérite personnel. La Villette, tant grande que petite, est un gros bourg, ou plutôt une vraie ville qui n'a pas moins de 10,954 habitants voués la plupart à une incessante activité; elle est riche, possède de nombreux entrepôts et des établissements industriels de premier ordre : on voit des savonneries, une papeterie et des fabriques de tous genres; celle des allumettes allemandes y est en grande vigueur; nulle part on ne compte autant d'aubergistes transitaires et de commissionnaires. Au douzième siècle, la Villette n'était qu'une ferme, connue sous le nom de *Villetta Sancta Parisis;* peu à peu elle devint un hameau, puis un village qui fut brûlé en 1448 par les Armagnacs. En 1503, les conférences ouvertes pour la conversion de Henri IV s'y continuèrent; la même année, la trève entre les royalistes et les ligueurs y fut conclue. La Villette a été illustrée par les combats que soutinrent, en 1814, les braves défenseurs de Paris. C'est sur son territoire que fut tué, après avoir fait des prodiges de valeur, le célèbre ventriloque Fitz-James.

La Villette a dû son rapide accroissement au bassin auquel elle a donné son nom. Le gros bourg n'a point renoncé à sa fête de village.

> Des simples jeux de son enfance
> Heureux qui se souvient longtemps.

Cette fête commence le dimanche après la Madeleine, et dure trois jours consécutifs.

La barrière des Vertus est une des plus solitaires.

> Faut d'la vertu, pas trop n'en faut,
> L'excès en tout est un défaut.

Voilà sans doute pourquoi on ne s'empresse guère de venir en ce lieu, où peut-être suppose-t-on que les vertus y sont au grand complet; ce n'est pourtant ce que disent les chroniqueurs. Longtemps les femmes de Paris allèrent en pélerinage à la chapelle de Notre-Dame-des-Vertus, d'où vient le nom de la barrière. Ces promenades, dit Dulaure, avaient moins pour motifs la dévotion que le plaisir : c'é-taient des rendez-vous galants ou des parties de débauche, c'est ce que confirme l'official de l'église de Reims, Guil-laume Coquillard, dans son *Monologue des perruques.*

> Mesdames, sans aucun vacarme,
> Vont en voyage bien matin,
> En la chambre de quelques carmes,
> Pour apprendre à parler latin.
> . . . .
> Au lieu de dire leurs matines,
> Le vin blanc, le jambon salé,
> Pour festoyer ces pélerines,
> . . . .

Et voilà les mœurs du bon vieux temps!

L'église de Notre-Dame-des-Vertus est située à Auber-villiers, village peuplé de 2,551 habitants; c'est lui qui donne son nom à un fort qui croise ses feux avec ceux du fort de Romainville. *Notre-Dame-des-Vertus*, appelée aussi *No-*

tre-Dame-des-Miracles, ne fit pas moins de bruit en son temps que n'en a fait, du nôtre, la vierge de Rimini.

Aubervilliers fut souvent incendié et ravagé; il le fut en 1470 par les Armagnacs; le pape donna de grandes indulgences à ceux qui contribueraient au rétablissement de l'église, où tant de prodiges s'étaient opérés; il y eut redoublement de miracles et recrudescence de pèlerines. Le pèlerinage le plus remarquable fut, en 1529, celui de toutes les paroisses de Paris allant demander à la mère de Dieu d'arrêter les progrès de l'hérésie. La procession portait un si grand nombre de flambeaux que les habitants de Montlhéry crurent à un embrasement de la capitale.

En 1814, Aubervilliers fut pris et repris plusieurs fois; des gardes nationaux y signalèrent leur courage en allant attaquer les Prussiens jusque dans le centre du village. Les habitants furent entièrement ruinés; pour les secourir, plusieurs théâtres donnèrent à leur bénéfice des représentations extraordinaires: une madone avait réparé les désastres causés par les Armagnacs. C'est maintenant de sources toutes mondaines que vient le soulagement de semblables misères.

C'est dans l'église de Notre-Dame-des-Vertus, appelée église de la *Noble-Maison*, que se tenait l'assemblée des chevaliers de l'Etoile, ordre institué en 1551 par le roi Jean.

Barrières de Saint-Denis, du Télégraphe ci-devant, — Poissonnière et Rochechouart. — Les Embarcadères.

LA CHAPELLE SAINT-DENIS ET SON ILE.

La barrière de Saint-Denis est située à l'extrémité du faubourg de ce nom ; vue du côté du jardin, elle a l'aspect d'une très-jolie maison bourgeoise. Ses entours étaient naguère quotidiennement animés par une population faubourienne qui avait plus de loisirs, mais aussi plus de pauvreté, et moins de tenue et de conduite que la génération ouvrière qui lui a succédé. Aussi, devant tous les marchands de vin de la localité, à toute heure du jour, des tables étaient dressées pour allants et venants ; les guinguettes, à l'exception de celle de la *Croix-Blanche*, y étaient peu attrayantes pour un amateur de la propreté. C'était le *Rendez-vous du Repos*, le *Rendez-vous des Normands*, le *Franc-Picard*, le *Franc-Bourguignon*, les *Barreaux-Verts*, etc. ; ce qu'il y avait de mieux, c'était, en prenant sur la gauche pour se diriger vers Montmartre, le restaurant du *Point-du-Jour*, dont l'élégance pouvait encore se concilier avec l'idée de ce qu'on appelle une partie fine. Tout à côté se voyait ou se voit le *Rendez-vous des Maçons*, vrais maçons, tout ce qu'il y a de plus maçons, et ce qui le prouve, c'est que le premier, le seul agrément du lieu est un jeu de quilles. Pardon, lecteur, de vous dire toutes ces choses presque au passé, mais il le faut bien, car, par le temps de transformation qui court, il s'opère tant de changements à vue qu'on ne retrouve plus aujourd'hui ce qui était hier, et que demain aura disparu tout ce qui au moment présent frappe le plus les regards. Quelle puissante baguette de magicien a fait comme sortir de terre les édifices dont, à l'heure qu'il est, est couvert cet immense clos Saint-Lazare, qui s'étend de la barrière Saint-Denis à la barrière Poissonnière? Là est situé l'embarcadère du chemin de fer du Nord ; aux nécessités de son service sont dues toutes ces créations colossales, à l'influence de son voisinage les mouvements prodigieux de sa population qui ont donné naissance au quartier de *la Nouvelle-France*, dont les maisons se comptent déjà par centaines et les habitants par milliers : de toutes parts s'alignent et s'élèvent des rues, partout s'ouvrent des cafés et des restaurants; celui des *Nouvelles-Vendanges-de-Bourgogne* ne peut appartenir qu'à une civilisation très-avancée. L'embarcadère du Nord, rue de Dunkerque, 24, se déploie avec toute la majesté de l'opulence, entre ses deux voisins de droite et de gauche, l'embarcadère du chemin de Strasbourg et celui du chemin multiple dont les bras irradiant sur Versailles, Saint-Germain et Rouen, ont également fait merveille. C'est un Paris tout neuf que la spéculation a demandé à l'architecture, qui s'est empressée, pour l'embellir, de mettre en pratique tout ce qu'ont produit de bien la science et l'art modernes.

Maintenant disons un mot de la Chapelle, qui peut être à 5 kilomètres des tours Notre-Dame, mais qui ne s'en confond pas moins avec Paris. L'effectif de sa population est de 15,000 habitants. La Chapelle offre un tableau de la plus mouvante activité ; c'est une ville d'industrie et d'auberges, toujours pleines le jeudi, jour du marché aux porcs, les mardi et vendredi, jours où se vendent les vaches grasses ou laitières et les veaux. C'est à la Chapelle qu'est située la gare des ateliers et des marchandises des deux chemins de fer du Nord et de Strasbourg. La villa Poissonnière, composée de 20 maisons à l'anglaise ou cottages confortables, rue de la Goutte-d'Or, 42, et des Couronnes, 29 et 31, mérite d'être visitée. La fête de cet endroit est le 1er et 2e dimanche d'août.

Nous voici tout de bon dans la plaine Saint-Denis, plaine fertile, mais monotone comme toutes les plaines, plaine habituellement silencieuse et qui ne commence à s'animer un peu qu'à partir de l'ouverture de la chasse. Ce jour-là tous les Méléagres parisiens revêtent très-scrupuleusement tout ce qui constitue le costume et l'attirail du chasseur ; rien n'y manque, et ils s'en vont avec un espoir bien ingénu explorer un immense espace où, de mémoire d'homme, oncques on ne vit la queue d'un moineau ; mais pour autant la carnassière ne restera vide, et, à leur retour, voulant montrer leur chasse à leurs dignes moitiés et se prémunir contre les brocards de la raillerie, ils la rempliront à la halle, dont les marchands ont toujours du gibier à leur service.

Par sa proximité de Paris, dont elle n'est distante que de 9 kilomètres, par sa position, par les trois forts qui la couvrent, celui de l'est, celui du nord ou la *Double-Couronne*, et celui de Labriche, la ville de Saint-Denis, dont les environs peuvent être facilement inondés, doit être considérée comme la sentinelle avancée de la capitale. Sa situation sur les rivières du Croutd et du Rouillon, près de la rive droite de la Seine et sur un canal qui fait communiquer cette rivière au canal de l'Ourcq, permettrait, en cas d'urgente nécessité, de la rendre en quelque sorte inaccessible. Saint-Denis n'a pas plus de 6,600 habitants, parmi lesquels un assez grand nombre de militaires en retraite et quelques industriels, notamment des meuniers-fariniers, laveurs de laines, mécaniciens, fabricants de produits chimiques. Peu de villes sont moins bourgeoises et plus tristes en toutes saisons. Saint-Denis est peut-être plus ancienne que la vieille monarchie française ; à son nom se rattachent un grand nombre de souvenirs historiques, guerres féodales, guerres étrangères, guerres civiles, guerres religieuses, querelles, déprédations et débauches de moines ; c'est à Saint-Denis que se conservait l'oriflamme, le drapeau rouge, qui fut un temps le *palladium* de la patrie de nos ancêtres. L'abbaye de Saint-Denis, ses abbés si riches, si puissants et sa basilique, ancienne sépulture des rois, étaient célèbres. On venait de tous les pays de la chrétienté adorer les reliques des trois martyrs Denis, Rustique, Rhuthère, qui avaient leur tombeau dans cette église, dont le trésor, pendant plusieurs siècles, se grossit par l'effet des royales munificences et la piété des fidèles. Des légendes merveilleuses, conservées par la tradition, recommandaient ce lieu à la vénération, et le bruit des miracles qui s'y étaient opérés ne laissait pas se tarir la source des pieuses libéralités. Outre les corps de ces trois martyrs, la basilique possède encore trois des corps des prétendues onze mille vierges, qui, selon une fable accréditée par l'ignorance, reçurent à Cologne la palme glorieuse, mais qui en réalité n'existèrent jamais qu'en une seule personne du nom de *Undecima*. La basilique, telle qu'on la voit aujourd'hui, s'est élevée sur des ruines successives. En 638, Dagobert fit construire une église où il n'y avait auparavant qu'une chapelle ; en 754, Pépin veut la remplacer par une autre d'une plus grande magnificence ; il la fait commencer, et elle n'est achevée qu'en 775, sous Charlemagne ; plus tard, le fameux Suger en fait démolir une grande partie, afin de la rétablir sur un plan plus majestueux. Dans le treizième siècle, elle subit encore des changements, et elle ne conserva plus de son ordonnance primitive que le portail et les deux tours. En 1793, la destruction des tombeaux de Saint-Denis fut décrétée ; une

commission fut nommée pour veiller à ce que tout ce qu
intéressait l'art fût respecté. L'exhumation commença le 1
octobre. Le premier tombeau ouvert dans le caveau de
Bourbons fut celui de Henri IV ; les traits du visage n'étaien
point altérés et le corps était parfaitement conservé. Dans
le caveau de François Ier tous les corps étaient en pourriture
et il s'en exhalait des vapeurs infectes ; à l'ouverture du
cercueil de Louis XV, les ouvriers qui y procédaient fail-
lirent être asphyxiés. Tous ces détritus informes furent jetés
dans une fosse commune, sur laquelle l'herbe des champs
remplaça les pompeux mausolées et les fastueuses épitaphes. En 1794, il fut question de détruire de fond en
comble l'église de Saint-Denis, mais on se borna à enlever
le plomb de sa couverture pour en faire des balles. Deux
ans après, on recouvrit en tuile une partie du vaisseau. Les
travaux ayant été suspendus, on revint, en 1797, à l'idée
de faire enfin disparaître ce monument, où, pendant tant
de siècles, tant d'or avait été enfoui ; cependant on se con-
tenta de le dépouiller de ses vitraux. Bonaparte, consul,
décréta la restauration de cette église, empereur, il rendit
le 20 février 1806, un nouveau décret d'après lequel, dans
l'avenir, elle serait consacrée à la sépulture des empereurs.

Sous le règne de Napoléon, Saint-Denis reçut plusieurs établissements, dont un était l'une des trois succursales de la
maison d'Ecouen, affectée à l'éducation des filles des membres de la Légion-d'Honneur. Depuis 1814, la maison d'É-
couen a été supprimée, et celle de Saint-Denis est devenue
la principale ; elle peut recevoir 500 pensionnaires, dont
400 élevées gratuitement. Le dépôt de mendicité et la maison de répression datent également du temps de l'empire.

La basilique, l'institution des filles de la Légion-d'Honneur, logées dans l'ancien couvent des moines, sont tout ce
qu'il y a de plus remarquable à Saint-Denis. La basilique
surtout est digne de l'attention des artistes et des curieux,
elle est toute une histoire de l'art en France ; son orgue
géant est le plus grand qui ait été fait.

Saint-Denis, on devait s'y attendre, a été longtemps une ville contre-révolutionnaire : en 1795, le gouvernement eut à y réprimer une émeute de femmes, irritées de la trop longue disparition de ce qu'elles avaient habitude de voir, des princes, des religieuses et des moines ; aujourd'hui on n'y pense plus, la population de Saint-Denis s'est ouvert les sources de la véritable prospérité et la petite ville possède des fabriques qui rivalisent avec les plus renommées de France.

La célèbre foire du *Lendit*, établie en 629 par le roi Dagobert, se tient encore à Saint-Denis, mais ni le clergé ni l'Université de Paris, avec son cortége d'étudiants et de filles de joie, ne viennent plus y festiner et y débattre leurs priviléges ; cette foire ne dure pas moins de quinze jours ; on y vient de plusieurs pays de l'Allemagne, et il s'y vend plus de 100,000 moutons et d'énormes quantités de laine. Une autre foire de neuf jours s'ouvre le 11 janvier, une de huit jours le 24 février, encore une de neuf jours le 9 octobre, et une troisième le samedi ou mercredi le plus près du 11 juin : draps, toiles, lainages, rouenneries, sont les marchandises qui se débitent dans ces foires ; il s'en vend, année commune, pour plus de quatre millions de francs. Saint-Denis a une assez jolie salle de spectacle.

Nous ne rentrerons pas dans Paris sans avoir vu la charmante île de Saint-Denis, anciennement île de Chasteler ou de Chasteliers, appelée aussi quelquefois *île d'Amour*, parce qu'il fut un temps où les couples amoureux de la capitale, naïfs tourtereaux, pouvaient s'y croire isolés du monde entier. Aux beaux jours de la féodalité, cette île de la Seine fut le repaire d'un Burchard le Barbu, qui y avait fait construire une forteresse d'ou il faisait de fréquentes incursions sur les terres des moines, qu'il pillait et dévastait sans obstacles. Les moines s'étant plaints de ces brigandages au dévot roi Robert, ce prince, voulant les débarrasser d'un si terrible voisin, lui donna en 998 la terre de Montmorency, sous la condition expresse que ni lui ni ses descendants n'exerceraient plus leurs déprédations sur les propriétes de l'abbaye. Mais ses descendants, qui, depuis lors, prirent le nom de Montmorency, ne tinrent compte de cette promesse, et en 1119, Mathieu de Montmorency, connétable de France sous Philippe-Auguste, dut renouveler l'engagement de ne construire aucun *recets (receptacula)* dans l'île Saint-Denis ; en cas d'infraction au traité, le roi pouvait non seulement faire raser le fort, mais aussi le village entier. En 1575, Charles V fit l'acquisition de cette île et la donna à l'abbaye.

A la pointe de l'île est l'église paroissiale du village, qui n'a pas plus de 522 habitants. Leur fête est le dimanche après la Saint-Pierre ; ce jour-là les deux magnifiques ponts suspendus, qui mettent l'île en communication avec le rivage, ne sont plus assez larges, et leur oscillation est peu rassurante. Une fois dans l'île, dont le sol est richement planté, on a, de tous côtés, de ravissants points de vue ; aussi, dans l'été, de brillantes et joyeuses sociétés y viennent en parties de plaisir, attirées qu'elles sont par la certitude d'y trouver de bons restaurants, des cafés bien tenus et des barques commodes pour la promenade sur l'eau. Les canotiers de Paris y descendent volontiers : l'île de Saint-Denis est une si bonne relâche pour la matelotte et la friture !

Que vous dirons-nous, lecteur, des barrières Poissonnière et Rochechouart ? Aux abords extérieurs de la première, tout est marchands de vin, dont le comptoir est souvent caressé de fort près par les artilleurs légers du canon volant, c'est-à-dire bu sur le pouce. Marchands de chaînes de sûreté, vendeurs de contremarques, ouvreurs de portières, romains de la claque, souteneurs d'infamie, habitués de toutes les scènes des boulevarts, depuis les Funambules jusqu'à Franconi, hantent volontiers, en compagnie de leur *largue* (femelle), ces lieux de piètre apparence. La *Maison-Rustique* leur tend les bras, *Sainte-Geneviève* ne leur déplaît pas, la *Femme-Libre* y retrouve une patrie ; les *Trois-Vignerons-Connus* sont un abreuvoir devant lequel nul ivrogne ne passe pas sans s'informer si la vendange a été bonne. Le *Lancier-Français* a été longtemps le rendez-vous des ouvriers du faubourg Montmartre, actuellement ils se dispersent un peu partout. Le *Grand-Cerf* est un établissement bien tenu. Le grand bal de la barrière Poissonnière se tient au salon de *la Gaîté*, ouvert le dimanche et le lundi.

La *Grande-Chaumière* est l'établissement capital de la barrière Rochechouart, Terpsichore y a l'un de ses sanctuaires. Les deux sexes s'y rendent pour toute espèce de motifs; au fond c'est toujours l'attrait du plaisir qui les jette dans cette mêlée; mais trop souvent ils n'y rencontrent que la funeste occasion de se pervertir. Le *Pêcheur-Napolitain* est une station pour les buveurs paisibles qui ne font ni grand bruit, ni grande dépense, le jeu de Siam leur offre la piquante distraction de ses volutes capricieuses. Le *Petit-Ramponneau* est un cabaret *sui generis;* brocanteurs et marchands d'habits y affluent, ils y tiennent ces grands congrès politiques dans lesquels, les coudes sur les tables, en face d'une chopine, ils cimentent leurs formidables coalitions contre tout enchérisseur bourgeois dans les ventes du Mont-de-Piété, contre tout pauvre diable réduit pour dîner à se défaire en hiver de son plus chaud vêtement. L'affaire est réglée, la judaïque ou normande corporation aura la pelure pour rien.

Par la barrière de Rochechouart, on arrive sur la chaussée de Clignancourt, au sommet de laquelle se trouve le Château-Rouge, ainsi nommé parce qu'il était construit en briques. Henri IV et Gabrielle y passèrent de doux moments. La beauté et l'étendue du parc dépendant de cette habitation en faisaient une résidence délicieuse. Après la mort de Gabrielle, le Château-Rouge resta désert pendant quelques années et appartint dans la suite à des maîtres obscurs. Aujourd'hui le Château-Rouge et son parc se sont tranformés; quatre rangées d'arbres seulement ont échappé à là hache, mais des fleurs, des gazons, des labyrinthes, des boulingrins ont remplacé ces ombrages assez discrets pour les royales amours qui, dans cet enclos fermé de toutes parts, n'avaient pas besoin de chercher le mystère, trop peu discrets pour ces écarts d'un instant où, dans un lieu public, l'on saisit au vol l'occasion d'échanger le dimanche des serments d'amour éternel qui seront oubliés le lundi.

Le Château-Rouge a recueilli la succession de Baujon et de Tivoli; ses fêtes sans pareille, ses illuminations féeriques, ses feux d'artifices comme on n'en rêve pas, ses jeux, ses ascensions, ses descentes en parachute, ses scènes mimiques et de prestidigitation, son restaurant, son café, ses kiosques magiques, mille piquantes curiosités, mille surprises, un orchestre monstre, de la plus irréprochable, de la plus électrisante exécution, toujours du nouveau, toujours du resplendissant, de l'éblouissant, de l'étonnant, de l'enivrant : voilà le Château-Rouge ; il y a moins de prestiges dans les poétiques jardins d'Armide, dans les fantastiques créations des Mille et Une Nuits, et là sont aussi des houris séduisantes, de sémillantes bayadères ; Pomaré y fit applaudir les poses ravissantes de ses polkas, de ses mazurkas ;

Pomaré et ses émules, on venait les voir, et le maître de céans le savait bien, et il était assez galant pour offrir à leur assiduité l'appât d'une toilette ébouriffante qui ne leur coûtait rien, et une prime qu'elles ne refusaient jamais. Dieu merci ces demoiselles n'étaient pas si fières!

Le Château-Rouge, avec ses vastes jardins, son bal si animé, il n'est dame ou demoiselle de haut parage qui ne désire plus ou moins vivement faire sa connaissance, ne fût-ce qu'en passant. Il y a là de si beaux cavaliers, de si agréables viveurs, des danseurs si élégants, une élite adorable des plus aimables mauvais sujets de l'univers. Point de bourgeoise, de marchande qui ne soit heureuse qu'on lui propose de la conduire au Château-Rouge. Le Château-Rouge est la préface de plus d'un roman qui se dénoue dans le cabinet de M. de Belleyme.

Au Château-Rouge, le luxe, qui s'étale avec une égale insolence à toutes les couches de la société, nivelle toutes les conditions; le commis et son patron le banquier n'y diffèrent pas d'un iota; le tailleur à qui ils doivent leur habit, le bottier qui lustre leur chaussure, le coiffeur qui les historie leur sont en tout semblables. Le valet de chambre de l'opulence y singe le dandysme de son maître, la soubrette s'est parée des mêmes atours que madame, et l'on peut être sûr que Frontin et Marton ne sont pas à la recherche l'un de l'autre. Fi donc! ils veulent mieux que cela. Au Château-Rouge, tout est grande dame, depuis la reine des salons de la Chaussée-d'Antin jusqu'au dernier rat de la coulisse, jusqu'à la couturière, jusqu'à la lingère, jusqu'à la modiste, jusqu'à la lorette des plus brillants quartiers.

Cependant les quadrilles se forment, ils s'assortissent, ils se posent; la danse commencée, décence et réserve serait pruderie, elle s'échevèle plus ou moins. Mais, çà et là, lionnes et lions, filles de théâtre et de joyeuse vie, dansent vis-à-vis des plus dévergondés sacripans, se livrent à des excentricités qui font monter le rouge au front du gendarme et lui rappellent sa consigne. Alors tout s'est dessiné dans cette Macédoine d'existences, chacune et chacun a son écriteau; malgré la mise, il n'y a plus d'illusion possible. Mères, emmenez vos filles, mais il est trop tard.

Le Château-Rouge.—Un provincial, un étranger ne peut quitter Paris sans y être allé au moins une fois. Quel spectacle plus varié, plus échantillonné d'intentions rarement tristes que celui de cette foule luxueuse, coquette, qui ne semble respirer que pour le plaisir; que de misères parées, que de spéculations, que de folles prodigalités de jeunes gens, que de dettes qui ne seront jamais payées, que d'extravagances, que de dissipations, que de sentiments et de passions joués, de voluptés trompeuses ou vénales; que de santés, de probités, de réputations compromises; que de préméditations perfides, que de piéges tendus, que de crimes, de ruines, de suicides partiront de là, et avec cet enchevêtrement de destinées si diverses, quel entrain! — Un jour, pourtant, le Château-Rouge prit une physionomie plus grave, c'était avant février 1848. Il s'était fait banquet, il s'était fait *meeting*, comme diraient nos voisins d'outre-Manche, c'est-à-dire réunion politique, tout ce qu'il y a de plus triste sous l'immense calotte du ciel, surtout quand, suivant la locution consacrée, l'horizon se rembrunit. Souhaitons, au contraire, qu'il s'éclaircisse.

Barrières des Martyrs, — de Montmartre et barrière Blanche.

MONTMARTRE. — CLIGNANCOURT.

La barrière des Martyrs, à laquelle on arrive en partant du boulevart des Italiens par la rue Laffite et celle de Montmartre, n'offre rien de remarquable. Mais en longeant le boulevart à gauche, nous trouverons le bal de l'*Elysée Mont-Martre*. L'entrée en est *gratuite;* et, trois fois la semaine, les dimanche, lundi et jeudi, on peut y jouir du plaisir de la danse, avec accompagnement d'une multitude d'autres plaisirs, tels que doivent les rêver les *Arthur* de la nouveauté, les *Narcisse* de la bandoline, les *Alfred* de la thériaque, les *Dodofe* et les *Gugus*, enfants chéris et craints du Lupanar, tous certains de trouver en ce lieu une foule de piqueuses de bottines, de bordeuses de souliers, de chamarreuses, de passementières et de fleuristes; un choix délicieux de modestes lingères, une pléiade de modistes ravissantes, quoiqu'un peu panées, attraits et costumes; enfin, un essaim de beautés, toujours plus ou moins panaché de quelques femmes galantes, ne faisant pas trop disparate avec l'ensemble de la société. A l'Elysée, une collection suffisante de cabinets intimes est toujours prête à recevoir les appétits qui ne peuvent se satisfaire que dans un discret tête-à-tête.

C'est par un double perron de 25 marches qu'on arrive à l'Elysée, qui se compose de trois corps de bâtiments et d'un vaste jardin bien planté. De nombreux sentiers serpentent à l'entour du carré de la danse et aboutissent à des bosquets au milieu desquels des tables sont dressées. Les chevaux de bois, l'escarpolette, le billard, le tir à l'oiseau et au pistolet sont les principaux jeux offerts aux amateurs. Deux grands salons couverts offrent un abri contre l'intempérie des saisons. Danseurs et danseuses y risquent des pas si exceptionnels, que les gardiens municipaux de la décence publique ont souvent fort à faire pour les ramener à une plus morale régularité. Non loin de l'Elysée existent quelques guinguettes moins ambitieuses et plusieurs cabarets où vient parfois se désaltérer le sanglant personnel de cet abattoir Montmartre qu'il a été si difficile de débarrasser de l'innombrable colonie de rats indiens qui le minaient dans ses fondements; leur entière suppression a été due au savant toxicologue Orfila.

Rien de plus animé le dimanche et le lundi que les abords de la barrière Montmartre; au dedans et au dehors ce sont des flots de toute espèce de gens; des marchands et des ouvriers ornés de leurs légitimes épouses et de leurs moutards des deux sexes, des jeunes gens à la mode brillante, de leurs compagnes éphémères, des charpentiers, des maçons, des forgerons (du blanc et du noir), des balayeurs et des égouttiers (lanciers et grosses bottes). De tout ce monde, partie entrera au *Grand-Vainqueur*, ou bien dans tout autre lieu où une mise un peu soignée serait considérée comme un événement.

C'est l'*Ermitage* qui recevra la fleur des plus requinqués. L'Ermitage possède les mêmes agréments que son voisin l'Elysée, et il a, de plus, l'attrait d'un établissement de bains, au milieu d'un massif de verdure et d'une bonne cuisine; de superbes marronniers s'élèvent çà et là du sein de ses bosquets, et répandent sur tout le jardin la douce fraîcheur de leur ombre.

La chaussée des Martyrs étale avec orgueil le beau pavillon à triple étage, qui s'est baptisé le *Rendez-vous des Princes*. Ce restaurant, tenu par un de ces Lointiers qui ont rendu leur nom célèbre dans les fastes culinaires, est un de ceux où il se fait le plus de repas de noces. Il n'est pas rare de voir les trois étages envahis par trois sociétés différentes pendant le jour, et, ce qui est moins gai pour les voisins, durant toute la nuit.

A partir du Château-Rouge, le sol que nous avons foulé fait partie de la commune de Montmartre. Le Château-Rouge lui-même est compris dans ses limites. Montmartre, jadis petit village, se bornait à deux monastères, à une église et à quelques rustiques demeures, groupées sur une montagne conique, dont les escarpements aplanis ont fini par se résoudre en des pentes douces qui la rendent aujourd'hui facilement accessible de toute part. Aujourd'hui, Montmartre est un gros bourg dont la population est de 20,710 habitants. C'est en quelque sorte une ville qui jouit de tous les avantages de la cité; elle a son théâtre, où les acteurs de Seveste donnent des représentations tous les jours; et l'eau, qui anciennement n'y était recueillie que dans des citernes, lui est abondamment fournie à toutes les hauteurs par des fontaines publiques. Aucun des environs de Paris n'a été plus fouillé pour l'extraction de la pierre ou du plâtre que la gigantesque butte de Montmartre; aussi y voyait-on naguère de fréquents éboulements, des maisons tout entières disparaissaient dans de profondes excavations; on s'en épouvantait; mais, depuis, de grands travaux de consolidation ont dissipé toutes les craintes à cet égard, et les constructeurs n'ont plus hésité à bâtir sur des carrières dans lesquelles on avait la perspective d'être englouti un jour ou l'autre.

En 1153, la reine Adélaïde, veuve de Louis-le-Gros et de Mathieu de Montmorency, mourut à Montmartre dans l'abbaye de Bénédictines dont elle avait été la fondatrice. C'est dans ce couvent, dont les nonnains étaient fort dissolues, tant la nature est quelquefois plus forte que la dévotion, que Henri IV, faisant le siége de Paris, connut Marie de Beauvilliers, à peine âgée de dix-sept ans, et dont la figure était aussi belle que son âge était tendre. Le roi l'aima : en être aimé pour lui c'était tout un,

> Princes et rois vont fort vite en amour;

mais bientôt elle fut oubliée pour Gabrielle.

C'est dans la Chapelle des Saints-Martyrs, bâtie à mi-côte de la montagne, qu'en 1534, Ignace de Loyola et neuf de ses compagnons firent leurs premiers vœux. Ainsi, c'est de Montmartre que le jésuitisme se répandit sur la terre, où il vint l'envelopper, comme dans un vaste épervier. Anciennement, dit Sauval, les pauvres maris, *martyrs* de la méchanceté de leurs femmes, venaient faire une neuvaine à la chapelle de Montmartre. De leur côté, les femmes qui avaient à se plaindre de la brutalité de leurs époux venaient dans l'église de l'abbaye invoquer saint *Raboni*, à qui le peuple attribuait la vertu miraculeuse de rabonnir les plus féroces. Saint Raboni est, assure-t-on, le même que saint Crysogome, qui, à la prière de sainte Anastasie, obtint de Dieu qu'il appelât à lui son mari, dont elle avait à se plaindre. Voici ce qu'on lit à ce sujet dans le *Menagiana :* Une femme fit une neuvaine à saint Raboni pour demander la conversion de son mari ; quatre jours après le mari étant mort, elle s'écria : *Que la bonté du saint est grande, puisqu'il donne plus qu'on ne lui demande !*

Au temps du vieux paganisme, le sommet de la montagne était couronné par un temple de Mercure, dont on voyait encore des vestiges au commencement du dix-septième siècle. C'est dans ce temple que saint Denis refusa sa génuflexion et l'offrande de l'encens à l'idole que l'on voulait qu'il adorât. Les bourreaux l'entraînèrent alors au bas de la montagne et lui tranchèrent la tête dans le lieu où se trouvait le temple de Mars. Plus tard, les chrétiens élevèrent une église à la place du temple de Mercure, et une chapelle

dans le lieu témoin de la mort du martyr. Les Normands dé
truisirent ces pieux édifices, qui furent relevés dans le douzième siècle. L'église paroissiale, ancienne église de l'abbaye, est dédiée à saint Pierre; c'est un monument des plus
remarquables; il offre dans son ensemble, comme dans ses
détails, des restaurations de plusieurs époques bien distinctes.

Montmartre, par sa position, a joué un rôle important à
toutes les époques où la capitale a été attaquée. Les Normands, les Anglais, les Armagnacs, Henri IV et les ligueurs
l'ont pris pour siége de leurs opérations. Le 30 mars 1814,
Blucher fut réellement maître de Paris même avant la capitulation dès qu'il se fut rendu maître de cette hauteur,
dont on avait négligé d'assurer la défense; il lui eût suffi,
pour dicter ses conditions, de tourner contre Paris les
quelques bouches à feu dont les redoutes étaient armées.
En 1815, la butte fut mieux fortifiée; mais la trahison, qui
facilita à l'ennemi le passage de la Seine en lui livrant le
pont du Pecq, rendit toute résistance impossible.

Depuis que les fortifications ont envahi le mont Valérien,
Montmartre est redevenu un lieu de pélerinage; son calvaire et le souvenir des saints martyrs attirent un grand
nombre de fidèles.

Les guinguettes de Montmartre sont très-renommées.
Autrefois, pas un de ses nombreux moulins à vent qui ne
fût un cabaret où l'on buvait le petit vin en mangeant des
crêpes. La meunière était avenante, le meunier complaisant; on gambadait, on se balançait, on montait à âne. La
meunière et sa poêle étaient en permanence. Tout est bien
changé aujourd'hui; il n'y a plus de meunier complaisant,
plus de meunière avenante, plus de poêle, plus de crêpe,
plus de farine, plus d'âne même au service des écuyers à la
Sancho-Pança; il n'y a plus de moulin à blé, il n'y a plus
qu'une machine à broyer des os brûlés pour en faire du
noir animal; tout près est encore quelquefois un taudis où
l'on exploite la pastorale tradition : gardez-vous d'y entrer,

c'est un mauvais lieu. Des meuniers et des ânes, il n'y en
a plus et l'académie de Montmartre est passée à l'état de
mythe. L'ânesse seule a persisté, au bénéfice des pauvres
poitrinaires qui attendent leur soulagement des produits
consciencieux de la laiterie Damoiseau. A Montmartre, le
promeneur trouve très-facilement du lait pur sortant du pis
de la vache et des œufs frais. L'attrait d'un air salubre y a
multiplié les maisons d'éducation : on y compte deux pensionnats de garçon et six de demoiselles.

Montmartre possède un grand nombre d'établissements
industriels; les étrangers ne manquent jamais de visiter la
fabrique de statues en pierre artificielle, rue Saint-Jean, 10,
et celle de mosaïque, rue de l'Empereur, 68.

Montmartre est le véritable belvéder des Parisiens : de
tous côtés se présentent d'admirables points de vue; de
nulle part on ne peut saisir aussi bien l'ensemble de la grande
ville et de ses contours. Sauval raconte que Henri IV étant
un jour à Montmartre; il baissa et se prit à regarder Paris
entre ses jambes : Que je vois de nids de c...! s'écria-t-il;
un bouffon, nommé Gallet, se mit dans la même posture
et cria : Sire, je vois le Louvre. Cette saillie fit beaucoup
rire le roi.

Le hameau de Clignancourt, situé sur le côté de la montagne qui fait face à Saint-Denis, fait partie de la commune
de Montmartre; il se compose de quelques maisons de campagnes et de quelques établissements industriels. La chaussée qui y conduit est bordée de guinguettes, parmi lesquelles figure celle qui est tenue par les cuisiniers associés.

Si nous avions parlé du télégraphe et de l'obélisque qui est
placé sur un des points culminants de la hauteur pour servir de but à la ligne de mire de l'Observatoire, il nous res-
terait peu de choses à dire de Montmartre; nous nous
bornerons à les mentionner, de même que l'Asile de
de la Providence, où 50 à 60 vieillards des deux sexes et de
pauvres orphelins sont entretenus aux frais d'une association philantropique,

De la caducité à la tombe il n'y a pas loin, et souvent le cercueil est tout près du berceau ; c'est la réflexion que suggère toujours l'aspect du *champ des morts* ; nous avons dû la faire en parcourant le cimetière de Montmartre. Que de générations, que de vieillards, que d'enfants ont été enfouis dans ce sol gypseux ! Le cimetière de Montmartre est le plus ancien de la capitale, et c'est bien dans sa vaste enceinte que l'on peut dire : Paris sous terre est mille fois plus peuplé que dessus. Voilà des siècles que des ruines humaines vont s'y entasser chaque jour, et pourtant en cet endroit il ne s'est pas formé une seconde montagne, rien ne s'est exhaussé d'une manière sensible ; tout est consommé, tout a disparu. C'est que l'humanité est si peu de chose comparée à la masse qui la réclame et l'absorbe ! Le cimetière de Montmartre, appelé autrefois plus philosophiquement *Champ du Repos*, occupe une vallée entourée et terminée par trois collines ; il renferme quelques remarquables monuments, les restes mortels d'un grand nombre de personnages illustres.

C'est à Montmartre que, sous une pierre souvent visitée, dort, en attendant la réalisation de son phalanstère, Charles Fourier, mort dans son illusion. Dieu et la raison lui fassent paix ! Non loin de là est la dépouille du dernier descendant de Michel-Ange, Philippe Buonaroti. Le niveau gravé sur son cyppe funéraire indique qu'il fut un des rêveurs de l'égalité absolue. Godefroid Cavaignac a aussi là sa sépulture et sa noble image, si énergiquement rendue par Rude, l'un des plus grands sculpteurs de la pensée.

Les marbriers, les jardiniers fleuristes, grillageurs, décorateurs de tombes et autres parasites de la sépulture sont nombreux aux abords du cimetière, où l'on n'arrive qu'à travers ce bazar mortuaire tout bordé de leurs étalages de funèbres colifichets.

Il n'y a que peu d'années, le champ du repos avait un bien bruyant et folâtre voisin, le nouveau Tivoli, dont l'orchestre et les danses n'étaient pas à cent pas de ses silencieuses demeures. Aujourd'hui Tivoli a cédé sa place aux rues inachevées d'un quartier tout neuf inventé par la spéculation.

La barrière Blanche, à l'extrémité de la rue de ce nom, touche aux premières maisons de Montmartre; elle n'est pas un rendez-vous de plaisir, elle est à peine un passage; cependant en face de cette barrière existent deux restaurants, le *Grand-Salon* et la *Dame-Blanche*, qui ont un attrait tout particulier pour les nombreux visiteurs du cimetière. Le *Grand-Jardin-des-Acacias* et les *Deux-Berceaux* sont des lieux de douce consolation pour des parents et des amis qui, après avoir suivi un convoi, désirent faire, le verre en main, le panégyrique du défunt.

De Montmartre à Saint-Ouen la route est si droite et le trajet si court que nous devons pousser jusque-là. Saint-Ouen, joli village de 1,300 habitants, est situé sur une éminence à 8 kilomètres de Paris. Le territoire de cette commune possédait autrefois plusieurs maisons royales et seigneuriales. C'est dans un de ces manoirs que mourut, en 683 (*Odœnus*), saint Ouen, évêque de Rouen. Philippe de Valois et le roi Jean, son fils, eurent à Saint-Ouen une habitation qui reçut de ce dernier le nom de *la Noble-Maison*. C'est là qu'en 1351 il institua l'ordre des chevaliers de l'Etoile ou de la Noble-Maison. Ils étaient au nombre de 500, qui, le jour de la Notre-Dame de la mi-août, devaient tous se rendre au lieu de l'institution à l'heure de prime et demeurer tout le jour et le lendemain jusqu'après vêpres rassemblés dans une salle immense autour de la table d'honneur.

Au commencement du dix-huitième siècle, il ne restait pas vestige à Saint-Ouen des anciennes demeures royales; mais de magnifiques maisons princières les avaient remplacées; on y remarquait surtout celle du duc de Nivernais et celle du prince de Rohan, qui appartint plus tard au fameux ministre Necker et en dernier lieu à M. Ternaux, l'un des plus riches industriels de France. C'est à Saint-Ouen, où il passait une partie de l'année, qu'il fit les premiers essais de *silos* pour la conservation des grains, et éleva le célèbre troupeau de mérinos dont il employait les toisons à la fabrication des tissus qui se sont appelés de son nom *châles Ternaux*.

Le château seigneurial dans lequel s'étaient données les fêtes les plus brillantes, et dont la Pompadour, comblée de l'or de la France par le sultan du Parc-aux-Cerfs, avait fait un séjour délicieux, a été démoli en 1817, et rebâti bientôt après avec une magnificence toute royale. C'est dans le vieux château de Saint-Ouen que s'arrêta Louis XVIII, le 2 mai 1814, lors de sa rentrée en France ; les sénateurs vinrent lui présenter une constitution, où se lisait : « Louis-Stanislas-Xavier sera proclamé *roi des Français.* » Sa réponse fut une déclaration avec cette formule : « Louis, par la grâce de Dieu, *roi de France et de Navarre.* » La Charte fut publiée le 4 juin suivant, et datée de la dix-neuvième année d'un règne dont la nation n'avait pas la moindre connaissance.

C'est pour la comtesse du Cayla que fut réédifié le château de Saint-Ouen ; Louis XVIII ne voulut pas que sa Zoé n'eût que les restes de la marquise de Pompadour. Le 2 mai 1823, elle inaugura ce palais par une fête monstre dont le roi podagre fit les honneurs. Le touriste comme le promeneur ne peut se dispenser de visiter cet *eldorado* de la Circé qui avait eu le don d'enchanter le vieux monarque.

L'église de Saint-Ouen est peu remarquable, mais elle fut longtemps un lieu de pélerinage ; entre autres reliques qu'on allait y adorer, était un doigt de saint Ouen, l'auriculaire sans doute, qu'on faisait passer dans sa châsse près de l'oreille des personnes sourdes, dont grand nombre furent de la sorte guéries de leur infirmité. Il eût été en effet bien absurde qu'en raison de son nom *Odœnus, Ouen*, qui se rapproche des mots *audire*, *ouïr*, la spécialité du saint évêque, en fait de miracles, ne fût pas la cure radicale des affections du tympan.

Saint-Ouen est encore, dans la banlieue de Paris, un des rares villages où la campagne n'a pas perdu une grande partie de ses agréments. Sa fête est le 25 août.

Barrières de Clichy,—— de Monceaux,—— de Courcelles,—— du Roule.

BATIGNOLLES-LES-MONCEAUX. — CLICHY-LA-GARENNE. — LES TERNES.

La barrière de Clichy est un monument commun à Paris et aux Batignolles, qui tendent de plus en plus à lui dérober le village dont elle porte le nom.

Au point où les deux villes sont presque en contact, se sont élevées de superbes maisons, et l'on voit, à droite et à gauche, un grand nombre de cafés, de cabarets et de guinguettes dont les plus obscurs sont les buvettes de prédilection des ouvriers du quartier du Roule, les jours où la toilette n'est pas de rigueur, des cochers momentanément expatriés par la longue course et de quelques charbonniers dont le poussier a desséché la gorge.

Ce lieu a été, en 1815, le théâtre d'une glorieuse résistance de la part d'une partie de la garde nationale parisienne, commandée par le brave Moncey. Le maréchal était posté dans la grande avenue, à l'endroit où se trouve le restaurant du père Lathuille, qui n'était alors qu'un cabaret, auquel le souvenir des exploits de cette journée et le beau tableau d'Horace Vernet donnèrent une célébrité très-fructueuse pour le propriétaire de l'établissement et pour ses successeurs. Après la capitulation de Paris, et au mépris de cette convention, les Prussiens, et notamment les Anglais, se vengèrent par la dévastation et le pillage du courage qu'avaient déployé dans cette circonstance les habitants de cette portion de la banlieue.

Quittons pour un instant les Batignolles, où nous reviendrons, et poursuivons notre chemin jusqu'à Clichy-la-Garenne. Clichy a une origine fort ancienne. Les rois de la première race y avaient un palais; Dagobert y fit son séjour habituel. Cette résidence, qu'il avait en singulière affection, fut aussi celle de ses successeurs Clovis II et Thierry III. Plusieurs conciles se tinrent à Clichy pendant le septième siècle. En 741, ce domaine fut donné par Charles-Martel à l'abbaye de Saint-Denis. Saint-Médard, mort en 545, a été de temps immémorial le patron de la paroisse de Clichy, qui conservait de ses reliques, c'est-à-dire un morceau de son chef, dont lui avait fait présent l'évêque abbé de Saint-Etienne de Dijon.

Saint Vincent de Paul, le père des orphelins, a été curé de Clichy. L'église qu'on y voit date de cette époque; c'est à sa sollicitation qu'elle fut construite.

Un club royaliste, qui avait pour président l'ex-conventionnel Henri-Larivière, tint ses séances à Clichy pendant la période directoriale. Ses membres, auxquels l'histoire a conservé la désignation de *clichiens*, se dispersèrent après le coup d'état du 18 fructidor. Les uns furent déportés à Cayenne, les autres se dérobèrent par la fuite.

En 1831, Clichy fut le théâtre d'une révolution de sacristie : deux partis étaient en présence, les uns tenaient avec l'autorité pour le curé nommé par l'archevêque, les autres voulaient de l'abbé Auzou, prêtre de l'église française; la querelle s'échauffa, il y eut une émeute, on arrêta des séditieux, et la paix fut cimentée sur les bancs de la police correctionnelle, qui sévit contre les plus ardents.—Clichy n'a guère que 4,489 habitants. Sa population se compose en grande partie de blanchisseuses; aussi le village possède-t-il un lavoir banal où tout a été admirablement calculé pour la commodité. L'établissement de teinturerie de Rouquèse est un des plus renommés. Près de là se fabrique la céruse la plus belle et la plus pure du commerce. On fait également à Clichy du sel ammoniac, de la colle forte, des cordes d'instruments, du carton, du papier pour impression, du plomb de chasse et du plomb laminé. Toutes ces industries y sont exercées sur une grande échelle. Clichy, jadis demeure royale, ne serait aujourd'hui qu'une bien triste demeure bourgeoise. Son bal, même le jour de la fête, qui a lieu le dimanche après le 8 juin, est fort peu attrayant, et l'on se sent peu disposé à se mêler aux danses dégingandées et brutales de garçons avinés, et de gaillardes allurées, capables de donner la réplique à tous gestes et propos.

Nous voici de retour aux Batignolles, 19,000 habitants, un théâtre, une église, deux églises de plusieurs cultes, une mairie superbe, un vaste abattoir. Peu de villes sont plus peuplées ou plus riches : aussi les Batignolles sont-ils une ville ; ils jouissent d'un octroi proportionné au chiffre de leur population. Des rues larges, bien pavées, ornées d'amples trottoirs, et splendidement éclairées au gaz; de hautes et élégantes maisons, toutes construites en pierres de taille, dont plusieurs sont illustrées de balcons dorés et de riches sculptures; de brillants magasins de nouveautés qui rivalisent de luxe et presque d'étendue avec les plus opulents étalages des quartiers les plus marchands de Paris; des cafés somptueux, de vastes billards; ici tout recèle, tout annonce un de ces grands centres de civilisation où fleurissent les arts et le commerce, où rien ne manque pour la satisfaction des besoins de la vie, et pourtant là, point d'activité, point de bruit, point de mouvement avant dix heures du soir; jusque-là, la ville est morte et silencieuse, car la population virile, presque tout entière, a émigré le matin pour ne revenir qu'au moment du dîner. On ne demeure pas aux Batignolles, on y gîte. Les employés des ministères, les commis des maisons de banque et de commerce, les expéditionnaires, les caissiers et les teneurs de livres ont presque tous fait élection de domicile dans cette localité. La modicité du prix des loyers, l'appât d'une économie à réaliser sur les objets de consommation qui paient un si lourd tribut à l'octroi de Paris, et puis, pour quelques-uns, cet acacia auprès du puits, seul échantillon de végétation qui permette au propriétaire d'afficher la location d'un appartement avec jardin, tant d'avantages réunis ont été, pour une masse d'existences réduites à se mouvoir dans un cercle d'argent trop restreint, un motif suffisant de transplanter leurs pénates aux Batignolles. Certes, c'est un énorme désagrément pour toute cette colonie de plumitifs d'avoir à subir, deux fois le jour, durant un long trajet, les intempéries des saisons, de cheminer à heure fixe, et bon gré mal gré, par une pluie battante, par un vent glacé ou sous les flèches brûlantes d'un soleil de feu, au milieu des tourbillons et des rafales d'une fétide poussière. Aussi, le parapluie ne fut-il jamais mieux porté que par le citoyen des Batignolles. Le roi Louis-Philippe, au temps de son chapeau gris et de ses pédestres pérégrinations, ne fut pas plus fidèle à son riflard que ne l'est le scribe qui quitte son foyer pour son bureau; pas de baromètre au beau temps qui puisse l'obliger à se séparer de ce meuble d'extérieur, qu'il s'est en quelque sorte incarné pour n'avoir pas la chance de l'oublier quelque part. — Le parapluie est l'indispensable providence des vêtements et du chapeau dont l'employé, conservateur par caractère et par nécessité, tient essentiellement à préserver le lustre et la durée. Avec un parapluie de respectable dimension, il a de l'hygiène par-dessus la tête, hygiène de corps, hygiène de la toilette; pour défier les rhumes, les rages de dents et les avaries du pantalon, il ne lui manque que le complément de l'ingénieux paracrotte, et des socques articulés. Sans la crainte d'arriver trop tard, il ne se les refuserait pas; il braverait la fatigue de cette addition à son véhicule ordinaire, car le

plumitif est toujours un peu femelette et délicat, méticu-
leux à l'endroit des soins qu'exige sa petite santé.

De huit à neuf heures du matin jusqu'au moment où
l'estomac ne se souvient plus du déjeuner, c'est du beau
sexe que se compose l'immense majorité de la population
des Batignolles ; il y a bien par-ci par-là quelques ménages
de petits rentiers, quelques couples de pensionnaires de
l'Etat, des Philémon et Beaucis, des monsieur et madame
Denis, qui ne se perdent pas de vue une seule minute de la
journée ; il y a aussi de grands établissements industriels,
de grands ateliers tout pleins d'hommes vigoureux, et tout
un essaim de Polonais, fervents adeptes de la religion du
thaumarturge Tobianski ; tout le reste n'est qu'un personnel
assez triste d'Arianes délaissées, avec la triple et monotone
distraction du pot-au-feu à soigner, du bas à *ramailler*, du
moutard à raccommoder. Toutes néanmoins ne sont pas
des Pénélopes à l'épreuve des quotidiennes absences, et la
chronique des Batignolles parle de certaines visites bien
faites pour donner de l'ombrage à un mari jaloux, et le
mettre, comme on dit, sur les tisons. Oh ! que le monde est
méchant et cancanier !

Les Batignolles ont, comme l'Océan, leur flux et leur re-
flux ; tout ce qui en est descendu le matin y remonte le
soir ; mais la marée rapporte plus qu'elle n'a emporté. Un
grand nombre de jeunes gens, de vieux célibataires parisiens, d'officiers retraités ou en demi-solde, d'artistes no-
mades plus riches d'espérances que d'argent, viennent
chercher dans les tables d'hôte à 25 et à 30 sous par tête
l'abondance et la variété des mets avec accompagnement
de la bouteille d'Argenteuil, véritable prime de l'attrait le
plus puissant. Mais ne croyez pas qu'ici tout se borne au
bonheur de manger et de boire à satiété : si ce n'était la
maturité de l'âge, l'évanouissement mal déguisé de charmes jadis irrésistibles, et l'intention trop évidente de se
raccrocher à toutes les branches où la chèvre peut avoir
l'espoir de tondre sur le vert, il y aurait ici de délicieuses

connaissances à faire. Ces dames sont à la recherche de qui les aime et les défraie; elles font parfois à cette intention une horrible dépense d'esprit, d'intrigue et de crinoline. Hélas! elles ont beau prodiguer tous ces moyens de séduction, la plupart du temps ils n'aboutissent qu'à mettre en fuite une intimité en perspective qui se soucie peu de payer deux dîners pour un. En général, ces hirondelles des tables d'hôte eurent une vie des plus orageuses; après tant d'aventures et de vicissitudes, les invalides leur reviendraient de droit; mais qui les leur donnera? Certes, ce n'est pas le vieux roué à qui elles s'adressent de préférence; croient-elles le tenir dans leurs filets, c'est lui qui les trompe.

En hiver, les tables d'hôte des Batignolles sont privées du surcroît de convives qu'amènent les beaux jours. Quand la nature a déployé sa plus luxuriante verdure, les Parisiens, grands amateurs de la campagne, se font cette singulière illusion, qu'ils l'ont rencontrée du moment qu'ils ont franchi la barrière. Pour eux la campagne, c'est l'acacia, si frauduleusement baptisé du nom de jardin; la campagne, c'est un pied de vigne vierge faconnée en tonnelle; ce sont deux tuyas, trois capucines, quatre haricots d'Espagne et une tapisserie de cobéa sur un vieux mur; ce sont de vieilles planches de bateaux mal assemblées, mal clouées en guise de tables sur des piquets plantés en terre; ce sont des bancs improvisés à l'aide d'un procédé semblable; c'est, enfin, une cuisine détestable, du vin à laver les pieds des chevaux, un service sans ordre, sans complaisance, sans affabilité, sans conscience d'aucune sorte. Le dimanche, quand il y a foule aux Batignolles, vous trouverez de tout cela dans la plupart des tables d'hôtes où elle vient s'asseoir pour se procurer les jouissances du banquet champêtre, lesquelles, soit dit entre nous, consistent principalement dans toute espèce de désappointements, de dégoûts et d'accidents de sauce, après lesquels il ne reste plus qu'à recourir à la science du dégraisseur. Ces dîneurs de passage sont la terreur des habitués, dont le dimanche est le jour néfaste. Aussi, ceux d'entre ces pensionnaires qui sont dans l'usage de payer rubis sur l'ongle murmurent-ils tout haut contre les abus du bouillon indéfiniment trop allongé, des comestibles indéfiniment trop divisés et des convives indéfiniment trop multipliés. Mais les optimistes qui ne paient jamais se gardent bien de s'associer aux récriminations. Tout est détestable et insuffisant, ils n'ont pas l'air de s'en apercevoir, ils rayonnent de contentement comme toujours : ils craindraient de donner le coup de la mort à *M. Crédit*, ce qui pour eux équivaudrait à un suicide.

Pour l'hôtelier, le dimanche est le grand jour ; alors, grâce aux fantaisies dispendieuses de *l'extra*, à la recette du prix fixe vient s'ajouter le chiffre assez rondelet d'un bénéfice quelque peu arbitraire. En ce pays de Cocagne l'instinct de galanterie pousse à la consommation ; il y a là des créatures charmantes, des quarts de bas-bleu, des beautés incomprises, des avenirs perdus, des carrières manquées ; en présence de telles syrènes venues là comme par hasard, mais conviées en réalité pour l'achalandage de la maison, qui voudrait s'exposer à passer pour un pingre ? Les bouchons sautent avec fracas, l'eau de seltz pétillante jaillit dans les verres et sur la nappe, le cachet vert de Bourgogne et le cachet rouge de Bordeaux ouvrent une marche joyeuse qu'au dessert la mousse du champagne changera bientôt en une marche triomphale. A ce moment du plus délirant enthousiasme, les flacons ne font que paraître et disparaître, la confusion du vide et du plein s'opère, les comptes s'embrouillent, et, quand tout est fini, il se trouve que les accessoires ont furieusement éclipsé le principal, et que l'ordinaire est décuplé par les suppléments : le quart d'heure de Rabelais est alors un vilain quart d'heure à passer.

Mais déjà les tables sont débarrassées, des tapis les recouvrent, et des jeux de cartes, des damiers, des boîtes de dominos sollicitent les amateurs. Il est expressément interdit, dans l'intérêt de la morale publique, mais plus encore dans l'intérêt du chef de l'établissement, de jouer de l'argent. On joue donc du café, du punch, de la bière et de la limonade gazeuse, et des flottes de petits verres ; de cette manière, les perdants rentrent dans une partie de leurs pertes ; mais l'hôte gagnera à tout coup sans mettre la main aux cartes, à moins qu'il n'ait besoin de stimuler l'ardeur des joueurs par ses témérités aventureuses ou par le jovial entrain de ses libations réitérées les soifs qui se ralentissent. Dieu, le bon vivant ! Ailleurs, la table d'hôte n'est qu'un prétexte : une noble maîtresse de maison en fait les honneurs ; elle a d'adorables amies, et ne reçoit que des personnes distinguées. Pour être admis dans cette société, il faut avoir été présenté, disons mieux, il faut avoir de l'or ou être un *Grec :* malheur à qui se fourvoie en ce repaire !

Les chemins de fer de Saint-Germain, Versailles (rive droite) et de Rouen, traversent la nouvelle ville dans toute sa longueur, sous un vaste tunel qui se termine à la hauteur de la place de l'église.

En suivant le boulevart extérieur, à gauche de la barrière de Clichy, on rencontre une petite église protestante, modestement située entre cour et jardin, et un peu plus loin dans l'isolement, un joli théâtre placé à une égale distance des Batignolles et du village de Mouceaux (ou Monceaux), qui est un des enclaves de cette vaste commune. Cette position intermédiaire avait été choisie pour la commodité des habitants des deux localités, mais les uns et les autres ne l'ont pas trouvé assez rapproché, et la difficulté d'avoir des spectateurs n'a pas permis au directeur, Jules Séveste, de donner plus de trois représentations par semaine. Placé entre deux barrières, distantes l'une de l'autre de 800 mètres, et aboutissant, celle-ci à un quartier presque désert, celle-là à des terrains nus, ce théâtre n'a pas la chance d'arrondir ses recettes par l'influence de ses voisins de Paris.

La barrière de Monceaux pourrait aussi se nommer la

barrière des Montagnards; nulle part on ne peut voir plus grande affluence d'Auvergnats : charbonniers ou fruitiers affectionnent particulièrement ces ébauches de guinguettes, qui n'offrent aux regards que des murs noircis, des tables plus ou moins boîteuses, des tabourets et des bancs sur lesquels on ne doit s'asseoir qu'avec une extrême précaution. Voilà ce que vous trouverez au *Rendez-vous-des-Cochers*, aux *Barreaux-Rouges*, aux *Deux-Charbonniers*, au *Hussard-de-la-Garde*, au *Soldat-Laboureur*, souvenir de l'Empire et de la Restauration, lesquels, sur une enseigne, ne tirent nullement à conséquence, aujourd'hui que le chauvinisme n'est plus de mode.

Barrière de Courcelles. — Cette barrière doit son nom au village qui est à sa proximité. La rue de Courcelles, qui vient y aboutir, possède plusieurs hôtels somptueux. L'un d'eux a été habité par le reine régente d'Espagne, Marie Christine, durant son séjour à Paris. La barrière de Courcelles est du bien petit nombre de celles qui s'ouvrent encore directement sur la campagne; elle est solitaire quant aux cabarets et aux guinguettes, et ses environs ne sont pas sans charmes pour les promeneurs heureux d'éviter le bruit et la foule.

Barrière du Roule. — Au point de vue monumental, cette barrière est une des plus remarquables de l'enceinte. Elle a devant elle le village des Thernes et au-dessous d'elle le faubourg, autrefois village du Roule, qui continue le faubourg Saint-Honoré. C'est dans ce faubourg qu'est la grande fonderie de la ville de Paris, l'établissement le plus considérable que l'on connaisse dans ce genre. On y conserve la plus colossale statue de bronze qui ait été coulée d'un seul jet dans les temps modernes, celle de Louis XVI, qui était destinée à la ville de Bordeaux. Elle n'a pas moins de 8 mètres d'élévation. Au moment où on voulut la retirer du moule, on s'aperçut d'un singulier accident, la tête était séparée du corps, et la statue sortit décapitée. C'était l'effet d'un bouillon produit par le refroidissement de la matière. L'explication put être donnée sur-le-champ, mais les témoins du fait n'y virent pas moins un funeste présage pour la royauté ou un jeu bizarre de la destinée.

A la barrière du Roule il n'y a pas absence de guinguettes, il y en a même pour tous les goûts, pour toutes les toilettes, toutes les conditions ; au *Grand-Saint-Fiacre* vous trouverez aisément de la place dans le salon de 400 couverts ; aux *Deux-Frères-Vignerons*, au *Rendez-vous-des-Amis*, aux *Vendanges-d'Argenteuil*, le veau, l'omelette au lard et les gros petits pois, sont, lorsqu'on veut peu dépenser pour son dîner, l'accompagnement obligé du litre à bon marché. La barrière du Roule a son bal célèbre, où femmes de chambre, baigneuses, filles soumises et autres, sont charmées de prouver que les moustaches ne leur font pas peur. C'est là que les permissions de dix heures qui se proposent d'oublier de rentrer sont terriblement querelleuses ; aussi les valets de bonne maison ne viennent-ils point en ce lieu, où leur courage pourrait être mis à de trop rudes épreuves ; ils préfèrent renoncer à leurs droits. La livrée est prudente, elle ne va pas chez Dourlan.

Le village des Ternes, avec ses 6,000 habitants, est presque dans Paris. Sa population se compose d'industriels laborieux, de cultivateurs et de rentiers, qui, dans les économies, cherchent l'équivalent d'un voyage en Californie : cela n'est peut-être pas très-productif, mais à coup sûr c'est moins périlleux.

BARRIÈRE DE NEUILLY.

Cette barrière s'élève à l'extrémité des Champs-Elysées; elle s'appelle aussi barrière de l'Etoile, parce que plusieurs routes viennent aboutir au rond-point sur lequel s'élève l'arc-de-triomphe. L'histoire de ce géant des monuments de Paris peut se dire en peu de mots : d'abord ce dut être une colonne érigée à la gloire de la grande armée; tel fut le premier projet de Napoléon au retour de la campagne d'Austerlitz. Mais il ne tarda pas à l'abandonner et à donner la préférence à un arc-de-triomphe grandiose. Les premiers travaux de constructions furent commencés sur les plans de l'architecte Chalgrin, le 15 août 1806. Pour obtenir des fondations solides, il y eut de grandes difficultés à vaincre; le monument à peine sorti de terre, Napoléon voulut en faire les honneurs à sa nouvelle épouse; on le compléta par un décor qui le représentait comme achevé. C'est par cette porte que l'Autrichienne fit son entrée.

A partir de la guerre d'Espagne, la construction fit peu de progrès, et les travaux ne reprirent une certaine activité

qu'après la campagne de Russie. Les Bourbons laissèrent
dépérir ce qui existait du monument; mais, en 1825,
Louis XVIII, émerveillé des succès de son neveu, le duc
d'Angoulême, résolut de le consacrer à ce vainqueur du
Trocadero. On se remit donc à l'œuvre, malgré le ridicule
qui atteignit le dauphin à travers des comparaisons qu'on
pouvait se permettre même sans esprit de parti. L'édifice
grandit peu sous les deux règnes de la branche aînée; mais
il était réservé au gouvernement de Louis-Philippe de l'a-
chever; ce ne fut plus alors un monument en l'honneur
d'un homme, mais une consécration aux gloires nationales
de la République et de l'Empire; son inauguration eut lieu
en 1836 pendant les fêtes commémoratives de la révolution
de Juillet.

L'arc-de-triomphe de l'Etoile est d'une dimension qui n'a
jamais été égalée. Sa hauteur est de 49 mètres 485 millimètres, sa largeur de 44 mètres 830 millimètres, son épaisseur de 22 mètres 210 millimètres, le principal arceau a
20 mètres 429 millimètres de hauteur, son ouverture est
de 14 mètres 620 millimètres, les arceaux de côté n'ont
que 18 mètres 680 millimètres de hauteur, leur ouverture
est de 8 mètres 420. Les fondations forment un massif quadrangulaire de 54 mètres 566 millimètres sur 27 mètres
280 millimètres, leur profondeur au-dessous du sol est de
8 mètres 375 millimètres.

Chalgrin étant mort en 1811, les travaux furent continués jusqu'en 1814 par Goust, son élève, qui opéra d'abord
seul, et plus tard, sous la surveillance de MM. Fontaine,
Debrei, Gisors et Labarre. En 1828, M. Huyot lui succéda
comme architecte principal; il fut à son tour remplacé, en
1832, par M. Blouet, qui mit à fin cette immense tâche.
Chacune des deux grandes faces, dont l'une regarde les
Tuileries et l'autre le pont de Neuilly, présente, dans sa
partie inférieure, deux groupes de sculpture de 11 mètres
70 centimètres de haut avec des figures de 5 mètres 85 centimètres. Sur la face du côté des Tuileries, le groupe de

droite est l'œuvre de Rude, l'un de nos plus vigoureux sculpteurs; c'est le départ en 1792, une vraie *Marseillaise* en pierre. Le groupe de gauche a été exécuté par Cortot; c'est le triomphe de Napoléon en 1810. Sur la façade opposée, le groupe de droite par Etex représente la résistance en 1814; celui de gauche, du même auteur, est une allégorie de la *Paix*; entre l'imposte du grand arceau et l'entablement, sur chacune des grandes faces sont deux bas-reliefs; sur la face tournée vers les Tuileries, le bas-relief de droite est de Lemaire; c'est un fait historique, les funérailles du brave général Marceau, tué à Hoschsteinbald, le 19 septembre 1796. Le bas-relief de gauche, par Seurre aîné, représente la bataille d'Aboukir, 24 juillet 1799. Du côté du pont de Neuilly, l'un des bas-reliefs est de Feuchère; c'est le passage du pont d'Arcole, 5 novembre 1796; l'autre est de Chaponnière, c'est la prise d'Alexandrie, 2 juillet 1798. Le sujet du bas-relief de la face latérale de droite est la bataille d'Austerlitz, 4 décembre 1805; il est de Gecther; celui de la façade opposée est la bataille de Jemmapes (6 novembre 1792), par Marochetti. Les renommées des quatre tympans des deux arcs sont de Pradier; dans la frise du grand entablement, et tout autour du monument, règne un bas-relief où deux sujets se partagent l'espace du côté de Paris, c'est le départ des armées; et, à l'opposite, c'est leur retour. Cette frise est des artistes Brun, Laitié, Jacquot, Caillouette, Rude et Seurre aîné. Sur trente boucliers placés autour de l'attique, sont inscrits trente noms de batailles : Valmy, Jemmapes, Fleurus, Montenotte, Lodi, Castiglione, Arcole, Rivoli, Pyramides, Aboukir, Alkmaer, Zurich, Héliopolis, Marengo, Hohenlinden, Ulm, Austerlitz, Iéna, Friedland, Somo-Sierra, Wagram, la Moscowa, Lutzen, Bautzen, Dresde, Hanau, Montmirail, Montereau, Ligny.

Des trophées forment la décoration de l'intérieur, des inscriptions destinées à perpétuer le souvenir des exploits de nos armées sont gravées dans les espaces laissés libres par la sculpture. C'est la géographie de nos victoires groupées chronologiquement sous quatre séries : celles du nord, de l'est, du sud et de l'ouest ; quatre listes, chacune de six colonnes, signalent à la reconnaissance de la patrie ses plus illustres défenseurs ; elles contiennent 384 noms, auxquels ceux de Jérome Bonaparte et de deux généraux inconnus ont été récemment ajoutés. Les astérisques et la différence des caractères désignent les guerriers morts au champ d'honneur.

Oublions un instant la grande histoire et poursuivons le cours de notre pérégrination autour de Paris. Nous étant proposé de ne pas quitter la rive droite de la Seine, nous ne nous laisserons pas tenter par la beauté et la briéveté de la route d'aller jusqu'à Neuilly, que nous verrons une autre fois. Si, placé au rond-point auquel appartient la barrière de l'Etoile, vous portez vos regards en deçà et au-delà du mur d'octroi, derrière, devant, à droite, à gauche, enfin de tous côtés vous apercevez comme un panorama animé où la spéculation a préparé des haltes pour les promeneurs ; tout est à leur usage, depuis le modeste débit de consolation logé entre quatre planches, jusqu'aux imposantes brasseries anglaise, lyonnaise, strasbourgeoise, flamande, débordant sur la contre-allée de toute la largeur de ses tables équivoques et de ses tabourets vacillants, depuis l'humble marchande de tisane tiède quoiqu'à la glace, de petits gâteaux à l'œuf pourri et de sucres d'orge lustrés de sa salive, jusqu'à l'estaminet si vain de ses billards et de ses queues à procédé ; depuis la gargotte du prolétaire, où la soupe se trempe à heure fixe, jusqu'au grand café, au grand restaurant, tout ici conspire en faveur de votre appétit, de votre soif, de votre gourmandise, de votre luxure même.

Barrière des Bassins ou des Réservoirs, barrière de Longchamp et de
Sainte-Marie.

CHAILLOT.

La barrière des Bassins et celle de Longchamp n'offrent
rien de remarquable en elles-mêmes, ni dans leur entou‑
rage. Sur la ligne qui s'étend de l'une à l'autre, se déve‑
loppe le long village de Chaillot, dont les maisons élégantes
sont groupées en amphithéâtre sur le penchant d'une col‑
line. Chaillot, c'est Paris, ou, plutôt, un des grands fau‑
bourgs de cette capitale. Nulle part il n'y eut autant de
couvents qu'en ce lieu, auquel se rattachent plusieurs sou‑
venirs historiques. C'est à Chaillot que fut établie, dans une
maison de plaisance des ducs de Bretagne, l'un des pre‑
miers couvents de l'ordre des Minimes, longtemps connu
sous le nom des *Bons-Hommes*, parce qu'à la cour de
Louis XI, on avait coutume d'appeler *François-de-
Paule*, leur fondateur, le *bon homme*. Chaillot posséda en

outre des Augustines, des Bénédictines, et, enfin, des religieuses de la Visitation, qui y furent attirées par Henriette de France, fille de Henri IV, veuve de Charles Ier. L'asile qui leur fut ouvert était une sorte de palais que Catherine de Médicis avait fait bâtir. La reine Henriette, Jacques II, sa femme et sa fille Marie, furent tous inhumés dans cette maison de la Visitation, qui eut plus tard un autre genre de célébrité ; car c'est là que la belle Lavallière voulut, une première fois, ensevelir son amour et le souvenir de ses faiblesses, vaine résolution à laquelle Colbert vint l'arracher de la part de son maître ; toutefois, Lavallière ne reparut à la cour que pour y renoncer quelque temps après. La *Sœur-Louise-de-la-Miséricorde* mourut au couvent des Carmélites, à Paris. L'illustre président Jeannin et l'historien Mézerai habitèrent Chaillot. C'est dans l'église de ce village que se lisait, sur le tombeau du maréchal de Rantzau, cette célèbre épitaphe :

Du corps du grand Rantzau tu n'as qu'une des parts,
L'autre moitié resta dans les plaines de Mars ;
Il dispersa partout ses membres et sa gloire.
Tout abattu qu'il fut, il demeura vainqueur,
Son sang fut en cent lieux le prix de sa victoire,
Et Mars ne lui laissa rien d'entier que le cœur.

Au-dessus de Chaillot sont les réservoirs qui fournissent de l'eau de Seine à un grand nombre de fontaines de Paris ; il sont alimentés par une pompe à feu du mécanisme le plus ingénieux.

On trouve à Chaillot une fabrique d'armes, un assez grand nombre de maisons de santé, des usines et une maison de refuge pour les vieillards des deux sexes, placée sous l'invocation de sainte Périne.

La barrière de Longchamp doit son nom à l'ancienne abbaye de Longchamp, dont elle était cependant assez éloignée, puisque cette abbaye, située au bord de la Seine, à peu de distance de Boulogne, était dans l'enceinte de la forêt.

La fondatrice de ce monastère, Isabelle de France, sœur de saint Louis, y avait amené des sœurs Minimes; ces religieuses furent un temps en si grand renom de piété, que de hauts personnages voulurent être enterrés dans l'église de leur couvent. Plusieurs rois vinrent y faire leurs dévotions; Philippe-le-Long y tomba dangereusement malade; mais l'abbé de Saint-Denis et ses religieux étant venus pieds nus et en procession, firent toucher au prince du bois de la vraie croix, une ferraille qu'ils nommaient le saint clou et un bras de saint Simon, la guérison suivit ces momeries, qui furent impuissantes pour empêcher une rechute mortelle.

Plusieurs princesses de France furent religieuses à Longchamp, qui, du moment où il reçut ces pénitentes de cour, marcha rapidement vers la ruine totale de la discipline et la dépravation des mœurs. Henri IV, pendant un séjour qu'il fit dans ce couvent, y devint amoureux d'une jeune religieuse nommée Catherine de Verdun, qu'il récompensa de ses faveurs par le don d'une riche abbaye : l'histoire rapporte que la chère sœur lui laissa un *souvenez-vous de moi*. Saint Vincent-de-Paule a tracé le tableau le plus naïf des désordres et des écarts scandaleux de ces pieuses vestales si mondaines. Plus tard, elles se donnèrent en spectacle, et il devint de mode dans la haute société parisienne d'aller les entendre les mercredi, jeudi et vendredi de la semaine sainte dans une sorte de concert spirituel, où, pendant les *ténèbres*, elles ravissaient par l'éclat et la pureté de leurs voix mélodieuses. L'archevêque interdit ces chants, alors l'église devint déserte, et les pélerinages à Longchamp ne furent plus que des promenades où, trois jours durant, s'étalaient toutes les élégances fastueuses de la ville et de la cour. A Longchamp s'affichaient les maîtresses des princes et des grands seigneurs; les nobles courtisanes s'y montraient dans toute la splendeur de leurs atours; les comédiennes entretenues et les princesses venaient y donner le ton pour la magnificence des toilettes, la richesse et la nouveauté des carrosses, le choix et la beauté des attelages. La promenade de Longchamp était, sous la monarchie, la grande revue des modes et des impures d'un temps de corruption. Après la chute du trône, on eut à Paris de moins frivoles préoccupations ; mais, sous le Consulat, se réveillèrent toutes les stupides vanités ; de riches et jolies parvenues, les femmes et les maîtresses des banquiers et des fournisseurs, les Laïs des chancelleries se prirent à singer les orgueilleuses folies de l'ancien régime. Sous l'Empire, Longchamp eut encore ses beaux jours, qui furent les derniers, car sous la Restauration, et, depuis, l'usage de s'enchevêtrer bêtement dans une interminable file de voitures pour faire parade de son opulence et non de ses charmes est presque entièrement tombé en désuétude.

La barrière de Sainte-Marie ne mérite pas notre attention. Inaccessible aux voitures du côté de la ville à cause de l'escarpement du terrain, elle s'ouvre sur le plateau où Napoléon avait projeté de construire le palais du roi de Rome. A Chaillot, pas plus qu'ailleurs, il n'y a disette de marchands de vin ; la barrière de Longchamp a l'avantage d'en posséder deux ou trois assez connus des buveurs qui se proposent de lever le coude à tête reposée. C'est à la barrière de Longchamps qu'était établi le père Sylvain, admirable cabaretier qui s'était fait un parti considérable parmi les ivrognes ; la nuit venue, il allumait sa lanterne, et partait à la recherche des endormis dans un fossé, sur une berge, sur la chaussée, dans une cuvette ; il fouillait dans tous les coins et recoins pour trouver quelques-uns de ces corps chavirés qui ont momentanément perdu leur âme. Ce Diogène, plus vrai que l'ancien, avait-il trouvé son homme, il le relevait, l'emportait auprès de son feu, si c'était en hiver, le couchait dans un bon lit, et lui ingurgitait quelques tasses de thé ; le lendemain, Sylvain arrivait au réveil de son malade : — Eh bien, l'ami, sur pied, il faut tuer le ver ; nous allons boire le vin blanc, c'est souverain ; quand on a mal dans les cheveux, ce qu'il y a de mieux, c'est de reprendre du poil de la bête. Quelle attention !

Papa Sylvain était non seulement un chien du Saint-Bernard pur sang, mais encore une délicieuse sœur de charité. On n'en fait plus comme cela.

Chaillot eut jadis ses matelottes et ses fritures; on voit encore à la porte de quelques cabarets, les plus rapprochés de la pompe à feu, sécher des troubles et des éperviers; sur d'autres, l'anguille et le barbillon en peinture figurent à côté des couronnes de pampres; mais tout cela, trompeuses apparences, images désolantes d'un passé qui ne reviendra plus.

Chaillot, autrefois lieu de plaisir et de dévotion, Chaillot, rival de la Râpée en fait de vineuses bombances, et du Mont-Valérien en fait d'attractions religieuses, est presque exclusivement aujourd'hui un centre de travail et d'industrie. C'est dans Chaillot qu'est le célèbre établissement de Derosne et Caille, où se fabriquent la plupart des locomotives qui font le service de nos chemins de fer. De là sont sorties les plus puissantes machines à vapeur pour la navigation et pour tous les autres usages. Il n'y a plus à Chaillot ni guinguettes, ni Minimes, ni Visitandines, il n'y a plus de couvent où un grand ministre, s'abaissant au rôle de proxénète, puisse venir, au nom de son grand roi, revendiquer une odalisque monarchique; mais il y a de magnifiques, d'immenses ateliers, il y a toute une colonie d'ouvriers sans pareils pour le labeur, pour l'intelligence, pour la moralité; ce sont ces ouvriers que les étrangers aiment à consulter, et s'ils sont curieux de voir quelque chose dans Chaillot, ce sont leurs œuvres destinées à changer la face du monde.

BARRIÈRES DE FRANKLIN ET DE PASSY.

PASSY. — AUTEUIL. — BOULOGNE.

En 1780, le célèbre Franklin, ambassadeur de la république naissante des Etats-Unis d'Amérique, habita Passy. Quand les barrières furent construites, celle qui conduit à ce village reçut le nom de ce grand homme pour perpétuer le souvenir du séjour qu'il y avait fait au milieu d'une colonie de beaux esprits de l'époque : madame Helvétius, l'abbé Morellet, Condorcet, étaient de sa société intime.

La barrière de Passy, qui termine la chaîne de barrières de la rive droite de la Seine, est située à l'extrémité du quai de Billy, un peu au-delà du pont d'Iéna. Cette barrière, l'une des plus fréquentées, est ornée de douze colonnes, de deux arcs, de quatre frontons et de deux statues gigantesques représentant la Bretagne et la Normandie. Les guinguettes, les cabarets, les restaurants sont dans le voisinage du quai, à proximité de la descente des voitures ; là se fait tout le mouvement, les dimanches et les lundis. Le gros bourg de Passy touche presque à la rivière par l'une de ses extrémités, tandis que, par l'autre, sa grande et belle rue conduit à l'entrée du bois de Boulogne. Passy est tout à la fois ville et campagne ; on y voit de magnifiques hôtels splendidement meublés et dont la plupart sont habités, hiver comme été, par leurs opulents propriétaires ; la population flottante de ce lieu est nombreuse, celle des résidents est de 6,704 individus, qui se regardent comme habitants de Paris, dont le centre n'est pas à plus de 6 kilomètres de leurs pénates.

En 1250, Passy, nommé *Paciacum*, n'était qu'un groupe de cabanes habitées par des paysans dont les successeurs obtinrent plus tard de Charles V la permission de clore leurs héritages de murs faits à chaux et à sable, et d'étrangler les lapins (*conils*) qui y feraient des dégâts. A partir de cette époque, le hameau devint un grand et superbe village qui eut d'abord sa chapelle, dédiée à Notre-Dame-de-Grâce, et, enfin, son église paroissiale bâtie et bénite en 1667. Déjà, neuf ans auparavant, on avait fait, à Passy, la découverte d'eaux thermales dont les propriétés, singulièrement exagérées, y attirèrent une foule d'étrangers ; les riches Parisiens accoururent aussi à ces prétendues sources de la santé. Passy avait déjà une église, il eut de charmantes demeures, d'agréables jardins, et, pour comble de distinction, un château placé en amphithéâtre sur le penchant de la colline qui domine la route de Versailles. La révolution respecta ce manoir ; mais, en 1815, il n'échappa pas à la dévastation de nos bons amis les ennemis, Prussiens et Anglais, qui, par deux fois, pillèrent et ravagèrent les maisons de ce malheureux village.

Les eaux minérales, aujourd'hui presque délaissées, coulent dans un vaste jardin dont les bosquets et les allées ombreuses offrent, en été, un refuge et de ravissantes promenades aux buveurs qui redoutent les ardeurs du soleil ; des terrasses, sous lesquelles sont pratiquées des galeries élégantes, leur offrent, en hiver, un abri contre les frimas. Ce séjour enchanté de l'hygiéniste naïade est la propriété de madame Delessert.

Passy tend à s'agrandir de jour en jour. L'air pur qu'on y respire et le voisinage du bois de Boulogne y attirent, durant la belle saison, une foule de citadins que leurs occupations empêchent de s'éloigner trop de Paris. Les littérateurs et les artistes eurent de tout temps un faible pour ce séjour. C'est à Passy que le vaudevilliste Brazier est mort en murmurant sa dernière chanson. Jules Janin y possède une maison de campagne. C'est le prince du feuilleton ; tel est son rang, ou, du moins, le titre qu'il s'est donné ; mais il n'est pas la seule altesse de céans, et il nous souvient qu'en un procès célèbre le toxicologue Orfila, l'un des plus anciens habitants de cette Chaussée-d'Antin de la banlieue, fut proclamé par le réquisitoire prince de la science, en dépit des topiques démonstrations du citoyen Raspail. Mais passons sur ces dignités de fantaisies, et hâtons-nous de dire que le docteur Orfila et sa Philomèle, la compagne de ce ci-devant doyen de Saint-Côme, ont longtemps fait les délices des oreilles les plus délicates. Il y a bien peu d'années la souplesse et l'éclat de leurs larynx étaient encore admirés dans des soirées musicales, où ils recevaient tout le monde dilettante de Paris. Le docteur Bourgery, l'un des plus célèbres anatomistes de l'Europe, habitait Passy. C'est là qu'en 1849 le choléra l'a foudroyé au milieu des immenses travaux qu'il avait entrepris. Une autre illustration entre les hôtes de Passy, c'est Béranger, le philosophe, le grand poète, le grand citoyen, le sage qui s'offre à la postérité avec une triple auréole de gloire. Ah ! pourquoi sa muse, dont les chants consolèrent la France, est-elle aujourd'hui silencieuse ? Aurait-elle aussi perdu tout espoir ?

On compte à Passy plusieurs maisons de santé ; celle du docteur Blanche est spécialement destinée aux maladies mentales ; dans une autre, l'institution orthopédique du docteur Tavernier, la science s'applique à corriger les difformités corporelles. L'un des établissements industriels les plus remarquables de cette localité est la raffinerie Delessert, dont les sucres sont particulièrement estimés pour leur pureté, leur blancheur et leur cristallisation. Placé entre les Champs-Elysées et le bois de Boulogne, Passy se trouve au centre de tous les plaisirs ; de tous côtés des bals, des cafés, des restaurants généralement bien tenus; car, aux jours de fêtes, ce n'est pas la population la moins heureuse, la moins vivante, la moins florissante de Paris qui se dirige de ce côté; les visiteurs sont difficiles, et, dans la semaine, les résidents doivent à l'habitude de l'aisance de l'être encore davantage.

Nous ne quitterons pas Passy sans dire un mot d'un de ses plus près voisins, le ci-devant château de La Muette. Que reste-t-il aujourd'hui de cette habitation princière? Deux gros pavillons et quelques parcelles de l'immense jardin qui s'était accru aux dépens du bois de Boulogne. Charles IX, Marguerite de Valois et Louis XIII, dauphin, furent successivement les propriétaires de cette espèce de rendez-vous de chasse, qui devint tout autre chose lorsqu'en 1716, la duchesse de Berry, fille du régent, en eut fait l'acquisition : on sait quelles étaient les mœurs de cette princesse. A sa mort, le château de La Muette, définitivement réuni au domaine royal, fut rehaussé d'un étage et considérablement agrandi. C'est à La Muette, que Marie-Antoinette attendit que le sacrement de l'église l'autorisât à partager la couche de son futur époux. Louis XVI y passa les premiers mois qui suivirent son avénement au trône. C'est dans les jardins de La Muette que, le 14 juillet 1790, 25,000 citoyens venus de toutes les villes de France achevèrent de célébrer la fête de la Fédération dans un banquet offert par la commune de Paris. Il y a quelques années, La Muette appartenait au célèbre facteur de pianos Erard; plus tard, le docteur Guérin y fonda une institution orthopédique que la nouveauté et la hardiesse de ses procédés opératoires n'ont pu préserver d'un notable insuccès. L'enseigne elle-même a disparu. Sur le prolongement de la colline dont Passy couvre une partie, et toujours au bord de la Seine, existe Auteuil, joli village dont le nom rappelle à l'esprit la plupart des illustrations littéraires du grand siècle. Dès 1160, Auteuil était connu sous le nom d'*Altulium*, d'*Altolium* ou d'*Autolium*. Ses vignes étaient alors

si renommées, que les chanoines de Sainte-Geneviève, qui
en possédaient plusieurs arpents, vendaient à des évêques
le vin de ce vignoble. Sur le même coteau, les chanoines
de Notre-Dame de Paris avaient également des vignes dont
ils abandonnaient le revenu à leur église, pour qu'après
leur mort, au jour anniversaire de la naissance de chacun
d'eux, il fût fait par les survivants un repas à quatre services *ad stationem quatuor ferculorum.*

En ce temps le cru d'Auteuil, comme celui de Bagneux,
comme celui de Suresne, de nos jours si horriblement dé-
crié, jouissait de toute la célébrité qui est échue dans le
monde gourmet aux exquises provenances des clos Vou-
geos, Romanet, Chambertin, etc. Nous ne comprenons plus
ni les goûts, ni les croyances, ni les prédilections, ni les
vénérations de nos pères, et moins encore celles de nos
aïeux : ce qui les charmait, nous le méprisons ; nous ne
sentons plus comme eux, et ce qui leur était doux, nous
est âpre et amer, parce que nous vivons à une époque de
sucre, où toutes les délicatesses sont en progrès. Ceci est
l'explication philosophique. Quelque vieux vigneron d'Auteuil, si par cas fortuit il s'y trouve encore des vignerons,
vous dirait : Si nous ne remplissons plus nos fûts que d'une
boisson à faire danser les chèvres, la faute en est aux amateurs de la quantité. Ce bon petit pinaut, si juteux, si co-
loré, si rond, si fleuri, que Bacchus, en veine de généro-
sité, détacha de sa couronne de pampre pour en doter la
Bourgogne, pourquoi l'avoir frappé d'ostracisme ? pourquoi
lui avoir substitué l'aquatique gros plant dont les rameaux
portent un fruit qui ne mûrit jamais, une forme de raisin
géant, une grappe hydropique et infiltrée des sucs infects
de la gadoue parisienne? Et voilà comme quoi l'alcool s'est
évaporé de ce liquide jadis si chaleureux.

Auteuil est un charmant village, blanc, rose, vert, nankin,
proprement et fraîchement habillé; ses maisons sont régu-
lières, élégantes, parées en tout temps; mais à peine le
printemps s'annonce-t-il, qu'elles font plus que jamais éta-

lage de tous leurs agréments. Les persiennes, les portes à claire-voie, les bancs de gazon, les berceaux de chèvre-feuille, tout prend un air de jeunesse ou plutôt de renaissance, tout s'apprête dans un but de séduction. La plupart de ces habitations si coquettes sont de vraies syrènes, qui, l'écriteau pendant, demandent des locataires pour le maître si soigneux de leur toilette. On vous dira qu'Auteuil a 3,667 habitants ; telle est sa population dès qu'a lui le soleil des beaux jours ; mais l'hiver elle ne se compose que des loueurs de tous ces logis qu'on a faits si proprets, si neufs de tentures et de toute espèce de décors. Ces vendeurs d'hospitalité dans un beau site à sept kilomètres de la capitale, n'ont pas d'autre revenu ; aussi, pour ne pas trop le restreindre, se confinent-ils dans le coin le plus étroit, le moins voyant et souvent le plus obscur et le plus humide de la bonbonnière qu'ils mettent à la disposition des émigrants parisiens.

Auteuil devient une vraie solitude du moment que la première gelée d'automne a courbé les dalhias sur leurs tiges; on se soucie peu d'assister à la floraison des crysanthèmes et moins encore à celle de la rose de Noël (ellébore), mais viennent à se montrer les bouquets si variés de la primevère, les papillons si odorants de la giroflée, les gentilles paquerettes et les jets si parfumés et si tendres de la jacinthe hollandaise, le village sort tout à coup de sa léthargie, de toutes parts accourent pour le peupler une élite de fashion et de loisir, des existences fortunées ou en réalité, ou seulement en apparence. Ce sont des familles anglaises, des notaires émérites, d'anciens avoués, des banquiers, des agents de change qui ont répudié le souci des affaires ; tout ce monde doré revient avec son cortége obligé de cuisiniers, de palefreniers, de cochers, de valets et de femmes de chambre. Le flafla, le mouvement, l'embarras est le partage des demeures qui ont écurie et remise. Mais à côté il y a les plus modestes appartements, tout, quasi tout dans une chambrette unique, l'alcove, le boudoir, le fourneau pour le pot-au-feu. C'est ici la villa de la modiste, de la grisette ou de la lorette, qui a pris ses vacances et désire les passer à proximité du bal d'Auteuil; le commis, son amant (ce doit être un commis), viendra la voir tous les dimanches; souvent elle est là aux frais de quelque déserteur de l'hyménée à qui pèse le lien conjugal, et la chance d'être à son tour fructueusement infidèle pendant six jours de la semaine avec quelque milord de n'importe quelle contrée de l'Europe, lui fait prendre en patience tout le temps qu'elle peut consacrer à la promenade. On a vu des rois épouser des bergères : dans trois mois de séjour à Auteuil, que d'heures durant lesquelles, à chaque minute, peut se présenter pour la beauté qui se jette à l'aventure l'occasion de passer princesse, duchesse, comtesse ou marquise !

La maison de Boileau existe encore à Auteuil ; vous la trouverez dans la grande rue à gauche, après l'église, sur la route de Saint-Cloud. Au temps de Louis XIV, elle fut le rendez-vous de tous les beaux esprits dont les œuvres furent la véritable gloire de ce siècle. Molière, Racine, Lafontaine, Chapelle, Baron et le chancelier d'Aguesseau aimaient à s'égarer sous les ombrages de ce lieu aujourd'hui si riche en souvenirs.

Là vécut aussi la célèbre madame Helvétius, qui, pour rester fidèle à la mémoire de son mari, refusa la main de Turgot et de Franklin, l'un des plus assidus et des plus fervents parmi cette élite d'hommes distingués par l'éminence du talent et du caractère qu'elle avait groupés autour de sa vieillesse. Franklin avait une grande dévotion à *Notre-Dame-d'Auteuil* : c'était le titre qu'il donnait à cette femme d'une candeur charmante, d'une bienfaisance incomparable.

Auteuil, dès que les bois ont repris leur feuillage, est un endroit des plus vivants : le soir, sur cent pianos dispersés dans tous les salons de l'opulence s'exécutent les quadrilles les plus nouveaux et les plus bruyants ; ici l'on chante un ravissant duo ; ailleurs un orchestre venu de Paris, précipite

danseurs et danseuses dans les vitesses du galop le plus entraî-
nant, et déjà s'échappent des chandelles romaines, ces étoiles
de couleur émeraudes et rubis qui vont dire au ciel qu'ici
la terre est en fête. Et puis là ou ailleurs, retentissent les
bouchons qui sautent, électrisant feu de file des nocturnes
allégresses, et tout à côté, sur un tapis vert splendidement
illuminé, les chocs secs et réitérés de globes d'ivoire qui se
rencontrent. La kermesse d'Auteuil a lieu le 15 août et le
dimanche suivant. Ce sont deux jours de perdus pour les
dédaigneux que troublent les plaisirs de la foule endimanchée. Alors ils s'éclipsent dans leurs équipages, ou ils se
calfeutrent dans les profondeurs de leurs jardins à l'abri de
la poussière et du bruit.

Auteuil a plusieurs maisons de santé, un établissement
hydrothérapique, de nombreux pensionnats de demoiselles
et de garçons. La maison Saint-Daniel et le pensionnat de
Vervorst, où chaque élève ne paie pas moins de 2,000 fr.
pour recevoir une éducation religieuse, sont des institutions
hypercatholiques. Voilà pour ce qui concerne l'instruction;
mais parlons un peu de la vie des saints : vous trouverez à
Auteuil d'excellents restaurateurs ; nous en citerons un,
Contesenne, à qui, si vous n'êtes pas son frère, vous pourrez
dire *raca* sans qu'il s'en offusque.

Billancourt et le *Point-du-Jour*, deux lieux de ressources pour des promeneurs à jeun, sont des dépendances
d'Auteuil.

Nous voici à Boulogne, la patrie des blanchisseuses et
blanchisseurs de linge pour les petites et grandes maisons ;
sur les 6,906 habitants dont se compose sa population, on
ne compte pas moins de 400 propriétaires de buanderie,
ayant chacun leurs étendages, leurs lavandiers et lavan-
dières, repasseurs et repasseuses et souvent leur charretier
en titre. Que de *chiens* doivent s'user là à user ce qui s'use
toujours trop vite ! que de savon, que de potasse, que de
combustibles il doit s'employer, que d'eau de javelle doit se
consommer. Aussi le Boulonais a-t-il sous sa main tout ce

qui est à l'usage de son industrie : la fabrique des produits chimiques de Carette n'est pas là moins bien placée que la Seine qui coule si près du village comme un immense lavoir sans cesse épuré. Nous ne disons rien de la *mer de Boulogne*, cette immense marre jadis grosse en tout temps de miasmes épidémiques, et dont le voisinage a peut-être valu à la localité le nom de *Boulogne-la-Petite*, par hyperbolique comparaison avec cette autre Boulogne qui est située au bord de la Manche.

Suivant une tradition, dépourvue de toute vraisemblance, ce village, appelé *Menus-les-Saint-Cloud* aurait été débaptisé en 1319 ; or voici quelle aurait été l'occasion de ce changement : Quelques habitants de Paris ou des environs étant allés en pèlerinage à Boulogne-sur-Mer, obtinrent à leur retour de Philippe-le-Long la permission de construire une église dans le village des Menus et d'y établir une confrérie. Cette église, bâtie sur le modèle de Boulogne-sur-Mer, aurait pris le nom de Notre-Dame-de-Boulogne-sur-Seine, ou Boulogne-la-Petite, nom qui fit oublier peu à peu celui des Menus. Pour que cette version fût vraie, il aurait fallu d'abord que Boulogne fût un lieu de pèlerinage, ce qui n'était pas et n'a jamais été ; ensuite que les deux églises eussent entre elles quelque ressemblance, et elles n'en ont aucune.

Boulogne est agréablement situé entre le bois qui porte son nom et la Seine qui le sépare de Saint-Cloud. Ses habitants jouissent en général d'une grande aisance ; il y a parmi eux peu de gens de loisir, et le bourgeois inoccupé ne s'y croirait pas dans un lieu de plaisance. Aussi Boulogne a-t-il peu de visiteurs et moins encore de localaires venus là pour se procurer le bonheur d'un séjour à la campagne. Les Boulonais s'amusent entre eux et sont assez exclusifs ; au reste, ils ont des mœurs à part, et des citadins seraient peu disposés à s'accommoder de leurs façons d'être ou de faire, toujours un peu rustiques, mais de ce rustique qui s'est gâté au contact des énormités de la grande ville. La fête patronale de Boulogne est le premier et deuxième dimanche de juillet. Tous les autres dimanches, hiver comme été, on y danse, et le bal de Boulogne est un de ceux auxquels les plus crânes d'entre les beaux fils de la banlieue donnent la préférence : il y a là des demoiselles si découplées ! Qui n'a pas vu Boulogne à la mi-carême n'a rien vu ; à ce jour se solennise la fête des blanchisseuses, dont la reine, au milieu d'un nombreux cortége tout resplendissant d'atours, affiquels et joyaux, trône autant qu'il soit possible de trôner. Aujourd'hui peut-être la princesse n'est-elle plus qu'une présidente, que personne encore n'a proposé de remplacer par un comité de savonnage public.

Sous les rois de la première race, l'espace entre Paris et Saint-Cloud était occupé par une forêt connue sous le nom de *Roveritum*, dont on fit plus tard Rouvre ou Rouvrai ; c'était dans ces futaies giboyeuses et presque primitives que retentissait le cor des chasses royales. Louis XI y avait une garenne, confiée à la garde d'Olivier-le-Daim, son barbier et favori.

A cette époque, la forêt de Rouvrai était trop souvent un refuge de brigands et d'assassins, et plusieurs siècles s'écoulèrent encore avant qu'on pût la traverser en pleine sécurité, même de jour. Il n'y a que bien peu d'années, *les papillons*, grandes voitures couvertes de toiles qui apportaient le linge à Boulogne ou le rapportaient à Paris, étaient fréquemment attaquées en hiver, et notamment en temps de brume : la route n'était pas sûre. Ce trajet de deux petites lieues (9 kilomètres) était toujours plus ou moins périlleux, et l'on n'était sauvé ni en rentrant dans Boulogne, ni en abordant les Champs-Elysées, où le coucher du soleil était l'aurore des voleurs et des assassins. Pour que tout cela devînt de la vieille histoire, il n'a pas fallu plus de trente années, tant dans le siècle où nous sommes la civilisation marche vite. Depuis que les Macaires ont remplacé les Mandrins et les Cartouches, les voleurs ne sont plus dans les bois. Donc, en ce qui reste de la forêt de Rouvrai, aujourd'hui bois de Boulogne, vous pouvez à toute heure de jour ou de nuit parcourir les allées ou pénétrer dans les fourrés; ce n'est que très-exceptionnellement et comme pour vous ménager une surprise que sortirait de là une de ces apparitions patibulaires devant lesquelles on n'a qu'à s'exécuter de bonne grâce, si l'on ne veut subir la lugubre alternative de la sommation.

En 1814, les Russes et les Prussiens avaient horriblement dévasté le bois de Boulogne; après le désastre de Waterloo, ce fut autour des troupes anglaises et écossaises d'achever sa destruction. Il a fallu longtemps pour effacer les traces de ces ravages, le feu y avait passé. Enfin le Parisien avaient vu tout doucement renaître de ses cendres sa promenade favorite, lorsqu'il eut la douleur de la voir une troisième fois disparaître, du moins en partie, pour livrer passage aux fortifications. On lui rognait ses plaisirs pour l'abriter sous cette épaisse cuirasse qu'on appelle l'enceinte continue; il s'en dépita, car il eût mieux aimé la verdure et l'abri de ces taillis que la cognée n'épargnait guère. Enfin, cette œuvre faite, le sacrifice est accompli, on ne coupera plus rien, et on peut encore jouir du bonheur *d'aller au bois*, c'est la locution consacrée; et savez-vous que le bois, y compris l'endroit et l'envers de la feuillée, ne laisse pas d'avoir encore bien des charmes. Là, du moins, on peut aller et venir en toute liberté, ce qui est interdit et souvent impossible dans tous les jardins publics de Paris; rien n'empêche que vous n'ôtiez votre habit, que vous ne soyez coiffé du chapeau de paille, que vous ne jetiez au vent la fumée de votre pipe ou de votre cigare : les houras de l'allégresse ne sont proscrits par aucune consigne; il dépend de vous de lancer votre cheval à fond de train, de lui mettre la bride sur le cou, de vous mêler à la foule ou d'errer solitairement dans d'obscures allées. Ici la nature recommence : les enivrantes senteurs de la feuille qui bourgeonne et de la fleur qui s'épanouit vous délectent les circonvolutions de l'encéphale, et s'il vous plaît d'offrir un de ces bouquets qu'on oublie, mais dont on se rappelle toujours l'intention ; si vous voulez couronner la rosière de votre cœur, mariez dans la même guirlande la céleste campanule à l'églantine, à la blanche marguerite, qui sera aussi l'oracle de vos amours. Silence, et vous entendrez l'oiseau chanter sur la branche, et la cigale crier dans les touffes d'herbe. Entrez dans cette clairière ; là le gazon est bien du gazon, ce tapis chatoyant d'émeraude est bien de la vraie mousse ; s'il vous prend fantaisie de vous rouler sur ces nains soyeux de la végétation, personne n'y trouvera à redire, et si, dans les profondeurs d'un doux sommeil, vous venez à vous oublier, point de patrouille, point de gardien, qui d'un ton rogue s'avise de vous intimer l'ordre de sortir. Ici Morphée n'est pas un vagabond. Mais à Cupidon pris en flagrant délit de vider son carquois, pas de quartier : les argus de céans sont inexorables ; ils seraient moins féroces pour un chien sans laisse ni muselière ; les marauds savent que l'aréopage de la correctionnelle a décidé que les plus obscures broussailles du bois de Boulogne sont un lieu public.

Vous plairait-il de voir de belles femmes, des toilettes somptueuses, d'éblouissants équipages, des chevaux de race, des laquais dorés sur tranche, allez au bois de Boulogne par une belle journée de printemps, ou par une belle soirée d'automne, à ces heures privilégiées où, dans ses poétiques allées, tout est luxe, parfums et brillante jeunesse. C'est ici que s'empressent, pour voir et être vues, les plus fringantes existences de la fashion parisienne ; ce qui vit et resplendit, ce qui fait sensation dans les salons de la Chaussée-d'Antin, ce qui a fait l'admiration et reçu les hommages du noble faubourg ; les astres qui jettent le plus d'éclat sur toutes les scènes sont les divinités à la mode, les grands noms, les grandes fortunes, les grands scandales, les grandes aventures, les succès inouïs, les intrigants et les intrigantes prospères, les chevaliers d'industrie du jour, tous les escrocs de la haute, toutes les Aspasies et les Laïs en coupé aux glaces étincelantes, en cavalcades d'amazones avec les Alexandres d'un dandisme effréné, les Tartufes d'opulence, éphémères Crésus qui, trébucheront demain dans les abîmes de la misère, une foule de beaux qui ne savent pas être autre chose, des Céladons vétérans de cette sotte espèce, êtres reteints, empesés, compassés, musqués, qui ne croient pas avoir vieilli, et ne se trompent d'ordinaire que d'un demi-siècle; des coquettes surannées, passées, fanées, flétries, passions trop vives dans des enveloppes de parchemin fardé, âmes encore incandescentes sous la cendre vermillonnée qui les recouvre; celles-là n'ont renoncé à aucune de leurs prétentions; délaissées à jamais, ces Arianes, sans cesse déçues et trop séparées par l'océan des âges des générations qui fleurissent, voient leur Thésée dans tout jeune homme assez poli pour leur adresser un salut. Mais le Thésée passe, et c'est tout. Le barreau, la littérature, la politique, le théâtre, les arts, la finance, la diplomatie, toutes les vanités, toutes les ambitions, toutes les convoitises, toutes les vénales voluptés, toutes les séductions, toutes les perversités et tous les ridicules, tous les paons qui font la roue, toutes les lionnes les plus indomptables et les moins farouches, enfin toute la comédie de la vie parisienne de ce temps-ci, le principe des procès en séparation, *in principio erat verbum* et *verbum*, etc., ce n'étaient d'abord que propos et œillades sans conséquence, les criminelles conversations en herbe, la magnifique incubation des plus formidables faillites, les courses à la ruine et à l'infamie sur les plus rapides arabes, sur les plus glissants des briska, toutes les œuvres, toutes les pompes, toutes les conquêtes, tous les trophées de Satan viendront défiler devant vous.

Au milieu de ce mouvement, dans cet entrain, tout le monde se connaît, chacun sait par cœur soi, son voisin et sa voisine; aussi comme l'esprit s'y aiguise en épigrammes, comme les phrases y sont négligemment corrosives, incisives et à triple entente; la méchanceté est dans le mot et jusque dans le sourire; prêtez l'oreille, vous saurez l'âge précis de madame la marquise, le nom de son dernier amant et le nom de celui qu'elle va prendre ; vous recueillerez la chronique d'hier, celle d'aujourd'hui, celle de demain ; on y prédit les déconfitures de notaires, les disparitions d'agents de change, la chute des pièces, les ruptures conjugales et généralement toutes les catastrophes sociales ou privées; on se conte avec une indicible satisfaction du ton de voix le plus sonore, mais sous le sceau du secret, des mystères de boudoir, des révélations d'intérieur à faire frémir : c'est le renouvellement des nouvelles à la main du siècle dernier. On aborde avec une cordialité charmante qui l'on vient de déchirer à belles dents ; on prodigue les protestations les plus affectueuses à qui l'on prépare les déboires les plus amers. Oh! que de faussetés, que de mensonges, que de serments avec préméditation du parjure ont été livrés aux échos de ces bois! Mais pendant que s'agitent, se croisent, papillonnent, piaffent ou galoppent entassées, couchées, juchées sur toute sorte de remarquables véhicules, ces moucheronnées folâtres, pendant que tout ce monde se montre si content de vivre, derrière ces massifs de verdure auxquels il jette sa poussière, une horrible tragédie vient de s'accomplir. Un cadavre est gisant, et cent autres à des jours différents sont tombés à cette place ! Que de sang répandu sur ce terrain tout parsemé de fleurs! Tel a été le sort d'une fatale rencontre; feu le jugement de Dieu, le duel à mort, cette coutume des temps barbares a donné raison à l'offense. Le bois de Boulogne et celui de Vincennes ont recueilli l'odieux héritage du Pré-aux-Clercs. Heureusement que dans la plupart de ces conjonctures le discord n'a pas ce fatal dénoûment : souvent à peu de frais l'honneur se trouve satisfait, alors il ne s'agit plus que de satisfaire l'appétit : le *canard est plumé* et l'on déjeûne à la *porte Maillot*.

Vous savez quels glands pendaient aux chênes dont était entouré le château Duplessis, cette hideuse tanière du cruel Louis XI, ainsi désignait-il les cadavres des malheureux qu'il avait fait attacher haut et de court; plus d'un arbre du bois

de Boulogne eut à supporter semblable fardeau, mais alors
l'exécuteur et le patient s'étaient confondus. La tyrannie
de la misère avait poussé une de ses victimes à en finir avec
la vie. Ici les sons d'un orchestre vous mettent la joie au
cœur, et tout à coup vous êtes surpris par le bruit d'une
détonation. Hélas! c'est quelqu'infortuné, dégoûté des hommes et des choses, qui vient de se faire sauter la cervelle.
Vous en êtes ému, mais la musique ne s'est pas interrompue pour si peu, et l'on danse au Ranelagh avec l'entrain
le plus joyeux. C'est le jour du beau monde, c'est le jeudi.

La salle du Ranelagh, située dans le bois et près de Passy,
est comme une vieille tradition, fièrement enfumée et
obscure, mais il est reçu qu'au Ranelagh on s'amuse, on doit
s'amuser; aussi quelle gaieté, quelle pétulance, quelle exu-
bérance des juvéniles vitalités. C'est ici que se jette à corps
perdu la fleur des sans-souci, qui ne vivent que pour les
bonheurs les plus extravagants, les plus tumultueux, qui ne
voient pas au-delà du présent et dévorent en une seconde
tout avenir qui se fait attendre. Ce sont papillons qui se
brûlent à la bougie, plutôt que d'être un instant privés de
lumière. Aussi quel abandon, quelle joie, quelle verve, dans
ce tourbillon mouvant de jolies filles et de séduisants garçons, qui font assaut de mines et de poses gracieuses!

« Le Ranelagh, a dit quelque part un des plus spirituels
rédacteurs du *Charivari*, M. Albéric Second, est le rendez-
vous favori des lorettes les plus en vogue, des Madeleines
les plus courues et des impures les plus généralement demandées. La partie masculine se recrute parmi l'aristocratie
nobiliaire la plus noble, et l'aristocratie d'argent la plus
riche de ce temps-ci. C'est du fond du Ranelagh que
se sont élancées la plupart de ces inventions chorégraphi-
ques qui stupéfient Paris depuis douze ans. Un des titres
de gloire de cet établissement sans pareil, c'est d'avoir été
le berceau du *cancan*. Là, toutes les femmes sont jeunes,
jolies et coquettement attifées. Les plus anciens habitués ne

se souviennent pas d'y avoir jamais vu une seule vieille
femme. C'est à croire que les mères, les tantes et autres
grands parents sont déposés au vestiaire. En revanche, les
vieillards y abondent. Ils viennent là, comme leurs confrères
de la Bible, pour voir Suzanne se déshabiller ; ce qui arrive
parfois, mais seulement dans les coins. »

Six jours de la semaine le bois de Boulogne appartient
aux heureux du loisir, aux botanistes qui demandent un
herbier à la flore parisienne, aux entomologistes qui re-
cherchent l'insecte pour leur collection, aux amateurs du
champignon comestible. Dieu les préserve de la fausse
oronge ! Le septième jour, le dimanche est aux travailleurs,
aux marchands et même aux petits rentiers, inerte bourgeoisie qui, par imitation, essaie de se donner hebdoma-
dairement douze heures de congé. C'est plaisir de voir cette
population si variée de fortune, de mise, d'habitudes, fon-
dre sur les pelouses comme des nuées de sauterelles. Il faut
assister au bruyant déballé de ces tapissières dont la sur-
charge de papas, de mamans, de jeunes filles, de jeunes
garçons, de bambins et de bambines, a couvert d'écume le
pauvre cheval qui, tout haletant, les a traînés jusque-là. Le
cabriolet milord a remplacé la calèche armoriée, et telle
grosse mere largement pourvue d'embonpoint ne se carre
pas avec moins de fierté dans cette crasseuse cavité omnibus, que la duchesse qui étale languissamment ses grâces
sur des coussins soyeux. Elle aussi, la grosse mère, a son
escorte : à ses côtés, sérieusement, solennellement, les hommes chevauchent en tenue de pincette sur des montures que
l'admirable chevalier don Quichotte de la Manche leur
envierait. Ni trot ni galop à espérer de ces pauvres bêtes
louées moyennant quarante sous l'heure, c'est-à-dire deux
francs de plus qu'elles ne valent. On les galvanise à grand
renfort de coups de fouet, mais elles n'avancent ni ne re-
culent, et l'imprévu est un soubresaut qui désarçonne le
Franconi de contrebande, lui fait perdre la moitié de ses

étriers et regarder le ciel la tête en bas : vous êtes-vous
blessé ? est la question d'usage, celle qu'on lui adresse au
milieu des éclats de rire mal réprimés. Au contraire est la
réponse de rigueur; le cavalier est remis en selle, et cette
fois il sait qu'il vient d'enfourcher un coursier fougueux...
Autour de lui parade la grotesque *fantasia* des mammifères
de la poste aux ânes, vrais têtus, qui se laisseraient plutôt
arracher la queue que de rétrograder quand il le faut, que
de faire un pas en avant s'il leur plaît de rétrograder, et
s'il leur vient en l'esprit de se rouler, sans égard à la pudeur de la jeune et jolie fille, trop confiante en la débon-
naireté de leur allure, que de belles choses, selon les ha-
sards de la chute, auront été livrées aux regards indiscrets;
n'importe, les spectateurs n'auront rien vu. Ils le certifie-
ront, mais, en dépit de cette assurance, la victime aura de
la rougeur pour un mois.

On ne vit pas du grand air, heureusement on ne s'est
pas embarqué sans biscuit. On s'assied sur le gazon, les
cabas se vident de pâtés, de bouteilles, de charcuterie, le
même couteau sert à tout le monde, on se le passe; on n'a
qu'un verre, c'est l'abreuvoir omnibus, où au simple contact
des lèvres on apprend la pensée des uns, des autres, histoire du fluide escargotique; les habiles boivent au goulot.
Le festin terminé, on fait voler la vaisselle, c'est-à-dire les
papiers d'enveloppe; les bruyères, les mousses, les bois, les
gazons en sont partout souillés. Passe pour les feuilles sur
lesquelles on a mangé, mais çà et là trop de gens sèment
sous ces ombrages d'incongrus échantillons de leurs correspondances secrètes.

Le château de *Madrid* a été longtemps le plus bel ornement du bois de Boulogne. Construit sous François Ier et
pour son agrément, il reçut des courtisans le nom sous lequel il a été connu, parce que dans cette retraite, où il se
rendait fréquemment, le prince n'était pas moins caché à
leurs regards que durant sa captivité en Espagne. Ce royal

édifice était dans le goût de la renaissance, une parodie de l'architecture grecque, on l'appelait vulgairement *le château de faïence*, parce que toute l'ornementation extérieure consistait en émaux de la façon du célèbre Bernard de Palissy. C'est au château de Madrid que Henri II passa une partie de sa vie avec Diane de Poitiers, qui, à l'instigation du cardinal de Lorraine, dirigeait l'esprit de ce roi dans le sens de la persécution religieuse. Charles IX se plaisait également en ce lieu, où il recevait de la sienne pareilles inspirations. Henri III vint y chercher des distractions d'un autre genre; il y rassemblait des lions, des ours et d'autres bêtes féroces qu'il aimait à voir aux prises avec des taureaux. C'était sa barrière du Combat. Mais, une nuit, il rêva que ces animaux voulaient le dévorer; à son réveil il les fit tous tuer et les remplaça par des meutes de petits chiens.

Henri IV donna Madrid à la reine Marguerite; dès ce moment, ce château fut en quelque sorte abandonné; il s'en allait en ruine lorsque Louis XVI en ordonna la vente et la démolition. La jolie maison de plaisance connue sous le nom de *Madrid-Maurepas* s'est élevée sur l'emplacement qu'il occupait.

Le château de Madrid doit être un souvenir bien cher à tous les bonnetiers et maîtres chaussoniers de France et de Navarre, car, c'est dans ses appartements qu'en 1650, furent établis les premiers métiers à bas. Entre Madrid et Longchamp, tout près de la Seine, et dans une situation charmante, est le joli château que le comte d'Artois fit construire en 64 jours, et qui fut baptisé Folie d'Artois ou Bagatelle, avec cette inscription au-dessus de la porte : *parva, sed apta*, petite, mais commode.

Nous voici arrivés au terme de nos pérégrinations sur la rive droite du fleuve parisien ; nous allons maintenant parcourir d'autres contrées, visiter d'autres peuples, étudier d'autres mœurs et presque d'autres climats. Nous passons sur la rive gauche.

BARRIÈRES DE LA GARE ET D'IVRY.

La Salpétrière et le Marché aux Chevaux, — Austerlitz, — la Gare, —
Ivry, — les Deux-Moulins, — Vitry-aux-Arbres.

La barrière de la Gare était anciennement située à l'extrémité du quai d'Austerlitz, et presque à la porte du Jardin des Plantes. En 1818, le village d'Austerlitz ayant été compris dans la circonscription de la grande cité, la barrière de la Gare fut reculée au point où nous la voyons aujourd'hui. Deux petits pavillons, construits en 1832, décorent cette barrière, qui a reçu son nom d'une gare voisine, destinée à mettre les bateaux à l'abri des glaces et des débordements de la Seine. Cet utile bassin est resté inachevé.

Un pont suspendu relie la barrière de la Gare à celle de la Râpée ; et un poste de vigie, en permanence sur la rivière, garantit à l'octroi que, pour frustrer la perception, les fraudeurs ne mettront point à profit cette lacune du mur d'enceinte.

En deçà comme au-delà de la barrière de la Gare, il y a peu d'établissements consacrés aux plaisirs du public ; quelques restaurants dans le voisinage du Jardin des Plantes ; les grands salons de *l'Arc-en-Ciel*, où se tinrent aux beaux jours de la grande opposition libérale les plus notables banquets patriotiques ; un petit nombre de marchands de vins soi-disant traiteurs ; quelques cabarets équivoques à l'usage des couples d'occasion, amoureux improvisés en se livrant sentimentalement à l'étude de la nature sur le parapet de la fosse aux ours, ou bien encore en face du palais des singes ; des cafés et des estaminets borgnes tristement espacés sur un boulevart ordinairement solitaire, voilà tout ce qu'on peut remarquer aux approches de la barrière de la Gare avant de sortir de Paris. Tout cela ne vit que par la grâce de cette promenade unique dans le monde, où Parisiens et provinciaux peuvent, en quelques heures, se faire une idée de tout ce qui peuple, anime et pare chacune des cinq parties de ce globe sublunaire dont nous nous flattons d'être les plus sublimes habitants.

De l'autre côté du mur d'octroi est la nouvelle route qui mène à Charenton par la rive gauche de la Seine ; peu de promeneurs suivent cette direction, qui n'offre de stations que quelques rares taudis, décorés du bouchon traditionnel ou de l'écriteau charbonné sur la muraille. Pour se décider à y entrer, il faut éprouver plus que la soif du désert.

Mais revenons sur nos pas, et disons un mot de cet immense édifice que vous avez aperçu sur votre droite avant de franchir la barrière. Ceci est presque une ville, et par son étendue et par sa population ; une ville qui a son église, son marché, sa boucherie, son cimetière, où de bien humbles pierres, tristement ombragées, retracent de nobles dévouements et des existences terminées trop tôt, car elles furent consacrées au soulagement de l'humanité souffrante. Bien des cités en province n'ont pas l'importance de celle-ci, où le chauffage et les cuisines ne consomment pas moins de 3,018 stères de bois, sans compter le charbon, où le gaz répand sa lumière par plus de 600 becs. Ici les hommes forment une imperceptible minorité ; ils n'y sont admis que pour remplir les emplois ou pour exercer des fonctions qui exigent une force ou une science viriles. En un mot, tout l'ensemble de ces immenses bâtiments constitue ce qu'on appelle l'hospice de la vieillesse pour les femmes. Depuis le commencement du dix-septième siècle jusqu'en 1789, on nommait cet asile *l'Hôpital* et quelquefois la *Salpétrière*, parce que, sur l'emplacement qu'il occupe, il avait existé une fabrique de salpêtre. On voit encore dans le voisinage une poudrière dans laquelle les diverses insurrections depuis 1830 ont trouvé à s'approvisionner de munitions. *L'Hôpital général*, telle fut sa désignation primitive, avait eu, dans l'origine, une destination bien différente de celle à laquelle il est aujourd'hui affecté. En 1656, les pauvres et les mendiants qui erraient dans Paris, au nombre de 40,000, causèrent de vives alarmes aux habitants des faubourgs ; le président Pomponne de Bellièvre se fit l'organe des *effrayés* qui sollicitaient des mesures contre ces troupes de nécessiteux ; Louis XIV trouva plus commode de les enfermer que de les secourir ; c'est ainsi qu'on procède toujours sous la monarchie : il rendit un édit qui établissait un hôpital général dans les bâtiments de l'édifice connu jusqu'alors sous le nom de *Petit-Arsenal*. Ce n'était point là une institution de bienfaisance, mais bien un lieu de rigoureux emprisonnement pour tout malheureux qui, plutôt que de périr d'inanition dans un coin obscur, s'était enfin décidé à tendre la main. Dans ces temps de misères inouïes, que l'histoire mensongère n'a pas assez reprochés au monarque du grand siècle, ces sévérités provoquées contre l'indigence n'eurent qu'un résultat : on mendia moins, mais on vola et l'on assassina davantage ; juges et bourreaux eurent un surcroît considérable de besogne. Le remède au mal était encore à trouver ; on put s'en convaincre, mais on ne voulut pas le chercher. *L'Hôpital général* cessa d'être la Bastille

de la royale lettre de cachet lancée contre la truanderie
parisienne. Insensiblement il reçut d'importantes modifications ; bientôt on n'y enferma plus que des femmes de
mauvaise vie, qu'y envoyait un ordre du lieutenant général
de police, des criminelles condamnées à une peine infa-
mante et des aliénées. C'est à *l'Hôpital général* que fut
enfermée, en 1788, à la suite de la scandaleuse affaire du
collier, la comtesse de Valois de La Motte, fameuse intri-
gante sacrifiée pour sauver à la reine Marie Antoinette la
honte de l'aventure dans laquelle cette princesse lui avait
donné un rôle. Aujourd'hui la Salpêtrière est un asile
pour les femmes indigentes âgées de 70 ans. On y reçoit
aussi les épileptiques et les folles, auxquelles l'humanité de
l'administration épargne, par une sage défense, les inop-
portunes visites d'étrangers et de curieux toujours si pé
nibles et si humiliantes pour celles d'entre ces malheu-
reuses qui auraient momentanément recouvré quelque lu-
cidité d'esprit. 1849 a été une année bien fatale pour
toutes ces infortunées : la plupart tombèrent foudroyées
par le choléra, qui fit aussi d'affreux ravages parmi les
élèves médecins, dont le dévouement ne fit que grandir
avec le péril ; tous ces jeunes gens furent sublimes d'ab-
négation.

Depuis cette époque, la population caduque de la Salpétrière a presque entièrement été renouvelée ; par suite de
l'épidémie, toute la foule des postulantes qui soupirait après
les extinctions a pu enfin trouver à se caser dans ce refuge
ouvert à la décrépitude et à la démence. Il y a là bien d'amers
souvenirs, de cruels regrets d'une opulence éphémère, des
déchéances longuement déplorées, des infortunes immé-
ritées et restées sans consolation, des isolements et des
abandons affreux. Pauvres vieilles, combien furent adorées
en leur bon temps, combien fêtées en leurs jours prospères, combien reçurent avec orgueil les hommages les
plus galants, combien furent des reines de la mode dans
les salons les plus dorés, dans les équipages les plus bril-

lants ! Aujourd'hui les voilà humiliées et tristes sous la robe
de toile ou de bure, suivant la saison ; les voilà toutes dé-
charnées et souffreteuses, et, à chaque instant, rudement
torturées par le contraste d'un présent pitoyable et des mi-
rages d'un passé tout plein de bien-être et de splendeurs. Et
là encore sont des existences qui s'usèrent jusqu'au bout
dans de pénibles labeurs, qui s'épuisèrent pour nourrir,
pour élever leur famille, leurs enfants et leurs petits-en-
fants, qui se dépouillèrent pour eux : les ingrats, ils ont
délaissé l'aïeule, ils ont délaissé la mère; s'ils parlent
d'elle encore, c'est pour dire : « Elle n'est plus à notre
charge, nous en sommes débarrassés. » C'est elle qui, au
premier jour de l'an, se traîne jusqu'en leur foyer pour
porter des souhaits au lieu d'en recevoir : on l'avait
oubliée, on est même importuné de sa visite; on voudrait
que cette femme ne pût être vue de personne. Oh ! vanité
et mauvais cœurs ! Ah ! s'il vous prend fantaisie d'entrer à
la Salpétrière aux jours d'ouverture, les dimanches et
jeudis, de midi à quatre heures, ayez compassion des ca-
thares, des rhumes négligés, et des nez qui ne vivent que
de privation; emplissez vos poches de sucre d'orge, de
candi, de réglisse, de jujube, avec abondante adjonction de
petits cornets, où vous aurez fait mettre pour 10 centimes
de cette précieuse poudre de nicotiane pour laquelle tant
de priseurs ou de priseuses au désespoir feraient volontiers
des bassesses. Entrez, entrez, entrez, distribuez vos provisions, vous serez bien venu et béni.

A quelques pas seulement de la Salpétrière, s'étend l'embarcadère du chemin de fer de Paris à Orléans. Arrivants
ou partants trouveront dans son voisinage une rue toute
neuve où plusieurs établissements de marchands de vins-
traiteurs et de limonadiers leur offriront tout ce qui est
nécessaire pour la satisfaction des besoins de la vie.

Tout près, et en face de l'embarcadère, on aperçoit la
fameuse prison de la garde nationale, beaucoup plus connue
sous son nom populaire d'*Hôtel-des-Haricots*. Oh ! vous

qu'amène en ce lieu le municipal, heureux de vous coffrer, laissez à la porte l'espoir de vous gorger en bonne et plaisante compagnie, comme l'incivique biset d'autrefois. L'emprisonnement cellulaire, cette panacée murale, si cruellement exotique, est aussi à votre usage de par la bénigne philantropie d'une époque essentiellement bienfaisante. Vous serez seul, tout à fait seul, donnant audience à vos pensées si vous en avez, ou ronflant à tout rompre si la solitude dans un coffre de pierre vous pèse assez pour vous assoupir. Être dans ce tombeau, ne fût-ce que pendant 24 heures, et savoir sa femme dehors, quel supplice ! y rester trois jours durant, sans autre consolation que ce pacifique bonnet de coton qui symbolise si bien une bourgeoisie douce, mais par trop réfractaire ; y passer, sous l'aiguillon de la jalousie, trois jours fastidieux, trois nuits agitées et brûlantes, c'est vraiment à en mourir, c'est à ne plus oser sortir de ce sépulcre, c'est à redouter la résurrection. *La femme suivra son mari à l'Hôtel-des-Haricots,* nouveau code conjugal, article tant......

A l'extrémité des rues d'Austerlitz et de l'Hôpital général, s'ouvre la barrière d'Ivry, élevée, comme celle de la Gare, à l'époque où le village d'Austerlitz a été réuni à la ville de Paris. C'est par la barrière d'Ivry qu'il faut sortir pour se rendre au village de ce nom. Mais, avant de pénétrer dans la campagne, écartons-nous un peu sur la droite, et, sans quitter le boulevart de l'Hôpital, nous arriverons au marché aux chevaux. L'emplacement de ce marché, qui se tient deux fois par semaine, servait, il y a soixante ans, aux exercices des *chevaliers de l'arc ;* ils s'y rassemblaient pour tirer à l'oiseau, depuis le 1er mai jusqu'à la Toussaint. Ils avaient pour colonel un des grands seigneurs de la cour. Ils portaient un uniforme bleu-de-roi, avec parements et revers de velours cramoisi galonné d'or ; pour la saison d'été, ils avaient adopté la veste et la culotte blanches.

Les chevaliers ont cédé la place aux maquignons, gens de cheval fort peu chevaleresques. Si vous souhaitez voir tout ce qu'il y a de plus malingre, de plus défectueux, de plus décharné, de plus usé dans la race hippique, c'est ici qu'il vous faut venir ; c'est ici qu'on amène, après d'immenses frais de toilette et de frauduleux palliatifs de toutes sortes, pour dissimuler les défauts, les flamands les plus fourbus, les normands les plus poussifs, les limousins les plus éreintés, les percherons les plus épuisés, les anglais, les arabes, les espagnols les plus dégommés, les plus hors d'âge, les plus déshabitués de toute espèce de vitesse trop prolongée, les bretons, les picards, les ardennais, les poitevins les plus bouffis, les plus refaits, sous prétexte d'embonpoint, les plus cathareux, les plus quinteux, les plus mal embouchés, les plus rajeunis, les plus remaniés, les plus recousus, les plus orthopédisés de toutes manières.

Le marché aux chevaux est le champ des ruses ; ne pas les connaître toutes, ne pas être capable d'en inventer, c'est ne pas être maquignon. Un bon maquignon vaut trente Machiavel ; il a plus de politique dans sa gibecière que les hommes d'État les plus retors : avec toute sa vieille diplomatie, Talleyrand au marché aux chevaux n'eût été qu'un âne. Ce n'est pas mince besogne que d'imaginer sans cesse des réseaux d'astuces et de malices, dans lesquels l'acheteur le plus défiant se laisse entortiller ; en vain est-il en garde, il faut qu'à force de colles et de protocoles, ce qui est synonyme, il soit mis dedans comme frère Laurent. « L'art des maquignons, dit Garsault, n'est autre chose que d'acheter de mauvais chevaux à bon marché, de les refaire et de les vendre le plus cher possible. » Les moyens qu'ils emploient sont, par exemple, d'arracher les dents aux poulains, de les scier ou limer aux chevaux, de les contremarquer, de leur peindre les sourcils quand ils sont cillés, de leur faire des taches sur la robe pour qu'on ne reconnaisse pas ceux qui ont été volés, leur mettre de fausses queues, leur faire mâcher des drogues pour qu'ils salivent, faire disparaître les molettes, les crevasses, les salières, voilà pour une faible partie des procédés matériels ; mais la fourbe est en possession d'une foule d'autres moyens : les vendeurs ont leurs compères, qui font cercle autour du marchandeur, qui l'étourdissent de mille propos, tous plus faux les uns que les autres, s'unissent entre eux pour mieux l'induire en erreur, et se donnent l'air de vouloir marcher sur ses brisées. En attendant, les chevaux, au moindre mouvement du maquignon, sont tout en l'air, tant ils redoutent les répétitions des salades de coups de fouet qu'il leur a prodiguées, soit à l'écurie, soit ailleurs. Et l'on dit : — Voilà des bêtes qui ont du feu ! — et ce n'est, hélas ! que l'effet de l'intimidation.

Tout, dans cette forêt de Bondi, a été calculé pour faire illusion : voyez ce cheval qu'on montre en main ; vous vous étonnez de la longueur des branches du mors avec lequel il est bridé, c'est afin de lui tenir haute sa tête de plomb qu'il porte horriblement mal. Voici d'autres chevaux que l'on monte ; vous croyez pouvoir à leur allure juger de leurs mérites ou de leurs démérites ; désabusez-vous, tout a été prévu de façon à vous fasciner. Ces bucéphales partent-ils au galop, pour vous dissimuler la faiblesse des reins et des jambes, on les fera s'agiter, on leur imprimera des mouvements capables de vous éblouir. Méfiez-vous du cheval qui se remue sans cesse, dont la fibre est toujours frémissante sous la peau ; dites-vous que c'est là une fièvre de terreur ; ce qui agit, c'est le souvenir du fouet, du fouet, véritable talisman à l'aide duquel les paresseux se réveillent, les boîteux se redressent, et l'ardeur arrive à tous ; au gingembre est réservé l'accomplissement des autres miracles.

Ce n'est point au marché aux chevaux que sont amenés ceux d'entre ces animaux qui ont de la race ; vous n'y verrez ni les Vénus ni les Apollons de l'espèce chevaline, ils n'y paraissent jamais, à moins qu'ils ne soient dépréciés d'avance par le nombre des années ou par quelque tare de premier ordre, telle qu'un rossignol dans le cornet, soupirail ouvert à des poumons dont le jeu n'est plus libre. Au plus grand nombre de ces piliers dont la forêt se dresse en amphithéâtre de droite et de gauche, vous n'apercevez que des déchéances, des infirmités, des décrépitudes, des ci-devant splendeurs d'équipages, envoyées aux misères laborieuses du fiacre, du cabriolet, de la carriole, ou du tombereau de la marchande de quatre-saisons; çà et là sont encore quelques bidets, bien courts, bien ramassés, marchant l'amble et délicieux pour courir les foires; puis, quelques individualités amphibies, bêtes de somme et de trait, enviées par tous les médecins de village qui ont une carcasse de carrosse, une paire d'éperons ou des visites à percevoir en nature. Les limoniers, aux formes herculéennes, et tous ceux qui sont destinés aux charrois, font bande à part dans le marché; c'est dans le coin réservé à cette catégorie que retentissent les hennissements les plus formidables. Tout près est le plan incliné et la charrette enrayée qui sert de dynamomètre pour la puissance de traction; ici on frappe de la courroie et du manche, on frappe sur la tête, on frappe partout, et la loi sur les mauvais traitements envers les animaux est violée à chaque instant. C'est à faire saigner les cœurs les plus durs.

Mais qu'attendent donc ces squelettes si mornes, si tristes, ces pauvres créatures au regard si mélancolique et si bienveillant à la fois, ces êtres amaigris, étiolés, vacillant sur leurs jambes et dont les os percent la peau? Ce qu'ils attendent? c'est l'équarrisseur, qui offre le plus haut prix de leur dépouille et les conduise à l'abattoir. Aujourd'hui c'est leur dernier jour, et une économie barbare leur a refusé le foin et l'avoine : on n'a pas besoin d'être nourri pour mourir; aussi, voyez comme, en se tournant de côté, ils implorent votre pitié, et, ce qui doit vous plaire, on a vu des âmes se laisser toucher par ces tendres et muettes supplications. Nous aimons à le dire, plus d'un de ces agonisants a dû à de petits soins bien intelligents, à une alimentation convenable, de recouvrer la force et la santé.

Du côté du boulevart, et presque en dehors du marché, se tiennent ânes, ânons et ânesses au service des fruitières qui ne se soucient pas de porter la hotte, des porteurs d'eau dont le tonneau ne jauge pas au-delà du double hectolitre, des phthisiques qui attendent leur guérison de quelques tasses de lait. Et, à propos de lait, n'oublions pas de mentionner qu'au marché aux chevaux il se fait une exhibition de pis des plus exubérants ; les chèvres les plus douces y sont mises en vente ; ce sont d'excellentes nourrices sur lieu, que l'opulence dédaigne, mais qui du moins ont l'avantage sur celles qui vont étaler leur fraîcheur sous les allées des Tuileries, de n'avoir aucune tentation capable de tarir la source ou d'altérer la pureté du breuvage offert au nourrisson.

Tous les dimanches le marché aux chevaux se transforme et devient le marché aux chiens, alimenté de fondation par le contingent des vagabonds de la race canine, que la police a mis en fourrière rue Guénégaud. Au bout des huit jours de rigueur, le sort de ces animaux est irrévocablement fixé. Ceux qui ne trouvent point d'acquéreurs sont assommés le lendemain et utilisés en produits industriels, depuis le bas lacé jusqu'au noir animal. De combien de scènes déchirantes ou comiques le marché aux chiens n'a-t-il pas été le théâtre ! La douairière qui vient, le cœur battant et les larmes aux yeux, reconnaître son Azor fugitif, s'emporte en gémissements immodérés ou éclate en joyeux transports de tendresse, suivant qu'Azor est retrouvé ou devenu introuvable. Notez bien que presque tous ces chéris sont des roquets chassieux, hargneux et dont la queue, toujours basse, est une vivante attestation d'une trop grande liberté de ventre.

Le trafic des chiens se fait surtout par des individus qui ont perfectionné l'art de les capturer ; d'autres qui spéculent sur les mères pleines, accourent avec des cages et des paniers pleins de caniches, intéressante famille, épucée, lavée, savonnée le jour même et constamment séduisante de blancheur. Les mâtins, et quelques bâtards de Terre-Neuve, parmi lesquels on vient chercher les cerbères de cour, sont, depuis la proscription du boule-dogue, la grande espèce de céans. Quant aux pur-sang, spécialité, plume ou poil, épagneuls soyeux, beaux-courants, lévriers sveltes, tous ces aristocrates de la meute, ces hauts bourgeois de la laisse, ne fraient guère avec les prolétaires de la niche ou du carcan de fer; ce n'est que très-exceptionnellement qu'ils se commettent en si mauvaise compagnie : ce n'est pas pour eux qu'est faite la foire aux mâtins.

Nous avons parlé des quadrupèdes, que dirons-nous de ceux qui les vendent? Les jours où les chevaux sont exposés, les nombreux cabarets placés aux deux extrémités du marché ne désemplissent pas; c'est le verre en main que se cimententles achats, au milieu d'un personnel de voyous fort suspects, qui ont plus ou moins participé comme complices de l'attrapeur, comme conseilleurs de l'attrapé, le tout pour avoir un coup à boire et une pièce blanche à empocher comme prix des fausses confidences, qu'ils vous ont faites pour vous embarquer dans une mauvaise affaire avec le prestidigitateur dont ils sont les affidés. Ce sont ces derniers qui se sont chargés de produire toutes les diversions dont il avait besoin pour l'escamotage des vices de conformation. La plupart de ces engueuseurs, monteurs de coups, mauvaises pratiques s'il en fut, sont des chenapans que le bagne n'a pas corrigés ; plusieurs sont des enfants d'Israël, faits à toutes les tricheries avec les uns ou les autres. Ne comptez pas sur la garantie des cas redhibitoires; ne cherchez pas le vendeur, vous ne le retrouverez plus, ou si vous le retrouvez, il ne vous reconnaîtra pas. Toute réclamation qu'on lui adresse ne peut aboutir qu'à une de ces querelles qui se vident à coups de poing. Demandez plutôt au commissaire de police du marché , il n'est dans Paris aucun autre magistrat de sûreté dont l'intervention soit plus souvent réclamée.

A peu de distance du marché aux chevaux, est Clamart, ancien cimetière de l'Hôtel-Dieu. Le célèbre anatomiste et médecin Xavier Bichat y fut inhumé; pendant un quart de siècle, il n'eut pas même une pierre sur sa tombe; depuis il a été transféré en grande pompe au père Lachaise, où on lui a érigé un monument : ses secondes funérailles ont été un apothéose. Dans la même enceinte, on montre encore la place où a été enfoui, après son suicide, le cadavre du traître Pichegru; la conquête de la Hollande l'aurait immortalisé; pour avoir voulu jouer le rôle de Monck, il voua sa mémoire à l'infamie. Clamart a été un lieu de sépulture pour les suppliciés et un amphithéâtre de dissection avant qu'on y eut destiné un terrain à part dans le cimetière du Mont-Parnasse; aussitôt après la sanglante exécution, une charrette emporte le fatal panier dans lequel ont été jetés la tête et le corps du condamné : ces restes doivent être confiés à cette terre doublement funèbre où jamais ne retentiront les prières des morts, où aucune main pieuse ne viendra jeter quelques fleurs. La fosse est creusée, on y descend le cadavre, mais sans le recouvrir, afin qu'il reste ainsi à la disposition des élèves en médecine, à moins que la famille du patient ne le réclame pour l'inhumer à ses frais.

La barrière d'Ivry est fort rapprochée d'une sortie supplémentaire à laquelle on a donné le nom de barrière des Deux-Moulins, parce qu'elle a été établie à proximité de deux moulins à vent. C'est par la barrière d'Ivry et par sa succursale qu'on se rend à Ivry, grande commune, à peine distante de 8 kilomètres du mur d'enceinte. Sa population est de 6,886 habitants disséminés, dans un archipel de villages ou hameaux groupés sous les désignations suivantes : le grand Ivry, le petit Ivry ou Saint-Frambon, la Gare, les Deux-Moulins et la portion d'Austerlitz qui n'a pas été conquise par l'octroi de Paris. Chacune de ces localités a sa physionomie particulière et sa fête patronale distincte de celle de ses voisins : la fête du grand Ivry est fixée au 1er dimanche de mai; celle du petit Ivry, au 1er dimanche de juillet; celle de la Gare, avec joûte sur l'eau, au 1er dimanche d'août; enfin celle des Deux-Moulins, le troisième dimanche de juin. La Gare, Austerlitz et les Deux-Moulins offrent un nombre considérable de guinguettes, où affluent, les dimanches et les lundis, beaucoup d'hommes de rivière, débardeurs, déchireurs de bateaux, et toute la fourmilière si mélangée des industriels du faubourg Saint-Marceau. Austerlitz et les Deux-Moulins sont depuis longtemps le refuge d'une foule d'établissements insalubres ; aussi n'est-il pas très-plaisant de se trouver sous le vent de ces foyers d'émanations plus ou moins infectes. A Austerlitz comme aux Deux-Moulins, il y a une multitude de ces existences précaires, de ces ménages incongrus, de ces métiers inavoués qui n'oseraient se loger ailleurs. Les Deux-Moulins sont la campagne du chiffonnier, du ravageur, de l'écorcheur, de l'équarrisseur ; là on boit en plein vent, et la cuisine se fait à ciel découvert ; boudins et saucisses s'y promènent sur le ventre du cordon bleu qui les offre au consommateur. De toutes parts s'épanchent dans l'air les vapeurs brûlantes de la graisse en ébullition; c'est en vous prenant à la gorge qu'elle vous convie au banquet de toutes les fritures : la pomme de terre est croquante, la limande s'est dorée dans la pâte, le merlan est raide comme pendu, et tout le fretin des poissons blancs s'est métamorphosé en goujons pour les fines gueules du faubourg. Ailleurs le marolles amorce et aiguise de loin les appétits, et des guirlandes de cervelas éveillent les convoitises des demoiselles de Mouffetard. La moule aux cailloux est encore un des mets dont les plus gourmands peuvent faire leur régal. Les noix soufrées, les fruits verts, les nanterres au beurre fort et aux œufs tachés, les sucres d'orge pure gélatine, les pains d'épices à la mélasse, les macarons creux, n'ayant que leur peau et leur papier, tels sont les friandises ambulantes ou sédentaires qui provoquent les amoureux à faire une galanterie, et les moutards des deux sexes à tourmenter le papa et la maman, mon oncle ou ma tante, mon cousin ou ma cousine pour en obtenir un petit sou. Pauvres enfants, ils n'ont que cela de douceur, et à tout prendre, cela vaut encore mieux que le vin bleu dont on les excitera tout à l'heure à se teindre les lèvres, que les libations de trois-six auxquelles on va s'efforcer de les aguerrir ! Il faut s'habituer au camphre dès l'âge le plus tendre, principe d'éducation malheureusement trop appliqué et trop applaudi aux environs de la place Maubert et sur les bords de la rivière des Gobelins.

La verrerie de la Gare, où l'on fait des bouteilles et des verres à vitres était, il y a quelques années, ce qu'il y avait de plus remarquable dans ces parages. Aujourd'hui on y trouve toute espèce de fabriques et de manufactures. Ivry, avec toutes ses dépendances, n'est plus seulement une aggrégation de nourrisseurs apportant leur lait à Paris, on y compte en ce moment plus d'ouvriers que de cultivateurs ; néanmoins l'horticulture y est florissante : il faut voir les belles collections de pivoines et les roses de Victor Verdier et les magnifiques camélias de Paillet, dont les serres sont si variées et si bien tenues. Ivry est encore la patrie des beaux œillets et des jolis bengales.

Il y a quelques années, Ivry fut le théâtre d'un grand crime. Une croix expiatoire indique le lieu où un monstre de luxure immola à sa brutale passion une jeune bergère qui n'était pas moins renommée pour sa beauté qu'estimée pour sa sagesse : pas une fille du pays qui ne sache et n'ait chanté la complainte de la bergère d'Ivry.

Le fort d'Ivry, situé à quelques centaines de mètres du village, peut croiser ses feux sur la Seine avec ceux du fort de Charenton, en même temps qu'avec celui de Bicêtre ; il peut balayer l'ennemi sur les routes de Choisy-le-Roi et d'Italie. D'Ivry à Vitry l'intervalle est bientôt franchi. Ce bourg, d'une population de près de 3,000 âmes, est à 8 kilomètres de Paris. Il est bâti dans une situation des plus agréables. On y remarque un beau château, entouré de superbes plantations, et plusieurs maisons de campagne fort élégantes. Les pépinières sont la principale richesse des habitants de Vitry, qui leur consacrent d'immenses terrains ; on expédie de là des arbres fruitiers ou d'agrément dans toute la France et même dans toute l'Europe. Les jardiniers pépiniéristes de Vitry étaient autrefois sans concurrents, mais leur prospérité a fait des envieux dont les premiers seuls se sont assez promptement enrichis. Les pépinières de Vitry n'en sont pas moins restées les plus réputées pour le bon choix et la variété des espèces, et c'est encore à leurs propriétaires qu'on doit s'adresser si l'on veut obtenir des livraisons consciencieuses. Vitry possède des carrières de pierres à plâtre d'une excellente qualité.

La fête de ce bourg a lieu à la Pentecôte; elle est une des plus brillantes des environs de Paris. Il n'est si petit jardinier à gages ou autre qui n'y soit convié par le pépiniériste à qui il a donné sa pratique ou celle du bourgeois dont il plante et entretient les espaliers. Entre la poire et le fromage, on stipule les intérêts, on discute le catalogue, on arrête la commande, et si l'on opère pour le compte d'un bourgeois, on n'oublie pas que plus elle sera forte, plus la remise sera considérable. Le pot-de-vin, cet ennemi mortel de la probité, s'infiltre, se fourre partout. O grand saint Fiacre, ayez pitié de vos jardiniers, et pour que Dieu leur fasse miséricorde, envoyez-leur des scrupules s'il en reste encore là-haut, car ici-bas la graine s'en est perdue !

Enfin n'importe, le jour de la Pentecôte, Montreuil et Bagnolet dansent à Vitry, où il y a un beau sang et de belles filles bien courtisées, bien choyées, bien fêtées, parce qu'elles ont de belles robes, de riches dentelles à leurs bonnets, des bijoux d'or, et, ce que la vénalité du siècle ne permet pas de dédaigner, outre le trousseau bien fourni, une respectable dot.

Revenons à la barrière d'Italie par la route de Choisy.

Barrières d'Italie ou de Fontainebleau, — de Croulle-Barbe, — de
Lourcine, — de la Santé, — d'Arcueil.

GENTILLY, ARCUEIL, BICÊTRE, VILLEJUIF, CHOISY-LE-ROI.

On arrive à la barrière d'Italie par le boulevart de l'Hôpital et par la rue de Fontainebleau, à laquelle les habitants
du 12ᵉ arrondissement ont conservé son ancien nom de
Mouffetard. Dans le voisinage de cette barrière, mais en deçà
des murs, s'élève la manufacture nationale dite des Gobelins, établissement de premier ordre entre les grandes
créations industrielles. Sur le boulevart s'ouvre le vaste
abattoir de Villejuif, qui alimente de viande tous les étaux
de la rive gauche, et peuple de mouches tous les environs.
A chaque instant on y conduit des troupeaux de bœufs, et
il n'est pas toujours sûr pour les piétons de se trouver sur
leur passage. Les tanneries de Saleron, des fonderies de suif
à chaque pas, des cheminées gigantesques qui versent dans
l'atmosphère les fumées du charbon de terre, des ruisseaux
infects où croupissent des eaux de savon, d'incessantes
exhalaisons de détritus d'animaux, tout concourt à éloigner de ce quartier les personnes que leur profession ne

condamne pas à respirer cet amalgame de miasmes putrides. Aussi n'a-t-il pour habitants que ceux qui veulent de grands espaces à bon marché; des équarrisseurs, des corroyeurs, des mégissiers, des tanneurs, des marchands de mottes à brûler, des cordiers, des marchands de chevaux, des blanchisseurs, des nourrisseurs, et un certain nombre de jardiniers fleuristes, dont les orangeries exhalent en pure perte des parfums inaperçus. Aussi combien, à sa dernière apparition, le choléra a fait de victimes dans ces lieux où les lois d'une hygiène salutaire ont été de tout temps méconnues! C'est à partir de cette région du faubourg Saint-Marceau jusqu'aux environs de la place Maubert, que l'on remarque le plus triste rabougrissement de la population parisienne; là l'étiolement est presque général au sein d'une multitude des plus misérables, des plus laborieuses, des plus dégoûtamment nourries, mais pourtant des plus pullulantes, des plus grouillantes surtout: à certaines heures et à certains jours, hommes, femmes, enfants, semblent sortir d'entre les pavés. C'est dans ce singulier pays que s'amoncèlent et s'emmagasinent les os dérobés aux chiens dans les immondices de la capitale, les vieux haillons destinés à la papeterie, les peaux de lapins pour la ganterie et autres usages, enfin mille ordures d'où le travail, aidé de la science, extraira plus d'or que n'en contiennent les mines trop problématiques de la Californie.

En face de la barrière d'Italie, s'ouvrent les routes de Choisy et de Fontainebleau, l'une et l'autre bordées de guinguettes, de cafés, de cabarets et d'auberges transitaires. L'ancien salon d'Hervé est toujours l'un des plus fréquentés. Il est surtout très-affectionné par les blanchisseuses, dont les plus accortes sont vivement recherchées par les ouvriers qui tiennent à la blancheur et à la régularité des plis de la chemise plus qu'à l'argent de leur semaine; car toute blanchisseuse qui vient ici se trémousser au son d'un orchestre faiblement musical n'est pas fâchée de consommer avant de quitter le bal, et tout danseur qui ne paierait pas à souper à sa danseuse est réputé un pleutre de premier ordre. *Au Cheval-Blanc*, le personnel est plus mélangé; les militaires y sont en grand nombre, le sexe y est par conséquent plus aventureux ; on n'y voit en fait de blanchisseuses et autres ouvrières que celles qui ont trop oublié dès l'âge le plus tendre qu'en bonne règle la noce ne se fait pas avant le mariage. Le piou-piou fait aujourd'hui la coqueluche de ces *parsonnières*. Plus tard, après la chute de leur dernier chicot, c'est à un vétéran que, devant M. le maire, elles jureront fidélité. Aux beaux jours, devant la plupart des guinguettes sont dressées des apparences de tables sur lesquelles on s'abreuve en plein vent et en pleine poussière : impossible de paraître mal vêtu dans ce congrès d'individus à l'aspect minable : les chiffonniers n'hésitent pas à s'y rendre dans leur négligé le plus délabré. Au premier litre, qu'il faut toujours payer rubis sur l'ongle, ils sont silencieux, graves et quasi mystérieux; près d'aborder le second, ils chuchotent, ils se parlent tout bas, peut-être conspirent-ils, et non, ils se consultent. As-tu des gueltes ? — Et toi? Une question en réponse à une question. Enfin la soif est là ; on se cotise par moitié, et chacun aboule pour le litre qu'on a demandé. Graduellement la voix s'élève; au troisième litre, elle est ferme et sonore, bientôt à tous les écots on est en rumeur, c'est un brouhaha à ne plus s'entendre, et d'une table à l'autre il s'échange des paroles qui appartiennent essentiellement à ce genre d'institution. Oh ! qu'il y a là de drôles de tendresses conjugales et d'étranges ragots à recueillir! La barrière d'Italie est le point intermédiaire où les bons pauvres des deux sexes se donnent rendez-vous pour se faire les doux yeux, et causer, tabatière sur table et verre en main, de leurs mutuelles inclinations. Chaque couple de ces amants transis, de ces visages tordus, de ces cous de travers, compte toujours pour le moins un siècle et demi. Depuis un demi-siècle, personne ne voudrait leur contester le droit de poser pour la caricature.

Il ne nous convient pas de retracer ici une des plus lugubres scènes de nos discordes civiles ; jetons un voile sur ces déplorables événements, et hâtons-nous d'arriver à la barrière de Lourcine, en passant rapidement devant celle de Croulle-Barbe, l'une des plus solitaires et peut-être des plus inutiles. Qui pourrait avoir besoin d'entrer ou de sortir par ce guichet, placé entre deux déserts? Derrière, des prairies et des étendages ; devant, des étendages et des prairies ; quelques habitations perdues dans des bas fonds ; à droite et à gauche, des parcs de mottes à brûler, des monceaux de tan dont la forme rappelle celle des meules de blé , dont l'assemblage reproduit jusqu'à un certain point l'aspect d'un groupe de huttes de sauvages.

La barrière de Lourcine était connue anciennement sous le nom de barrière de la Glacière. La Glacière dont il s'agit était celle de Gentilly ; on s'en occupait peu dans le quartier, et l'on préféra à la désignation primitive la désignation actuelle empruntée de la rue de Lourcine, avec laquelle elle communique par la petite rue de la Glacière. On ne peut parler du faubourg Saint-Marceau sans qu'aussitôt les noms de Mouffetard et de Lourcine ne viennent à la pensée : ce sont deux mots qui caractérisent toute une population ; ils font image pour la mémoire ; mais, en l'an 1848, la rue de Lourcine devint plus fameuse que jamais : il se répandit tout à coup que dans une de ses maisons isolées il s'accomplissait des mystères et des crimes qui rappelaient les mystères et les crimes de la *Tour-de-Nesle* , des jeunes filles avaient été enlevées et traînées de force dans cet antre. Il y eut des plaintes et des révélations, la justice informa, et quelques-uns des coupables furent traduits et condamnés. C'étaient des petits, qui, corrompus par l'exemple, aspiraient à prendre les mœurs et les vices des grands.

La barrière de Lourcine consiste en un seul bâtiment à deux péristyles, chacun de trois colonnes. Elle jouit de tous les avantages que peuvent procurer le voisinage d'une caserne d'infanterie et la prédilection des garçons brasseurs,

robustes lurons qui engouffrent proprement les liquides et
font crânement valser la fillette, toujours légère comme
plume pour leurs bras de fer. A de tels gaillards, comme à
leurs donzelles, dont quelques-unes sont de vraies pièces
de résistance, il faut une musique bruyante : tambours,
trombonnes, grosse-caisse et lanières de cuir. Tout galop
qui n'a pas l'air d'une débâcle a, pour de tels danseurs, la
monotonie du menuet. Aussi quel tapage infernal il se fait
au *Père-de-Famille*, au *Vainqueur*, à la *Grande-Chau-
mière-des-Buveurs* et dans tous les établissements analo-
gues qui sont favorisés de l'aimable clientèle des pantalons garances et des cottes blanches. Ici beaucoup de femmes soumises du quartier Saint-Germain ont leurs habitudes
du dimanche, du lundi, du jeudi quelquefois, et c'est par
sympathie pour ces anciennes, la plupart troupières finies
que sont demandées les permissions de dix heures.

Si, après avoir franchi la barrière, vous suivez sur votre
gauche le boulevart extérieur, vous ne tarderez pas à remarquer sur votre droite un plateau couronné de quelques moulins à vent ; de là vous apercevrez le village de la Glacière.
Au début de la pente assez rapide par laquelle on arrive à ses
premières habitations est un cabaret dont l'enseigne, *au
Repos-des-Artistes*, ne fut longtemps qu'un très-modeste
charbonnage, et précisément alors une fameuse vérité ; car
souvent, dans la semaine, des peintres, des sculpteurs, des
musiciens, des gens de lettres venaient s'y délasser de leurs
travaux. Feu l'avocat Vollys, l'un des plus agréables loustics
du barreau de Paris, y fit de son vivant de nombreuses
séances, et ceux d'entre les habitués de cette époque qui
n'ont pas encore mordu la poussière se rappelleront sans
doute la jeune fille borgne servante de céans, qui était si
heureuse de blanchir et plisser la chemise de son amant.

Le hameau de la Glacière compte plusieurs établissements
industriels, tels que filatures, fabriques de produits chimiques, teintureries, lavoirs pour laines, mégisseries, etc. Les
marchands de vins-traiteurs n'y sont ni nombreux ni brillants.

A quelques pas du village coule la rivière de Bièvre, sans cesse salie par toute espèce de réactifs et de débris de matières animales en putréfaction, et, qui pourrait le croire? non loin de ce foyer des plus nauséabondes exhalaisons il s'est élevé une maison de santé. La Glacière n'est guère visitée par le monde élégant que pendant les plus froides journées d'hiver, alors que les prairies totalement submergées par la Bièvre et les ruisseaux ses affluents ont disparu sous une couche de glace. Dès ce moment les patineurs de Paris et les élèves des pensions voisines y accourent en foule. On chercherait vainement ailleurs un bassin plus convenable pour le genre de plaisir auquel la saison les convie. Non seulement une surface unie et d'une vaste étendue se prête à toutes leurs évolutions, mais encore le peu de profondeur des eaux leur permet de la parcourir dans tous les sens sans jamais avoir à craindre le moindre danger. Aussi chaque fois que la glace vient à se rompre sous les pas des patineurs, il se manifeste dans les groupes de spectateurs un long mouvement d'hilarité auquel prennent part les victimes elles-mêmes.

On peut aller à Gentilly ou par la Glacière, ou par la vallée de la Bièvre; mais le chemin, à travers la prairie et sous l'ombrage des peupliers, est le plus agréable. Les premiers habitants de Gentilly furent des *Gentiles*, *Lètes* ou *Gentils*, c'est-à-dire des *Sarmates*, prisonniers à qui les Romains, maîtres des Gaules, donnèrent des terres pour les cultiver. Saint Eloi, plus connu par la chanson sur le roi Dagobert que par sa légende, possédait du bien à Gentilly, qui se nommait alors *Gentiliacum*, et où il avait établi un monastère. Le village de Gentilly, très-considérable à cette époque, avait dans sa dépendance Arcueil et Cachan. Les rois de la première race y avaient une maison de campagne. En 766, Pépin y tint un concile où les évêques discutèrent sur le respect dû aux images. En 878, Louis-le-Bègue fit don à Ingelwin, évêque de Paris, de la maison royale de Gentilly et de l'abbaye fondée par saint Eloi, avec tout ce qui en dépendait. Les prélats successeurs d'Ingelwin devinrent dès lors les seigneurs de Gentilly, et jusqu'au quinzième siècle ils y eurent une magnifique maison de plaisance, où ils se livraient à toutes les débauches. En 1691, les sœurs de la Miséricorde y eurent leur couvent.

Sous Charles IX, le prince de Condé, campé à Gentilly, y eut avec Catherine de Médicis de longues conférences qui furent sans résultat. Dans les seizième et dix-septième siècles Gentilly fut un des trois villages adoptés par l'Université pour but de promenade des écoliers. Simon Colin, l'un des plus fameux graveurs de caractères d'imprimerie, était de Gentilly. C'est lui qui, en 1480, exécuta le premier les types romains, tels à peu près qu'ils se sont conservés. C'est à Gentilly que mourut de la pierre, en 1691, le galant Benserade. Il y avait alors en cet endroit un château où se donnaient des fêtes splendides, et de jolies maisons de campagnes possédées par la noblesse de cour, par les gens de robe ou de finances, et appartenant aujourd'hui à des maîtres carriers ou à des blanchisseurs un peu huppés. La population de cette commune est de 9,987 habitants, dont 3,500 sont compris dans la circonscription de Bicêtre.

La fête patronale a lieu le deuxième dimanche de mai; elle se tient sur la place et n'est pas une des moins animées; on danse dans le parc. Il fait bon venir à Gentilly par la Glacière; mais celui qui veut l'aborder par un autre côté se sent le cœur serré en traversant cette zone aride d'excavations qui, de ce côté surtout, laisse à peine quelques rares et étroits espaces à la réjouissante verdure des champs.

Bicêtre est ce sombre et immense édifice qui couronne une hauteur à la droite de la route de Fontainebleau. Il y eut d'abord là, sur un terrain appelé *la Grange-aux-Gueux*, une colonie de Chartreux, appelés en cet endroit par saint Louis, grand amateur de moines de toutes les couleurs; ces religieux s'étant rapprochés de Paris, leur monastère tomba en ruines. Mais la position de cette Thébaïde qu'ils avaient abandonnée était si séduisante, que Jean, évêque de Wincester en Angleterre, y fit, en 1290, construire un château qui prit le nom de son fondateur, Wincester, mais qui, par corruption, a fini par s'appeler Bicêtre. C'est dans ce château que fut négociée cette paix dite de Wincester, qui, à un an d'intervalle, fut suivie de sa violation, appelée dans l'histoire trahison de Wincester. Après plusieurs vicissitudes, le château bâti par l'évêque devint la propriété de Charles V, celui-ci le donna à son frère le duc de Berri, qui fit construire à sa place une des plus belles résidences princières qu'il y eût en France. Elle subsista jusqu'en 1414, époque à laquelle elle fut prise et incendiée par la faction de Legois, boucher de Paris. De ce vaste édifice tout rempli d'ouvrages d'art, il ne resta que deux chambres enrichies d'admirables mosaïques. Après cet embrasement, un duc de Berri, oncle de Charles VI, fit don des décombres et du sol au chapitre de Notre-Dame de Paris, qui laissa s'y établir un repaire de voleurs; pour les expulser, il ne fallut rien moins que faire raser les maisons construites à leur usage. Louis XIII, en 1652, songea qu'un hôpital destiné à servir de retraite aux soldats invalides ne pouvait être mieux situé qu'en cet endroit; il le fit élever; ce sont les bâtiments qui existent encore, mais qui devinrent une annexe de l'Hôpital général lorsque Louis XIV eut bâti dans l'enceinte de Paris l'Hôtel royal des Invalides.

Creusé dans le roc, le puits de Bicêtre, par sa profondeur et ses autres dimensions, est ce qu'il y a de plus curieux à voir. Ses câbles sont énormes, ses deux seaux gigantesques allant chercher à 171 pieds l'eau intarissable de plusieurs sources et l'amenant à bras d'hommes et sans effort, par l'effet d'un ingénieux mécanisme, dans un réservoir de la contenance de 4,000 muids, méritent de fixer l'attention des visiteurs.

Durant plusieurs siècles, Bicêtre a servi d'asile aux vieillards indigents, de lieu de séquestration et d'hôpital aux aliénés, de prison et de maison de force aux filous, aux vagabonds, aux réclusionnaires; c'était aussi dans ses cachots que les condamnés à la peine capitale attendaient leur dernier jour et les condamnés aux travaux forcés le départ de la chaîne. Bicêtre, où il y avait en même temps des salles pour les vénériens, était ainsi le réceptacle de tout ce que la population de Paris comptait de plus misérable, de plus infirme, de plus digne de compassion et parfois de respect, se confondant avec ce qu'elle comprenait de plus hideux, de plus méprisable en fait de criminels, de vagabonds et d'infames débauchés. Sous l'ancienne monarchie, Bicêtre servit plus d'une fois les vengeances des hommes puissants, des dames de la cour et des prostituées de haut parage. Sous le règne de Bonaparte, un ordre de Fouché suffisait pour y faire jeter dans un cabanon quiconque faisait de l'opposition au gouvernement impérial; on le traitait alors comme fou, ou si on voulait lui épargner les douches, on se bornait à l'écrouer administrativement comme dangereux. C'était la lettre de cachet de ce temps, où toutes les libertés avaient disparu.

Depuis la translation des prisonniers dans les bâtiments de la Roquette, Bicêtre n'a plus été qu'un hospice ouvert aux aliénés, aux infirmes et aux vieillards indigents, qu'on nomme *bons pauvres*, et qui ne sont admis qu'à soixante-dix ans révolus. Ces derniers ont pour se distraire la ressource d'un atelier commun, où ils se livrent à de petits travaux qui exigent moins de force que de patience et d'adresse. De là proviennent de jolis ouvrages en os, en bois, en paille dont le débit vaut à leurs auteurs les quelques centimes nécessaires pour se procurer du tabac et se réconforter de temps à autre par une chopine d'Argenteuil; des cabarets où ils peuvent la boire sont à portée de leur demeure. Les dimanches et les lundis sont les grands jours de recette pour ces établissements; les parents et amis viennent trinquer avec les vieillards qui leur sont chers. Les aliénés ne sont jamais visibles que pour les personnes de leur famille, et même, dans ce cas, il faut l'autorisation du médecin qui les traite. Autrefois ils étaient constamment inoccupés dans les cours, où ils n'avaient que la fu-

neste distraction de leurs extravagances mutuelles. Aujour-
d'hui on les conduit par détachement dans la campagne, où,
sur des terrains appartenant à l'administration des hospices,
on les emploie à des travaux agricoles d'un effet très-salu-
taire pour eux.

Le fort de Bicêtre commande la route d'Italie.

Tout près de Bicêtre est Villejuif, situé au haut de la
colline, à l'endroit où commence la belle plaine de Long-
Boyau. Ce village, connu dès le règne de Louis VII, s'est
nommé successivement *Villa-Judæa*, *Villa-Jude*, *Villa-
Jutitæ*, *Ville-Juive* et enfin Villejuif. L'église de cette
commune date du quinzième siècle. Le 4 mai 1492, il y
eut entre Paris et Villejuif une si furieuse bataille de cor-
beaux, que les historiens du temps en ont fait mention ;
la terre fut rougie de leur sang ; la crédulité vit dans ce
fait extraordinaire un présage qui, suivant elle, se serait
accompli par une pluie diluvienne qui aurait menacé Villejuif d'une véritable submersion.

En mars 1815, Villejuif fut le quartier général des volontaires royaux de Paris, rassemblés en cet endroit sous
les ordres du duc de Berri et du maréchal duc de Tarente,
qui furent trop prudents, l'un et l'autre, pour ne pas
s'éclipser en apprenant que la cage de fer dans laquelle on
amenait Napoléon n'était autre que les fusils des grognards
de l'île d'Elbe. Les volontaires, fort peu nombreux, ne
tardèrent pas à se disperser.

Villejuif, en sa qualité de point culminant, possède un
télégraphe, qu'il fallut rétablir après le départ des Prussiens
qui l'avaient détruit le 10 juillet 1815.

Villejuif est un des plus jolis bourgs des environs de
Paris, dont il n'est distant que de 8 kilomètres. Sa population est de 1,508 habitants, presque tous cultivateurs ou
carriers. Il se fait dans cette localité un grand commerce
de paille et de foin. On y voit un château qui tombe en
ruines et quelques belles maisons de campagne rarement
habitées ; peut-être y a-t-il incompatibilité d'humeur entre

les bourgeois parisiens et les naturels de Villejuif, assez dédaigneux du citadin. Quoi qu'il en soit, la fête de Villejuif ne laisse pas d'attirer les danseurs les plus fringants ; on y vient pour les filles du pays, si belles ce jour-là : et où ne le sont-elles pas le 15 août ?

Par un léger détour, en se rapprochant de la Bièvre, on arrive, en quelques minutes, au riche et beau village d'Arcueil, si renommé par ses eaux. Ce village est ainsi appelé à cause des arches de l'aqueduc des Romains, établi vers le commencement du quatrième siècle pour conduire au palais des Thermes les eaux de Rungis. Quant à l'aqueduc moderne, près duquel se voient encore des restes de l'ancien, il fut élevé par ordre de Marie de Médicis sur les dessins de Jacques de Brosse. Louis XIII en posa la première pierre en 1613, et il ne fut achevé qu'au bout de onze ans, en 1624. Sa longueur est de 600 mètres, et sa plus grande hauteur de 25. En vingt-quatre heures, il épanche 36,000 muids d'eau qui alimentent 15 fontaines, les jardins et palais du Luxembourg, et beaucoup de maisons particulières ; il se compose de 24 arches.

Arcueil n'a pas moins de 2,500 habitants. Son sous-sol est, par excellence, la patrie du moellon, de la pierre de taille et de la pierre à plâtre. Les Arcueillais sont des espèces de troglodytes amphibies vivant presque autant sous terre que dessus. Ils exploitent des carrières et cumulent souvent avec cette profession d'extracteurs de la matière brute de la bâtisse, celles de cultivateurs de la betterave, du sainfoin et de la luzerne. Arcueil possède quelques nourrisseurs et un grand nombre de charretiers peu doucereux : demandez plutôt à leurs limoniers. En général, les habitants de cette localité ne brillent pas par l'aménité des mœurs, et dans plus d'une occasion maint touriste parisien a pu se convaincre qu'ils n'étaient que médiocrement policés. Leur peu de sympathie pour les citadins (on n'a pas oublié le temps où leurs fiers-à-bras assommaient sans plus de façon les longues barbes et les chapeaux gris) a peut-être sa source dans un souvenir historique. Au centre d'Arcueil est une vaste maison dont le jardin touche à la rivière, on la nomme *l'Aumônerie*. Là fut le séjour d'un monstre, l'exécrable marquis de Sade, dont nous avons déjà parlé ; on y montre la chambre où, pour assouvir ses féroces dépravations, il attacha sur une table une jeune fille, la fenêtre d'où, après avoir brisé ses liens, elle se précipita dans le jardin, le mur qu'elle escalada à l'aide du treillage, et l'endroit où elle fut recueillie toute ensanglantée, toute couverte de plaies dans lesquelles il faisait couler de la cire brûlante, afin de jouir de sa douleur. Une plainte fut portée contre cet attentat, mais le Parlement, lent à poursuivre, laissa au coupable le temps et la faculté d'acheter un désistement, le crime resta impuni. Depuis cette époque, à Arcueil le bourgeois a été pris en aversion ; on le confond avec le noble, et il paie pour la caste qui, sous la monarchie, avait l'odieux privilége de paralyser la justice.

Arcueil est un point de station du chemin de fer de Paris à Sceaux.

Le joli hameau de Cachan fait partie de la commune d'Arcueil, dont il n'est séparé que par l'aqueduc. Cachan était connu dès le temps de Louis-le-Débonnaire. Philippe-le-Bel y avait une maison de plaisance en 1308. Charles-le-Bel l'habita en 1323. Le roi Jean la possédait en 1353 ; elle appartint ensuite à Duguesclin, qui la vendit au duc d'Anjou en 1377. Depuis longtemps Cachan n'a plus de *villa* royale, mais on y voit de très-agréables habitations bourgeoises ; ses habitants ne sont pas des Turcs, ils n'ont ni la dureté, ni les fâcheuses préventions de ceux d'Arcueil.

Dans cette excursion à travers la campagne, nous avons laissé derrière nous deux barrières, celle de *la Santé* et celle *d'Arcueil*, plus connue sous le nom de la barrière *Saint-Jacques*. C'est de la rue de la Santé, ainsi appelée parce qu'elle conduisait à un hôpital fondé par Anne d'Au-

triche, que la première de ces barrières a pris sa dénomination. Le boulevart sur lequel elle ouvre est la première
halte ordinaire de messieurs les charretiers de Gentilly;
c'est là qu'à leur voyage du matin, pendant que soufflent
leurs chevaux, ils s'amusent à tuer le ver à coups secs et
redoublés de petit vin blanc. Il faut être bien malade du
côté de la bourse pour s'en aller, comme on dit, sur une
jambe. En face de la barrière, en longeant le boulevart, et
à l'entrée de la voie qui mène à Gentilly, s'étalent ou se
groupent une foule de cabarets borgnes, tout à fait ano-
nymes, une ou deux guinguettes fort peu pastorales, et
remplies, aux jours fériés, d'ouvriers dans un remarquable
négligé, de soldats, de vétérans, d'invalides, de charbonniers, de forts de la Halle, de commissionnaires, tous buvant ensemble et dansant par occasion, avec des particulières très-capables de leur tenir tête à l'endroit du biberon.
Le grand Saint-Marcel, tout fier de ses deux entrées et
surtout de ses deux jeux de Siam, qui lui permettent de se
passer des violons, reçoit rarement la société des dames;
mais, en revanche, il est l'endroit favori des pochards du
célibat, et du petit nombre de ces ouvriers encroûtés de
l'ancien régime, qui ont conservé la déplorable habitude de
mal se vêtir et de ne jamais se désaltérer en famille.

La barrière d'Arcueil, placée à l'extrémité du faubourg
Saint-Jacques, est d'un triste aspect, plus triste cent fois si
l'on vient à songer que c'est dans son voisinage que s'accomplissent aujourd'hui les exécutions capitales qui, avant
1830, avaient lieu sur la place de Grève. Il est à remarquer
que depuis cette époque, on n'exécute plus à quatre heures
du soir, mais à huit heures du matin, ce qui n'empêche
pas qu'une foule nombreuse n'assiste toujours à ces lugubres spectacles. Les mauvaises natures que leurs penchants entraînent au crime éprouvent le besoin de s'a-
guerrir à recevoir comme à donner la mort : le bourreau
et le patient sont pour elles de funestes exemples.

La barrière Saint-Jacques devrait être une barrière maudite, et pourtant là on danse, on boit, on chante, on fait l'amour. *La Guinguette du Sauvage* n'est pas déserte, *le Petit-Bachus* ne laisse pas que d'être assez fréquenté. Ouvriers et militaires affluent dans ces parages, où l'on rencontre parfois de jolies filles, délicieuses à voir sous leurs blanches robes de mousseline, d'organdi peut-être, mais plus souvent encore de jaconas. La plupart de ces tenues virginales sont de véritables ouvrières, heureuses, après une semaine de travail, du plaisir que l'on peut prendre en public. Un *monsieur* ne les séduirait pas : elles croiraient qu'il se gausse d'elles.

Le faubourg Saint-Jacques, en deçà du mur d'octroi, est le quartier des hôpitaux ; nulle part, dans Paris, ils ne sont plus près les uns des autres : ce sont l'hôpital militaire (Val-de-Grâce), à quelques centaines de pas de l'institution des Sourds-et-Muets ; l'hôpital de la Maternité pour l'allaitement, rue de la Bourbe ; les Capucins, hôpital des vénériens ; l'hospice Cochin et quelques maisons de santé, où la salubrité de l'air est le plus efficace complément des soins médicaux.

BARRIÈRE D'ENFER.

Petit et grand Montrouge , — Bagneux, — Châtillon, — Fontenay-aux-Roses, — Sceaux, — Chatenay, — Aulnay.

On n'est pas d'accord sur l'étymologie du nom de cette barrière, qui vient immédiatement après la barrière d'Arcueil. Suivant quelques historiographes, la rue d'Enfer, dont la barrière a emprunté sa désignation, s'est ainsi appelée, parce qu'elle a été longtemps un lieu de débauches et de voleries ; d'autres pensent que le nom de *via superior* (voie supérieure) ayant été donné à la rue Saint-Jacques, la rue parallèle a été appelée, par opposition, *via inferior* ou *infera* (voie inférieure ou *infère*), d'où, par corruption, on n'a pas eu de peine à faire *voie* ou *rue d'Enfer*.

Dans la cour du pavillon ouest de la barrière, s'ouvre l'entrée principale des catacombes de Paris, d'où sortirent durant des siècles tous les édifices de la grande cité, et dans lesquelles sont aujourd'hui déposés les ossements extraits des églises et des anciens cimetières depuis plus de soixante années. Les catacombes sont comme une autre ville, un monde silencieux, caché à tous les regards, ignoré de la plupart des Parisiens, une capitale des morts ayant ses rues, ses places, ses carrefours, ses fontaines. Là sont rassemblés, par millions, les derniers débris humains de bien des générations expirées. On en a formé, de chaque côté des voies, des murailles dont les parois extérieures sont composées des ossements les plus volumineux; tout le décor de cette architecture funèbre est fait avec des têtes, des tibias, des fémurs, des bassins de l'un et de l'autre sexe; c'est comme une horrible et perpétuelle raillerie de cette vie dont nous sommes si fiers. Des inscriptions plus ou moins philosophiques complètent cette œuvre d'une bien étrange fantaisie. On voit même en ce lieu une sorte de musée où l'on a recueilli tous les ossements qui, par la nature de leur conformation, peuvent intéresser la science. Et dans ces sombres demeures, chaque jour plus d'un travailleur va puiser ses moyens d'existence, en ajoutant à ces gigantesques ossuaires de nouvelles constructions dont toutes les fosses communes et les concessions temporaires fournissent périodiquement les matériaux. Cette suite de galeries occupe une étendue de plus de 674,000 mètres. Trente à quarante générations sont venues s'y engloutir, et l'on a estimé que cette population souterraine était huit fois plus nombreuse que celle qui respirait à la suface du sol. On commença à les creuser au début du quatorzième siècle. Le faubourg Saint-Jacques et le territoire de Montsouris et de Gentilly furent fouillés les premiers. Dans l'origine, ces exploitations eurent lieu sans surveillance, sans méthode, sans aucune espèce de précaution. L'Observatoire, le Luxembourg, l'Odéon, le Val-de-Grâce, le Panthéon, l'église Saint-Sulpice, les rues Saint-Jacques, de la Harpe, de Tournon, de Vaugirard, du Cherche-Midi, de Sèvres, etc., reposent en quelque sorte sur des abîmes. Ce n'est qu'à la suite de nombreux éboulements que l'on a senti la nécessité d'avoir un plan exact de toutes ces carrières, et de faire des travaux de consolidation.

L'idée d'établir des catacombes dans ces souterrains est due à M. Lenoir, lieutenant de police. En 1786 on y transporta les ossements pris dans tous les cimetières dont la suppression avait été résolue; celui des Innocents qui, pendant dix siècles, avait reçu des millions de cadavres, fournit le plus ample contingent. Ces restes furent déposés dans les carrières de la plaine de Montsouris, et la maison de la Tombe-Isoire ou Isouard, nom d'un fameux brigand qui avait désolé le quartier, devint l'entrée de ce vaste tombeau. Depuis ce temps, les ossuaires se sont considérablement accrus. L'arrangement qui règne dans ces régions des ténèbres est dû à l'ingérieur Héricard de Thury. Au-dessus de la principale entrée de ce séjour des morts, on lit ces deux vers de Legouvé :

> Dans ces lieux souterrains, dans ces sombres abîmes,
> La mort confusément entasse ses victimes.

Puis, de toutes parts, on aperçoit d'autres inscriptions qui enseignent le mépris de la vie et de toutes les vanités de ce monde. Ici c'est une sentence en latin :

> *Æquat omnes cinis, impares nascimur, pares morimur.*

Ce qui veut dire que la mort tient le niveau de l'égalité.

Celui qui ignorerait qu'il faut mourir, verrait cette vérité exprimée de toutes les manières dans les mots gravés sur tous les piliers de ce monde des ténèbres. Tout lui annoncerait qu'il viendra tôt ou tard se confondre avec ce peuple lugubre.

Partout on s'est ingénié à produire avec des ossements les plus étonnantes bizarreries mortuaires.

Ce que l'on nomme l'autel des obélisques est une construction de 1810 destinée à consolider le ciel de la carrière dont les affaissements avaient fait naître des craintes. C'est là une imitation de l'antique, dont les ossements ont encore fait les frais. D'autres travaux de consolidation affectent la forme d'un monument sépulcral élevé à la mémoire du poète Gilbert, qui mourut, comme on le sait, sur un des grabats de l'Hôtel-Dieu, après avoir avalé la clef de son secrétaire.

Une lampe sépulcrale de forme antique, sur un piédestal d'ossements, complète les accessoires du sarcophage. Les

dépouilles des infortunés qui, depuis 1791, périrent dans la
lutte sanglante des partis politiques ont été réunies dans
deux chapelles, appelées l'une le tombeau *de la Révolution*, l'autre celui des *Victimes*. Non loin de là coule une
source, nommée d'abord la source de l'Oubli, puis la fontaine de la Samaritaine, parce que l'inscription qu'elle
porte rappelle les paroles du Christ à cette femme, et dans
ce bassin, depuis 1813, nagent silencieusement quatre poissons rouges, les seuls êtres vivants au milieu de plus de
dix millions d'hommes !

On ne pénètre dans les catacombes qu'avec un permis
du préfet de police. Mais, pour les visiter sans danger, il
est indispensable d'avoir en outre un cicérone, qui vous
guide et appelle votre attention sur toutes les particularités
de ce dédale. Alors seulement on peut prendre connaissance de tout ce qui offre quelque intérêt dans cette répétition souterraine de Paris au soleil. Là chaque rue d'en bas
correspond à une rue d'en haut, porte le même nom que
celle-ci et des numéros indiquant l'emplacement de ses
maisons. Au moyen de cette précaution, il ne se fait pas un
éboulement qu'à l'instant même on ne puisse savoir où
doit s'appliquer le remède. L'air atmosphérique arrive dans
ces profondeurs par des puits de lumière qui communi-
quent avec le dehors.

Toutes les excavations d'où sont sorties depuis des siècles les constructions de Paris et des environs ne sont pas
des nécropoles. Les Parisiens peuvent vivre et mourir encore longtemps avant de ne plus y trouver de place pour
leurs os, il passera bien de l'eau sous les ponts avant que
soient remplis tous les vides qui existent sous les trois faubourgs Saint-Germain, Saint-Marcel et Saint-Jacques, et sous
Chaillot. Mais l'espace vînt-il à manquer, hors de l'enceinte
il y a encore des carrières : de l'est au nord-ouest et au
sud, tout est miné vers Saint-Maur, Charenton, Conflans,
Gentilly, la barrière de Fontainebleau; du sud à l'ouest,
tout l'est pareillement sous la route d'Orléans, les barrières

du Maine et de Vaugirard ; de l'ouest au nord, Passy avec le sol qui l'entoure, repose sur d'immenses cavernes.

Il existe des escaliers pour pénétrer dans les catacombes au faubourg Saint-Marcel, près du jardin des Plantes, du marché aux chevaux et de la rue Mouffetard ; au faubourg Saint-Jacques, dans la cour du Val-de-Grâce, et près de la barrière d'Arcueil ; au faubourg Saint-Germain, rue Neuve-Notre-Dame-des-Champs, rue du Pot-de-Fer et rue de Vaugirard, près le palais du Luxembourg. Chaillot a deux de ces escaliers, le premier entre la fontaine de distribution et les réservoirs, le second à la barrière de Longchamp. Saint-Maur, près du pont et au bord du canal ; Charenton. Conflans, le voisinage de la barrière de Fontainebleau, la Voie-Creuse et la Fosse-aux-Lions à Mont-Souris, les barrières d'Enfer, du Maine, de Vaugirard, Vaugirard et Passy, au coin de la grande rue, sont les endroits où se trouvent, hors de l'enceinte fiscale, les escaliers principaux.

Le concierge des catacombes est en même temps le conservateur d'un registre ouvert à tous les visiteurs ; libre à chacun d'y consigner ses impressions. Tout ce que nous y avons lu peut se réduire à ceci : dix siècles et quarante générations d'hommes, tout cela poussière et rien que poussière. Que deviennent les grands et les petits, les rois et les peuples ? Néant. Mais sortons de ces abîmes et poursuivons à la face du ciel le cours de nos explorations.

Au-delà de la barrière d'Enfer, commence le bourg de Montrouge, vaste commune dont le territoire s'étend dans la plaine jusqu'au fort de ce nom et confine aux territoires de Gentilly, d'Arcueil, de Bagneux, de Vanves et de Vaugirard, ayant pour base de son périmètre le boulevart extérieur de Paris, à partir de la barrière Saint-Jacques jusqu'à la barrière du Maine. 10,000 habitants sont distribués par groupes sur cet espace, où se trouvent compris le Grand et le Petit-Montrouge, Montsouris et une multitude de guinguettes plus ou moins renommées, plus ou moins éparses.

L'étymologie du nom de Montrouge, situé dans une

plaine toute sillonnée de carrières souterraines, ne peut se justifier ni par la position de ce bourg, ni par aucune tradition vraisemblable. Montrouge n'a point d'histoire, à moins qu'on n'attache quelque importance à la présence des jésuites qui avaient dans ce bourg leur maison de noviciat au moment où ils furent expulsés de France pour la seconde fois, et qui purent se la faire restituer en 1814, lorsqu'ils revinrent une troisième fois sous le titre de *Pères de la Foi*. Les Montrougiens les voyant de trop près, ne purent qu'en contracter de l'aversion pour l'ultramontanisme; aussi, après 1830, eurent-ils une église française et un prédicateur de l'abbé Châtel. Toutefois leur engouement pour la nouvelle doctrine ne fut pas de longue durée, et le temple tout neuf du culte dissident est occupé aujourd'hui par un atelier de machines à battre le grain.

Le Petit-Montrouge n'était, il y a quelques années, qu'une collection de cabarets, de traiteurs faisant noces et festins, d'aubergistes transitaires, de magasins de toutes sortes, d'entrepôts de boissons, d'huiles et de combustibles, et de pensionnats pour les deux sexes. Il y avait encore là force carriers, quelques nourrisseurs et des horticulteurs assez mal inspirés pour n'avoir pas prévu l'inconvénient d'aller puiser l'eau à une profondeur de 150 pieds. Longtemps ce faubourg parisien ne consista qu'en deux longues rangées de maisons de chaque côté de la route d'Orléans. Son plus bel édifice était alors l'hospice de la Rochefoucault, où sont admises des personnes âgées pouvant payer une pension de 200 fr.; la première République en avait fait un hospice national spécialement affecté aux malades pauvres de Bourg-la-Reine et des environs. Le petit Montrouge est maintenant une colonie où s'exercent toutes les grandes et petites industries de la capitale; c'est une cité magnifiquement éclairée, bien arrosée en été par ses bornes fontaines, et pourvue d'amples trottoirs dans sa rue principale. A gauche de la barrière est l'embarcadère du chemin de fer de Sceaux, qui, par divers circuits, touche à Arcueil, Cachan, Bourg-la-Reine et Fontenay-aux-Roses. On peut descendre à toutes ces stations. Sur la place devant l'embarcadère se sont ouverts plusieurs cafés et restaurants très-fréquentés le dimanche et les jours de fêtes. Le Petit-Montrouge a aussi ses réunions dansantes, et le 25 juillet sa Kermesse, où son grand bal est sous une tente dressée au bord de la plaine. Il appartient alors à tous les saltimbanques de l'univers, à toutes les petites boutiques de la quincaillerie foraine, à tous les marchands de coco, de limonade, de sucres d'orge et de bons hommes de pain d'épice ; des cibles de mille formes différentes couchent en joue la bourse du gamin qui ne doute pas de son adresse ; on tire des macarons comme partout, et l'on peut gagner à toute espèce de jeux, non pas le lingot d'or ou la statue d'argent, mais le timide lapin, l'estampe encadrée ou la porcelaine habillée d'une ombre de dorure, pour en dissimuler les défauts. C'est là que s'écoulent les rebuts en toutes choses.

Le Grand-Montrouge est coupé en deux par l'enceinte bastionnée ; son magnifique parc a disparu sous la hache de la spéculation ; les roues et les câbles des grues ont pris la place des futaies, et les plates-formes, encombrées de blocs de pierre, y font regretter les bosquets.

S'il vous déplaît de patauger dans ce pourtour d'immondices qui cerne Paris, prenez le chemin de fer, et à chacune de ses stations ses wagons pourront vous jeter en pleine campagne. Vous savez déjà ce que sont Arcueil et Cachan ; un peu plus loin est Bagneux, vieux village aujourd'hui tout neuf, Bagneux tout frais et quasi-tout bourgeois, Bagneux vignoble jadis en grand renom, Bagneux où Richelieu eut des oubliettes qu'à l'époque de notre première révolution on trouva remplies d'ossements des victimes du bon temps monarchique ; Bagneux, dont les habitants sont encore nommés *les fous de Bagneux*, parce que, pour avoir des cloches, leurs ancêtres vendirent les eaux de leur village à leurs voisins de Montrouge, qui s'emparèrent des sources et les détournèrent à leur profit. L'église de Bagneux, récemment restaurée, date du treizième siècle ; elle est souvent visitée par les artistes. La fête de cette commune, où l'on ne compte guère que 1,100 habitants, est des plus gaies quand la vendange a été bonne. Elle a lieu le 18 octobre.

Bourg-la-Reine n'est un peu animé que le jour où s'y tient le marché dit *de Sceaux* ; alors les auberges y sont pleines, et l'on peut y bien vivre ; mais en tout autre temps Bourg-la-Reine est triste. On a bâti une foule de fables sur l'origine du nom de ce lieu ; peut-être est-il venu de ce qu'en l'an 584 Rigonthe, fille du roi Chilpéric, se rendant dans le midi auprès de son fiancé Récarède, y passa la nuit avec son nombreux cortége. La trop fameuse courtisane Gabrielle d'Estrées, qui eut partout des maisons de plaisance aux environs de Paris, en eut une à Bourg-la-Reine. L'habitation que lui fit construire Henri IV est située au milieu d'un parc de 40 arpents. Son entrée est dans la grand'-rue n° 41. Là eut lieu, le 2 mars 1722, l'entrevue de Louis XV, âgé de douze ans, avec sa future épouse l'infante d'Espagne, âgée seulement de quatre ans. Dupuis, le savant et ingénieux auteur de *l'Origine des cultes*, a longtemps habité Bourg-la-Reine, dont le presbytère lui appartenait. C'est à Bourg-la-Reine, où il avait été conduit après son arrestation à Clamart, que Condorcet, ne voulant pas être traîné au tribunal révolutionnaire, mit fin à ses jours par le poison. La population est de 1,500 habitants.

Par un léger détour, à travers les plus riches cultures et sous l'ombrage des noyers, nous arriverons à *Fontenay-aux-Roses*, qu'il faudrait appeler aujourd'hui Fontenay-aux-Fraises, Fontenay-aux-Lauriers-Cerises ou bien encore Fontenay-aux-Violettes et aux Pépinières, car les rosiers ont été impitoyablement proscrits du moment que leurs produits n'ont plus offert des bénéfices assez considérables. Fontenay, avec ses 1,076 habitants, est un des plus riches villages du département de la Seine. Pas de Fontenaisien qui n'ait son cheval et sa carriole pour transporter sur les marchés de Paris les paniers de fraises habilement parés et toujours arrangés avec beaucoup d'art, pour qu'elles puissent faire le trajet sans rien perdre de leur fraîcheur et de leur parfum. C'est vers minuit que commence à s'acheminer vers la capitale le convoi de ces fruits qui flattent à la fois l'œil, l'odorat et le goût; les Fontenaisiennes qui ont accompagné la cargaison reviennent au logis les poches pleines d'argent et la mémoire de plus en plus richement meublée de tout le répertoire ou obscène ou trivial des halles, où elles ont passé la nuit : le langage et les mœurs n'y ont pas gagné. La cueillette des fraises est un rude travail : les matinées sont-elles fraîches, il faut se souffler sur les doigts, et durant les ardeurs de la canicule on est littéralement torréfié. Autrefois à Fontenay l'arrosage et la cueillette étaient effectués par des filles de la Bourgogne, mais on a essayé des Lorraines, et, comme on les a trouvées de meilleur cœur à la besogne, et qu'à d'autres égards les garçons de Fontenay les ont estimées plus avenantes, l'esprit d'économie et la galanterie se sont accordés pour leur donner la préférence.

Fontenay est dans une situation charmante; on y voit plusieurs maisons de campagne fort agréables; le burlesque Scarron y eut la sienne, c'est celle qui, dans ces derniers temps, appartenait à Ledru-Rollin, l'un des fondateurs de la République. Son parc est vaste et bien planté. Chaulieu, abbé épicurien et poète quelque peu critique, est né à Fontenay. Le chimiste Thénard est une des célébrités que chaque printemps ramène habituellement dans ce village. C'est de Fontenay que tous les fondeurs de l'Europe tirent le sable pour le moulage. Les belles prairies de Fontenay si verdoyantes, si fraîches, si fleuries, si aromatisées, ont entièrement disparu; elles ne sont plus aujourd'hui que des champs de fraisiers; toutes les pelouses ont été envahies, tous les ombrages stériles ont été sacrifiés, le seul qui ait été respecté est celui sous lequel s'établissent les danses le premier dimanche de juillet, jour de la fête patronale. Toutefois, sans aller trop loin, **on peut en-**

core trouver aux environs de délicieuses promenades. La Fosse-Basin est presque une vallée helvétique, on s'y croirait à 200 lieues de Paris. A quelques pas de là est l'étang du Plessis, où les baigneurs fontenaisiens viennent nager dans l'été. Quelques pas encore, et vous entrez dans un pays tout propret, tout aligné, et de partout entouré, peigné, gazonné avec le plus grand soin; ces champs, ces taillis, ces prés appartiennent à M. de Girardin, l'ancien grand veneur; ces chemins si unis, si bien entretenus en tout temps, sont à l'usage de sa seigneurie. Toute cette régularité est comme la préface, véritable introduction par contrastes des belles châtaigneraies d'Aulnay. Marchez toujours, et bientôt sur votre gauche vous apercevrez sous son rose badigeon le manoir champêtre de l'opulent gentilhomme; vous êtes déjà dans *la Vallée-aux-Loups*. Ce château gothique, avec tourelles, mâchecoulis, fossés et pont-levis, est une création de Chateaubriand; c'est là, c'est dans ce parc qui reproduit quelques-uns des sites de la Palestine qu'il composa ses *Martyrs*. Ce château est aujourd'hui la propriété de M. Sosthènes-Larochefoucault. Il existe dans la vallée plusieurs autres habitations remarquables; plusieurs sont d'un style bizarre, d'une ordonnance fantasque. Aulnay, la Vallée-aux-Loups, Malabry, le Petit-Chambord, offrent autant de ravissants points de vue où l'on a fait construire des maisons de plaisance. Ce sont là comme autant de hameaux dépendant de Chatenay-les-Bagneux, antique village dont l'église date du dixième siècle. C'est à Châtenay que naquit Voltaire, le 2 février 1694, dans la maison que possède aujourd'hui madame la comtesse de Boigne.

Georges Sand, l'abbé de Lamennais et Pierre Leroux ont été les hôtes de Châtenay. La fête de cette commune est une des plus gaies et des plus champêtres; elle a lieu le premier dimanche d'août.

Sceaux, où nous nous arrêterons, est une jolie petite ville de 2,000 habitants, à laquelle se rattachent bien des souvenirs : les dévotes vous parleront encore des reliques du saint martyr Mammès, qui, depuis 1214, se conservaient en l'église du lieu où l'on venait en pélerinage pour être délivré de la colique ; les vieillards, qui ne vivent que du passé, vous raconteront tout ce qu'il y avait de beau, de magnifique dans ce château sans pareil que Colbert avait fait construire, dans ce parc immense et ces jardins dessinés par Le Notre, dans ce séjour enchanté tout plein des peintures de Lebrun, des sculptures de Girardon et Pujet. Le récit des fêtes brillantes que le grand ministre y donna à Louis XIV, les embellissements que son fils, marquis de Seignelay, fit à cette superbe *villa*, les sommes immenses que le duc et la duchesse du Maine, ses nouveaux possesseurs, dépensèrent pour qu'il n'y en eût pas de pareille au monde, les cascades incomparables, les eaux jaillissantes, les bassins de marbre, le cours limpide d'une rivière artificielle, les réunions fréquentes dans ce lieu de délices de toutes les illustrations de la science, de la littérature et des arts, les représentations théâtrales par les personnages les plus marquants, les libéralités du comte d'Eu et celles plus amples encore du généreux duc de Penthièvre, voilà les peintures féeriques, les traditions merveilleuses que colore le regret dans la mémoire et dans le langage toujours un peu hyperbolique de ces Nestors. De tout cela il n'y a quasi-plus de vestige. En 1798, le château, qui, avec ses dépendances, avait été acheté par Louis XVI pour la somme de 18 millions, fut vendu comme bien national et rasé, les 700 arpents du parc furent rendus à la culture des céréales ; le jardin de la ménagerie, le logement du jardinier, la cuisine et les écuries furent seuls conservés. Quelques habitants de Sceaux en firent l'acquisition, et ils abandonnèrent au public un terrain planté de beaux arbres et couvert d'admirables pelouses.

A l'entrée de ce lieu si fleuri qu'encadrent de magiques salles de verdure, on lisait ces deux vers :

De l'amour du pays ce jardin est le gage ;
Quelques-uns l'ont acquis, tous en auront l'usage.

Telle fut l'origine du grand bal de Sceaux, qui, pendant
un quart de siècle, fut en possession d'attirer l'élite de la
jeunesse parisienne. Aujourd'hui le zèle intelligent d'une
nouvelle direction, un orchestre nombreux et bien choisi,
et la proximité du chemin de fer assurent à cet établissement une vogue nouvelle ; où trouverait-on ailleurs une
rotonde plus vaste et mieux décorée, de plus jolis visages,
de plus riches, de plus fraîches toilettes de villageoises? Les
coquettes de Sceaux y font assaut de beauté, d'élégance et
de bonne grâce avec celles de Fontenay, de Bagneux,
de Châtillon, de Chatenay, de Clamart, de Bourg-la-
Reine, de Verrières. Il y a là des minois et des tournures
à rendre jalouses les lionnes les plus prétentieuses de la
Chaussée-d'Antin. La fête de Sceaux est à la Saint-Jean.

En sa qualité de ville et de chef-lieu d'arrondissement,
Sceaux devait avoir aussi sa campagne ; pour y arriver, suivons la route qui mène à Bièvre : sur notre droite, nous
laissons ce qu'on appelait naguère le *Parc-de-l'Amiral*,
immense terrain sur lequel un malencontreux acquéreur a
eu l'idée de tracer les rues d'une villa qui ne sera jamais habi-

tée. Avançons toujours dans la même direction, et bientôt une croix va nous révéler l'enceinte où reposent les générations éteintes de la petite cité. Ici fut enterré Florian, mort en 1794, à peine âgé de trente-huit ans. Ses fables occupent une place distinguée après celles de La Fontaine. Une pierre tumulaire marque à peine le lieu de sa sépulture ; on y lit cette épitaphe que Mercier y fit graver :

ICI
REPOSE LE CORPS
DE FLORIAN,
HOMME DE LETTRES.

Non loin de là à été inhumé Cailhava, auteur de quelques comédies remarquables par leur gaieté ; il mourut à Sceaux en 1813.

Mais quittons le champ des morts, poursuivons notre chemin. Que nous annoncent ces cris de joie, ces chants peut-être bachiques, ces éclats du cornet à piston ? Que nous approchons des frontières de Robinson, hameau de plaisance dont les chaumières, les châlets et quelques baraques économiques se sont groupés au milieu des sables, à l'ombre des vieux châtaigniers. Là on danse, on se roule sur l'herbe, on se balance en pleine liberté, et si l'on en veut plus encore, le buisson de Verrières a bien des attraits. Les arbres de Robinson sont devenus autant de salles à manger ; où naguère il ne se perchait que de la gent volatile, on a dressé des tables, véritables cabinets de société, où, fourchette en main, des tourtereaux sans plume se content des douceurs en se donnant des baisers dont zéphir et la feuillée sont les seuls confidents. Le danger de perdre l'équilibre pourrait être une garantie de tempérance, et en se fiant à des escaliers trop abruptes, on pourrait craindre le vertige ; n'importe, il faudrait n'être pas Parisien pour ne pas désirer de faire, au moins une fois dans sa vie, un dîner à la poulie sur le châtaignier géant ; malheureusement, il n'y a pas toujours place pour tout le monde.

Châtillon, où nous arriverons en passant derrière Fontenay, offre peu d'agrément aux promeneurs ; la vue magnifique dont on jouit de ce village, situé sur une hauteur, y a fait singulièrement multiplier les maisons de campagne ; mais presque toutes n'ont que de l'eau de citerne, ou des puits d'une désespérante profondeur. Près de Châtillon, on remarque les restes d'une ancienne forteresse ; c'est ce qu'on appelle la tour de Crouy, sur laquelle s'est enté un moulin à vent ; du moins, telle est la tradition du pays. Quoiqu'elle soit maintenant presque entièrement détruite, elle offre cependant encore des ruines très-pittoresques. Tout près de là, sur la même éminence, existe une fort belle glacière, et un peu plus loin, sur la lisière du bois de Clamart, une construction fort originale, connue dans le pays sous le nom de la *Tour-de-l'Anglais*. C'est à Châtillon que s'est donné, en plein air, un des plus fameux banquets du vieux libéralisme. Châtillon est le pays des grues, et, par conséquent, des carriers ; ces derniers composent en grande partie la population de ce village, qui s'étend aujourd'hui, presque sans interruption, d'une part jusqu'à Fontenay, de l'autre jusqu'à Montrouge. La fête de cette commune est le premier dimanche d'août. Deux des plus grandes illustrations de la science, Laplace et Gay-Lussac ont eu leur maison de campagne à Châtillon.

Barrières du Montparnasse, — du Maine et des Fourneaux.

LA GRANDE CHAUMIÈRE, CIMETIÈRE DU SUD, EMBARCADÈRE DE L'OUEST.

Cette barrière a emprunté son nom d'un petit monticule sur la cime duquel, aux beaux jours de la Sorbonne, les écoliers de l'Université avaient coutume de s'assembler pour se lire, les uns aux autres, leurs improvisations poétiques. La butte où se tenait cette réunion apollonienne était leur mont Parnasse. Plusieurs siècles se sont écoulés depuis cette époque, et ce lieu n'a pas cessé d'être le rendez-vous de la jeunesse des écoles ; mais elle n'y vient plus pour réciter ses vers : là elle est toute à Terpsichore, à Bacchus, à Vénus, aux amours. Qui ne connaît la Grande-Chaumière et ses bals en plein vent, si chers au pays latin tout entier ? Il s'y trouve des avenues pleines d'ombrages, faites exprès pour la rêverie et pour l'expansion des tendres sentiments ; il s'y trouve des bosquets de lilas et de coudriers, si précieux pour le tête-à-tête ; enfin, l'amour plus pétulant, moins discret, se précipite dans des chars du haut des montagnes suisses ou s'élance dans de joyeux quadrilles, où plus d'un geste trop expressif, plus d'un pas d'une trop grande licence échappent à la double vigilance du municipal de service et du père Lahire, l'austère propriétaire de cet établissement chorégraphique.

La barrière du Montparnasse abonde en contrastes de plus d'un genre. Entre la Grande-Chaumière et la salle de spectacle desservie par les frères Seveste, un petit sentier mène au cimetière du sud. Ce champ du repos, fondé en 1810, situé au milieu d'un cercle de guinguettes que peuple plus ou moins, en tout temps, le personnel toujours altéré des enterrements, s'étend, presque sans intervalle, jusqu'à la chaussée du Maine. Dans l'enceinte, récemment agrandie, de cet asile funèbre, il faut citer parmi les sépultures visitées le plus souvent, celles des *patriotes de 1816* et des *quatre sergents de la Rochelle,* victimes immolées à la politique des Bourbons ; Malherbe, La Harpe, et ce pauvre poète qui s'est éteint sur un grabat d'hôpital, Hégésippe-Moreau, sont les illustrations littéraires de cette nécropole où repose également l'illustre amiral Dumont-d'Urville, réuni, dans la même tombe, avec sa femme et son fils, victimes, comme lui, de la catastrophe du 8 mai 1842, sur le chemin de fer de la rive gauche. Le mausolée qui renferme les cendres du célèbre navigateur et de sa famille est d'une conception des plus bizarres ; peut-être est-ce le désolant hiéroglyphe d'un souvenir terrible.

Mais ne nous arrêtons pas aux cyprès, et n'oublions plus que si l'on vient aux barrières, ce n'est pas pour y vivre avec les morts. Laissons passer les corbillards et leur sombre cortége, et mêlons-nous à cette foule endimanchée qui vole au plaisir. Ici l'étudiant du quartier latin et la grisette sa compagne sont évidemment tout ce qu'il y a de plus électrisant, de plus sémillant, de plus bruyant, de plus gambadant. Ils sont les rois de la fête, et, vrais dominateurs, ils font saillie dans cet océan de femmes coquettes, de jeunes et jolies filles, de militaires, de maçons, de chiffonniers, d'acteurs et d'actrices, cabotins s'entend, de bourgeois, de rapins, d'élégants, de prostituées avec leurs amants, couples devenus *monsieur* et *madame* pour ces jours dérobés au plus vil des trafics. Suivons ce monde, et nous verrons chacun se caser suivant son costume. Et d'abord voici une forêt de tables et de bancs : *Chiffonniers buvant avec leurs femmes* serait l'inscription du tableau qui représenterait les personnages ici rassemblés. Cela s'appelait, il y a bien peu de temps, la *Chambre des pairs et des députés* ; à droite la première, à gauche la seconde. Puis, à mesure qu'on s'enfonce dans ce pays de Cocagne, une série d'enseignes fait appel au consommateur : Le *Bon-Coin*, le *Temple-de-Bacchus*, le *Gagne-Petit*, les *Deux-Noyers*, le *Père-Bourgeois*, le *Veau-qui-Tête*, le *Grand-Salon-d'Apollon*, puis une kyrielle de cabarets, de cafés, de restaurants, se meurent d'envie de l'abreuver, de le nourrir, de le faire danser. En face le théâtre est le *Rendez-vous de Thalie*, puis, tout près de là, le *Grand-Balcon*, la *Rosière*, et le *Jardin-de-la-Gaieté*, estaminet, café, bastringue, pardon pour le mot, réfectoire horriblement tumultueux, la clientèle est singulièrement mélangée, et où l'on parle toutes sortes de langues, sans compter l'argot. Le *Bosquet*, chez Verry, le *Petit-Château-du-Coq*, sont les établissements les plus sérieux et les plus proprement tenus.

Nous touchons à la chaussée du Maine, c'est-à-dire que nous continuons nos excursions sur la terre classique de la ripaille. Impossible d'y faire un pas sans rencontrer une guinguette chantant à tue-tête, ou des buveurs attablés sous une tonnelle pendant deux jours de la semaine. Toute la population des faubourgs environnants accourt dans ce complément des délices du Montparnasse pour y demander un extrà souvent bien modeste, l'oubli momentané de ses rudes labeurs et de ses privations quotidiennes. Bien qu'ayant sans doute plus d'une fois changé de propriétaire, l'élégante maison *Tonnelier*, ses bosquets, son orchestre, ses vastes salons, sa cave, sa cuisine, n'ont rien perdu de leur attrait. Que dirons-nous de la *Californie*, qui, sur le même rang, s'étale avec ses veaux, ses moutons pendants ? La *Californie*, c'est la vie à bon marché, c'est la gargotte et la portion monstre ; ce qu'on y boit, ce qu'on y mange pour 20 centimes tient du merveilleux. Aussi que de pauvres diables viennent y prendre leur repas ! On n'en sort que sainement et abondamment repu. Presque en face sont les salons des *Cuisiniers-Associés*, qui ont sans doute encore une vogue démocratique. La guinguette du *Moulin-de-Beurre*, si renommée pour la bonne galette ; le *Rendez-vous-des-Artistes*, tenu naguère par Bourdon, tous ces cabarets où venait se grouper autour des brocs une illustre pléiade de jouisseurs sceptiques, dont les prosateurs Abel Hugo et de Villemarest, le dessinateur Charlet, le peintre Chenavart, le mystificateur Bilioud étaient les astres les plus radieux, se sont perdus ou plutôt absorbés dans les constructions sans fin et sans motif du hameau de Plaisance. Cette superfétation n'a, pour ainsi dire, qu'une population roulante d'industriels aventureux, d'individualités à ressources précaires ou même problématiques. Là on commence ou bien on finit ; on ne continue pas. Nulle part on ne voit autant de marchands de vin, ni autant de maisons vides de la cave au grenier, les locataires ayant mis la clef sous la porte. Le dimanche et le lundi l'entrée de ce village, à partir de la chaussée du Maine, s'annonce par la plus appétissante odeur : les fours allumés y sont en permanence, et de tous côtés, sur des nappes blanches comme neige, s'étalent aux regards les disques dorés des galettes brûlantes.

Deux bâtiments, décorés de colonnes et de sculptures, forment la barrière du Maine, ainsi appelée du nom de l'ancienne province vers laquelle on se dirigeait en sortant de Paris par cet endroit. Elle s'ouvre sur une magnifique chaussée, qui se continue, en deçà du mur d'enceinte, jusqu'au boulevart du Montparnasse. C'était là une des belles entrées de la capitale ; aujourd'hui elle doit aux sombres voûtes dont on l'a embarrassée, sous prétexte de rendre plus central l'embarcadère du chemin de fer de Chartres, d'être tout ce qu'il y a de plus disgracieux. Mais, qu'y faire ? le mal est sans remède.

Si cet aspect blesse votre vue, éloignez-vous, voici le départ d'un convoi, montez en wagon, et à toutes les stations,
n'importe où vous voudrez descendre, vous trouverez de
ravissantes promenades : à Clamart, au Val, à Fleury, à
Meudon, à Bellevue, à Sèvres, à Viroflay, à Chaville, partout des bois, partout des parcs, des vignes, des jardins,
des prairies, des cultures les plus variées; vous pouvez
choisir dans toutes les directions : l'île Séguin, actuellement l'île Panckoucke, où, près de la hutte du pêcheur, il
y a toujours à votre service du goujon pour la friture et de
l'anguille pour la matelotte; Saint-Cloud, Ville-d'Avray,
Vaucresson, Rueil, Suresnes au vin maudit des palais déli-
cats, le Mont-Valérien avec sa couronne de casernes et de
batteries au lieu et place du Calvaire où tant de Tartufes
ambitieux vinrent se prosterner sous les yeux d'une cour
dévote, tous ces endroits vous convient à les visiter, tous
font un appel à votre curiosité, à votre amour de l'art
et de la nature, tous ont à votre service de piquantes traditions du temps passé, et une étonnante richesse de souvenirs historiques ; mais les limites que nous avons dû nous
prescrire ne nous permettent pas de les recueillir dans ces
pages. Que dirons-nous de la barrière des Fourneaux? Rien,
absolument, si ce n'est que son isolement lui a valu la préférence pour l'établissement d'un abattoir de porcs, à
proximité duquel les garçons charcutiers ont nécessairement leur cabaret.

Barrières de Vaugirard, — de Sèvres, — des Paillassons, — de l'École-Militaire, — de Grenelle, — de la Cunette.

VAUGIRARD. — GRENELLE.

La barrière de Vaugirard est à l'extrémité de la longue rue de ce nom, et à l'entrée d'un village qui, jusqu'au milieu du treizième siècle, fut appelé Valboitron ou Vauboitron. Girard de Moret, prieur de Saint-Germain-des-Prés, y ayant fait bâtir une maison de plaisance pour les religieux convalescents de son abbaye, Valboitron prit le nom de Vaugirard, c'est-à-dire *vallée de Girard*. Vaugirard s'étend jusqu'à Issy, et ne compte pas moins de 13,000 habitants. Cette population se compose de cultivateurs, de blanchisseurs, de nourrisseurs, de quelques bourgeois et d'un grand nombre d'ouvriers employés dans les ateliers et les usines, si multipliées aux portes de Paris. Vaugirard n'a point de promenade, mais il a une magnifique municipalité et une belle place où l'on danse chaque dimanche. Sa fête est le 20 ou 27 septembre. Sa rue principale est abondamment pourvue de cafés et de marchands de vin-traiteurs dont les vastes salons sont ouverts, en tout temps, aux réjouissances nuptiales, et les jours de fêtes à la jeunesse du pays, qui y trouve un orchestre pour le bal.

Vaugirard est la campagne des invalides et des troupiers de l'École-Militaire, qu'une longue pratique des grandes routes a aguerris à la poussière et aux ardeurs du soleil. Le petit vin à 20 centimes leur sourit, et ils sont assurés de le voir affiché sur plus d'un mur. Au retour, ces braves gens chancellent et festonnent le chemin, ce qui fait qu'à leur approche les jeunes filles crient et que les dames comme il faut de la boutique du faubourg Saint-Germain ne se soucient plus de s'aventurer dans les plaines de Vaugirard.

La *barrière de Sèvres* commence au n° 171 de la longue et large rue de ce nom; elle se compose d'un bâtiment orné sur ses quatre faces de porches chacun de trois arcades, sur colonnes accouplées. Sa rue principale mène en droite ligne au bourg de Sèvres, l'un des plus agréables et des plus commerçants des environs de Paris; là est un établissement justement célèbre : la manufacture nationale de porcelaine, que nous visiterons une autre fois. En deçà comme au-delà de la barrière, il ne manque pas de cabarets où les vieilles et les nouvelles gloires de nos armées sont heureuses et fières de trinquer ensemble. Le *Cheval-Blanc*, les *Enfants-de-Bellone*, l'*Arcade-de-Saint-Jean* et le *Bal-de-la-ville-de-Tonnerre*, sont, aux deux barrières de Vaugirard et de Sèvres, les lieux où s'éditent à nouveau, avec accompagnement de curieux commentaires, les bulletins des triomphes et des revers de la France. Il y a quelques années de nombreux ouvriers assistaient attentifs à ces récits; aujourd'hui des préoccupations plus graves, des intérêts plus puissants sont venus les en distraire; que leur font toutes ces vanteries de guerre

La barrière des Paillassons, ainsi nommée parce que autrefois elle avait dans son voisinage une fabrique de paillassons, est une barrière solitaire et rarement ouverte.

La barrière de l'École emprunte son nom à la fameuse

école militaire érigée en 1751 par Louis XV. Cet immense édifice, qui avait coûté des sommes énormes et dix ans de travaux, ne tarda pas à recevoir une autre destination. En 1787, il devint succursale de l'Hôtel-Dieu ; sous la République, on en fit une caserne de cavalerie ; Napoléon en fit son quartier général. En 1815, les troupes étrangères s'y logèrent, et l'on put voir après leur départ de quelles atrocités ces barbares étaient capables : plus de 80 cadavres de femmes, horriblement mutilés, furent trouvés enfouis dans les fumiers des écuries et dans les fosses d'aisance. La Restauration caserna la garde royale à l'École-Militaire, qui, depuis, n'a cessé d'être occupée par différents corps de la garnison de Paris. Ce vaste parallélogramme, qui, avec son entourage de grands arbres, se déploie devant la façade de ce bâtiment, est un champ de manœuvres pour les troupes de toutes armes : 10,000 hommes peuvent s'y mouvoir aisément. Cette plaine encadrée s'appelle le *Champ-de-Mars ;* on l'a nommée aussi le *Champ-de-la-Fédération*, en mémoire de la Confédération nationale, célébrée en 1790, le 14 juillet, jour anniversaire de la prise de la Bastille. Les amphithéâtres latéraux entre lesquels était dressé l'autel de la patrie, ces terrasses sur lesquelles vinrent alors se placer quatre cent mille spectateurs, furent en quelque sorte une création improvisée du civisme et de l'enthousiasme : hommes, femmes, enfants, vieillards, pauvres et riches, tous les rangs se confondirent pour prendre part à ce travail. C'est dans l'enceinte du Champ-de-Mars que, le lendemain de son couronnement, le 3 novembre 1804, Napoléon distribua des aigles impériales à l'armée. C'est là que se tint le 1er mai 1815 cette assemblée renouvelée des vieux temps monarchiques où fut proclamé l'acte additionnel aux constitutions de l'empire.

Le dimanche la barrière de l'École a une physionomie toute particulière ; la joie y est martiale, l'ivresse y chante avec armes et bagages. Les héros des casernes voisines fêtent à qui mieux-mieux de faciles beautés ; l'argent venu du pays, la solde de la semaine, le décompte du trimestre, il faut que tout y passe. On oublie l'ordinaire du quartier, on brave même les rigueurs de la salle de police ; le soldat français est naturellement galant à outrance, il fait bon marché de son prêt, de son cœur toujours pris et à prendre, de sa liberté et même de sa vie. Enfin, il fait l'amour ou il commente, le verre à la main, ce couplet de Béranger :

> L'amitié que l'on regrette,
> N'a point quitté nos climats ;
> Elle trinque à la ginguette,
> Assise entre deux soldats.

Mais cette amitié n'est souvent qu'un vain mot, qu'on noie volontiers au fond des brocs. Si des pékins boivent un peu trop bruyamment dans le voisinage, si des bourgeois se mêlent trop intimement à la fête, on laisse tomber la main sur la poignée de son sabre, et voilà la guerre allumée. Trop souvent la rixe prend un caractère sérieux : les buveurs dégaînent et le sang coule au lieu des rasades. Quelquefois, à la première estafilade, tout s'arrange, les anciens sont intervenus en pacificateurs ; alors adversaires et témoins reviennent à leurs verres, on trinque fraternellement, on s'embrasse à s'étouffer, on pleure presque, on s'aime plus que jamais ; c'est à la vie et à la mort. Dimanche on recommencera.

Le *Grand-Balcon*, avec son salon de 300 couverts, est le coq des restaurants de la barrière de l'École ; c'est là que s'adonnent le sous-officier en bonne fortune et le remplaçant, qui se consomme de compte à demi avec quelque rusée californienne. Il est la feuille du mûrier, elle le ver ou la chenille qui le ronge. Toutes les enseignes banales s'étalent à cette barrière ou aux environs ; ce sont les *Barreaux-Rouges*, la *Corbeille-de-Fleurs* le *Gros-Raisin*, la *Ville-de-Mâcon*, celle de *Barcelone*, le *Petit-Bacchus*, le *Bon-Coin*. Tous ces endroits rappellent et reproduisent, à divers degrés, les mœurs de la cantine ; on n'y rencontre que troupiers en activité ou troupiers émérites ; les premiers, avec les amazones de ce Gros-Caillou où, depuis quelques années, les maisons suspectes se sont étrangement multipliées ; les seconds avec... eh ! mon Dieu, ne disons rien de ces pauvres Héloïses surannées, qui ne dîneraient pas tous les jours sans les délicates attentions et la sobriété d'un amant invalide, tendre Abeilard qui leur fait partager sa pitance de l'hôtel et réserve à leur estomac délabré sa ration de vin. *Saint-François, Saint-Vincent-de-Paul* et le *Soleil-d'Or*, sont les endroits où se réunissent les ouvriers.

La barrière de Grenelle s'ouvre sur la vaste plaine qui s'étend à la droite d'Issy et de Vaugirard. Grenelle, village il y a bien peu d'années, est maintenant une ville importante. Des fabriques de produits chimiques, et diverses autres manufactures, y ont fait affluer une population industrieuse qui s'accroît de jour en jour. La situation de Grenelle passe pour être insalubre, cela peut-être, mais il faut remarquer que bon nombre d'industries que l'hygiène repousse de la capitale s'y sont réfugiées.

L'explosion de la poudrière de Grenelle est un souvenir toujours vivant dans la mémoire des Parisiens : on n'a jamais su quelle fut la cause de cette catastrophe qui fit tant de victimes. Le camp de Grenelle sous le Directoire et la conjuration qui vint échouer au milieu des troupes, ont fait époque dans notre histoire révolutionnaire.

C'est dans la plaine de Grenelle que la justice militaire procède à l'exécution de ses terribles jugements. Derrière le Champ-de-Mars, en avant d'un mur tout sillonné des balles de nos soldats, est un petit coin de terre inculte et désolé ; c'est là que tombèrent, en 1812, les généraux Mallet, Guidal et Lahorie, arrêtés et frappés le même jour pour avoir voulu renverser le trône impérial.

L'abattoir de Grenelle est un des plus beaux et des plus spacieux ; c'est là qu'a été creusé par l'ingénieur Mulot un

RIVE GAUCHE.

FIN DE LA TABLE.

Imprimerie de Pommeret et Moreau, quai des Augustins, 17.

ANCIENNES RÉSIDENCES ROYALES,
CHATEAUX MAISONS DE PLAISANCE.

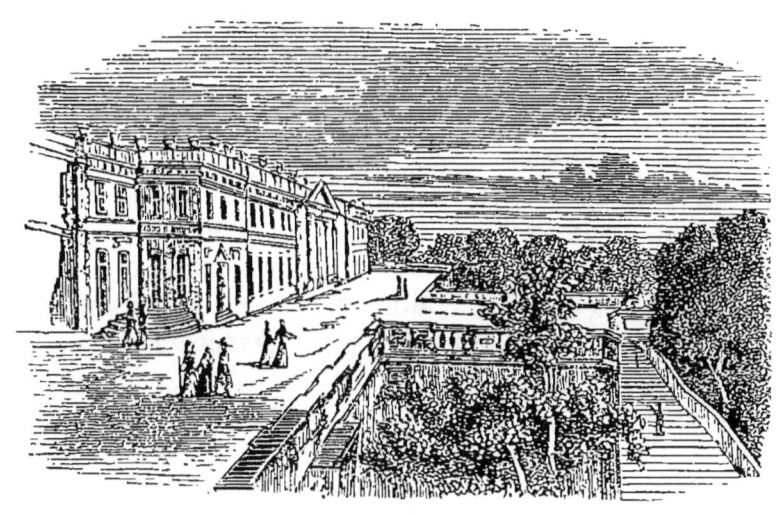

SAINT-CLOUD (SEINE-ET-OISE).

Sur la pente rapide d'une colline qui borde la rive gauche de la Seine, il existait, dans les premiers temps de la monarchie des Francs, un bourg nommé *Novigentum*, d'où l'on fit Nogent-sur-Seine, jusqu'au temps où Cléobald, fils de Clodomir, pour se soustraire au poignard de ses oncles, assassins de ses frères, vint s'y retirer et donna à ce lieu son nom qui, par corruption, se changea en celui de Saint-Cloud. Dans le cours des guerres religieuses du seizième siècle, ce fut à Saint-Cloud que le couteau de Jacques Clément éteignit la vie de Henri III, le dernier des Valois. C'est là qu'eut lieu en 1799 la révolution qui investit Bonaparte de l'autorité souveraine. Pendant dix ans on a dit : la cour de Saint-Cloud, comme on avait dit la cour de Versailles; mais un jour le vent de l'adversité souffla sur les lauriers du grand homme, et les cohortes du Nord vinrent les arracher jusque dans les jardins de Saint-Cloud. Napoléon, vainqueur de la Prusse, avait respecté les palais de ses rois; Blucher se plut à faire un bouge de Saint-Cloud. Parodiste affecté de Souvarow, le chef des Tartares couchait dans le lit de l'empereur, et livrait pour logement à ses chiens le boudoir de l'impératrice. Donnant lui-même à ses cosaques l'exemple du pillage de ces beaux lieux, il s'appropria les tableaux de la famille de Napoléon, et les remporta comme autant de trophées.

Après les Prussiens, les Bourbons, qui refirent de Saint-Cloud une maison de plaisance; Louis-Philippe l'adopta durant la belle saison. Les événements qui ont produit le renversement de la branche aînée et la dispersion de la dynastie de Juillet, sont trop récents pour les rappeler au souvenir du lecteur.

Dans son état actuel, dû aux architectes Mansard et Lepautre, le château, auquel on arrive après avoir traversé deux cours, dont la dernière seulement fermée par une grille, présente une façade principale et deux ailes qui s'en détachent en retour d'équerre. La vue est bornée sur trois points; mais vers l'est, elle s'étend sur toute la plaine de Paris. Le corps de logis principal est orné de quatre colonnes corinthiennes, surmontées de quatre statues : la Force, la Richesse, la Prudence et la Guerre. Les deux ailes ont dans des niches huit statues; à droite, la Jeunesse, la Musique, l'Éloquence, la *Bonne Chère*; à gauche, la Comédie, la Danse, la Paix, l'Abondance. Neuf appartements composent l'intérieur du palais.

Le parc et le bois, plantés par Le Nostre, occupent une surface d'environ quatre lieues, et doivent à l'inégalité du terrain les effets les plus pittoresques. De vastes bassins, une superbe cascade, des jets d'eau, une orangerie magnifique, des bosquets, des grottes, des réduits champêtres, des boulingrins charment et surprennent tour à tour la vue. Parmi les ouvrages d'architecture disséminés dans le parc,

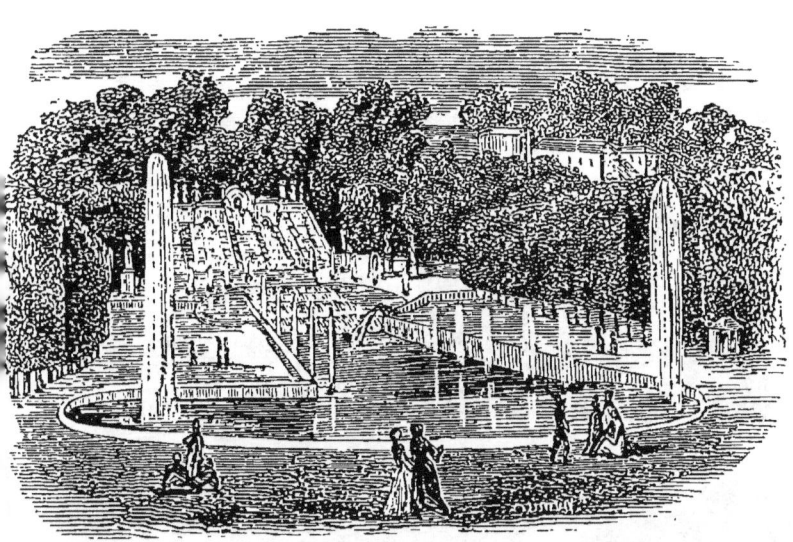

on distingue la lanterne de Diogène, copie du monument de ce nom (ou plutôt de Démosthène), que M. Choiseul-Gouffier fit jadis modeler dans les ruines d'Athènes. De ce point, où aboutissent la plupart des avenues du parc, on jouit d'une perspective immense et variée.

C'est sous la voûte des grands marronniers plantés entre Saint-Cloud et Sèvres, que se tient particulièrement au mois de septembre une solennité foraine, qu'on désigne communément sous le nom de fête de Saint-Cloud, et qui est aussi productive pour les habitants du lieu qu'agréable pour les Parisiens, à présent surtout qu'une double ligne de chemin de fer touche à Saint-Cloud en se dirigeant vers Versailles. On passe la Seine à Saint-Cloud sur un beau pont en pierre, que les nécessités de la guerre avaient détérioré en 1815, et que depuis l'on a réparé. Mais l'on ne voit plus attachés à ses arches les fameux filets de Saint-Cloud qui n'ont jamais eu d'autre destination que celle de la pêche aux anguilles.

SÈVRES (SEINE-ET-OISE).

Sèvres, qui n'est séparé de Saint-Cloud que par le parc, figure dans nos vieilles annales du sixième siècle, mais l'origine de son nom est restée fort incertaine. En l'an 1507, il y existait un château là où l'on voit aujourd'hui une tannerie. Ce qui rend ce bourg remarquable, c'est sa fameuse manufacture de porcelaine, établie au dix-huitième siècle sous les auspices du fameux Lauraguais; dans cet établissement, qui complète nos musées de peinture et dont les produits surpassent ceux de la Chine et du Japon, on y voit, grâce à l'habile chimiste Brongniart, une magnifique collection de toutes les fabrications depuis les poteries les plus communes jusqu'aux porcelaines les plus recherchées; de brillantes faïences de B. Palissy, de riches Maidlica, d'antiques carreaux de l'Alhambra, de nombreuses poteries antiques fines et grossières, en partant de ce que l'art du potier a produit de plus simple jusqu'à ses productions les plus grandes et les plus parfaites. Enfin la manufacture de Sèvres a joint depuis plusieurs années à sa fabrication celle des vitraux peints, et toutes les expositions récentes ont fait voir les perfections qu'elle avait atteintes ; des essais de peinture sur glace, déposés au Louvre en 1844, font espérer une prompte solution d'un problème difficile, et les productions du lavis et l'émaillage, ajoutant bientôt à l'ornementation des porcelaines de Sèvres, viendront leur donner plus de variété, plus d'éclat et plus de richesse.

Sèvres renferme des plâtrières qui rivalisent avec celles d'Argenteuil ; d'anciennes carrières souterraines y forment aujourd'hui plusieurs vastes caves. L'une des plus étendues peut contenir 13,000 pièces de vin ; elle se divise en trente parties, entre lesquelles se trouvent autant de rues désignées par des noms et des numéros. La plupart de ces rues aboutissent à un point central nommé *l'Etoile*.

Pour remplacer le vieux pont de bois jeté jadis sur la Seine à Sèvres et que le passage incessant des équipages de la cour de Versailles forçait continuellement à réparer, Napoléon fit construire en pierre celui qu'on voit aujourd'hui. A peine était-il terminé, lorsqu'en 1815 on en fit sauter une arche pour couper à l'ennemi le chemin de la capitale. Alors on se battit avec acharnement sur ce point et jusque dans le bourg, dont les habitants avaient pris les armes. Les Prussiens éprouvèrent une perte considérable ; pour s'en venger, ils mirent Sèvres au pillage pendant deux jours. La manufacture seule fut respectée, et ses souterrains immenses servirent d'asile aux Français vaincus par le nombre seul de leurs adversaires. Ces désastres sont oubliés. Sèvres, chef-lieu de canton avec une population d'environ 5,000 âmes, entouré d'un grand nombre de belles maisons de campagne, est le centre d'une active industrie et le but de promenades agréables.

MEUDON.

Meudon est un gros village en deux parties, le haut et le bas Meudon ; le premier, séjour des plus salubres, le second, malheureusement souvent visité par des fièvres intermittentes. L'ombre drolatique de Rabelais, ce curé si jovial dont le cardinal Jean du Bellay, évêque de Paris, avait fait présent à ses ouailles meudonnoises, semble planer encore sur le presbytère du lieu ; et l'humeur des ci-devant paroissiens de cet homme de génie semble encore se teindre parfois des couleurs enjouées de son esprit comique et malicieux. « Oncques, dit le célèbre pantagruélien, seigneurs de Meudon ne purent exercer le droit de prélibation ; si matin qu'ils s'y prissent c'était trop tard , il n'y avait que femmes et plus de filles, ce pourquoi il était dit, en manière de proverbe : « gens de Meudon, gens de précaution. » A Meudon, les mœurs furent un temps moins que villageoises, l'exemple des prélats, des moines, des chanoines et des grands seigneurs qui s'abattaient sur ce pays les avait parfaitement corrompues. C'est à Meudon, où elle avait sa terre, que la duchesse d'Étampes, maîtresse de François Ier, tenait sa cour ouverte à tous les déportements. Ce manoir, agrandi d'un parc immense, reçut de nouveaux accroissements sous ses propriétaires successifs, le cardinal de Lor-

raine, le surintendant des finances Servien et M. de Lou-
vois. Enfin le manoir de Meudon ayant été acquis pour le
grand dauphin, fils de Louis XIV, il subit les plus brillantes
transformations et devint un lieu incomparable de délices.
A l'époque de la révolution, le théâtre des magnificences
et des voluptés royales reçut tout à coup une autre destination; on en fit un arsenal d'essai pour l'expérimentation
des nouvelles machines de guerre. Les citoyens de Meudon
se portèrent avec tant d'ardeur aux travaux que nécessitait
ce changement, que la Convention décréta qu'ils avaient
bien mérité de la patrie. C'est là que fut confectionné
par Conté, l'aérostat dont on se servit à la bataille de Fleurus et qui décida de la victoire. Depuis cette époque, le
vieux château ne fut plus habité, et, peu d'années après,
on ordonna sa démolition. Celui que l'on voit aujourd'hui
est le château neuf, bâti sur l'emplacement de la fameuse
grotte de Philibert de Lorme. Napoléon en fit un de ses palais impérial; Marie-Louise l'habita presque constamment
depuis 1812. Le château de Meudon est dans une position
superbe; on y arrive par une longue avenue, plantée de
quatre rangs de tilleuls; du haut de la terrasse, longue de
200 mètres et large de 140, on découvre tout Paris et les
environs. Le petit parc n'a pas moins de 600 arpents; le
grand parc est d'une étendue scandaleuse. Non loin de là s'é-
lève le château de Bellevue, voluptueuse fantaisie de la Pompadour, pour laquelle Louis XV, son amant, prodigua des
millions. De ce magique manoir, il ne reste plus aujourd'hui
que quelques débris heureusement utilisés. Le jardin anglais a été respecté; ses fabriques pittoresques, la tour, la
pièce d'eau, la maison des colonnes, la ferme ont été conservées. La place publique de Bellevue (place Guillaume)
est un admirable belvéder; on y jouit d'un lointain immense tout parsemé de ravissants paysages. Bellevue est,
sans contredit, le plus beau site des environs de la capitale.
Là, se trouvent les plus élégantes maisons de campagne, de
l'eau, des prés, des bois, des pelouses, des haies fleuries et
surtout des chemins sans ornières et sans boue.

VERSAILLES (SEINE-ET-OISE).

C'est en 1037 que l'histoire fait mention pour la première fois d'un lieu devenu depuis si célèbre, mais les recherches qu'on a faites pour trouver l'origine du nom de Versailles n'ont pas été heureuses. La plupart des écrivains ont répété que ce nom lui venait de l'élévation du sol, qui faisait renverser les moissons. En 1560, l'un des ministres de Charles IX, Martial de Lomenie, héritier des fondateurs du prieuré de Versailles, en était le seigneur. Lomenie ayant été compris dans les proscriptions de la Saint-Barthélemy, Catherine de Médicis fit don de sa seigneurie à Albert de Gondy, maréchal de Retz, son favori. Non loin de ce château des Gondy, qui s'élevait sur le penchant de la butte, en face des hauteurs de Satory, Louis XIII fit construire en 1625 un petit pavillon pour servir de rendez-vous de chasse; mais, bientôt dégoûté de son insuffisance, il acquit, en 1627, de Jean de Soissy, seigneur de Versailles, un terrain où il éleva un *chétif château*, ainsi que l'appelait Bassompierre. Il était formé de quatre pavillons liés ensemble par des corps de bâtiments simples. Celui où se trouvait l'entrée, donnant sur une cour carrée, ne consistait qu'en arcades surmontées d'une galerie en terrasse et était orné d'un frontispice. Quelques moyens de défense régnaient autour de cette demeure assez peu royale, et la mettaient à l'abri d'un coup de main. Louis XIII venait quelquefois se réfugier dans cette retraite comme pour secouer un moment le joug inévitable que la faiblesse de son caractère le forçait à supporter : c'est ce qui en fit le théâtre du dénoûment inattendu de la fameuse *Journée des Dupes*. Jusqu'à la mort de Mazarin, la cour s'était fixée tour à tour à Paris, à Vincennes, à Fontainebleau ou à Saint-Germain ; mais Louis XIV voulant signaler son règne par la construction d'une demeure qui attestât réellement tout l'orgueil de la majesté royale, il tourna ses regards vers Versailles, dont la situation paraissait à certains égards favorable à ses vues. Les travaux commencèrent en 1661, sous les ordres de l'architecte Mansard ; il fallut surmonter bien des obstacles de tous genres et dompter la nature à force d'art et de prodigalités, et bientôt, moyennant un milliard de dépenses, le vieux château fut en quelque sorte enfermé dans un nouveau plus élégant. En 1672, les constructions principales étant terminées, le roi y passa les vingt-huit dernières années de sa vie.

Versailles, presque abandonné pendant la régence, ne reprit sa première splendeur que lorsque Louis XV vint s'y fixer. Sous ce règne le château ne subit aucun changement considérable, mais la ville continua à s'accroître. On sait les graves événements qui, sous Louis XVI, préparèrent la révolution française, et qui eurent d'abord Versailles pour théâtre. Le départ du roi pour Paris lui fit perdre toute son importance, et le château alors fermé ne se rouvrit plus que par la main de Napoléon. Toutefois l'empereur ne vint point l'habiter. En 1815, les habitants de Versailles prirent une part active aux derniers combats livrés pour l'indépendance nationale dans le bois de Rocquencourt, et payèrent par le pillage de leur ville la défaite des Prussiens. Versailles fut negligé par les derniers Bourbons jusqu'au temps où Louis-Philippe fit de son magnifique palais un musée pour toutes les gloires de la France.

Le château de Versailles présente, du côté de la grande
avenue de Paris et de la Place d'Armes, une de ses façades,
l'autre se déploie sur le parc. La première est composée de
l'ancien château de Louis XIII et de pavillons construits à
différentes époques. Deux ailes en pierre et en brique,
comme la construction primitive, embrassent une cour
vaste, mais irrégulière ; l'architecture de ce côté est bizarre,
tourmentée, et ne répond nullement au style et à la beauté
de la façade qui domine les jardins et le parc. La grille de
fer qui sépare la cour de la Place d'Armes est enrichie
d'enroulements, de montants, de pilastres et de couronne-
ments dorés. Deux guérites servent de piédestaux à deux
groupes allégoriques sur les victoires de la France en
Allemagne et en Espagne. On voit, au centre de la cour,
la statue équestre de Louis XIV. A gauche en entrant, sont
les statues en pied de Condé, de Duquesne, de Suffren, de
Mortier, de Lannes, de Suger, de Sully et de Duguesclin ;
à droite celles de Turenne, de Duguay-Trouin, de Tourville,
de Masséna, de Jourdan, de Richelieu, de Colbert et de
Bayard. L'élévation progressive du sol, l'écartement gra-
duel des ailes en retour, qui descendent à angles droits sur
une suite de ressauts, donnent néanmoins à ce côté des

bâtiments un aspect théâtral. Leur disposition est telle qu'elle forme une succession de cours qui vont en s'élevant progressivement, quoique décroissant d'étendue; la plus reculée, élevée de trois marches, se nomme la cour de marbre, à cause des dalles qui la pavent; c'est celle du petit château de Louis XIII. La façade des jardins se développe sur une étendue de 590 mètres, et se présente dignement à l'admiration; elle est composée de trois corps, celui du milieu s'avance de 80 mètres, et a 100 mètres de face. L'ordre général est un rez-de-chaussée, un premier étage et un attique décorés de pilastres ioniques avec quinze avantcorps soutenus par des colonnes du même ordre. Cette façade est décorée de 80 statues de 15 pieds de haut, représentant les *saisons*, les *mois*, les *sciences* et les *arts*, etc. Quatre statues de bronze, adossées au corps central et fondues d'après l'antique, représentent Silène, Antinoüs, Apollon et Bacchus. La balustrade qui couronne l'édifice est entrecoupée par des massifs qui correspondent à l'ordonnance inférieure.

LE CORPS CENTRAL RENFERME,
AU REZ-DE-CHAUSSÉE.

1. Un vestibule de bustes et statues, placé au pied de l'escalier de marbre.

2. Quatre salles consacrées aux résidences royales.

3. La salle des portraits des rois de France.

4. Deux salles contenant les tableaux-plans de plusieurs vues prises sous les règnes de Louis XIII et Louis XIV.

5. Deux salles où sont placées les batailles navales.

6. Les portraits des grands-amiraux classés par ordre de promotion.

7. Les portraits des connétables de France rangés dans le même ordre.

8. Les portraits des maréchaux de France.

(NOTA. — La série des salles consacrées aux portraits des maréchaux de France est interrompue par la *galerie de Louis XIII*, après laquelle la suite des portraits des maréchaux recommence.)

9. Deux salles où sont placés les portraits des guerriers célèbres.

<h3 style="text-align:center">AU PREMIER ÉTAGE.</h3>

1. En partant du salon d'Hercule, qui touche au vestibule de la chapelle, se succèdent sept salons ayant vue sur la pièce d'eau du Dragon, et portant les noms de l'Abondance, de Vénus, de Diane, de Mars, de Mercure, d'Apollon, de la Guerre. Dans cette longue enfilade, qui formait autrefois les grands appartements de Louis XIV, est distribuée une partie des tableaux représentant les événements de son règne; la suite en est interrompue par la galerie qui porte le nom de ce prince, et qui donne sur la terrasse du grand parterre. Cinq autres salons donnant sur la pièce d'eau des Suisses, et qui portaient autrefois les noms de salon de la Paix, chambre et salon de la Reine, salon du Grand-Couvert, salle des Gardes de la Reine, complètent l'ensemble des événements du règne de Louis XIV, en y ajoutant cependant encore quelques tableaux répartis dans les deux salles des Gardes-du-Corps et des Valets-de-Pied, ou placés dans d'autres séries.

2. Au haut de l'escalier de marbre s'ouvre la grande salle des Gardes, aujourd'hui salle de Napoléon.

3. La salle de 1792, qui touche à l'aile du Sud.

4. Quatre salles consacrées aux tableaux des campagnes de 1793, 94, 95 et 96.

5. Une suite de pièces où sont placées les gouaches et aquarelles qui représentent les campagnes des armées françaises depuis 1796 jusqu'à 1813.

6. Les petits appartements de la reine.

7. L'OEil-de-Bœuf, la chambre de Louis XIV, son cabinet et tout le reste de l'appartement royal; en outre, la Bibliothèque, le salon des Porcelaines, la salle de Billard, etc.

8. Le cabinet des gouaches du règne de Louis XV.

9. La salle des Croisades.

10. La salle des Etats Généraux.

L'AILE DU SUD COMPREND,
AU REZ-DE-CHAUSSÉE.

1. Douze salles consacrées au souvenir de Napoléon, et renfermant les tableaux qui représentent les batailles et les principaux événements politiques depuis 1796 jusqu'en 1810.

2. Une salle de statues et bustes de Napoléon et de sa famille.

3. La salle de Marengo.

4. Une galerie de statues et bustes depuis 1789 jusqu'en 1814.

AU PREMIER ÉTAGE.

1. La grande galerie des Batailles, depuis Tolbiac jusqu'à Wagram.

2. La salle de 1830.

3. Une galerie de sculptures depuis le seizième siècle jusqu'à 1789.

AU DEUXIÈME ÉTAGE.

Une collection de portraits historiques, depuis 1789 jusqu'à nos jours.

L'AILE DU NORD COMPREND,
AU REZ-DE-CHAUSSÉE.

1. Une série de tableaux représentant les événements les plus remarquables de notre histoire, depuis l'origine de la monarchie jusqu'au règne de Louis XVI inclusivement.

2. Une galerie de statues, bustes et tombeaux.

AU PREMIER ÉTAGE.

1. La suite des tableaux historiques du rez-de-chaussée, depuis le commencement de la révolution jusqu'à Louis-Philippe Ier.

2. Une galerie de statues, bustes et tombeaux.

AU DEUXIÈME ÉTAGE.

Une galerie de portraits historiques antérieurs à 1790.

A droite de la cour du château est la chapelle, dernier ouvrage de Mansard et qui n'a été terminé qu'après sa mort. Elle n'est pas sans défaut, surtout à l'extérieur, cependant son architecture est généralement noble et élégante; le vestibule, soutenu par huit colonnes, forme une des entrées du jardin. Du même côté et à l'extrémité de la galerie est la salle de l'Opéra qui fut une des plus magnifiques de l'Europe : elle pouvait contenir 3,000 spectateurs (1).

Les parcs du château se divisent en grand et en petit parc, qui, réunis, font une circonférence de 20 lieues de circuit. Dans le *grand Parc* se trouvent plusieurs villages. Le *petit Parc*, le seul dont nous parlerons, renferme les jardins plantés par Le Nostre, les bosquets, les pièces d'eau, etc. C'est là que ce grand artiste a épuisé toutes les ressources de son talent et qu'il a porté à la perfection le style des jardins français. — Ce parc est situé à l'ouest du château ; son plan est un pentagone irrégulier, d'environ 4750 mètres dans sa plus grande longueur et de 3,200 mètres de largeur. Les arbres plantés par Louis XIV furent renouvelés en 1775, à cause de leur vétusté, et la nouvelle plantation fut dirigée par Lemoine, qui, en conservant les grandes et belles dispositions de Le Nostre, crut devoir supprimer plusieurs bosquets, y substituer des salles en quinconces, et en simplifier plusieurs autres. — Le jardin a plusieurs entrées ; les principales sont par les arcades latérales du château. — Lorsque les grandes eaux jouent, il présente un coup d'œil ravissant : si l'on se place au milieu de la terrasse dite le *Parterre d'eau*, on découvre, en face, le *Bassin de Latone*, l'allée du *Tapis-Vert*, le bassin d'*Apollon* et le *canal*; à droite, le *parterre du Nord*, la *Fontaine de la Pyramide*, la *Cascade*, l'*Allée d'Eau*, la *Fontaine du Dragon* et le *bassin de Neptune*; à gauche, le *Parterre des Fleurs*, l'*Orangerie* et la *Pièce d'eau des Suisses*. Les ornements du jardin et des bosquets consistent en groupes, statues antiques et modernes, termes, vases, bassins et fontaines; le tout en marbre, en bronze, en plomb bronzé ou doré. Les principaux bosquets sont ceux du *Rocher* ou des *Bains*

(1) Forcés de nous renfermer dans quelques pages, nous renvoyons pour de plus amples détails aux descriptions spéciales qui seules peuvent les donner.

d'Apollon, de la *Colonnade*, des *Dômes*, des *Trois Fontaines*, de l'*Arc-de-Triomphe*, etc.

Les eaux de Versailles, quoique bien déchues de leur antique splendeur, sont néanmoins encore assez riches pour mériter le nom d'incomparables, qui leur fut donné par les détracteurs mêmes; « mais beaucoup les méprisent, parce qu'elles sont abandonnées à la foule bourgeoise, parce qu'elles sont devenues de banales réjouissances, semblables aux feux d'artifice et aux divertissements des Champs-Elysées. Cependant, mieux encore que le grand roi, le peuple peut dire : Versailles, c'est moi; car c'est moi qui l'ai payé, c'est moi qui l'ai bâti. — Et puis, le sang des gardes-du-corps de la reine, qui rougit encore une des corniches du château, n'atteste-t-il pas que le peuple, après avoir payé de son argent et construit de ses bras le royal Versailles, y est entré un jour en conquérant, en maître, disant : »

C'est pour me divertir que les nymphes sont faites,
C'est pour moi dans ce bois que de savantes mains
Ont mêlé les dieux grecs et les Césars romains....

Dans ces jardins du Versailles de Louis XIV, sous ces impudiques charmilles où madame de Montespan et ses compagnes vinrent prendre leurs ébats, où Louis XV donna rendez-vous plus d'une fois à ses maîtresses, on trouve un vieux bloc de marbre ignoré de la foule; c'est une jeune femme attachée sur un bûcher; son corps sera bientôt réduit en cendres, mais sa gloire ne périra qu'avec le nom français. Là elle fut témoin des amours de Louis XIV, et ni le roi ni ses maîtresses ne songeaient à se détourner de cette vierge qui brûle au bûcher pour avoir fait sacrer un roi de France à Reims! Le peuple de 91, quand il entra à Versailles, brisant tout sur son passage, et demandant à grands cris qu'on lui donnât le roi et la reine de France pour les ramener à Paris, et pour les conduire de là à l'échafaud, ce peuple respecta le vieux marbre, parce que c'est une gloire nationale : c'est Jeanne d'Arc.

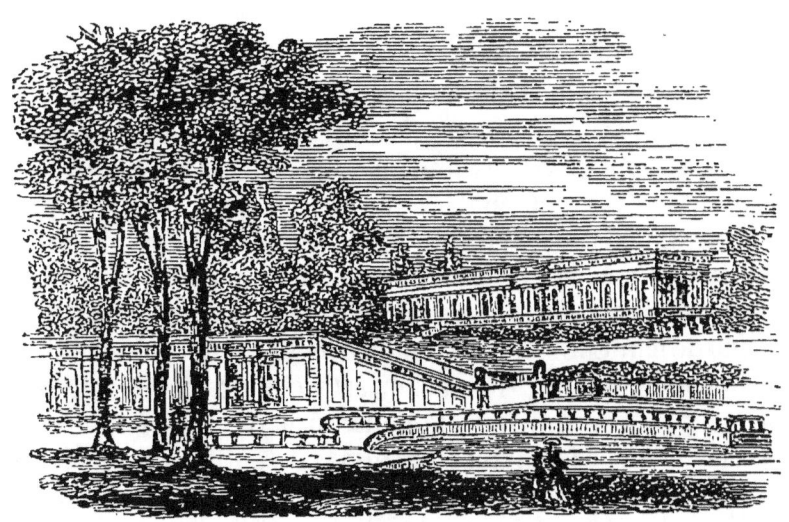

GRAND ET PETIT TRIANON

Lorsque Louis XIV eut construit Versailles, il acheta la terre de Trianon pour l'enclore dans son grand parc; le village qui s'y trouvait, et qui, au douzième siècle, portait le nom de *Triarnum*, disparut et fut remplacé par un château de fantaisie; c'est le grand Trianon, construit par Mansard dans le genre italien; cet édifice, en marbre du Languedoc et de Campan, n'a qu'un rez-de-chaussée et consiste en un corps de logis principal avec deux ailes en retour, formant pavillons, et réunis par un beau péristyle orné de colonnes ioniques. L'une des deux ailes, bâtie après coup, est en pierres de taille ordinaires. Les appartements sont décorés de glaces et contiennent quelques tableaux de nos grands maîtres. Les jardins, qui avaient été plantés par Le Nostre, furent distribués de nouveau en 1776, et renferment plusieurs belles statues.

Le château de Trianon porte le caractère de grandeur qui distingue ce qui appartient à l'époque où il fut élevé. Il rappelle le faste de Louis XIV; tout y avait été mesuré sur la taille du maître; tout se trouva hors de proportion pour son héritier

PETIT TRIANON.

Voisin du grand Trianon, ce palais s'est formé par des accroissements successifs, et porte le cachet de diverses époques. Le bâtiment consiste en un corps de logis principal ou pavillon carré qui a 20 mètres sur chaque face. Il est composé d'un rez-de-chaussée et d'un premier étage. Les jardins réunissent les agréments de la variété au charme d'une ingénieuse composition. On y trouve de belles eaux, une île au milieu de laquelle s'élève le Temple de l'Amour; le belvédère, de forme octogone; le rocher artificiel des cavités duquel sort un ruisseau qui se jette dans un petit lac; une caverne traverse le rocher dont on franchit les inégalités sur plusieurs ponts élégants. D'autres ponts sont jetés sur un ruisseau qui va se perdre dans un autre lac plus grand, et sur les bords duquel existe un hameau de style rustique, et la tour de Malborough qui domine le paysage. Des collines, des terres cultivées, des groupes d'arbres exotiques et indigènes, tout présente dans ces beaux lieux le tableau riant de la nature avec les grâces d'un beau désordre.

Nous ne parlerons pas ici des aventures galantes dont l'un et l'autre Trianon furent le théâtre; il suffit de dire que l'un fut destiné aux plaisirs de Louis XIV, l'autre à ceux de son successeur qui y trépassa le 10 mai 1774, las de la couronne, de la vie et de lui-même. Louis XVI donna la jouissance du petit Trianon à Marie-Antoinette, qui en embellit beaucoup le parc et y créa un jardin anglais. Les deux Trianon eurent le même sort pendant la révolution : ils furent dévastés, restèrent longtemps déserts, et ne commencèrent à être restaurés que dans les premières années du règne de Napoléon. Le grand Trianon reçut une bibliothèque choisie par l'empereur qui allait souvent la visiter. Le petit fut, après son second mariage, affecté particulièrement à Marie-Louise. C'est là qu'eut lieu, en 1814, son entrevue avec l'empereur d'Autriche, son père, et que fut déterminé son départ pour Vienne.

MARLY (SEINE-ET-OISE).

Le village de Marly-le-Roi est situé sur la pente d'une montagne sur la rive gauche de la Seine, à une lieue et demie de Versailles. Louis XIV s'y plaisait tellement, qu'il résolut d'y établir une résidence royale, et bientôt on vit s'élever dans un vallon étroit, profond, à bords escarpés, inaccessible par ses marécages, sans aucune issue, un magnifique château qui coûta des sommes immenses en bâtiments, en jardins, en eaux, en aqueducs, et, enfin, en ce qui fut si curieux, sous le nom de machine de Marly.

C'est surtout par ses jardins que Marly acquit une réputation prodigieuse. Une chose, entre autres, faisait l'admiration de tous les visiteurs : en face du château, du côté de la montagne, était une place appelée *Amphithéâtre*, occupée par un grand bassin, l'une des plus belles pièces d'eau du château; c'était proprement dit une rivière qui, en tombant de fort haut sur 63 degrés de marbre, formait des nappes d'eau d'une beauté que rien n'égalait en ce genre.

Il ne reste plus aujourd'hui du château que des ruines et une de ses dépendances qu'on appelait le Chenil, et qui forme une des jolies maisons de campagne, en assez grand nombre dans ces parages. On voit encore les vestiges de l'ancienne machine hydraulique qui élevait les eaux de la Seine à 600 pieds, pour que de là elles fussent amenées dans les réservoirs qui alimentaient Marly ainsi que les fontaines et jets de Versailles, au moyen de l'aqueduc de Marly ou de Luciennes.

Tout ingénieuse qu'était cette machine, depuis longtemps on s'apercevait que son produit diminuait au point de faire craindre son anéantissement, et les dépenses onéreuses que nécessitait son entretien faisaient désirer un nouveau mécanisme plus simple, ou au moins la rectification des défauts qui s'y annonçaient trop sensiblement. Après divers essais infructueux, on adopta en 1812 le système des pompes à feu, et déjà l'on s'occupait activement de son exécution, lorsque les invasions successives des étrangers y mirent un empêchement momentané. Enfin, les travaux ont été repris, et depuis longtemps une pompe à feu, au moyen de deux tuyaux en fonte posés sur un glacis, bordé de gazon et ombragé par un double rang de peupliers, élève les eaux, qui sont ensuite conduites par l'aqueduc, ouvrage digne des Romains par sa construction, simple, solide et majestueux ; il a 330 toises de longueur, et 36 arcades en plein cintre : les plus élevées ont jusqu'à 75 pieds sous clef.

LA MALMAISON (SEINE-ET-OISE).

La Malmaison, en 1244, ne consistait qu'en une grange fortifiée, reste d'un repaire où, un siècle plus tôt, un chef normand s'était établi pour exercer ses rapines sur les voyageurs et prélever un tribut d'un autre genre sur les femmes et les filles de la contrée. De là était venu à ce lieu le nom de *mala domus*, mauvaise maison, qui n'est guère en harmonie avec ce qu'il fut plus tard, c'est-à-dire un des plus agréables séjours des environs de Paris. Delille, à même d'apprécier tous les agréments qu'il offrait déjà avant la révolution, en a fait un éloge pompeux et mérité. La Malmaison fut achetée par la veuve de Beauharnais. Devenue impératrice, Joséphine affectionnait cette résidence, l'embellit avec soin et y passait tout le temps qu'elle pouvait dérober aux grandeurs. Un jardin botanique, une ménagerie et une école d'agriculture y apparurent sous son patronage; des fêtes brillantes y furent données, et les populations d'alentour, comblées des bienfaits de la maîtresse de céans, lui vouèrent une reconnaissance qui survécut à l'éclat de sa prospérité. Que reste-t-il de tant de splendeurs? quelques souvenirs historiques et l'ancien parc du château.

Joséphine, rentrée dans une condition privée, se retira dans sa demeure favorite et y mourut peu de temps après la visite qu'elle reçut de l'empereur Alexandre. Un an plus tard, après le désastre de Waterloo, Napoléon, en butte à toutes les haines qui éclataient contre lui dans l'assemblée des représentants, vint poser son pied fugitif dans ce gracieux palais de ses premières années de gloire. Il parut alors retrouver son énergie et nourrir l'espoir de résister aux mille intrigues qui s'acharnaient à lui faire briser son épée. Mais bientôt, délaissé de ceux-là même qui tenaient le plus près à sa personne, traqué par les colonnes de Blucher qui le serraient de près, il se résolut, après quatre jours de résidence, à partir pour Rochefort, de Rochefort pour l'Angleterre et de l'Anglerre pour... Sainte-Hélène. S'il eût différé seulement de deux heures, sa fuite n'était plus possible et le péril était plus grand qu'on ne le croyait, car on n'en voulait pas seulement à sa liberté, mais à sa vie. « Si je peux l'attraper, avait dit Blucher dans son grossier langage, je le ferai pendre à la tête de mes colonnes. » Quelques jours plus tard, la Malmaison était ravagée et pillée par les troupes anglaises et prussiennes. Après ce triste événement, elle devint la propriété du prince de Beauharnais, pour passer de mains en mains à la reine Marie-Christine d'Espagne, qui l'a habitée en 1843 et 1844. Ce n'est pas dans la demeure de cette étrangère que l'on peut reconnaître la demeure de Bonaparte et de Joséphine; c'est dans les caveaux de l'église de Rueil que se trouve aujourd'hui tout ce qui reste de la maison impériale. La Malmaison fait partie de la commune de Rueil, à trois lieues de Paris.

SAINT-GERMAIN (SEINE-ET-OISE)

Saint-Germain et son château sont situés sur une montagne au pied de laquelle coule la Seine, à 5 lieues à l'ouest de Paris et à 3 lieues au nord de Versailles. Au temps du roi Robert (onzième siècle), la fondation du monastère de Saint-Germain dans l'antique forêt de Léda (par corruption Léia, en français Laye), qu'enveloppe le cours du fleuve, fut suivie de l'établissement d'un château autour duquel se forma successivement une agglomération d'habitations. Telle fut l'origine de la ville de Saint-Germain, l'une des moins anciennes de la France, séjour favori de plusieurs de ses rois, depuis Louis-le-Gros jusqu'à Henri IV, qui surtout y était le bien-venu. Plus d'un de ces rois naquit à Saint-Germain, et parmi eux Louis-le-Grand. Les rois et l'histoire semblent être là comme dans leur maison des champs, et, tout peuplé de souvenirs monarchiques, Saint-Germain, pendant la révolution, prit si peu la peine de cacher son opinion, que la ville fut déclarée plusieurs fois en insurrection, bien différente en cela de celle de Versailles, sa voisine; qui, plus à même de connaître la vie privée des Bourbons, fut la première à se déclarer contre eux et à embrasser tous les principes qui devaient renverser leur trône.

En 1356, le château de Saint-Germain fut ainsi que la ville brûlé par Édouard III. Réédifié par Charles V, pris de nouveau par les Anglais alliés d'Isabeau de Bavière et racheté à prix d'argent par Charles VII, Louis XI en fit don à son médecin Coictier ; mais un arrêt du parlement, à la mort du roi, cassa la donation et rendit à la couronne la propriété aliénée.

La demeure royale, que l'on voit aujourd'hui dans un état de ruine pire que l'abandon, a été construite par François Ier. Tous les arts, appelés alors en France, concoururent à son ornement. La salamandre, qui grimpe partout, apparaît encore sur les murailles, ainsi que les deux *F. F.* entrelacés et surmontés de la couronne royale. Immense espace, longues fenêtres, toits à perte de vue, bordés de cette haute plate-forme, vaste plaine apportée sur la montagne, d'où l'œil étonné découvre un horizon immense. Henri IV, pour complaire à la belle Gabrielle, fit bâtir sur la croupe de la colline une nouvelle et belle habitation dont les jardins s'étendaient, soutenus par des terrasses, jusqu'à la rivière. Le pavillon de Gabrielle disparut, et le vieux château fut embelli par Louis XIII. Louis XIV ne voulant pas se contenter de la maison de son père l'augmenta de cinq gros pavillons flanquant les encoignures. Mais bientôt l'âme du grand roi, si petit devant la mort, fut épouvantée par la vue continuelle des clochers de Saint-Denis qu'on aperçoit de Saint-Germain et qui devait être sa dernière demeure, et la magnifique situation de Saint-Germain fut abandonnée pour la plaine sauvage de Versailles.

A Louis XIV succéda dans le château de Saint-Germain sa maîtresse délaissée La Vallière, puis un roi d'Angleterre Jacques II, qui, deux fois précipité du trône, vint cacher en France sa honte et ses souvenirs.

Cet ancien palais est aujourd'hui devenu une maison de correction militaire. C'est ce que vous annoncent ces grilles, ces verroux, ces murs qui s'ajoutent à la profondeur des fossés. En pénétrant dans cette *maison de rachat*, on ne voit que des corps jeunes et robustes, apprenant à faire un emploi intelligent de leurs forces, des cœurs qui s'émeuvent à tous les nobles sentiments et qui travaillent à se réhabiliter assez pour être encore dignes de porter l'uniforme. Cette institution, qui, jusqu'à présent, a donné les plus heureux résultats, fut d'abord appliquée à l'armée, en 1852, dans les bâtiments de l'ancien collége Montaigu à Paris, mais ce local étant devenu trop étroit pour le nombre des détenus, le pénitencier militaire fut transféré, en 1836, à Saint-Germain. Les vastes appartements, les galeries avaient été distribués en rangées de cellules ordinaires, où chaque prisonnier se retire le soir. Les celliers avaient fait place à des cellules ténébreuses où sont renfermés ceux qui ne se soumettent pas à l'ordre de la maison. L'immense hauteur des salles d'armes, des salles de gala, fut coupée en plusieurs étages d'ateliers, et le château royal put recevoir cinq cents prisonniers.

La terrasse de Saint-Germain a 1,200 toises de long sur 15 toises de large. On y jouit d'une perspective aussi imposante par son étendue que par sa variété; d'un côté, la forêt l'ombrage dans toute son étendue; de l'autre, le bois de Vésinet qu'on voit presque comme dans un plan, la Seine et les campagnes qu'elle arrose, des châteaux, des villages et des villes se dessinent dans un horizon qui n'a de limites que celles de la vue humaine. La forêt, qui n'a guère moins de 8,600 arpents, est coupée de routes magnifiques ou de sentiers commodes, à l'angle desquels sont placés de distance en distance des poteaux indicateurs. On ne voit pas sans effroi, dans une solitude aussi imposante, des croix de pierre élevées en mémoire de certains événements de lugubre mémoire. Le sol sablonneux y produit des arbres d'une extrême grosseur et permet en tout temps de chasser les nombreux cerfs, daims, chevreuils et sangliers que des murs de clôture tiennent enfermés. Le parc, qui joint le château et qui fait partie de la forêt, est remarquable par la beauté et l'ancienneté de ses plantations. La Muette, pavillon bâti par François Ier et qui servait de rendez-vous de chasse, est située au centre de huit routes. La maison des loges, célèbre par la foire qui s'y tient régulièrement chaque année le premier dimanche de septembre, est aussi placée dans la forêt à l'extrémité de la grande route qui est en face du vieux château. De Paris et de tous les villages des alentours, on vient à cette fête avec tout l'empressement que donne l'espoir du plaisir. La fête de Saint-Louis, qui précède celle des Loges, est un diminutif de la première. Elle offre en miniature une joie non moins vive et un attrait non moins puissant.

Autrefois, pour aller de Paris à Saint-Germain, il fallait gravir des montagnes et passer des rivières. Depuis l'établissement du chemin de fer, la montagne s'ouvre d'elle-même pour vous faire passage ; le fleuve, vous le passez à pied sec, et à peine êtes-vous parti que vous voilà déjà tout d'un coup étendu sur le gazon, en vous disant : Déjà ! Cependant, dans les premiers temps de cette magnifique invention, les promeneurs, parvenus au Pecq, devaient monter avec fatigue la terrasse, mais depuis l'établissement du chemin atmosphérique, on aborde de plein pied au centre de Saint-Germain, 45 minutes après avoir quitté Paris. Le chemin de fer de Saint-Germain correspond à Asnière avec celui de Versailles et dessert Colombe, Nanterre, Rueil, Chatou. De Saint-Germain des omnibus conduisent les voyageurs à Poissy.

POISSY (SEINE-ET-OISE).

Poissy, situé sur la grande route de Paris à Caen, occupe
une charmante position entre la Seine et l'une des extrémités de la forêt de Saint-Germain. Son premier nom, *Pi-
seiacum*, a fait croire qu'il devait son origine à un établis-
ment de pêcheurs. Dès l'an 868, sous Charles-le-Chauve,
cette ville fut le siége d'une assemblée générale des grands
et des prélats du royaume. Il paraît qu'un château y fut établi, et qu'avant la fondation de ceux de Saint-Germain et
de Fontainebleau, on y élevait les enfants de France. Saint
Louis y reçut le jour, le 24 avril 1215, ou, suivant une autre opinion, y fut seulement baptisé; aussi conserva-t-il
toujours une prédilection pour ce lieu, et, quand il voulait
signer son nom sans énoncer son titre de roi, il se quali-
fiait de seigneur de Poissy. Philippe-le-Bel fonda à Poissy,
au treizième siècle, un couvent de femmes et fit construire
une église, regardée aujourd'hui comme un véritable chef-
d'œuvre d'architecture gothique; il y manque toutefois un
portail. Dans l'une des chapelles de la nef, on montre les
fonts sur lesquels on prétend que saint Louis fut baptisé;

les vitraux de cette chapelle représentent l'accouchement de la reine Blanche. Au bas est le quatrain suivant :

Saint Louis fut un enfant à Poissy,
Et baptisé en la présente église ;
Les fonts en sont gardés encore ici,
Et honorés comme relique exquise.

En effet, sans faire autorité, la tradition du pays est que cette église fut bâtie sur l'emplacement du château qu'habitait cette reine, et que son lit était placé à l'endroit même où s'élève le maître-autel. Philippe-le-Bel ne vit point l'église achever, mais il voulut qu'après sa mort son cœur y fût déposé. Depuis quelques années des restaurations sont commencées pour conserver aux amis de nos vieux monuments nationaux cet édifice, ruiné par le temps.

C'est à Poissy que se tint, en 1561 et en présence de Charles IX, le fameux *colloque* entre les prélats catholiques et les ministres calvinistes. Mais aujourd'hui cette ville n'est plus connue du public que par son marché de bestiaux, et des malfaiteurs que comme un lieu de détention. Triste retour des choses d'ici-bas ! Nous devons cependant mentionner un établissement industriel qui, depuis quelques années, contribue à répandre l'aisance dans la localité. C'est une imprimerie considérable qui, sous une direction intelligente, rivalise avec les premières typographies de la capitale, et offre de plus l'avantage du bon marché.

Les départs de Paris pour Poissy, soit par le chemin de fer de Rouen, soit par celui de Saint-Germain, qui se continue depuis là en omnibus, se succèdent de demi-heure en demi-heure. Le marché de bestiaux se tient tous les jeudis.

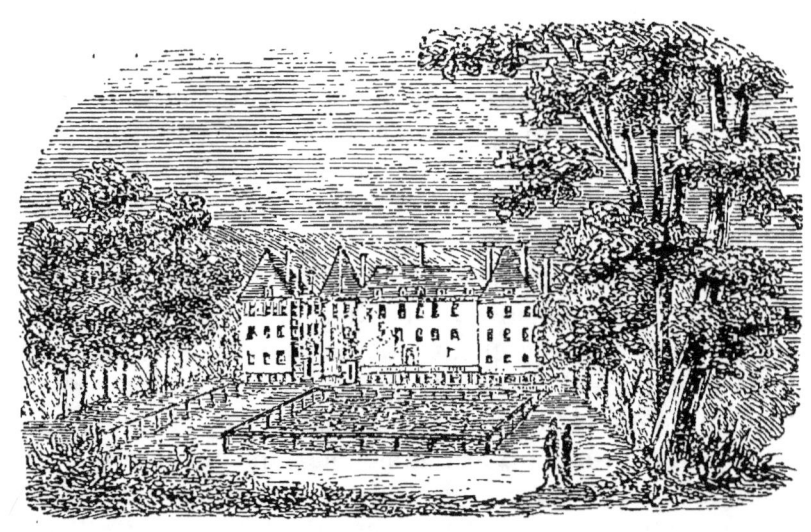

ROSNY (SEINE-ET-OISE).

A deux lieues de Mantes, sur la rive gauche de la Seine, on voit, dans une des deux îles formées par le fleuve, le village de Rosny, et dans l'autre, beaucoup plus grande, un château avec un parc fort étendu. Sa construction en briques et les colonnes qui en décorent l'entrée semblent fixer l'époque de son érection au seizième siècle. Il est vaste, solidement bâti, entouré de fossés larges et profonds, et la Seine qui borde ses dépendances ajoute à la beauté des lieux. C'est dans ce vieux manoir que naquit le célèbre ministre Sully. En 1610, il le faisait rebâtir, lorsqu'il apprit la mort de Henri IV. Pénétré de douleur à cette nouvelle : — « Je n'achèverai point, dit-il, ce château; je veux qu'il porte le deuil de la perte que la France vient de faire d'un si grand roi, et moi, en particulier, d'un si bon maître. » Deux cents ans plus tard, le domaine de Rosny devenait la propriété de la duchesse de Berri, qui se plut à l'embellir. Le bien que la princesse répandit dans la contrée ne put la préserver du malheur. On sait la catastrophe du duc de Berri assassiné par Louvel. Cet homme ne voulait pas, comme Sully, des

Bourbons pour maîtres. Leur retour, en 1814, lui semblait pour la France l'inauguration de l'humiliation et le rétablissement du despotisme, et il ne versait leur sang que par patriotisme. Cette opinion était alors la vérité comme la sentait le peuple qui ne comprenait pas encore qu'avec nos mœurs et dans un état de civilisation avancée, l'assassinat politique ne trouve sa justification ni dans le dévouement ni dans les motifs qui le font consommer. L'attentat Louvel fut un anachronisme, et tout anachronisme de ce genre sera d'autant plus répréhensible que la société s'habituera plus à prendre en horreur la peine de mort et à attendre son salut d'un progrès irrésistible et pacifique. Louvel ne fut ni plaint ni maudit par le peuple, qui ne pouvait voir en lui ni un scélérat ni une victime. Le duc de Berri était d'ailleurs un homme fort peu regrettable, quoique M. de Chateaubriand, dans son grand style, ait prétendu faire de lui un héros chrétien, un prince loyal, bon et généreux. Sa veuve fonda dans le village de Rosny un hospice sous l'invocation de saint Charles Borromée, patron du prince. Son cœur et les vêtements arrosés de son sang furent enfermés dans le piédestal de la statue en marbre de saint Charles, élevée dans la chapelle de l'hospice.

Le village de Rosny, dont l'histoire se résume dans les seuls faits que nous venons de rapporter, compte à présent 600 habitants, et possède de jolies maisons de campagne et quelques établissements industriels.

VIGNY (SEINE-ET-OISE).

Vigny, village peu considérable à quatre lieues de Pontoise, contenait anciennement une maladrerie ainsi qu'une chapelle de la Vierge, appelée le *Bordeau de Vigny*, nom que, dans les registres de l'archevêché de Rouen de 1554, on a traduit par ces mots · *Capella lupanaris de Vigneio;* ce qui donne un sens assez singulier; car on sait que le mot *lupanar* désigne un lieu de prostitution. Le mot *bordeau* désigne à la fois *ferme*, *petite maison* et *lieu de débauche*, et sa traduction latine par *lupanar* dissipe ici les incertitudes.

Vigny avait aussi et conserve encore un beau château bâti par le cardinal d'Amboise; ce château appartenait avant la révolution au prince de Soubise; il fut vendu en 1822 par la famille de Rohan, et les nouveaux propriétaires, Decher et Lefevre, l'ont fait réparer avec beaucoup de soins, en conservant son style gothique, c'est-à-dire les lourdes tours, les hautes murailles incapables de résister à l'artillerie nouvelle, mais pouvant encore mettre une place à l'abri d'un coup de main. A l'époque de sa fondation, les châteaux commençaient à avoir des fenêtres; l'air et la lumière y pénétrèrent en même temps que la civilisation, et de nombreux ornements d'architecture vinrent adoucir la lugubre physionomie de ces édifices.

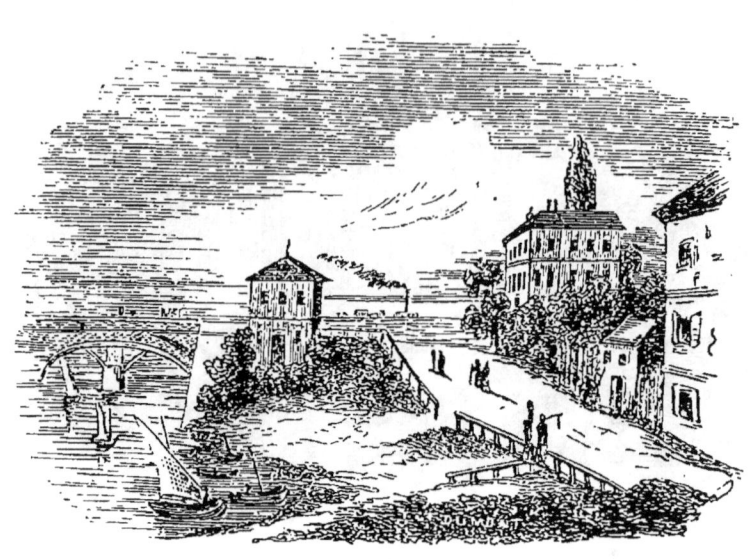

ASNIERES (SEINE).

Le village d'Asnières, sur la rive gauche de la Seine, suivant l'étymologie qu'on en a donnée : *Asinariæ*, *agregibus Asinorum dictà*, paraîtrait avoir autrefois nourri beaucoup d'ânes. Le nom d'Asnières, de tout temps, a fait le désespoir de ses habitants. Aussi, dès l'an 1700, l'un d'eux, docteur de Sorbonne, fit-il d'inutiles efforts pour le changer. Pareille tentative fut renouvelée en 1745 par un célèbre médecin du lieu; enfin, en 1817, un magistrat, né dans l'endroit, fit de nouvelles démarches dans le même but, mais toujours sans succès. Cependant, il y eut de fort belles maisons de campagne construites dans ce village, et aujourd'hui il est devenu l'oasis du canotier parisien; qu'il soit simple matelot ou qu'il ait justifié par son audace, par sa vigueur, par son sang-froid dans les dangers, son grade de chef d'équipe, il lance sa barque dans la direction d'Asnières. Ce petit port, si gai, si vivant à l'époque des courses aux avirons qui y ont lieu tous les ans, est, pour lui, après une vigoureuse navigation de quelques heures, le lieu de la terre le plus aimable à voir. Enfin, sans parler des grandes régates, chaque année voit revenir la brillante fête d'Asnières, fête accompagnée de musique militaire, de femmes parées et de nombreux applaudissements pour les héros du canotage.

MAISONS (SEINE-ET OISE).

Le village de Maisons, quoique peu important malgré son heureuse situation sur la rive gauche de la Seine à quatre lieues de Paris, remonte au quatorzième siècle. Un magnifique château y fut construit en 1658 par Mansard. Voltaire y séjourna; le comte d'Artois en acquit la propriété, et, après avoir été vendu pendant la révolution comme propriété nationale, Napoléon s'en rendit maître pour le donner à son fidèle Lannes. Il passa depuis au célèbre banquier Laffitte, qui lui a donné son nom. Trois longues avenues, disposées en croix et accompagnées chacune de deux pavillons ornés d'architecture, conduisent au château, dont l'isolement rend la position avantageuse. Des fossés-secs, bordés d'une terrasse, règnent autour de la principale cour, dans laquelle se trouvent un bassin et deux quinconces; celui de gauche est terminé par l'orangerie. L'harmonie qui existe dans ces diverses constructions et dans l'architecture du corps de bâtiment principal est une nouvelle preuve du génie de l'architecte célèbre qui en fut l'auteur. On prétend que Voltaire, décrivant le Temple du Goût, faisait allusion au château de Maisons, dans les vers suivants :

Simple en était la noble architecture ;
Chaque ornement à sa place arrêté,
Y semblait mis par la nécessité.
L'art s'y cachait sous l'air de la nature,
Jamais surpris et toujours enchanté.

Le parc, d'une vaste étendue, répondait par sa distribution à la magnificence du château; mais la révolution de Juillet, qui, en élevant si haut la réputation de M. Laffitte, porta un coup si fatal à sa fortune, le força à se défaire d'une partie de sa superbe propriété. On a divisé le parc, qui a 1,000 arpents, en petits lots, servant à autant de jolies maisons de campagnes suivant les goûts ou la fortune des modernes acquéreurs. Le pittoresque a pu y gagner, mais l'ensemble est défloré et a perdu son caractère grandiose. En face du château, un beau pont en pierre traverse la Seine; près de là, sur un bras de cette rivière, est un moulin à farine avec une machine hydraulique qui fournit de l'eau dans l'intérieur du château et dans ses jardins. Un pont, voisin du premier, sert au trajet du chemin de fer de Paris à Rouen.

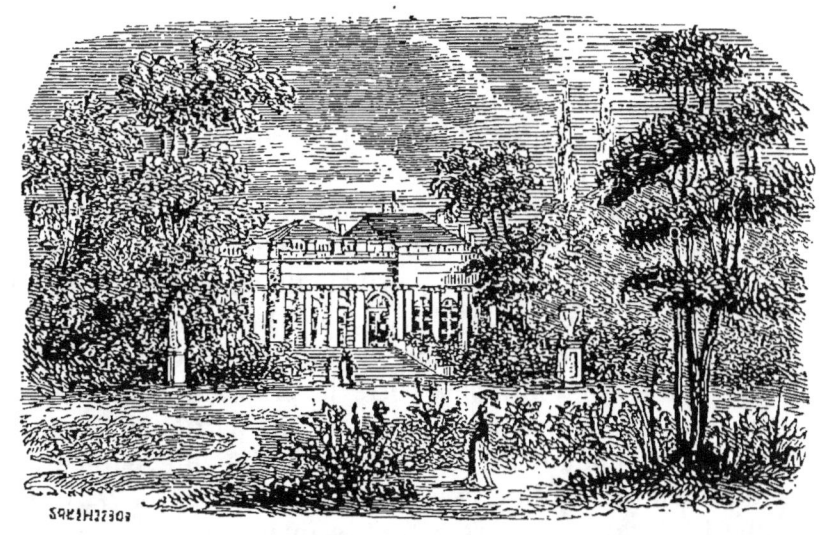

NEUILLY (SEINE).

Longtemps Neuilly ne fut qu'une dépendance de la paroisse de Villiers-la-Garenne. On fait dériver son nom d'un port qui existait en 1222, en face du chemin de Nanterre, et qu'on appelait *Portus de Lulliaco*, ou *Lugniacum*. Dès les premières années du dix-septième siècle, la Seine se passait en bac à cet endroit. Mais voilà qu'un beau jour, Henri IV arrivant de Saint-Germain en carrosse avec la reine et plusieurs gentilshommes, les chevaux, au moment d'entrer dans le bac, se précipitèrent dans la Seine malgré les efforts du cocher; les seigneurs de la cour se jetèrent aussitôt à l'eau tout armés, tout habillés, et sauvèrent ainsi le roi, qui, à son tour, les aida à retirer la reine. Cette chute guérit Henri IV d'un grand mal de dents; il en plaisantait, en disant que jamais il n'avait trouvé de meilleure recette. Cependant, ne voulant plus y avoir recours avec la chance de se noyer, il donna au village de Neuilly un pont de bois, qui, en 1772, fut remplacé, sous la direction de M. Peyronnet, par un pont monumental, chef-d'œuvre de hardiesse, d'élégance et de solidité. Ce fut le premier pont construit en France sans courbure au milieu. Il se compose de cinq arches très-

surbaissées, ayant **120** pieds d'ouverture et 30 pieds de hauteur sous clef. Sa longueur est d'environ 750 pieds, et il
s'aligne avec la grande allée des Tuileries. Cet utile édifice
donna au village de Neuilly une importance qui s'est accrue
par l'établissement d'un grand nombre de belles maisons de
campagnes au nombre desquelles sont celles de *Saint-James*
et de *Sainte-Foye*. Celle-ci, peu distante du pont, fut bâtie en
1755 par M. d'Argenson, et devint, après la chute de l'Empire,
la propriété du duc d'Orléans. On sait à quel degré de magnificence Louis-Philippe a porté la propriété somptueuse
dont il faisait sa résidence pendant une partie de l'année.
C'est en s'y rendant par la route de Sablonville, située en
face de la porte Maillot, que le duc d'Orléans a trouvé, le 13
juillet 1842, une mort prématurée si malheureuse. Une chapelle funéraire a été élevée sur le lieu même de l'accident.

L'habitation de Saint-James, construite et baptisée par un
célèbre financier, un des personnages du fameux procès du
collier de la Reine, appartenait sous l'Empire à la princesse
Borghèse, sœur de Napoléon; magnifique et prodigue jusqu'à l'extravagance, elle dépensa deux millions seulement
pour élever un rocher immense, dont la forme rustique
contraste avec l'architecture élégante d'un magnifique péristyle. L'intérieur du rocher est composé de plusieurs
chambres et galeries souterraines, et principalement d'une
belle salle de bains décorée en stuc. Au-dessus de ce rocher est un vaste réservoir pour le jeu des eaux.

Lors de la révolution du 24 Février, des bandes d'individus, comme il s'en trouve le lendemain de tous les grands
mouvements populaires, oiseaux de proie qui suivent pas à
pas les progrès de l'insurrection pour se repaître de cadavres, se dirigèrent vers le château de Neuilly, saccagèrent
les appartements, vidèrent les caves et moururent ivres au
milieu de l'incendie qu'ils avaient allumé.

RAMBOUILLET (SEINE-ET-OISE.

A ce nom de Rambouillet le peuple se rappelle sa victoire sur une dynastie à qui rien n'a manqué pour constater sa déchéance... pas même la honte de sa fuite ! fuite par étapes de soldats ; fuite pendant laquelle les regards des Bourbons perçaient à travers les buissons de la route dans l'espoir de voir étinceler derrière une baïonnette secourable ; pendant laquelle leurs oreilles, si longtemps fermées à la vérité, s'ouvraient attentives pour surprendre sous le vent, dans le lointain, le cri d'un ami, un qui-vive royaliste.... Mais rien ! Le silence du peuple est aussi la formule de condamnations des rois.... Rien ! Charles X était arrivé à la dernière page du règne de Jacques II.

Le château de Rambouillet dut son érection à l'avantage qu'offrait pour la chasse la vaste étendue de bois qui l'environne. D'un côté c'est la forêt des Ivelines sillonnée par des percées très-régulières et qui s'étend jusqu'à Rochefort, de l'autre la forêt de Rambouillet, unie à celle de Saint-Léger, couvrant une surface de 30,000 arpents et couronnant de nombreux coteaux jusqu'à Montfort-l'Amaury et la Vallée de Houdan.

Tel qu'il est aujourd'hui, le château de Rambouillet n'occupe guère au-delà de 300 toises de terrain. Son plan est irrégulier; son architecture est lourde, massive et sa décoration des plus simples. Cet édifice est flanqué de trois tourelles et d'une grosse tour à créneaux. Tout ce qui est bâti en briques ne paraît pas remonter au-delà du règne de Henri IV. Des précédentes constructions, il ne reste que la grosse tour qui semble antérieure au quinzième siècle. C'est là qu'on voit la chambre où mourut François Ier. Une des ailes a été abattue en 1805 et remplacée par un grand mur prolongé jusqu'à la loge du portier, d'où part une belle grille en fer qui décrit un demi-cercle en allant rejoindre la tour principale, et sépare la cour d'honneur d'une vaste avant-cour très spacieuse. L'intérieur des appartements se ressent de l'irrégularité de l'édifice et n'offre rien qui soit digne d'être cité. On y a longtemps conservé le portrait de François Ier, son casque, son épée et sa cotte d'armes, mais ces objets, qui excitaient la curiosité des voyageurs, n'y sont plus. A gauche de l'édifice et sur le bord de la route de Paris, est un vaste commun bâti par le duc de Penthièvre. Louis XVI se proposait d'agrandir encore ce château, mais les événements qui se pressaient sur ses pas ne lui en laissèrent pas le temps, et au contraire une partie du château fut démolie.

Les jardins de Rambouillet, dessinés par Le Nostre, manquent d'unité pour le plan, mais ils se lient très-bien avec le parc et la forêt qui les entourent. Une pièce d'eau en forme de trapèze de 90 arpents de surface est partagée en plusieurs canaux par deux grandes îles et deux petites ombragées çà et là de bouquets d'arbres touffus et tapissées du gazon le plus vert et le plus frais. Le parc, également dessiné par Le Nostre et dont on est redevable au premier duc de Penthièvre, renferme plusieurs fabriques, la laiterie de Marie-Antoinette et la fameuse ferme créée par Louis XVI pour l'établissement du premier troupeau de mérinos qu'on ait introduit en France et qui est encore aujourd'hui l'un des plus beaux.

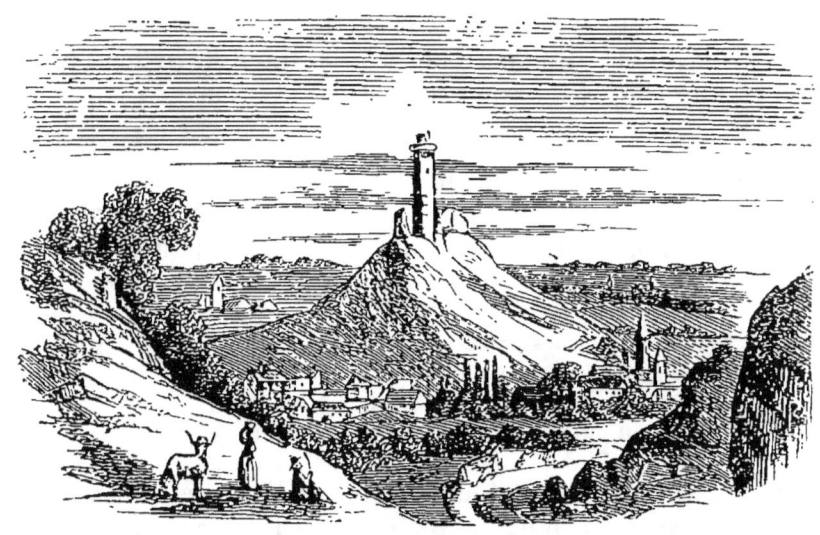

MONTLHÉRY (SEINE-ET-OISE).

Il ne s'agira point ici de la description d'un de nos châteaux modernes, séjour de luxe et de bien-être ; nous avons à représenter la lugubre physionomie d'un de ces manoirs de nos ancêtres dont il est regrettable, au point de vue de l'art, que la destruction soit devenue aujourd'hui presque complète.

Parmi les anciennes forteresses ayant tours, murailles et fossés, ponts-levis, herses et machicoulis, Montlhéry, l'effroi des rois de France et des campagnes environnantes, fut renommé par la tyrannie de ses seigneurs et par la force qu'il devait à l'art et à la nature. L'histoire de ce lieu offrirait un tableau fidèle du régime féodal : faiblesse de la monarchie, puissance souveraine des seigneurs, absurdité de ce qu'on nommait alors la justice, et malheurs des peuples. Œuvre du temps, non moins que de la main des hommes, la destruction des murs et des tours secondaires du château de Montlhéry, fortifié en 999 par Thibaud File-Étoupe, a commencé en 1591 ; il n'en reste plus aujourd'hui que des ruines ; mais, à l'aide de la tradition, on sait que, pour arriver au château dont la principale entrée était du côté de la ville, il fallait ouvrir cinq portes, monter par trois terrasses élevées les unes sur les autres, et franchir cinq enceintes.

La tour du Donjon, tour fameuse, tour encore debout au milieu des ruines qui entourent cette relique féodale, a résisté pendant huit siècles aux ravages du temps et des hommes (1). Boileau l'a décrite ainsi :

> Ses murs, dont le sommet se dérobe à la vue,
> Sur la cime d'un roc s'allongent dans la nue,
> Et, présentant de loin leur objet ennuyeux,
> Du passant qui les fuit semble suivre les yeux.

La hauteur de cette tour est aujourd'hui de 96 pieds : elle paraît avoir été plus haute encore. « Par dedans œuvre, dit un procès-verbal de 1547, les murs ont neuf pieds par bas, six, cinq, quatre par haut, d'épaisseur. Le premier et le deuxième étages sont voûtés en dedans, et dans le premier étage est un moulin à bras. Le comble de charpenterie couvert en ardoise et en plomb, et garni de mardelles et allées au pourtour. »

A la tour du Donjon en est accolée une seconde, de moindre dimension ; elle contient l'escalier, qui n'est plus abordable. Aux deux tiers de la hauteur de ce groupe de tours, on voit une ceinture de support, en saillie et en pierres de taille, destinée à soutenir une galerie extérieure que les anciens nommaient machicoulis ; au-dessus de cette galerie, on s'aperçoit que le diamètre de la grosse tour diminue, et des pierres qui s'en détachent menacent de leur chute les observateurs. Des murs et des tours qui protégeaient le donjon, quelques-unes sont toujours debout, d'autres sont à rez de terre ; les restes d'une de ces tours située au nord s'élè-

---

(1) Selon un archéologue moderne, la tour de Montlhéry n'aurait pas fait partie de la forteresse primordiale, et sa construction ne remonterait qu'à la seconde moitié du treizième siècle.

vent encore à trente pieds au-dessus du sol ; elle est percée
d'outre en outre, et son ouverture irrégulière, faite évidemment de la main des hommes, laisse, à travers ces tristes
débris de constructions féodales, apercevoir le tableau riant
des campagnes. Le mur d'enceinte opposé au sud, en grande
partie existant, offre une ouverture régulière qui sert de ca-
dre à un pareil tableau. Au nord-est se trouve un monticule
appelé la Mothe-de-Montlhéry et composé de terres rappor-
tées, qui doit être mis au rang de ces tombelles où les chefs
guerriers de la Gaule antique étaient ensevelis.

La possession de la forteresse de Montlhéry fut, dans le douzième siècle, un sujet de guerres multipliées, de trahisons et
d'assassinats. Hugues de Crécy, l'un des principaux acteurs
de ces scènes sanglantes, étrangla de ses propres mains à
Montlhéry son cousin Milon de Braie, puis jeta son corps
par la fenêtre d'une des tours du château. La fameuse bataille qui eut lieu en 1465 entre Louis XI et son frère Charles,
duc de Berri, fut livrée sur le territoire de Montlhéry ;
elle eut pour résultat le traité de Conflans qui permit enfin
aux peuples de respirer.

La ville de Montlhéry, autrefois bourg, est située sur le
penchant de la montagne, au-dessous, au nord et au nord-
ouest du château. La porte Baudry porte l'inscription suivante, récemment gravée : « Cette porte, bâtie dès l'an
1015, par Thibaud File-Etoupe, fut rebâtie en 1589 sous
Henri III, et restaurée par le consulat de Bonaparte, l'an
8 de la République, par Gaudron de Tilloy, maire. » Sur
l'esplanade où s'élève la tour, on a construit, lors de la
guerre en Espagne, un télégraphe qui fait partie de la ligne
de Paris à Bayonne.

LE CHATEAU DE FONTAINEBLEAU (SEINE-ET-MARNE).

La première origine du château de Fontainebleau se perd dans la nuit des temps. Cette œuvre de tant de rois, si riche en souvenirs de tous les âges, apparaît brusquement dans l'histoire, vers le milieu du douzième siècle, et c'est déjà un vieux manoir féodal avec ses tours, son donjon, ses fossés. Louis VII l'habite avec sa cour, et saint Louis, qui s'y plaisait beaucoup, l'appelle son cher désert et y fonde un hôpital qui existe encore. Philippe-le-Bel naquit et mourut dans ce château successivement embelli par ses successeurs, jusqu'à François Ier, qui fit construire par le célèbre Primatice la plus grande partie des bâtiments que nous voyons aujourd'hui, et que ses fils Henri II et Charles IX d'abord, puis tour à tour Henri IV, Louis XIII, Louis XIV et Louis XV, se plurent à augmenter et à enrichir.

Quoique ces diverses constructions, faites en différents temps, n'offrent rien de symétrique dans l'ensemble, cependant ce mélange de grandeur et d'irrégularité a quelque chose qui plaît, et le château de Fontainebleau, à tout pren-

dre, est, de toutes les demeures royales, la plus magnifique
et la plus commode. L'étendue des bâtiments est telle, que
la toiture seule présente une superficie de 60,000 mètres
carrés. Leur ensemble est si compliqué, qu'il faut les parcourir plus d'une fois ou s'aider d'un plan pour s'y orienter
plus facilement. Ce vaste assemblage d'édifices se partage
en deux massifs principaux réunis par une galerie construite
sous François Ier pour servir de communication entre la
cour du Cheval-Blanc et l'ancien pavillon de Saint-Louis,
qui constituait originairement tout le château. Cette galerie
transversale est située entre le jardin du Roi et la cour de
la Fontaine. Le jardin, d'abord nommé des Buis, de l'Orangerie et ensuite du Roi, est dessiné en jardin paysagiste et
renferme une belle statue de Diane chasseresse. La cour de
la Fontaine, ornée d'une statue en marbre blanc représentant Ulysse, est entourée de bâtiments sur trois côtés et bordée sur le quatrième par un étang. Dans une de ses ailes, à
laquelle aboutit l'avenue des Tilleuls de Maintenon, longeant
l'étang, se trouve la galerie de tableaux de Henri II, restaurée en 1834. Derrière cette galerie, s'étend la cour ovale
ou du Donjon, berceau de cette antique demeure autrefois
défendue par des fossés. Après la cour ovale, vient la cour
des Princes, séparée du jardin du Roi par une partie des
bâtiments qui l'environnent. C'est dans cette portion sombre et solitaire du château que s'accomplit, le 10 novembre
1657, le meurtre de Monaldeschi, ordonné par Christine
de Suède, qui alla cacher sa honte et ses remords au château de Saint-Germain.

La cour des Offices, dont l'entrée est sur la place d'armes,
est située au nord de la cour des Princes et de la cour ovale.
Cette cour, vaste et régulière, est entourée de trois corps
de bâtiments construits sous Henri IV en 1609. Entre la
cour ovale et celle des Offices, on distingue la porte Dauphine, surmontée d'un dôme élégant, et la porte dorée, en
face de la chaussée de Maintenon.

L'autre côté comprend les bâtiments qui entourent la

cour d'honneur ou cour des Adieux. La façade du fond a été construite par François Ier; le grand bâtiment à droite, ou l'aile de Louis XV, a remplacé, sous son règne, la galerie d'Ulysse, décorée par les peintures des maîtres italiens qu'avait appelés François Ier. Cette vaste cour, ayant 152 mètres sur 102, était primitivement fermée par des bâtiments du côté de la place de la ville; Napoléon les fit remplacer par une grille. Longtemps appelée cour du Cheval-Blanc, à cause d'une figure équestre en plâtre que Catherine de Médicis y avait fait placer, elle a pris, depuis 1814, le nom actuel de *cour des Adieux*, et elle le gardera, parce que ce nom se rattache à un souvenir devant lequel pâlissent les souvenirs de la vieille monarchie, et qu'il est consacré par une grande gloire et une grande infortune.

La chapelle de la sainte Trinité fut construite, en 1529, sur l'emplacement de la chapelle Saint-Louis; elle a été restaurée sous Henri IV, et ses ornements sont magnifiques.

Dans cette description sommaire de l'ensemble des bâtiments de Fontainebleau, nous ne nous sommes point arrêtés aux statues, tableaux qui les décorent; elle eût exigé de trop longs détails, et il est des objets qu'il faut voir et non décrire. Le parc et les jardins répondent à la magnificence du château; des eaux abondantes les traversent, les limitent et les embellissent, et vont, en passant sous un rocher, se verser dans la pièce d'eau appelée l'étang. Le parc doit ses principaux agréments à ses belles allées, au canal et à la cascade qui l'entretient.

Fontainebleau a été constamment entretenu et embelli. Tout est à sa place d'autrefois, depuis les ornements de la chapelle de Saint-Louis jusqu'à la petite table sur laquelle fut signée l'abdication de Napoléon; depuis les fleurs de la chambre habitée par Catherine de Médicis jusqu'aux meubles de l'appartement occupé par l'impératrice Marie-Louise. Les portes, les plafonds, les parquets, les meubles, les vitraux, les chefs-d'œuvre de toile, de marbre ou de pierre, l'or, la couleur, l'écaille, l'argent, l'émail, l'ivoire et le velours, toutes les richesses, toutes les merveilles de trois siècles sont là.

La France peut s'en applaudir; Fontainebleau a repris toute son entière splendeur, sauf l'éclat, l'élégance, la vie que lui donnait autrefois la présence des souverains. Mais laissons les monuments que les temps modernes ont effacés sans retour, et jetons un coup d'œil sur la forêt. Sa superficie est de 17,000 hectares, et son pourtour de 100 kilomètres; les routes, chemins, sentiers qui traversent la forêt dans tous les sens, comprennent un développement d'environ 500 lieues. Le sol est généralement sablonneux, et le roc est un grès blanc fort dur. A côté des arbres indigènes croissent les plantes alpestres, et, à une petite distance, des végétations tropicales. Le chêne y est l'arbre le plus commun; on en rencontre qui ont une hauteur considérable et jusqu'à sept mètres de circonférence. On comprend facilement la variété d'aspects que ces différentes végétations doivent produire : ici, les vieilles futaies de chênes et de hêtres aux dômes touffus; là, les cimes élancées des pins, imitant, sous le souffle du vent, le bruit des flots qui se brisent au loin sur la plage; puis des espaces arides où dominent seulement le houx et le genévrier, ou de vastes landes couvertes de bruyères sans aucun arbrisseau. Joignez à cela le chaos pittoresque des rochers de grès, et vous comprendrez l'éternel enchantement des poètes qui, ne pouvant aller au loin chercher une grande nature, la trouvent dans cette forêt. Elle produit annuellement 6 à 700 cordes de bois, et environ 800 milliers de pavés qu'on transporte à Paris sur la Seine. Le gibier, autrefois très-abondant, y a été détruit en grande partie, et l'on attribue la rareté des oiseaux à l'absence complète de sources due à la nature du sol. Les hôtes les plus redoutables sont, de nos jours, la vipère pour les gens qui ne font pas attention où ils mettent le pied, et la fausse oronge, pour les gourmands qui aiment mieux cueillir eux-mêmes leurs champignons que de les acheter au marché.

VAUX-LE-PRASLIN (SEINE-ET-MARNE).

Cet ancien château, à une lieue de Melun, a plusieurs fois changé de nom. Il fut d'abord appelé Vaux-le-Vicomte; c'était alors une demeure seigneuriale que le fameux surintendant des finances Fouquet fit remplacer par une magnifique résidence, au prix de dix-huit millions de dépenses. Jaloux de son opulent ministre, accusé d'ailleurs de concussions, Louis XIV, après une fête magnifique qu'il lui avait donnée à Vaux, le fit arrêter et l'envoya mourir dans la citadelle de Pignerol, après dix-neuf ans de captivité.

De magnifiques bassins, une belle pièce d'eau, une cascade, un canal de 500 toises de longueur, occupant la largeur d'un parc de 600 arpents, décorent cette propriété, qui, après les Fouquet, passa au maréchal de Villars, puis au duc de Praslin, ministre d'État. A l'époque de la puissance de ce dernier, ce riche domaine fut érigé en duché-pairie, et prit le nom de Vaux-le-Praslin, qu'il n'a plus quitté. Cette terre appartient encore aux héritiers des derniers Praslin, dont la fin déplorable a naguère jeté l'épouvante dans tous les esprits. Chacun se rappelle en effet que l'épouse du duc de Praslin fut assassinée ou plutôt massacrée par lui, et que le meurtrier s'est empoisonné pour se soustraire à la vindicte des lois.

Engraved by COWLAN

ERMENONVILLE (OISE).

Ermenonville, dans le voisinage de Senlis, était un vieux château que Henri IV érigea en vicomté, et qui, par une suite d'héritages collatéraux, passa en 1701 à René-Louis de Girardin. L'on peut dire qu'Ermenonville fut créé par le nouveau propriétaire. Avant lui, cette terre n'était qu'un marais impraticable ; elle devint, sous ses yeux, le plus beau jardin paysagiste de France. Les souvenirs de la Suisse et de l'Italie, longtemps visitées par M. de Girardin, le dirigèrent dans les embellissements qu'il fit à sa terre chérie, à son Eden, comme il l'appelait. Dans le parc, le plus beau point de vue se fait admirer : l'île des Peupliers se découvre de la manière la plus pittoresque. La vue de cette île et du monument qu'elle possède rappelle les malheurs de celui qui y trouva son dernier asile, après un séjour de quelques mois seulement chez son bienfaiteur. Le grand philosophe, l'homme de la nature et du génie, l'auteur d'*E mile*, enfin, reposa sous l'ombrage des beaux peupliers d'Ermenonville, jusqu'au moment où l'Assemblée nationale ordonna la translation des restes de J.-J. Rousseau au Panthéon. On lit, sur une des faces du tombeau, la devise que Rousseau s'était choisie : *Dévouer sa vie à la vérité.* M de Girardin y fit ajouter ces mots : *Ici repose l'homme de la nature et de la vérité.* On voit, dans le parc, le Temple de la Philosophie, dont le frontispice porte cette inscription : *Rerum cognoscere causas.* Enfin, dans le désert, il existe une chaumière très-anciennement construite. M. de Girardin l'a dédiée à Rousseau qui se plaisait dans ce lieu sauvage. On y lit plusieurs pensées empruntées à ses œuvres, et entre autres celle-ci : *Celui-là est véritablement libre, qui n'a pas besoin de mettre les bras d'un autre au bout des siens pour faire sa volonté.*

Le château coupe la vallée en deux parties; l'ancien manoir lui sert de fondation. Trois tours s'élèvent à trois des extrémités, une quatrième est renversée; les fossés du château sont remplis d'eau, et lui donnent un aspect noble que n'ont pas les habitations privées de cette décoration féodale. Peu d'étrangers ont quitté la France sans avoir visité Ermenonville; et la terre qui a vu mourir J.-J. Rousseau est peut-être celle qui laisse le plus d'émotions. En 1777, l'empereur Joseph II y vint; Gustave III lui rendit aussi visite en 1783; et la reine de France y fut reçue par M. de Girardin. Enfin, en 1815, lors de l'invasion de notre patrie, à cette époque désastreuse où les étrangers s'érigeaient en maîtres dans nos campagnes, on vit un des chefs de l'armée russe, qui avait établi son camp au *Plessis-Belleville*, donner l'ordre de respecter Ermenonville et décharger le village de toute corvée militaire, par respect pour la mémoire du philosophe qui l'avait habité, tant le génie inspire de vénération à tous les peuples!

CHANTILLY (OISE).

Le premier château qui décora Chantilly fut construit à une époque très-reculée ; il appartenait aux comtes de Senlis. En 1369, Guillaume, sixième du nom, le vendit à une autre maison ; il passa ensuite dans différentes familles, et, enfin, à celle des Montmorency. L'un d'eux, Henri de Montmorency, ayant été décapité à Toulouse en 1612, Louis XIII confisqua Chantilly et le donna à Henri de Bourbon, prince de Condé. Cette maison l'a conservé jusqu'à la révolution et l'a réoccupé sous la restauration. Ce sont les princes de Condé qui ont fait de Chantilly un lieu insigne entre tous nos châteaux célèbres. Le grand Condé y donna à la cour de Versailles des fêtes dont Louis XIV lui-même fut jaloux, tant il y fut déployé de luxe et de magnificence. Le roi pria le prince, son cousin, de lui céder Chantilly, le laissant maître d'en fixer le prix. « Il est à votre Majesté pour le prix qu'elle déterminera elle-même, dit Condé; je ne lui demande qu'une grâce, c'est de m'en faire le concierge. — Je vous entends, mon cousin, répondit le roi, Chantilly ne sera jamais à moi. » Louis XIV se trompait, il n'avait pas prévu qu'un jour Chantilly serait à tout le monde, et ce jour-là est arrivé. Mais en même temps, de tant de merveilles, à si grands frais entassées, il ne reste plus que des ruines. Le petit château, le château d'Enghien et les écuries ont été seuls épargnés et peuvent encore, jusqu'à un certain point, montrer quel fut autrefois Chantilly. Les écuries, surtout, sont magnifiques et d'une étendue considérable; elles furent construites de 1719 à 1735, et peuvent contenir 200 chevaux : jadis les autres parties et dépendances de la terre de Chantilly, le grand château, le grand parc, le parc de Sylvie, la chapelle, l'orangerie, le château de Duquam, la salle de spectacle, l'île d'amour, l'île du bois vert, le temple de Vénus, la grande cascade, celle de Beauvais, etc., rivalisaient entre elles de beauté et de somptuosité.

La révolution a fait disparaître presque tous ces monuments de luxe, et à côté il s'en est élevé de plus modestes, mais aussi plus utiles au pays. De nombreuses manufactures ont remplacé les cascades, les jets d'eau; le bonheur et l'aisance habitent encore Chantilly; mais c'est par l'industrie et les travaux des habitants qu'ils y sont maintenant entretenus. Les eaux du grand canal de la Nonette alimentent, au moyen d'une machine hydraulique, les établissements publics et particuliers du bourg de Chantilly. — Le parc, quoique bien déchu, est encore un des plus beaux de France, et l'hôpital, fondé par les Condé, est toujours subsistant. La forêt de Chantilly a une superficie d'environ 5,809 hectares; elle est parfaitement aménagée et coupée de belles avenues dont les principales aboutissent à un rond-point central qui sert de halte de chasse. Les courses de Chantilly, autrefois royales sous les Condé, étaient encore les plus belles de France, lorsqu'en 1856 le fils aîné de Louis-Philippe les eut rétablies, et elles étaient devenues pour nous l'*Epsom* français.

LE CHATEAU DE COMPIÈGNE (OISE).

Compiègne est une ville, c'est un château, mais c'est surtout une forêt. Le nom latin de *Compendium* qu'elle portait rattache son origine à l'époque de la domination romaine dans la Gaule. Les dominateurs barbares remplacèrent plus tard les dominateurs romains. Si on consulte les historiens, on voit qu'à partir de Clovis, toute la vieille monarchie de la France a passé par là, mais un des plus tristes souvenirs des annales de Compiègne est la captivité de Jeanne d'Arc, qui commença sous ses murs. La porte du vieux pont sur l'Oise, près duquel la noble jeune fille succomba par la trahison de Guillaume de Flavy, gouverneur de la ville, n'existe plus depuis quelques années. Longtemps, au-dessus de cette porte, on lut l'inscription suivante :

> Cy fust Jehanne d'Ark, près de cestui passage,
> Par le nombre accablée et vendue à l'Anglais,
> Qui brûla, le félon, elle tant brave et sage.
> Tous ceux-là d'Albion n'ont fait le bien jamais

Compiègne n'offre rien d'imposant à la curiosité du voyageur, mais ses environs sont découverts; les montagnes en sont éloignées, et les bois et les collines chargées de vignes, les villages et les rivières qui entrecoupent cette belle plaine y forment des paysages charmants. Le château royal, rebâti par Louis XV, terminé par Louis XVI et restauré par Napoléon, est vaste et remarquable par la distribution et la richesse de ses appartements, autant que par l'ordonnance de ses jardins. La façade, sur les jardins, d'une élégante simplicité, et dont le rez-de-chaussée correspond au premier étage de la façade principale, a 200 mètres de longueur. Devant le château, s'étend une longue terrasse, à droite et à gauche de laquelle deux escaliers descendent dans les jardins. Du milieu de la façade, on a le spectacle d'une pelouse de 50 mètres de largeur, encadrée de massifs d'arbres, et à son extrémité se prolonge, en dehors de la grille de clôture, une longue avenue que Napoléon fit percer à travers la forêt et qui va rejoindre les Beaux-Monts, dont l'amphithéâtre couronne la perspective. C'est dans le château de Compiègne, au mois de juin 1808, que l'empereur relégua Charles IV déchu du trône d'Espagne, sa famille et sa suite, d'où il leur fut permis, après quelques mois de résidence, de partir pour se rendre à Rome. Ce fut aussi dans ce palais qu'en 1810 Napoléon alla recevoir sa nouvelle épouse, Marie Louise, qui, plus tard, sut si peu soutenir l'éclat de sa haute condition.

La forêt, connue d'abord sous le nom de Cuise, à cause de l'ancienne maison de ce nom, ne prit définitivement celui de forêt de Compiègne que sous Louis XIV. Sa contenance est d'environ 15,000 hectares, et sa valeur de 45 millions. Le produit annuel s'élève, frais déduits, à 800 mille francs. Elle est traversée par un grand nombre de routes qui forment aujourd'hui une longueur d'environ 1,350,000 mètres. Il y a 278 carrefours munis de poteaux, un nombre considérable de ruisseaux, 286 ponts, 10 étangs, 16 mares et 15 fontaines. Les plus vieilles futaies ont de 200 à 250 ans.

Parmi les souvenirs historiques du pays, ce qui attire surtout les visiteurs, ce sont les ruines du château de Pierrefond situé à l'extrémité de la forêt.

PIERREFOND (OISE).

Tout le pays qui entoure Compiègne est riche en souve‑
nirs historiques; mais ce qui attire surtout la curiosité des
étrangers, ce sont les ruines du château de Pierrefond, en‑
core debout sur une éminence.

Situé à l'extrémité orientale de la forêt de Compiègne,
le premier château de Pierrefond fut élevé lors des premières
invasions des Normands, en vue d'arrêter les déprédations
de ces barbares. Bâtie et scellée aux flancs d'un rocher es‑
carpé, cette forteresse, après avoir longtemps résisté aux
invasions successives qui désolaient la France et Paris lui‑
même, devint à son tour un monument d'oppression et de
tyrannie. Derrière ces puissantes murailles flanquées d'é‑
normes tours et entourées de profonds fossés, les seigneurs
de Pierrefond devinrent redoutables à leurs voisins; et bien‑
tôt leur puissance appuyée sur la force, ne connut plus de
bornes et devint toute royale; ce fut alors qu'ils créèrent
des pairs choisis parmi leurs plus nobles vassaux, et don‑
nèrent des chartes aux villes et bourgs de leur dépen‑
dance. Déjà, lors de son avénement au trône, Philippe‑
Auguste s'était ému de cette insolente rivalité, et lorsque la
victoire de Bouvine lui eut permis de revendiquer ses droits,

il rappela au devoir et à la soumission les vassaux qui s'en étaient écartés.

Les seigneurs de Pierrefond tentèrent vainement de résister au roi victorieux; ce dernier s'empare de leur château, en fait abattre les murailles, combler les fossés, et le donne aux religieux des environs, en leur imposant la condition de n'en pas relever les ruines.

Plus d'un siècle et demi s'était écoulé depuis cet acte de vigueur, le château de Pierrefond n'était plus qu'une modeste ferme exploitée par des religieux, lorsque, en 1390, Louis, duc d'Orléans et de Valois, fit construire, non loin des vestiges de l'ancienne forteresse, un nouveau château de Pierrefond. C'est avec une sorte d'enthousiasme que les contemporains décrivent cette magnifique demeure, et aujourd'hui même il suffit d'en visiter les ruines pour se convaincre que les éloges qu'ils en ont faits n'ont rien d'exagéré.

Ses tours, hautes de 108 pieds, et ses solides murailles étaient scellées dans le roc vif, et les pierres des angles étaient unies les unes aux autres par des crampons de fer. Ce second château de Pierrefond, construit comme le premier pour servir de forteresse, ne manqua pas à sa destination, et les guerres qui suivirent sa fondation ne s'écoulèrent pas sans que quelque épisode de chacune d'elles n'eût les muraillles de Pirrrefond pour théâtre. Enfin, Louis XIII ordonna qu'il fût démantelé. Les tours formidables restèrent seules debout, et aujourd'hui le château de Pierrefond domine encore les plaines environnantes de ces ruines majestueuses.

Vendus en 1798 comme propriété nationale pour la somme de 8,000 fr. et rachetés en 1812 par Napoléon au prix de 5,000 fr., ces débris appartiennent à l'État, et leur accès a été rendu facile par des travaux ordonnés sous Louis-Philippe.

MONTMORENCY ET ENGHIEN

Longtemps la belle et fertile vallée de Montmorency, qui s'ouvre à quelque distance de Saint-Denis, un peu au-dessus du fort de la Briche, a été le paradis des Parisiens assez fortunés pour pouvoir s'expatrier dans la belle saison, ne fût ce que pour un jour. Quels charmants paysages, quelles sites ravissants ! Partout des arbres, des fleurs, des fruits, des bois, des champs, des prairies émaillées, partout des ombrages, de la verdure, d'enivrantes senteurs et de délicieuses retraites offertes aux poétiques loisirs. La nature s'est montrée là prodigue de tous les bonheurs, de tous les enchantements. Aussi comme les citadins de l'opulence se sont empressés d'accourir dans cet Eden et de le peupler des plus élégantes villas! De toute part on n'aperçoit que blanches maisons, que pavillons, que kiosques du plus magique décor, que chalets d'une simplicité étudiée, que chaumières du plus confortable rustique, que châteaux du plus riant aspect. Chaque groupe de ces habitations de plaisance est un village, mais un village sans villageois, un village plein de souvenirs, une halte au sein d'un Élysée tout rempli des illustrations du passé. La perle de cette vallée sans pareille est, sans contredit, Enghien, admirable séjour à 2 kilomètres de Montmoreny et à **16** de Paris. Là

se trouve la seconde station du chemin de fer du Nord.
Enghien, par sa situation, est déjà un de ces lieux d'élite
où l'on aimerait à jouir de cette médiocrité dorée que vante
Horace ; mais Enghien est encore fameux par ses eaux sul-
fureuses dont les propriétés médicales égalent celles des
eaux de Barèges, par l'inaltérable fraîcheur de ses pelouses
et de ses bosquets, par la limpidité de son lac si attrayant
pour les baigneurs, par ses admirables cottages qui viennent baigner leur pied dans ses ondes et l'encadrer dans
une guirlande de la plus réjouissante variété. Il y eut un
moment où les eaux et le lac d'Enghien firent fureur ; les
malades bien portants, les ennuyés, les oisifs, les grecs et
les beautés de l'aventure se rencontraient là comme à Spa ;
les distractions, les amusements, les plaisirs y étaient plus
complets, mais il y manquait l'agrément d'un long voyage
pour aller trouver toutes ces mondaines félicités ; et des intrigues de plus d'un genre ne pouvaient sans crainte courir à
leur dénoûment si près d'une capitale où la surveillance de la
police s'exerce dans un rayon assez étendu. Les pèlerinages
sanitaires dans cet endroit, où nos ancêtres du paganisme
eussent certainement élevé un temple à Esculape, ou tout
au moins à la déesse Hygie, sont devenus de plus en plus
rares ; on ne se rend plus guère à Enghien que pour se promener en nacelle sur le lac où se miraient, il y a quelques
années, les blanches voiles de nombreuses escadrilles de
chaloupes, ou pour se livrer à toutes les joies de la danse à
grand orchestre dans un parc immense où tous les étonne-
ments, toutes les perspectives féeriques se réunissent et
transportent l'imagination au sein de l'enivrante réalité des
jardins d'Armide. Voilà pour les voluptueux, pour les
amants qui cherchent le délire ; mais pour les badauds d'une
innocence primitive, les balançoires, les prestidigitateurs
et toutes les musarderies foraines ont cent fois plus de prix.
Ce n'est que pour louer l'âne qui le jettera dans un fossé,
qui le fera rouler dans la poussière aux grands éclats de
rire de toute la cavalcade de famille dont il fait partie, qu'il

voudra pousser jusqu'à Montmorency. Montmorency n'est pour lui que la poste aux ânes ; peut-être aura-t-il entendu parler de l'enseigne du *Cheval-Blanc*, œuvre de Carle Vernet, dont le pinceau se vulgarisa un jour au profit de son hôtelier ; mais de Jean-Jacques Rousseau, mais de la charmante madame d'Epinay, type d'une des plus heureuses créations du dix-huitième siècle, mais de ce bon maréchal de Luxembourg, de cet excellent Catinat, si heureux sous son toit rustique, de l'aimable saint Lambert, du chansonnier Laujon, du savant d'Alembert, du spirituel et naïf Grétry, de toutes ces gloires dont la France peut s'enorgueillir, il ne sait mot, le malheureux ; et pourtant tous ces illustres ont parcouru ces lieux ; et il y a peu d'années encore des vieillards étaient tout fiers d'avoir à vous dire qu'ils les avaient vus, qu'ils les avaient connus, qu'ils leur avaient parlé. Denil, Eaux-Bonnes, Epinay, Saint-Gratien, Groslay, La Chevrette, Saunois, Franconville, Saint-Leu, Taverny, Ermont, Leplessis-Bouchard, Pierre-Lay, dernier village de la vallée, furent autant d'endroits de prédilections qui partagèrent avec Montmorency l'honneur de les avoir inspirés.

De la petite ville de Montmorency, située sur une éminence, l'on plane sur toutes ces localités ; ce sont autant de bouquets que l'on embrasse d'un coup d'œil, qui reposent et réjouissent la vie. Au temps où Montmorency était la capitale d'un duché-pairie, elle n'était cité si bourgeoise qu'à cette heure : le château ducal s'y dressait en dominateur, devant lui tout s'abaissait, tout se rapetissait ; il n'y avait alors de luxe permis qu'aux officiers du haut et puissant premier baron chrétien ; le bien-être et l'autorité étaient exclusivement réservés aux nobles et aux prêtres, aux chanoines de la collégiale et aux oratoriens. Eux seuls étaient riches ; quant aux vassaux, ils ne pouvaient prétendre qu'à la soumission, jamais à l'aisance ; ils étaient pauvrement logés, pauvrement vêtus ; en revanche, ils avaient une belle et grande église, bâtie avec la magnificence et les proportions d'une cathé-

drale dans le goût et à la date du seizième siècle. C'est dans
ce sanctuaire qu'étaient conservés le corps et la châsse de
saint Félix, qu'une députation des habitants de la paroisse
de son nom dans le Beauvoisis avaient le privilége de porter à la procession qui se faisait le jour de sa fête à Montmorency. De tous ces vieux us on n'a guère souvenance aujourd'hui; les habitants de Montmorency se soucient fort
peu de ce que furent leurs ancêtres; leur seigneur actuel,
c'est le monde parisien, c'est l'étranger qui vient leur rendre visite et leur demander, bourse en main, l'hospitalité
du passage et du séjour; aussi ont-ils ouvert force hôtelle-
ries, restaurants et cafés à son usage. L'histoire de leurs
maîtres féodaux, ils l'ont complétement oubliée; elle ne
leur rapporterait rien, et puis à quoi leur servirait de savoir que les uns ne furent ni méchants ni bons, que le
connétable Anne de Montmorency, tué en 1567 à la bataille
de Saint-Denis contre le prince de Condé, fut jusqu'à l'âge
de soixante-quatorze ans un monstre de cruauté et de brutale luxure; qu'un seul de ces hommes mérita des regrets,
précisément celui que Richelieu fit décapiter à Toulouse;
qu'après lui ses biens confisqués furent donnés au prince
de Condé; que la terre de Montmorency dut, dès lors, prendre le nom d'Enghien, ainsi que l'avait ordonné Louis XIV,
ce qui n'empêcha pas l'ancien nom de persister? Ce qui les
intéresse bien davantage, c'est que, du 15 juin à la fin de
septembre, il y ait affluence aux eaux et au bal d'Enghien,
c'est que toute l'année, et pendant des siècles encore, se
perpétue la dévotion à l'homme du peuple et des peuples,
au philosophe de la démocratie, à l'inimitable Jean-Jacques,
ce sublime écrivain si sympathique aux cœurs tendres, aux
âmes chaleureuses et passionnées. Vous tous qui l'aimez,
vous y trouverez deux théâtres de ses joies et de ses dou-
leurs, c'est d'abord la maison qu'il habita (le petit Mont-
Louis) à sa sortie de l'Ermitage depuis le 15 décembre 1757
jusqu'au 9 avril 1762. Là il composa sa *Lettre sur les spec-*
tacles, écrivit le *Contrat social*, et termina sa *Nouvelle*

Héloïse. Une inscription vous dira pourquoi et comment il en fut arraché. Après l'avoir vue, dirigez-vous vers l'*Ermitage*

ci-devant solitude, sur la lisière de la forêt à 2 kilomètres de la ville. Là tout vous parlera de lui ; vous y verrez le monument que madame d'Epinay érigea à sa mémoire avant qu'il fût mort ; vous y verrez ce qu'il a vu, vous toucherez ce qu'il a touché, vous saurez ce qui lui plut ; ici est son lit, là la table sur laquelle il composa une partie de son *Héloïse* ; puis, d'autres meubles qui lui servirent, des estampes auxquelles il attachait une idée, qui répondaient à quelques-uns de ses sentiments. Dans le jardin on vous montrera un laurier qu'il a planté, et la progéniture probable du rosier qui lui inspira la musique de cette romance si connue : *Je l'ai planté, je l'ai vu naître*. Tout cela a été religieusement conservé, et pourtant l'Ermitage de Jean-Jacques a reçu successivement bien des hôtes, sans compter Regnault de Saint-Jean-d'Angely, et Maximilien Robespierre, qui y passa la nuit du 6 au 7 thermidor de l'an 2. Plus tard, il devint la propriété du célèbre Grétry, qui y termina ses jours. Aujourd'hui il appartient au neveu du compositeur, M. Flamand-Grétry, qui a uni dans un même culte les deux renommées, celle du grand prosateur et celle du grand musicien. Non loin de là est le chalet de l'Ermitage, élevé par Grétry pour se procurer un voisinage. Son premier locataire fut l'illustre Boieldieu, une des gloires musicales de la France.

FIN.

TABLE DES MATIÈRES.

———————

RIVE GAUCHE.

ANCIENNES RÉSIDENCES ROYALES,

CHATEAUX ET MAISONS DE PLAISANCE.

FIN DE LA TABLE.

INDICATION DES MOYENS DE TRANSPORT

POUR SE RENDRE AUX BARRIÈRES ET DANS LES PRINCIPAUX LIEUX
des environs de Paris.

ALFORT. . . . . : . Voit., rue St.-Martin, 256. - Boul.
Beaumarchais. Barr. Charent.

AMANDIERS (Barr. des). . Voit., les Omnibus.

ANTONY. . . . . Voit., rue d'Eufer. Voy. Sceaux.

ARCUEIL (Barr. d'). . . . Voit., les Hirondelles.

ARCUEIL. . . . . Ch. de fer de Sceaux. — Voit., pass.
Dauphine, 16. — Rue Christine, 4.
— Rue d'Enfer.

ARGENTEUIL. . . . . . . Ch. de fer de Rouen. Voit., Omnib.

ASNIERES. . . . . Ch. de fer de St.-Germain. Voit.,
les Omnibus.

AUBERVILLIERS . . . . . Ch. de fer du Nord.

AULNAY. . . . . Voy. Sceaux.

AUNAY (Barr. d'). . . . Voit., les Omnibus.

AUSTERLITZ. . . . . . . Voy. Ivry.

AUTEUIL. . . . . Voit., rue du Bouloi, 9. — Rue de
Rivoli, 4. — Les Omnibus.

BAGATELLE. . . . . . . Voy. Neuilly.

BAGNEUX. . . . . Voy. Sceaux.

BAGNOLET. . . . . Voy. Pantin.

BATIGNOLES. . . . . . . Voit., les Batignolaises et leurs
correspondances.

BEAUTÉ. . . . . Voy. Vincennes.

BEL-AIR. . . . . Voy. Bièvre.

BELLEVILLE (Barr. de). . Voit., les Citadines et leurs corr.

BELLEVILLE. . . . . . . Voit., les Citadines et leurs corr.

BERCY (Barr. de). . . . . Voit., les Omnibus et leurs corr.
— Les Excellentes (*extra-muros*)
jusqu'à la barr. de l'Etoile.

BERCY. . . . . Voit., les Omnibus et leurs corr

BELLEVUE. . . . . Ch. de fer de Versailles, riv. gh.

BERNY. . . . . Voit., r. d'Enfer V. Longjumeau.

BESONS. . . . . Ch. de fer de Rouen.

BICETRE. . . . . Voit., quai Napoléon, 29.

BIEVRES. . . . . Voit., rue des Deux-Ecus, 25.

BLANCHE (Barr.). . . . . Voit., les Omnibus et leurs corr.

BONDY. . . . . Voit., rue Sainte-Apolline, 32.

BOUGIVAL. . . . . Voit., rue de Rivoli.

BOULOGNE. . . . . Voy. Auteuil.

BOURG-LA-REINE. . . .	Voy. Sceaux.
BOURGET (Le).	Voit., les Dames-Réunies.
BOYAUDERIE (Barr. de la).	Voy. Pantin.
CACHANT.	Voy. Sceaux.
CHAILLOT.	Voit., les Constantines. — Les Dames-Réunies et leurs corr.
CHANTILLY.	Voit., rue Saint-Martin, 256.
CHAPELLE-St.-DENIS (La)	Voit., les Favorites et leurs corr.
CHARENTON (Barr. de). .	Voit., les Digilentes et leurs corr.
CHARENTON.	Voit., rue St.-Martin, 256. — Boul. Beaumarchais.—Barr. Charent.
CHARONNE.	Voit., les Omnibus.
CHATEAU-ROUGE (Le). .	Voy. Clignancourt.
CHATENAY.	Voy. Sceaux.
CHATILLON-S.-BAGNEUX.	Voit., rue Dauphine, 36, et pass. Dauphine. — Barr. d'Enfer, 45.
CHATOU.	Ch. de fer de Saint-Germain.
CHAUMIERE (La Gr.-). . .	Voy. Montparnasse.
CHAUMIERE (La Gr.-). . .	Voy. Rochechouart.
CHAVILLE.	Ch. de fer de Versailles, rive gh.
CHELLES.	Ch. de fer de Strasbourg. — Voit., rue Sainte-Apolline, 32.
CHOISY-LE-ROI.	Ch. de fer d'Orléans. — Voit., pl. Dauph., 5, et barr. Fontainebl.
CHOPINETTE (Barr. de la).	Voit., les Dames-Réunies.
CLAMART.	Ch. de fer de Versailles, rive gh.
CLICHY (Barr. de).	Voit., les Batignolaises.
CLICHY.	Voit., les Batignolaises. — Cloître Saint-Honoré, 184.
CLIGNANCOURT.	Voit., les Hirondelles.
CLOUD (SAINT-).	Ch. de f. de Versailles r. d. — Voit., rue du Bouloi, 9, et rue de Rivoli, 4. — Les Omnibus.
COLOMBES.	Ch. de fer de Saint-Germain.
COMBAT (Barr. du). . . .	Voit., les Dames-Réunies.
COMPIEGNE.	Ch. de fer du Nord. — Voit., rue du Faubourg-Saint-Denis, 47.
CONFLANS.	Voy. Charenton.
CONFLANS-St-HONORINE.	Ch. de fer de Rouen.
CORBEIL.	Ch. de fer d'Orléans.
COURBEVOIE.	Ch. de fer de Versailles, r. d. — Rue de Rivoli, 4.
COURCELLES (Barr. de). .	Voit., les Omnibus et leurs corr.
CROULEBARBE (Barr. de).	Voit., les Hirondelles et leurs corr.

1

SURESNES. . . . . Ch. de fer de Versailles, r. dr. —
                                     Rue de Rivoli, 4.
TELEGRAPHE (Barr. du). Voy. Barr. Poissonnière.
TRIANON. . . . . = . Voy. Versailles. .
TROIS-COURONNES (Barr.
   des). . . . . Voy. Pantin.
TRONE (Barr. du). . . . . Voy. Barr. de Vincennes.
VANVES. . . . . Ch. de fer de Versailles, r. gh. —
                                     Voit., les Favorites.
VAUGIRARD (Barr. de). . Voit., les Parisiennes et leurs corr.
                                     — Les Favorites et leurs corr.
VERRIERES. . . . . Voy. Sceaux.
VERSAILLES. . . . . Ch. de fer r. gh. et r. dr. — Voit.,
                                     les Gondoles, rue de Rivoli.
VERTUS (Barr. des). . . . Voy. La Chapelle et La Villette.
VIGNY. . . . . Ch. de fer du Nord.
VILLE-D'AVRAY. . . . . Ch. de fer de Versailles, r. d.
VILLEJUIF. . . . . V. Vitry.
VILLETTE (Barr. de la). . Voit., les Dames-Réunies et leurs
                                     correspondances.
VILLETTE (La). . . . . . Voit., les Dames-Réunies.
VINCENNES (Barr. de). . Voit., les Omnibus.
VINCENNES. . . . . Voit., les Omnibus et leurs corr.
VIROFLAY. . . . . Ch. de f. de Versailles, r. d. et r. g.
VITRY-SUR-SEINE . . . . Voit., place Dauphine, 5. — Barr.
                                     d'Italie.

Poissy. — Typographie Arbieu.